W0040167

Zoran Ferić

In der Einsamkeit nahe dem Meer

Foto © Anto Magzan - Pixsell

DER AUTOR

Zoran Ferić, geboren 1961 in Zagreb. Studium an der Philosophischen Fakultät von Zagreb. Gymnasiallehrer für Kroatisch.
Zahlreiche Publikationen, seine Bücher sind in viele Sprachen übersetzt.
Mit zahlreichen literarischen Preisen ausgezeichnet, u. a. mit dem Preis der Zeitung „Jutarnji List", dem Vladimir-Nazor-Preis und dem Preis der Stadt Zagreb.

Bei Folio sind erschienen u. a.: *Der Tod des Mädchens mit den Schwefel-hölzchen* (2003), *Die Kinder von Patras* (2006), *Das Alter kam am 23. Mai gegen 11 Uhr* (2012).

ZORAN FERIĆ

IN DER EINSAMKEIT NAHE DEM MEER

ROMAN

Aus dem Kroatischen von Klaus Detlef Olof

TransferBibliothek
FolioVerlag

TransferBibliothek CXXXIII

Die Originalausgabe des vorliegenden Buches ist 2016 unter dem Titel *Na osami blizu mora* erschienen.
© der Originalausgabe 2016 by Zoran Ferić.

Mit freundlicher Unterstützung des Ministeriums für Kultur der Republik Kroatien

Lektorat: Joe Rabl

© Folio Verlag Wien • Bozen 2017
Alle Rechte vorbehalten

Umschlag und grafische Gestaltung: Dall'O & Freunde
Druckvorstufe: Typoplus, Frangart
Printed in Europe

ISBN 978-3-85256-719-8

www.folioverlag.com

E-Book: ISBN 978-3-99037-069-8

In der Einsamkeit nahe dem Meer

1.

Die Insel ist zuerst eine Aufschrift auf einer gelben Tafel mit einer aufgemalten Fähre und dem Schriftzug „Car Ferry", dann eine graue Silhouette auf dem Blau des Meeres und etwas später ein Bekannter, der auf der Fähre arbeitet und einen kurzen Gruß nickt. Jablanac, der Fährhafen, ist ihr freundliches Vestibül, und dann sieht man vom Oberdeck, wie das riesige Felsmassiv näher kommt. Darauf hat man das ganze Jahr gewartet, auf den Augenblick, wenn man von Bord geht und den Geruch von Rosmarin, Treibstoff und Schafsdreck spürt, die spitzen Klippen sieht, die über die Meerenge von Senj blicken, den rauen Kalkstein, der in deutlichem Widerspruch steht zu den Aufschriften: „Benvenuti! Welcome! Willkommen!"

Zu Hause, auf der Terrasse im Schatten des Oleanders, kann man nicht essen. Es wird nur die Badehose angezogen, und so barfüßig, ohne Handtuch und Sonnencreme, geht es an den Strand.

– Was, willst du gar nichts essen? – fragt Oma.

Sie ist sich bewusst, dass draußen eine erregende Welt wartet, aber über die Details weiß sie nichts. Die Freunde und der Cousin sind mit dem Boot hinausgefahren. Und plötzlich tritt man aus dem Schatten des von Oleandern und Akazien überwölbten Weges in die grelle Mittagssonne. Das Licht schreit, wie auch die Kinder im Wasser, wie auch all die weißen Gegenstände, die strahlen, als enthielten sie starke Glühbirnen. Man empfindet die Freiheit eines, der soeben an einen fremden Ort gekommen ist und alles kann. Der Lungomare zum Campingplatz hin ist voller Menschen: schmutzstarrende nackte Kinder, die Eis lecken, junge Familien, die Kinderwagen schieben, Gruppen von Teenagern, die nach der nächtlichen Party gerade erst aufgewacht sind. Aber keiner, den man grüßen müsste. Man empfindet eine Freiheit, die ein kleines bisschen auch ein Tod ist. Plötzlich kann man überallhin, keine Verpflichtungen, keine Freunde hindern einen, dieser Nachmittag, bis sie zurückkehren, ist komplett geschenkt.

Auf der Mole, nahe der Kanalisation, sonnt sich eine mittelalterliche Frau, zwischen vierzig und fünfzig, soweit man schätzen kann, wenn man selber dreimal weniger zählt. Als er Richtung Campingplatz geht, wechseln sie nur Blicke. Aber als er zurückkehrt, liegt sie auf dem Bauch, den BH aufgeknüpft, die weißen Brüste quellen in dieser Position zerfließend aus den Schalen des Oberteils. Er setzt sich auf die Bank an der Promenade, genau oberhalb der Frau. Der Zweig einer alten Kiefer spendet angenehmen Schatten. Er denkt an nichts, er fühlt die Freiheit, nach links oder rechts wegzugehen. Eine Melodie zu summen, ein paar Tanzschritte zu machen, die Leichtigkeit zu spüren, die einen durch die Dinge hindurchsehen lässt, Atome und Elektronen sichtbar macht, alles. Aber man kann natürlich auch ins Meer. Man muss nur vorbei an der Frau auf dem Handtuch.

2.

Und plötzlich geht er hinunter, verlässt die Promenade an der betonierten Strandfläche, geht an ihr vorüber, und sie, von einem großen Strohhut geschützt, hebt den Blick vom Buch. Als er aus dem Wasser zurückkommt, steht sie. Ihr Büstenhalter ist geschlossen, die Figur schön, die Linie wie bei einer jüngeren Frau, die Haltung aufrecht. Aber sie kann nicht verbergen, dass sie in den Hüften etwas breiter ist, sie kann auch die Cellulitis nicht verbergen, die groben Füße mit den hervorstehenden Zehenknochen. In der Hand hält sie eine Sonnencreme und sagt etwas. Er hält es für Slowenisch, es ist aber Slowakisch. Er begreift, dass sie ihn eincremen möchte, damit er sich keinen Sonnenbrand holt.

– Okay! – sagt er, und sie beginnt, so im Stehen, ihm den Rücken einzucremen. Sie drückt ihm Creme auf die Hände, damit er sich die Brust einreibt. Sie wiederholt ein Wort:

– Verbrennen! Verbrennen!

Aber wie sie ihn eincremt, bemerkt er, dass die Freiheit von vor ein paar Minuten langsam weniger wird. Die fremde Stadt verwandelt sich wieder in die Heimat zurück, in den Ort, wo er jeden kennt und wo ihn jetzt jeder treffen und sehen kann, wie ihn auf dem Strand eine unbekannte alte Frau eincremt. Dann gibt sie ihm die Creme, damit er sie eincremt. Sie können sich gut miteinander verständigen, er auf Kroatisch, sie auf Slowakisch. Sie fragt ihn, ob er zur Schule geht oder ob er arbeitet.

– Ich gehe aufs Gymnasium – sagt er.

– Bist du ein guter Schüler?

Er denkt ein wenig nach und antwortet dann wahrheitsgetreu:

– Nein – während er langsam die Creme auf ihrem Rücken verreibt. Ihn wundert, wie weich sie unter seinen Händen ist. Ihr Rücken ist noch relativ fest, muskulös und knochig, aber als er tiefer kommt, oberhalb vom Hintern und in den Lendenbereich, wird sie immer weicher. Er hat bisher Mädchen in seinem Alter oder etwas älter eingecremt, aber eine so alte Frau ist unter den Händen völlig anders. Er kniet sich neben sie und cremt sie bis zum Rand des Höschens ein. Sie zieht das Höschen sogar etwas hinunter und der weiße Rand der Haut zeigt sich.

– Hier auch – sagt sie.

Und er cremt sie auch dort ein.

Sie fährt wie zufällig mit dem Ellbogen über den vorderen Teil seiner Badehose. Und dann fragt sie, ob abends in der Stadt was los ist.

– Kann man tanzen?

Er sagt, dass man auf jeder Hotelterrasse tanzen könne, dass es mehrere gebe und alles bis Mitternacht gehe und man nach Mitternacht im Disco-Club im *International* tanzen könne. Dann fragt sie, ob er sie am Abend zum Tanzen ausführen möchte, denn sie sei allein hier, in einem Privatquartier, und sie kenne die Stadt nicht. Ihm würde im Traum nicht einfallen, mit der Alten zum Tanzen zu gehen, trotzdem sagt er:

– Okay.

In diesem Augenblick würde er alles versprechen. Wie wild will er sie haben, er muss sich auf den Bauch neben sie legen, damit man diesen Wunsch nicht sieht. Aber zum Tanzen würde er nie mit ihr gehen.

– Hast du eine Freundin? – fragt sie wieder.

Er sagt, nein, er habe keine.

– Ein so schöner Junge?

Er weiß, dass sie lügt. Und es ist ihm unangenehm, dass sie sich so herabwürdigt.

3.

Sie unterhalten sich miteinander, während er auf dem Bauch liegt und sie auf ihrem Handtuch sitzt. Die Leute am Strand ringsum sehen, wie sie sich unterhalten, vielleicht denken sie, er sei ihr Sohn. Plötzlich hebt sie das Haar an, das ihm bis auf die Schulter fällt, und cremt ihn am Hals ein. Das ist die Geste einer Mutter. Er sieht die Kinder, die Wasser schöpfen und kleine Becken zum Aufblasen füllen. Dieses Spiel ist etwas, woran er sich im Winter erinnern wird. Er lässt den Blick wandern, es ist kein Bekannter in der Nähe. Und doch wird die Freiheit immer weniger. Dann bemerkt er neben ihrer Tasche ein zusammengelegtes schwarzes Kleid. Warum ein schwarzes Kleid? Trägt sie Trauer? Oder will sie nur schlanker aussehen? Aber das quält ihn nicht lange. Er schlägt vor, zu der kleinen Insel hinüberzuschwimmen, die dem Strand gegenüberliegt, in einer Entfernung von gut dreihundert Metern. Sie sieht erst zur Insel hinüber, dann zu ihm, misst die Entfernung, schätzt sie, dann sagt sie:

– Gehen wir!

Das ist keine Zustimmung, das ist kein einfaches „ja", das ist eine Aufforderung. Eine Art Sieg. Sie steht auf, packt das Buch und die Sonnencreme in die Tasche und bedeckt sie mit dem schwarzen Kleid. Sie sieht sich argwöhnisch auf dem fremden Stück Erde um, das Gefahr birgt.

– Keine Sorge – sagt er – das nimmt keiner weg.

Sie glaubt ihm. Aber er ist sich nicht sicher, er ist sich nicht sicher, dass es keiner wegnimmt.

4.

Sie nimmt den Hut ab, nimmt den Schwimmreifen, von dem er bis dahin geglaubt hat, dass er den Kindern neben ihnen gehört, zieht ihn sich über die Brust und setzt den Hut wieder auf, damit ihr Gesicht nicht verbrennt. Der Schwimmreifen ist oben rosa und unten weiß, einer dieser einfachen billigen Reifen, wie er sie aus der Zeit kennt, als er noch klein war. Jetzt steht sie neben ihm, eine Alte mit

Hut und Schwimmreifen. Und wartet. Dieses grobe Detail, der rosa Kinderschwimmreifen, hat alles verdorben. Ihm kommt der Gedanke, umzudrehen und wegzugehen, das geht ihm durch den Kopf, die Zeit vergeht, und sie wartet, so ausgerüstet.

– Gehst du, gehst du nicht? – sagt sie, und jeden Moment kann ein Bekannter auftauchen.

Es braucht seine Zeit, bis der Trieb die Scham besiegt.

Er denkt an die Slowakei, ein Land ohne Meer, an die Stadt Modrý Kameň, wo sie lebt, er kann sich vorstellen, wie sie in das Warenhaus mit den halb leeren Regalen geht und in der Kinderabteilung den Schwimmreifen aussucht und die Verkäuferinnen denken, dass sie ihn für ein Kind kauft. Und es tut ihm leid, aber er will sie so sehr. Das, was er bis dahin am Rande des Ekels getan hat, ist für sie ein Erlebnis: das warme Meer, die kleinen Wellen, das Klicken der Boote, dieser leichte Geruch der Kanalisation. Sie gehen ins Wasser, er fasst sie um die Mitte und zieht sie langsam zu der kleinen Insel.

5.

Man kann sehen, dass sie bis vor ein paar Jahren schön war. Das war sie vielleicht auch noch bis vor sechs Monaten. Eines Abends ist sie dort in ihrem Modrý Kameň als schöne Frau eingeschlafen und als altes Weib aufgewacht. Das denkt er, während er sie dort zu der kleinen Insel zieht, wo er endlich das spüren wird, wovon die anderen Jungen so viel erzählt haben. Er zieht sie, hält sie um die Mitte, und neben ihnen fährt ein Boot vorbei und macht Wellen. Es scheint, als hielte er sie nicht mehr, als würde statt ihrer zwischen den Fingern nur die Meeresströmung schwingen, die Bewegung der Wassermassen, und kein menschliches Wesen. So weich ist sie.

Aber dann werden die fremde Stadt und das fremde Meer wieder zur Heimat. Unmittelbar neben ihnen hält die hölzerne Pasara, in der seine Freunde sitzen: Škembo, Gavran, Dudo, Kenjo und sein Cousin Boris. Sein Cousin erkennt ihn als Erster, er sitzt am Ruder und starrt ihn an, als könne er es nicht glauben. Er sieht einen Halbwüchsigen von sechzehn Jahren, den er sein ganzes Leben gekannt hat, wie er eine dicke Alte von fünfzig mit einem hässlichen Hut und einem Schwimmreifen um die Brust durchs Meer schleppt. Und in seinem Gesicht ist zu sehen, wie unangenehm es ihm seinetwegen ist.

– Luka, lass die Alte und steig ins Boot – sagt er.

Er kommt überhaupt nicht auf den Gedanken, dass die Frau die Sprache vielleicht versteht.

Er lässt sie für einen Augenblick los, nähert sich dem Boot und sagt mit leiser Stimme:

– Ich geh sie lecken! – Dann schwimmt er zurück und fasst sie wieder um die Mitte.

Für einen Augenblick herrscht Stille, man hört nur das Gurgeln des Meeres und die Rufe aus der Ferne. Aber dann explodiert das Lachen. Ein hässliches, böses Jungenlachen. Und hier verliert er seine Unschuld, nicht mit ihr. Etwas ist zerbrochen, etwas ist zerschlagen, und es fehlt nur, dass sich das Meer ringsum von Blut rot färbt. Und er denkt, dass das Lachen von der Schande befreit. Es tut ihm leid, dass er sie auslacht, aber so sind die Regeln. Ganz bei sich sagt er zu ihr: „Entschuldigen Sie!" und fährt fort zu lachen.

6.

Es ist ein ganz seltsames Gefühl, dass seine Freunde sie gesehen haben, dass er sie auch gesehen, sie aber nicht unter den Händen gefühlt hat. So weich ist sie. Sie ist weich wie Salzwasser, wie ein Sumpf, wie etwas, von dem man nicht sagen kann, dass es weich ist, weil es mehr fließend als weich ist, denn die Finger gehen hindurch, wie sie durch eine Illusion hindurchgehen. Wenn er heute darüber nachdenkt, ist er diesen Jungen dankbar, dass sie es gesehen haben, denn sonst wäre sie wie ein Traum geblieben, der nicht total hässlich ist, aber bestimmt auch nicht schön, und in den man nur deshalb zeitweilig zurückkehren möchte, weil man weiß, dass es ein Traum ist. Die Augen haben die Wirklichkeit dieser alten Slowakin mit der Cellulitis und den ein wenig hängenden Brüsten gesehen, aber die Finger haben sie nicht gespürt. Aber wie kann man Wasser ficken, wie kann man eine Fata Morgana ficken?

Sie fragt: – Sind das Freunde?

Und er sagt: – Ja.

– Hübsche Jungen – sagt sie.

Sie schwimmen weiter, und das Boot entfernt sich. Er sieht, wie sie lachen und sich zu der Slowakin umdrehen, die er durchs Wasser zieht, so wie dieser alte Mann seinen Fang durch das Meer gezogen hat, den riesigen Schwertfisch.

Sie erlaubt ihm, ihre Brüste zu berühren, zuerst durch den Bikini, aber dann schiebt er das Oberteil hinauf, das jetzt von ihrem Hals herabhängt. Auch ihre Brüste sind weich, als würde man Kinderballons mit Wasser füllen und mit der Hand drücken. Von dem Moment, wo sie für ihn noch immer unerreichbar war, bis jetzt, wo er sie berührt, sind keine dreißig Minuten vergangen.

7.

Mit jedem durchschwommenen Meter wird die Unschuld weniger. Als sie an den Strand der kleinen Insel kommen, sieht er sich zuerst um, ob jemand von den Nachbarn da ist, und erlaubt ihr erst jetzt aufzustehen. Er führt sie durch das kleine Wäldchen zum Südteil der Insel, wo steile Klippen ins Meer abfallen und wo es meistens nicht viele Badende gibt. Hin und wieder berührt er, wie zufällig, ihren Hintern und denkt, dass es merkwürdig ist, dass er sie am Hintern berührt, wo sie sich noch nicht einmal geküsst haben.

Von der betonierten Terrasse am Fuß des Leuchtturms zeigt er ihr das Panorama der Stadt. Der Anblick ist schön: ein glühend heißer Sommertag, Wolken wie weiße Watte sind über dem Velebit zu sehen, die Glockentürme ragen in den Himmel, die Masten der Jachten schwanken im Hafen. Dieses Bild unterscheidet sich mit Sicherheit von allem, was sie bisher gesehen hat. Sie steht dort und schaut, und er hat ihr das Bikinihöschen in die Arschritze gezogen, wie einen Tanga, obwohl es jetzt noch gar keinen Tanga gibt, und sieht auf ihre weichen Arschbacken. Das tut er, während sie stehen und sie noch immer zur Stadt hinübersieht. Ab und zu streicht sie wie abwesend mit der Hand über seine Hose.

Sie lässt nicht locker. Sie möchte sich für ein abendliches Ausgehen verabreden. Wenn sie alles zulässt, was er will, dann, das weiß sie, hat sie nichts mehr, mit dem sie feilschen kann. Zwei Stunden lang versucht er, sie herumzukriegen, berührt sie am Körper, aber das Höschen will sie einfach nicht ausziehen. Er saugt zuerst an der einen, dann an der anderen Brust, legt ihre Hand auf sein Glied. In diesem Moment kommt ihm der Gedanke, dass es ihr Sohn ist, der gestorben ist. Für einen toten Sohn ist das ein ziemlich harter Schwanz. Und kaum denkt er das, nimmt alles um sie herum plötzlich eine Schärfe an: die Seeigel im Wasser und die grünen Kiefernnadeln über ihnen und die braunen Nadeln unter ihren Füßen und das stachelige Unkraut und die Steine. Selbst ihre langen lackierten Nägel.

Er stellt sich vor, dass er sie vom Jenseits ins Diesseits hinein fickt, dass er eine Grenze überspringt, die niemand bisher übersprungen hat, dass dieses Grauen, das sich gerade ereignet, etwas Erhabenes an sich hat, ja, das denkt er. Diese Geschichte von dem toten Sohn erregt ihn noch mehr, und dann, als er immer zudringlicher wird, hockt sie sich nieder und nimmt sein steifes Glied, leckt es ein wenig und steckt es sich unter ihre feuchte Achsel. Er fickt sie unter die Achsel, ohne dass sie sich überhaupt ansehen. Zuerst links, dann rechts, links, rechts, links, rechts … Dem Schreien der Möwen, dem Klicken der Boote, den fernen Rufen von der Mole fügen sie noch einen leisen, aber interessanten Klang hinzu: ein Platschen, wie wenn ein Kind mit der Hand in eine Matschpfütze schlägt.

Als es vorbei ist und sie aufsteht, stellt er sich vor, wie sie gramgebeugt über dem Sarg steht und ein Mitschüler ihres Sohnes, sein Beileid aussprechend, in ihr Dekolleté speichelt. Später bringt er sie zum kleinen Strand, sie legt den Schwimmreifen an, und er zeigt ihr die Richtung zum Ufer und sagt, sie solle nur mit den Armen rudern, dann werde sie schon sicher ankommen. Er sieht, wie sich der rosafarbene Schwimmreifen mit dem rosafarbenen Hut immer weiter entfernt. Immer weiter. Und weiter. Und er bleibt auf der kleinen Insel, er kann einfach nicht mehr zurück unter die Lebenden.

BMW, goldmetallic

1.

Der Sommer beginnt, wenn auf dem Dach des besten Hotels die grüne Neonschrift aufleuchtet: IMPERIAL. Dann erwacht die Stadt aus dem Todesschlaf der Vorsaison: durch ein Licht, das nicht von der Sonne stammt, sondern von einer Reklame. Und jeder Sommer hat seine Seele, seinen Kern, um den sich alle anderen Sensationen, Bilder, Empfindungen, Atmosphären herumlegen: ein windiger Tag, der sich nur aufs Erinnern reduziert; zwei Arme in den Ärmeln verschiedener Jacken aus Kalbsfell, eine Bora, die das Haar besser glattstreicht als das Gel mit dem Kampfergeruch, das sie in diesem Sommer verwendeten. Oder eine Runde *picigin*, Ende Juli, wenn das Meer vor Wärme krank ist und der Himmel finster, als herrschte Sonnenfinsternis. Jeden Sommer gibt es etwas, an das man sich zumindest eine Zeit lang erinnert. Die Seele des Sommers 1977 war Constanze Brunner aus Braubach. Sie war die Erste, bei der er seine Unschuld verlor, indem er ihn ihr tatsächlich in die Möse schob und nicht in den Mund oder unter die Achsel. Das war geschehen, weil sie einen Moment lang Angst vor diesem Land bekommen hatte.

Und dieses Land war im Juli 1977 noch schön (noch gab es diese schrecklichen Bauten nicht, dreistöckige mit Balustraden oder Betonwürfel, aus deren oberer Decke die Armierung, vielleicht noch ein wenig misstrauisch, für weitere Stockwerke herausragt). Freilich nicht so misstrauisch wie andere sozialistische Länder, wie die DDR zum Beispiel, aber dieses Misstrauen konnte man spüren, es war wie ein Wasserzeichen. Man musste nur etwas besser hinsehen, dann war es sichtbar. Im Ostblock gab es die Stasi und den KGB, hier gab es Čevapčići, Rotwein, hin und wieder einen Schnüffler und eine billige Privatunterkunft.

Aber sie war im Campingplatz abgestiegen.

Er saß mit Boris auf der Bank unter dem Feigenbaum, sie hatten das Boot gerade in der Druga Padova am Steg vertäut und schickten sich jetzt an, die Ruder und den Motor, einen *ganc novi* Tomos 4, nach Hause auf die andere Seite der Bucht zu tragen. In diesem Augenblick kamen die beiden daher. Die eine größer, blond, langhaarig, die andere kleiner, mit kurzer dunkler Ponyfrisur. Sie blieben in der Kurve stehen, die der Lungomare vom Campingplatz her in einem Winkel von neunzig Grad beschreibt und wo sich das Panorama der Stadt mit den vier Glockentürmen, ihre nördlichen Wehrmauern, das ziselierte Gebäude des Hotels *Beograd* und die Uferstraße Vela riva auftut. Das ist sicher einer der schönsten Blicke auf die Stadt. Vor allem am Abend, wenn der Himmel über den Glockentürmen noch lange, nachdem die Sonne hinter dem Park und dem leuchtenden grünen Schriftzug verschwunden ist, rot gefärbt ist.

Sie sahen seine Stadt, und er versuchte sich ihre vorzustellen. Wenn er ein Mädchen sah, versuchte er sich immer vorzustellen, wie ihre Stadt aussieht, ihre besonderen Viertel, ungewöhnliche Ansichten, Details, die eine Atmosphäre schaffen: die Spitzdächer der mittelalterlichen Häuser und das in ihren Fassaden sichtbare Fachwerk, die Innungswappen über den Türstöcken, die kunstvoll geschnitzten Fensterrahmen. Etwas von diesen Bildern war auch in den deutschen Zeitschriften zu sehen gewesen, die von den Touristen zurückgelassen werden. Reportagen über bayerische Städtchen in *Wochenend* oder Details von Häusern an der Ostsee im *Spiegel*. Dann gingen sie an ihnen vorüber, und die Kleinere, die mit dem kürzeren Haar, lächelte ihnen zu. Etwas von der Schönheit der Stadt war offensichtlich an diesem Abend auch auf die beiden übergegangen.

– Luka, komm, ihnen nach – sagte Boris.

– Und was machen wir hiermit? – Er deutete auf den Motor und die Ruder.

– Lass sie, die nimmt keiner weg.

Aber er war sich nicht sicher, er war sich nicht sicher, dass sie keiner wegnehmen würde.

2.

Sie sind noch weiß – sagte Boris – sie sind gerade erst angekommen.

– Wahrscheinlich hat sie noch keiner angemacht.

Anmachen heißt eine Blume überreichen, etwas sagen, die Aufmerksamkeit auf sich lenken und dann weitergehen. Nicht bleiben, nicht langweilen oder sich gewaltsam aufdrängen. Anmachen und es wieder sein lassen. Die nächste Begegnung hat dann schon die Aura eines glücklichen Zufalls. Manchmal werden diese ersten Blumen in Tagebüchern gepresst. Mädchen und Jungen sind füreinander Trophäen. Die einen hüten die gepressten Blumen, die anderen sich kräuselnde Härchen. Und erst nach zwei, drei zufälligen Begegnungen in der Stadt nehmen die Dinge ernstere Konturen an, und manchmal verwandeln sie sich auch in die Seele des Sommers.

Nur weiß man nie im Voraus, wer für wen die Seele des Sommers sein wird. Boris näherte sich der Blonden von hinten und machte mit dem Mund ein Geräusch, als würde er den Motor eines Autos aufdrehen, und hielt in den Händen ein unsichtbares Lenkrad, das er hin und her drehte. Von Zeit zu Zeit wechselte er mit der Rechten die Gänge. Die Blonde zuckte zuerst zusammen, als sie ihn unmittelbar neben sich sah, aber auch das Motorengeräusch hatte sie wahrscheinlich erschreckt. Sie sah ihn verwundert an, und er sagte:

– *Girls, do you like to drive with us?*

Die Dunkelhaarige lachte laut, und dann fingen beide an zu kichern.

Das war eine Methode des Anmachens. Die andere war die Serenade. Man kniete sich vor die Mädchen hin, mit Blumen in den Händen, und begann laut eine italienische Canzone zu singen. Am häufigsten: *Signora bella ciao ...* oder *O sole mio ...* Man sang ein paar Takte, überreichte die Blumen und ging weiter. Bevor sie kamen, hatte Boris gefragt:

– Machen wir das Auto oder die Serenade?

Und Luka hatte gesagt:

– Auto.

Als hätte er es gewusst.

– Meine Mutter hat mir verboten, mit Unbekannten mitzufahren – sagte die Dunkelhaarige und reichte ihm die Hand. – Ich bin Constance.

Die Blonde hieß Vera und arbeitete als Krankenschwester in Braubach.

– Was für eine Marke fährst du denn? – fragte sie.

– Einen Sunbeam – sagte Boris.

Und wie heißt du? – fragte Constance.

– Luka!

– Er hat den Namen nach unserem Großvater – sagte Boris.

Sie begleiteten sie bis zur Stadt und verabredeten, sich auf der Terrasse des Hotels *Imperial* zu treffen, wenn sie mit dem Abendessen fertig wären.

– Wollen wir mit ihnen ausgehen? – fragte Luka, als sie zurückgingen.

– Aber klar doch. Wenn sich nicht was Bess'res findet.

3.

Schon aus ziemlicher Entfernung sahen sie, dass es auf der Bank unter dem Feigenbaum weder Motor noch Ruder gab. Sie rannten hin und blieben im Schatten unter den dicken fleischigen Blättern atemlos stehen. Sie sahen nach links und rechts; wenn Boris nach links sah, sah Luka nach rechts und umgekehrt. Aber sie sahen niemanden, der gerade dabei war, einen ziemlich schweren Tomos 4 und zwei massive Ruder von eins neunzig Länge wegzuschleppen. So einen gab es weder unten an den Holzstegen noch auf dem Weg zum Campingplatz. Sie suchten auch in den Büschen hinter der Bank in der Hoffnung, dass jemand die Sachen versteckt hatte, um ihnen einen Streich zu spielen. Gavran? Oder Škembo? Die machten sich sonst jeden Abend über sie lustig, wenn sie von einer Ausfahrt mit dem Boot zurückkehrten, den Motor abschraubten und ihn zusammen mit den Rudern nach Hause in die Garage trugen.

– Du weißt nicht, wie hier die Motoren geklaut werden – sagte Boris immer.

– Einen Scheiß werden sie geklaut – gab dann Škembo zurück. – Du siehst doch, dass alle sie auf den Booten lassen.

Boris hatte das Boot von seinem Ersparten gekauft, ein *Elan 403*, und den Motor hatte Anfang des Sommers Lukas Vater auf Kredit zu zwölf Monatsraten gekauft. Sie hatten immer sehr auf ihn aufgepasst.

Sie setzten sich ganz still auf die Bank. Luka machte Boris insgeheim Vorwürfe, aber er brauchte nichts zu sagen, sie kannten sich von Geburt an, und er wusste, dass sein Cousin sich mehr Vorwürfe machte als er. Er musste daran denken, wie sie jetzt dem Onkel unter die Augen treten und sagen müssten, dass sie den Motor und die Ruder verloren hätten. Und deshalb blieben sie sitzen, damit ihnen eine Idee käme, aber es kam keine. Neben ihnen gingen die Leute anfangs noch in Badeanzügen vorüber, das Handtuch über der Schulter oder die aufgeblasene Luftmatratze unterm Arm, und später, als sich die Sonne anschickte unterzugehen, hatten die Vorübergehenden bereits Hose und T-Shirt an, einen Pulli über der Schulter. Sie kamen leichten Schritts vom Campingplatz in die Stadt auf einen Spaziergang oder zum Abendessen. Und die beiden saßen noch immer schweigend auf der Bank.

– Nichts. Gehen wir – sagte Boris. – Ich bin schuld.

Als sie vorm Haus standen, waren ihre Augen feucht, sie blickten nicht hinaus, sondern nach innen, auf das eigene Verbrechen. In so einem Fall ist jede Strafe eine milde Gabe.

Der Onkel empfing sie fröhlich, und sie standen schweigend vor ihm. Ziemlich lange. Er fragte nicht, wo der Motor und die Ruder waren, sondern sagte:

– Wie geht's, Burschen?

Und sah die so Zerknirschten an. Boris konnte seinem Vater nicht in die Augen sehen. Und das würde er auch bei Lukas Vater nicht können, denn der würde das ganze Jahr lang den Motor abbezahlen müssen, der nicht mehr da war.

Indessen ging der Onkel ins Wohnzimmer und kam mit einer Flasche Schnaps und drei Gläsern zurück. Er stellte die Gläser auf den Terrassentisch und schenkte ein. Er reichte jedem sein Glas.

– Burschen, jetzt habt ihr etwas gelernt. Zum Wohl! – sagte er und leerte es.

Sie sahen ihn verwundert an, und dann tranken auch sie.

– Gut – sagte der Onkel, als sie ausgetrunken hatten – habt ihr jetzt mehr Mut?

– Papa ... – machte Boris Anstalten, etwas zu sagen, aber dann stürzten die Tränen hervor. Er war neunzehn Jahre alt, und die Zeit des Weinens war eigentlich vorüber, aber er weinte. Vor Wut und Ohnmacht.

Dem Onkel war es unangenehm, er stellte die Gläser auf den Tisch und sagte:

– Kommt mit, Burschen, mir nach!

Er führte sie in die Garage. Dort auf dem Boden stand der Motor, und die Ruder waren an die Wand gelehnt, neben der Rah mit dem eingerollten Hauptsegel und dem Sack mit dem Focksegel.

– Und jetzt schreibt euch das hinter die Ohren und lasst sie nie mehr unbeaufsichtigt!

Luka sagte sich, ein wie viel besserer Mensch der Onkel doch war als sein Vater. Wäre sein Vater jetzt hier, würde er fluchen und drohen und schimpfen, und die Mutter war nicht mehr da, um seine Wutausbrüche zu mildern.

Die Tante kam aus der Küche.

– Man sollte ihnen die Ohren langziehen – sagte sie. – Muss Papa etwa eure Sachen vom Strand nach Hause tragen? Ihr seid keine kleinen Kinder mehr ... – und dann: – Lena sagt, dass ihr irgendwelchen Mädchen nachgelaufen seid.

Und Onkel und Tante lachten.

– Ihr werdet noch euren Kopf vergessen! Waren sie wenigstens hübsch?

– Nein – sagte Boris – die eine hatte Stampfer wie eine Gasflasche.

Aber als sie sich am Abend zum Ausgehen fertig machten, hatte er das Gefühl, dass dieses eventuelle Opfer die Mädchen wertvoller gemacht hatte. Sie waren nicht mehr irgendwelche zufälligen deutschen Touristinnen, sondern Mädchen, wegen denen sie fast ihren Tomos 4 eingebüßt hätten. Wäre der Motor wirklich weg gewesen, hätten sie sie nicht mehr sehen wollen, so viel ist sicher. Es war ein unangenehmer Denkzettel, ein Dummheitsbeweis. Aber so hatte das mögliche Opfer des Motors ihren Wert erhöht, und die Tatsache, dass sie bereit gewesen waren, so viel zu opfern, sie attraktiver gemacht.

4.

Als sie auf die Terrasse des *Imperial* kamen, waren sie schon da. Sie saßen unter dem Dach nahe der Bar, weit weg von der Tanzfläche, als ob die Musik sie nicht interessierte. Vor ihnen in einem Metallkübel mit Eis stand eine Flasche Wein. Sie beide bestellten nie Wein in Flaschen, der war teuer, sondern nur Bier.

– Sollen sie euch Gläser bringen? – fragte Constanze.

– Nein. Wir trinken Bier – sagte er. Wegen der kurzen Haare musste man genau hinsehen, um zu erkennen, wie schön sie war.

Boris benutzte die Geschichte mit dem Motor, um sie zu unterhalten. Er sagte, sie seien ihnen so hübsch vorgekommen, dass sie ihnen nachgegangen seien und den Motor zurückgelassen hätten. Sie seien, sagte er, „bezaubert" gewesen. Genau so sagte er, „bezaubert". Er dachte über das Wort nach, lange hatte er es nicht verwendet.

– Ja, wir sind ja auch Hexen – sagte Constanze. – Buuuu!

Vera war nicht so erzählfreudig.

Boris sagte, es sei kein Motor mehr da gewesen, als sie zurückkamen. Er beschrieb, wie sie fast bis zum Campingplatz gelaufen seien und dann zurück zur Stadt, wie sie alles abgesucht und sich dann auf die Bank gesetzt hätten. Sie hätten nicht ohne Motor nach Hause gekonnt und eben gewartet.

– Das hast du dir jetzt ausgedacht – sagte Constanze – als Entschuldigung, dass ihr euch verspätet habt.

– Nein – sagte er. – Das ist tatsächlich so gewesen. Wir haben alles vergessen, als wir euch gesehen haben.

Vera war fünfundzwanzig und Constanze dreiundzwanzig. Sein Cousin sagte, er sei einundzwanzig, und er selbst neunzehn. Sie mussten auf höher schwindeln. Noch passierte es ihnen nicht, dass sie auf weniger schwindeln mussten, aber auch die Zeit würde kommen.

Am Tisch nebenan saß eine größere Gesellschaft Deutscher. Sie waren laut und warfen hin und wieder den Mädchen auf Deutsch etwas zu. Sie sprachen schnell, und sie beide verstanden sie nicht gut. Ohnehin sprachen sie Deutsch schlechter als Englisch, aber sie hatten nicht gesagt, dass sie es verstanden. Es war gar nicht so schlecht zu wissen, was die Mädchen sagten, wenn sie glaubten, dass sie niemand verstand. Die Deutschen stellten mit ihnen eine Art Kommunikation her, sie riefen sich über die Tische etwas zu, dann sprachen sie mit ihnen ein wenig Englisch und warfen jenen wieder etwas auf Deutsch zu. Es waren auch Mädchen und Jungen dabei, aber sie schienen keine Paare zu sein. Zumindest nicht alle. Unter ihnen war auch ein Bursche in einem Rollstuhl. Er trug langes Haar und einen Bart und drehte Zigaretten auf den Knien.

– Haschbrüder – sagte Boris auf Kroatisch.

Vera rief diesem Burschen etwas zu und stand nach einiger Zeit auf, nahm von ihm die gedrehte Zigarette und kehrte an ihren Tisch zurück.

– Ich scheiß mich an, wieso ekelt sie sich nicht vor seinem Sabber – sagte Boris.

Dann bat er Constanze um einen Tanz.

– Ich mag diese Musik nicht – sagte sie und sah ihn dann an. – Aber meinetwegen.

– Was hörst du sonst?

– Deep Purple, Zappa, Led Zeppelin. Und du?

– Cohen, Dylan, Patti Smith.

Sie gingen zur Tanzfläche. Er berührte sie an der Schulter und sie wich nicht zurück. Er war siebzehn, aber er sah älter aus, er rasierte sich schon.

An der Tür, die von der Hotelterrasse zur Bar und zu den Toiletten führt, versammelten sich die Burschen aus der Stadt. Von dort konnten sie am besten sehen, was auf der Tanzfläche passierte, aber auch an den Tischen um sie herum. Dort sah er auch Gavran, wie er sie anstarrte, während sie tanzten. Er grinste ihm zu und hob einen Daumen, als würde er sagen:

– Guuuuut … vielleicht etwas zu alt für dich.

Und wenn sie sich drehten, sodass er Constanze sehen konnte, schickte er ihr Luftküsse. Er sah ihn nicht, aber er wusste, dass er Küsse schickte, denn das war seine Art. Er sah den Paaren beim Tanzen zu, vor allem jenen, die zum ersten Mal miteinander tanzten, und machte den Mädchen schöne Augen. Er spitzte die Lippen wie zum Kuss, küsste seine Fingerspitzen, öffnete die Hand und blies. Der Kuss sollte durch die Luft fliegen, auf ihrem Gesicht landen und dort für Gavran noch lange weiterwirken, lange nachdem das Mädchen sein Blickfeld verlassen hatte. Deshalb zog er Constanze tiefer hinein in das Gedränge, damit Gavrans Widerlichkeiten nicht bis zu ihr gelangten. Sie hatte sofort begriffen. Sie tanzten ein wenig so, dass sie ihren Kopf an seine Brust lehnte, selbst bei schnelleren Sachen, und dann fasste sie ihn an der Hand und sie kehrten an die Stelle zurück, wo sie zuvor getanzt hatten und wo Gavran sie sehen konnte. Sie tanzten so, dass er ihm den Rücken zukehrte und sie das Gesicht. Sie sah Gavrans brünetten Bürstenhaarschnitt, die ein wenig längere Nase, die sehr dunkle Haut und die behaarte Brust, die aus dem aufgeknöpften weißen Hemd herausschaute, seine engen Jeans und die Cowboystiefel. Ihn hatte immer gewundert, dass Gavran so viel Erfolg bei Frauen hatte, aber das war eine Tatsache.

Constanze sah eine Zeit lang zu Gavran hinüber, er sah, dass sie ihn ansah, und dann lächelte sie. Er dachte schon, dass er sie verloren hätte, aber dann drückte sie ihm einen langen Kuss auf den Mund. Das war eine ziemliche Überraschung. Das war vielleicht zu erwarten gewesen, nach einer gewissen Zeit. Aber Constanze hatte ihn jetzt geküsst und fuhr fort, ihn lange zu küssen, dort auf der Tanzfläche, und dann begannen sie sich zu drehen. Ihre Zungen fanden sich im Mund, trennten sich und fanden sich wieder. Sie roch nach Kaugummi und starkem Tabak.

Als sie an den Tisch zurückkehrten, sich an den Händen haltend, sahen sie, dass Boris und Vera überhaupt nicht miteinander sprachen. Er hatte den Arm auf der Lehne ihres Stuhls, und sie saß verkrampft und versuchte seinem Arm auszuweichen.

– Sie wollte nicht tanzen, bevor ihr nicht wieder zurück seid – sagte er auf Kroatisch – damit ihnen keiner den Wein austrinkt. Die blöde Kuh.

Jetzt gingen die beiden tanzen, aber es war zu sehen, dass sie das gegen ihren Willen taten, so als würden sie eine Pflicht erfüllen.

Constanze arbeitete als Friseuse in Braubach. Sie führte einen eigenen Frisiersalon, denn ihre Mutter, die ihn vor dreißig Jahren eröffnet hatte, war in Pension gegangen. Die Mutter lebte jetzt in Spanien, an der Costa Brava. Dieser Name hatte etwas Vornehmes für ihn. Vermutlich deshalb, weil er damals noch nicht wusste, wie die Costa Brava tatsächlich aussieht.

Sein Cousin und Vera kehrten schweigend zurück, obwohl die Musik noch nicht aufgehört hatte.

– Als sie anfingen, Sachen zum Engtanzen zu spielen, wollte sie zurück – zischte Boris.

Ihm ging dieser Widerstand nicht in den Kopf. Sie war nur eine kleine füllligere *švabica,* eine Deutsche, und er ein *galeb,* eine „Möwe", ein Beau, einer der Hübschesten in ihrer Runde. Schwarzes krauses Haar, ein schmales Gesicht, das die Mädchen mochten. Er pflückte sie wie Feigen, manchmal sogar zwei an einem Tag. Es gab Situationen, wo Luka mit einem seiner Mädchen ausgehen musste, um ihr Gesellschaft zu leisten, weil sein Cousin mit einer anderen verabredet war. Dann arbeiteten sie bis in alle Einzelheiten einen Plan aus, wie sie sich in der Stadt zu bewegen hätten, um einander nicht zufällig zu begegnen. Vera warf Constanze etwas auf Deutsch zu, sie sah, dass sie sich an den Händen hielten, und dann wollten beide vor Lachen platzen, aber als Boris ihr seine Hand aufs Knie legte, nahm sie sie höflich fort.

In diesem Augenblick kam einer der Deutschen vom Nachbartisch zu ihnen und sprach kurz mit den Mädchen. Und Vera nickte zustimmend und sagte:

– *Natürlich!*

Lediglich das hatte er verstanden. Sie sprachen Dialekt. Danach erhob sich die ganze Runde außer dem Burschen im Rollstuhl. Sie grüßten Vera und Constanze und gingen Richtung Park, und der Junge im Rollstuhl kam an ihren Tisch gefahren.

– Sie gehen schwimmen – erklärte Constanze – aber er kann nicht mit, weil es zu viele Stufen gibt. Und deshalb wird er bei uns auf sie warten.

– Sie haben uns den Krüppel untergejubelt – kommentierte Boris. Er machte überhaupt keine Anstalten, die Verachtung in der Stimme zu verbergen.

Ihm gefiel es auch nicht, mit einem Behinderten am Tisch zu sitzen. In der Zwischenzeit hatte der Behinderte Vera die Hand gegeben und gesagt:

– Udo!

Und Vera hatte ihn fröhlich angelacht. Als er aber Constanze die Hand reichte, musste er sich ziemlich weit aus seinem Rollstuhl vorbeugen, und deshalb kam Constanze ebenfalls hoch und beugte sich zu ihm. Er gab auch ihnen die Hand. Er streckte die Hand aus und sagte:

– *Udo, nice to meet you!*

Als Boris Udo die Hand gab, sagte er seinen Namen und zischte dann auf Kroatisch durch die Zähne:

– *Udo bez udova.*

– Er hat welche – sagte er und sah unbewusst auf Udos Beine – aber sie funktionieren vermutlich nicht.

Vera war dieser kurze Blick nicht entgangen.

Im Laufe des Abends hatte er den Eindruck, als ob Vera dem Invaliden deshalb Aufmerksamkeit schenkte, um sie zu ärgern. Sie schenkte ihm Wein ein, nahm seine mit Spucke geklebten Zigaretten an und plauderte fröhlich mit ihm auf Deutsch. Constanze musste sie ein paarmal zur Ordnung rufen. Dann wechselte sie für kurze Zeit ins Englische.

Constanze und er gingen noch mehrere Male tanzen und küssten sich jedes Mal auf der Tanzfläche. Sie lehnte ihre kleinen, festen Brüste an seine Brust, und er drängte sein Knie zwischen ihre Beine, und so drehten sie sich. Gavrans Blick flog jetzt über sie hinweg, als existierten sie nicht, als seien sie Luft ohne den geringsten Nebel, durchsichtiger als nichts. Wenn er jemandem nicht das Mädchen wegnehmen konnte, dann brannte es ihn wie ein heftiges Unrecht. Das war seine Tuberkulose.

Luka musste ein Gutteil dieses seltsamen Abends zusehen, wie das Mädchen, auf das der hübscheste *galeb* scharf war, ihm von dem Burschen im Rollstuhl mit dem langen fettigen Haar abspenstig gemacht wurde. Das war beunruhigend, in einer Welt, die festgefügt zu sein schien, zeigte sich plötzlich ein Riss. Plötzlich stand Vera auf und schob Udo an den Rand der Tanzfläche, wo sie den Tanzenden zusahen. Sie wippte im Takt der Musik und begann neben ihm sogar ein wenig zu tanzen.

– Mir gefällt diese blöde Kuh nicht – kommentierte Boris auf Kroatisch.

– Eine richtige Krankenschwester – stellte er fest.

– Ich verschwinde – sagte Boris, stand aber nicht auf.

Schweigen breitete sich aus. Vielleicht wurde erwartet, dass er auch ging.

– Ich werde bleiben – sagte er. Unter dem Tisch hielt er Constanzes Hand.

5.

Sie fuhr einen sportlichen BMW 323i, goldmetallic. Der fegte den Staub von der Straße wie ein Müllwagen, so niedrig war er. Mit ihm durfte man nicht über einen Ameisenhaufen fahren, weil er ihn mit dem Auspuff weggesengt hätte. Dieses Auto machte sie wertvoller, mit ihm konnte man wirklich angeben. Sie fuhren über die Insel auf kurvenreichen schmalen Straßen, hinter denen ein idyllischer kleiner Friedhof mit Zypressen und Kapelle auftauchen konnte, aber auch eine wilde Mülldeponie mit alten Waschmaschinen und Kühlschränken. Er zeigte ihr den lang gestreckten Sandstrand vor der Hotelsiedlung San Marino und erzählte ihr die Legende von Marinus, dem von dieser Insel geflüchteten Sklaven, der in Italien den Kleinstaat San Marino gegründet hatte.

Sie fuhren weiter Richtung „Sahara", dem Sandstrand an der Nordseite der Insel, der auf Goli otok, Sveti Grgur und den Velebit-Kanal hinaussieht. Er erklärte ihr, dass sich auf Goli ein Gefängnis für Männer und auf Grgur eines für Frauen befinde. Und dass manchmal die einen zu den anderen hinüberschwämmen. Er sagte:

– Wären wir beide dort, würde ich zu deiner Insel schwimmen, ich hätte keine Angst vor Unwetter und Haifischen.

– Nein. Jeder würde von seiner Insel ins Meer springen, wir würden uns in der Mitte treffen, uns begrüßen und in unsere Gefängnisse zurückkehren – sagte sie.

Danach suchten sie sich einen Platz in einem kleinen Kiefernhain mit Blick auf die Strafanstalten. Das Wäldchen war ziemlich weit entfernt vom Strand, und es waren keine Menschen da. Sie breitete die Liegematten aus und bedeckte sie mit ihren Handtüchern. Während er ihre Brust küsste, hielt sie die Hand in seinem Nacken, unterm Haaransatz. Und dann holte er die eine und die andere Brust aus dem BH und küsste sie, ein paar Sekunden die eine und dann ein paar Sekunden die andere. Er war bestrebt, die Sekunden gleichmäßig zu verteilen. So als wäre die eine Brust traurig, wenn er die andere länger küsste. Danach hielt er sich nur an einer auf, in der Erwartung, dass Constanze sagen würde:

– Diese Brust weint, weil du sie nicht küsst!

Mit der Zeit begann sie seinen Kopf immer mehr zu pressen, bis sie vom Boden hochkam und ihm ihre Zunge ins Auge schob. Er zuckte mit einer schmerzlichen Grimasse im Gesicht zurück. Und sie flüsterte:

– Entschuldige bitte, entschuldige!

Aber als er sie unten anfasste, entfernte sie seine Hand sanft. Sie sagte, dass sie noch nicht bereit sei. Dass sie mit Männern nur schlafe, wenn sie sich verliebt habe, aber sie kannten sich noch nicht einmal einen vollen Tag. Sie sagte auch, dass sie zusammen sein könnten, wenn er das akzeptiere, dass es für sie schön sei, sich zu küssen und mit ihm zusammen zu sein, aber wenn er das nicht akzeptieren könne, werde jeder in seine Richtung gehen. Jeder in sein Gefängnis, wollte er sagen.

Dann legte sie ihn auf den Rücken, zog mit sanfter, aber entschlossener Bewegung seine Badehose hinunter, die sich an der Wurzel seines gespannten Gliedes in ein blaues Gummiband verwandelte. Sie nahm es in den Mund, und der Himmel veränderte seine Farbe. Sie bemühte sich wirklich, die Hose scheuerte ihn an den Hoden, aber er wollte sie nicht unterbrechen. Er ließ sie arbeiten und übertönte in einem Moment sogar die Zikaden. Da geschah das Seltsame: Er war gekommen, aber es floss nichts heraus. Sein Schwanz blieb trocken. Ungerührt vom Kommen. Er hatte definitiv einen Orgasmus erlebt, es war gut gewesen, es war verrückt gewesen, aber da war kein Sperma. Einen Augenblick lang dachte er, sie hätte es geschluckt, aber auch sie schaute verwundert. In allem hatte sie seinen Höhepunkt gespürt, aber dieses Fehlen des Samens machte auch sie verwirrt. Sie sahen sich in die Augen, und dann sahen beide auf seinen Schwanz, der über der aufgerollten Badehose aufragte wie ein General über einem Feld toter Soldaten, denen er nicht einmal mehr eine Träne nachweinen kann.

Aber als er wegrückte, als er eine Bewegung machte, um die Badehose, die sich an der Wurzel seines Glieds aufgerollt hatte, wieder hochzuziehen, und als der Druck nachließ, schoss ein warmer Strahl aus ihm heraus und nässte ihm Brust und Kinn. Und sie sagte:

– Opsssssssss!

Und man sah, dass es sie freute.

Am Nachmittag kehrten sie an den Strand beim Campingplatz zurück. Sie sagte:

– Ich muss auch ein bisschen mit Vera zusammen sein. Immerhin bin ich mit ihr hierher ans Meer gekommen.

Vera und Udo baden hier, weil Udo ohne größere Probleme allein vom Zelt bis zum Strand fahren kann.

Udo kann ein paar Schritte machen, vom Rollstuhl bis zum Meer, wenn ihn jemand stützt. Das ist natürlich Vera. Udo stemmt sich hoch und umarmt sie und hält sich so an ihr fest, während sie langsam zum Wasser gehen. Er und Constanze liegen auf den Handtüchern, und sie beugt sich von Zeit zu Zeit über ihn und küsst ihn wie ein Kind in der Wiege.

Im Café, das sich neben dem Restaurant auf dem Campingplatz befindet, sitzen Boris, Gavran und Škembo. Sie blödeln herum, die sarkastischen älteren Burschen, offensichtlich kommentieren sie ihn und Constanze. Sie sind nicht weit weg, alles in allem nur ein paar Meter Luftlinie. Er hört Gavran, wie er sagt, laut genug, dass auch er es hört:

– Lass ihn, soll der Kleine auch mal ficken!

Am Abend, als sie sich anschicken rauszugehen, fragt Boris:

– Wo steckst du den ganzen Tag, hast du wenigstens gefickt?

– Hab ich.

– Und? Wie war's?

– Super!

6.

Das *White Horse* hatte einen englischen Namen und einheimische Rausschmeißer, was oft unangenehm war. Man musste sie von Zeit zu Zeit schmieren. Die hiesigen Burschen ließen sie ohne weibliche Begleitung nicht hinein, und deshalb gab es regelmäßig viele freie Ausländerinnen. Eröffnet hatte man es deshalb, weil die Hotelsiedlungen Carolina und Eva an die fünf Kilometer von der Stadt entfernt waren und es dort sonst keine Unterhaltungsmöglichkeiten für junge Leute gab. Für die Burschen aus der Stadt wurde es zu einem

mythischen Ort, wobei ein Großteil seines Reizes auch in seiner Un-
zugänglichkeit lag. Damals hatten sie keine Autos und musste sich
damit zufriedengeben, diesen Club ein- oder zweimal in der Saison
aufzusuchen, wenn sie eine Mitfahrgelegenheit fanden.

Zu der Zeit nannte noch niemand bei uns Heroin „horse", geschweige denn „yellow", eine Bezeichnung, die erst später aufkam.
Für ihn und Boris war die einzige einleuchtende Verbindung mit dem
Namen des Clubs ein Whisky, oder der Roman *The Pale Horse* von
Agatha Christie, der bei ihnen *Das fahle Pferd* hieß. Der Club befand
sich im Keller des Hotelrestaurants und hatte keine Leuchtschrift und
keine teure Einrichtung, sondern war nur ein improvisierter Aus-
schank mit gewöhnlichen Restauranttischen und -stühlen. An der
Glastür am Eingang befand sich lediglich ein Plakat mit dem Foto
eines weißen Pferdes, über dem mit Filzstift geschrieben stand:
„White Horse, 23. pm – 05. am." Auf dem Rasen vor dem Eingang
standen ein paar Plastiktische und -stühle für die, die zwischendurch
frische Luft schnappen wollten.

Udo und seine Freunde waren schon da. Constanze parkte in der
Nähe des Eingangs, sodass die einheimischen Burschen, die dort nach
den deutschen Mädchen Ausschau hielten, wenn sie herauskamen,
um ein wenig Luft zu schnappen, sehen konnten, mit was für einem
Auto und was für einem Mädchen er kam. Aber als aus dem Auto
noch ein freies Mädchen ausstieg, sprangen etliche von ihnen hinzu,
damit sie sie mit sich hineinnahm. Vera erschrak, sie wusste nicht,
was sie wollten, aber Constanze sagte:

– Jungs, sie ist besetzt.

Einige von ihnen sahen ihn überrascht und verächtlich an. Er war
ein kleiner Stift mit einer guten Beute und einem guten Auto.

Vera ging schnell zu dem Tisch, an dem Udo und seine Freunde
saßen. Im nächsten Augenblick konnte er sehen, wie Udo und sie sich
küssten. Sie beugte sich völlig über ihn und schob ihm die Zunge in
den Mund, aber der Rollstuhl begann sich aufgrund ihres Gewichts
unkontrolliert rückwärts zu bewegen. Da fingen beide an zu lachen,
und Udo brachte ihn mit Mühe zum Stehen.

Danach gingen sie hinein, aber sie mussten durch ein Spalier von
Inselbewohnern hindurch, die draußen warteten wie die Freier am

Hof des Odysseus. Finsteren Blicks sahen sie jedem einheimischen Burschen mit einem Mädchen nach, der reinkonnte.

– Werden sie manchmal auch aggressiv? – fragte Constanze, in sein Ohr flüsternd.

Er antwortete, dass sie das schon könnten, aber dass es gewöhnlich nicht geschehe, weil man ihnen dann den Zutritt zum Disco-Club ganz verbiete. Er sagte auch, sie stünden mehr auf Fotzen denn auf Motzen. Er hoffte, sie so zu beruhigen, aber auch selbst war er sich nicht sicher.

– Sie gefallen mir nicht – sagte sie.

Drinnen setzten sie sich alle an einen Tisch, Udos ganze Gesellschaft und sie drei. Constanze küsste ihn oft und hielt ständig seine Hand, aber mit den anderen sprach sie Deutsch. So ausgiebig, dass sie einmal zu ihm sagen musste:

– Entschuldige! Entschuldige! – und ihn so sehr küsste, als würde sie ihm gegenüber größere Zärtlichkeit empfinden, wenn sie ihn ein wenig verletzte.

In jenem Sommer hörten sie häufig Patti Smith und ihren Hit *Gloria*. Sie waren schon etwas angetrunken, und alle am Tisch standen auf, um zu tanzen, auch er wollte mit, aber Constanze küsste ihn zärtlich auf die Wange und sagte:

– Setz dich hierher, zu Udo, damit er nicht allein ist!

Das war, als hätte jemand einen Handschuh aus dickem, sanftem Fell angezogen und ihm damit eine Ohrfeige versetzt.

So musste er eine Zeit lang den behinderten Deutschen unterhalten. Udo schlug ihm vor, rauszugehen und eine zu drehen, denn hier drinnen fürchtete er die Rausschmeißer. Er war Ingenieur, hatte die Technische Hochschule in München absolviert und arbeitete bei Siemens. Er sagte, dass ihn Gras locker mache, obwohl er es nicht rauchen dürfte, weil seine Krankheit im Gehirn sitze. Es sei Multiple Sklerose. Damals hörte er zum ersten Mal von dieser Krankheit. Udo sagte, dass die Prognosen nicht gut seien, aber er sagte auch, dass er sich damit schon abgefunden habe. Bis zum ersten Anfall, nach dem er gelähmt blieb, war er ein normaler junger Mann gewesen. Er hatte Basketball gespielt, die Fakultät abgeschlossen, und niemand hätte gedacht, dass er in ein paar Jahren im Rollstuhl sitzen würde. Seine Multiple sei die progressive, das heiße, sie schreite sehr rasch voran und Medikamente könnten sie nicht aufhalten. Deshalb habe er aufgehört, sie zu nehmen, weil sie ihm mehr schadeten als nützten. Vera sei das erste Mädchen, das er habe, seit er im Rollstuhl sitze.

– Und was tust du, wenn es schlimmer wird? – fragte er. Vielleicht hätte er ihn das nicht fragen sollen, aber es war ihm so rausgerutscht, ohne Nachdenken.

Udo fummelte ein Stanniolpäckchen aus der Hose, sah sich um, ob sie jemand beobachtete, und wickelte es vorsichtig aus. Darin war ein grobes gelbliches Pulver.

– Was ist das?

– *Horse* – sagte Udo.

Er sah ihn an und begriff noch immer nicht. Udo machte mit der Hand eine Geste, als würde er sich eine Spritze geben, und fuhr dann mit dem Zeigefinger über seinen Hals. Das war das erste Mal im Leben, dass er Heroin sah.

Später, um seine Unbesonnenheit etwas abzuschwächen, fragte er:

– Habt ihr schon miteinander geschlafen?

– Noch nicht – sagte Udo. – Wie alt bist du?

– Neunzehn – sagte er.

– Du gefällst Constanze, aber geh es nicht zu schnell an mit ihr.

Er wollte ihn fragen, woher er das wisse, aber da fiel ihm Vera ein. Dann kam Constanze ihn holen, und sie tanzten und küssten sich auf der Tanzfläche. Sie mochte es, sich zur Musik zu küssen, die Schönheit ging durch die Ohren bei ihr hinein und kam durch Mund und Augen wieder heraus.

Gegen drei, als sie hinausgingen und eigentlich weggehen wollten, besprachen Udo und Vera leise etwas auf Deutsch. Er verstand nicht, worum es sich handelte, aber aus dem, wie sie gestikulierten, war klar, dass er etwas nicht wollte, und dass Vera ihm klarmachte, dass das vielleicht keinen Sinn habe. Udos Freunde waren nicht da, sie waren im Club geblieben.

– Wir machen einen kleinen Spaziergang – sagte Constanze zu ihm, und so nahmen alle vier den asphaltierten Weg durch den Park um das Hotel. Er und Constanze hielten sich an den Händen, und

Vera schob Udo. Sie gingen vorneweg, sie diskutierten nicht mehr, sondern kicherten. Als sie das Blickfeld der einheimischen Burschen vor dem Club verlassen hatten, schob Vera Udo bis zu einem Busch, half ihm, auf die Beine zu kommen, und zog sich dann zurück. Er knöpfte sich selbst den Schlitz auf, obwohl er im Stehen ein wenig schwankte, und begann sein Wasser abzuschlagen. Sehen konnten sie seinen Strahl im Mondlicht nicht, aber hören. In diesem Augenblick sah alles einfach aus: ein Mann, der uriniert. Aber jetzt ging etwas in seinem Uriniersystem und im ganzen Körper kaputt und begann in seinen Nerven die Elektrik zu versagen. Als er ihn abgeschüttelt und den Schlitz geschlossen hatte, konnten sie das an seinen ungeschickten Bewegungen sehen, wieder kam ihm Vera zu Hilfe und wischte ihm mit einem Feuchttuch die Hände ab und stützte ihn, bis er sich hingesetzt hatte. Er klatschte mit dem Hintern in den Sitz des Rollstuhls, die Beine hielten ihn nicht mehr, und sie sagte:

– Hoppla!

Und sie küssten sich wie nach einem erfolgreichen Geschäftsabschluss.

7.

Wirklich glücklichen Menschen eilt das Glück voraus. Wenn man sieht, wie Constanze fährt, kommen solche Gedanken von allein. Wie glücklich haben sich bei ihr die Gene vereint, dass sie dieses spitze Näschen hervorgebracht haben, diese kleinen Ohren, die allein für sich genommen schön sind und die durch eine Kurzhaarfrisur noch betont werden. Aber die Gene ihrer Eltern haben sich auch sehr schön in Bewegungen transformiert, in langsame und runde. Wenn sie das Steuer mit der linken Hand hält, während ihre rechte auf dem Schalthebel ruht, sieht man, dass es hier keine Hast, keine Konfusion, keine Angst gibt, nur Leichtigkeit. Ihre Bewegungen sind Kreise, sie machen die Kreise nach, von denen sie umgeben ist: das Lenkrad, die Reifen, die Uhren des Tachometers und des Drehzahlmessers. So ist auch ihr Gang, wenn sie ins Auto einsteigt, schwingend, rund. Er wusste indessen, dass er nicht immer so gewesen war. Er war

einmal ungeschickt gewesen, der große Hintern war in Windeln ein-
gepackt gewesen, ein winziges watschelndes Geschöpf, das seine ersten Schritte machte. Er spürte den Liebreiz in den Fingerkuppen,
wenn er sie sich als Kind vorstellte. Und auf der Oberfläche der Haut,
in der Brustgegend. Ihr ganzes Leben war zu einer Quelle eines
Glücksgefühls geworden, und das verwandelte sich manchmal in Geschwindigkeit.

Aber vor ihren Augen erschien noch ein weiterer Kreis. Ein roter,
leuchtender, in dem stand: „Stop!" Constanze und er saßen vorne,
Udo und Vera hinten. Die Reifen quietschten, als sie bremste, und
alle flogen nach vorne. Niemand stieß zum Glück irgendwo an.

– Wohin so eilig, Signorina? – sagte der Polizist auf Kroatisch, als
sie das Fenster öffnete. – Die Fahrzeugpapiere!

Constanze fasste sich und reichte ihm den Führerschein und die
Zulassung. Mit ihren Papieren in den Händen ging der Polizist um
das Auto herum, ohne den Blick von ihnen im Wageninnern zu lassen.

– Das Auto ist gut, schnell – sagte er, und Constanze antwortete
mit einer Frage:

– *Speak English?*

– *Nein* – antwortete er. Dann fiel sein Blick auf Udo. Er sah ihn
prüfend an, lange und genau.

– Hat er Papiere?

– Er will deine Papiere – sagte er zu Udo, und der zog seinen Pass
heraus.

Lange beschäftigte er sich mit Udos Pass, sah bald das Bild an,
bald ihn im Auto. Dann fragte er:

– Drogen?

– *Nein* – antwortete Udo.

– Marihuana, Haschisch, Heroin? – setzte er das Verhör auf Kroatisch fort. Und Udo zog sich auf dem Sitz zusammen, als wollte er in
ihm versinken, zerfließen, eingesogen werden. Auch Vera war erstarrt,
er konnte es sehen, weil er sich umgedreht hatte, um es ihm zu übersetzen. Sie hielten sich an den Händen. Vielleicht stellten sie sich
schon vor, wie die Gefängnisse des kommunistischen Landes aussehen: Ratten, Ketten, Stacheldraht.

– Er soll aussteigen! – wandte er sich an ihn als Übersetzer.

– Er kann nicht.

– Warum nicht?

– Er ist behindert.

Es entstand eine Stille, und der Polizist fixierte ihn mit dem Blick. Ihn auf dem Vordersitz, aber auch Udo hinten, abwechselnd.

– Willst du mich verarschen? – knurrte er.

– Sein Rollstuhl ist hinten drin. Den kann ich Ihnen zeigen.

Er erkannte ihn erst, als er aus dem Auto ausgestiegen war. Den kleinen Cousin im zweiten Glied.

– Fickst du die? – sagte er und sah Constanze an.

– Ja.

– Und du nimmst keine Drogen?

– Nein.

– Gut, dann fahrt weiter – sagte er und setzte noch hinzu: – Grüß den Onkel! Er zwinkerte ihm zu und ließ sie weiterfahren.

Constanze war dieses Zwinkern nicht entgangen.

– Was war? – fragte sie, als sie losgefahren waren.

– Das ist ein Cousin von mir – sagte er. – Sonst hätte er ihn durchsucht – deutete er mit dem Kopf auf Udo.

Und so wurde er der Held des Abends. Die Stille im Auto zeugte von seinem Ruhm.

Als sie auf dem Campingplatz ankamen, sagte Constanze zu ihm:

– Hilf mir, bitte!

Sie stiegen aus und gingen die kleine Anhöhe im Kiefernhain hinauf, wo Veras und ihr Zelt stand. Sie holte einen Schlafsack, ein aufblasbares Kopfkissen, zwei Matten für den Schlafsack und eine Flasche Prošek heraus.

– Udo wird heute Nacht hier mit Vera schlafen – sagte sie – und wir gehen an den Strand. Dann küsste sie ihn.

– Du wirst einen schönen Strand für uns finden.

Sie verstaute den Schlafsack und die Matten im Gepäckraum des BMW. Vera hatte schon Udos Rollstuhl herausgeholt, und er hatte sich vom Rücksitz umgesetzt. Sie schob ihn bis an den Fuß des Hügels, dann blieben sie stehen.

– Wir werden ihn tragen müssen – sagte Vera zu ihm. – Ich zeig es dir.

Sie fassten sich an den Händen, sodass sie einen Sitz bildeten. Udo richtete sich auf, schwer zwar, aber er richtete sich auf und setzte sich auf ihre Hände wie in den Sitz des Rollstuhls, nur dass er statt der Räder ihre Beine hatte. Sie mussten ihn diese zwanzig Meter bergauf tragen, denn der Boden war voller Steine und Kiefernnadeln. Mit dem Rollstuhl würde er das nie schaffen. Während sie ihn trugen, versuchte er sich vorzustellen, wie Udo heute Abend ficken würde. Seltsam war nur, dass ihn gerade das Mädchen ins Zelt trug, das er ficken würde. Sie trugen ihn wie eine junge Braut über die Schwelle, und als sie ihn hinunterließen, sagte Vera wieder:

– Hoppla!

8.

Der Höhepunkt seines bisherigen Lebens ereignete sich im Restaurant *Zlatni zalaz*, im *Goldenen Sonnenuntergang*, oberhalb von Supetarska Draga. Gerade neigte sich der Tag seinem Ende zu, den er als den schönsten in seinem bisherigen Leben ansehen konnte. Er saß mit Constanze auf der Terrasse und sah, wie sich das Licht der Sonne, die gerade ins Meer sank, am Himmel in rosa Töne verwandelte, die langsam ins Bläuliche übergingen, während sich dasselbe Licht im Wasser orange und silbern brach. Dies war das Restaurant, das seine Gäste mit den schönsten Sonnenuntergängen und den größten Scampi auf dem Grill lockte. Gerade hatten sie einen leichten Rosé namens Opolo konsumiert. Wenige Stunden zuvor, im Verlauf des frühen Nachmittags, hatte ihm Constanze ein Plakat mit der Werbung für ein Restaurant gezeigt, auf dem man sah, wie die rote Kugel der Sonne ins Meer sank, zu einem Drittel war sie schon untergegangen, so als wäre sie von unten abgebissen, und an dieser Stelle war mittels Fotomontage ein weißer Teller mit großen Scampi vom Grill einmontiert. Die Farbe der Scampi und die Farbe der Sonne waren einander ähnlich und bildeten eine harmonische Komposition.

– Dort bring mich hin! – hatte sie gesagt.

Er, dieser kleine Stift, sitzt jetzt hier mit einer schönen erwachsenen Frau, nachdem sie den ganzen Tag zusammen verbracht und teuer zu Abend gegessen haben, was sie bezahlen wird. Jetzt sieht er schon, wer die Seele dieses Sommers sein wird. Vergangene Nacht hat er nicht bei Onkel und Tante geschlafen. Er war im Morgengrauen nach Hause gekommen, aber seine *Nona* war schon auf und werkelte in der Küche. Er hatte sich ins Zimmer geschlichen. Boris schlief fest.

Vergangene Nacht, als Vera und Udo im Zelt geblieben waren, waren sie über die Insel gefahren, hatten Patti Smith gehört, und *Gloria* würde für ihn in den Jahren, die kamen, mit Constanze verbunden sein.

Er hatte sie an den Sandstrand bei Pudarica geführt, über dem sich ein zehn Meter hohes Kliff aus rötlicher Erde erhebt, aus dem schräg Feigen herauswachsen und tagsüber natürlichen Schatten spenden. Das war einer der schönsten Strände. Etwas weiter weg lag eine Gesellschaft Deutscher um ein Feuer, und einer von ihnen hatte eine Gitarre. So war diese herrliche Nacht von Musik begleitet. Sie lagen abgeschirmt durch einen großen Steinblock, der aus dem Sand ragte. Einer von denen, die hier „lebendige Felsen" genannt werden. In dieser Nacht erzählte sie, dass sie manchmal im Schlaf weine. Wenn sie erwache, seien ihre Augen voller Tränen, aber sie erinnere sich nicht, was sie geträumt hat. Sie küssten und berührten sich, er küsste ihre kleinen Brüste und die Brustwarzen wie Kinderwürstchen. Er fasste bei ihr nach unten, sie war feucht, aber sie nahm seine Hand weg.

– Was habe ich dir gesagt?

Auch hier gab es kein Verhandeln. Aber sie nahm ihn wieder in den Mund, und er war rasch fertig. Dann streichelten sie sich lange, der Sand war feucht und kühl, und sie holte den Schlafsack aus dem Auto. Sie machte es ausgezeichnet mit dem Mund, und während sie es tat, befriedigte sie sich mit der Hand. Und dann kam das Morgenrot. Und zwischen Morgenrot und goldenem Sonnenuntergang fügte sich dieser Tag ein, der den Höhepunkt seines bisherigen Lebens darstellte. Schon jetzt weiß er, dass das, wie sehr er sie liebt, etwas ist, woran er sich noch Jahre später erinnern wird.

– Danke, dass du uns vor der Polizei gerettet hast – sagte sie plötzlich – und dass du Udo getragen hast. Und dass du dich mit ihm unterhalten hast, während wir getanzt haben. Du bist so gut – sagte sie und küsste ihn, so sanft sie konnte. Aber auch an diesem Abend erlaubte sie ihm nicht, sie in die Möse zu ficken.

9.

Einmal, sie waren am „Sahara", sagte Constanze zu ihm:

– Du bist sehr lieb.

Das hörte sich sehr schön an, sie sagte aber nicht „ich liebe dich". Und das hatte er gestern zu ihr gesagt. Dann fuhr sie fort:

– Du bist lieb, auch wenn du lügst.

Und lachte.

– Ich lüge nicht. Was fällt dir ein?

– Du bist noch keine neunzehn. Wie alt bist du wirklich?

Grauen überflutete ihn. Die Person, die er so sorgsam aufgebaut hatte, seit er sie kennengelernt hatte, fiel auf einmal zur Ruine zusammen, wie ein altes Haus. Wie vorsintflutliche Kacheln, die von selbst von der Wand fallen. Diese zwei Jahre wurden auf einmal unermesslich wichtig.

– Wer hat dir das gesagt?

– Dieser Schwarze.

– Gavran?

– Ich weiß nicht, wie er heißt.

Dann schwieg sie kurz, lächelnd.

– Schau, mir ist es egal, aber sag mir, wie alt du wirklich bist.

Er zögerte ein wenig, rot, gesenkten Kopfes.

– Achtzehn.

– Gut, Luka – sagte sie – lassen wir es bei achtzehn.

Constanze war ihm nicht böse, aber plötzlich war alles, was er sagte, unglaubwürdig geworden. Er sagte:

– Das, was du da siehst, ist der Velebit-Kanal. Da bläst die stärkste Bora an der Adria.

Und sie sagte:

– Ach wirklich?

Er konnte die beinahe physische Barriere zwischen ihnen spüren, und irgendwie kam es, dass sie auch nicht gemeinsam ins Wasser gingen. Wenn ihm heiß wurde, warf er sich hinein und schwamm ein wenig, und sie blieb am Strand zurück und las. Wenn er allerdings zurückkehrte und sich, nass wie er war, an sie lehnte, was er früher bei seiner Mutter und später bei allen Mädchen gemacht hatte, sagte sie:

– Mir ist heiß. – Und ging allein ins Wasser.

Später, während sie sich anzogen, fragte er sie:

– Wann hast du Gavran gesehen?

– Auf dem Campingplatz, als wir zu Abend gegessen haben. Er hat uns ein Bier spendiert.

– Und ihr habt es angenommen?

– Ja. Warum sollten wir nicht? Er war höflich.

– Weil er versucht, dich zu ficken.

– Ich weiß.

Während sie Richtung Stadt fuhren, sagte er, um das Schweigen zu brechen, das im Auto herrschte:

– Was hat er noch zu dir gesagt?

– Dass du ein guter Junge bist, aber zu jung für mich. Dass ich einen richtigen Mann brauche.

– Und das wäre, nehmen wir mal an, er.

– Ich habe ihm gesagt, dass du der richtige Mann für mich bist. Und das denke ich wirklich. Und dass wir noch nicht miteinander geschlafen haben, das ist, weil ich dieses Problem habe, ich muss es langsam angehen. Und das lässt sich nicht ändern, ich habe es probiert ...

– Und hast du schon früher mit ihm gesprochen?

– Ja.

– Wann?

– Ich versuche, mich aufs Fahren zu konzentrieren. Ich weiß nicht, vorgestern.

Er sah sie an und krauste die Augenbrauen, aber ihr Mund zeigte ein Lächeln.

– Bist du etwa eifersüchtig?

– Nein.

– Bist du doch.

Er schwieg ein wenig.

– Ich weiß nicht.

– Ich mag es, wenn du ehrlich bist. Schau, Luka, an dem Abend, als wir uns kennengelernt haben, habt ihr uns bis zur Stadt begleitet. Wir sind spazieren gegangen, um zu sehen, wo wir sind, haben uns ein wenig die Läden angesehen und sind zum Abendessen gegangen. Und in diesen zwei Stunden ist ein Dutzend Leute zu uns gekommen. Schau!

Sie zeigte mit der linken Hand zwei, wie das Victory-Zeichen.

– Zwei Stunden!

Dann verlangsamte sie die Fahrt, ließ das Lenkrad los und zeigte ihm mit beiden Händen zehn.

– Zehn Leute in zwei Stunden. Ist dir klar, was das bedeutet. Ihr macht das hier so. Das habe ich auch zu dem Schwarzhaarigen gesagt.

Dann schwieg sie, sie waren schon nahe am Campingplatz.

– Aber du hast mir gefallen …

Den ganzen Nachmittag dieses Tages, der genau die Hälfte ihres Sommerurlaubs bezeichnete, verbrachten sie zusammen mit Vera und Udo. Er unterhielt sich mit Udo über ernste Dinge, über die Entstehung des Weltalls, über Gott, über Technik. Udo wusste unheimlich viel über Technik. Er lag auf dem Handtuch und sie brauchten ihm nur von Zeit zu Zeit aufzuhelfen und ihn zum Wasser zu führen. Oft musste er darüber nachdenken, wie ein Mensch, der von seinem Mädchen ins Zelt getragen werden muss, Liebe macht. Aber Vera wirkte zufrieden. Und verliebt. Mit der Zeit konnte er sich auch vorstellen, dass Udo sein Freund würde, und dann würde es ihm vermutlich nicht mehr unangenehm sein, in Gesellschaft eines Behinderten gesehen zu werden. Es gab Tage, an denen Udo ganz gut auf den Beinen war, aber auch Tage, an denen es ihm schlecht ging. Einmal, als sie auf der Terrasse des *Grandhotels* waren, sah er, wie sich bei Udo auf den Jeans in der Leistengegend ein großer feuchter Fleck ausbreitete. Und als Vera das sah, führte sie ihn sofort zur Toilette und brachte ihn dort ein wenig in Ordnung. Sie wollte nicht, dass er ihr dabei half. Oder Udo wollte es nicht.

Mit Constanze sollte er auch einige Jahre nach diesem Sommer in Verbindung bleiben. Natürlich über Briefe. Das war nicht üblich. Die Burschen von der Insel gaben den Mädchen falsche Adressen für den Fall, dass eine von ihnen schwanger würde. Ein Jahr danach, genau im nächsten Sommer, teilte ihm Constanze mit, dass sich Udo umgebracht hatte. Er hatte ein Zimmer in einem Hotel gemietet, damit ihn nicht seine Eltern finden, sondern das Zimmermädchen, und sich eine Überdosis Heroin gespritzt. Sie schickte ihm Veras Adresse, und er schrieb ihr einen kurzen Beileidsbrief. Er überlegte, ob er ihn abschicken sollte oder nicht, und dann beschloss er, ihn abzuschicken. Zu diesem Zeitpunkt war sie schon von einem anderen Mann schwanger.

10.

Es vergingen volle drei Wochen, und sein Rücken krümmte sich unter der Schwere dieser Lüge. Er wollte endlich, dass es auch die Wahrheit war, wenn er sagte, er habe mit einem Mädchen geschlafen. Wie jeder anständige Bursche dieses Landes, in dem hinter dem Lächeln seiner Touristik-Angestellten ein fundamentales Misstrauen hockte. Oder in so manchem auf die Mercedes und BMW der Touristen geworfenen schrägen Blick. An diesem Abend sagte Constanze, dass sie und Vera den letzten Abend in Udos Gesellschaft feiern wollten, dass es reichlich deutsches Rumgealbere und deutsche Lieder geben werde und dass es tatsächlich keinen Sinn habe, dass er sich mit ihnen langweilt.

– Wir werden uns auf andere Weise verabschieden – sagte sie zu ihm.

So endete er mit Škembo und Gavran an der Theke des *Imperial*. Boris war mit einem Mädchen im Park, und die beiden warteten darauf, dass er die Sache erledigte.

– Oho, Luka, hast du dich etwa mit dieser *švabica* verheiratet? – sagte Škembo und ließ das Eis im Campari-Glas klirren, als er ihn die Stufen heraufkommen sah.

Gavran sah ihn an, schielend vom Rauch der Zigarette, die ihm aus dem Mundwinkel hing. Es war das ein seltsames Grinsen, ein schief gezogener Mund wie bei einem leichteren Gehirnschlag, mehr ein Krampf als ein Lächeln, und alles überragt von seinem enormen, wenn auch gerade Gesichtserker.

– Er hat keine *švabica* geheiratet, sondern einen *švabo*.

– Was willst du damit sagen?

Und beide platzten fast vor Lachen.

– Ich will damit sagen, dass er kein Mädchen geheiratet hat, sondern ein Auto. Hast du gesehen, was die Kleine fährt?

Dann umarmte ihn Gavran herzlich, er spürte seinen männlichen Druck, kräftig, aber freundschaftlich, sogar väterlich.

– Nicht böse sein, wir albern nur rum. Was trinkst du?

– Ein Bier.

In der Zwischenzeit war Boris mit dem Mädchen zurückgekehrt. Einem blonden, schönen, mit regelmäßigen Gesichtszügen. Genau genommen so regelmäßig, dass er sie eine Minute später nicht wiedererkennen würde. „Wenn sie aufs WC pinkeln geht und dann zurückkommt, wie erkennst du sie wieder?", wollte er ihn fragen. Das Mädchen stellte sich vor, sie sagte, sie heiße Gabi, tauschte Küsse mit Boris und ging zu dem Tisch zurück, an dem ihre Eltern saßen. Das, was hier ablief, war Teil des Rituals; das Legen der Strecke. Gabi war ein riesiger Säbelfisch an der Ankerwinde im Hafen, und um sie herum versammelten sich die Neugierigen und die Kinder. Bevor er sie in der Fischhalle tranchieren würde.

– Und? – sagte Škembo. – Wie fickt sie?

Boris antwortete nicht sofort, er setzte Lukas Bier an und nahm zwei gute Schluck. Wie einer, der von der schweren Arbeit durstig ist.

– Korrekt – sagte er schließlich.

– Ja gut, schnappt sie oder schnappt sie nicht?

– Sie schnappt. Aber nicht stark.

– Du hast sie nicht gut gedrillt – sagte Gavran fachmännisch.

– Und leckst du sie?

– Bist du verrückt, wer leckt schon eine *švabica* – sagte Škembo – die würde ich nicht einmal für Geld lecken.

In den Mädchenzeitschriften, etwa in *Tina*, in den Leserbriefen wurde mit Ekel vom Lecken gesprochen. Das Einzige, was erwähnt wurde, lautete in etwa so: „Zwei reife junge Menschen können auch vor der Ehe in intime Beziehungen eintreten, daran ist nichts Schlechtes, und wenn sie sich sehr lieben, können sie auch Zuflucht zu oralem Sex nehmen." – Hörst du das: wenn sie sich sehr lieben? –

sagte Škembo. – Nicht wenn sie sich lieben, sondern wenn sie sich waschen – kommentierte Gavran, während sie das einander am Strand unter den verkümmerten Tamarisken laut vorlasen.

– Du bist ein Idiot – sagte Gavran zu Boris. – Du musst die Frau gut lecken, hast du mich gehört, du musst sie gut lecken, bevor du sie fickst, dann ist es auch für dich schöner. Und für sie auch.

Dieser Abend war eine Art Pause, ein Intermezzo. Škembo und Gavran waren es müde, den *švabice* hinterherzurennen, er hatte seinen freien Abend, und Boris erledigte sein Geschäft mit Gabi. Und je mehr sie tranken, desto weniger achteten sie auf die Mädchen, die an ihnen vorübergingen. Zuerst wie große Fotos auf Karton kaschiert in Gestalt eines Körpers, dann auch als menschliche Form aus Sand, die im Sturm immer mehr zerrinnt. Gavran war schon ziemlich betrunken, als er sagte:

– Kleiner, hast du die *švabica* wirklich gefickt, oder fährst du mit ihr nur herum?

Eine unangenehme Stille breitete sich aus.

– Hab ich – sagte er schließlich. Die Dinge zwischen ihm und Constanze waren in der Öffentlichkeit so klar ersichtlich, sie zeigte ihre Neigung zu ihm so sehr, dass er dachte: Und wenn ich ihnen sagen würde, dass ich es nicht getan habe, würde mir niemand glauben.

– Bist du dir sicher?

– Was willst du damit sagen? – meldete sich Boris.

– Ich habe was anderes gehört – sagte Gavran.

Die Dinge nahmen plötzlich eine ernste Wendung.

– Und was hast du gehört? – sagte Luka mit belegter Stimme.

– Ich habe gehört – zögerte jetzt Gavran – und das muss nicht die Wahrheit sein, aber so habe ich es gehört, dass du sie in Wirklichkeit nicht fickst, dass sie dir ihre Möse nicht gibt, sondern dass sie mit dir nur so ein bisschen rumfummelt, sie hat dich, damit sie nicht mit anderen ficken muss, verstehst du, die macht dir was vor, die Schlampe, sie versteckt sich nur hinter dir …

– Red keinen Scheiß, Gavran – sagte Škembo – lass den Kleinen …

– Ich red keinen Scheiß, bei meiner Mutter, ich muss das dem Kleinen sagen, damit er nicht als noch größerer Idiot dasteht.

Boris sah ihn an, den Betrunkenen, in dessen Mundwinkeln sich Spucke sammelte und dessen dünne krumme Beine in den Cowboystiefeln sich irgendwie seltsam um das Gestänge des Barhockers schlangen.

– Du bist wirklich ein Kretin – sagte Boris, legte ein paar Geldscheine auf die Theke und stieg vom Hocker. Im selben Moment stieg auch Luka ab.

– Habe ich dir nicht gesagt, du sollst nicht darüber sprechen – schrie Škembo Gavran an. – Siehst du jetzt, was du getan hast?

Boris und er waren schon am Ausgang, als Gavran von der Theke schrie:

– Schlampe!

11.

Die letzte Nacht fühlte er sich weich wie Holundermark. Wie dicke Milch mit Sägespänen. Er fühlte seine Bewegungen zerfallen, er war immer weniger er, und nahm immer mehr die Elemente des Raumes an: kinetischer Chamäleonismus. Er umarmte Constanze mit ihren Bewegungen, schob ihr auf ihre Weise die Zunge in den Mund, es musste ihr vorkommen, als küsste sie sich selbst. Er fühlte sich wie ein Dieb, der Bewegungen stiehlt, ein Krimineller, eine moralische Sülze. Sie waren in ihrem Zelt, Vera schlief bei Udo im Wohnwagen zusammen mit den anderen Deutschen. Er versuchte nicht einmal, zum Wichtigsten zu kommen.

Am Morgen half er ihnen beim Abbau des Zelts. Er zog die Heringe heraus und legte die Metallkonstruktion zusammen, die Zeltplane legte sich von allein auf die Erde wie ausgeblasen, ohne Rückgrat. Vera und Constanze verstauten die Sachen im Kofferraum des BMW. Unglaublich, wie viele Sachen in diesem kleinen Zelt Platz gehabt hatten. Seine Bewegungen waren auch weiterhin die eines Fremden. Und am Ende, als sie alles zusammengelegt und im Kofferraum verstaut hatten, blieb an der Stelle des Zelts die Erde zurück, in die sie Nacht für Nacht im Schlaf die trockenen Kiefernnadeln und die halbvolle Flasche mit dem warmen Prošek hineingedrückt hatten. Constanze nahm sie und wollte mit ihr zum Müllcontainer, aber er fasste sie am Arm.

– Lass sie da – sagte er – es ist schade drum.

Alles von ihr war plötzlich wertvoll geworden.

Sie strich ihm mit der Hand über das Gesicht, um ihn für diese pathetische Geste zu belohnen.

Sie küssten sich, sie setzten sich ins Auto und fuhren los. Er sah ihnen nach und setzte die Flasche an. Er hoffte, sie könnten im Rückspiegel ihn und die Flasche immer kleiner werden sehen. Bald hatte sich der metallicgoldene BMW zwischen den Zelten verloren. Er hörte ihn noch einmal, als sie aus dem Campingplatz hinausfuhren und der sportliche Motor auf der Straße zum Fährhafen aufheulte. Das Letzte, was mir von Constanze geblieben ist, dachte er, wird dieser Klang sein.

12.

Er setzte sich an den Strand und machte einen großen Zug aus der Flasche. Er suchte in sich die Trauer, die noch nicht da war, aber er spürte, dass sie heranbranden würde, und es war, als wollte er sich mit diesem Übertreiben gegen sie wappnen. Sich gegen die Trauer impfen. Um elf war er schon betrunken.

– Du machst aus dir einen größeren Idioten, als du schon bist – sagte Boris zu ihm und legte mit dem Boot ab.

Er irrte über die Strände, und das Problem mit den Bewegungen war noch da, er erkannte sich selbst nicht wieder in dem Schatten auf dem Lungomare, über den er vom Campingplatz Richtung Stadt ging. Sein Schatten ging anders, er fuchtelte sogar anders mit den Armen. Er schien die Bewegungen eines jeden Menschen anzunehmen, der ihm entgegenkam, so wenig war er im eigenen Körper. In der Stadt fuhr er in den Lokalen mit dem Trinken fort, den Höhepunkt der Betrunkenheit erlebte er gegen zwei oder drei, er hoffte, dass ihn niemand gesehen hatte und seinem Onkel sagen werde, in was er sich verwandelt hatte. Er übergab sich im Park, neben dem Eingang zum Friedhof, fast wäre er kopfüber auf den Stadtstrand hinuntergestürzt, aber er wurde zum Glück vom Wurzelwerk der hundertjährigen Pinien aufgefangen. Aber als er gegen fünf in die Stadt zurückkehrte, war er bereits wieder nüchtern. Noch immer wartete er, dass die Trauer kam, aber sie kam nicht. Nur bei bestimmten Bildern, die Constanze mit einschlossen, fühlte er einen Stich im Herzen. Jetzt setzen sie über aufs Festland, dachte er, und als er sich wieder erinnerte und auf die Uhr sah, waren sie sicher schon bei Senj, und dann in Rijeka, sie fuhren Richtung Karlovac. Es war freilich etwas Trauer in diesem gespiegelten Bild: Constanze passierte jetzt den Weg, auf dem er auf die Insel gekommen war, als er noch nicht wusste, dass er ihr begegnen und dass sie die Seele des Sommers werden würde.

Als er sich dann doch auf einen Kaffee ins *Sutjeska* setzte, weil es schon langsam Zeit zum Heimgehen war, traf er Kenjo, der an der Rezeption des *Imperial* arbeitete.

– Wo steckst du denn? – sagte Kenjo. – Die Frau sucht dich in der ganzen Stadt.

Als hätte ihm jemand eine Bratpfanne vor den Kopf geschlagen.

– Scheiße, mein Mädchen ist abgefahren! – und er starrte in Kenjos Augen, er versuchte dahinterzukommen, ob er ihn verarschte oder nicht. Aber er war nicht der Typ.

– Sie ist nicht weggefahren, nein, sie sucht dich in der Stadt.

– Wo hast du sie gesehen?

– Bei der Tankstelle.

Er fand sie im Restaurant neben der Tankstelle, wo sie Bier tranken. Sie waren verschwitzt, müde und hatten einen verzweifelten Ausdruck im Gesicht. Sie ließ keine Freude erkennen, sie stand nicht auf, um ihn zu küssen, sie zeigte nur wortlos auf einen Stuhl, er solle sich setzen. Erst jetzt sah sie, in welchem Zustand er war, verkatert, übel riechend, mit Spuren von Erbrochenem auf dem Hemd.

– Du hast getrunken? – das sagte sie wie eine Mutter.

– Ja.

Vera lächelte säuerlich und tätschelte seinen Arm.

– Was ist passiert?

– Das Auto ist kaputtgegangen. Ich erklär es dir später. Es wird nicht vor morgen Nachmittag fertig, und wir müssen heute Abend irgendwo schlafen. Es hat keinen Sinn, dass wir für eine Nacht wieder das Zelt aufstellen.

– Aber könntet ihr nicht bei Udo?

Sie schwiegen und sahen sich an. Dann sagte Vera:

– Ich möchte ihn nicht aufregen.

– Er hat es nicht so gut weggesteckt, als wir gefahren sind – erklärte Constanze.

Er suchte in seiner Panik nach einer Idee. In der Saison gibt es überhaupt keine freien Zimmer, vor allem nicht für eine Nacht.

– Wir haben die Schlafsäcke mit, wir können eventuell am Strand – sagte Vera.

– In der Stadt vertreibt die Polizei die Leute, die an den Stränden schlafen. Sie kontrollieren deine Papiere und bringen dich auf die Wache.

Er erinnerte sich an Škembos Gartenhäuschen, das der ihnen manchmal abtrat, wenn sie nicht wussten, wohin sie mit ihren Mädchen gehen sollten.

– Wir müssen zu Škembo – sagte er – er ist zum Schwimmen unten an der Mole.

Er erklärte Škembo, was passiert war, und der sagte, dass sie bei ihm übernachten könnten. Noch immer war es ihm ein wenig unangenehm, dass Gavran so beleidigend geworden war. Er erklärte ihnen, dass es kein Bad gebe, und sie sagten, dass das nichts mache. Sie brachten die Sachen in seinen Garten, und Vera sagte, dass sie sofort ins Bett ginge, weil sie sehr müde sei. Sie fragte, ob sie das dürfe, und Škembo sagte, sie dürfe. Sie sahen sich an, und das schien eine Art schweigende Übereinkunft zu sein, ein kurzer Blick, eine Verständigung. Dann nahm Constanze ihren Schlafsack.

– Wir gehen ein bisschen raus, ich kann noch nicht schlafen – sagte sie. Aber sie war ihm gegenüber seltsam reserviert. Sie hatte ihn überhaupt nicht berührt.

Sie aßen im *Mali gaj* zu Abend; Fischsuppe, Miesmuscheln *à la buzara* und Makrelen vom Grill. Sie trank fast einen Liter Roten, bevor sie anfingen, sich ernsthaft zu unterhalten.

– Das Auto ist uns vor der Fähre kaputtgegangen – sagte sie.

– Was ist passiert?

– Die Achse ist gebrochen, wir hätten draufgehen können, wäre das auf der Autobahn passiert, gäbe es uns nicht mehr.

Er versuchte sich das vorzustellen. Sie wäre vielleicht irgendwo in Deutschland, hinter München oder noch weiter nördlich, verunglückt, und er hätte nicht gewusst, dass Constanze umgekommen war, sondern hätte weiter an sie gedacht. Manchmal, freilich immer seltener, hätte er sich an Constanze erinnert und daran gedacht, wie sie jetzt lebt, ob sie geheiratet hat, ob sie Kinder hat, und dabei wäre sie die ganze Zeit tot gewesen. Mit den Jahren hätte er sich Stück für Stück ihr ganzes Leben erschaffen und wäre sich nicht bewusst gewesen, dass das jetzt das einzige Leben war, das sie hatte.

– Hörst du mir überhaupt zu?

– Entschuldige.

– Der Mechaniker hat gesagt, jemand hat sie angesägt.

– Wie bitte?

– Na, die Achse. Dass man deutlich den Schnitt sehen kann, dass sie nicht zufällig gebrochen ist.

Im ersten Moment war ihm nicht bewusst, weshalb sie ihm das erzählte.

Dann legte sie ihre Hand an seine Wange, so wie sie es oft getan hatte, und sah ihm tief in die Augen, sie drang ihm mit ihrem Blick bis ins Hirn. Es sah aus, als grübe sie in den tiefsten Schichten seiner Seele.

– Weißt du etwas darüber?

Er versuchte sich vorzustellen, was er darüber wissen könnte.

– Worüber?

– Na darüber, wovon ich rede. Über die Hinterachse.

Er sah sich selbst in dieser Situation. Es war wie im Theater, während der Vorhang noch zugezogen ist und man von der Bühne schon Geräusche hört, man sieht ein Auge, wie es in den Zuschauerraum späht, man hört das Lachen und Hüsteln, aber was zu sehen sein wird, wenn sich der Vorhang hebt, weiß im Publikum niemand. Er war jetzt dieses Publikum.

– Ich weiß nichts – sagte er endlich.

Sie hielt noch immer ihre Hand an seiner Wange und maß ihn mit ihrem Blick. Er stellte sich vor, dass er in ihren Augen einmal als

Maus, einmal als Igel erschien, aber vielleicht auch als Ratte oder als Springnatter.

– Bist du dir sicher?

– Sicher.

– Gut, Luka, ich glaube dir!

Danach wurde sie wieder zärtlich. Sie zog ihre Tennisschuhe aus und legte ihm ihre Füße in den Schoß.

– Finde für uns einen Strand, wo es keine Polizei gibt.

Auf der Terrasse oberhalb des Stadtstrands, in unmittelbarer Nähe des Krankenhauses für Asthmatiker, breitete sie den Schlafsack auf dem warmen Beton aus und zog ihn als Erstes völlig aus. Das vollgespuckte Hemd, die über den Knien abgeschnittene Jeans, die Tennisschuhe, die roten Boxershorts. Auch sie zog sich völlig aus und begann ihn dann mit ihrem Körper zu berühren, sich mit der ganzen Fläche an ihn zu schmiegen. Dieses Berühren war das Leben selbst, das Leben höchstpersönlich. Es brauchte etwas Zeit, damit es aus seinem Bauch herauskam und sich versteifte, aber dann ging es. Sie nahm es mit der Hand und schob es in ihre Möse. Aber an ihrem Gesichtsausdruck konnte man nicht ablesen, was sie empfand. Es schien so, als hätte jemand Gips über sie ausgegossen und wartete nun, dass er aushärten sollte. Während er ein und aus fuhr, kam ihm der Gedanke, dass er vielleicht abbrechen sollte, aber er konnte nicht aufhören, der Körper setzte von allein fort. Eigentlich sah es so aus, als wäre sie tatsächlich dort auf der Autobahn zwischen München und Nürnberg umgekommen und liege jetzt tot unter ihm, mit ausdruckslosem bleichem Gesicht, so als läge sie auf der Bahre. Ich sollte vielleicht abbrechen, dachte er, denn sie bewegte sich überhaupt nicht, aber etwas trieb ihn weiter, etwas Unaufhaltsames, was überall um uns ist. Und im Mondlicht sind ihre großen offenen Augen, die im Schlaf weinen, irgendwohin nach oben gerichtet, in den gestirnten Himmel.

Als er endlich fertig war, bewegte sie sich, griff nach einem Papiertaschentuch und wischte sich unten ab. Wortlos, abwesend umarmte sie ihn, und allem Anschein nach schien sie endlich beglichen zu haben, was dieses Land von ihr verlangte.

Am Ende der Saison

1.

Selbst Eis wird nicht mehr so viel gekauft wie in den vergangenen Wochen. Lena arbeitet am Eisstand im Schatten der großen Steineiche am Platz des hl. Kristofor. Sie ist fünfzehn, seit Juli, und geht ab Herbst aufs Gymnasium. Die Leute, die bei ihrer Eistruhe stehen bleiben, sind immer älter; Pensionisten mit ihren aus der Mode gekommenen Stoffhosen und den schmutzigen Espadrilles nehmen die Insel in Besitz. Sie sieht Damen mit hellen, mit Seidenblumen geschmückten Hüten, wie sie die Verpackung vom Cornetto abziehen. Ihre Hände sind dabei nicht unbedingt ruhig. Die Blätter an den wenigen Laubbäumen sind noch nicht vergilbt, sind aber von der Hitze des Sommers völlig versengt, sie sind jetzt altes Laub, Altersgenossen der Pensionisten auf den Straßen. In den Bewegungen der Einheimischen erkennt man die Müdigkeit. Während sie sich einen Kaffee aus dem *Grandhotel* holt, hört sie den Besitzer des Restaurants, wie er sagt: „Ich kann den Oktober kaum erwarten", und mit der Hand ein paarmal durch die Luft zieht, als zöge er am Haken, „*peškafondo*, ich sitze in meinem Boot, angle Kalmare und muss an nichts denken, Nirwana."

Als Kleine konnte sie nicht *Jelena* sagen, sondern sagte immer:
– Lena, Lena.
Ihre Mutter zerlegte ihren Namen in Silben:
– Je-le-na! Sag Je-le-na!
Jelena hörte ihr aufmerksam zu, konzentrierte sich und stieß dann aus:
– Lena!
Damit hatte sie sich ihren Spitznamen selbst gewählt, und das ist auf der Insel ein Privileg. Die meisten Spitznamen sind das Resultat von Spott und Häme und haben etwas mit dem Charakter derjenigen zu tun, die einen bekommen haben. Oder besser gesagt: sich verdient haben. Den Namen bekommt man mit der Geburt, einen Spitznamen aber verdient man sich. Er ist ein Spiegel, die tagtägliche Konfrontation mit sich selbst.

2.

Auf der Insel schlüpfen die Menschen aus ihren Spitznamen wie Küken aus den Eiern.

Dudo wird der Sohn des Hafenkapitäns genannt, der den Mädchen immer auf die Brust schaut. Man erzählt sich, dass ihn seine Mutter bis zum achten Lebensjahr gestillt und dass er bis zum zwölften an seinem in Gaze eingewickelten Daumen gelutscht habe. Einmal brachte ihm Prof. Barač, der in Geografie, einen Schnuller mit in die Stunde. Kenjo ist ein Junge, der sich nie entscheiden kann. Bei der Brünetten landen oder bei der Blonden? Bei der Deutschen oder bei der Dänin? Nicht nur bei Mädchen, bei nichts kann er sich entscheiden. Er steht eine halbe Stunde vor Lenas Eistruhe und stiert hinein. Will ich eines am Stiel oder ein Cornetto? Cornetto oder am Stiel? Einmal steht er so da und schaut, Lena verkauft ihr Eis, holt es heraus, wickelt es für die kleineren Kinder aus, damit sie nicht das Papier kauen, es vergehen zehn Minuten, es vergeht eine halbe Stunde, Erwachsene und Kinder drängen herbei, es ist Abend und man geht in die Stadt flanieren, aber Kenjo stiert und ringt mit sich. Und sagt endlich:

– Kannst mir ein Cornetto geben …

– Kann ich nicht – sagt Lena.

– Was ist mit dir, gib mir ein Cornetto!

– Ausgegangen – sagt Lena und lacht.

Das ist Kenjo.

Gavran wiederum hat ausgesprochen schwarzes Haar, eine große, aber regelmäßige Nase und einen arabisch anmutenden Teint. Die Leute, die ihn sehen und dann hören, dass er Gavran heißt, denken immer an *gavran*, den „Raben", sei es wegen der Nase, wegen der Haare oder der ausgesprochenen Hagerkeit. Sie sind überzeugt, dass es ein Spitzname ist. Etwas in seinem Aussehen hat dieses Krächzen.

Und dann wundern sie sich, wenn sie hören, dass Gavran sein Nachname ist. Es ist nicht klar, wie ein Nachname so sehr auf das Aussehen abgestimmt sein kann. Man weiß es nicht. Sein Nachname ist zugleich sein Spitzname. Aber das weiß nicht einmal er selbst. Die Leute rufen ihn:

– Gavraneeeeeeeeeeee!

Und er reagiert, ohne sich bewusst zu sein, dass man ihn damit neckt.

3.

Lena und Gavran waren Nachbarn und entfernte Verwandte. Zur Welt gekommen waren sie am Ufer über der Bucht in den typischen Reihenhäusern der Küste, die einen großen gemeinsamen Hof haben, mit Platten aus Schotterstein bedeckt, die von den Gefangenen auf der Gefängnisinsel Goli otok hergestellt wurden. In der Saison standen hier Tische, an denen die Feriengäste frühstückten und dabei den Blick auf die Bucht, den Sandstrand und das Inselchen Školjić unterhalb genossen, und außerhalb der Saison, wenn ihre Eltern die Tische weggeräumt hatten, spielten sie hier mit den anderen Kindern aus diesen Häusern. Hier konnte man Dreirad fahren, Zweirad mit Hilfsrädern, und Rollschuh laufen, man konnte Fußball auf kleinem Feld und Tischtennis spielen. Verboten war lediglich, im Hof mit bunter Kreide „Himmel und Hölle" und Mädchengesichter mit Herzen anstatt Mündern aufzumalen.

Das Problem war, dass sie denselben Nachnamen trugen. Gavran war zwei Jahre älter, sie spielten zusammen wie Kinder, und Lena wurde von den Erwachsenen geneckt.

– Wenn du Goran heiratest, welchen Nachnamen nimmst du dann an?

– Ich werde nicht heiraten – antwortete sie schon als kleines Mädchen.

Es kam allerdings so, dass alle drei Kinder, mit denen Lena und Gavran im Hof spielten, vor dem Eintritt in die Grundschule wegzogen. Die einen gingen nach Rijeka, wo der Vater Chauffeur bei der Firma Autotrans war, während die andere Familie, der kleine Franko und seine Eltern, nach Battle Creek gingen, wo sie Verwandte hatten.

Als sie als kleine Kinder in die Schule kamen, sagte die Mutter zu Gavran:

– Pass auf Lena auf!

Und als der Ältere hütete er sie und passte auf sie auf. Viele in der Schule dachten wegen des Nachnamens, dass sie Bruder und Schwester seien, und sie mussten ihnen erklären, dass sie es nicht waren, dass sie entfernte Verwandte waren, die denselben Nachnamen haben, aber dass er auf sie aufpasst, weil sie klein ist und ihr manchmal das Blut aus der Nase läuft. Jeden Werktag konnte man sie sehen, wie sie mit den Ranzen auf dem Rücken um halb acht über den gewundenen Lungomare zur Schule gingen. Lena vorneweg und Gavran hinterher. Sie redeten nicht viel auf diesem Weg, es gab nichts zu reden. So war es, als sie in die unteren Klassen gingen, aber als sie in die Pubertät kamen und das Interesse aneinander völlig verloren – sie gingen eben gemeinsam in dieselbe Schule, sie in die sechste, er in die achte Klasse –, sagte seine Mutter:

– Pass auf Lena auf!

Und Gavran antwortete:

– Mach ich!

Sie gingen gemeinsam bis zur Kurve unterhalb des Marjan, und dann schloss sie sich den Mädchen an, und Gavran den Jungen. Und bis zur Rückkehr nach Hause waren sie nicht mehr zusammen. In seiner Gesellschaft nannte er sie „eine Verwandte", und sie nannte ihn „Goran".

4.

Die Nachmittagsschicht in der Hotelfachschule Markantun de Dominis begann um zwei, aber Dina holte Lena bereits um elf ab. Sie verteilten ihr Make-up auf Lenas Arbeitstisch und probierten Lidschatten und Lippenstifte aus. Aus ihrem Kunststoff-Grammofon, das man zusammenklappen konnte und das dann aussah wie ein kleiner roter Koffer, dröhnte meistens Suzi Quatro, und manchmal auch Demis Roussos oder Donna Summer. Dina brachte auch ihren Lockenstab mit, und sie legten sich das Haar, und Mitte Oktober, wenn Lenas Mutter noch bei der Arbeit war, setzten sie sich auf den Balkon, zündeten sich eine Zigarette an und sahen mit den Beinen auf dem Geländer auf die Bucht hinunter, auf Školjić, aber auch viel weiter: auf Cres, Lošinj und die gerade Linie des Horizonts, hinter der sich Italien verbirgt.

In der Schule wandten sich die Jungen oft an Lena; sie kamen, um sich von ihr für Erdkunde den Atlas oder für Geometrie den Zirkel auszuleihen, nebenbei unterhielten sie sich mit ihr, fragten nach dem Lehrstoff, und sie antwortete immer höflich und ließ nicht erkennen, dass sie ihr auf den Geist gingen. Manchmal brachten sie ihr auch Rock-Alben mit, Led Zeppelin und Deep Purple. Sie nahm sie höflich an und gab sie nach ein paar Tagen wieder zurück, ohne sie gehört zu haben. Wenn sie sie fragten, wie ihr die Platte gefallen habe, sagte sie nur:

– Gut.

Das Einzige, was ihr an Hardrock wirklich gefiel, war *Pirates* von Emerson, Lake & Palmer mit der Nummer *C'est la vie*.

Unter denen, die sich Zirkel und Atlas ausliehen, kamen am häufigsten ein gewisser Slaven aus Kampor und Adnan aus der Stadt. Und sosehr sie mit ihnen auch freundlich redete, manchmal sogar die ganze Pause hindurch, war es eigentlich Kenjo, der Lena gefiel. Ein Jahr älter als sie, braungebrannt, blond mit dunklen Augenbrauen, war er hübsch genug, um ihr zu gefallen. Und hier spielte auch sein Spitzname eine Schlüsselrolle. Während er beim Eis unschlüssig vor ihrer Truhe stand, und er konnte lange unschlüssig sein, denn die Steineiche spendete dichten Schatten, dachte sie: Was für ein blöder Name und so ein hübscher Junge. Das Missverhältnis zwischen dem Spitznamen und seinem hellen seidigen Haar bewirkte das Seine. Vielleicht hätte sie dem Haar nie Aufmerksamkeit geschenkt, wäre da nicht dieser dumme Name gewesen.

Aber Kenjo konnte sich einfach nicht entscheiden. Während der Pause steht er nur als der große Macker mit der Schulter an den Türrahmen seines Klassenzimmers gelehnt und beobachtet, was sich auf dem Gang tut. Dann kommt auch sie und lehnt sich an den Türrahmen ihres Klassenzimmers und sie sehen sich Augenblicke lang an, um ihre Blicke dann wieder über die anderen Mädchen und Jungen schweifen zu lassen. Mit der Zeit sehen sie sich auch länger an. Kenjo nickt manchmal, er ist nicht ängstlich, er ist nicht schüchtern, das weiß Lena, aber er kann sich nicht entscheiden. Denn wenn er sich für eine entscheidet, lässt er sich alle anderen entgehen. Und doch, diese eine, so scheint es, zieht ihn immer mehr an. Nach Totensonntag 1974, am Morgen in der Schule, löste sich Kenjo von seinem Türrahmen und bewegte sich langsam, anscheinend entschlossen, auf Lenas Türrahmen zu. Ein Augenblick voller Spannung, Lena fühlte ihr Herz im Hals schlagen, gegen Zungenwurzel und Stimmbänder hämmern, so hatte sie es nie gefühlt, wenn er sich zwischen den Eissorten entschied. Vielleicht hatte das, wenn er so lange unschlüssig zwischen Cornetto oder Eis am Stiel schwankte, ja gerade damit zu tun. Kenjo war schon auf halbem Weg zu Lena, als etwas im Kopf seine Aufmerksamkeit ablenkte, er blieb stehen, als hätte er etwas vergessen, drehte sich um und ging zurück in die Klasse. An diesem Tag war er überhaupt nicht mehr auf dem Gang zu sehen. Das geschah noch zweimal im Laufe des November.

Lena wusste, dass Kenjo einen Anstoß brauchte. Und deshalb begann sie, nett mit Adnan zu reden, der mit seinen Zirkeln und Atlanten hartnäckig war, manchmal legte sie ihm sogar die Hand auf die Schulter oder schob ihm eine Haarsträhne zur Seite, wenn sie ihm über die Augen fiel. Und auch wenn nicht. In der Klasse gingen schon Gerüchte über sie und Adnan um.

– Ist dein Ledo nicht mehr gut? – sagte Nina Pende zu ihr. – Ist das Vanille bei Butući besser?

– Blöde Kuh! – sagte Lena zu ihr.

Wie viele Male Lena im Verlauf des Dezember dieses Jahres erschauert war, wie oft sich die hellen Härchen auf den Unterarmen gesträubt hatten, wenn sie Kenjo sah, weiß sie selbst nicht. Aber Kenjo konnte sich nicht entscheiden. Vor Weihnachten, die Schule war mit Schriftbändern wie „Glückliches Neujahr 1975" vollgeklebt und mit Papierlampions und Masken geschmückt, die die Kinder der Grundschule im Kunstunterricht gemacht hatten, sprach sie freundlich mit Adnan, der sie zur Neujahrsfete in die Wohnung über der Konditorei seines Vaters in der Srednja ulica einlud. Sie versuchte, diese Einladung so liebenswürdig wie möglich auszuschlagen unter gleichzeitigem Lächeln, das aber Kenjo galt, der an seinen Türstock gelehnt zusah.

Und dann geschah es.

In einem einzigen Augenblick wurde Lenas ganzes Leben zu einer stinkenden Fischsülze. Während der Beichte in der Kirche der hl. Justina fragte sie Pater Nikša:

– Kann Gott mir mein Leben vernichten?

– Kann er! – antwortete Pater Nikša. – Denn Er ist allmächtig, aber glaube mir, dass Er das nicht möchte.

– Hat er aber gerade – sagte Lena zu Pater Nikša.

So fühlte sie sich, wie „stinkende Fischsülze" und „Gott hat mir mein Leben verfickt".

5.

Gerade hat sie eine Strähne von Adnans unfolgsamem Haar zur Seite geschoben und gesagt, dass sie nicht zu der Neujahrsfete kommt, weil die Eltern sie nicht lassen, Kenjo hat dem mit Neugier zugesehen, als sich Gavran zwischen die beiden schiebt. Wie aus dem Nichts erschaffen, wie blitzartig aus dem Boden geschossen, so schien es ihr, und hat sie auf den Mund geküsst. Ganz plötzlich, einfach so, als würden sie sich ständig so küssen.

Der Schock währte nur kurz. Dann fletschte sie die Zähne:

– Du Affe!

Etwas Besseres war ihr nicht gleich eingefallen.

Sie flüchtete in die Klasse, sie konnte nicht einmal weinen. Die Wut hatte ihr den ganzen Unterkiefer paralysiert, auch die Augen und die Tränendrüsen. Er hatte sie vor der gesamten Schule entehrt. Vor Scham und Schande würde sie die Insel und die Eltern verlassen müssen. In sich kaute sie an einem ganzen Bestiarium: Idiot, Tier, Wurm, Schweinearsch, räudiger Hund, Schuft, Wichser, Murmel, Scheiße, nein, Durchfall, Schlappschwanz verschissener … und am Ende: stinkende Fischsülze.

Den ganzen Tag verließ sie das Klassenzimmer nicht mehr. Sie ging auf Umwegen nach Hause, sie hatte das Gefühl, kotzen zu müssen, wenn sie ihm begegnete. Aber sie begegnete ihm nicht. Weder vor dem Haus noch im Hof. Sie ging an seinem Haus vorüber und sah auf die andere Seite. Sie sah ihn weder am nächsten Tag in der

Schule noch an dem danach. Nach drei oder vier Tagen, wenn sie nach Hause kam und in ihr Zimmer hinaufging, konnte sie bereits zum Lungomare und zur Mole hinuntersehen, wo sich alle Kinder aus der Bucht immer trafen. Auch dort war er nicht, obwohl es nacheinander ein paar Sonnentage gab. Sie sah ihn die ganze Woche nicht, was seltsam war, weil sie doch so nahe beieinander wohnten. Und als sie seine Mutter traf, fragte sie sie:

– Wo ist Goran?

– Krank – sagte seine Mutter. – Er hat Fieber.

Soll er verrecken, dachte sie.

Danach schien sich die Wut ein wenig gelegt zu haben, und sie konnte nachdenken. Was hatte er denn so Schreckliches getan? Er hatte sie geküsst? Die in der Schule hatten das schon vergessen, die Sensation eines einzigen Tages. Ihr kam der Gedanke, er könnte ihretwegen krank geworden sein. Zuerst dachte sie, dass er sich versteckt, dass der Murmel weiß, wie sehr er sie erniedrigt hat, und dass er jetzt Angst hat, ihr in die Augen zu sehen, aber als sie hörte, dass er Fieber hat, tat er ihr doch etwas leid. Aber als sie ihn noch ein paar Tage lang nicht sah, als am Morgen sogar der Krankenwagen hinter seinem Haus stand, wurde ihr klar, dass seit ihrer Geburt, seit sie von sich weiß, nicht so viele Tage vergangen waren, ohne dass sie Gavran gesehen hätte.

– Murmel, blöder – sagte sie und ging in die Schule.

Doch während sie im Schulhof eine Orange schälte, hob sich der Vorhang im Bewusstsein, wie im Theater; vielleicht liebt er sie ja die ganze Zeit, schon seit sie Kinder waren, und er hat sie geliebt, als sie zusammen im Hof gespielt haben, als sie ihm die Autos stibitzt hat, hat er sie nie geschlagen, obwohl er ganz übel fluchen konnte, ihr schien, dass er sie liebte, auch als sie in die Schule gingen, all diese vielen Monate und Jahre, mit den Ranzen auf dem Rücken, die Sonne schien, die Bora blies, der Jugo fegte mit Nieselregen heran, all diese Zeit hat er sie vielleicht geliebt. Aber dann fletschte sie wieder die Zähne:

– Murmel, blöder!

Am nächsten Morgen ging sie in die Schulbücherei und fand eine *Naturwissenschaftliche Enzyklopädie*. Sie schlug sie auf unter dem Buchstaben M. Dort war auch ein Bild: Das Murmeltier war überhaupt kein so ein ekelhaftes Tier. Im Gegenteil, es war sehr süß. Es hat den Kopf eines Hasen, aber ohne die großen Ohren, die Vorderpfoten benutzt es als Händchen, sein Fell ist graubraun, glänzend und weich schon beim Anschauen.

Am Morgen des 29. Dezember, wenn Toma, David, Davor Namenstag feiern, war sie sich sicher, dass Gavran sie die ganze Zeit geliebt hat, ihr großer Freund, Beschützer, beinahe Bruder. Dann fiel ihr ein, dass er ja doch nicht ihr Bruder ist, und sie schrieb in ihr Tagebuch: *23. Dezember 1974. Goran hat mich geküsst.*

Nur dieser eine kurze Satz stand unter dem Datum dieses Tages. Nichts Wichtigeres hatte im Weltall geschehen können.

Aber Lena wusste nicht, was war, als Gavran endlich in die Schule zurückkehrte, nach der geschauspielerten schweren Grippe und dem täglichen Reiben des Thermometers. Die Jungen fragten ihn:

– Was sollte das denn werden, he?

Er sagte:

– Ich konnte nicht zulassen, dass sie mit dem *shiptar* geht.

6.

Die Frage, wohin mit dem Tagebuch, stellte sich gut zehn Tage nach der Neujahrsfete 1975. Sie lag im Bett, es war Samstag, zehn Uhr am Morgen, und draußen stürmte der Jugo. Irgendwo rechnete der Wind mit hölzernen Fensterladen ab, die er gegen die Fassade schlug, und die Zweige der Akazien vor ihrem Haus scheuerten am Balkongeländer und erzeugten einen Ton wie auf riesigen Maultrommeln. Ihre Mutter kam ins Zimmer:

– Du musst diese Unordnung mal ein bisschen aufräumen, hast du mich gehört, sieh doch, wie du deine neue Hose hingeworfen hast …

Sie klaubte die Kleidungsstücke vom Stuhl zusammen, die gewaschen werden mussten. Ihre auf den Boden geworfenen Strümpfe hob sie an die Nase, als wäre Lena eine richtige Stinkmorchel. So war das, sobald sich Lena etwas in sich zurückzog, sobald sie etwas quälte. Ihre Mutter war sonst nicht übel, sie kaufte ihr Sachen, verteidigte sie sogar vor dem Vater, aber dass sie sich zurückzog, konnte sie nicht ertragen.

Die meiste Zeit waren sie allein, der Vater arbeitete auf einem Schiff der Küstenlinie, er war jeweils mehrere Tage nicht zu Hause.

Am Abend desselben Tages, nachdem sie sich mit der Mutter gestritten und ihre Mutter sich nach unten ins Wohnzimmer verzogen hatte, um fernzusehen, schrieb Lena, noch immer im Bett liegend, wieder einen kurzen Satz ins Tagebuch: *12. Januar 1975. Angefangen, mit Gavran zu gehen.*

Und kaum hatte sie das eingetragen, wurde sie von Panik ergriffen. Erst jetzt, als es dastand, war es wirklich geworden: Sie war fünfzehn und ging mit einem Verwandten, mit dem zusammen sie aufgewachsen war. Ihre Mutter würde auf der Stelle vor Scham sterben, wenn sie das erführe.

Sie griff nach Klebeband und Schere von ihrem Schreibtisch, nahm das Tagebuch, kroch unter den Tisch und klebte es an den Boden der unteren Schublade, sodass man sie öffnen konnte und das relativ kleine Notizbuch dabei nicht beschädigt oder bemerkt wurde. Auf dem Schmuckumschlag stand: „Mein erstes Tagebuch", und sie selbst hatte auf die Linien unterhalb der hellblauen Buchstaben in ihrer damals noch ungeschickten Schrift dazugesetzt: „Lena Gavran". Die Schublade wurde nur an den Seitenführungen gehalten, ihr Boden war frei. Das hatte sie schon gesehen. Wenn ein Detektiv in das Zimmer eines Mädchens kommt, das von einem Serienmörder erwürgt, geschlachtet, gehäutet oder aufgegessen wurde, dann sieht er zuerst ihre Puppen, die Spielsachen, die Poster von Sängern und die Duftkerzen, ein ganzes kleines Museum des Erwachsenwerdens. All das überfliegt er mit flüchtigem Blick und geht dann zum Schreibtisch, bückt sich und findet das Tagebuch des Mädchens mit dem äußeren Buchdeckel an den Schubladenboden geklebt. Und ab jetzt ist er dem Mörder ganz dicht auf der Spur.

7.

Dass sie Verwandte sind und dass sie gemeinsam aufgewachsen sind, hatte auch eine praktische Seite: Es erregte keinen Argwohn, dass sie ständig zusammen waren. Im Laufe des Februar und März dieses

Jahres musste Lena alles Mögliche ins Tagebuch schreiben. Das Problem bestand lediglich darin, dass sie es jedes Mal ablösen, eintragen und neu ankleben musste. Dabei ging viel Klebeband drauf, denn es bestand die Gefahr, dass der Klebstoff auf dem Klebeband trocknete und dass das Tagebuch vom Boden der Schublade abfiel wie ein Blatt im Herbst. Sie zog es nicht jeden Tag hervor und musste sich deshalb auf ihr Gedächtnis verlassen. Als sie etwa in Triest gewesen waren, schrieb sie das, woran sie sich erinnerte, fünf oder sechs Tage später auf: *Ich habe mir bei Coin leichte Ballerinas und ein Sommerkleid, rotweiß, gekauft, und Gavran hat sich wunderschöne Cowboystiefel mit schrägem Absatz und enge Wrangler gekauft. Aber alles hat diese Kuh Anka Barbarić verdorben, die auch nach Triest gefahren ist, sodass wir uns im Bus nicht küssen konnten.*

Wenn etwas Schönes geschehen war, und zu der Zeit geschah jeden Tag etwas Schönes, bemühte sie sich, jedes Detail in Erinnerung zu behalten, um es später aufschreiben zu können. Seit Beginn ihrer Beziehung drehte sich alles um die Erinnerung.

Am 10. März 1975 schrieb sie: *Ich war mit Gavran in Lun. Er hat meine Brüste geküsst, und dann waren wir zusammen.* Lena hatte immer *Gavran* zu ihm gesagt, und so nannte sie ihn auch im Tagebuch. Mit diesem seinem Nach- und Spitznamen hatte er sich irgendwie auch ihren Nachnamen angeeignet, so als hätte nur er das Recht, Gavran zu sein, während ihr Nachname etwas Beiläufiges war, das man in der Schule und im Wartezimmer der Ambulanz aussprach, wenn man auf das Entschuldigungsschreiben für den wunderschönen Tag wartete, den sie auf der Rajska plaža, dem Paradiesstrand, verbracht hatten. Während sie gingen, sich dabei an den Händen haltend, machte er mit dem Bein einen Schlenker und schlug ihr mit dem Fuß gegen den Hintern. Deshalb fühlte sie ihm gegenüber große Zärtlichkeit im Haarboden, an den Fingerkuppen, oben auf den großen Zehen, überall, wo sie endete und die Welt, in der auch er existierte, anfing. Das hatte er getan, als sie Kinder waren. Er fuhr einen Feuerwehrwagen durch den Hof, und sie spielte mit den Mädchen Gummitwist. Dann hielt er mit seinem Lastwagen an, kam angerannt, trat ihr mit dem Fuß in den Hintern und setzte mit dem Spielen fort.

8.

Nach dem 1. Mai 1975, als die ersten Hotels aufmachten und die Vorsaison offiziell begann und als in den Abendnachrichten im Fernsehen die Anzahl der Nächtigungen und die Anzahl der Fahrzeuge bekanntgegeben wurden, die über Spielfeld und Pasjak nach Jugoslawien eingereist waren, begann sich Gavran seltsam zu benehmen. Am Anfang waren es nur Kleinigkeiten. Als sie mit dem Boot zur Westseite der Stadt und zum Škver fuhren, sah er vor der Bucht der hl. Eufemija ein Gleitboot treiben und fuhr mit seiner Pasara ganz dicht heran.

– *Do you have a problem?* – rief er.

Im Boot befanden sich ein älterer Mann und zwei junge Frauen, die oben ohne waren.

– *No, just fishing* – antwortete der Mann im Gleitboot, die Angelleine in der Hand. Eine der Frauen schenkte Gavran ein Lächeln.

– Der Idiot angelt Thunfisch an der Hafeneinfahrt – kommentierte er und wendete das Boot auf die Bucht der hl. Eufemija zu. Lena war sich allerdings sicher, dass er nicht nur gekommen war, um den Mann zu fragen, ob er Probleme habe.

Immer häufiger war er geistig abwesend. Ein paar Tage später zum Beispiel vergaß er sie einfach in der Stadt. Sie waren gemeinsam mit seinem Tomos gekommen, um Farbe für das Balkongeländer zu kaufen. Sie suchte die Farbe aus, dazu den Verdünner, und kaufte zwei neue Pinsel, und während sie in der Schlange wartete, sah sie, wie er mit abwesendem Blick den Laden verließ und sich aufs Motorrad setzte. Sie ging mit der Einkaufstüte nach draußen, setzte sich auf einen Betonkübel voller Blumen und wartete. Nach gut zehn Minuten war er wieder da und sagte:

– Ich bin nach Palit, mir Werkzeug ansehen!

Aber an seinem Gesicht konnte man sehen, dass er sie vergessen hatte. Am 14. Mai musste sie ins Tagebuch schreiben: *Heute hat mich Gavran verlassen.*

Zu Anfang schien es, als wäre sie gar nicht so traurig, aber sie konnte keine Nahrung zu sich nehmen. Und auch das, was sie mit Gewalt zu sich nahm, blieb nicht bei ihr. Sie erbrach sogar das Wasser, das sie trank. Sie lag nur in ihrem Bett und starrte an die

Zimmerdecke. Sie sah, wie die Sonne zuerst gelbe, dann rötliche Formen schuf. Sie hatte weder die Kraft, eine Schallplatte aufzulegen, noch, sich auszuziehen. Zum ersten Mal hatte sie es mit einer solchen Trauer zu tun, die die Welt um einen herum sinnlos macht.

Etwas half ihr dennoch. Jeden Tag konnte sie ihn durch das Fenster hören. Wenn sie ihn sah, wie er wegging oder das Boot losband, selbst wenn er zurückkam, den Eimer mit den Tintenfischen in der Hand, fühlte sie einen Schmerz in der Lunge und fiel ihr das Atmen schwer. Wenn sie andererseits hörte, wie er am Morgen ihre Mutter grüßte und wie er sich mit ihrem Vater unterhielt und am Ende sagte: „Grüßt Lena von mir", dann fühlte sie einen Trost. In diesen schwersten Tagen erwachte sie mit seiner Stimme, und diese Stimme tröstete sie, sie kam in ihr Zimmer wie ein guter Freund. Der Höhepunkt des Tages, an dem sich sonst nichts Bedeutendes ereignen sollte, war Gavrans Stimme. Sie kannte auch seine Schritte, und wie die Gummisohlen seiner Tennisschuhe auf den frisch gewaschenen Steinplatten im Hof quietschten, oder wie er die Tür schloss: ein wenig fester, als es sein Vater und seine Mutter tun. Besonders tröstend war, wenn sie, im Bett liegend, seine zärtlichen Worte hörte. Wie er lieb mit den Katzen spricht, die sich um die Essschüsseln drängeln.

9.

Um halb neun abends hörte Lena lustlos *Hair* auf ihrem zusammenklappbaren Plattenspieler, als sie Dina hörte, die von unten rief. Kaum hatte sie ihr Zimmer betreten, schüttete sie ihr Necessaire mit den Schminkutensilien auf den Tisch und sagte:

– Komm, wir gehen raus, du kannst hier nicht nur vor dich hin stinken!

– Ich will nicht.

– Du musst – sagte Dina und begann Sachen aus ihrem Schrank zu nehmen. – Wir werden es ihm mal zeigen.

Und so begann das Herrichten, das mehr als eine Stunde dauerte. Um zehn waren sie fertig. Lena zog das Kleid mit dem tiefen Rückenausschnitt bis hinunter zum Hintern und das Unterteil vom Bikini an, das an der Hüfte hoch ausgeschnitten war, sodass es aussah, als trüge sie kein Höschen. Dina trug ein sehr kurzes Kleidchen ohne BH, durch das man alles sah. Sie stiefelten in den Hochhackigen über die Steine vorm Haus und die Betonplatten auf der Promenade Richtung Stadt.

– Wohin gehen wir?

– Ins *Alibaba* – sagte Dina.

Lena blieb stehen.

– Ich nicht, ich gehe nach Haus. – Und schon hatte sie sich umgedreht.

Dina zog sie am Arm.

– Wir gehen abendessen, und soll uns der Affe bedienen.

– Nein, ich kann nicht – sträubte sich Lena, stiefelte aber doch langsam hinter der Freundin her.

Auf dem Weg zur Stadt begegneten ihnen mehrere ausländische junge Männer, die sie anzusprechen versuchten, aber Dina gab allen zur Antwort:

– *Don't understand.*

Das war eine Bestätigung, dass sie gut aussahen, und Lena fühlte sich sicherer. Als sie jedoch in das Getümmel in der Srednja ulica eintauchten und die Straßenstände der Schmuckverkäufer passierten, bekam Lena langsam weiche Knie. Nur schwer meisterte sie mit den Stöckelschuhen die rutschigen Steinplatten, aber die Menge der gebräunten Menschen trug sie, bis sie beim *Grandhotel* in die Donja ulica einbogen. Dort blieb sie wieder stehen, und Dina musste sie anschieben. Sie fasste sie an der Hand und zog sie buchstäblich zum Restaurant *Alibaba*, wo Gavran als Kellner arbeitete.

Die Sache gelang nicht vollständig, denn der Tisch, an dem sie saßen, gehörte nicht zu Gavrans Revier. Aber er hatte sie gesehen und tat so, als hätte er nicht. Sie wurden von einem sehr jungen Burschen bedient, einem Saisonarbeiter, vermutlich aus Slawonien, soweit sie seiner Aussprache entnehmen konnten. Er fragte sie, ob sie reserviert hätten, und sie antworteten mit ja. Er sah sie argwöhnisch an, und als er sie fragte, wer reserviert habe und wann, zeigte Dina auf Gavran und sagte:

– Er.

Sie bestellten Martini als Aperitif, sie mochten den Zuckerrand, Fischsuppe und Kalmare vom Grill. Dazu einen halben Liter Pager Roten. Aber bevor er noch irgendetwas gebracht hatte, kam der Kellner und sagte:

– Gavran sagt, dass Sie nicht reserviert hätten, und bittet Sie zu gehen.

Lena sah voll Grimm, wie Gavran die Bestellungen einer Gruppe sonnengebräunter mittelalterlicher Touristen aufnahm.

– Und Sie sagen ihm, dass ich jetzt an den Tresen gehen und seiner Mutter alles sagen werde, damit sie weiß, was für ein Arschloch ihr Sohn ist. Das können Sie ihm gerne sagen.

Wenige Minuten später kehrte der Kellner mit den zwei Martini zurück.

– Gut, er hat gesagt, Sie können bleiben.

Später fragte Dina sie:

– Hättest du das wirklich getan?

– Worauf du dich verlassen kannst!

Und die ganze Zeit, während sie zu Abend aßen, beobachtete Lena, wie Gavran arbeitete. Er ist sehr gefällig, lacht mit den Gästen, mehr mit den weiblichen Gästen als mit ihren Männern, fegt die Krümel mit einer Bürste vom Tisch, schiebt den Damen den Stuhl näher, wenn sie sich setzen, und zieht ihn zurück, wenn sie sich erheben. Er ist servil, scheint ihr, dienerisch servil, ein Sklave in weißem Sakko, mit weißem Hemd und Fliege unter dem mageren Hals.

– *Bitte sehr* – sagt er und verbeugt sich, aber nicht nur mit dem Kopf, nicht leger, sondern in der Hüfte, er klappt in der Mitte um, wie eine mechanische Puppe. Und dann stecken ihm diese Weibsen einen zusammengerollten Geldschein in die Tasche. Das tun sie nicht beim Bezahlen, dass sie ihm ein Trinkgeld dalassen, sondern sie stecken es ihm direkt in die Tasche, damit er es nicht mit den anderen Kellnern teilen muss, und er flötet zurück:

– *Danke sehr!*

Und begleitet sie bis zur Tür und sagt noch einmal „danke".

– Fick dich danke – zischt Lena und massakriert in dem Nirosta-Schälchen ihre Kugel Vanilleeis.

10.

Gegen halb zwölf desselben Abends versammelte sich auf der Terrasse des *Imperial* eine größere Männergesellschaft. Gavran hatte schon früher mitgeteilt, dass es etwas zu feiern gebe, und jetzt saßen am Tisch nahe dem Tresen Boris, Škembo, Luka und etwas später gesellte sich auch Kenjo dazu, den eine Kollegin an der Rezeption abgelöst hatte. Als der Kellner auftauchte, sagte Gavran:

– Pipo, komm, bring uns zwei Flaschen Postup!

Für einen Augenblick herrschte Stille am Tisch. Keiner von ihnen hatte hier jemals Wein bestellt, denn er war zu teuer, vor allem aber Postup, der zu den teuersten Weinen gehörte. Die Stille unterbrach als Erster Boris.

– Woher die Knete, Gavran?

Statt einer Antwort setzte ihm Gavran Mittel- und Zeigefinger unter die Nase und grinste blöd. Boris roch tatsächlich daran und sagte:

– Pfui!

– Runde Vierzig, aber noch gut in Schuss, wenn du nur siehst, wie sie unten kaut …

Als der Wein kam und Pipo ihn geöffnet und jedem einen Dezi der dunkelroten Flüssigkeit eingeschenkt hatte, hob Gavran das Glas und sagte:

– Meine Lieben, prosit!

Škembo fragte:

– Und was feiern wir?

– Ist der Wein gut? – fragte Gavran.

Škembo musste zugeben, dass der Wein exzellent war.

– Dann rate!

– Geburtstag?

– Geburtstag hatte er im Oktober – erklärte Kenjo.

– Namenstag?

– Nein!

– Was dann? – fragte Kenjo.

– Gabi Nummer fünf.

– Was?

– Soll ich es dir aufmalen? – antwortete Gavran.

– Das heißt, dass es vorher elf waren – erklärte Boris, und alle lachten.

– Was reitet die Leute, dass sie alle Mädchen Gabi nennen? – sagte Luka.

– Das ist abgekürzt für Gabriele – sagte Boris. – Das sind Bayern, scheißfromme Leute.

Gavran zog einen Fünfzigmarkschein heraus, diskret, aber so, dass alle am Tisch es sahen.

– Sie spendiert – sagte er und hob wieder das Glas.

Der Schein mit dem Lübecker Holstentor wanderte in andächtiger Stille von Hand zu Hand.

11.

Nach dem Tag des Aufstands der Völker Kroatiens hatte ein Hund gerade an der Stelle geschissen, an der Gavran sechs Monate zuvor Lena zum zweiten Mal geküsst hatte. Das war ein Zeichen: Von allem, was sie gehabt hatten, war nur dieses bräunliche Würstchen geblieben. Und über ihm erhob sich standhaft der Rest der alten Stadtbastei. Lena trauerte noch, aber nach der Episode im *Alibaba* war alles leichter. Und ihr half auch dieses Häuflein Scheiße, das sie jetzt voller Ekel mit einem Schäufelchen aufnehmen und durch das Gitter der Kanalisation schicken musste, damit es mit seinen Brüdern und Schwestern zusammen sein konnte. Die Scheiße hatte ihr auf ganz eigene Weise gezeigt, wie die Dinge standen, und das war in diesem Augenblick, wo sie wieder zu arbeiten begann, heilsam.

Sie arbeitet erst wieder ein paar Tage, als Kenjo vor ihrer Eistruhe auftaucht. Gesicht und Körper sind sonnengebräunt, seine Haare noch heller, mit natürlichen Goldsträhnen, die ihm über die Augen fallen und die er mit einem gelangweilten Rucken des Kopfs zurückwirft.

– Kennst du mich nicht mehr? – sagt er statt eines Grußes und nimmt an der rechten Ecke der Truhe seine übliche Position ein. Und alles beginnt von neuem, Kenjo schweigt und kann sich nicht entschließen; als sie den Deckel aufschiebt, sicht er in die Truhe voller Reif und versucht mit allen Kräften eine Entscheidung zu treffen, sogar seine Halsader ist angespannt. Cornetto oder am Stiel? Am Stiel oder Cornetto? Oder Lena, denkt sie, während sie den auf die gefrorenen Ledo-Produkte Konzentrierten beobachtet. Der dumme Kerl, hätte er sich damals in der Schule rechtzeitig entschieden, wäre es zu all dem hier nicht gekommen. Wäre sie rechtzeitig mit Kenjo gegangen, hätte sie sich nie in Gavran verliebt. Das wäre ihr im Traum nicht eingefallen. Stattdessen würde sie samstagabends mit Kenjo auf der Bank sitzen, während die Dämmerung nach der Stadt greift, und gemeinsam versuchen, eine Entscheidung zu treffen: Kino oder spazieren gehen? Spazieren gehen oder Kino? *U pizdu materinu*, würde Lena sagen, aber still bei sich.

Die Dinge werden komplizierter, als auch Dudo vor der Truhe auftaucht. Er arbeitet abends an der Bar des Hotels *International*, und Lenas Truhe liegt für ihn auf dem Weg, wenn er kurz vor acht zur Arbeit geht. Dudo geht mit Gavran in eine Klasse, er hat kantige Gesichtszüge, so als wäre er mit einer Axt aus hartem Holz gehauen. Kleine Nase, schwarzes Haar, starke tatarische Wangenknochen. So sehen Chinesen aus, wenn sie hübsch sind. Und was das Beste ist, auch Dudo hat einen blöden Spitznamen. Im Unterschied zu Kenjo weiß er sofort, was er will.

Gib mir ein Cornetto – sagt er schon beim Herankommen, er ist noch gar nicht da, weiß es aber schon. Mit ihm gibt es ein anderes Problem, er linst ihr ständig in den Ausschnitt, als müsste er seinen Spitznamen rechtfertigen. Einmal hat er sie gefragt:

– Trägst du einen BH, Lena?

– Du siehst doch wohl, dass ich keinen trage.

– Sehe ich.

– Was fragst du dann?

– Nur so – sagt Dudo. Er weiß definitiv, was er will.

12.

Eines Abends ging sie nach Hause, müde, noch immer die Worte im Kopf wälzend, mit denen Gavran sie verlassen hatte. Und genau als der gedachte Gavran unter dem Feigenbaum sagte, dass er sich schrecklich fühle, dass er sich wie eine plattgewalzte Zitrone (warum gerade Zitrone?) fühle, aber dass sie Schluss machen müssten, erschien der reale Gavran in ihrem Blickfeld auf der Riva, kurz vor der Polizeiwache.

Er war wieder mit einer. Größer als sie, blond, mit ziemlich großen Brüsten, grellrotem Rouge auf den Lippen, das Kleid aus synthetischer Faser à la Leopardenfell und Pumps mit Absatz. Eine Tschechin? Aber sie war Slowenin. Geh geradeaus, geh an ihnen vorbei, sagte sie zu sich, geh geradeaus, schau geradeaus, halte dich gerade, wen interessiert der. Aber als sie näher kam, kam etwas in ihrem Kopf durcheinander, fiel ihr ein Vorhang über die Augen, und sie fing an zu schreien:

– Idiot, Bestie, Meereswurm, Schweinearsch, räudiger Hund, Schuft, Wichser, Murmel, Haufen Scheiße, Durchfall …

Er ging rasch auf sie zu, um die slowenische Dame vor dem Aufsehen und dem Skandal zu beschützen, packte ihre Arme, mit denen sie auf ihn einschlug, umarmte sie mit seinem ganzen Körper, während sie weinend vor seine Füße glitt, die Knöpfe an den Sandalen sprangen auf, der Schenkel entblößte sich und noch immer, etwas leiser, zischte sie.

– *Piško piškine piške* … du verpisster Pisskerl …

– Komm, geh nach Haus, wir sind nicht mehr zusammen, Lena, kapier das endlich, wir sind nicht zusammen, ich hab mein eigenes Leben, hör auf zu nerven, such dir einen Mann!

Sie kam hoch, zog den Rotz auf, aber noch immer hielt er sie an den Armen.

– Hab ich schon – sagte sie.

Er sah sie verwundert an.

– Okay, Lena, darüber sprechen wir zu Hause.

Das Mädchen, das alles mit angesehen hatte, sagte:

– Zu Hause? Was hast du mit ihr?

– Lass, das ist eine Verwandte von mir.

– Und ihr lebt zusammen? – sagte das Mädchen schockiert.

Diese Begegnung stürzte sie wieder in große Trauer, aber nur für kurze Zeit. Es gab immerhin Dudo.

13.

Als die Schule wieder angefangen hatte, stand sie in der Pause mit Dudo in der Ecke beim Fenster, sie redeten miteinander und küssten sich. Kein einziges Mal sah sie zu Gavran hin und grüßte ihn auch nicht. Mit dem neuen Schuljahr waren sie das neue Liebespaar. Lena würde bald sechzehn werden, sie würde älter und reifer für eine ernste Verbindung sein. In der ersten Zeit schauten alle, und die Mädchen flüsterten, denn Dudo war hübsch, und es gab auch andere Interessenten. Gavran tat so, als sähe er sie nicht. Er hatte von Kellner auf Empfangschef umgesattelt. Die Elite der Schule. Sie standen am Gang als Gegenstand der Verehrung der Mädchen aus der ersten Klasse.

Einmal, als die Eltern nach Rijeka gefahren waren, um eine Kühltruhe für das Fleisch zu kaufen, knüpfte Lena Dudo den Schlitz auf und blies ihm einen in ihrem Zimmer, in ihrem Bett, unter ihren Postern, während auf ihrem Plattenspieler *C'est la vie* lief, und das an den Boden der Schublade geklebte Tagebuch wartete auf ihre Eintragung: *15. Oktober 1975. Dudo zum ersten Mal einen geblasen.*

Mitte Oktober, es war ein Sonntag, weckte sie ein Geschrei im Hof. Ihr Metallwecker mit den zwei Glocken zeigte neun, und draußen tobte der Jugo. Panische Stimmen, von denen sie einige erkannte, verloren sich im starken Sturm. Was ging da vor?

Sie ging auf den Balkon. Im Hof unter ihr standen ihre und Gavrans Eltern, aber auch Leute aus den Nachbarhäusern, auch auf dem Lungomare standen sie, obwohl große Wellen ans Ufer brandeten. Und alle sahen nach Školjić hinüber. Und in der Mitte, zwischen der kleinen Insel und dem Strand, kreuzte ein Boot.

– Komm nach Hause, los, komm nach Hause! – entließ Gavrans Mutter ihren verzweifelten Schrei in den Wind.

– Du machst das Boot kaputt – rief ihr Vater.

Und das Boot hüpfte vor dem starken Jugo, als wollte es kentern.

– So ein Idiot – rief einer von den Nachbarn – der ist total verrückt geworden.

Erst jetzt erkannte sie Gavrans Pasara und seine hagere Silhouette im Schutz des Aufbaus mit den zwei großen Glasscheiben. Das Boot kreuzte so, dass es immer mit einer Flanke ihren Häusern zugekehrt

war. Und an der Flanke stand mit großen blauen Buchstaben geschrieben: LENA.

Der Schock war schlimmer als damals, als er sie zum ersten Mal
geküsst hatte. Das hier sahen fast alle Leute aus der Bucht. Zuerst hatten sie einen Idioten gesehen, der bei einem plötzlich aufgekommenen
Sturm aus dem Hafen ausläuft, und dann, als man sah, dass er etwas
Seltsames vollführte und dass am Boot ein weiblicher Name stand,
der vorher nicht dort gewesen war, fingen einige an, ihm zuzurufen:

– Gavraneeeee, eeeh! Heeeeiiiiiratest du etwa?

Und Gavran winkte zu Lenas Balkon. Er trug einen gelben Regen-
umhang und einen Südwester aus imprägniertem Leinen. Sie rannte
zurück ins Zimmer und verkroch sich wieder im Bett. Es war ihr, als
ob sie zusammen mit dem Bett zuerst in ihr Wohnzimmer versinken
müsse, dann in den Keller, dann auf die Felsen, die sie hatten spren-
gen müssen, als sie das Haus bauten, und durch die Erdrinde und die
Silikat- und Basaltschichten, dann durch den Erdmantel und die ge-
schmolzene Lava bis zum glühenden Metallkern. So fühlte sie sich.
Schande, Schande, himmelhohe Schande.

Und doch, es gefiel ihr auch.

14.

In diesem Herbst begannen sie Mitte Oktober miteinander zu gehen.
Sie wusste noch nicht, was ihr da geschah, aber die Liebe begann sie
als etwas Saisonales anzusehen. Wie die Weinlese zum Beispiel oder
die Fangsaison für Kalmare. Ihre Saison begann außerhalb der Saison.

Ihre Eltern akzeptierten es schneller, als sie gehofft hatte. Nach
dem Zwischenfall mit dem Boot, bei dem Gavran auch offiziell den
Namen änderte, setzten Mama und Papa sie in den Sessel im Wohnzimmer und sich selbst gegenüber auf die Couch. Hinter ihnen stand
das massive Šavrić-Regal aus slawonischer Eiche mit geschnitzten
Blättern und Eicheln. Mama und Papa waren ungewöhnlich ernst,
und ihr fiel auch auf, dass sie sich besonders angezogen hatten.

– Lena, ist das ernst zwischen euch beiden? – fragte ihre Mutter.
Papa nickte.

– Ja – sagte Lena.

Papa nickte wieder.

– Und, seit wann geht das?

Lena schwieg einen Augenblick und sah sie an, die so ernst waren, aber auch komisch, und sagte die Wahrheit:

– Seit vergangenem Jahr.

Jetzt sahen die beiden sich an, und Papa nickte. Dann schwiegen alle drei ein wenig, so als wartete man auf einen Urteilsspruch, auf Gottes Segen, etwas in der Art, und Papa sagte schließlich:

– Schön, dann soll es so sein.

Daraufhin schenkte er Lena und Mama einen Sherry ein, sich selbst genehmigte er ein Gläschen Travarica, und dann stießen sie an.

Freilich war nicht nur einmal das Streiten unterdrückter Stimmen aus dem Schlafzimmer ihrer Eltern zu hören, und seit kurzem auch Mamas Weinen, aber in ihrer tagtäglichen Kommunikation änderte sich nichts. Oder vielleicht doch. Es schien, dass Mama Lena jetzt ernster nahm. Sie kam nicht mehr in ihr Zimmer, klaubte nicht mehr ihre schmutzige Wäsche zusammen. Einmal, als sie Mama verweint in der Küche antraf, fragte sie, warum sie weine, und ihre Mutter antwortete:

– Wenigstens brauchst du die Papiere nicht umschreiben lassen, wenn du heiratest.

Mein Gott, wie die Eltern das alles nur so ernst nehmen.

15.

Für Lena ist das Frühjahr jene Zeit, in der der traurigere Teil des Jahres beginnt. Schon nach Ostern, wenn die bemalten Eier und der Schinken gegessen werden, beginnen die Beziehungen zwischen Lena und Gavran sich zu trüben. Auch dieses Jahr, nach dem Ostersonntag, sagte er ihr mit Leichenbittermiene, dass sie miteinander reden müssten. Sie setzte sich auf eine der Bänke am Strand unterhalb der Stadt, und bevor er noch irgendetwas sagen konnte, stieß Lena schon hervor:

– Wirst du jetzt sagen, dass wir wieder im Arsch sind?

Er sah sie ein wenig überrascht an, hatte sich aber rasch gefasst.

– Siehst du, du denkst genauso.

– Nein. Aber du denkst, dass ich verrückt bin.

– Nein, ich denke nicht, dass du verrückt bist, sondern … du siehst doch selbst, dass es scheiße ist.

– Wir müssen nicht Schluss machen, es sieht so aus, als wolltest du, dass es so aussieht, als hätten wir Schluss gemacht.

Sie sah ihn so zärtlich an, wie sie nur konnte, stand von der Bank auf, küsste ihn auf die Schläfe und sagte:

– Melde dich dann, wenn der September kommt.

– Wie, dass ich mich melde, wenn wir uns ohnehin jeden Tag sehen?

– Du weißt schon – sagte sie und lächelte im Weggehen. Und dann weinte sie den ganzen Weg bis nach Hause.

Die Trauer währte in diesem Sommer kürzer. Sie beendete die Klasse mit Sehr gut, arbeitete wieder an der Ledo-Truhe und ging nach Hause lesen. Der Sommer war dieses Mal voller Bücher: *Dobar dan, tugo, Skijaš skitnica, Momo, zašto plačeš?, Sto godina samoće …*

Sie ging Gavran aus dem Weg, wann immer sie konnte, und es war unglaublich, dass manchmal eine ganze Woche verging, ohne dass sie ihn sah. Wenn sie ihn im Hof hörte, wie er sich von seiner Mutter verabschiedete oder von ihren Eltern, wartete sie ein paar Minuten und ging erst dann hinunter, wenn er sich schon in der Menge am Strand und auf der Promenade verloren hatte. Aber das war nicht immer möglich. Mehrere Male begegneten sie einander in der Stadt, und sie grüßte ihn immer schön, und auch das Mädchen, mit dem er gerade war. Einmal, auf der Terrasse des *Grandhotels*, als sie mit Dina ausgegangen war, sah sie ihn mit einem sehr hübschen blonden Mädchen. Sie trat zu ihnen und machte sich mit ihr bekannt.

– Lena – sagte sie und reichte ihr die Hand mit dem liebenswürdigsten Lächeln, das sie in sich fand.

– Gabi – sagte das Mädchen ziemlich überrascht.

– Ein ungewöhnlicher Name – sagte Lena.

– Eine Verwandte – erklärte Gavran der Deutschen.

– Die Dauerwelle steht dir gut.

– Das ist bei mir Natur – sagte Gabi.

Dina sagte später zu ihr:

– Du bist echt durchgeknallt.

Und dann tranken sie im *International*, bei Dudo an der Bar, jede elf Martini.

Später schenkte sie Gavran ein Bildchen aus dem Reich der Tiere: „Gewöhnliches Murmel", stand da. Auch er schenkte ihr ein Bildchen: eine Stockente. Fast zehn Jahre später stieß sie auf eine Erzählung von Carver, in der die Hauptfigur auf der Jagd eine Stockente tötet, deren Partner noch stundenlang um den Ort kreist, wo sie gefallen war. Es heißt, dass Enten monogame Wesen sind und dass sie ihr ganzes Leben mit nur einem Partner verbringen, das allerdings konnte Gavran nicht wissen.

16.

Auf der Terrasse des *Imperial*, nahe der Bar, wo sich gegen zwei Uhr morgens die Burschen treffen, um einander zu berichten, was an diesem Abend alles gelaufen ist, erzählt Gavran beim Wein und Škembo, Boris und Luka hören zu:

– Erst wenn du dich entziehst, erinnern sie sich wirklich an dich, du musst ihnen zeigen, dass sie dich verloren haben, so geht das, die Schnepfen blasen am besten, wenn du nicht da bist, wenn du eine Leerstelle bist, ich sage euch, habt ihr irgendwann einmal Gott gesehen? Hat irgendwer irgendwann einmal Gott gesehen, außer Moses und Mohammed? Gott ist unsichtbar, und deshalb verehren wir ihn. Ihm werden die größten Bauwerke errichtet, ihr habt doch die griechischen Tempel gesehen, die Kathedralen, die Moscheen, die modernen großen Kirchen. Und was ist dein Ziel, wenn du eine Schnepfe aufreißt? Dein Ziel ist, dass sie in sich einen Tempel errichtet, der dir gewidmet ist, dass sich an ihren Titten die Türme deiner Kathedrale scheuern, das ist dein Ziel. Denn wenn sie den nicht baut, dann hast du, mein Freund, ausgeschissen, dann kommen die Barbaren, und da bleibt kein Stein auf dem anderen.

Gavran geht nicht mehr mit Mädchen; er will nicht mehr eine oder zwei Wochen für ein und dasselbe Mädchen drangeben müssen.

Er ist mit ihnen, bis er bekommt, was er will, und dann lässt er sie. Er sagt, das sei fair, damit auch was für die anderen bleibt.

Ob sie hübsch ist, einen guten Körper und große Brüste hat (was er sonst mag), ist nicht so wichtig: Wichtig ist, dass sich jemand anders um sie bemüht. Er mag es, sie anderen auszuspannen, und deshalb ist er auf der Insel nicht gerade beliebt. Er ist mehr mit den Burschen aus Zagreb zusammen. Wenn eine Deutsche oder Österreicherin auf der Terrasse mit einem Burschen zusammensitzt, bedeutet das, dass er ihr gefällt, dass sie einem Ausgehen zugestimmt hat. Genau die anzumachen liebt Gavran. Er nimmt sie aufs Korn, wenn er auf die Toilette geht, und schenkt ihr eine Schmuckmuschel. Oder er macht ihr schöne Augen und zeigt ihr mittels Pantomime, wie dumm der Bursche ist, mit dem sie gerade tanzt. Unglaublich, aber es funktioniert meistens. Zuerst spannt er sie einem aus, und wenn er bekommen hat, was er will, gibt er sie sogar den anderen zurück. Aber das sind nie dieselben anderen.

– Aber noch schöner ist es – doziert Gavran – wenn die Schnepfe über die Terrasse geht, Brüste, Hintern, alle glotzen, und sie hält ihren Schlaffi an der Hand. Und wenn sie dich sieht, klar, du weißt, dass sie es tun würde, wenn du nur willst, wenn du ihr nur den kleinen Finger reichst, sie würde sich sofort vor dich hinlegen, hier draußen, auf der Terrasse, die Beine breitmachen, den Finger anfeuchten und sie ein bisschen weiter machen, und wie.

Gavran ist die totale Fehlinvestition, ein wandelndes Sehnsuchtsobjekt, er ist die Leere, in die sich so viele Frauen verlieben. Aber mit Lena gibt es ein Problem.

Nach Gabi Nummer sechs, die gut war, nur ein wenig weich in den Hüften, und mit der sich Lena so nett bekannt gemacht hat, geht ihm immer, wenn es ihm gelingt, ein Mädchen flachzulegen, im Park, oder am Strand, durch den Kopf, was Lena sagen würde, wenn sie sie in dieser Pose anträfe. Etwa so, Gavran hat gerade aufgehört mit dem Lecken, die Fotze brennt wie ein Atommeiler, so wie Tschernobyl ein paar Jahre später brennen wird, sie hat ihm die Fingernägel in die Kopfhaut gebohrt, und Lena reicht ihr wohlerzogen die Hand und sagt:

– Die Dauerwelle steht dir gut!

Nach dem Tag des Aufstands lud er Lena wieder zu einem Gespräch ein. Dieses Mal setzten sie sich in ihrer Bucht auf die Bank unter der Feige.

– Ich kann das nicht – sagte er zu ihr.

– Was kannst du nicht?

– Ich kann so nicht – winselte er. – Wir müssen Schluss machen.

Sie überlegte ein wenig, sah ihn an und sagte dann kühl:

– Gut dann – Schluss.

Sie erhob sich und ging ruhig nach Haus, und er blieb auf der Bank sitzen und sah ihr nach. Und es scheint, dass es ihm dieses Mal ein wenig leidtat.

17.

Lenas Vater war Erster Offizier auf der *Slavija*, die zwischen Rijeka und Dubrovnik fuhr, und war deshalb in der Saison fast überhaupt nicht zu Hause. In den Sendungen für Seeleute schickte Lenas Mama Grüße: „Dem lieben Marinko auf der *Slavija* wünschen ruhige See und sichere Fahrt Gattin Marta und Tochter Jelena." Der kam jahrelang in derselben Form, kein Wort änderte sich. Lena hörte ihn, als sie fünf, sieben, zehn und siebzehn Jahre alt war. Wenn ihr Vater vom Schiff zurückkam, um zwei, drei Tage mit ihnen zu verbringen, fragte ihn ihre Mutter:

– Hast du es am Donnerstag gehört, in der Sendung für Seeleute?

– Nein, da war gerade meine Wache zu Ende, ich bin mich hinlegen gegangen.

Und so fünfzehn Jahre lang. Seine Kollegen und ihre Verwandten und Nachbarn hatten jedenfalls hören können, dass bei ihnen alles in Ordnung ist.

Aber jemand, der sich in diesem Sommer im Hof vor Lenas Haus aufhielt, konnte spät am Abend aus dem Wohnzimmer im Erdgeschoss, aber auch aus Lenas Zimmer im Obergeschoss, ein Seufzen, ein Hochziehen und manchmal auch ein stilles Schluchzen hören. Und diese Geräusche wiederholten sich jeden Abend. Freilich, es war Saison, und so wurden sie von den Rufen der nächtlichen Badenden oder den vom

Wind herangetragenen Melodien von den Hotelterrassen der Stadt überdeckt. Eines Abends, als sie sich ausgeweint hatte, wusch sich Lena und ging wie absichtslos hinunter ins Wohnzimmer. Sie fand ihre Mutter vor, wie sie weinte. Da brach auch sie wieder in Tränen aus. Zuerst hatte jede in ihrem Zimmer geweint, und als sie bemerkt hatten, dass auch die andere weinte, weinte eine wegen der anderen. Das war ein berührender Moment, aber genau genommen wusste weder Lena, warum ihre Mutter weinte, noch wusste ihre Mutter, warum Lena weinte. Und ein Glück war es, dass ihre Mutter es nicht wusste, denn sie hätte angefangen, wie wild zu schreien und mit den Fäusten gegen die Wände und das Nussbaumregal mit den geschnitzten Eicheln zu schlagen. Genau in dem Moment, als sie sich ausgeweint hatte, weil Gavran sie ein drittes Mal verlassen hatte, genau in dem Moment, als sie sich ein wenig beruhigt hatte, entdeckte sie, dass ihr Zyklus in Unordnung geraten war. Sie wartete einen Monat, dann ging sie zum Doktor. Jemand sehr Kleines schickte sich an, an die Tür ihres Lebens zu klopfen. Klopf-klopf.

18.

Die Angst vor neuem Leben sieht man am besten in den Wolken. Wie übrigens jede Angst. Ein Rohrschachtest am Himmel, am Ende eines windigen Tages, in den Farben Orange und Rosa, die in zahlreichen Nuancen ineinanderfließen. Der Kandinsky am Himmel spricht jetzt in seiner Sprache zu Gavran: Er bemerkt eine abstrakte Form über Cres und Lošinj, die immer klarer und deutlicher, bis zur Gewissheit, dralle Ärmchen zeigt, wie bei Barockengelchen, die Cumulonimbusse ballen sich wie nackter Kinderspeck, wie Milchspeck; dann diese weißen, von der Bora geformten Kissen, die über dem Velebit schweben, Federn in Baumwollkissen, ein Fluggerät, das sich in ein kleines Kinderbett verwandelt hat, und über dem Horizont, ganz deutlich, eine Wiege mit einem kleinen Baldachin. Die himmlische Gerechtigkeit hat Gavran endlich eingeholt. Aber die Quelle der Qual ist nicht nur der Himmel. Seit kurzem entdeckt Gavran auch in irdischen Formen eine Ankündigung von etwas, was noch nicht geboren wurde, aber geboren zu werden droht: neben der Mülltonne unterhalb des Marjan ein weggeworfener Kinderwagen mit zerrissenem Stoff und völlig zerbeultem Vorderrad. Und etwas später, am Kiosk beim *Kontinental*, sieht ihn von der Titelseite einer Zeitschrift ein Riesenbaby mit weit geöffneten Augen an, und über der hohen Stirn und dem Haarflaum eine gelbe Überschrift: „Auch dein Kind hat seinen Charakter."

Jetzt darf er keinen Fehler mehr machen. Jetzt gilt es mutig und ehrlich vorzugehen, aber nicht direkt. Ihre Angst ist der beste Verbündete. Und vielleicht auch noch jemand. Und deshalb sitzt er jetzt mit Dina in der Stadt vor dem Rathaus im Café und sieht, wie sich das Steckkissen überm Velebit in einen riesigen Wasserkopf mit Schlitzaugen verwandelt: eine Kombination aus wasserköpfig und mongoloid.

– Wie lange? – fragt Dina besorgt. – Ich habe es nicht gewusst.

– Die Sachen sind bei ihr zwei Monate nicht gekommen, und die Brüste – und er macht mit den Händen eine Bewegung vor seiner Brust – um zwei Nummern, puff … Und dann ist sie zum Doktor gegangen.

– Ach ja? Mir hat sie nichts gesagt.

– Was weiß ich, ich dachte, sie hätte es dir gesagt, sonst hätte ich nicht …

– Ist schon okay – sagt Dina und sieht ihn an. Den Zerknirschten, den Überzeugenden, den listigen Fuchs.

Später an diesem Tag trafen sie sich auf einen Kaffee im *Latinsko jedro,* dem Bootsschuppen unterhalb von Lenas Haus, der zu einer *café-bar* mit Rudern und Netzen an den Wänden umgestaltet worden war. Es dominieren Blau und Weiß, und Schankkellner und Kellnerin tragen gestreifte Seemannshemden, obwohl sie Saisonarbeiter aus Bosnien sind: Bruder und Schwester.

Žica – ruft Dina zum Tresen – bring uns zwei mit Milch. Und dann dreht sie sich zu Lena um und sagt mit leiser Stimme:

– Konntest du es mir nicht sagen, muss ich es von Gavran hören?

– Das heißt … er hat es dir gesagt – sagt Lena nachdenklich, sie ist nicht ganz bei der Sache.

Dina ist beleidigt, mit energischen Bewegungen, ganz spitz, und Lena bleich mit tiefen dunklen Augenringen.

– Aber klar doch hat er es mir gesagt. Was glaubst du denn …?

– Was hat er dir noch gesagt?

– Wie?

– Was hat er dir noch gesagt, über was habt ihr gesprochen?

– Dass er befürchtet, dass du noch zu jung bist, verstehst du, dass du dir dein ganzes Leben versaust.

Das ist schon versaut, denkt Lena, sagt es aber nicht. Sie sagt:

– Und hat er Angst um mich?

Sie versuchte, daran zu glauben, aber es ist irgendwie nicht greifbar. Entweder ist er so verzweifelt, dass er mit jedem rumquatscht, den er trifft, oder … er hat was vor.

– Wenn du volle Sechzehn bist, hast du das Recht, darüber zu entscheiden, ich weiß, wohin man gehen muss, ich kenne einen Menschen in Rijeka, aber die Eltern müssen das nicht wissen.

– Aber was, wenn wir zusammenbleiben – sagt Lena.

Die Freundin sieht sie an, so bleich, unausgeschlafen, rotzig vom Weinen, wie sie ist. Und sagt dann:

– Du bist komplett verrückt, das gehört rausgeholt, willst du dir mit siebzehn Jahren dein Leben versauen?

Und während sie Dina hört, wie sie schäumt, wie sie sich als Hilfe anbietet, ahnt sie plötzlich auch, weshalb Gavran es ihr gesagt hat, obwohl sie ihm bei seinem Leben gedroht hat, es niemandem zu sagen. Und lacht nur.

– Keine Angst – sagt sie zu der Freundin.

Danach wird das Gespräch legerer, die Spannung vom Anfang ist verflogen.

– Ist dein Alter denn in Santos? – fragt Lena.

– Jaja, sie laden Kaffee in Brasilien, er kommt noch drei Monate nicht zurück – sagt Dina und setzt hinzu: – Gott sei Dank!

– Ich habe es in der Sendung für Seeleute gehört, „allzeit ruhige See und glückliche Fahrt", auch meine Alte schickt diese idiotischen Grüße. Was ist mit denen denn los?

Dina sieht sie überrascht an.

– Weißt du das nicht?

– Was?

– Die nehmen sich Huren mit in die Kabine. Das machen alle, die auf großer Fahrt sind, und dann lässt seine Alte einen übers Radio raus, damit er, wenn er ihn in die brasilianische Fotze schiebt, hört:

„Den lieben Toni auf der *Velebit* grüßen Mama Danica, Ehefrau Marija und Tochter Dina …"

– Wie auf einer Todesanzeige – sagt Lena.

19.

– Ich habe alles ausgemacht – sagt Gavran vorsichtig an die Ledo-Truhe gelehnt, genau an der Stelle, wo sonst Kenjo steht, wenn er um eine Entscheidung ringt.

– Was hast du ausgemacht? – sagt Lena und wickelt einem älteren, sehr hageren und blassen Herrn das Eis aus, der nicht aussieht, als werde er noch lange leben.

– Ich werde das Auto von Boris nehmen, ihren Sunbeam, sein Alter hat gesagt, dass es geht, dass es kein Problem ist.

Lena sieht ihn verächtlich an, Gavran, braungebrannt, jung, mit behaarter Brust, und den Alten, der langsam weggeht und der sich gierig über sein Eis hermacht wie eine Hyäne über das Aas.

– Noch habe ich nicht gesagt, dass wir fahren – sagt Lena und sieht ihm in die Augen.

Aber sie weiß, dass sie fahren werden, sie hat es schon auf der Gynäkologie in Rijeka ausgemacht. Die Ärztin, mit der sie gesprochen hat, war freundlich und hat sie nach ihrem Alter gefragt, und als sie sagte, sie sei siebzehneinhalb, hat sie gesagt, kein Problem, und hat sich das Datum notiert. Sie hat sie noch gefragt, ob sie es sich ernsthaft überlegt habe, und Lena hat gesagt, ja, aber die Ärztin hat nicht weiter nachgefragt, als hätte sie das gefragt, weil sie muss.

– Vielleicht fahre ich mit Dina – sagt Lena und beobachtet die Reaktion, und er starrt in die Wolken über Kamenjak und dem Velebit. Was zum Teufel sieht er in den Wolken, denkt Lena, während sie ihn ansieht.

– Willst du ein Cornetto?

– Nein – sagt Gavran mit einem Kloß im Hals.

Dann taucht eine Gruppe Kinder auf, und Lena muss sie bedienen. Fröhliche Kinder, die um Eis am Stiel gekommen sind, fünf an der Zahl, deren Eltern in den Kiosken arbeiten, wo sie Souvenirs verkaufen: hölzerne Reiher und kleine Esel und T-Shirts mit den vier Glockentürmen. Sie drängen sich und rufen:

– Lena, mir! Lena, mir! Lena, mir!

– Langsam, ihr kriegt alle – sagt Lena und lacht.

Und Gavran sieht zu, wie sie den Kindern die Verpackung abmacht und jedem sein Eis am Stiel in die Hand gibt. Dann dreht sie sich wieder zu Gavran um:

– Ich werde mit Dina fahren, wir sind nicht mehr zusammen!

Gavran seinerseits, abgeschirmt durch die Truhe, findet den Weg zu ihrer Hand und drückt sie fest, als ob er ihr die Knochen brechen möchte, so fest, und sagt:

– Ich könnte es nicht ertragen, nicht bei dir zu sein.

Und für einen Augenblick, nur für einen Augenblick, denkt Lena: Er ist richtig lieb. Aber dann begreift sie: Er möchte sichergehen, dass sie es sich im letzten Moment nicht anders überlegt. Dina erscheint ihm nicht zuverlässig.

Nach Jablanac schwamm der Sunbeam wie ein Schiff über die Magistrale, und auf Radio Luxemburg sangen Abba vom Geld, von der Welt der Reichen, von Monaco und Las Vegas. Und als die Zeile kam: *To Las Vegas or Monaco*, dachte Lena voll Nostalgie an diese Städte, als ob sie schon einmal dort gewesen wäre. Eine Zeit lang fuhren sie parallel zu der grauen Silhouette ihrer Insel auf dem Blau des Meeres, und Lena sagte:

– Sieh doch, wie klein sie ist!

Im Wartezimmer der Gynäkologie in Rijeka gab es viele Frauen, die auf einen Eingriff warteten. Manche von ihnen, ältere, hatten offensichtlich schon Kinder, und dann war ihnen das hier passiert; Lena war, soweit man sehen konnte, die jüngste. Die Frauen gingen, sobald die Schwester sie aufrief, in die Ordination und blieben dort. Man sah sie nicht herauskommen.

– Heute holen wir Dalibor raus – sagte Lena ganz fröhlich.

– Was?

Er war beunruhigt, als er den Namen hörte. Und sie hatte ihn gefunden, um Gavran nervös zu machen.

Lena, ich habe dir schon gesagt, du gehst noch zur Schule, und ich bin gerade fertig geworden …

– Red keinen Scheiß! – unterbrach sie ihn. – Würde ich es nicht wollen, wären wir nicht hier, glaubst du, dass ich Lust habe zu gebären, du bist wohl verrückt! Angeschissen hast du dich vor Angst, du bist zu Dina gegangen, damit sie mich überredet, aber mich hast du nicht gefragt, ob ich mit dir ein Kind will oder nicht, du Schleimer. Mich hast du nicht gefragt. Hättest du mich gefragt, von Mensch zu Mensch, wie man eben einen Menschen fragt, hätte ich dir gesagt, dass ich es nicht will, ich will dein Kind nicht, verstehst du, ich hätte dir nichts vorgemacht.

– Lena, du schreist – sagte er, aber man sah, dass ihm jetzt leichter ums Herz war.

Aber jetzt, wo es klar war, dass auch sie das Kind nicht will und dass sie deshalb so fröhlich sagen konnte, dass sie Dalibor herausholen, wo die erste Gefahr vorüber war, war es Gavran doch nicht so ganz recht. Er sah sich im überfüllten Wartezimmer um, sind etwa alle diese Frauen hier, um sich ein Kind rausnehmen zu lassen, wie viele Kinder sind das täglich, wie viele monatlich, wie viele jährlich? Dass es vielleicht doch nicht in Ordnung ist, obwohl es in ihrem Fall notwendig ist. Und so wie die Wolken über dem Velebit die Form eines mongoloiden Wasserkopfs angenommen hatten, so nahmen jetzt einige Dinge völlig andere Formen an. Im Wartezimmer gab es auch Schwangere mit großen Bäuchen. Sie saßen mit gespreizten Beinen, manche vermutlich unten schon ein wenig offen, aber sie wirkten zufrieden. Übrigens ist das die einzige Sache, wegen der es der Mehrzahl der Menschen nicht leidtut. Er hatte viele Männer getroffen, die sich kein Kind wünschten, denen vor Kindern graute, aber er kennt keinen, der es später bereut hätte.

Lena sah ihn wieder an, wie sein Blick so nachdenklich, abwesend, durchs Wartezimmer schweifte.

– Was denkst du?

– Daran, was du gesagt hast – antwortete er schroff.

Und wäre in dem Moment nicht die dickliche Krankenschwester herausgekommen und hätte ihren Nachnamen aufgerufen, hätte noch alles Mögliche passieren können. Er folgte ihr bis zum Eingang in die Ordination, und als ihn die Schwester fragte:

– Und wer sind Sie? –

sagte er:

– Ein Verwandter.

20.

Sie verbrachten noch zwei Jahre zusammen. In dieser Zeit erholte sich Lena vollständig, las viel, fand ihre Mutter vor, wie sie weinte in allen Räumen im Haus, einmal weinte sie auch mit ihr zusammen, noch einmal sah sie Gavran, wie er von einer gut erhaltenen mittelalterlichen Deutschen ein Trinkgeld entgegennimmt und in der Hüfte abknickt, wenn er „danke" sagt. Es war gut mit ihm, aber mit Gavran konnte sie einfach nicht kommen, wenn er ihn ihr hineinschob. Gavran war außerordentlich geschickt im Lecken, und dann öffneten sich ihr die Räume. Sie hatte das Gefühl, dass sich ihr ganze Zimmer auftaten, immer größer und größer, wobei sie die Wände des letzten Zimmers nicht sehen konnte, die waren irgendwo hinter dem Horizont. Dabei spielte auch das Aquarell eine große Rolle, das man noch vor ihrer Geburt an die Wand ihres Zimmers gestellt hatte, ein altes Aquarell der Großmutter, für das ihre Mutter einen neuen Rahmen gefunden hatte. Es zeigt einen Teich oder einen Fluss an einem grauen Morgen, während ein wenig orangefarbene Sonne durch die Wolken lugt. Am Ufer wächst nur eine einsame Weide, in der Luft fliegen Vögel. Man sieht nicht, was für Vögel das sind, sie sind schwarz wie Raben, aber vielleicht macht nur das Licht sie schwarz, und es sind Stockenten oder Schnepfen. Diese Vögel und ihr Flug sind das andere Bild, das ihr erscheint, wenn Gavran sie leckt. Das Bild sieht aus, als hätte es keine Ränder, der Horizont verliert sich in einer Nebelschwade, und das, was anziehend wirkt, ist die Weite des Raums. Eine angsteinflößende Weite.

Ein viertes Mal brauchte er sie nicht zu verlassen. Vor der Saison gingen sie einvernehmlich auseinander, ohne dass sie darüber gesprochen hätten. Sie gingen gemeinsam zur Maifeier in die Stadt und kehrten getrennt zurück.

21.

Als am Samstag auf der Hotelterrasse die Wahl der Miss Imperial stattfand, gab es unter den Kandidatinnen sehr schöne Frauen. Aber

Lena und ihre Freundinnen fanden ihre Mängel mit scharfem Auge und einem sehr spezifischen Sinn für Ästhetik.

– Die in dem Gelben, das muss man ihr lassen, die ist gut, nur dass sie solche Stampfer hat, siehst du?

Oder:

– Was willst du, das Gesicht ist perfekt, wenn sie nur nicht diesen groben Mund hätte.

Bei der Dritten waren sie sich einig, dass ihr nichts fehlt, was man sehen kann, aber nachdem sie drei Worte gesagt hatte, schlossen sie, dass es ihr erheblich an dem fehlt, was man nicht sieht, aber leider gut hört.

Aber von dem Mädchen, das eines Samstags auf der Terrasse erschien und ihren Burschen an der Hand hielt, sagte Dina:

– Mein Gott, ist die schön!

Als sie in schwarzen Stöckelschuhen und in einem relativ kurzen schwarzen Kleidchen an den Tischen vorüberging, folgte ihr ein stiller Seufzer. Und dieser Seufzer kam sowohl von den Frauen als auch von den Männern. Es gibt nämlich eine Schönheit, die sich aus irgendeinem Grund sofort über uns erhebt, plötzlich erkennen wir ihre göttliche Herkunft und sind bereit, sie anzuerkennen. Sei es in der Haltung oder in der Natürlichkeit, mit der sie den Oberkörper trägt, vielleicht in der kurzen Knabenfrisur, oder darin, dass jeder in ihr einen Teil seiner selbst wiedererkennt, das ist einerlei. Und hätte sie sich dort auf der Terrasse auf den Boden gelegt, die Beine gespreizt, die Möse geöffnet und eine kleine Schildkröte hineingestopft, wäre es nicht vulgär gewesen. Die Leute hätten auch weiterhin geflüstert:

– Mein Gott, ist die schön!

Sie hieß Dragana und war mit ihrem Freund und einer größeren Gesellschaft aus Novi Sad gekommen. Sie waren am Campingplatz abgestiegen, Lena hatte sie gesehen, als sie auf dem Weg in die Stadt an ihrem Haus vorüberkamen.

Schon am ersten Abend auf der Hotelterrasse kaufte Gavran von Eljez, einem Menschen, der auf den Terrassen auftauchte und rote Nelken und geschälte Erdnüsse verkaufte, ein ganzes Bund Nelken und trat in der Pause, sodass es alle sehen konnten, an den Tisch, an dem Dragana saß. Höflich machte er sich mit ihrem Freund bekannt, entschuldigte sich wegen der Indiskretion und sagte, er habe noch nie eine so schöne Frau gesehen und bitte darum, ihr diese Blumen verehren zu dürfen. Ihr Freund und die Leute am Tisch wanden sich vor Lachen. Sie sahen einen sehr hageren schwarzhaarigen Jüngling mit einer zu groß geratenen Nase, in engen Jeans und Cowboystiefeln mitten im Sommer, wie er in einer theatralischen Geste mit übertriebener Ehrerbietung Dragana ein Bukett halbverwelkter Nelken überreicht.

In den folgenden zwei Wochen überreichte Gavran bei jeder Gelegenheit, wenn sie sich trafen, Dragana eine Blume. Und entschuldigte sich dabei immer höflich bei ihrem Freund und sagte ihm ein paar Worte über ihre Schönheit. Die ersten paar Male war das komisch, aber dann wurde es für diesen Burschen und für die ganze Gesellschaft zugegebenermaßen ein wenig anstrengend. Die einzige Person, die das nicht anstrengend fand, sondern sympathisch, war Dragana selbst. Zum ersten Mal bemerkte sie, dass die Insel voller Blumen war. Am Strand am Campingplatz konnte man Blumenkübel mit Pantoffelblumen mit ihren ledrigen Blütenblättern finden, die ein wenig streng rochen, aber eine wunderschöne gelbe Farbe hatten, auf dem Weg in die Stadt überwölbte alle paar Meter wilder Oleander den Lungomare, während die großen Betontröge in der Stadt mit Stiefmütterchen und Gladiolen prangten. Aber da gab es auch Rosen aus dem Park und Bougainvilleen, die in der Stadt die Terrassen schmückten. Dragana kannte plötzlich den Duft jeder Blume, während ihre Freunde und ihr Freund Gavran auslachten. Aber etwas in seinem Gesicht und in seiner Haltung ließ sich nicht auslachen; er war wie Belmondo, der einen ungeschickten Verführer spielt, wie Alain Delon, der kaum einmal komisch daherkommt, wie Humphrey Bogart in seinen zärtlichen Momenten, den Dolch wie ein Kanarienvogel mit gelbem Flaum umhüllt. Dort, wo sie einen Provinzler sahen, der einen Cowboy imitiert, sah sie einen mutigen jungen Mann, der sich nicht um die Umgebung kümmerte, dort, wo sie Servilität sahen, sah sie wieder Mut, dort, wo sie einen Aufdringling sahen, sah sie Aufrichtigkeit, die sich an der Schönheit weidet, und dort, wo sie den Versuch sahen, sie zu verführen, sah sie sein Talent, verführt zu werden.

Die letzte Woche war gekennzeichnet von häufigen Streitereien mit ihrem Freund und einem klareren Bild von ihm: unsicher, überheblich, egoistisch, ein Kultursnob. Nach einem solchen Streit fuhr der junge Mann wütend allein nach Novi Sad zurück, und Dragana begann mit Gavran auszugehen. Gemeinsam verbrachten sie die dritte Woche ihres Sommerurlaubs.

Ein Problem trat auf, als Dragana nach Novi Sad abgereist war – lange hatte sie Gavran am Hals gehangen, was nicht unbemerkt geblieben war – und dann nach einer Woche unverhofft auf die Insel zurückkehrte. Dieses Mal stieg sie nicht am Campingplatz ab, sie brachte kein Zelt und keinen Schlafsack mit, sondern nur eine größere Ledertasche, auf der „Camel" stand. Im Fremdenverkehrsbüro der Stadt fand man für sie ein Zimmer in einem der Reihenhäuser, wo Gavran und Lena wohnten. Genauer, in dem zwischen ihren beiden. Die Symbolik dieses Zufalls brachte Lena für kurze Zeit wieder zum Weinen. Gavran blieb allerdings diskret. Er näherte sich ihr nicht, wenn sie morgens im Hof saß und frühstückte, mit Blick aufs Meer und auch auf den Ort, wo Gavran aufgewachsen war. Sie war die Erste, die zurückgekommen war.

Als Erstes bot Lena ihr Schokolade an, als sie sah, dass Dragana mit dem Frühstück fertig war. Sie stellte sich als Verwandte von Gavran vor, und sie begannen sich zu unterhalten. Und da die Liebe den großen Vorzug hat, dass wir nicht nur eine Person lieben, sondern auch alles, was auf irgendeine Weise zu ihr gehört, Räume, Bücher, Musik, verlieben wir uns auch in ihre Vergangenheit und auch in ihre Verwandten, und Dragana gewann Lena rasch lieb.

22.

Etwa in der Mitte der zweiten Woche, seit Dragana auf die Insel zurückgekehrt war, begriff Lena, dass das, was den Menschen an ihr so gefiel, der Stolz war. Nicht Dünkel, nicht Überheblichkeit, sondern Stolz, den man aus der Haltung des Rückgrats spürte, aus der Bewegung, daraus, wie sie um sich sah. Und dieser Stolz diente Lena als Spiegel.

An diesem Abend ging sie gegen neun in die Stadt, sie hatte sich fürs Ausgehen mit den Mädchen zurechtgemacht, sie würden in der Srednja ulica flanieren, zu dritt, so hergerichtet, dass die Feinde sehen, wie schön sie sind, und dann ins *International* zu Dudo auf einen Cocktail. Da sah sie in der Dunkelheit des Hofes die Glut einer Zigarette. Keine Person, nur diese Glut, wie ein rotes Glühwürmchen. Sie erschrak, sie dachte, dass dort ein Mann säße, jemand Unbekannter, so sehr männlich sah diese Glut aus. Dann hörte sie ihren Namen. Dragana kam aus der Dunkelheit, um sie zu begrüßen.

– Ich wusste nicht, dass du rauchst.

– Manchmal – sagte Dragana.

– Wo ist Goran?

– Er hat einen freien Abend, er ist mit Freunden in der Stadt.

– Du kannst mit uns ausgehen – sagte Lena.

Aber Dragana sagte, dass sie hierbleiben werde. Irgendwie hatte auch Lena es sich anders überlegt. Sie holte aus ihrem Wohnzimmer eine Flasche roten Martini, Eis und eine Gaslampe, und sie fingen an, sich zu unterhalten. Dragana spielte Volleyball, und die Siege, die sie mit ihrem Club errungen hatte, der den seltsamen Namen „Ujvidek" trug, sah man ihr irgendwie auch am Gesicht an.

– Deshalb trage ich kurz – sagte sie und fuhr mit der Hand durch das dichte schwarze Haar.

Dann fuhr auch Lena mit der Hand durch ihr Haar. Es war unter den Fingern ähnlich wie das von Gavran. Und unter dem Einfluss des Alkohols begannen sie zu kichern und Gavran auszurichten. Dragana sagte, dass er ihr zuerst ein wenig komisch vorgekommen sei, aber dann habe sie begriffen, wie sehr er ihr gefällt. Und sie denkt, dass sie sich ernsthaft verliebt hat, so war es noch nie. Und dann sagte Dragana unter Kichern:

– Nie habe ich so guten Sex gehabt.

Ein kurzes Schweigen herrschte, Lena versuchte sich die Szene vorzustellen, und ihr schien, dass Dragana und Gavran ein schönes Schwarz-Weiß-Foto abgäben, das sie sich in einer anderen Situation an die Wand hängen hätte können.

Dragana sagte:

– Niemand kann so lecken …

Und ihre Zähne blitzten weiß auf.

Schock!

Mein Gott, er leckt sie wirklich alle, denkt Lena, er leckt die alten Weiber, die ihm ein Trinkgeld geben, wie ein Hund, er leckt alles um sich herum, und sie sieht ihn so in das weiße Sakko gezwängt, wie er in der Hüfte abknickt und „danke" sagt, in ihrem Kopf hat sich ein Geheimgang geöffnet, und sie sieht plötzlich alles klar: „Ein Kellner, ein Kellner in der Seele, bitte lecken und *danke*, bitte lecken und *danke*, oder *hvala* oder *grazie* oder *thanks* …"

Und deshalb redet sie, es ist nicht geplant, sie hat sich nicht deshalb mit Dragana angefreundet. Vielleicht hat ihr ihre Schönheit ein wenig geschmeichelt, vielleicht meint sie, selbst nicht genügend zu haben. Aber es ist nicht geplant.

Sie spricht davon, wie sie hier gemeinsam aufgewachsen sind, wie er sie das erste Mal in der ersten Klasse Gymnasium geküsst hat, wie sie zum ersten Mal miteinander gegangen sind, wie er ihren Namen auf sein Boot geschrieben hat, und dass er sie jedes Jahr verlässt, wenn die Saison beginnt, um mit anderen Mädchen zusammen zu sein, weil er anständig ist und nicht betrügt, aber dass sie im Herbst wieder miteinander gehen, und so bis zum späten Frühjahr, dass sie schwanger geworden ist und abgetrieben hat, dass das Kind genau jetzt zur Welt gekommen wäre, in diesen Tagen, dass sie ihre Eifersucht wie einen violetten Nebelstreifen sieht, der aus der Haut dunstet, dass sie nicht kommen kann, wenn sie Liebe machen, sondern nur wenn er sie leckt, dann sieht sie eine Ebene, eine weite Ebene, die nicht enden will, und schwarze Vögel in der Luft …

Und während sie das erzählt, werden Draganas Augen immer größer, auch ihre Pupillen scheinen sich zu weiten.

– Warte, Lena, ihr seid miteinander verwandt?

– Ja – sagt Lena – wir haben sogar denselben Nachnamen.

Das scheint sie erst verdauen zu müssen.

– Hör mal, Mädchen, du verarschst mich doch nicht etwa?

– Nein – sagt Lena.

– Mein Gott, wie konntest du das alles …

Dragana beendete ihren Satz nicht. Sie hatte einen Ausdruck im Gesicht, als hätten sich ihre Fäuste in Ratten verwandelt, in triefende

Kanalratten mit einem Schwanz wie eine biegsame Nadel. Sie sah diese Hände, als sähe sie sie zum ersten Mal, sie sah Lena, den Hof, die Bucht in der Finsternis und das Licht des Touristendampfers auf dem dunklen Wasser, von dessen Deck eine Polka herüberklang. Aber Lena sah in diesen Augen Stolz, großen, schönen, duftenden Stolz.

Dragana rannte in ihr Zimmer, es war im Erdgeschoss, und kam nach wenigen Augenblicken mit ihrer Tasche zurück, aus der hineingestopfte Kleidungsstücke herausschauten. Ein Ärmel der violetten Stickweste hing ganz herunter.

– Gibt es hier ein Taxi bis zur Stadt?

– Es gibt ein Boot – sagte Lena. – Wohin willst du? Es gibt keinen Bus mehr.

– Ich kann per Anhalter – sagte Dragana und ging los. Dann kehrte sie zurück, gab Lena die Hand und stürzte fort zur Mole.

An diesem Abend weckte Lena ihre Mutter und erklärte ihr, dass sie sich in Rijeka zum Studium einschreiben werde, Deutsch und Komparatistik, die Aufnahmeprüfung sei in einem Monat. Und als sie allein in ihrem Zimmer war, löste sie vom Boden der Schublade das Tagebuch, in das sie mindestens ein Jahr lang nichts eingetragen hatte, und begann es zu lesen. Vom ersten Augenblick in der Schule, ganz bis zur letzten Eintragung. Sie kam sich selbst vor wie ein Detektiv aus den Filmen. Und plötzlich war ihr klar, wer der Mörder war.

23.

In der ersten Schwangerschaft, mit Dean, nahm Lena fünfzehn Kilo zu, und nach der Geburt blieben ihr noch acht, während sie in der zweiten Schwangerschaft, mit Hana, achtzehn Kilo zunahm und ihr nach der Geburt zehn blieben. Wie viele Kilo ihr insgesamt geblieben seien, fragte manchmal die Lehrerin in Lenas Träumen. Aber ihr war noch etwas geblieben: ein außerordentlich schöner Kopf auf einem Körper, um den sie sich sehr kümmern musste. Und sie kümmerte sich, kaum hatte sie ein paar Kilo zugenommen, ging sie zu Kraftkammer und Gemüse über. Nur mit den Kohlenhydraten lag sie in ständiger Feindschaft.

Sie kam nicht oft auf die Insel. Nach dem Tod ihrer Mutter noch seltener, zu Weihnachten und Ostern mit den Kindern und ohne Mann, der ständig auf Reisen war.

Im Frühherbst 1979, nachdem Lena an der Fakultät inskribiert hatte und ein Nachbar aus dem Hof für sie eine Stelle bei der Firma Autotrans gefunden hatte, bekam Gavran Arbeit bei der italienischen Reederei Costa; er arbeitete als Kellner auf den Cruisern und kam in den Sommermonaten nicht oft auf die Insel. Höchstens für zwei, drei Tage, um sich ein wenig zu erholen und um dann in Triest oder Venedig wieder an Bord zu gehen. In der Zeit, wenn er auf der Insel war, konnte man ihn am häufigsten an der Bar im *Imperial* finden, und dann redete er solches Zeug:

– Dieses Lied, das sie gerade spielen, erinnert mich an die Nordküste Siziliens und eine … ich denke, es war eine Amerikanerin, Gloria, wie die gefickt hat, mein Lieber, wenn du die gefickt hast, also, als würdest du alles in der Kabine ficken, Bett, Tisch, die Marlboros auf dem Tisch und die Flasche Johnnie, einfach alles … und zwar deshalb, weil die Frau bei der Fotze beginnt, weil sie vom Zentrum aus und in alle Richtungen gleich wächst, sich in den Raum ausbreitet, wenn sie klein ist, misst sie ihre Größe an den Kacheln in der Küche, oder misst später ihre Beine, ob sie lang genug sind, aber sie weiß nicht, dass sie aus der Fotze wächst. Wenn Gott in der Gebärmutter eine Frau erschafft, sage ich euch, erschafft er zuerst die Fotze, als Zentrum, als Kern, wo alles seinen Anfang nimmt, so wie ein großer Baum, sagen wir, eine Kirsche, aus einem kleinen Kern beginnt, den du auch verschlucken und wieder ausscheißen kannst, aber auch dann wird er sich zu einem großen Baum auswachsen. Das ist, sage ich euch, die Macht des Kerns.

Und um Gavran herum lachen alle, Boris, Luka, Škembo, sie belohnen die inspirierte Erzählung und hoffen, dass davon noch mehr kommt. Gavran schenkt allen roten Postup ein, hebt das Glas, und statt „dies ist der Kelch meines Blutes" sagt er:

– Den Kindern geben wir Tierbilder zum Sammeln, damit sie die Menschen leichter erkennen. Die da, siehst du, die auf uns zukommt, das ist ein Reiher, du siehst die langen Stelzen, die Kleine dort ist ein Fuchs, das siehst du an ihrem Gesicht, und die beiden da, das sind

Nashornweibchen. Aber alle haben sie Arme und Beine, alle wachsen sie aus ihren Fotzen, sie haben Arme und Beine, auch wenn es Flügel oder Flossen sind, oder nur Beine, kapierst du. Gott hat so viele Arten geschaffen, und ich muss sie alle ficken.

So redete er, sie erinnerten sich der alten Zeiten, tranken und lachten, aber man sah auch, es war nicht mehr die alte Glut, die ihn beseelte.

Entschuldige, Dagmar!

„Wenn die Möwen
nach deiner Schönheit spähen,
beschütze ich dich."

Marijan Ban: *Wenn die Möwen spähen*

1.

Wenn sie tanzen, mischen sie sich unter die Menge der Menschen auf der Tanzfläche, damit die Eltern sie nicht sehen, und sie schmiegt ihre Wange an seine Schulter, er legt sein Kinn auf ihr Köpfchen, und jeder denkt das Seine. Jeder geht auf seiner Seite der Straße, und obwohl es dieselbe Straße ist, sehen sie verschiedene Dinge. Er sieht in einem Schaufenster vielleicht die Schallplattenhülle von *Chopin for Young Lovers*, und sie, sogar sehr wahrscheinlich, sieht sein Foto, den gebräunten Männertorso in der Badehose, wie er friedlich im Schaufenster des Fotoladens in der Srednja ulica liegt. Auf der Plattenhülle sind zwei junge Menschen zu sehen, die Gesichter *cheek to cheek*, hinter einer Windschutzscheibe, über die Regentropfen perlen. Im Fotogeschäft sieht man eine schlanke gebräunte Gestalt mit ausgeprägter Bauchmuskulatur, und man weiß eigentlich nicht, warum ihr Träger Škembo gerufen wird. Dieser Spitzname ist hier ein Mysterium. Als Dagmar ihren Kopf an seine Schulter lehnt, möchte er, dass diese Schulter so bequem wie möglich für sie ist, aber für nichts auf der Welt würde er sie vögeln, er würde sie nur auf ihr Fötzlein küssen, das nicht größer ist als eine Semmel, die ein guter Zauberer geschrumpft hat. Er würde sie so lieben, dass von seiner Liebe die Ritze an der Fotze verschwindet und wie mit einem Plastikkorken zugepfropft ist, als ob es diese Fotze gar nicht gäbe, nur einen leeren Raum, wo sie früher war. Mit Dagmar ist es schön für ihn, wenn er nur ihre Hand hält, eine warme, trockene Hand, und wenn die anderen sehen, dass er ihre Hand hält.

Dagmar ist sehr jung, im September wird sie vierzehn, aber noch ist nicht September, und Škembo sitzt auf der Terrasse des Hotels *Imperial* an einem Tisch mit ihr, mit ihren Eltern und ihrer jüngeren Schwester; vor ihnen steht in einem Eiskübel eine Flasche Champagner, und Škembo sagt in korrektem Deutsch Worte wie *Sehr verehrte gnädige Frau – Vielen Dank – Mein lieber Herr*. Dagmar sagt, dass er ihr sehr gefällt, weil er ihrem älteren Bruder ähnlichsieht, den sie lange nicht gesehen hat. Škembo fragt höflich, ob dieser Bruder etwa tot sei, er sagt *gestorben*, und dabei ist sein Gesicht traurig, aber auf würdevolle Weise.

Nach dem Tanz erlauben die Eltern ihr, mit Škembo vierzig Minuten spazieren zu gehen, bevor er sie bis zur großen, im Hafen ankernden *Bavaria 43* begleitet. Dann spazieren sie durch verschiedene dunkle Ecken der Altstadt, halten sich an den Händen und bewundern die Palais, in denen sicher mehr Menschen gestorben sind, als heute in ihnen leben und in der ganzen Zukunft leben werden. Sie spazieren über den römischen Friedhof und durch den großen Park, der zusammen mit den Schwulettis, die sich dort versammeln, im Mondlicht glänzt. Aber Dagmar ist sicher, schon seit Tagen beschützt er sie vor den anderen, die sich an sie kleben und mit geifernden Blicken ausziehen, beschützt ihr Fötzlein, das für ihn, und nur für ihn, mit einem guten Stück Kunststoff zugepfropft ist.

2.

Škembo schreibt dienstags. Er kauft im einzigen Papiergeschäft der Stadt kleine farbige Umschläge, zum Schreiben von Glückwünschen an Kindergeburtstagen, in die die Onkel und Tanten fünfzig Mark stecken. Aber statt der Geldscheine mit dem Symbol des deutschen Bürgerstolzes steckt Škembo Botschaften hinein. Die auf Englisch und Deutsch schreibt er selbst, bei denen auf Italienisch hilft ihm Alka. Er ist in Alka verliebt, wie alle Burschen aus der Bucht, aber sie ist mit allen gut Freundin und nimmt niemanden aus. Deshalb sind die Botschaften, die er dienstags, vor dem Kiosk beim Hotel *Kontinental* im Schatten sitzend, gemeinsam mit Alka verfasst, ein wenig auch Botschaften für Alka, obwohl sie anderen Mädchen gewidmet sind. Und wenn er ihr zusieht, wie sie sich bemüht, die Worte hin und her wendet, die Sätze poliert, sie laut ausspricht, auf Italienisch, tut es Škembo gleichzeitig leid, dass sie sich so sehr bemüht, damit er ein anderes Mädchen verführt, andererseits aber tut ihm ihre Freundschaft gut. Wenn es heiter und sonnig ist, genügt ihm diese Freundschaft. Wenn der Jugo bläst und die Regen einsetzen, packt ihn die Verzweiflung.

In das rote Kuvert zum Beispiel steckt er einen Zettel mit dem Satz *I fell in love with you before you came, in my dreams.*

– Wie findest du das? – fragt er.

– Gut – sagt Alka – aber du könntest statt dem Beistrich hinter *you came* einen Punkt setzen, damit dieses *in my dreams* mehr hervorgehoben wird.

In den blauen Umschlag steckt er die Botschaft *My love, we know each other three million years. But we have not met yet.* Und lächelt dabei Alka bedeutungsvoll zu. Auch sie lächelt ihm zu, aber kürzer, und senkt den Blick auf die Botschaften auf Kroatisch, die vor ihr liegen und ins Italienische übersetzt werden sollen. „Volio bih biti kamenčić u tvojoj cipeli. Da znaš da sam tu." Die Verbform macht ihr Sorgen, muss man hier *Vorrei essere* oder *Mi piacerebbe essere* nehmen.

Es gab allerhand Seltsames in Alkas Schönheit. Zum Beispiel konnte man sie sich nicht merken. Wenn er sich abends, vor dem Einschlafen, Alkas Gesicht vorstellen wollte, konnte er es einfach nicht. Er fragte Boris danach, und Boris sagte, dass auch er sich Alkas Gesicht nicht vorstellen könne, aber dass es auch keine Notwendigkeit gebe, es sich vorzustellen. Sie hatte einen länglichen, regelmäßig geformten Kopf und ein Gesicht, das sich ständig änderte. Die Sache war die, dass jede Änderung zugleich auch eine Änderung zum Besseren war. Alka kann den Abend, wenn alle zusammen an der Mole sitzen, mit dem Gesicht eines braven Bauernmädchens beginnen, und dann macht der Wind etwas mit ihrem Haar, zerzaust es, wirft ihr ein paar helle Strähnen in die Stirn, und sie schielt auf einmal unter dem Haar hervor und bleckt die Zähne wie eine Pornodarstellerin, aber eine wunderschöne Pornodarstellerin. Und wenn sie ein wenig getrunken hat und aufsteht, geht sie gerade, als wäre sie auf dem Laufsteg, ihr Rückgrat ist kerzengerade, die Schultern stolz, und doch gibt es in diesem Gehen auch etwas Nachlässiges. Dann sieht sie aus wie eine Frau, die gerade von einer Jacht in Monte Carlo heruntergestiegen ist und in deren Gang sich Jahrhunderte aristokratischer Erziehung versammelt haben. Auch die Jacht ist nicht irgendeine, das ist eine langgestreckte weiße Jolle mit zwei Masten, die Kabine aus Mahagoni, das Deck aus Teak und mit Messingwinschen. Ein Segler, der aussieht, als würde er dahinschnellen, auch wenn er steht, und den Raum um sich verändern. Vielleicht lässt sie sich deshalb nicht vorstellen, denn sie geht immer in etwas anderes über.

Alka sieht aus, als hätte sie auch hinten ein Gesicht, im Nacken, man kann ihr nicht auf den Hintern sehen, ohne sich zu schämen. Sie hat feste, stolze Brüste, Brüste, die den Menschen heimatverbunden machen, und die für jeden groß genug sind.

3.

Im Unterschied zu Alkas Schönheit, die ungreifbar ist, lässt sich die Schönheit der kleinen Dagmar fixieren, im Gedächtnis behalten und noch lange, nachdem man ihr Bild aus dem Auge verloren hat, in sich tragen. Deshalb ist es eine Schönheit, die teilweise auch als Holzbein dient. Oder als Stock, auf den sich der Mensch stützt. Sie hat braune Fransen über dem Kindergesicht, aber nur fünfundzwanzig Zentimeter tiefer rufen zwei große Brüste: *Ich bin kein Kind! Ich bin kein Kind!* Wenn der Tanz beginnt, sieht Škembo, wie die Burschen in den weißen Schlaghosen, die Pullover nachlässig um die Schultern gehängt, Variationen ihrer Sommeruniformen, kommen, um Dagmar um einen Tanz zu bitten. Sie hört sie wohlerzogen an, lächelt huldvoll wie eine Göttin oder ein Engel, jedenfalls wie ein Wesen, das es nicht gibt, und weist sie höflich ab. Von der Stelle, wo er steht, sieht er nur ihren Kopf, der sich langsam links-rechts bewegt, und dieses Lächeln. Wenn sie so schön lächelt, wenn sie ablehnt, wie sieht ihr Lächeln dann erst aus, wenn sie es möchte? Škembo möchte das sehen und verfolgt deshalb sowohl die Burschen mit dem Blick, die um den Tanz bitten, als auch Dagmar, die den Kopf schüttelt, aber auch ihren Vater, der sich um die Jungen überhaupt nicht kümmert, als wären sie Fliegen. Und er sieht deutlich, ihr Vater, ein korpulenter Mann, mit einer Stirn, die rot angelaufen ist wie das Innere einer Wassermelone, er ist es, der die Burschen abweist, ohne ein einziges Wort zu sagen. Deshalb tritt Škembo, der weiß, dass man zuerst den Eltern gefallen muss, in der Pause an ihren Tisch, wenn es keine Musik gibt. Er sagt seine Begrüßung auf, entschuldigt sich für die Belästigung in seinem perfekten Deutsch und fragt ihren Vater, ob er etwas dagegen habe, wenn er seiner wunderschönen Tochter einen kleinen Brief überreiche. Im ersten Moment sind Vater und Mutter verwirrt, sie sehen sich gegenseitig an, und dann Dagmar, die lächelt, aber nicht mit dem Lächeln, mit dem sie ablehnt, sondern irgendwie anders, und ihre zehnjährige Schwester hört nicht auf zu kichern. Noch letztes Jahr hat es diesen Zirkus um Dagmar nicht gegeben, und jetzt bereitet ihr das vermutlich schrecklichen Spaß. Jetzt übernimmt der Vater die Initiative und fragt Dagmar, ob sie den Brief annehmen möchte, und Dagmar bestätigt durch Kopfnicken, dass sie es möchte. Sie möchte auch tanzen, denkt Škembo, hat aber Angst vor dem Vater. Dann überreicht er ihr höflich den roten Umschlag, sagt *Vielen Dank* und geht. Er zeigt ihnen seinen breiten Rücken, über dem er einen Pullover seines Stiefvaters aus blauem Garn trägt.

Von der Rezeption aus, durch ein Fenster, kann er ihren Tisch sehen, ohne dass er gesehen wird. Dagmar öffnet ungeduldig den Umschlag, nimmt das Blatt heraus und liest. Ihre Schwester ist ungeduldig und beugt sich vor, um zu sehen, was da steht, aber Dagmar verbirgt das Geschriebene mit der Hand. Dann muss die Mutter die Schwester ermahnen, Ruhe zu geben, und die Schwester setzt sich gehorsam auf ihren Platz, und Dagmar liest ruhig. Und dann zeigt sich auf ihrem Gesicht ein Lächeln. Die Mutter sagt, sie solle ihr zeigen, was da steht, und Dagmar, noch immer lächelnd, aber versonnen, gibt ihr das Papier. Dann lächelt auch die Mutter und gibt das Papier dem Vater, aber der lächelt nicht. Mutter und Vater reden miteinander, das sieht Škembo genau, während er mit Kenjo redet, dessen Schicht noch andauert, aber nach einer Zeit erhebt sich der Vater, und für einige Augenblicke kann ihn Škembo sehen, wie er an der Rezeption vorbei zur Herrentoilette geht. Als der Vater der kleinen Dagmar ihn bei der Rezeption stehen sieht, nickt er ihm kurz zu, und seine Lippen verziehen sich zu einem gequälten Lächeln; als er zurückkommt, gibt er Škembo die Hand, und der hofft, dass er sich die Hände gewaschen hat.

Danach ordert er einen Americano und stellt sich mit dem Glas in der Hand an die Tanzfläche, an eine Säule der steinernen Arkade gelehnt, sodass sie ihn von dem Tisch aus sehen, an dem Dagmar sitzt. Der Americano ist ein ziemlich widerliches Getränk und von ähnlichem Geschmack wie Campari, hat aber eine wunderschöne rote Farbe und sieht im Glas schön aus. Und auch der Atem ist von ihm frischer.

Bald sieht er, dass Dagmar in seine Richtung sieht. Er wartet, bis diese Blicke so häufig werden, dass es aussieht, als würde sie ihn ununterbrochen ansehen, und dann löst er sich von der Säule, geht langsam zu ihrem Tisch und fragt, ob er sich setzen dürfe.

– *Natürlich* – sagt ihre Mutter, und Dagmar lächelt wieder. Dieses Mal als Person, die tatsächlich existiert.

4.

Nach Mitternacht, wenn die Terrassen der Hotels schließen, haben Dagmar und Škembo ihre vierzig Minuten für einen Spaziergang. Die Menschen haben sich schon etwas verlaufen, aber an der Stelle, wo sich auf dem Platz des hl. Kristofor der freie Raum zu der relativ schmalen Steigung der Srednja ulica verengt, in der Nähe der Apotheke und der Terrasse des *Grandhotels*, gibt es noch immer genügend Leute. Es hat sich eine Schlange vor dem Eisautomaten gebildet, und Škembo wartet, dass man ihm geringelte zweifarbige Kegel in die Cornetti drückt, eine Himbeer-Vanille-Kombination. Dagmar steht an der Seite in einem süßen weißen Kleidchen und weißen Tennisschuhen, so als wollte sie jetzt zum Tennis und nicht zu einem Spaziergang am Meer. Sie hat die Beine gekreuzt, mit den unteren Extremitäten zeichnet sie die erste Unbekannte einer Gleichung und wirft ihm manchmal ein leichtes Lächeln zu. Aber die „Möwen" kreisen unablässig, man muss auf der Hut sein. Dudo biegt vom Platz her in die Srednja ulica ein, er ist vermutlich zum Disco-Club im *International* unterwegs, und bemerkte Dagmar, wie sie allein vor dem alten Fürstenpalais steht. Und sofort geht er zu ihr, zeigt ein Lächeln, zeigt seine regelmäßigen weißen Zähne, eines seiner Argumente: ein amerikanisches Lächeln aus der Zahnpastareklame. Sein Blick wandert flüchtig über ihre Büste, aber nicht aggressiv, Gott bewahre, nicht aggressiv. Er hat etwas Geistreiches gesagt, denn Dagmar lacht, dann fragt er sie etwas, aus reiner Liebenswürdigkeit, er hat sie sogar an den

Oberarm gefasst, aber Dagmar deutet mit dem Kopf auf Škembo, der in der Reihe wartet. Als der ihn sieht, winkt Dudo zum Gruß, sein Kopf befindet sich noch an der Stelle neben Dagmar, aber seine Füße sind schon weitergegangen. Und Škembo ist noch keinen kleinen Schritt in der Reihe vorangekommen, da redet Šepac bereits mit Dagmar. Er ist aus dem Nichts gekommen, die dicke Goldkette auf der entblößten behaarten Brust, die Frisur von Alain Delon und den Gesichtsausdruck von Belmondo, hat ihre Hand genommen und küsst sie langsam, ritterlich, galant, erotisch, aber nicht frech, sodass man das in jedem Moment als Scherz auffassen kann. Eine barocke Geste. Als Dagmar, vermutlich auf die Frage, mit wem sie hier sei, wieder mit dem Kopf auf Škembo deutet, der sich dieses Mal doch ein wenig auf die Quelle des besten Eises auf der Insel zubewegt hat, zwinkert Šepac enttäuscht und geht weiter. Dagmar indessen verdreht nicht die Augen, zeigt nicht mit ihrer Mimik, dass sie sie langweilen, sondern scheint die Komplimente zu genießen, und lässt ihn auch weiterhin im Ungewissen. Die größte Gefahr aber kommt erst. Langsam, Fuß vor Fuß, kommen vom Hauptplatz her Gavran, Boris und Luka angeschlurft, aber die Alte vor Škembo redet auf die Eisverkäuferin ein, sie beschwert sich, weil die ihr das Wechselgeld nicht richtig rausgegeben hat, sie blockiert ihn mit ihrem großen rötlichen, massigen Rücken, und dabei mag Dagmar gerade dieses Himbeer- und Vanilleeis so sehr. Interessant ist, dass es Gavran ist, der als Erster an die einsame Figur mit den zum X gekreuzten Beinen herantritt. Man sieht die strenge Hierarchie, wie bei einem Löwenrudel: Der Stärkste frisst als Erster. Boris und Luka durchkämmen die Reihe mit den Augen nach einem anderen Rock, und als sie Škembo bemerken, den Freund und Mitbürger, gehen sie sofort zu ihm, verdecken ihm mit ihren Körpern den Blick auf Dagmar und Gavran und fragen ihn, wie es mit der Kleinen gehe, ob er ihn ihr schon in den Mund gesteckt habe, wie sie blase, ob sie die Zähne zurückhalte, oder ob sie manchmal mit der Plombe am Köpfchen kratze. Das Problem ist, dass Dagmar für Gavran das schönste Lächeln bereithält, und obwohl der ihn auch dort in der Reihe ausgemacht hat, hört er nicht auf, ihr den Hof zu machen. Er schenkt ihr eine Muschel und sagt vermutlich:

– Denk dir da drinnen eine Perle!

Aber dazu hat er hinter dem Restaurant *Mali gaj* eine Jakobsmuschel aus dem Abfall genommen, von der ein Tourist das Innere verzehrt und sie auch noch gründlich ausgeleckt hat, sodass dieses arme Geschöpf aus Kalk und Perlmutt jetzt eine Liebesgabe spielt. Er küsst Dagmar auf die Stirn und bringt sie dazu, sich der Reihe zu nähern, in der der arme Škembo noch immer auf den Riesenrücken der Tschechin vor sich starrt, und dann küsst Dagmar Škembo, um ihm beim Warten und bei seiner Aufopferung Mut zu machen. Und jetzt steht sie neben ihm und hält ihn an der Hand, wohl damit er das Weib nicht erschlägt.

Später, als sie unterhalb der Stadt lustwandeln und die angestrahlten Glockentürme sehen, hält sie die Jakobsmuschel noch immer in der Hand. Sie will sie ins Täschchen tun, aber Škembo bietet sich liebenswürdig an, sie für sie aufzubewahren. Sie setzen sich auf eine Bank, umarmen sich ein wenig, sie sagt, dass sie keine Zungenküsse möchte, weil sie in Deutschland jemanden hat, also einen Freund, und als sie weggehen, hat Škembo die Jakobsmuschel vergessen, und sie bleibt zurück. Eine tote Muschel auf einer vom Mondlicht beschienenen Bank. Wer weiß, was sich der denkt, der sie dort findet?

5.

Bis vor zwei Jahren war es nicht vorstellbar, dass jemand ein Sakko mit Tennisschuhen trägt, aber die Homosexuellen führten das in San Francisco, Paris und Amsterdam in die hohe Mode ein, und dann sickerte diese Mode aus den höheren Sphären in niedere ein, und alles verbreitete sich immer mehr und wurde auch von den übrigen Teilen der männlichen Bevölkerung ohne Bedenken und Kritik akzeptiert, selbst wenn sie homophob waren. Und so gelangte sie von den Quais der Seine, wo spezielle Modenschauen abgehalten werden, auch auf diese kleine Insel, und jetzt steht Škembo in seinem gemauerten Gartenhäuschen, einem ehemaligen Bootsschuppen, vor dem Spiegel und besieht sich, prüft seine neuen weißen Adidas und zieht das helle Sakko von Mura an. Die Abende sind schon kühler, niemand redet noch von globaler Erwärmung, und Škembo kann in diesem Sakko auf der Terrasse des Hotels *Imperial* zusammen mit den Eltern und der Schwester der kleinen Dagmar sitzen, ohne vor Hitze zu sterben. Allein durch seine Anwesenheit am Tisch entmutigt er die Burschen, die kommen, um Dagmar um einen Tanz zu bitten. Er behütet sie besser, als ihre Eltern es tun. Oder sie selbst. Die Mutter der kleinen Dagmar verhehlt ihre Begeisterung über diesen wohlerzogenen Jungen nicht, der so ausgezeichnet Deutsch spricht.

Heute Abend, als er ihr das Eis gekauft hat, hat er sie die Stufen hinunter zum Park und zur großen Mauer geführt, zu den Resten der Stadtbefestigung, die als Aussichtspunkt dienen und von denen man sehr deutlich die große Leinwand des Sommerkinos sieht. Aber anstatt begeistert zu sein, als sich auf der Leinwand der riesige weiße Hai zeigt, wird Dagmar ganz zappelig, man sieht, dass sie sich nicht wohlfühlt und dass sie erschrocken ist, dass es heute Abend mit dem Küssen nichts wird. Er würde sie küssen, aufs Haar, auf Gesicht und Mund, sogar mit der Zunge, aber ohne sie von der Hüfte an abwärts zu berühren, er würde mit ihr nur schmusen. Wie mit einem Kind.

– Es gefällt dir hier nicht.

– Doch – sagt sie – aber es ist mir unangenehm. Sind wir im Kino?

– Nein. Aber wir sehen einen Film, umsonst.

Sie sieht ihn mit großen braunen Augen an, kleine Globen, in denen sich die Welt spiegelt, jede Iris ein Kontinent und die Lederhaut die Ozeane.

– Das mag ich nicht – sagt sie – wenn wir uns einen Film ansehen, müssen wir eine Eintrittskarte lösen.

Er kann ihr einfach nicht klarmachen, dass diese Mauer auch dazu dient, dass die einheimischen Kinder Filme sehen können, ohne für Kinokarten bezahlen zu müssen, und dass die Direktion des Kinos das weiß. Kinogehen ohne Kinokarten zu bezahlen ist für sie unannehmbar.

Als sie von der Mauer in den Park hinabsteigen und sich auf die Bank setzen, von der man durch die Kiefernzweige schön die Bucht der hl. Eufemija und die silbrig gekräuselte Meeresoberfläche sieht, ist sie ihm dankbar und küsst ihn an diesem Abend auch auf den Mund, und als er sie etwas fragen will, sagt sie ihm, dass sie nach Deutschland telefoniert und dass sie mit Detlef Schluss gemacht habe. An diesem Abend küssen sie sich viel und zärtlich, aber er verspürt keine übertriebene Erektion. Er ist bereit, sie auch vor sich selbst zu beschützen.

6.

Mit seinem Trieb war alles in Ordnung, aber jenes Bild von der Plattenhülle schloss keinen Sex ein, mehr noch, es war meilenweit davon entfernt. Eine behaarte Öffnung im Schritt und ein schönes Teenagergesicht hinter Glas, über das Regentropfen perlen, passten keinesfalls in ein Bild zusammen. Darin war auf alle Fälle etwas Ekelhaftes. Mitunter kam es vor, dass er sich Dagmar mit den anderen vorstellte, mit Boris, Gavran, aber auch mit Luka, und dann standen die Geschlechtsorgane im Vordergrund, aber wenn er sich selbst mit ihr vorstellte, waren die Geschlechtsteile irgendwie nicht vorhanden. In seinen schönsten Fantasien mit Dagmar hatte Škembo keinen Schwanz, der war bei ihm nur ein unbestimmter Nebelfleck. Der Schwanz meldete sich in seinen Fantasien erst, wenn er an etwas Ekliges dachte. Notwendig war ein körperlicher Mangel, Cellulitis, Hängebrüste, ein rasierter Spalt mit hängenden Schamlippen, klaffend wie bei Fernandel, damit er ein Bedürfnis empfand. Aber dann war dieses Bedürfnis sehr stark, und am meisten erregte ihn das Wort *pfui!*. Vor allem das Wort *pfui!*, wie es seine Mutter ausspricht. Wann immer seine Mutter eine Frau sah, die allzu freizügig gekleidet war, die ihr Fleisch zur Schau stellte, das wabbelte, zu dick, unvollkommen war, wann immer sich das Fleisch von der Ästhetik löste, als würde es aus ihr übertrieben herausragen, sagte sie: „Pfui!" Seit seiner frühen Jugend war das Wort *pfui!* für ihn mit entblößtem Fleisch verbunden, das aus dem Rahmen des guten Geschmacks herausfiel. Später, als er begriff, dass dieses Wort sehr oft von Hundebesitzern verwendet wird, war es zu spät. Dieses *pfui!* behielt auch weiterhin seine sexuelle Konnotation.

So war es auch mit Ulrike gewesen. Tagelang waren sie über die Strände spaziert, hatten sich auf der Sandbank beim Campingplatz unter Tamarisken geküsst, er hatte sie beschützt und geliebt, sie ausgeführt, aber immer waren sie bei Licht spazieren gegangen, damit sie von seinen Lippen lesen konnte. Er hatte die Idee, auf diese Weise seine korrekte Aussprache des Deutschen zu üben, das hatte sich irgendwie angeboten. Alles war schön, nützlich, sinnvoll gewesen. Aber dann hatte sie ihm eines Abends, ziemlich ängstlich, gesagt, dass sie ihre Unschuld mit Gavran verloren habe und dass sie es absichtlich getan habe, damit es für sie mit ihm besser würde. Das erste Wort, das ihm damals eingefallen war, war *pfui!* gewesen. Das Bild des sehnigen dunkelhäutigen Körpers, der in ihre Weichteile eindringt, war genau das Ekelhafte gewesen, das in ihm den Wunsch erweckt hatte. Und so brauchte er im Verlauf der zwei zugegebenermaßen schönen Wochen, die er mit Ulrike verbrachte, in denen sie miteinander schliefen, auf dem Sand, auf der Bank, am Strand, während kleine Wellen ihre Füße kitzelten, um eine Erektion zu bekommen, sich nur vorzustellen, wie Gavran sie vögelt. Lediglich dieses Pfui!-Bild konnte ihn erregen. Man könnte es wohl auch so sagen: Das Einzige, was ihn an Ulrike erregt hatte, war Gavran gewesen. Der hatte ihr die Unschuld genommen, schlief aber auch weiterhin mit ihr, ohne es selber zu wissen. Und ohne es je zu erfahren.

7.

An einem Abend, gewöhnlich Ende August, wenn schon Abschied in der Luft liegt, der Sommer aber noch nicht vorbei ist, noch flattern seine Fetzen in Form von ausgebleichten Flaggen an den Motorbooten und Jachten im Wind, treffen sich die Burschen auf der Terrasse des Hotels *Imperial*, um den Sommer zu resümieren. Boris, Luka und Škembo gehen bald nach Zagreb, Dudo nach Split, an die Fakultät für Maschinen- und Schiffsbau, Gavran auf das Schiff, auf dem er schon einige Zeit lang arbeitet, lediglich Kenjo wird hierbleiben, weil er sich noch nicht entschieden hat, was er studieren wird. Sie bestellen Wein und erinnern sich aller Mädchen, mit denen sie zusammen waren, erzählen sich gegenseitig saftige Details und beschreiben romantische Szenen, jedenfalls wird das Wettrennen um Abenteuer von Nostalgie abgelöst. Noch ein Sommer geht dorthin, wohin Sommer nun einmal gehen: in die persönliche Mythologie.

Škembo indessen hat etwas ziemlich Überraschendes verkündet, und jetzt gratulieren ihm alle, Dudo sagt sogar:

– Bravo, Kleiner!

Nur Gavran lächelt ironisch und sagt:

– Ach, weißt du, die Evolution hat alle möglichen Tiere erschaffen, platte Fische, die in großer Tiefe leben, Lungenfische und dreihundert Arten von Meereswürmern, Flamingos, die Beine haben wie Zahnstocher, Kakadus, Chamäleons, Kapuzineräffchen, Rote Ameisen und den Tyrannosaurus Rex. Und der Mensch?

– Was hat das jetzt damit zu tun, Gavran? – sagt Boris.

– Hat es, hat es, du wirst sehen, dass es das hat – sagt Gavran – der Mensch ist die Summe der Evolution, ihn hat sie als Letzten erschaffen, und in ihm sind all die anderen Wesen enthalten. Aber er hat eine ausgezeichnete Mimikry entwickelt, und die Mehrheit der Menschen sieht gleich aus, auch wenn sie von anderer Rasse oder Größe oder Gewicht sind, verstehst du. Menschen unterscheiden sich weniger untereinander als verschiedene Arten von Hunden oder Käfern oder Amphibien. Aber diese anderen Wesen haben sich in das eingeschlichen, was der größte revolutionäre Trumpf des Menschen ist: ins Hirn. Der eine Mensch ist ein Igel, der andere ein Pelikan, und es gibt auch solche, die ganz seltsame Kloakentiere sind. Und was ist Škembo?

Und alle am Tisch sehen auf einmal Škembo an, und er ist rot geworden.

Gavran schweigt ein wenig, verstärkt die dramatische Pause und fährt fort:

– Er ist ein Labrador. Gut, treu ... aber dumm.

– Red keinen Scheiß! – sagt Boris zu ihm.

Škembo ist schon wütend von seinem Stuhl hochgefahren, als ihn Gavran am Ärmel zurückzieht, damit er sich wieder hinsetzt.

– Was läufst du denn gleich heiß ... erzähl lieber, was war mit der Kleinen, der Roten, mit der du im Juni zusammen warst.

– Was soll gewesen sein? Sie ist zurück nach Hause.

– Nach Regensburg?

– Was weiß ich. Vermutlich nach Regensburg.

– Eh, aber ich weiß es – sagt Gavran. – Hast du ihr diesen Brief geschrieben?

Er zieht ein kleines rotes Kuvert heraus, und Škembo reißt die Augen auf, sein Gesicht ist schockstarr.

Und langsam öffnet Gavran das kleine Kuvert und faltet das Papier theatralisch auseinander, es ist genauso rot.

– *Du bist das schönste Mädchen, das ich je gesehen habe.*

Auf Škembos Gesicht sieht man das Entsetzen, als er die Worte erkennt, und dann auch die Handschrift. Eigentlich hätte das Mädchen den Brief nach Hause mitnehmen und ihn in der Lade ihres Schreibtischs verschließen sollen.

Einen Augenblick lang sind alle am Tisch geschockt.

– Nutten sind das, Škembo, Nutten, was soll ich dir sagen – sagt Gavran und steckt den Brief in den Umschlag. Und dann holt er noch mehr Briefe von Škembo heraus, auf denen die Namen von Mädchen stehen: Gabi, Andrea, Vera, Ulrike, Marion, Christiane …

Wieder fährt Škembo auf, und die Sache sieht ernst aus, aber Gavran kehrt an den Anfang zurück:

– Ich mach doch nur Spaß – sagt er – ich habe sie gefragt, ob sie mir die Briefe geben, rein aus Jux. Brauchst dich nicht aufzuregen! Also, ich habe sie nicht, wenn du das meinst, ich habe keine einzige gevögelt, bei meiner Mutter … – und hebt die Hand, die Finger gespreizt, damit man sieht, dass er sie nicht unterm Tisch kreuzt.

Škembo hat sich wieder hingesetzt, aber dieses „ich habe sie nicht" brennt stärker als das unausgesprochene „ich habe sie" von kurz zuvor. Warum hätten die Mädchen Gavran einen Brief geben sollen, wegen dem sie sich verliebt hatten? War das nicht das wichtigste Andenken aus den Sommerferien, ihre Trophäe?

– Ich glaube, dass er sie ihnen klaut – sagt später Luka zu ihm.

– Er späht die Gelegenheit aus, überredet sie, ihm den Brief zu zeigen, und dann klaut er ihnen den aus der Tasche, wenn sie auf die Toilette gehen. Und zieht sie mit der Geschichte auf seine Seite, dass er dein Freund ist, er lobt dich und bittet sie schön, sie soll dich ja nicht verletzen, denn du hast dich doch so schrecklich verliebt.

Die Sache ist offensichtlich von langer Hand vorbereitet, aber weshalb hat er dazu gerade den heutigen Abend gewählt, an dem Škembo feierlich verkündet, dass ihn die Eltern der kleinen Dagmar zu einer Kreuzfahrt mit der Jacht eingeladen haben und dass er mit ihnen fährt?

8.

Am Abend zuvor hatte die Mutter der kleinen Dagmar zu ihm gesagt, dass sie weiterziehen werden, dass sie sich hier viel länger als geplant aufgehalten hätten, weil Dagi es so gewollt habe, und sie habe es seinetwegen gewollt, dass sei doch wohl klar. Ja, und sie frage ihn jetzt, ob er mit ihnen mitsegeln wolle, hinunter bis Zadar, und wenn das Wetter es zulasse, noch weiter Richtung Kornaten. Als Škembo fragte, warum ihn das nicht Dagmar gefragt habe, sagte sie, dass ihn Dagmar über sie frage, ihre Mutter. Zuerst sagte er, dass er nicht könne, aber dann überlegte er es sich. Die Mutter der kleinen Dagmar bot sich an, seine Mutter zu fragen. Škembo, verlegen, sagte, dass niemand seine Mutter fragen müsse, dass er fast volljährig sei und dass er diese Entscheidung fälle. Die Mutter der kleinen Dagmar indessen bestand darauf, mit seiner Mutter zumindest zu reden, und sagte, sie beide würden zu ihm nach Hause kommen. Das war für die Burschen von der Insel unvorstellbar, die Familien dieser Sommermädchen hatten sich nie mit ihren Eltern bekannt gemacht.

Als er an diesem Abend seine Mutter in Gesellschaft der Mutter der kleinen Dagmar sah, empfand er Scham. Aus ihrem Haar hatte sie gerade erst die Wickler entfernt, und das war an ihrer Frisur stark zu sehen, aber noch mehr stach das aus der Mode gekommene ziegelrote Kostüm hervor, das sie im Sommer trug, wenn sie sich schön anziehen wollte. Mit Bewegungen, die sonst nicht die ihren waren, sondern sich irgendwie aus ihrem geheimen Leben Bahn gebrochen hatten, schenkte sie Kaffee in die Schälchen aus dem Porzellanservice ein, das sonst in der Vitrine stand. Unter dem Kostüm schien sie ein Stahlkorsett zu tragen, so sehr war alles eingeschnürt. Als seine Mutter fragte, was für ein Schiff sie hätten, sagte ihre Mutter arglos:

– Eine Bavaria 43.

Aber seine Mutter interessierten Details: die Länge – 43 Fuß über alles, die Anzahl der Kabinen – drei mit Duschen plus Salon, die Stärke des Motors – 120 PS. Die Mutter der kleinen Dagmar erzählte das in der Meinung, es interessiere sie wegen der Sicherheit, aber er wusste, dass ihr das dazu dienen würde, um sich vor den Nachbarinnen wichtig zu machen. „Mein Damir wurde auf eine Kreuzfahrt mit der Jacht eingeladen", würde sie zu Frau Krstinić und Frau Španjol sagen, eine *Bavaria 43*, und dann würde sie mit den Details glänzen. Er wusste genau, was sie sagen würde, aber da wäre er zum Glück weit weg.

Seine Mutter erwähnte in Anspielungen häufig die Verstaatlichung der Kristallfabrik Spectrum. Eine Phrase, die sie verwendete, wenn es galt, ihm neue Schuhe oder eine Hose zu kaufen. „Wenn Sie uns nicht das genommen hätten, was sie uns genommen haben, könnte ich sie dir kaufen, so kann ich es nicht …" Aber als sie hörte, dass die Eltern der kleinen Dagmar dem Nudismus frönten, war ihr das unbegreiflich. „Wie kann sich eine Mutter vor den Kindern nackt ausziehen, das verstehe ich nicht, Frau Španjol", hörte er sie sagen. In ihrem Haus wurde alles verborgen gehalten, vor Freunden, vor der Verwandtschaft und vor den Nachbarn. Die Wahrheit war in ihrem Haus von Kopf bis Fuß bekleidet. Und eine der Wahrheiten war, dass seine Mutter der einstigen Aristokratie angehörte; Gewohnheiten, Kleidung, Mobiliar waren dazu da, dem Anschein von Armut und Gewöhnlichkeit entgegenzuwirken. Die größte Tragödie für sie waren Armut und Gewöhnlichkeit. Nach dem allzu frühen Tod ihres ersten Mannes hatte sie einen Ingenieur geheiratet, der im Aufsteigen begriffen war; als Angehöriger der technischen Intelligenz stand er in der Gnade der Behörden, er war jener Typ Intelligenz, der die Bernouilli-Gleichung und die Zentripetalkraft versteht, aber keine überflüssigen Fragen stellt. Sein Gehalt im Ingenieursbüro und ihre Wohnung in der Novakova, das Einzige, was vom Familienbesitz übrig geblieben war, dünkten ihr eine gute Kombination für ein Zusammenleben. Dann kam Škembos jüngere Schwester. Um das eine Kind aus dem zu retten, von dem sie dachte, dass es Armut sei, hatte sie ein zweites geboren.

Wenn sie allerdings ans Meer fuhren, in das Haus der Mutter des Stiefvaters, die auf der Insel verstorben war, und des Bruders, der ohne Kinder in Amerika in die Grube gefahren war, umgeben von all diesen Toden, benahm sich der Stiefvater anders als in Zagreb. Er benahm sich, als wären sie noch am Leben. In Zagreb hatte er sich nicht oft mit Škembo gestritten, denn er wohnte in ihrer Wohnung, er hatte praktisch eingeheiratet und wollte vermutlich keinen Konflikt auf fremdem Territorium, und die Wohnung war auch geräumig genug, um sich in ihren Ecken zu verlieren und sich den größten Teil des Tages nicht zu Gesicht zu bekommen. Das Paradox des damaligen Lebens war, dass relativ arme Menschen in solchen Wohnungen im Zentrum wohnten, dass man meinen konnte, sie wären reich. In Zagreb herrschte zwischen Škembo und seinem Stiefvater eine Art Koexistenz, ein Wort, das in jenen Jahren oft verwendet wurde, aber das änderte sich auf der Insel. Seine Toten traten im selben Augenblick in ihn ein, in dem er die massive Holztür entriegelt hatte und ihnen der Geruch nach Abgestandenem entgegenschlug. Hier war er anders auch gegenüber seiner Mutter, aber sie konnte das ertragen. Oft sagte sie zu ihrem Sohn, wenn sich der mit seinem Stiefvater gestritten hatte:

– Hab Geduld, die Ferien sind schneller vorbei, als du denkst.

Er war es leid, im Haus des Tyrannen darauf zu warten, dass seine Ferien vorübergingen. Seine siebzehneinhalb Jahre verlangten, dass er wegging. Und seine Mutter fand eine Lösung. Sie richteten den alten Bootsschuppen als kleines Zimmer für ihn her, und hier hatte sein Stiefvater im Prinzip keinen Einfluss. Das war seine zollfreie Zone. Er kam nicht ins Zimmer und sagte, er solle die Sachen aufräumen, er erklärte ihm nicht, wie das Haus ausgesehen hatte, als seine Mutter noch am Leben war.

Aber sonst ging er so weit, dass er der Mutter vorschrieb, was sie anzuziehen hätte, sodass einer ihrer häufigen Sätze auf der Insel war, dass sie keine muslimische Frau sei und er ihr nicht vorschreiben könne, ein Kopftuch zu tragen. Er ging gern mit Frau und Tochter in die Stadt, aber ohne ihn. Wenn sie sich in der Stadt zufällig begegneten, mochte er nicht, dass die Mutter ihn auf der Straße küsste, aber das mochte Škembo auch nicht. Das war das Einzige, worin sie übereinstimmten. Der Stiefvater kompensierte mit seinem Verhalten gegenüber dem Stiefsohn die Tatsache, dass er eine Frau geheiratet hatte, die schon ein Kind hatte, eine Frau mit Vergangenheit, anstatt einer ohne Vergangenheit, und jeder Spaziergang durch die Stadt mit ihrer Vergangenheit erfüllte ihn mit Wut. Und die Wut ließ er dann an dieser Vergangenheit aus. Auf der Straße: „Halte dich gerade, dein Rücken ist krumm wie bei einem alten Weib, wie schlenkerst du bloß mit den Armen, wenn du gehst, du wirst nie ein Mädchen finden, wer wird dich so nehmen?" Und im Restaurant: „Achte darauf, wie du isst, wir sind keine Hungerflüchtlinge!"

9.

Der einstige Bootsschuppen, in dem Škembo schlief, wurde in seiner Familie „Bungalow" genannt. So hatte ihn der Stiefvater genannt, nicht ohne Ironie, aber seine Mutter hatte es akzeptiert, weil dieses Wort so vornehm war. Und obwohl er im Bungalow zweifellos der Hausherr war, schleppte die Mutter dennoch ihren neuen Kunststoffkoffer an und begann seine Sachen einzupacken.

– Mama, ich brauche den Koffer nicht!

– Den brauchst du – sagte sie streng – damit du schön bist bei dem Mädchen.

Er fasste sie an der Hand, langsam, zärtlich, aber bestimmt.

– Mama, auf Segelboote nimmt man keine Koffer mit.

– Wieso nicht?

– Einfach so. Es gibt keinen Platz. Man muss mehrere kleinere Taschen mitnehmen, die nicht steif sind, sondern biegsam, damit sie sich dem Raum anpassen können.

– Dann wird ja alles zerdrückt.

– Das tut es, Mama, aber so ist das auf Segelbooten.

– Warum habe ich dann alles gebügelt? – sagte sie nachdenklich.

Er stellte zwei kleinere Taschen vor sie hin. Auf einer herrschte die rote Farbe vor, obwohl es auch Weiß gab, auf ihr stand PUMA, die andere war graublau wie ein bewölkter Tag, und auf ihr stand ADIDAS.

Während sie sorgfältig T-Shirts und kurze Hosen zusammenlegte und sie auf beide Taschen verteilte, wusste sie nicht, dass Puma und Adidas Firmen sind, die zwei Brüdern gehören, die zuerst eine Firma hatten, aber dann in Streit gerieten, worauf sich ein Bruder abspaltete, und dass der, der sich abgespaltet hat, Adi Dassler heißt. Aber würde ihr das jetzt jemand erklären wollen, würde sie nur mit der Hand abwinken und sagen:

– Ist mir doch egal.

Während sie für ihn packte, sah er an ihren Bewegungen, dass sie sich freute. Diese Bewegungen waren rasch, aber nicht hektisch, sondern gutmütig flink, geschickt hantierte sie mit den Händen, legte die Sachen so in die Taschen, dass sie möglichst wenig zerdrückt wurden, sie lächelte, ihr Blick schweifte durchs Zimmer, auf der Suche nach etwas, was er noch brauchen könnte. Zuerst dachte er, dass sie sich seinetwegen freut, ihr Sohn macht zum ersten Mal eine Kreuzfahrt mit der Familie seines Mädchens, er wird bald achtzehn und er wird ein Mann. Und dann kam der Stiefvater und brachte ihm sein wasserdichtes Ölzeug. Auch er war ausgesprochen guter Laune. Da schoss es ihm: Seine Mutter freute sich nicht darüber, dass er sich gut amüsieren würde; nicht einmal darüber, dass sie sich vor den Nachbarinnen würde wichtigmachen können, sondern sie freute sich darüber, dass er WEG sein würde. Er würde zehn Tage nicht da sein, und sie würde die Feiertage ohne die ständigen Spannungen zwischen ihm und dem Stiefvater verleben können. In der eigenen Familie war er nicht willkommen. Seine Mutter hatte sich all die Jahre bemüht, ihn das nicht sehen zu lassen, sie hatte sich die ganze Zeit bemüht, aber jetzt sah er es, denn die Freude war vorzeitig ausgebrochen. Noch war er gar nicht weg.

10.

Gegenüber den aus der Mode gekommenen Sachen, auf die seine Mutter etwas gab, das alte tschechische Porzellan und Kristall, die gestickten Blusen und die Plastikperlen, die sie trug, als wären sie aus Perlmutt, glänzte die Dreizehn-Meter-Bavaria der Eltern der kleinen Dagmar im Licht, zusammen mit ihrer Inneneinrichtung aus Mahagoni, mit Messingkompass und -barometer, mit Yanmar-Radar an der Mastspitze, mit den winzigen Bikinis der kleinen Dagmar und ihrer Mutter, die sie genau genommen gar nicht trugen, weil sie nackt badeten, im Unterschied zu den einteiligen Badekostümen seiner Mutter aus dickem Material. Zu seiner Begeisterung trug auch die Tatsache bei, dass er Dagmar liebte, so sehr liebte, dass es ihn manchmal brannte, wenn nicht ein Teil von ihr an seine Haut geschmiegt war.

Sofort nach dem Ablegen sagte ihre Mutter zu ihm:

– Nenn mich Mutti!

Nachdem sich der große Rumpf der Jacht langsam von der Mole gelöst hatte und auf die Hafenausfahrt zusteuerte, sah er das beeindruckende Panorama der Stadt, die ihm jetzt ihr schönstes Gesicht zuwandte, denn die Städte an der Küste sind so angelegt, dass man sie vom Meer her erlebt. Plötzlich sah er aus irgendeinem Grund auch andere Sachen aus einer anderen Perspektive. Dagmar und Gabi verbreiteten mit den Walkman-Hörern in den Ohren, im Takt der Musik, die für die anderen unhörbar war, mit dem Kopf wackelnd, eine kindliche Sorglosigkeit um sich herum, und ihre schöne Mutter, die überall braungebrannt war, bewegte frei ihren schlanken Körper, den Karotte, Erbse, Weißfisch, Huhn und hin und wieder ein Beefsteak, nicht oft, aber regelmäßig, geformt hatten. Und plötzlich wurde ihm klar, dass sie, die Burschen von der Insel, hier eine ganz periphere Rolle spielten. Sie waren nur das Recht auf Freiheit, das erkämpfte Recht auf Geschlechtlichkeit, auf freie Liebe, es war in Mode gekommen, den Körper zu befreien, ihn den anderen zur Ansicht darzubieten. Und in dieser Praxis waren sie zu Accessoires geworden, etwas wie Handtaschen und Sandalen.

11.

Er fuhr auch an anderen Orten fort, Dagmar zu behüten. Auf Silba machte ihr ein vierzigjähriger Eisverkäufer den Hof. Er hatte sie zusammen kommen sehen und baggerte sie trotzdem an, frech, aber einfallsreich. Er füllte ihr ein Cornetto mit Kügelchen von Schokolade, Vanille, Erdbeere und Zitrone, obwohl sie nur Schokolade verlangt hatte. Und ihn fragte er, ob sie seine Schwester sei. Bei der Besichtigung von Premuda, obwohl es dort nicht Gott weiß was zu besichtigen gibt, blieben sie beim Basketballplatz stehen. Hier sah er den besten Basketball im Leben, die Burschen spielten, als wären sie bei Zadar oder Jugoplastika. Einer von ihnen, ein *back*, lächelte und flirtete mit Dagmar, wann immer er einen Korb erzielte. Auch sie lächelte ihm zu, aber freundschaftlich. Wenn dieser Bursche käme, sie um einen Tanz zu bitten, dachte er, würde sie ihn lächelnd abweisen. Auf Molat holten sie Pfahlmuscheln aus dem Wasser, bereiteten sie *à la buzara* zu und aßen sie im Cockpit. Sie ankerten in einer wunderschönen Bucht, in der noch eine Reihe anderer Jachten vor Anker lag. Erst nach dem Abendessen kamen zwei Burschen von einer englischen Ketsch zu ihnen an Deck. Einer von ihnen ging zum Vorschiff, wo er mit Dagmar ein Gespräch anknüpfte. Er sagte, er wolle sich vorstellen. Škembo hatte den Eindruck, dass er nicht mit der Absicht gekommen war, sie anzumachen, aber als er sie zusammen sah, war es stärker als er. Mit ein paar Küssen auf das kleine Mündchen musste ihm Škembo zeigen, wie sich die Dinge verhielten.

Die Leute klebten sich an diese Schönheit wie Napfschnecken, manchmal auch gegen ihren Willen. Sie erwies allen höfliches Wohlwollen, aber Liebe nur ihm. Die Insel Žut überraschte sie insofern, als sie von der Nordseite her völlig kahl ist, von Südwesten hingegen grün. Auf Žut sagte sie ihm, dass sie ihn liebe, dass sie mit ihm in Kontakt bleiben wolle über Briefe, denn sie werde sicherlich auch im nächsten Jahr wieder ans Meer kommen, da ihre Jacht in Zadar liege. Und dann sagte sie, dass sie den Winter nicht ertragen würde, sollte er ihr nicht schreiben, dass für sie Schnee und Skifahren so traurig sein würden, dass sie, falls nötig und wenn die Eltern sie ließen, zu Weihnachten nach Zagreb kommen werde. Sie glaube, dass das, was gerade geschehe, das Schönste sei, was ihr bisher widerfahren sei, und dass die Menschen, die sie im Leben am meisten liebt, Mutti, Papi, Gabi und er seien, was ziemlich seltsam sei, weil sie ihn erst seit zwei Wochen kenne. Nachdem sie ihm das gesagt hatte, auf dem Vorschiff, ging sie ins Cockpit und küsste ihre Eltern und ihre Schwester. Und dann ging jeder zum Schlafen in seine Kabine.

12.

Aber immer öfter, wenn sie irgendwo Anker geworfen hatten, geschah es, dass Papa Dagmar und Gabi nahm und mit ihnen allein von Bord ging, um ihnen Buchten, Höhlen und Klippen zu zeigen.

– Sie mögen es, mit Papa etwas zu unternehmen – sagte Mutti – und ich lasse sie. So erklärte Mutti diese Ausflüge. Sie sagte, dass das die Kinder an die Tage erinnere, als sie ganz kleine Mädchen waren und sie mit Papa alles anstellen konnten. Dagmar ist schon ein großes Mädchen, dies ist das letzte Jahr, dass sie so mit Papa zusammen ist.

– Du bist doch nicht böse?

Er musste sagen, dass er nicht böse sei.

So spaltete sich im Verlauf der Reise Dagmar in einen kindlichen Teil, der während der kleinen Ausflüge mit Papa und Schwester lebte, und einen erwachsenen Teil, den sie zusammen mit Škembo am Vorschiff verbrachte.

– Wir kümmern uns um das Essen – sagte Mutti einmal zu ihm, während Papa und die Mädchen irgendwelche Grotten auf Piškera besichtigten. Sie ließ ihn Zwiebeln und Knoblauch schneiden. Er saß im Salon am Tisch, schnitt Zwiebeln in Scheiben und sah Mutti beim Kochen zu. Ihn faszinierte, dass sie das Essen mit den Fingern probierte, dass sie den Zeigefinger in das Dressing für den Salat steckte und ihn dann ableckte, und dass alles zusammen nicht geschmacklos aussah, sondern reizvoll. Zu Hause sagte sein Mutter immer:

– Nimm die Gabel, iss nicht wie ein Schwein!

Es bestand ja immer die Möglichkeit, dass jemand von außen, jemand von den Nachbarn oder Gästen, sah, wie er den Salat mit den Fingern aß.

So gewöhnte er sich daran, mit Mutti allein zu sein. Es war kein langes Alleinsein, eine Stunde oder zwei, aber es war immer öfter. Dagmar und Gabi kehrten lachend zurück, und Papa erklärte, was sie alles gesehen, was sie gemacht hätten. Und dann aßen alle zusammen zu Abend im Cockpit. Wenn sie in einer Stadt vor Anker lagen, machten Dagmar und Škembo einen Spaziergang, wobei sie sich küssten und sich an den Händen hielten, aber Škembo hütete sich vor jeder kühneren Berührung. Manchmal schmiegte sie sich mit den Brüsten an ihn, aber weiter ging es nie. Wenn sie nicht in einer Stadt vor Anker lagen, gingen die beiden ans Vorschiff, nahmen Coca-Cola und zwei Gläser mit und erzählten und küssten sich dort, und Gabi wurde streng verboten, sie dort zu stören. Deshalb las sie oft in der Bugkabine, um mithören zu können, was sie redeten.

13.

Eines Abends kehrten sie nach Žut zurück und ankerten in der Dragiša-Bucht. Papa hatte wieder die Mädchen mit dem Beiboot zur Besichtigung mehrerer Unterwasserriffs entführt, und Škembo war mit Mutti dageblieben, um den Fisch vorzubereiten, den sie unterwegs mit der Panula gefangen hatten. Als Mann und Kinder weg waren, machte Mutti zwei Gin Tonic, und sie stießen an und tranken auf ex. Danach machte sie noch zwei, und nach der dritten Runde sagte sie:

– Uch, ich bin beschwipst, ich dürfte nicht mehr.

Sie schrubbte die Fische, nahm die Schere, schnitt ihnen den Bauch auf und holte die Eingeweide heraus.

– Bist du Jude? – fragte sie ihn unvermittelt.

Škembo überlegte kurz und sagte dann, dass er glaube, kein Jude zu sein, dass die Seinen mütterlicherseits Tschechen gewesen seien, Kopista hätten sie geheißen, in Zagreb hätten sie eine Kristallfabrik gehabt, sein früh verstorbener Vater sei Kroate gewesen. Jetzt habe er einen Stiefvater, der ebenfalls Kroate sei, von der Insel, aber Jude sei, soweit er wisse, niemand bei ihnen. Und dann fragte er sie:

– Wieso?

– Nichts – sagte sie – nur so. Die Juden sind etwas Besonderes, sie sprechen Fremdsprachen, und du bist auch etwas Besonderes. Nicht so wichtig.

Und so gingen sie während des Kochens von Gin Tonic auf Wein über. Sie holte eine Flasche Rosé heraus und gab sie ihm zum Öffnen.

– Du bist stärker – sagte sie und klatschte ihm mit der Hand auf den Hintern.

Ihre Freiheit war in jedem Winkel des Schiffs zu spüren. Überall lag etwas von ihren Sachen herum, das Unterteil des Bikinis, ein Lippenstift oder das Buch, das sie gerade las. Aber da war auch das Akustische. Sie sang *99 Luftballons*, und das war überall zu hören, selbst auf Deck, als er rausgegangen war, um die Fischreste ins Meer zu werfen. Zwei Fische legte sie zusammen mit Gemüse, Zwiebeln und etwas Weinessig, den sie auf Ugljan gekauft hatten, in den Topf.

– Dagi liebt Fischsuppe – sagte sie.

Und dann fragte sie ihn, ob er bereits sexuelle Beziehungen gehabt habe und wann das erste Mal gewesen sei. Obwohl ihm dieses Thema etwas seltsam vorkam, sagte er, ja, es sei mit sechzehn passiert, mit einem Mädchen, das ein Jahr älter als er gewesen sei. Sie hieß Edith und war eine Rumänin, die mit ihren Eltern in Deutschland lebte, wohin sie geflohen waren, als sie noch klein war. Aber sie habe sich noch lebhaft an diese Flucht erinnert, an die Grenze, an den Regen, sodass die Hunde sie nicht witterten, und an die Todesangst. Er sagte, er habe dieses Mädchen geliebt, so wie er jetzt Dagmar liebe, und habe sich in sie verliebt, als sie ihm diese Geschichte erzählte. Er habe sie sich so klein vorgestellt, mit einer Puppe im Arm, wie sie über die Grenze flieht, und sich verliebt.

Während er über das Spülbecken gebeugt stand und Tomaten und Paprika für den Salat wusch, lehnte sie sich mit der Hüfte an ihn, sie stupste ihn sogar ein wenig, als würden sie tanzen.

– Uch, ich bin beschwipst – sagte sie wieder – ich dürfte nicht mehr.

Aber dann griff sie nach ihrem Glas und nahm noch zwei große Schluck Rosé.

– Und Dagmar? Würdest du gern mit Dagmar schlafen? – fragte sie. Rasch, aber leger.

Er sah sie an, die schöne reife Frau im Bikinioberteil und mit dem um die Hüften geschlungenen Handtuch. Aber das Handtuch war klein, wie ein sehr kurzes Miniröckchen.

– Nein – sagte er endlich. – Sie ist noch zu jung dafür.

Und dann beeilte er sich hinzuzufügen:

– Aber schön ist es auch so für uns.

Jetzt sah sie ihn wie jemand an, der von den Toten auferstanden war, oder wie die Figur aus einem Heiligenbild, die sich zu bewegen begonnen hatte, jedenfalls war es so ein Blick. So als wenn wir etwas erblicken, was nicht existiert, bei dem wir aber gezwungen sind anzuerkennen, dass es existiert. Zwischen seiner Existenz und der Wirklichkeit klaffte eine ziemliche Kluft.

– Du bist ein Gentleman – sagte sie endlich zu ihm. – Solche jungen Männer gibt es nicht mehr.

Und sie küsste ihn auf die Wange, ein wenig zu nahe am Ohr, als dass das ein mütterlicher Kuss hätte sein können.

– Gnädige Frau – sagte er – vielleicht sollte ich nach dem Anker sehen, wir haben uns irgendwie seltsam gedreht. Und er sah durchs Fenster.

– Nenn mich Mutti – sagte sie – und mit dem Anker ist alles in Ordnung. Glaub mir, ich weiß das.

Und sie küsste ihn ein zweites Mal, auf den Mundwinkel. Sie lehnte sich mit dem ganzen Körper an ihn.

– Lieber, lieber Junge – sagte sie und küsste ihn in den Nacken.

Und dann fasste sie ihn unten an. Er wollte sagen, dass er mit ihrer Tochter gehe, und obwohl er mit ihr keine sexuellen Beziehungen habe, weil sie noch zu jung sei, dürfe sie als ihre Mutter nie vergessen, dass er der Freund ihrer Tochter ist. Aber während er überlegte, was er ihr sagen könnte, hatte sie irgendwie schon sein Glied herausgeholt, das Handtuch war von ihren Hüften gefallen und hatte einen rasierten Venushügel und sich leicht wölbende Schamlippen freigegeben. Er versuchte zu widerstehen, „ekelhaft ist diese Frau", sagte er in sich, „ekelhaft, ekelhaft", aber je mehr er das sagte, desto steifer wurde sein Glied. Und schon hatte sie ihren Mund auf das Köpfchen gesenkt und ihm ein Küsschen auf den Haarwirbel gegeben, zuerst ein Küsschen, schön, zärtlich, herrlich, eine braungebrannte Frau, deren Haut vielleicht ein wenig zu fettig war und nach Sonnenöl mit Kokosduft roch. Als sie ihn auf die Bank im Salon legte, brachte er gerade noch heraus:

– Ich bin der Freund Ihrer Tochter!

Für einen Augenblick sah sie ihn an, als erwache sie aus einem Traum mit Dinosauriern, und sagte:

– Gerade das ist es ja.

Da die Bank im Salon zu schmal war, bugsierte sie ihn in seine Kabine im Vorschiff und bestieg ihn vorschriftsmäßig, und er stöhnte auf Kroatisch: „Ekelhaft, ekelhaft, ekelhaft!"

Und als er anfing, sie zu ficken, fickte er sie, als sollte sie gebären, so dachte er, das ziemlich große Köpfchen fuhr periodisch ein und aus, und wenn es aus ihrer Möse ausfuhr, schob er es so schnell wie möglich zurück, als würde er die kleine Dagmar zurückschieben und sie nicht auf die Welt kommen lassen. Aber Dagmar versucht jede Sekunde erneut geboren zu werden, und er schiebt sie zurück, als hätte das Hinauskommen in eine solche Welt keinen Sinn und als würde diese Welt nur aus traurigen Herbsten bestehen und währten die Sommer kürzer als der Schlag eines Kolibriflügels. Als er auf ihre Titten abspritzte, verteilte sie es schön.

Als sie im Bett lagen, sagte er:

– Wir müssen aufpassen, jetzt müssten sie zurückkommen.

– Noch nicht – sagte Mutti.

Dann schwiegen sie kurze Zeit, bis er sagte:

– Erregen Sie die Freunde Ihrer Tochter?

Sie sah ihn an, für einen Augenblick wütend, doch dann wieder zärtlich, immer zärtlicher, er sah in ihren Augen, wie sie zerschmolz:

– Herzchen, du hast alles falsch verstanden. Ich sehe dir tagelang zu, wie du meine Tochter behütest, wie du nett und höflich zu ihr bist, aber ich weiß, dass es dir nicht leichtfällt.

– Wie das?

Und wieder fasste sie ihn an die Hoden.

– Hier – sagte sie – hier unten ist es nicht leicht für dich. Du bist so besonders – sagte sie wieder – und so habe ich mich bedankt.

Er richtete sich im Bett auf.

– Für was haben Sie sich bei mir bedankt?

– Na, dass du auf meine Tochter aufpasst, Dummerchen.

Er konnte ihr nicht erklären, dass er mit Dagmar nur küssen und schmusen wollte, dass ein Zauberer ihre Muschi mit einem soliden Plastikpfropf verschlossen hatte und dass das so bleiben müsse und dass das keine Qual bedeute, weil er gegenüber ihrer schönen Tochter keine Erregung empfinde. Es gelang ihm nur zu sagen:

– Ich bin mir nicht sicher, dass das in Ordnung ist.

Wieder lächelte sie ihn an, stützte den Kopf auf den Ellbogen, sodass sie mit dem Körper einen rechten Winkel mit diesem Kopf an seiner Spitze beschrieb. Mit zerzaustem Haar, mit Augen, deren Blau hinter den blonden Haaren hervorsah, mit Lippen, auf denen nur Spuren von Rouge zu sehen waren.

– Wenn du es so willst, ist es für mich auch eine Art Versicherung – sagte sie.

– Was für eine Versicherung?

– Ja, wenn ich dich gut befriedige, wirst du nicht bei Dagmar zudringlich. Ich habe mich bedankt und mich versichert – kicherte sie.

– Du bist klug – sagte er und bemerkte, dass er sie zum ersten Mal geduzt hatte.

– Bin ich nicht – sagte sie. – Mein Mann ist es.

– Mein Gott!

– Er hat vorgeschlagen, dass ich mich so bei dir bedanke.

Sie erhob sich, im Gang vor der Kabine richtete sich die an allen Stellen gleichmäßig gebräunte Figur auf und fasste an die Klinke der Tür zum Bad. Später, als er schon im Salon war, rief sie:

– Nimm dir was zum Trinken!

Auf dem Regal, wo sie die Handbücher und Seekarten hatten, lagen Kinderzeichnungen. Die Urheberin war vermutlich Gabi, aber vielleicht gab es auch die eine oder andere von Dagmar, von vor einem oder zwei Jahren. Zeichnungen mit Buntstiften, die ein Haus zeigten, Mama, Papa, Kinder, ein Auto, Bäume und einen Hund. Er schenkte sich einen Whisky ein, fand Eis im Kühlschrank und stieß zwischen den Handbüchern auf ein Buch: *Die Fische der Adria*. Der *Gof* ist ein Fisch von kräftigem und oval verlängertem Körper, vom Rücken her zieht sich über die Augen eine braunorangefarbene Linie, er wird mit *Panula* und *Parangal* gefangen, sein Fleisch ist weiß und wird sehr geschätzt, die häufigsten Köder für den *Gof* sind der Meereswurm, Sardellenfleisch oder Makrele und Muscheln. Der *Fratar* hat einen flachen gerundeten Körper, ist von silbriger Farbe, und über seine Schuppen verläuft eine dunkle Linie. Er lebt zumeist in der Tiefe und an Felsenküsten und wird mit Reuse, *Parangal* oder Angel gefangen. Sein Köder sind Sardellen oder Makrelen und am häufigsten Krebsfleisch. Wohlschmeckend ist er auf dem Rost zubereitet oder gebraten. Der *Drachenkopf* ist ein Fisch mit großem Kopf und großem Maul, sein Körper ist gedrungen und plump, bedeckt mit rötlichen oder orangefarbenen Schuppen. Er lebt auf steinigem Grund in tieferem Wasser. Gefangen wird er mit *Parangal* oder *Panula*, seltener finden wir ihn in Reusen, und seine Köder sind Meereswurm, Miesmuscheln oder Fleisch von Blaufischen.

14.

Als Mutti aus dem Badezimmer kam, hatte sie nichts umgehängt und sagte, so nackt, während es noch von ihr tropfte:

– Geh baden! Du hast meine Haare an dir.

Und schickte sich an, das Abendessen fertig zu machen. Škembo ging hinaus und sah vom Deck, in der Ferne, dass sich ihr orangefarbenes Beiboot näherte. Er sprang ins Meer, um sie schwimmend zu erwarten.

Dagmar war von den Tintenfischen begeistert. Sie war von ihrer Mimikry fasziniert; sie konnte nicht glauben, dass ein Oktopus so leicht die Farbe wechseln kann; auf rötlichem Grund ist er rot, und auf bräunlichem braun. Es ging ihr nicht in den Kopf, dass das ein und dieselbe Spezies ist.

– Wie wissen die das – fragte sie ständig während des Abendessens – wie wissen die das?

– Du bist dumm – sagte Gabi zu ihr – sie wissen es nicht, das macht bei ihnen der Instinkt.

– Statt ihnen weiß es die Natur – sprach Papa.

Während des Abendessens sahen er und Mutti sich einige Male an, und sie lächelte ihm immer mütterlich zu.

– Ich sehe, ihr hattet eine schöne Zeit – sagte Mutti.

– Und ihr? – fragte Papa, und Mutti antwortete, dass alles in Ordnung gewesen sei; sie hätten gelesen und dann das Abendessen vorbereitet.

Škembo fragte etwas über Fische, und Papa ließ sich des Langen und Breiten über sein fundamentales Missverständnis in Bezug auf die Fische der Adria aus. Obwohl sie mehrere Male ein paar Fische gefangen hätten, glaube er, dass es jetzt wesentlich weniger Fische in der Adria gebe als in den sechziger Jahren, als er zum ersten Mal hergekommen war und mit der Harpune gejagt hatte. Damals habe man sie noch frei jagen können, man habe keinen Angelschein erwerben müssen, und jeder Tauchgang habe mehrere Fische erbracht. Heute sei es nicht so, und in zwanzig Jahren, behauptete Papa, werdet ihr ohne Fisch sein.

Während sie das Geschirr spülten, berührten sich Mutti und er mehrere Male zufällig, und er musste schnell aufs WC, damit man nicht seine Erektion in der dünnen Speedo-Badehose sah, die in jenen Jahren modern waren. Später nahm Dagmar zwei Fläschchen Coca-Cola aus dem Kühlschrank, öffnete sie und ging zum Vorschiff. Er kam ihr nach, aber seine Gelenke schmerzten vor Schuldgefühlen.

– Entschuldige, dass ich den ganzen Nachmittag nicht mit dir zusammen war – sagte sie und begann ihn zu küssen. Dann hörte sie auf, beugte sich in das offene Fenster der Bugkabine hinein und sagte:

– Gabi, verschwinde!

– Ich lese hier – protestierte Gabi, begann aber schon ihre Sachen einzusammeln und öffnete die Tür.

– Lästige kleine Wanze – kommentierte Dagmar.

Sie sagte, dass Papa darauf bestanden habe, dass sie mit ihm fahren, ihr sei es aber unangenehm, ihn alleinzulassen. Den ganzen Nachmittag, sagte sie, habe sie gewartet, dass sie zurückkehren, und als sie gesehen habe, wie er ins Wasser springt und ihnen entgegenschwimmt, habe ihr Herz wild geklopft. Sie sagte, dass auch sie wisse, wie jung sie sei, aber dass mit der Zeit dieser Unterschied von vier Jahren immer weniger bedeuten werde und dass die Dinge schon im nächsten Jahr besser würden und dass sie sogar in intime Beziehungen eintreten könnten. In der Mädchenzeitschrift, die sie liest, werde über solche Sachen geschrieben. Sie sagen, dass fünfzehn Jahre noch nicht die Zeit für Mädchen ist, in intime Beziehungen einzutreten, aber sie sagen auch, dass manche Mädchen früher reif werden, wenn sie einen festen Freund haben, dass sie das auch mit fünfzehn Jahren tun können, sogar noch früher. Und zum Schluss gestand sie ihm, dass sie ein Tagebuch ihrer Liebe schreibe und dass sie es ihm einmal zum Lesen geben werde. Aber noch nicht.

15.

In der Nacht kamen aus der Kabine, in der Papa und Mutti schliefen, Lachen und kleine Schreie. Danach konnte man zwei Klatscher und ihre Stimmen im Wasser hören, und Škembo quälte sich mit Wichsen. Dabei sagte er zu sich: „Ekelhaft, ekelhaft, ekelhaft!" So brauchte er, wenn sie am Vormittag schwimmen gingen, keine Angst vor verräterischen Erektionen zu haben. Und am Nachmittag, wenn Papa die Mädchen zum Tauchen mitnahm, fickte er die Mutter. Das war tatsächlich etwas, was man den Burschen erzählen konnte.

Das, wie ihn diese Frau anekelt, aber wenn Dagmar in ihrer Taucherausrüstung auf Deck erscheint und wenn Papa im Beiboot Harpune, Unterwasserlampe, Fischnetz und Messer verstaut, steht er ihm bereits. Dagmar ist fröhlich und wechselt das Höschen immer an Deck. Ihre Muschi ist nicht rasiert, aber ordentlich fassoniert, und so, fassoniert, kommt sie, um ihn zu küssen. Sie lehnt sich mit ganzem Körper an ihn und denkt, dass die Erektion ihretwegen ist. Manchmal, verschämt, fährt sie mit der Hand über seine Hose, aber er kann es kaum erwarten, dass sie geht. Wenn er allerdings zwischen die Titten ihrer Mutter kommt, oder wenn er ihr den Mund füllt, während sie ihm den Finger in den Anus schiebt, beginnt ihn sein ganzer Körper vor Schuld zu brennen, und dann ruft er in sich: „Entschuldige, Dagmar, entschuldige, entschuldige." Aber am nächsten Nachmittag besteigt er, zitternd am ganzen Körper, erneut ihre Mutter.

Er fickte Mutti an den schönsten Orten des Šibeniker Archipels: in Skradin mit Blick auf die Wasserfälle, in Šepurine auf Prvić, auf Krapanj, zwischen den Booten der Schwammtaucher, im Cockpit, gut dreihundert Meter vor Kaprije, während Papa mit den Mädchen den Ort besichtigte, unter Sternen in den Gewässern nahe Zlarin, während Papa, Dagmar und Gabi in der Nacht Korallen bestaunten.

Mit der Zeit begann er diese Nachmittage mit Mutti als Ritual einer ganz bestimmten Reinigung anzusehen. Hatte er den Schleim und die Haare der Mutter seiner Liebsten im Meer abgewaschen, entstieg er dem Nass wie neugeboren, rein. Ihn quälte keine Begierde, und er konnte sich den Zärtlichkeiten und Liebkosungen der kleinen Dagmar hingeben, die ihn, wie sich ahnen lässt, immer mehr liebte. Einmal sah er, wie sie in ihr Tagebuch schrieb; in dem dicken Notizbuch mit dem braunen Einband steckte auch sein roter Brief. Sie hatte nicht bemerkt, dass er ihr zusah, langsam fügte sie mit kindlicher Handschrift die Sätze. Gerade das Bild dieser kindlichen Handschrift meldete sich in jenen Augenblicken, wenn er sich in ihre Mutter entlud.

Eines Nachts, sie waren schon auf der Rückfahrt nach Rab, auf Iž, war aus der Kabine der Eltern wieder Lachen zu hören. Die Mädchen schliefen vermutlich schon, noch immer mit jenem festen kindlichen Schlaf, müde vom Schwimmen und Tauchen, im Traum zermahlten ihre Zähne die Aufregungen, die diese Tage mit sich gebracht hatten, dauerhaft betäubt für alle Erregungen, die die Nächte mit sich brachten. Gerade hatte er sich der ersten Erektion entledigt, als sich schon die zweite meldete, Mutti hatte die unglaubliche Fähigkeit, in seinem Körper riesige Mengen der dicken milchigen Flüssigkeit hervorzubringen. Er erwartete, zwei Sprünge ins Meer zu hören, aber er hörte nur einen. Und danach konnte man hören, wie jemand die Tür des Kühlschranks im Salon öffnet, und dann auch das leise Geräusch nackter Füße, die sich seiner Kabine nähern. Mutti trat ein mit einer Flasche Wein. Mit Dagmar trank er Coca-Cola, aber Mutti bot ihm immer Alkohol an und versetzte ihn so unter die Erwachsenen. Sie brachte keine Gläser. Sie stellte die Flasche aufs Regal und legte sich neben ihn.

– He – flüsterte er – lass, die Mädchen werden wach.

– Still! – sagte sie und begann seine Hoden zu kraulen.

Er wiederholte:

– Lass! Lass! Lass! – zuerst lauter, dann immer leiser und zum Schluss nur noch bei sich: – Lass!

Sie ritt ihn leise, unterdrückt keuchend und auf jeden Laut horchend. Man hörte, wie Papa um das Boot herum plätscherte, man hörte auch, wie die Leiter am Heck knarrte, über die er heraufkam, das waren Geräusche, die sie gewohnt war, weshalb sie nicht aufhörte, mit den Pobacken auf ihm zu kreisen. Aber als der Durchzug irgendwo im Boot eine Tür zuschlug, erstarrte sie, wie sie auch erstarrt war, wenn eine etwas größere Welle das Boot zum Schwanken brachte und irgendwelche Gegenstände im Salon vom Tisch fielen. Das war wie ein Intermezzo, ein Hinausschieben des Orgasmus. Sie saß auf ihm, sein Glied war tief in ihr drin, sie zitterte am ganzen Körper, aber sie rührte sich nicht. So erstarrt eine Wölfin, die ihre Welpen schützt, oder eine Katze oder eine Bärin. Die gefährlichen Geräusche verwandelten sich in dieser Nacht in eine einzigartige tantrische Erfahrung.

Danach versäumte Mutti keine einzige Nacht. Wenn sie Gabi ins Bettchen gebracht hatte, wenn nach einer gewissen Zeit auch Dagmar vom Vorschiff zurückgekehrt war, selig, zerzaust und voll seiner Küsse, kam Mutti in seine Kabine am Bug, wo sie ein Gutteil der Nacht miteinander vögelten. Danach bekam auch Papa seine Ration, und das war ziemlich gut zu hören. Aber in einer dieser Nächte, zwischen dem Geräusch, wenn ein schwerer Körper ins Meer platscht, und dem gewöhnlichen Lied von Schot und Rah im leichten Wind, schlug irgendwo an Bord eine Tür, sie waren dieses Geräusch schon gewohnt und reagierten nicht, als aus dem Salon die schläfrige Stimme der kleinen Dagmar durchdrang.

– Mutti, Mutti, wo bist du? Gabi hat Zahnweh.

Mutti versteinerte für einen Moment, noch immer den Schwanz in sich, wälzte sich aber dann herunter, trat neben sein Bett und schlüpfte durch die Luke leicht auf Deck. Vermutlich hatte sie sich vorsichtig ins Meer hinuntergelassen, denn man hörte kein Platschen, und dann begann sie über die Leiter am Heck heraufzuklettern, genau in dem Moment, als Dagmar zum dritten Mal, dieses Mal viel lauter, ihren Namen rief.

– Mama, wo bist du? Ich rufe dich schon die ganze Nacht – sagte Dagmar ziemlich aufgeregt. – Gabi hat starke Zahnschmerzen.

– Papa und ich baden – sagte Mutti und begann im Nachtschränkchen nach Medikamenten zu suchen.

Danach kam es zu keinen nächtlichen Besuchen mehr.

16.

Das Ende des Sommers war da, als sie sich mit gesetzten Segeln Lošinj näherten und die Bora von irgendwo Herbstgerüche herantrug. Die Luft war jetzt schon kühler, und die Sonne spiegelte sich durch die Wolken silbrig auf dem gekräuselten Meer; das war für ihn das Bild eines typischen Septembertages. Er stand am Steuer des großen Bootes, das sich schön neigte, machte täglich Liebe mit einer schönen Frau und liebte ihre Tochter mehr und mehr, je näher der Abschied kam. Es war völlig klar, dass Dagmar die Seele dieses Sommers sein würde, und vielleicht auch jener, die kommen würden. Und schon begann er zu überlegen, was er ihr alles in seinen Briefen sagen wird. Er wird ihr schreiben, wie sehr sie ihm fehlt, wenn er am ersten Tag die Schultür durchschreitet und wenn sie, die Maturanten, über den Sommer in die Höhe geschossen, braungebrannt und plötzlich erwachsen, sich in die Bänke ihrer Klasse setzen. Er wird ihr auch schreiben, dass er in den ersten Wochen hinter jeder Straßenecke in Zagreb erwartet, dass sich das Meer zeigt, dass das Meer vor seinem Blick aufspringt, wenn er von den zentral gelegenen Tennisplätzen auf der Šalata auf das Panorama der Stadt hinabsieht. Dass er bei einem Konzert von Eric Clapton während der schönsten Stücke an sie denkt, dass er auch an sie denken wird, wenn er mit Boris und Luka auf der Puntijarka-Hütte Bohneneintopf isst und die Fichtenwipfel bereits vom leichten Frost überzuckert sind. Dagmar wird ihm in jedem Bild fehlen, das er jemals geliebt hat. Aber am meisten betrübt ihn, dass es so vieles gibt, was er ihr nicht schreiben kann. Zum Beispiel, dass er sie am intensivsten geliebt hat, unmittelbar nachdem er ihre Mutter gevögelt hat.

Vor Mali Lošinj warfen sie Anker. Die Tage waren merklich kürzer, und schon um acht senkte sich die Dämmerung herab. Sie wollten die Stadt besichtigen, und er erschien im Salon in kurzer Hose und mit sauberem Hemd. Mutti war verwundert, als sie ihn so angezogen sah, aber Papa hatte schon das Beiboot klargemacht.

– Warst du schon auf Lošinj? – fragte sie.

– Ja.

– Warum bleibst du dann nicht hier und hilfst mir beim Abendessen?

– Mama, lass ihn mit uns kommen – sagte Dagmar. – Du lässt ihn nie mit uns mitgehen.

Mutti legte sanft die Hand an ihre Wange, sehr sanft.

– Herzchen, er hat das alles schon gesehen. Tausend Mal, er lebt hier.

– Und was, wenn er es schon tausend Mal gesehen hat, er kann mit uns auf ein Eis gehen.

– Gut – sagte Mutti, doch ihre Stimme hatte sich verändert.

– Aber morgen bleibst du hier und machst das Abendessen.

– Warum gehen wir nicht in ein Restaurant? – fragte Gabi.

– Damit wir für tiefgefrorenen Fisch teuer bezahlen – sagte Papa. – Mädchen, hört auf, Mama auf die Nerven zu gehen. Wir werden einen kleinen Spaziergang machen, ich werde euch ein paar Sachen zeigen, und dann werden wir zurückkehren und alle zusammen an Deck zu Abend essen. Es ist das Ende unseres Sommerurlaubs, es hat keinen Sinn, sich jetzt zu streiten.

Dagmar küsste ihn für diese kurze Trennung und flüsterte:

– Die sind echt blöd.

Und kaum hatte sich der kleine Kahn mit den drei Gestalten gut hundert Meter vom Boot entfernt, schmiss Mutti drei kleinere Seebarsche, eine Goldbrasse und zwei Salpe auf ein Kartoffelbett. Dann sagte sie:

– Wir haben nicht viel Zeit!

Und zog ihn in die Bugkabine.

Er stand unter Spannung, ständig sah er durchs Fenster, sie hatte sich aber schon ausgezogen und schälte ihm jetzt die Hose für den geplatzten Stadtspaziergang herunter.

– Nun sei mal locker – sagte sie zu ihm. – In einer so friedlichen Nacht hört man den Motor des Beiboots schon zehn Minuten, bevor es kommt.

Er vögelte sie an diesem Abend von vorne und von hinten, er ritt auf ihr durch Wälder und Steppen, er ritt eine sonnengebräunte geile Stute, die ein wenig schnaubte, ein wenig in den Kissensaum biss, und wieder schnaubte, die Sterne kamen heraus, das sah man durch die Dachluke. In der Kabine brannte ein gedämpftes Licht und er machte auf ihr eine lange Reise durch ungeahnte Städte, Städte, die aus gefrorener Milch waren, aus scharfem Kalk, in ihnen gab es kitschige Brunnen und vergoldete Heilige, oder sie waren in Wälder und Felsen verkleidet, aber darin lebten Menschen, nur sah man sie nicht, denn sie verbargen sich vor den anderen Menschen. Durch solche Städte jagte er dahin auf der Mondstute, und dann sah er oben, über sich, statt des Mondes ein lachendes rundes Gesicht. Das Gesicht gehörte zu keinem Planeten, es war nicht aus den Städten, durch die er geritten war, das Gesicht war ihm bekannt. Gabi sah fröhlich durch die Dachluke, und das, was sie sah, brauchte Zeit, um in sie einzugehen, so unglaublich war es. Aber es ging ein. Zehnjährige Mädchen wissen Bescheid. Mutti hatte sie nicht gesehen, die quiekte gerade ins Kissen, als ihre Tochter sie sah. Er hörte auf, sie fragte, warum er aufhöre.

– Ich habe ein Geräusch gehört – flüsterte er.

Und dann hörten sie sie an Deck kommen. Mutti raffte rasch ihre Sachen zusammen und ließ ihn allein in der Kabine zurück, ohne dass er ihr hätte sagen können, dass Gabi sie gesehen hatte. Und später, beim Abendessen, als nichts passiert war und alle guter Laune waren, beschloss er, ihr fürs Erste nichts davon zu sagen.

17.

– Kaum hatten wir vom Ufer abgelegt, ging der Motor kaputt – sagte Papa – wir mussten rudern.

– Und ich habe gerudert – sagte Gabi.

– Sprich nicht mit vollem Mund – ermahnte sie Mutti – du verschluckst noch eine Gräte.

Später, als Dagmar und er zusammen auf dem Vorschiff lagen, bemerkte er, dass Gabi ihnen nicht mehr nachspionierte. Dagmar schaute in die Bugkabine, und als sie sah, dass Gabi nicht da war, sagte sie:

– Gott sei Dank, die Wanze ist nicht da.

Sie fragte ihn, ob er sich gelangweilt habe, als sie nicht da waren, und er sagte, ein wenig ja, aber er habe Mutti beim Knoblauchschneiden und Kartoffelschälen geholfen.

– Aber das ist nicht fair – sagte Dagmar – wir haben dich mitgenommen, damit du mit mir bist, und nicht damit du für uns kochst.

– Das ist nicht schwer für mich – sagte er.

Immer wieder sah er vom Vorschiff zurück zum Heck, ins Cockpit, um zu sehen, wo Gabi war. Aber sie saß bei ihrer Mutter auf dem Schoß und hielt ihre Karten, und so spielten sie beide gemeinsam gegen Papa. Er erinnerte sich nicht, früher schon einmal gesehen zu haben, wie Gabi bei ihrer Mutter auf dem Schoß sitzt, sie war schon zu groß dafür. Und sie wich seinem Blick aus.

Auch am nächsten Tag sagte er Mutti nicht, dass Gabi sie gesehen hatte. Er tat das nicht deshalb, weil es noch immer so aussah, als wäre nichts passiert, und in diesem Augenblick wünschte er sich auch am meisten, dass alles das nicht passiert wäre. Am nächsten Tag begannen sie mit dem Umsegeln der Insel, aber auch jetzt sagte er es ihr nicht, und Gabi benahm sich ansonsten normal. Einzig, dass sie ihnen nicht mehr nachspionierte.

Aber am nächsten Abend flüsterte ihm Dagmar zu:

– Nimm dich in Acht vor Gabi!

– Warum?

– Weil sie eine Lügnerin ist. Sie denkt sich Sachen aus.

Auch an diesem Abend war Dagmar betont fröhlich. Sie küsste ihn, wann immer sie dazu kam, sie trank sogar ein wenig Wein, was sonst nicht ihre Art war. So beschwipst, mit glänzenden Augen, musste er ihr erlauben, sein Glied in der Hand zu halten, das nur schwache Neigung zeigte, sich zu erheben. Und dann gingen sie wieder jeder in seine Kabine schlafen.

Geweckt wurde er von einem starken Rucken und vom Geräusch der Winschen, die aufgekurbelt wurden, und als er aufs Deck hinaustrat, sich an den Einbauten festhaltend, saßen dort schon alle. Gabi und Dagmar trugen orangefarbene Rettungswesten und saßen neben Papa, der das Ruder hielt, während Mutti, in gelbem Ölzeug, die Winschen der Fock anzog.

– Komm, du Schlafmütze – sagte Papa – wir haben endlich guten Wind.

– Nimm dir eine Weste – rief Mutti – unter der Bank ist eine, im Salon.

Er ging hinunter und nahm sich eine Weste.

Sie segelten unter starkem Süd an der südwestlichen Küste Lošinjs zwischen Susak und Unije, und der Wind nahm zu.

– Hol das Hauptsegel ein! – sagte Papa, und Mutti begann das Hauptsegel aufzurollen. – Die Mädchen nach unten! – schrie er wieder.

– Mutti, ich kann nicht nach unten, mir wird schlecht – sagte Dagmar.

– Nimm eine Tablette! – schrie Mama und versuchte die Leine freizukriegen, die sich an der Rah verhakt hatte und das Einholen des Hauptsegels verhinderte.

Als das Boot abrupt in den Wind drehte und die Segel angsteinflößend zu schlagen begannen, gingen Dagmar und Gabi in den Salon hinunter.

– Hilf ihr! – sagte Papa zu ihm, und Škembo versuchte die Rah zu beruhigen, während Mutti versuchte, die Leinen freizukriegen.

In den folgenden zehn Minuten bargen sie das Focksegel, was angesichts der Stärke des Windes und des Krängens des Bootes ziemlich schwierig war, und refften das Großsegel zwei Mal. Die Wellen donnerten gewaltig an den Bug der Bavaria, und unangenehme Tropfen stachen ihnen ins Gesicht.

– Vielleicht müssen wir noch Leine wegnehmen – sagte Papa. Jetzt waren nur sie drei im Cockpit, aber die Situation erlaubte keine Atempause.

– Siehst du, wie flott wir sind! – sagte Papa, auf seinem Gesicht war ein Ausdruck von Begeisterung, obwohl er zehn Minuten zuvor noch panisch erschrocken gewesen war.

– Wenn er stärker wird, kehren wir nach Lošinj in die Bucht zurück – sagte Mutti.

– Warum? Wir sind doch flott unterwegs – sagte Papa.

Das Boot hatte sich jetzt stabilisiert und ritt auf den Wellen, ziemlich geneigt, aber mit sicherem Kurs. Sie hatten den richtigen Winkel des Windes erwischt und Böen von der Flanke gab es nicht. Bald hatte sich auch Mutti beruhigt.

– Willst du was trinken? – fragte Papa Škembo.

– Danke – sagte Škembo.

Und dann rief er:

– Dagmar, bring uns ein Bier!

Aus der Kabine meldete sich niemand. Der Wind und andere Geräusche waren offensichtlich zu stark, dass sie es hören konnte. Deshalb wiederholte er, lauter:

– Dagmar, Bier!

Wieder meldete sich keiner.

Dann rief Mutti:

– Gabi, bring Papa ein Bier!

Erst nach der dritten Aufforderung, seitens ihrer Mutter, erschien Gabi an der Tür, ungeschickt balancierend und eine Dose Ožujsko in der Hand.

– Was ist mit euch, seid ihr taub? – sagte Mutti, natürlich hatte Gabi die Hörer ihres Walkmans um den Hals.

– Ist deiner Schwester schlecht? – fragte wieder Mutti.

– Weiß ich nicht. Sie ist nicht unten.

Einen Augenblick lang herrschte Schweigen. Papa öffnete die Dose, aus der der Schaum herausschoss.

– Wie nicht unten? – fragte jetzt Mutti.

– So, nicht unten.

Mutti hastete hinunter, sie stürzte fast über die Stufen zum Salon. Eine Zeit lang kam sie nicht zurück, und dann folgte mehr ein Schrei als ein Ruf.

– Gunter, sie ist nicht da! Mein Gott, sie ist nicht da.

Papa sagte, sie solle sich beruhigen, sie müsse irgendwo da unten sein.

– Vielleicht ist sie in seiner Kabine – sagte Gabi.

Mutti kam in Tränen aufgelöst heraus.

– Nein.

Papa stand auf und deutete auf das Ruder:

– Übernimm! – sagte er und hastete los.

In den nächsten paar Minuten, zugegebenermaßen sehr langen Minuten, die sich zu ungeahnten Ausmaßen dehnten, wie Spinnenfäden, die von der Erde bis zum Mond und von dort bis zur Venus gehen, konnte er durch das Tosen des Windes aus dem Innern ein Hämmern, Aufreißen von Schränken, Herausfallen von Dingen und Zurufe hören. Im Innern des Bootes gerufen klang der Name Dagmar seltsam.

Als sie herauskam, hatte Mutti einen animalischen Ausdruck im Gesicht, und Papa hielt sich an der Tür, an den Winschen, an den gespannten Leinen. Beide sahen auf das schäumende Meer rings um das Schiff.

Das Boot der Küstenwache von Lošinj erschien relativ rasch, innerhalb einer halben Stunde, aber es hüpfte derart auf den Wellen, dass es aussah, als würde die Küstenwache Hilfe brauchen und nicht die Menschen im Segelboot, das jetzt in einem relativ kleinen Sektor kreiste. Papa hatte sofort zwei mit Gewichten beschwerte Bojen an ziemlich langen Leinen ins Wasser geworfen, um die Position zu markieren, und um diese Bojen kreisten sie jetzt. Auf dem Meer ist es allerdings so: In der ersten halben Stunde suchst du bei solchem Wetter, sofern er eine Rettungsweste hat, einen Menschen, aber nach Ablauf dieser Frist findest du höchstens einen Körper. Die Suche dauerte zwölf Stunden, bis zum Abend, und wurde am nächsten Tag fortgesetzt. Als sich der Wind beruhigte, stiegen auch Hubschrauber auf, und es kamen noch zwei Polizeischnellboote von Cres. Sie fanden nichts, und dieses Nichts konnte man in Muttis Augen sehen. Mit diesen leeren Augen, die sich zur Gänze in Lederhaut verwandelt hatten, sah sie ihn kein einziges Mal an.

18.

Zwei Jahre danach, im August 1980, sah er Mutti in dem Café vorm Fürstenpalais. Sie saß da mit einem jungen Mann, aber als sie ihn sah, erhob sie sich und küsste ihn auf die Wange. Sie wirkte wie eine Melone, die jemand mit Benzin übergossen und angezündet hat, sodass man kaum sah, dass sie einmal eine Melone gewesen war. Aus dem Ruß sahen nur die traurigen Reste ihres roten Fleisches heraus.

– Komm, setz dich ein bisschen zu uns – sagte sie, und es war ihm unangenehm, ihr das abzuschlagen. Der Bursche war ein Inselbewohner aus Kampor, aber etwas jünger als er, sie kannten sich nicht. Als sich Škembo gesetzt hatte, sagte der Bursche, er müsse nach Hause, und verabschiedete sich höflich.

Sie sagte, sie hätten das Boot verkauft und sich getrennt, sie hätten nicht mehr miteinander gekonnt, und Gabi lebe jetzt bei ihrem Vater, sie sehe sie jedes zweite Wochenende und bemühe sich, diese Zeit so qualitätvoll wie möglich zu verbringen. Die Phrase „die Zeit qualitätvoll verbringen" war unter getrennt lebenden Elternpaaren gerade in Mode gekommen. In dieser kurzen Zeit, die sie zusammensaßen, trank sie zwei Martini. Sie fragte ihn, ob er mitunter noch an Dagmar denke, und er sagte, dass er an sie denke, relativ häufig. Sie sagte, dass sie ständig an sie habe denken müssen, jede Sekunde, aber jetzt vergehe auch schon mal ein ganzer Tag, dass sie nicht an sie denke, als hätte sie sie gar nicht geboren. Das seien für sie, sagte sie, die glücklichsten Tage. Als sie den dritten Martini bestellte, verabschiedete er sich höflich. Er erinnerte sich nicht oft an Mutti. Von ihr blieben ihm ein, zwei Bilder, sie wurde so unwichtig wie die Erinnerung an eine große Notdurft, die von der Erinnerung an eine andere große Notdurft und an andere Bilder, die das Leben später mit sich brachte, ausgelöscht wurde.

Im selben Sommer, als er Mutti vor dem Palais traf, kam ihm ein Foto in die Hände, das aus einer Pornozeitschrift herausgerissen war, und er fragte sich, ob das ein Zufall war. Auf dem Foto liegt eine nackte Frau, eine Blondine, auf dem Rücken, sie hat weder Arme noch Beine: abgeschnitten. Sie ist entsetzlich kurz und lacht. Auf ihr liegt ein riesiger Schwarzer, der Arme und Beine hat und ihr seinen großen Schwanz in die rasierte Fotze schiebt. Auch der Schwarze lacht. Die Stummel ihrer Arme und Beine sehen nicht aus wie amputiert, man kann sich sogar vorstellen, dass sie die verkümmerten Gliedmaßen einer unbekannten menschlichen Rasse sind, einer Gattung aus der Zukunft, die nur denkt und empfindet, aber nicht auf Bäume klettert und nicht in Fabriken arbeiten geht. Am unteren Rand des Fotos aber, neben der linken Fußsohle des Schwarzen, findet sich eine kleine Aufschrift mit gelben Buchstaben: „Amputee!" Und das könnte der Schluss eines Gebets in einer unbekannten Sprache sein.

Schnee auf dem Kilimandscharo

1.

In ihrem Zimmer hatte Nona einen gepackten Koffer. Einen altertümlichen Koffer aus festem, lederüberzogenem Karton, mit Metallbeschlägen, voller Aufkleber von Schifffahrtskompanien. Wenn sie sich mit der Tante stritt, zog sie ihr graues Festtagskostüm an, nahm den Koffer und stellte ihn vor die Eingangstür.

– Mama, was habt Ihr damit vor? – sagte dann die Tante.

– Ich reise ab, ich sehe, dass ich störe.

Worauf die Tante demonstrativ ins Schlafzimmer lief und weinte.

– Papa, weshalb streiten sich Mama und Nona? – fragte Boris.

– Deshalb, weil sie alle gleich sind – sagte der Onkel. – Lass sie nur, sie werden sich schon wieder einkriegen.

Und fragte Boris Nona, die in ihrem Ausgehkostüm und den braunen, aus der Mode gekommenen orthopädisch anmutenden Schuhen auf dem Koffer saß:

– Nona, wohin willst du?

lautete ihre Antwort:

– Ich fahre nach Makueni.

Im Wort Makueni verschmolzen die Strohhütten des Wakamba-Stammes mit den majestätischen Steinpalästen Mombassas, bunte Turbane mit tanzenden Kobras; der Klang der Flöte vermischte sich mit dem Heulen der Schakale und Hyänen, später kamen noch die angekohlten Leichen im trüben Fluss und die Lumpen der Aussätzigen hinzu.

Makueni ist auch die bunte Fläche voller Aufkleber auf dem Deckel des Koffers, die von weitem einem orientalischen Teppich gleicht. Als Kleiner hatte Boris, diese Aufkleber im Blick, Reisen gespielt: Er hatte mit Berbern gekämpft, die auf schlanken Kamelstuten dahinjagend Damaszenerklingen schwangen, mit wilden Negerstämmen in Leopardenfellen, mit unbekannten Bestien, gigantischen Gürteltieren und Knäueln magischer Kobras.

Als nach dem Tod seiner Mutter, in seinem Dreizehnten, Luka über den Sommer bis zu drei Monate auf der Insel blieb, spielten sie nicht mehr mit dem Wegfahrkoffer und den Aufklebern, sondern rannten von Strand zu Strand, um Mädchen kennenzulernen. Den größten Teil des Sommers verbrachten sie allein mit Nona, denn Onkel und Tante kamen nur für zwei oder drei Wochen, je nachdem, wie viel Urlaub sie gerade hatten.

Nonas Wegfahrkostüm war aus Wolle und von bester Qualität, nur an ein paar Stellen hatten es die Motten angefressen.

– Die Tiere sind auch nicht blöd – meinte Nona.

Manchmal zog sie es auch am Freitag an, wenn die Sonne untergegangen war und sie zu ihren Verwandten oberhalb des Hotels *Kontinental* zum Beten ging.

Eines Freitags in der ersten Hälfte des Juli 1976, als Onkel und Tante noch nicht eingetroffen waren, ging Nona unter die Dusche, wusch sich die Haare und zog das Kostüm an, um sich für das Samstagsgebet vorzubereiten. Sie setzte sich kurz ins Wohnzimmer, um sich vor dem Weg, der ihr immer schwerer fiel, ein wenig auszuruhen. Sie musste den Lungomare hinunter bis fast zur Stadt und dann die große Steigung oberhalb des Hotels *Kontinental* hinauf, um zum Haus ihrer Verwandten zu kommen. Sie hatte ihre Bibel mit den Notizen vergessen und aus Versehen jene genommen, in der es keine Notizen gab. Sie schickte Boris, er solle ihr die richtige Bibel bringen.

– Schau in den Koffer – rief sie ihm aus dem Wohnzimmer nach.

Und Boris brachte ihr höflich die Bibel, küsste Nona, und sie ging langsam watschelnd über die Steinplatten des Gartenwegs Richtung Promenade. Sie blieben allein zu Hause, das mochten sie. Sie gingen von Zimmer zu Zimmer, gruben in den Sachen und suchten, wo der Onkel den Alkohol aufbewahrte. So fand Boris in Nonas Koffer auch einen Papierumschlag mit Fotografien. Sie setzten sich aufs Bett und sahen sich die Fotos an. Da entdeckten sie etwas Seltsames: Nona hatte zwei verschiedene Fotos von ihrer Hochzeit. Genauer: Fotografien mit zwei verschiedenen Männern. Auf einem konnten sie ihren Nono erkennen, er war viel jünger, aber sie konnten ihn erkennen. Aber den anderen Mann hatten sie noch nie gesehen. Seltsam war auch, dass auf dem einen Hochzeitsfoto Nona eine Brille trug und auf dem anderen nicht. Boris und Luka waren sich bewusst, dass sich hier eine ganze aufregende Welt verbarg, aber über die Details wussten sie nichts.

2.

Nona wurde am 8. Mai 1898 geboren, Franz Joseph war noch am Leben und natürlich auch der Thronfolger, Erzherzog Franz Ferdinand. Wenn man heute die vergilbte Sepia-Fotografie aus jener Zeit sieht, wundert man sich, dass hinter den Schultern der schnurrbärtigen Männer in österreich-ungarischen Uniformen nicht auch dieser oder jener Brontosaurus oder Ichthyosaurus hervorlugt. So lange liegt das zurück. Getauft wurde sie im Glauben auf den Namen Gracijela Monika Ribarić, aber ihr Leben lang wurde sie Ela gerufen. Nona Ela.

Nonas Vater und Mutter hatten in der Kirche der hl. Justina geheiratet, aber schon nach einer Woche wartete in Rijeka das Dampfschiff nach Marseille auf sie, und dort stiegen sie um auf ein Schiff, das bis New York sechsunddreißig Tage fuhr. Allerdings blieb Nonas Familie nur relativ kurz in Amerika, etwas mehr als sieben Jahre, in Pittsburgh, Pasadena und Battle Creek. Nona war fünf, als sie zurückkehrten, und sie erinnert sich an verschiedene Bilder von dieser Reise. So erinnert sie sich an ihre Seekrankheit, an die Wanzen, die unter den Fingern knackten, und an den langen Bart des Kapitäns. Aus Amerika hatte Nona Elas Familie Ersparnisse mitgebracht, die für ein kleineres Fischerboot, die *Dolin II*, und etwas Land in Kampor und Mundanije ausreichten. Und sie hatten ihren Glauben mitgebracht. Nonas Vater war einer der ersten Missionare der Kirche der Siebenten-Tags-Adventisten in der Monarchie.

Nona war als kleines Mädchen sehr fromm, wie im Übrigen auch die ganze Familie. Sie führten Gott täglich dreimal mehr im Mund als die Katholiken in diesen Gegenden, bei denen Gott jedes fünfte Wort ist. Im Streit auch öfter. Ihr Vater erwähnte auch die Begründer des Glaubens, Joseph Bates und Ellen White, und jeden Freitagabend studierte er gemeinsam mit den Kindern und seiner Frau die Bibel. Nona Ela entwickelte sich zu einem hübschen kleinen Mädchen, und später zu einem ausnehmend schönen Mädchen, aber in ihrer Entwicklung kostete sie weder Schweinefleisch noch Scampi oder Kalmare, jedenfalls nichts, was laut Bibel unrein ist. Sie wurden als Sonderlinge angesehen, weil sie nichts von dem aßen, von dem die

Bewohner der Insel überwiegend lebten. Die *Dolin II* holte auch nie Kalmare oder Scampi oder Tintenfische aus dem Meer, nur Weiß- und Blaufisch, den Nonas Mutter auf dem Markt verkaufte.

Wenn Nona als ausnehmend schönes Mädchen durch die Srednja ulica oder über die Riva ging, in modern geschnittenen Kleidern, sagten die Frauen, die flüstern:

– Schade!

Sie meinten, dass sich für sie kein Bursche ihres Glaubens finden werde, denn solche gibt es auf der Insel nicht, und dass ein Katholik eine Sabbatistin heiratet, das kam nicht in Frage. Als sich allerdings Dane Krstinić, einer der hübschesten jungen Männer ihrer Generation, plötzlich in sie verliebte, mussten die Frauen, die flüstern, zugeben:

– Liebe ist eine eigene Religion. – Oder: – Ein Frauenarsch ist stärker als Gott.

3.

Nona begann schon als sechzehnjähriges Mädchen eine Brille zu tragen. Der Rahmen aus Schildpatt reiste von Battle Creek über New York, Marseille und Triest über zwei Monate. In Rijeka wurden die entsprechenden Gläser eingesetzt, und Nona erschien eines Samstags in der Stadt als wandelnde Sensation.

Dass eine Frau auf der Riva eine Brille trägt, ist eine Schande und eine *Jensation*, sagten die Frauen, die flüstern.

Eine noch größere *Jensation* war es, als Dane Krstinić an diesem Sonntag seinen Eltern sagte, er habe sich in Ela Ribarić verliebt. Ja, die von den Ribarić's, ja, in die, die die Brille auf der Riva trägt, und ja, er habe vor, sie zu heiraten. Seine Mutter seufzte.

– Junge, bist du verrückt geworden? – schluchzte sie unter Tränen. – Eine Sabbatistin, eine Brillenschlange.

In den nächsten Monaten rang Nonas Schwiegermutter in spe die Hände, wenn jemand das Wort „Brille" erwähnte. Zwicker und Brillen im Gesicht anderer Menschen trieben bitteren Hohn mit ihr.

Und so verwandelte sich die Liebe zuerst in Sehnsucht, dann in schwere Worte, in eine Drohung der Enterbung von jener kleinen

Armseligkeit, in ein Verfluchen Gottes im Namen Gottes, in eine kleine Ansprache des Beichtvaters und Religionslehrers Don Šime, in das tagtägliche Weinen der Mutter, in Vaters Schweigen und in die Worte:

– Ich habe das Meine gesagt.

Die Mutter sagte:

– Dass eine Sabbatistin über unser bisschen Armseligkeit das Sagen haben soll!

Diese Armseligkeit bestand aus einem Haus in der Stadt, einem Haus in Banjol, einem großen Weinberg in Barbat, aus Stall und kleinem Haus in Mundanije, einem ganz annehmbaren Boot mit Buglicht und aus zwei durchaus fruchtbaren Äckern im Zentrum der Insel.

In Nonas Familie standen die Dinge günstiger. Ihre Eltern waren sich im Klaren darüber, dass sie weder auf der Insel noch in der näheren Umgebung einen Mann ihres Glaubens finden und dass sie sich einmal an einen Katholiken verheiraten werde. Nur hatten sie nicht erwartet, dass das so bald geschehen würde.

– Und wirst du mir denn auch glücklich sein, Kind? – sagte ihre Mutter traurig.

Zu der Zeit, wenn man über Ehen sprach, sprach niemand auch von Glück: von Land, von Weinbergen, von Schafen und Eseln ja, von Booten und Schweinen ja, aber von Glück nicht. Man war der Ansicht, dass das Glück mit der Zeit in den Menschen eintritt, und dass ihm dabei Prschut, Würste, Wein und Lamm „unter der Glocke" zweimal jährlich helfen.

Im sechsmonatigen Zeitraum des Versteckens, des Wechselns von Briefen über einen Vermittler und bedeutungsvoller Blicke in der Stadt und vor der Kirche, mitten in der durch den Krieg hervorgerufenen Not und Angst, trat endlich das ein, was die Frauen, die flüstern, vorhergesagt hatten: Die Liebe triumphierte über den Glauben, ein Frauenarsch triumphierte über Gott. Seine Eltern hatten endlich ihre Einwilligung gegeben. Aber auch Gott hatte seine Pläne. Im Juni 1915 ging Dane Krstinić mit noch sechzehn jungen Männern von der Insel an den Isonzo. Als sie sich auf dem kleinen Dampfschiff vor dem Fürstenpalais einschifften, wurden sie von weinenden Müttern und Mädchen begleitet, aber auch von Blechmusik, die sie, wenn sie nicht sehr viel Glück haben würden, auch in die Erde begleiten würde. Von Deck sandte Dane Krstinić seiner Verlobten, die etwas entfernt von seinen Eltern am Ufer stand, ein letztes Küsschen, und dieses Küsschen klebte sich ihr fest auf den Mund. Später kriegte sie an dieser Stelle Herpes.

4.

Die Kämpfe am Isonzo dauerten von Juni 1915 bis Oktober 1917, und in ihnen sind, so rechnet man, etwa eine Million Menschen gefallen. Die meisten Gefallenen hatten die Italiener, Slowenen und Kroaten, aber es gab da auch Russen, Ungarn und Deutsche. Die Frontlinie verlief von Görz über Kobarid, Sabotin und Oslavlje bis Triest, das von österreichischen Eliteeinheiten gehalten wurde. Und in diesem Zeitraum kam mehrere Male das schnelle Ingenieursboot aus Pula und brachte einen Blechsarg mit einem toten Körper. Es machte kurz halt an der Insel, vor dem Fürstenpalais, nur so lange, um den Papierkram abzuwickeln und den Sarg auszuladen, um dann weiterzufahren und andere Särge auf anderen Inseln auszuladen. Es waren nur wenige Glückliche, deren Körper den Familien zugestellt wurden. Die Übrigen liegen auf idyllischen Friedhöfen in der Alpenlandschaft längs dem Isonzo und dem Piave.

Ein Sarg mit dem Körper Dane Krstinićs wurde nicht ausgeladen, und es erschien auch kein österreichischer Offizier mit der amtlichen Todesmeldung, der Auszeichnung und dem Dank der Monarchie. Allerdings ging Dane auch nicht selbst von Bord. Im Sommer 1918, als der Waffenstillstand unterzeichnet wurde, wurden alle Burschen, die den Krieg überlebt hatten, ausgeschifft, und dazu noch zwei Särge mit jenen, die im letzten Augenblick gefallen waren. Dane war nicht dabei. Sein letzter Brief an Nona Eli trägt das Datum: 16. Mai 1917. Dane tauchte erst kurz vor dem Anschluss der Insel an das Königreich der Serben, Kroaten und Slowenen wieder auf. Sie traf ihn in der Stadt, auf der Piazetta, die bald Platz der Freiheit heißen würde, und fiel fast in Ohnmacht:

– Seit wann bist du hier? – gurgelte sie, als hätte ihr ein Bajonett die Kehle durchschnitten.

– Seit drei Tagen.

– Warum hast du dich nicht gemeldet? Ich bin vor Sorge fast gestorben!

– Ich weiß nicht – sagte Dane und stand in seinen alten Sachen, die ihm jetzt viel zu weit waren, gekrümmt vor ihr.

– Warum bist du nicht früher gekommen?

– Ich hatte Typhus – sagte Dane.

– Nicht so wichtig – sagte sie und fasste ihn an beiden Händen – Hauptsache, dass du lebst, Hauptsache, dass du hier bist, dem lieben Gott sei Dank, dass du endlich hier bist. Und sie hätte ihn geküsst, dort auf dem Platz, vor allen, wenn sie sich nicht doch geschämt hätte.

Dane führte Nona Ela von der Piazetta auf die Felsen unterhalb der Stadt, wo sonst niemand war, nur über ihren Köpfen beteten die Benediktinerinnen mit stillem Gemurmel, das aus dem offenen Fenster drang.

Dort auf den Felsen fragte sie ihn, ob er sie noch liebe, falls er es sich anders überlegt habe, werde es schrecklich für sie sein, aber sie respektiere seinen Wunsch und spreche ihn von seiner Verpflichtung los. Falls er sich dort in Italien verliebt habe, solle es so sein. Gott habe es so gewollt, und für sie sei das Wichtigste, dass er am Leben sei, dass er den Typhus besiegt habe und dass jetzt das Leben vor ihm liege. Dane hörte sie an, blass, abgemagert, mit knöchernen Wangen, mit dunklen Augenringen im kreidebleichen Gesicht.

– Du weißt gar nichts – sagte er langsam, das Unkraut der Wörter aus sich herausreißend – ich bin noch ein Tier. Warte etwas, dass ich wieder ein Mensch werde … Aber etwas weiß ich …

Und er schwieg einen Augenblick, kam bis zu der Mauer, hinter der die Worte waren, aber auch ein wunderschönes grünes Tal, mit dunkelgrünen Kiefern und einem türkisfarbenen Fluss, der sich zwischen Bergen hindurchschlängelt, mit Seen von der Farbe des Smaragds aus den Bilderbüchern, mit Latschenkiefern, Wildrosen, Sauerampfer und Schafgarbe, aber auch kleinen Soldatenfriedhöfen mit identischen Eisenkreuzen, in regelmäßige Reihen gebracht: Die Toten waren auch unter der Erde in Reih und Glied angetreten.

– Ich glaube nicht mehr an Gott – sagte er, und Nona Ela hörte es mit offenen Augen.

– Für das Recht muss man hier kämpfen, auf der Erde, ist dir das klar? – sagte er.

Nona Ela hörte ihm zu, dachte sich das ihre, hörte ihm wieder zu und sagte am Ende:

– Das macht nichts – und fügte noch hinzu: – Aber du brauchst das nicht meinen Leuten zu sagen.

Die Liebe hatte nicht nur Gott besiegt, sondern auch seinen größten Feind, den Atheismus.

5.

Dane musste Nona Ela allerdings noch eine Sache eingestehen, die auf ihrer jungen Seele mindestens gleich schwer lastete wie der Atheismus: Eines schönen Abends, als er sich schon erholt hatte und allmählich wieder ein Mensch geworden war, gestand er ihr, dass sein Name nicht Dane sei, sondern Gojdan.

– Gojdan? – sagte Nona Ela erschrocken und sah ihn durch ihre Brille mit dem Schildpattrahmen an. – Was ist das für ein Name?

– Ein dummer – sagte Dane – aber es ist meiner.

Nona Ela dachte nach, als wöge sie ab, ob sie sich an Gojdan verheiraten solle oder nicht.

– Was kann man machen – sagte sie endlich in einem Ton, als würde sie sowohl ihn als auch sich selbst trösten – aber weißt du, ich werde dich immer Dane nennen.

Aber die Probleme um ihre eventuelle Ehe waren noch nicht ausgeräumt; mehr noch, sie standen erst am Anfang. Danes Eltern, als sie vor dem Krieg endlich eingewilligt hatten, dass diese Ehe geschlossen werden durfte, die für sie wie eine Fischgräte in der Kehle war und manchmal den Ton und die Stimmlage änderte, hatten eine schwerwiegende Bedingung gestellt: Nona Ela musste den Glauben ihres Mannes annehmen. In diesem Sinne sandte seine Mutter über die Vermittlerin Bepa Ribarić, die über ihren Mann in familiären Beziehungen mit den Krstinićs aus der Stadt stand, „jenen Ribarićs" einen langen Brief nach Banjol. Nonas Vater, der 1903 in Battle Creek im Glauben auf den Namen Anton Tonči Ribarić getauft worden war und dann einer der ersten Missionare des neuen Glaubens wurde, antwortete Frau Krstinić voller Respekt und sagte, dass sie alle Brüder in Christus seien, dass der Glaube, den er predige und den seine Tochter bekenne, christlicher Glaube sei, dass auch sie an Jesus Christus glauben, der am Kreuz für alle Menschen gestorben sei, drei Tage im Grabe geruht habe und dann auferstanden sei. Er erläuterte einige fundamentale Grundsätze ihres Glaubens und die Tatsache, dass seine Familie die Bibel ehre und studiere wie keine andere auf der Insel und dass die Frömmigkeit seiner Tochter vor jedem Menschen reinen Herzens der Stolz auch ihrer Familie sein könne. Wegen all dem sei er der Meinung, dass ihre Tochter Gracijela Ribarić nicht zum katholischen Glauben übertreten müsse, sondern dass beide in der heiligen göttlichen Ehe ihren Glauben mit derselben Frömmigkeit bekennen könnten, mit der ihn auch alle anderen Inselbewohner bekennen. Die Zeremonie könne in einer katholischen Kirche stattfinden, und in diesem Sinne schlage er die Kirche der hl. Justina vor, in der auch er und seine Gattin getraut worden seien, bevor sie in Amerika den adventistischen Glauben angenommen hätten. Dazu sagte er noch, dass die Angst und die Gerüchte, die auf der Insel gegen ihren Glauben verbreitet würden, von Unkenntnis und Bosheit zeugten.

Danes Mutter antwortete darauf mit einem kurzen Brief, in dem sie sich für die rasche und schöne Antwort bedankte, aus der sie etwas über den Glauben ihrer Schwiegertochter in spe erfahren habe, und sie sende ihnen über Bepa, außer dem Brief, auch eine bescheidene Gabe, die sie von ihrem armseligen Besitz hätten abzweigen können: einige Würste und etwas Panzetta, die gerade jetzt gut trocken sei und die man anschneiden könne. Tonči Ribarić musste darauf mit einem längeren Brief antworten, in dem er sich für ihren kürzeren Brief bedankte, des Inhalts, dass das Wohlwollen und die Schnelligkeit, mit der sie geantwortet habe, so hoffe er, auch für ihr künftiges Einvernehmen Gutes bedeute. Er, seine Gattin und die Kleine bedankten sich für das Geschenk, müssten es aber zurückgeben, denn sie äßen kein Schweinefleisch, wie auch die anderen Adventisten nicht, die die Heilige Schrift in Ehren halten.

Zu Hause, als Bepa ihr das Paket genau so, wie sie es auf den Weg gebracht hatte, aushändigte, es war nicht einmal geöffnet worden, kommentierte Danes Mutter vor ihrem Sohn wütend:

– Ich habe gewusst, dass sie Juden sind.

– Sie sind keine Juden, Mutter, sondern Christen, die kein Schwein essen.

– Was sind das für Christen, die kein Schwein essen?

So wurden die Verhandlungen für mehrere Wochen eingestellt, bis sich Frau Krstinić von der Beleidigung und der Bestätigung ihrer Ängste erholt hatte. Und wenn sie sich getraut hätte, hätte sie zu ihrem Sohn gesagt:

– Das sind Juden, Junge, nur, dass sie dich anlügen! Sie haben Christus getötet, und nicht, dass sie an ihn glauben.

Während sie über die Hochzeit und die Glaubenspolitik in der Ehe verhandelten, in dieser wichtigen Zwischenzeit, zogen sich die italienischen Einheiten zurück, und die Insel wurde dem Königreich der Serben, Kroaten und Slowenen angeschlossen; zu Ehren dieses Datums wurde auf dem Platz der Freiheit eine Eiche gepflanzt. Wieder musste Dane seine Mutter dazu bringen, den ersten Schritt zu tun, und über Bepa kam auch ein Brief von Nonas Vater, in dem er seine höfliche Verwunderung ausdrückte, weshalb ihm Frau Krstinić nicht mehr schreibe, wo sie doch so schön korrespondiert hätten. In seinem Brief an sie schlug er vor, nicht länger über einen Vermittler zu kommunizieren, sondern dass es in dieser Angelegenheit von unumgänglicher Wichtigkeit sei, sich zusammenzusetzen und persönlich miteinander zu sprechen, damit alle Zweifel, sollte es sie noch geben, glücklich ausgeräumt würden. Der Brief endete mit den Worten: „Wir beten für Sie, Ihren Gatten und Ihren Sohn."

Danes Mutter sandte einen kurzen Brief, in dem sie schrieb, dass auch sie für alle Ribarićs und ihre Verwandtschaft beteten und sich einverstanden erklärten, sich zu treffen und alles von Angesicht zu Angesicht zu besprechen. Sie schlug vor, dass das auf neutralem Boden geschehen solle, im Haus ihrer Vermittlerin Bepa Ribarić in Kampor.

Dane hatte seinen Eltern noch nicht gestanden, dass er nicht mehr an Gott glaubte.

Und so begannen sie sich schriftlich für ein Treffen zu verabreden. Zuerst machten die Krstinićs den Vorschlag, sich am Samstag zu treffen, die Ribarićs antworteten, dass sie sich für den Vorschlag bedankten, aber dass sie sich am Samstagnachmittag leider nicht treffen könnten, denn das sei ihr heiliger Tag, und schlugen vor, sich am Sonntagnachmittag zu treffen. Dieser Vorschlag hätte den Krstinićs mit ziemlicher Sicherheit zugesagt, hätten die Ribarićs sie zuvor nicht abgewiesen, und so schrieb Danes Mutter, sich entschuldigend, dass für sie der Sonntag ein heiliger Tag sei und sie deshalb nicht könnten. Freitag kam nicht in Betracht, denn er bringt Unglück, und an den anderen Tagen wird gearbeitet. Die Verhandlungen über die Zusammenkunft, bei der sie verhandeln würden, zogen sich drei Monate hin.

6.

Zu jener Zeit gestand Dane Nona Ela noch eine dritte Sache, die in Nonas junger Seele noch schwerer wog als der Atheismus und der Name Gojdan. Er sagte, dass ihn in Italien, während er sich vom Typhus erholte, ein Mädchen gepflegt habe. Sie sei eine Ehrwürdige Schwester gewesen, eine schöne Ehrwürdige Schwester in Weiß, die ihn in der ersten Zeit mit einem Löffel gefüttert habe, so als wäre er ein kleines Kind und sie die Mutter. Er gestand Nona, dass ihm diese Ehrwürdige Schwester manchmal im Traum erscheine. Da er nicht mehr an Gott glaube und er es keinem Priester beichten könne, weil er das als sinnlos erachte, beichte er es jetzt eben seiner Verlobten, und das halte er für angemessen. Andere Sünden habe er nicht. Nona Ela überlegte kurz, so wie sie es auch die ersten beiden Male getan hatte, und sagte dann, dass ihm vergeben sei. Allerdings, wenn sie allein war, wenn sie um das Haus herum fegte oder die Wäsche im Wäschetrog rubbelte oder Fische in Salz einlegte, manchmal, nicht immer, stellte sie sich vor, wie schön es wäre, wenn sie diese Ehrwürdige Schwester wäre und einen so schönen kranken jungen Mann pflegte, der sich zwischen Leben und Tod befindet. In der Ferne hört man noch die Kanonen, die Armeen marschieren am Krankenhaus vorüber, Novembernebel ziehen das Isonzo-Tal hinauf, alles ist voller Tod, alles stirbt, die Natur und die Menschen, und der junge Mann mit dem schönen Gesicht isst jeden Tag einen Löffel Kartoffelsuppe mehr, einen Löffel Bohnen mehr, mit ein paar Stückchen Speck, die sie nur für ihn aus dem großen Topf gefischt hat; jeden Tag erholt er sich mehr, und sie wacht nachts an seinem Bett und liest das Buch Ruth, das Buch Daniel oder sogar das Buch Esther.

Eines Donnerstags im April säuberte Tonči Ribarić das Deck der *Dolin II* von Blut und Fischresten und am Nachmittag bestiegen Nona Ela und ihre Mutter in Feiertagskleidern, die die Inselfrauen zuvor nicht an ihnen gesehen hatten, das Schiff. Ela war ein schönes, elegantes, städtisches Mädchen, aber sie trug noch immer ihre Brille.

– Sie haben es ausgehandelt – kommentierten die Frauen, die flüstern, als sie sahen, wie sie das Boot bestiegen.

In Bepas Haus oberhalb der Bucht beratschlagten sie volle sieben Stunden und konnten sich doch nicht einigen. Während dieser Zeit saßen Ela und Dane auf einem Felsen am Meer, schwiegen ein wenig und sprachen ein wenig miteinander. Und das eine wie das andere war ihnen lieb. Bis dahin hatten sie sich nur an verborgenen Orten getroffen, so wie auch dieser hier einer war, aber die Zukunft war voller Versprechungen.

– Endlich werde ich mit dir über die Riva gehen können – sagte Nona – jetzt, wo wir verlobt sind.

Aber da sich die Beratung ihrer Eltern hinzog, wurde Dane immer nervöser. Die ersten beiden Stunden war es für sie schön, dort am Meer, sie waren allein, sie konnten sich auch ein wenig berühren, er nahm ihre Hand und küsste sie, sie nahm seine und küsste sie ebenfalls. Es schien, als wollten ihnen die Lungen herausspringen, ihr ebenso wie ihm, sie umfassten sich und begann zu tanzen, hoila li, hoila li. Eine Polka. Gerade wütete eine Epidemie der Spanischen Grippe, an der Tausende starben, aber die beiden kümmerte das nicht. Als jedoch die Nacht hereinbrach und sie anfing, besorgt zu sein, wurde Dane still, und die Eltern konnten sich einfach nicht einigen.

Im Haus, über den sterblichen Überresten eines Rinderschinkens, der nur für diese Gelegenheit in Rijeka besorgt worden war, von Weißfisch, Käse und Wein, über den Resten einer Rab-Torte und eines Rogatsch-Kuchens, waren die Dinge noch weit entfernt von einer endgültigen Einigung. Am Ende waren sie so müde, dass sie sich als Eltern zu einem Verzweiflungsschritt entschlossen: Sie würden die Kinder fragen.

Bepa rief sie herein, und in ihrer Stimme war keine Fröhlichkeit. Aber als die Kinder da waren und man ihnen das Problem auseinandergesetzt hatte, das theologischer, soziologischer und psychologischer Natur war, durchschlug Ela den Knoten:

– Kein Problem, ich werde zum katholischen Glauben übertreten.

Aber Dane war schon sehr erregt, und die Sache wurde noch durch die drei Lozovača verschlimmert, die sie beim Hereinkommen auf die Schnelle gekippt hatten.

– Und wisst ihr, was ich darüber denke – sagte er mit tiefer fester Stimme, die schon die Kraft des künftigen Redners in sich trug.

– Nein, nicht, Dane! – stieß Nona einen Angstschrei aus.

– Gott gibt es nicht! – donnerte er über ihre Köpfe und die Fischgräten und die halbleeren fettigen Gläser hinweg, und alle saßen da wie erstarrt, geradezu versteinert. – Ich glaube an keinen einzigen Gott, Gott ist mir scheißegal, und ob es einer ist, oder drei, der Glaube an Gott ist ein Nebel, der den Menschen in die Augen geht, dass sie nichts mehr sehen und durch die Welt gehen wie Blinde …

Nonas Vater, ein gesetzter und ruhiger Mann, heiligmäßig in seiner Rede, fragte ihn:

– Und an was glaubst du dann, mein Sohn, wenn du nicht an Gott glaubst?

– An das Gewehr – sagte Dane – an den Genossen Mauser. Nach allem, was ich am Isonzo gesehen habe, glaube ich einzig an das Gewehr, und wir werden einander zu Mann und Frau nehmen, so oder so, das ist egal. Euch zuliebe machen wir auch keinen Skandal, wir werden einander in der Kirche der hl. Justina nehmen, und das ist es dann.

7.

– Die kleine Adventistin hat in der Lotterie gewonnen – raunten die Frauen, die flüstern. Die Hochzeit wurde für Anfang Juni festgesetzt, wenn es noch nicht so warm ist und man Anzüge tragen kann, dann kommen die Tiefdruckgebiete seltener und die Hochzeit kann im Freien stattfinden, auf der Terrasse des *Grandhotels*. Das Haus von Nona Ela war voller Regung und Bewegung, die man bis dato dort nicht gesehen hatte. Frauenhände nähten Bordüren an die Unterwäsche, in die Kissenbezüge wurden Initialen gestickt, jeder ein wenig gestochene Finger endete, von fröhlichem Lachen begleitet, im Mund, in der Küche wurde das vom Festland in eisgefüllten Kassetten gebrachte Rindfleisch gesalzen und in Rosmarin- und Salbeirauch gehängt. Nonas Verwandte wirbelten durch das Haus, kichernd und quirlig, die ganze weitere Familie wirkte bei den Vorbereitungen mit, so als würde sie außer den Hochzeitsvorbereitungen auch die Rückkehr dieser Renegatenfamilie in die Reihen des katholischen Glaubens feiern, der hier seit mehr als tausendfünfhundert Jahren bekannt wird, ohne dass deshalb jemand auch nur einen Huster gemacht hätte.

Erst in der Nacht, wenn alles zur Ruhe kam, konnte man aus dem elterlichen Schlafzimmer das leise Weinen von Nonas Mutter hören, die es, je weiter die Vorbereitungen voranschritten, desto schwerer hinnahm, dass ihre einzige Tochter sich an einen Gottlosen verheiratete, der die ganze Insel am liebsten in Lenins Russland verwandeln würde. Und so ging es fort, tagsüber fröhliches Mädchenlachen, Vorbereitungen und Arbeit, und nachts Weinen und Trauer, verborgen vor fremden Augen.

– Sei ihm ein Halt – sprach Nonas Vater mit seiner heiligmäßigen Stimme – jetzt musst du für dich und für ihn glauben.

Als sie das erste Mal das Kleid anprobierte, das sie von einer Verwandten von der Insel Pag bekommen hatte und das in der Taille enger gemacht und auch gekürzt werden musste, weil es zu sehr über den Boden schleifte, weinte ihre Mutter und hielt gleichzeitig die Stecknadeln im Mund, sodass Nona Ela es schon mit der Angst kriegte, dass ihre Mutter eine Stecknadel verschlucken und im Krankenhaus enden könnte. Das würde einen Aufschub der Hochzeit bedeuten.

Genau in diesem Moment drängelte sich durch den Kordon aus großen und kleinen Mädchen und jungen Frauen Elas Nona, die alte Ela, die sehr fromm war und viel fluchte. Sie bemerkte ihre Enkelin, wie sie ihr Brautkleid anprobierte, so jung, schön, mit Brüsten, die sich wölbten, und einem Arsch, der sowohl Gott als auch den Atheismus besiegt hatte, und mit ihrer Brille aus Schildpatt auf der Nase.

– Du wirst doch nicht etwa die Brille bei der Hochzeit tragen? – sagte sie einfach mal so, um ihr unpassendes Eindringen und ihre Altweiberneugier zu rechtfertigen und etwas am Protokoll vorbei zu erfahren. Sie ahnte nicht, dass die Enkelin antworten würde:

– Doch, Nona!

Das empörte sie überaus und machte etwas mit ihren Lippen und ihrer Nasenwurzel.

– Sag es ihr, Pjerina! – röchelte Nonas Nona.

Nonas Mutter fing noch bitterer an zu weinen und zischte mit den Stecknadeln im Mund:

– Ich kann ihr nichts mehr sagen – und fuhr fort zu seufzen.

– Er liebt mich so, wie ich bin, Nona, mit Brille – sagte Nona Ela.

– Eine Schande ist das, mein Kind – röchelte Nonas Nona.

– Das ist keine Schande, das trägt man heute so, Nona, das ist die moderne Zeit.

Daraufhin schwieg Nonas Nona für kurze Zeit, sah ihre Enkelin an, die so ranke und schlanke, in Weiß, und hätte am liebsten Gott verflucht, dass er dem Menschen erlaubt hat, die Brille zu erfinden, und zog ihr letztes Argument heraus.

– Das bringt Unglück – sagte Nonas Nona.

– Sei bloß still, Nona, immer siehst du nur Unglück – sagte Nona Ela.

– Wenn ich es dir sage, Unglück, und das gilt fürs ganze Leben.

Nonas Nona verließ demonstrativ den Raum, und Nona Ela und ihre Verwandte, die ihr half, sagten, dass Nona abergläubisch sei, dass sie immer ausspucke, wenn sie eine Katze sehe, dass sie nie Schuhe auf den Tisch stelle, dass sie sich bekreuzige und ausspucke, wenn sie eine Ehrwürdige Schwester sehe, und lächle, wenn sie zwei sehe, weil eine ungerade Zahl Ehrwürdiger Schwestern Unglück bedeutet, eine gerade hingegen Glück, dass sie das Rufen des Käuzchens fürchte, dass sie nie unter einer Leiter hindurchgehe, dass sie an sich keine Wunde oder Krankheit zeige, dass sie die Zahl 13 nicht verwende, selbst dann nicht, wenn sie ausrechne, wie viel sie beim Verkauf von Mangold, Kartoffeln und Karotten verdient hat, lieber, dass ihr in der Rechnung etwas fehlt, als dass die Kinder den Keuchhusten kriegen …

8.

Ende Mai brachte den Abschluss der Vorbereitungen und eine weitere Offensive von Nonas Nona. Sie kam am Abend, zwei Tage vor der Hochzeit, und wiederholte, dass eine Heirat mit Brille schlimmes Unglück bringe. Als die Enkelin ihr zur Antwort gab, sie übertreibe, dass ein Unglück nicht von einer Brille abhänge, sondern von Gott, und dass sie als Gläubige nicht so abergläubisch sein könne, sagte Nonas Nona:

– Armin von Španjol, er hat mit Brille geheiratet und ist auf dem Schiff in Argentinien umgekommen, Stipe Barišić, der mit mir in die Volksschule gegangen ist, hat mit Brille in Rijeka geheiratet und ist an Lungenentzündung krepiert, Ana Padovan, ist nicht lange her, hat mit Brille geheiratet, und ihr Kind ist an Diphtherie gestorben … Was muss ich dir noch sagen.

Dann schwieg Nonas Nona ein wenig, um die Wirkung ihrer Worte abzuwarten, die nicht wer weiß wie war, aber auch nicht so, dass es gar keine gegeben hätte. Die Enkelin hörte aufmerksam zu, und so holte Nona ein Argument hervor, von dem sie überzeugt war, dass es berücksichtigt werden müsste:

– Ich weiß, dass das heute modern ist – sagte sie – aber der Fotograf, der kann das auf dem Bild mit Tusche nachmalen, das macht man so. Er kann dir die Brille malen, wie du sie willst, aber du, Kind, hast nur die eine.

– Nona – sagte Nona Ela – warum soll er mir die Brille malen, wenn ich meine eigene habe, die sowohl schön ist als auch modern, und Dane mag sie.

Nona sah sie an, bekreuzigte sich und stürzte aus dem Zimmer. Sie stieß hervor:

– Wirst schon sehen, das Unglück …

9.

Der Bräutigam kam mit seinen Begleitern vor Nonas Haus mit der Absicht, sie mit sich zu führen, aber sie mussten am Eingang haltmachen, weil einer von ihren Onkeln ihnen den Weg versperrte: der dicke Pere, der den Spitznamen Knochen hatte. Er bot ihnen Schnaps an, sie tranken alle aus einem Glas, und das dauerte, und als alle getrunken hatten, fragte er sie, warum sie gekommen seien.

– Wir haben gehört, dass hier ein schönes Mädchen wohnt, und sind sie freien gekommen – sagte der Hochzeitsbitter.

– Ist es diese? – fragte Knochen. Aus dem Haus kam ein altes Weib, umhüllt mit einem weißen Spitzenschal.

Die Hochzeitsgäste lachten.

– Alle Ehre dieser Dame – sagte der Hochzeitsbitter – aber wir sind um eine andere gekommen. Und das wiederholte sich drei Mal, und jedes Mal war die Frau, die herauskam, älter: Knochen zählte dabei ihre Tugenden auf, Jugend, Schönheit, Liebreiz, und alle lachten von Herzen. Dann trat Nona heraus. Im weißen Brautkleid mit Spitzen um den Hals, weißen Schuhen und einem weißen gestickten Schleier, der ihr Gesicht verhüllte, aber nicht so, dass man auf ihrer Nase nicht die Schildpattbrille gesehen hätte.

– Unglück! – murmelte Nonas Nona, und ihre Tochter sagte zu ihr:

– Mama, hör auf!

Jetzt, wo die Braut, das Brautkleid und die Brille der Welt bekannt gemacht worden waren, konnten die Hochzeitsgäste im Garten Platz nehmen, noch einen Schnaps trinken und ein wenig getrocknete Feigen, Rinderschinken, Käse und Kuchen zu sich nehmen. Danes Mutter indessen war ständig am Wiederholen:

– Gehen wir, wir müssen zum Fotografieren, wir werden uns verspäten.

Wenn die Schwiegertochter schon nicht nach ihrem Willen ist, soll wenigstens die Hochzeit ohne Skandal verlaufen. So hatte sie in den letzten Wochen auch zur Gebenedeiten Jungfrau Maria gebetet: „Muttergottes, bitte für uns, dass es nur keinen Skandal gibt, dass nur alles gut ausgeht!"

Und so gingen die Brautleute zu Fuß am Meer entlang zur Stadt. Dane war schön, wenn auch ein bisschen steif in dem dunklen Anzug mit der schmalen Krawatte wie mit einer dünnen schwarzen Schlange um den Hals. Sein schwarzes Haar war ordentlich zurückgekämmt, das schmale Gesicht mit den blauen Augen wies keine Spuren des Typhus mehr auf, und er lächelte, wie Nona Ela hinter seinen langen Schritten zurückblieb und wie sie ihr Gehen nicht in Einklang bringen konnten. Auf ihrem Weg blieben Menschen stehen, die vorbeikamen oder zum Schauen gekommen waren, und es waren ihrer viele. Alle aus Banjol begleiteten die Brautleute, und es schienen auch Leute aus Barbat und Mundanije gekommen zu sein, alles Neugierige, die sehen wollten, wie sich die kleine Sabbatistin mit dem schönsten Burschen des ganzen Jahrgangs vermählt. Die Mädchen ihres Alters, denen sie auf dem Weg begegneten, kicherten, sprangen eine zur anderen und deuteten auf den Hochzeiter, ihre Blicke verschlangen ihn geradezu. Und als sie die Bucht und den Stadthafen umrundet und den Weg zur Srednja ulica eingeschlagen hatten, unter Blechmusik und fröhlichen Zurufen, Fahnenschwenken, waren es der Mädchen noch mehr. Stadtfräulein in vornehmen Kleidern, aus Triest und Venedig, die sich mit Fächern Kühlung zufächelten und den Begleitern des Hochzeiters schöne Augen machten, am meisten aber dem Hochzeiter selbst, der sich noch immer bemühte, seinen Schritt auf den von Nona abzustimmen. Und als sie so dahinschritten, alle, der ganze Hochzeitszug, fühlte sich Nona, später erzählte sie es, seltsam. Sie sah, wie diese Frauen ihren Zukünftigen mit den Augen verschlangen, sie sah die neidischen Weiber und die Frauen, die flüstern, und wusste, was sie redeten:

– Die kleine Sabbatistin, der ist die Axt in den Honig gefallen!

Nie zuvor war sie mit ihm auf der Riva spazieren gegangen, nie zuvor hatte sie so etwas gesehen: An den heimlichen Treffpunkten war er nur der ihre gewesen.

Vor der Kirche der hl. Justina, wo die Zeremonie vorbereitet war, und das Kirchenschiff mit vierzig weißen Lilien geschmückt war, so viele wie Jesus Tage in der Wüste in Hunger und Durst von Satan versucht worden war, bog der Hochzeitszug in die Srednja ulica ein, wo sich das Fotogeschäft befand. Tagelang hatte die Mutter darauf bestanden, dass man vor der Zeremonie zum Fotografieren ging, wenn die Frauengesichter noch frisch waren, die Schminke vom Weinen noch nicht verschmiert, die Frisuren noch nicht nachgegeben hatten. Und so betraten sie das Geschäft, das sich ungefähr in der Mitte der Srednja ulica befand, gleich weit entfernt von der Apotheke und der städtischen Loge.

Und Nonas Nona murmelte in ihren Bart:

– Gott bewahre vor dem Unglück, Christus behüte!

– Hör auf, Mama – sagte ihre Tochter zu ihr.

– Sag ihr, dass sie wenigstens beim Fotografieren die Brille abnimmt! – sagte Nonas Nona.

Der Besitzer des Geschäfts erwartete sie mit einer vorbereiteten Szene. Sie mussten sich auf ein kleines Podium stellen, und hinter ihnen war an die Wand ein großes weißes Herz aus Spitzen gemalt. Das Muster glich dem einer Pager Spitze, und so glichen die Brautleute in dieser Komposition den karamellisierten Hochzeitspaaren auf den Hochzeitstorten. Mit dem Apparat auf dem Dreibein löste der alte Španjol eine Fotografie aus, und das entzündete Magnesium blitzte ihnen ins Gesicht. Für die zweite Fotografie gruppierte er sie in einem schönen Halbprofil, sodass es aussah, als schauten sie irgendwo in eine helle Zukunft, auf die Kinder, den Bau eines neuen Hauses, auf Taufen und Geburtstage, und die Hochzeitsgäste drängten sich an der Tür und schmunzelten. Er bat die Braut, den Spitzenschleier zurückzuwerfen, damit man ihr Gesicht besser sah, und sie warf ihn zurück. Es dauerte eine Zeit, bis die Hochzeitsgäste bemerkten, dass etwas Ungewöhnliches vor sich ging. Die Braut verschaute sich so schön, so strahlend, mit ihrer Schildpattbrille, in etwas an der Wand, und ihr Gesicht nahm einen ungewöhnlich seligen Ausdruck an. Dieses Etwas befand sich fünf oder sechs Meter von ihr entfernt an der Wand, aber sie sah es unverwandt an. Wieder blitzte im halbdunklen Atelier das Magnesium auf, aber das hielt Nona Ela nicht davon ab, auf das da an der Wand zu starren. Onkel Španjol sagte, sie sollten die Pose wechseln, sich einander zuwenden und sich ansehen und in diesen Blick ihre ganze Liebe legen, denn diese Fotografie werde über ihrem Ehebett hängen. Nona Ela aber reagierte nicht. Der Bräutigam drehte sich zu ihr um, sie aber starrte weiterhin wie hypnotisiert auf das da an der Wand. Die Mutter rief sie an:

– Ela! Ela, sieh ihn an!

Nona reagierte nicht. Dafür zeigten sich unter ihrer Brille Tränen.

– Nun pass doch mal ein bisschen auf, mein Gott! – rief ihre Mutter.

– Ela, sieh deinen Mann an! – sagte seine Mutter.

Eine Unruhe erfasste die Hochzeitsgäste wie eine kleine, alles bewegende Welle; einer rieb sich die Nase, einer richtete sich die Krawatte, die Frauen kontrollierten ihre Frisur, und alles geschah in einer Stille, die allmählich auch diese Bewegungen gefrieren ließ.

10.

In dieser Nacht träumte Nona, ein Schwein hätte sie geboren. Sie lag im Bett und zitterte vor Kälte, obwohl es heiß war, und ihr Nachthemd war durch und durch schweißgetränkt. Man zog sie um und rieb sie alle zwei Stunden mit Tresterschnaps ein, aber es half nicht. Die Mutter befeuchtete die gesprungenen Lippen mit Wasser, und schon am frühen Nachmittag kam der Arzt. Nonas Mutter hatte ihn noch am Morgen gerufen, als das Fieber begann, und er kam jetzt. Mit ihm kam auch Doktor Havelka von Sušak, der Pulmologe. Nonas Vater und Mutter erwarteten sie im Hof. Der Vater versuchte, ihnen den Weg zu verstellen, aber der Doktor sagte zu ihm:

– Komm, Tonči, wir wollen sie wenigstens sehen.

– Ich verlasse mich nur auf Gott – sagte Nonas Vater, verwehrte ihnen aber nicht den Zutritt. In einer Hand trug er die Bibel. Den ganzen Tag trug er sie mit sich herum, als wäre sie seine Reserveunterhose.

Die Mutter ließ sie hinein, während der Vater auf der Terrasse sitzen blieb. Und als ihr Inseldoktor und der Pulmologe von Sušak vor die Tür zum Schlafzimmer kamen, die geschlossen war, damit der Durchzug der Kranken nicht schade, setzten sich der eine wie der andere Gaze-Masken auf Mund und Nase. Als das Nonas Mutter sah, begann sie unter Tränen zu beten.

– Die Spanische ist auch auf unsere Insel gekommen – kommentierten die Frauen, die flüstern.

Die Ärzte untersuchten Nona gründlich, sie maßen ihr die Temperatur, fragten, wie sie sich fühle und nahmen schließlich die Masken ab.

– Gott sei Dank, es ist nicht die Spanische – sagte Doktor Havelka.

Der andere Doktor stellte fest, dass Nona an den Nerven leide und dass das kein Wunder sei in Hinblick darauf, was gestern Nachmittag alles passiert war. Nona hatte nämlich unbestimmte Zeit auf dieses Etwas an der Wand gestarrt, man hatte sie nicht aus der Trance wecken können, bis ihr die Schwiegermutter in spe die Schläfen mit Lavendelöl einrieb. Dann, so als würde sie aufschrecken, schweifte ihr Blick über alle hin und sie schnalzte mehrere Male mit der Zunge.

– Das kommt von der Aufregung – kommentierten die Frauen, die flüstern.

Aber das war es nicht.

Als sie ein wenig zu sich gekommen war, war sie vom Podium herunter unter jene getreten, die in dem Laden waren, war auf die abgewetzten Steinplatten der Straße hinausgegangen und hatte mit müder, aber fester Stimme gesagt:

– Mich hat Gott gerufen, dass ich ihm diene, und nicht meinem Mann!

Und wieder herrschte Stille. Das ganze Städtchen voller Romanik, Gotik und Renaissance verstummte. Es verstummten auch die Zufallspassanten auf der Straße, wie auch die Frauen an den Fenstern der Häuser. Mehrere ältere Frauen bekreuzigten sich bereits, denn Nonas Gesicht sah aus wie nicht von dieser Welt.

– Gott hat mich gerufen – sagte sie. – Die Muttergottes an der Wand hat mir zugelächelt. Sie hat mir zugelächelt … Ich habe es deutlich gesehen.

Der Vater sah sie entsetzt an.

– Wir glauben nicht an die Gottesmutter – sagte er.

– Wie glaubt ihr nicht an die Muttergottes? – sagte noch entsetzter Danes Mutter. – Verflucht bin ich, dass ich geboren bin, meine verfluchte Mutter hat mich geboren, aus einem verfluchten Leib bin ich gekommen …

Da ringsum Stille herrschte, waren die Flüche gut zu hören.

– Ich werde mich nicht verheiraten, weil der Ruf Gottes stärker ist als der Ruf eines Menschen – dann kehrte sie in das Geschäft zurück, sah hin und kam wieder heraus: – Die Muttergottes lächelt immer noch.

Hinter ihr ging ihr Vater hinein, konsterniert, wütend, unter den Achseln riechend:

– Aber sie lächelt überhaupt nicht – sagte er, als er wieder herauskam – das ist so ein Bild.

– Selten sind die Gelegenheiten, wenn uns Gott ein Zeichen gibt – sagte Nona Ela, und sie sprach seltsam, irgendwie weihevoll – Gott geht vor mir her barfüßig und nackt!

– Was hat sie gesagt? – flüsterten die Leute untereinander. – Er ist nackt und barfüßig?

Und jetzt waren es schon mehr, die sich bekreuzigten.

– Ich werde mich nicht verheiraten, denn diese Ehe wäre nicht nach dem Willen Gottes.

– Zum Teufel nicht! – sagte seine Mutter.

– Nimm nicht den Teufel in den Mund! – sagte ihre Mutter.

Und Dane sah sie an, als entstiege ihrem Mund dichter schwarzer Nebel.

11.

Nona erholte sich relativ schnell, in wenigen Tagen, das Nervenfieber ließ nach, und ihr Vater, enttäuscht, aber in seinem Glauben nicht schwankend geworden, schrieb seinem Freund aus Battle Creek, der jetzt Missionar in Britisch-Ostafrika war, einen langen Brief. Er dankte Gott für Gesundheit und alle Gaben, süße wie bittere, und schrieb, dass diesem Brief ein junges Mädchen folgen werde, die Gott berufen habe, ihm zu dienen, und sie solle ihm in Afrika dienen, wo Gott den Menschen tagtäglich Versuchungen aussetzt, über die du, Bruder, in deinen Briefen wie über Gottesgaben sprichst. Aber auch weit weg von der Schande, die sie selbst heraufbeschworen hat. Das Mädchen werde, seiner überschlägigen Berechnung nach, etwa zwei Wochen nach dem Brief eintreffen und er möge sie als Schwester empfangen, denn sie sei gut und fromm und noch dazu seine geliebte Tochter.

Und so schiffte sich Nona mit einem neuen Koffer aus Karton und Leder, speziell für diese Gelegenheit in Sušak gekauft, eines Sonntagmorgens auf dem Schiff nach Rijeka ein und gelangte von dort über Triest und Zypern nach Alexandria. Von dort dauerte die Schiffsreise bis Mombassa noch mehr als zwei Monate. Erst als sie dort von Bord ging, wurde sie sich der Andersartigkeit der Welt bewusst, in die sie gekommen war. Auf der Reise, in der Schiffskabine, war Europa zu spüren gewesen, Menschen und Gerüche, an die sie gewöhnt war. Jetzt hatte sich plötzlich alles verändert. Mombassa war eine Ansiedlung von kalkgeweißten, strohgedeckten Lehmhütten. In den engen Gassen, unter Schwärmen von Fliegen, die wie die Blattern auf allen Lebewesen klebten, die größer waren als sie, wurden Leopardenfelle, Gegenstände aus Elfenbein, Nashornhörner und präparierte Tierköpfe verkauft. Etwas weiter konnte man sehen, wie Menschen in langen weißen Tuniken auf der Straße, zwischen den Fliegen und im Staub, Fleisch und dünne Mehlfladen brieten. An der Küste indessen konnte man im arabischen Stil erbaute steinerne Paläste sehen, mit schmiedeeisernen Gittern an den Fenstern und großen Türen aus Teakholz. Ein höflicher Mann mit Fes und langem Kaftan aus Kamelhaar erklärte ihr, wo sich die Eisenbahnstation befinde. Sein Englisch war fast unverständlich, so verschieden von ihrer Muttersprache aus Battle Creek.

Die Fahrt mit der Schmalspurbahn von Mombassa nach Nairobi dauerte an die achtzehn Stunden. Zuerst fuhren sie durch tropischen Dschungel, und Nona konnte nicht einschlafen, obwohl sie müde war wie ein Tier. Es kitzelten sie die Schweißtropfen, die über Gesicht und Körper rannen. Und auch die Mücken waren unerträglich, zum Glück hatte sie eine ausreichende Portion Chinin im Koffer. Auf jeder Station verkauften barbusige schwarze Frauen Bananen, Orangen und Zitronen. In der Nacht, gegen Morgen, als es kühler wurde, schlief sie für eine oder zwei Stunden ein, und als sie erwachte, befand sich der Zug schon auf der zentralen Hochebene, und auf beiden Seiten breitete sich eine große Grasebene aus, auf der Herden von Wildtieren weideten.

In Nairobi, wo sie gegen Mittag ankamen, erwartete sie Vaters Freund und Bruder im Glauben, Stan McAdams, ein Schotte von

Geburt. Und er brachte sie auf der einzigen Staubstraße mit dem Lastwagen nach Makueni, von wo sie mit einem Ochsengespann, das von Tuci, einem älteren Wakamba, gelenkt wurde, zur Mission der Siebenten-Tags-Adventisten gelangten. Die ganze Mission bestand aus vier hölzernen Baracken unterschiedlicher Bestimmung: Schlafraum, Schule, Küche, Krankenstation. Die Baracken bildeten ein unregelmäßiges Viereck mitten in der Savanne, und in der Mitte war eine staubige freie Fläche, auf der kein Gras wuchs und in deren Mitte sich ein überdeckter Brunnen befand. Hier lernte sie Schwester Hunter kennen, die die Mission leitete.

– Du wirst Lehrerin, Krankenschwester und Köchin sein – sagte Schwester Hunter zu ihr. – Herzlich willkommen!

12.

Am seltsamsten in Afrika waren die Geräusche. Vor allem jene, die sich in der Nacht einstellten, wenn alles in der Mission zur Ruhe gekommen war. Tagsüber konnte man das Reden von Menschen hören, das Singen der Kinder, das Muhen der Kühe, jedenfalls Laute, an die sie gewöhnt war. Nachts aber kam aus der Savanne ein Spektrum unterschiedlichster Schreie, Rufe, Rascheln und Schnalzen. Mit der Zeit konnte sie sie unterscheiden. Die Mangaben erzeugen Schreilaute in hohen Frequenzen, die in ganzen Trauben kommen, ähnlich großen Katzenansammlungen im Februar; der Jacko-Papagei meldet sich wie ein kleines Maschinengewehr; Hyänen lachen, um gleich darauf zu weinen; Geier unterhalten sich mit abgehackten schrillen Rufen auf große Entfernung; wilde Hunde heulen … Aber all das geschieht in der Ferne, in der Tiefe des Busches, lediglich die Mücken schwirren hartnäckig um den Kopf, Netze hindern sie nicht daran.

Am Anfang war es ihre Aufgabe, sich um die Schulkinder zu kümmern, von denen die elternlosen in der Mission schliefen und einige aus den umliegenden Dörfern des Wakamba-Volkes kamen; damit sie die Kinder in die Schule schickten, musste man den Eltern Lebensmittel geben. Drei Tage in der Woche hatte sie Küchendienst.

– Wann werde ich in der Krankenstation arbeiten? – fragte sie Schwester Hunter.

– Wenn du mit den Verhältnissen vertraut bist – sagte die Schwester. – Es hat Zeit.

– Ich will den Menschen helfen!

– Keine Sorge, du hilfst auch so.

Aber Nona hatte den Eindruck, dass Schwester Hunter aus einem bestimmten Grund nicht wollte, dass sie die Krankenstation betrat.

Schon um fünf Uhr morgens wurde es zu heiß, als dass man hätte weiterschlafen können, Äquatorialafrika ist ein riesiger unerbittlicher Glutofen. Deshalb stand Nona zu einer Zeit auf, die von dem reichlichen Gezwitscher der afrikanischen Nachtigall, der Lerche und verschiedener Papageien charakterisiert war. Eine Stunde lang bereitete sie die Lektionen in ihrem Zimmer vor, das genau genommen nur durch einen Vorhang vom Schulraum abgetrennt war, und dann begann im Freien der Gottesdienst. Den Gottesdienst und die Lesung der Bibelabschnitte leitete Schwester Hunter, und manchmal auch John McAdams, wenn er rechtzeitig aus Nairobi kam. Und nach dem Frühstück, das zumeist aus ungesäuertem Brot, Milch und Tropenfrüchten bestand, begann der Unterricht.

Nach drei Monaten, als sie schon alle Menschen kennengelernt hatte, die in der Mission arbeiteten oder zeitweilig kamen, fragte sie Schwester Hunter wieder, wann sie in der Krankenstation arbeiten werde, und die Schwester sagte, sie solle sich gedulden, es habe Zeit. Und dann setzte sie hinzu, mehr für sich:

– Dafür ist immer noch Zeit.

Ihr war aufgefallen, dass nur wenige Menschen die Krankenstation betraten. Das waren die Schwestern McAdams, Töchter von Bruder John, und Taia, ein Wakamba-Mädchen, das die weiße Schwesterntracht trug und bei den Kranken half. Während der ganzen Zeit hatte sie kein einziges Mal einen Kranken aus der Krankenstation zu Gesicht bekommen. Wenn sich ein Kind verletzte, leistete man ihm Hilfe in der Ambulanz, deren Tür immer offen stand.

13.

Den ungewöhnlichen Geräuschen Afrikas gesellten sich seltene nächtliche Schreie und lautes Gemurmel hinzu, die aus der Krankenstation kamen. Diese Schreie fügten sich vollständig ein in die Schreie der Savanne, sie klangen wie ein etwas tieferes Rufen der Affen, der Mangaben, nur dass sie nicht in Trauben kamen, sondern vereinzelt. Und sie kamen aus der Nähe. Nach einer solchen Nacht voller Schreie fragte sie Schwester Hunter, was in der Krankenstation geschehe, und sagte, dass sie in erster Linie an diesen Ort gekommen sei, um den Menschen zu helfen.

Schwester Hunter sah sie an, tief und durchdringend, dann sagte sie:

– Offenbar ist die Zeit gekommen, dass du die Krankenstation sehen sollst.

Nach dem Gottesdienst und dem Frühstück führte sie sie in die Krankenstation. Sie blieben an die vierzig Minuten drinnen, von draußen war nichts zu hören, und die Kinder saßen ruhig in den Bänken unter den Palmen und warteten auf den morgendlichen Unterricht. Sie sahen sie beim Herauskommen, in Begleitung von Schwester Hunter, die sie stützte, denn Nona hatte in einem Moment zu schwanken begonnen. Dann rannte sie zu einer verkümmerten Palme und begann sich zu übergeben, wobei sie sich den Bauch und Schwester Hunter ihr den Kopf hielt.

Mit der Zeit lernte sie, dass das Suaheli je nachdem, ob es von einem Mann oder einer Frau gesprochen wird, jeweils anders klingt. Und das nicht aufgrund der unterschiedlichen Stimmlage, sondern weibliche und männliche Konsonanten klangen einfach anders. Wenn das Suaheli allerdings von Kindern gesprochen wurde, klang es nicht anders, ob es nun von Mädchen gesprochen wurde oder von Jungen, es klang wie ein und dieselbe Sprache. Das war die Lingua franca in Britisch-Ostafrika, sie wurde von unterschiedlichen Stämmen in Kenia wie auch in Tansania gesprochen, und Nona hatte sich die Aufgabe gestellt, sie zu erlernen.

Die Lesung der Bibeltexte erfolgte auf Englisch, aber einzelne Kinder antworteten auf Suaheli oder in den Stammessprachen. Mit der Zeit begann sie ein wenig Suaheli zu verstehen, selbst mit diesem Wakamba-Dialekt. Sie begann mit den Schlüsselwörtern, die sich ständig wiederholten: *mbwa, mbwa*, riefen die Kinder, wenn hinter der Ecke der Baracke des Speisesaals der Kopf eines Wildhundes auftauchte, der sich hier von den Abfällen ernährte. Wenn sie die Bibel aufschlug, sagten die Kinder *kitabu*, und für die Muttergottes sagten sie *Mama wa Mungu*. Wenn sie sich am Ende von jenen verabschiedete, die in ihre Dörfer zurückkehrten, kam jedes Kind, um sie zu umarmen, und sagte *upendo*. Lange glaubte sie, es wäre ein Abschiedsgruß, aber es bedeutete „Liebe".

Sie war schon ein Jahr in Makueni, hatte zweimal wöchentlich Dienst in der Küche und zweimal wöchentlich in der Krankenstation und hielt jeden Tag von sechs bis mittags Unterricht, als ihr klar wurde, weshalb das Suaheli anders klang, wenn es von Männern gesprochen wurde, und anders, wenn es die Frauen vom Volk der Wakamba sprachen. Das verband sie mit der Tatsache, dass die erwachsenen, vor allem jungen Männer ihre Zähne hatten, während bei ihren Frauen die Zahnreihen ernstlich gelichtet waren. Schwester Hunter erklärte ihr, das komme vom Kalziummangel während der Schwangerschaft:

– Die Kinder essen ihnen die Zähne auf – sagte Schwester Hunter.

14.

Das geschah im weitläufigen Buschland, das von Menschen bewohnt wurde; aus dem Busch und dem niedrigen Dorngesträuch ragte der majestätische Kilimandscharo mit seiner weißen Schneekappe empor. Es war seltsam, Schnee in Afrika zu sehen, bei einer Wintertemperatur von fünfunddreißig Grad, und sich zu erinnern, wie sie ihren letzten großen Schnee noch in Pittsburgh gesehen hatte, als sie fünf war, sie hatte erst ganz bis Afrika kommen müssen, um erneut welchen zu sehen. Schwester Hunter erklärte ihr, dass dieser Schnee nie schmelze und mindestens tausend Jahre alt sei.

Im Winter 1921, Nona lebte nunmehr fast zweieinhalb Jahre in Afrika, bat sie die Schwester um Hilfe: Es galt, ihrem Verwandten John Hunter, der schon zwanzig Jahre in Kenia als Weißer Jäger lebte, während einer großen Jagd warme Mahlzeiten zu bereiten. In einem alten Militärlaster traf dieser John Hunter aus Nairobi ein, zusammen mit seinen schwarzen Trägern, seinem Zelt, Schlafmatten und einem kleinen Kohlekocher. Die Schwester und Nona brachten noch ein Zelt an und Notwendiges wie Mehl, Fett, Teigwaren und Reis. Für Obst und Fleisch würde man unterwegs sorgen.

Zu dieser Zeit war John Hunter, der später auch ein Buch über seine Erlebnisse als Weißer Jäger schreiben sollte, ein ergrauter großer und ein wenig beleibter Vierziger. In Nairobi hatte er eine Gattin und vier Kinder zurückgelassen. Jeden Tag ging er aus dem improvisierten Lager am Fuße des Kilimandscharo mit seinen Trägern in den Busch. Er trug keinen Tropenhelm, wie das die Mehrzahl der Briten in Kenia tat, sondern einen sandfarbenen Stoffhut mit mehreren großen Pfauenfedern. Er sah aus wie ein ältlicher Stutzer, einer der europäischen Snobs, die in diesen Jahren auf Safari nach Kenia kamen. Erst später erzählte er ihr, dass aus einem bestimmten Grund die Nashörner das Zittern dieser Federn im Wind nicht ertrügen und sofort angriffen. So geben sie genau genommen ihren Aufenthaltsort preis und können leichter geschossen werden. Ansonsten seien sie sehr listig und versteckten sich im Gebüsch.

Nach einigen Tagen ließen sie ihren Gehilfen, den Wakamba Taisi, im Camp zurück, damit er ein Antilopengulasch vorbereite, und sie beide gingen mit John Hunter und seinen Trägern in den Busch. Dorthin, wo die Nashörner sind. Und dann sah sie sie. Die eingeborenen Treiber scheuchten die Nashörner mit Federn und Geschrei auf, und John Hunter stand auf einer Lichtung gut fünfzig Meter von dem Buschwerk entfernt. Hinter ihm standen zwei Träger mit geladenen Gewehren und noch einer, der die Munition trug. Der Jäger erwartete mit nicht angezündeter Pfeife im Mund die Nashörner, die zum Angriff ansetzten. Er fällte sie mit einem präzisen Schuss, und wenn ein Tier gefallen war, Staub aufwirbelnd, nahm er den Hut ab und wischte sich den Schweiß von der Stirn, und die Wakamba stießen fröhliche Rufe aus. Hier sah sie, dass die Weißen Afrika nicht mit Militärgewalt erobert hatten, sondern mit Jägern, die mit den Eingeborenen einen Pakt gegen die Natur geschlossen hatten. Ein Mörder-Nashorn ist für ein Wakamba-Dorf ein unlösbares Problem.

Und so schoss er den ganzen Tag: Schreie, Schnauben und Anstürmen der Nashörner, ein Schuss, Staub. Und wieder: Schreie, Schnauben, ein Anstürmen, von dem die Erde erbebte, ein Schuss, Staub. Und wieder. Und wieder. Sie beide saßen im Schatten eines einsamen Eukalyptusbaumes, unter einem Mückennetz, in einer Art improvisiertem Lager: Es war surreal. Der Himmel färbte sich violett, die Nashörner fielen eines um das andere, und Schwester Hunter las die Bibel.

Es wunderte sie, dass man an dem großen Körper, der am Boden aussah wie ein Haufen grauer Kot, die Geschosswunde fast nicht sah, dass dafür aber eine schreckliche Wunde in ihrem Gesicht klaffte, das blutige Loch des abgeschnittenen Horns. Hunters Wakamba, die sonst die Gewehre und Stoßzähne trugen, gruben jetzt mit Dolchen, ähnlich jenen der Massai, die Hörner aus den großen Köpfen. Schon sammelten sich die Geier, und das Lachen der Hyänen drang aus dem Busch. Die Wakamba schossen mit Giftpfeilen nach ihnen. Die Träger waren über und über voller Blut, und das Blut der Nashörner nahm auf ihren schwarzen Körpern eine schreckliche Farbe an. Sie wohnte einem historischen Augenblick bei: John Hunter tötete an einem einzigen Tag, dem 6. Februar 1921, einhundertzweiundvierzig Nashörner, und alle lagen sie, mit ausgerissenen Hörnern, vor ihnen. Was ein normaler Mensch in Europa für unmöglich hält, lässt Gott in Afrika zu.

15.

Am Dienstag und Donnerstag, wenn ihre Tage für den Dienst in der Krankenstation waren, wachte Nona früher auf als sonst, schon nach drei, und dann musste sie sich selbst sagen: „Heute ist der Tag für den Dienst in der Krankenstation." Sie musste sich daran erinnern, dass Gott sie gerufen hatte, den Menschen zu helfen. Dann betete sie mehrere Gebete, schlief noch für eine halbe Stunde ein und bereitete sich anschließend für die Krankenstation vor. Und während sie am Morgen die Bibel las und die Lektionen für die Kinder auswählte, sagte sie zu sich selbst: „Der Tag ist schön, du bist gesund und tust das, was

Gott von dir erwartet. Und noch bist du nicht in der Krankenstation." Beim gemeinsamen Gebet mit den Kindern und während des Frühstücks sagte sie sich wieder in Gedanken: „Sei glücklich, Ela, noch bist du nicht in der Krankenstation." Und das wiederholte sie auch, wenn sie langsamen Schrittes von der Essensbaracke schräg hinüber zur Krankenbaracke ging. „Noch zwei Schritte, noch ein Schritt bis zur Krankenstation." Und wenn sie schließlich eingetreten war und die weiße Schwesterntracht angelegt hatte, sagte sie sich: „Mein Gott, es ist ja doch nicht so schrecklich."

Gewöhnlich übernahm sie morgens die Schicht von dem jungen Wakamba-Mädchen, das in seiner weißen Tracht, mit der weißen Haube und den noch immer weißen Zähnen und den weißen Augen ruhig auf einem einfachen Holzstuhl saß und Lektionen aus der Bibel oder Texte von Ellen White über das Kommen des Jüngsten Tages las.

– Schwester, dies ist der Jüngste Tag, der vor dem Jüngsten Tag gekommen ist – hatte Schwester Hunter zu ihr gesagt, bevor sie sie an diesen Ort geführt hatte.

Im vorderen Teil der Baracke war eine kleine Ambulanz, in der sie Wunden versorgten, meistens bei Kindern. Dieser Raum war von dem übrigen Teil nur durch einen Vorhang getrennt, aber einem Vorhang, der immer zugezogen blieb. Im Inneren gab es an den Wänden der Baracke zwei Reihen mit jeweils fünfzehn Metallbetten, die aus einem Krankenhaus stammten; die weiße Farbe war an vielen Stellen schon abgeblättert, und an den runden Eisenstäben waren Beschädigungen zu sehen. Später erfuhr sie, dass es Spuren menschlicher Einbisse waren.

Auf den Betten lagen die nackten Körper von dreißig Angehörigen des Stammes der Wakamba, die mit festen Stoffbändern an die Stangen ihrer Betten gebunden waren. Einige hatten die Augen geschlossen, andere hingegen geöffnet, aber das bedeutete nicht, dass die mit den geöffneten Augen in dieser Welt anwesend und die mit den geschlossenen es nicht waren. Bei einigen verdrehten sich die Augen und zeigten das Weiß, während andere unter leichtem Murmeln zuckten und sich wieder bei anderen auf den Lippen weißer Schaum sammelte, der sie zu ersticken drohte. Am Morgen mussten sie gewaschen werden, so auf den Betten, festgebunden, und dabei galt es darauf zu achten, dass sie einen nicht bissen. Das machten Nona und das Wakamba-Mädchen gemeinsam. Nicht selten konnte Nona ein spontanes Verkrampfen der Muskeln sehen, verkrampfte knorrige Glieder, die an die Nervosität erinnerten, mit der Eichen wachsen. Sie schliefen so verkrampft und festgebunden Tage und Wochen, und das kurzzeitige Erwachen mündete in tierisches Schreien, das sich so, aus der Nähe, mit keinem Tier vergleichen ließ. Das Erwachen bedeutete gewöhnlich, dass der Tod nahe war und dass der Kranke bald in einen schweren Schlaf sinken würde, aus dem es kein Erwachen gab. Früher, als man sie noch nicht festband, seien sie, wach geworden und wahnsinnig, das Augenweiß nach außen gekehrt, in die Savanne hinausgelaufen, wo man sie dann unweit der Mission fand, angefressen und angebissen, erzählte Schwester Hunter. Einmal war so ein Wakamba aus einem zweiwöchigen Schlaf erwacht und mitten in der Nacht brüllend in die Savanne hinausgerannt. Am Morgen kehrte er zurück, mit Schaum vor dem Mund, blutig zwischen den Beinen. Er hatte nicht einmal bemerkt, dass ihm eine Hyäne die Geschlechtsorgane abgebissen hatte.

Sonst gab es an ihnen keine Wunden, sie waren, so an die Betten gebunden, körperlich unversehrt, nur waren sie schrecklich abgemagert. Im Schlaf konnte man sie nicht füttern. Und gerade das, dieses Grauen, das man nicht sah, das irgendwo da drinnen war, im Gehirn, wo die Würmer langsam das Hirnfett aufschlürften, machte Nona am meisten Angst. Sie hatte vielleicht Milzbrand und Pocken erwartet, aber das hier bekommen: eine Hölle, die nur zu ahnen war. Und träumen sie? Das fragte sie sich, als sie dort war, und gab sich auch gleich die Antwort: Ich hoffe nicht, denn Träume können schrecklicher sein als die Wirklichkeit.

Und jetzt sah sie es: Der Kampf gegen die Tsetsefliege schloss auch den Kampf gegen die unvergleichlich größeren Ungeheuer mit ein: die Nashörner. Um die Fliegen auszurotten, die eine der gefährlichsten Krankheiten in Afrika übertrugen, musste man elende Quadratkilometer Dickicht roden, wo sie ihre Eier ablegen, und sie in bestellbare Böden verwandeln. Und das war nicht zu machen, bevor nicht die Nashörner ausgerottet waren. Alles ist in Afrika miteinander verbunden: Krankheiten, Menschen und Tiere. Der Kampf um die

Erhaltung des Lebens bedeutete hier einen unvergleichlich größeren Einsatz und mehr tagtägliche Mühe als auf den Mittelmeerinseln. Erst der bis an seine äußersten Grenzen getriebene Mensch, der Arm in Arm mit dem Tod geht, kann die Natur richtig verstehen. Auch Gott ist hier einfacher.

16.

Seit kurzem wird sie in der Mission außer von Vogelgezwitscher und Kundgebungen der Mangaben auch von einer neuen Stimme geweckt. Noch dreht sie sich im Bett um, zugedeckt mit einer leichten Kamelhaardecke, die sie gegen die Nachtkälte schützt, und während sie sich auf den glühend heißen Tag vorbereitet, dringt diese Stimme langsam zu ihr herein. Und während die Stimmen der kleinen Vögel und Mangaben durchs Fenster kommen, scheint diese durch alle Öffnungen zu dringen: durch den Spalt unter der Tür, durch die Bretter der Verschalung, durch die Ritzen zwischen den Bodenbrettern: Das ganze Zimmer ist voll davon. Zuerst hört man das knarrende Drehen von Holzrädern und das Muhen von Kühen und Ochsen, und dann einen Gruß auf Suaheli und Tucis Antwort in seinem krächzenden Wakamba-Suaheli, das sie in diesen drei Jahren liebgewonnen hat. Die Stimme ist tief, so richtig tief, und aus einem bestimmten Grund ist sie sich sicher, dass sie einem großen Menschen gehört. Einem Menschen, dessen Kopf und Schultern alle Menschen in der Mission überragen. Und ziemlich dick ist er, dieser Mensch; das ist eine Stimme, die einen sofort an einen Opernsänger denken lässt. Obwohl sie nicht oft Opernsänger gesehen hat, weiß sie, dass sie ein wenig stärker gebaut sind, denn so ein Bass kommt nicht aus einem verkümmerten Körper, er benötigt Masse. Mit Schwester Hunter sprach diese Stimme Englisch, sehr gutes Englisch, aber doch mit einem fremden Akzent.

Die Stimme verabschiedete sich immer sehr rasch, noch bevor sie aufgestanden war, und dann war zu hören, wie Tucis Gehilfen die vollen Milchkannen in die Essensbaracke trugen und wie die Räder seines Wagens knarrten. In Nonas Vorstellung trug der Besitzer der

Stimme manchmal einen englischen Kolonialhut, manchmal auch nicht. Er hatte einen großen Glatzkopf, einen starken Nacken und einen ziemlich ausgeprägten Bauch. Und erst als sich in ihrem Bewusstsein dieses Bild gefügt hatte, erst als sie ihn sich automatisch so vorstellte, erinnerte sie sich, dass sie in diesen drei Jahren, seit sie in Afrika lebte, nie einen dicken Menschen gesehen hatte. In Mombassa vielleicht, auf der Straße im Vorübergehen vielleicht, aber seit sie ins Landesinnere gekommen war, hatte es keine dicken Menschen gegeben. Sie hatte die Wakamba-Krieger gesehen, sie hatte ihre Frauen gesehen, die nicht dick wurden, sondern verdorrten und dahinschmolzen wie alte Pflanzen, sie hatte Massai gesehen, ausnehmend schlanke Menschen, sie hatte Weiße gesehen, die durch die Bank dürr und ausgemergelt waren, dicke Menschen hatte sie nicht gesehen. Das ist vermutlich deshalb, weil Afrika den Menschen auszehrt, der Mensch lebt hier bei Tag in einer heißen und bei Nacht in einer eisigen Hölle, der Überschuss an Fett verwandelt sich in Wasser und fließt ab. Und der Schweißgeruch, den die Körper um sich verbreiten, das ist die ihnen nicht beschiedene, in Luft verwandelte Dicke.

Diese Stimme gewann sie mit der Zeit lieb. Eine Zeit lang nahm sie sich vor, rechtzeitig aufzustehen und diesen Menschen endlich kennenzulernen, oder nur durch das mit einem Mückennetz verhängte Fenster zu spähen und ihn zu sehen, aber das tat sie nicht. Er verabschiedete sich immer rasch, die Kannen klirrten, die Räder knarrten, und weg war er. Wie indessen die Tage verstrichen, verzichtete sie darauf, ihn zu sehen, und blieb einfach im Bett liegen, bis seine Stimme nicht mehr zu hören war. Sie bemerkte noch etwas: dass sie sich jetzt geschämt hätte, hinauszugehen und den Besitzer der Stimme kennenzulernen. Diese Scham, dieses Schwanken des zweiundzwanzigjährigen Mädchens, das nicht geheiratet hatte, weil Gott sie gerufen hatte, war etwas Neues. Und dieses Neue setzte sich im folgenden Monat fort. Und jeden Tag war es immer schwerer aufzustehen, hinauszugehen und ihn zu begrüßen. Etwa einen Monat, nachdem sie diese Männerstimme zum ersten Mal gehört hatte, hörte sie auch, wie es klingt, wenn eine Milchkanne zu Boden fällt, und seine Worte:

– Oje, alles vergossen!

Als sie das hörte, fiel ihr als Erstes eine Redensart ihrer Nona ein: „Über vergossene Milch soll man nicht jammern", und erst dann begriff sie, dass diese Worte auf Kroatisch gewesen waren. Selbst der Akzent war aus ihrer Heimatgegend, aus dem Küstenland oder aus Dalmatien.

In den nächsten Tagen stand sie früher auf, sie brauchte keinen Wecker, denn sie hatte eigentlich gar nicht geschlafen, sie wusch sich, brachte sich in Ordnung, zog saubere Sachen an, setzte die Brille auf … und hatte nicht den Mut hinauszugehen. Sie ging erst hinaus, als sie den Wagen wegfahren hörte. So war es auch an diesem Tag, dem 12. März 1921. Sie hörte den Wagen wegfahren und trat dann auf die Veranda der Schulbaracke hinaus, aber auf dem Platz beim Brunnen sprach Schwester Hunter mit einem Unbekannten. Der war eigentlich klein, nur wenig größer als die Schwester, mager wie die Rinder der Wakamba, brünett und mit einer leicht gebogenen Raubvogelnase. Das erste Bild, das ihr kam, war ein afrikanischer Bussard, so ein Vogel jedenfalls. Ein Raubvogel, aber ein kleiner. Erst dann bemerkte sie, etwas weiter weg, hinter der Essensbaracke sein Ochsengespann und Tuci und seinen Sohn, wie sie an einem Rad hantierten. Sie wollte sich schon umdrehen und ins Innere flüchten, als Schwester Hunter ihr mit der Hand bedeutete näherzukommen. Sie nahm die Bibel unter den Arm, um sie nicht zu enttäuschen, und machte sich festen Schrittes auf den Weg, als ginge sie in die Krankenstation.

Die Brille, die ihr dabei half, ihn besser zu sehen, zeigte ihr auch, wie sehr er sich von dem Menschen unterschied, in dessen Größe sie sich fast verliebt hatte, als sie seine Stimme hörte. Diese Brille half ihr jetzt zu sehen, dass es sich um einen interessanten Burschen handelte, der doch etwas größer war als sie. Vielleicht zwei Zentimeter, aber immerhin größer. Und die paar kroatischen Worte stammten von der Insel Pašman.

Was ihr auffiel, als sie ihn ein wenig besser kennengelernt hatte, war seine Rücksichtnahme. Er war höflich zu den Wakamba-Arbeitern in der Mission, zu den Kindern, zu Schwester Hunter, aber auch zu den Tieren, zu Pflanzen, Himmel, Gras. Diese Rücksicht war frappant in einer so wilden Welt, so sehr unterschied er sich von John

Hunter, dass er wohl niemals imstande wäre, einhundertzweiundvierzig Nashörner an einem Tag zu töten. Bevor er sich wieder in seinen Wagen setzte und die Ochsen antrieb, ging er zu ihnen, tätschelte sie und sagte ein paar Worte in der Sprache der Wakamba zu ihnen. Später wollte er ihr nicht sagen, was er zu den Ochsen gesagt hatte, und sie stellte es sich als etwas unendlich Schönes vor. Und so, wie sie sich zuvor fast in seine Stimme verliebt hatte, ohne ihn gesehen zu haben, verliebte sie sich jetzt in das, was er zu den Ochsen gesagt hatte, was sie aber nie gehört hatte.

17.

Mädchen verlieben sich gewöhnlich deshalb, weil jemand schön, gut, selbstsicher, geistreich, felsenfest ist, schöne Hände und einen festen Händedruck hat, mäßig behaart, stärker behaart, behaart wie ein Gorilla ist, aber sie verlieben sich in das, was dieser Mensch ist. Nona schien sich in das verliebt zu haben, was ihr Auserwählter nicht war: Nie hätte er einhundertzweiundvierzig Nashörner an einem Tag töten können, nie hätte er Elefanten töten können, um ihnen die Stoßzähne herauszureißen, und Leoparden, um ihnen das Fell abzuziehen, nie hätte er hinter sich ein mit Leichen übersätes Feld zurückgelassen, von denen die Wakamba sich lange Streifen Fleisch herunterschneiden, Hyänen es herausreißen, Geier es heraushacken und die Termiten die Arbeit beenden. Er war nicht arrogant, würdigte andere Wesen nicht herab, kam nicht großspurig daher, sondern immer vorsichtig, als trüge er ein unsichtbares Kind auf den Schultern.

Im Herbst 1921 sandte sie ihren Eltern einen langen Brief, in dem sie ihr Leben in Afrika beschrieb, sie schrieb, dass sie zufrieden sei, Gott zu dienen, und dass ihre Entscheidung, nach Makueni zu gehen, eine gute Entscheidung gewesen sei, und erst gegen Ende des Briefes erwähnte sie, dass sie einen Bruder aus der Heimat kennengelernt habe, dessen Eltern noch vor ihnen nach Battle Creek gekommen seien, von der Insel Pašman, und dass sein Kroatisch sehr schlecht sei, aber dass sie ihn unterrichte. Nach vier Monaten traf die Antwort ihres Vaters ein, in der er ihr seinen und ihrer Mutter Segen sandte und die unergründlichen Wege des Herrn lobte, weil sie sich ja nun doch an einen Mann ihres Glaubens verheiraten werde, und nicht an einen Atheisten. Er schrieb auch, dass noch eine Familie von der Insel, ihre Verwandten, den Glauben angenommen hätte und dass sie beim samstäglichen Gebet jetzt viel mehr seien. Am Schluss des Briefes teilte ihr der Vater mit, dass Nonas Nona im Frühjahr gestorben sei, an Lungenentzündung, aber dass sie doch, wenn sie sich verheiraten sollte, auf keinen Fall die Brille aufsetzen solle.

Im folgenden Brief, der nach etwas mehr als drei Monaten auf der Insel eintraf, lag auch Nonas Fotografie von der Hochzeit. Sie trug ein weißes Brautkleid, wie beim ersten Mal, nur etwas bescheidener, geliehen von einer Schwester aus Nairobi. Volants und Spitzen gab es nicht, ihr Hals war bloß, die Ärmel kurz, und der hagere Jüngling neben ihr hatte glatt zurückgekämmtes schwarzes Haar, einen dunklen Anzug, in dem ihm offensichtlich schrecklich heiß war, und hinter ihnen konnte man die Silhouette des Kilimandscharo und den tausend Jahre alten Schnee auf seinem Gipfel erkennen. Auf dieser Fotografie trägt Nona keine Brille.

Mit dem Kilimandscharo indessen war eine seltsame Sache passiert. Da die Fotografie in einem extra Rahmen lange Zeit auf der Kommode gestanden hatte, auf die die Sonne in den Sommermonaten auf ihrem Weg nach Westen mehr als eine Stunde fiel, war das Gebirge, das an diesem Tag im Nebelschleier gelegen hatte und ziemlich weit entfernt war, mit der Zeit immer blasser und blasser geworden, es war mit dem grauen Hintergrund der Savanne, mit den Akazien und Eukalyptusbäumen verschmolzen, und so war der Kilimandscharo schrittweise verschwunden und nur die Schneekappe auf seinem Gipfel geblieben.

– Wo ist das Bild von unserer Hochzeit? – fragte Nono nach vielen Jahren.

– Ich habe es weggenommen, damit die Sonne es nicht zerstört – sagte Nona.

18.

Nach ihrer Heirat blieben Nona und Nono noch dreieinhalb Jahre in Kenia, bis Anfang des Jahres 1925. Die Reise von Mombassa, durch das Rote Meer und von Suez bis Alexandria dauerte zwei Monate und noch einen halben Monat von Alexandria bis Triest. Diesen beschwerlichen Weg legte Nona vom dritten bis zum sechsten Monat ihrer Schwangerschaft zurück, und so litt sie neben der anfänglichen Seekrankheit in der Kabine auch an morgendlicher Übelkeit. Und als das kleine weiße Dampfschiff Anfang Oktober 1925 aus Rijeka kommend an der Westküste von Krk, an Lopar und am Ufer am Dundo-Wald vorbeifuhr und hinter Kap Kalifronta einbog, erblickte Nona nach fünf Jahren erneut die Glockentürme ihrer Stadt. Aus der Ferne, vom Meer, war alles gleich geblieben: die vier Glockentürme, die Reste der venezianischen Stadtmauern, die Fenster des Benediktinerinnenklosters, die auf die hohe See hinaussehen, das Inselchen Sveti Juraj mit dem Leuchtturm gegenüber der Hafeneinfahrt.

Erst als sie angelegt, ihren Vater begrüßt, ihr Quartier bezogen und sich ein paar Tage ausgeruht hatten, erst da konnte Nona sehen, dass nichts mehr so war wie früher. In der Zwischenzeit hatten außer dem Hotel *Bellevue*, das vor Nonas Geburt für Leute aus der Monarchie erbaut worden war, die der Badeorte Opatija und Crikvenica bereits überdrüssig geworden waren, und dem *Grandhotel*, auf dessen Terrasse ihre erste Hochzeit hätte gefeiert werden sollen, noch zwei Hotels aufgemacht: das *Astoria* und, in diesem Sommer, das *Palace*. In der Stadt konnte man am Abend noch immer Damen unterm Sonnenschirm und Herren mit Panamahut sehen, wie sie auf der Riva und in der Srednja ulica flanierten oder auf den Hotelterrassen bei kaltem Punsch und Eiskaffee entspannten. Aber es gab fast niemanden, den man hätte grüßen müssen. Die meisten kannte Nona nicht, und etliche wünschten sie nicht zu grüßen, weil sie sich noch immer an den Skandal erinnerten, den sie ausgelöst hatte. Die waren ihr egal, sie sah ihnen offen und dreist in die Augen, durch ihre Brille mit dem Schildpattrahmen, der langsam aus der Mode kam. Das Einzige, wovor sie Angst hatte, war die Begegnung mit Dane. Wenn sie seiner ansichtig wird, denkt sie einfach an die Krankenstation in Makueni, und alles hier, auch Dane, wird ein Kinderspiel.

Im ersten Monat begegnete sie ihm nicht, aber eines reifen Juliabends, auf der Terrasse des *Grandhotels*, saß an einem Tisch neben ihrem ein Herr in weißem Anzug mit weißem Panamahut und machte einer schlanken, deutsch parlierenden Dame galant den Hof. Er tanzte mit ihr Foxtrott und English Waltz, und jedes Mal, wenn er sie nach dem Tanz zum Tisch führte, küsste er ihr die Hand. Manchmal sah er in Richtung ihres Tisches. Nicht ärgerlich, sondern resigniert, als sähe er dort nur einen Haufen Stroh.

– Jetzt heißt er Rudolf – sagte ihr Verwandter, als er sah, wohin sie blickte.

– Warum?

– Nach dem Schauspieler.

Die Frau, mit der er tanzte, hatte einen dünnen Hals und dünne Arme, an denen die Finger mit den Fingernägeln aussahen wie Klauen, aber gute Klauen, keine Angst einflößend, und die großen braunen Augen sahen aus, als würde sie halb schlafen und halb wach sein und beten. Eine Thomson-Gazelle, sagte Nona, natürlich bei sich. Sie hat große geschwungene Hörner, die fast zwei Meter über ihrem Kopf durch die Luft schneiden, aber Hörner, die für andere Tiere ungefährlich sind. Mit ihnen fechten die Böcke in der Paarungszeit, aber Löwen und Leoparden lachen nur über sie. Die Langhalsantilope legte ihre Hand auf Rudolfs Schulter, die für Nona indessen nicht die Schulter des Jünglings war, in den sie sich verliebt hatte, auch nicht die Schulter des ihr nicht beschiedenen Ehemanns, sondern die Schulter John Hunters. Als sie das sah, sagte Nona im Stillen zu der Antilope, sie solle fliehen, so weit sie die Beine tragen, sie solle über die Savanne dahinfliegen, über die Srednja ulica, über die kleinen Gassen und den großen Park. Aber es war schon zu spät, John Hunter hatte die Hand an ihre Wange gelegt und spähte zu ihrem Tisch, um zu sehen, ob sie herschauten, und als er sah, dass sie herschauten, pflückte er die Nelke aus seinem Knopfloch, roch daran und legte sie in ihre Hand. Das war, als hätte er einen Krummdolch der Massai genommen und ihn ihr tief in den Hals gestoßen, das Blut strömte hervor, man hörte die Kakadus im Dickicht und das ferne Trompeten der Elefanten. Dann schnitt er ihr sorgsam, sozusagen liebevoll, ins Fleisch des Halses, bis zum Rückgrat, das sich als feste Barriere erwies. Er nahm eine Säge und sägte den Knochen, und während er sägte, lüpfte er ein paarmal seinen Hut mit den Pfauenschwanzfedern und wischte sich den Schweiß von der Stirn. Und gleich war zu sehen, dass der präparierte Kopf der Thomson-Gazelle an seiner Wand hängen und mit seinen Glasaugen zusehen wird, wie er anderen Frauen den Kopf abschneidet. Er wird sie nach Hause führen, er wird tun, was er tun muss, das Blut von den Händen waschen, ihr die Hand küssen und sagen:

– *Gute Nacht!*

Gott sei Dank, dass ich mich nicht an Rudolf verheiratet habe, sagt Nona zu sich, während die Kapelle im *Grandhotel* einen Slowfox spielt.

19.

Die Frau stöckelt mit ihren hohen Absätzen über den Kies des Kristofor-Platzes, weiß aber nicht, dass sie ein Zebra ist. Ein Steppenzebra, das sein Kind ein Jahr lang trägt, welches dann, wenn es geworfen wird, sich, schleimig wie es ist, sofort auf die Beine stellt. Die Schnelligkeit, mit der das Leben in Afrika um sich kämpft, ist unvorstellbar. Stärker in den Hüften, das Kleid schwarz-weiß gemustert, Strümpfe mit Naht, hohe schwarze Stöckelschuhe. Nona sieht sie und sagt zu sich:

– *Steppenzebra!*

Und die Bauersfrau auf der Steinbank im Schatten der Kiefern oberhalb des Kristofor-Platzes wiegt ihr ein halbes Kilo Feigen ab. Nona hält ein Kind auf dem einen Arm und die Tasche mit Feigen, Mangold und Kartoffeln in der anderen. Ihr fehlt ein dritter und vierter Arm, und vielleicht auch ein fünfter und sechster, seit Nono und ihr Vater nicht da sind, die mit der *Dolin II* zum Fischen irgendwo Richtung Brioni gefahren sind. Sie macht alles selbst, und so geht sie auch mit dem Kind in die Stadt auf den Markt. Es ist Sonntagvormittag, sonnig, und einige ältere Frauen bekreuzigen sich, als sie

sie mit dem Kind auf dem Arm sehen. Der Onkel ist ein Jahr, er ist pausbäckig, rot im Gesicht und hat nicht die geringste Ähnlichkeit mit dem Christuskindlein auf den Bildern in den Inselkirchen. Aber die Frauen bekreuzigen sich doch. Nona geht langsam vorüber und schleppt ihren Sohn und die große Leinentasche und weiß nicht, weshalb sich die Frauen bekreuzigen. Sie hat etwas gehört, aber über die Details weiß sie nichts. Sie weiß nicht, dass ältere Frauen, nachdem sie nach Afrika abgereist war, angefangen hatten, sich mit dem Rosenkranz in der Hand vor dem Fotogeschäft in der Srednja ulica zu versammeln. Anfangs standen sie nur dort und beteten. Nona weiß nicht, dass Onkel Španjol sie zuerst durch die immer saubere Scheibe seines Schaufensters ohne tote Fliegen aus dem Augenwinkel beobachtet hatte, aber als sie immer mehr und mehr wurden, große Mengen schwarzer Gewänder, die murmelten, war er eines Nachmittags rot vor Wut auf die Straße hinausgestürzt.

– Haut ab – hatte er geschimpft – was fällt euch ein? Sie hat nicht die Muttergottes gesehen, hat sie nicht – dann hatte er mit dem Finger auf seinen Kopf gezeigt und ihn ein paarmal gedreht: – Sie haben sie nach Afrika geschickt, weil sie ein bisschen plemplem ist.

Die Frauen hatten ihn wortlos angesehen, betend. Dann war er hineingegangen und mit dem Bild der Muttergottes von der Wand zurückgekehrt. Freilich lächelte die Muttergottes, das sahen jetzt alle.

– Seht her – hatte er den Frauen zugerufen – ein Bild, nur ein Bild. Kein Wunder, ein Bild, ein gewöhnliches …

Aber es war vergebens gewesen.

Eines Morgens hatte er auf den Steinplatten der Straße vor seinem Geschäft brennende Kerzen vorgefunden. Es waren keine Frauen da, nur die Flämmchen, die zitterten, an die zehn, oder zwanzig oder sogar dreißig. Kleine Geister, die vom Morgenlüftchen gewiegt wurden. Am nächsten Morgen waren es noch mehr Kerzen, man musste in ziemlich weitem Bogen um das Schaufenster des Geschäfts herumgehen, auf das Onkel Španjol ausnehmend stolz war. Zwischen der Schönheit und dem Informationsgehalt seiner Fotografien (wer geheiratet, wer ein Kind getauft, wer sich ein neues Boot angeschafft hatte) und der Gemeinde wuchs eine gefährliche Barriere heran. Deshalb wandte er sich an den Pfarrer in der Kathedrale, und der Pfarrer beriet sich mit den höheren Sphären, und die höheren Sphären sagten ihm, dass das eingestellt werden müsse, weshalb er seine Sonntagspredigt in diesem Sinne intonierte. Vom Altar wies er die Gläubigen an, nicht dem Aberglauben aufzusitzen, dass das Sünde sei und dass es keine Erscheinung gegeben habe. Natürlich half es nicht. Um das Geschäft formierte sich in den Abendstunden eine ganze Kapelle im Freien. Die Frauen begannen auch Bilder der Muttergottes anzubringen, etliche knieten nieder. Die Sache entzog sich der Kontrolle, und das Pfarramt musste den Bischof rufen. Auch der Bischof war in dieser Sache sehr streng und drohte jedem mit Exkommunikation, der dabei gesehen würde, wie er eine Kerze vor dem Geschäft anzündet. Alles das weiß Nona nicht, als sie auf dem Markt einkauft. Aus verständlichen Gründen hat es ihr niemand gesagt, auch ihr Vater nicht.

Aber gerade hatte John Hunter das Zebra gewittert. Eine der Marktfrauen sagte es, sodass auch Nona es hörte:

– Da, da geht Rudolf!

In heller Hose, im weißen Hemd mit spitzen Kragenumschlägen kommt er aus Richtung Srednja ulica, und auf dem Platz gesellt sich eine Dame zu ihm und hakt sich bei ihm unter. Das Muster des Kleids auf ihren Pobacken wogt, während sie neben ihm hergeht. Die Frauen vom Markt werfen verächtliche Blicke, für sie ist sie eine Dirne, keine Maria Magdalena, sondern eine Hure, und für sie sind sie einfach primitiv. Und so bedenken sie einander mit bedauernden Blicken.

Rudolf widmet sich völlig seiner Freundin, die sich mit einem Arm bei ihm untergehakt hat und in der anderen Hand einen kleinen aufgespannten Sonnenschirm trägt. Ihre Gesichter sind im Schatten, und dieser Schatten ist eine Art Käfig: ein zoologischer Garten, der sich auf vier Beinen bewegt. Und dann sieht Nona durch ihre Brille, wegen der sie einmal nicht und einmal doch geheiratet hat, wie Rudolf seinen rechten Arm von ihrem Unterarm befreit und mit rascher Bewegung, in einem flüchtigen Moment, so flüchtig, dass man schon im nächsten Moment nicht weiß, ob es ihn überhaupt gegeben hat, die Dame um die Taille fasst. Es ist Sommer, ein voller Markt, ein Gewimmel von Touristen, Bauersleuten, Fischern, Kellnern, städtischen Herren und ihren Gattinnen, und er hält sie vor der ganzen Stadt um die Taille gefasst.

Und jetzt sieht Nona durch ihre Brille, dass John Hunter auf das Zebra, das friedlich am Grasen ist, angelegt hat. Im nächsten Moment wird es vom Blei auf die Hinterhand geworfen, noch ein paarmal zittert der linke Hinterfuß, beschreibt immer kleinere Kreise in der Luft, als würde es eine Zielscheibe zeichnen, um dann zu ermatten. Und der Jäger und seine Wakamba kommen mit gezückten Dolchen. Zuerst werden sie Schnitte um die Fesseln machen und dann langsam das Fell abziehen, mit den Klingen hineinhackend, und darunter wird das rosige Fleisch aufleuchten. Und wenn sie es abgezogen haben, werden sie es mit Salz einreiben und auf dem Lastwagen verstauen. Sie werden mehrere große Streifen Fleisch abschneiden und den Rest werden sie zurücklassen, so wie sie auch die abgehäuteten Nashörner zurückgelassen haben. Und als sie vom Platz kommend die Riva erreicht haben, küsst ihr Rudolf galant die Hand im hellen Zwirnhandschuh, und sie geht allein weiter Richtung *Astoria*, und auf ihrer Brust, den starken Pobacken, auf den Schultern und dem Haar ruhen die Blicke, die sie ebenso häuten, bis sie sie vollständig gehäutet und diesen Augenblick in ihren widerwärtigen Seelen verwahrt haben.

Gott sei Dank, dass ich mich nicht an Rudolf verheiratet habe, sagt Nona zu sich und setzt dann hinzu: Herrgott, hilf ihm, und Baby Onkel presst seine Lippen an ihren Hals und saugt und saugt und saugt.

20.

Vor dem Sommer 1927 wurde das Hotel *Imperial* feierlich eröffnet; ein monumentales Gebäude im Park oberhalb der Stadt, schöner als der schönste Renaissancepalast, und zu ihm hinauf führte eine breite Treppe wie zu einer Kathedrale. Die Menschen pilgerten im Schatten von Kiefern und Pinien über diese Treppe, um den prachtvollen Eingang, die Damen mit Hut und die Herren im hellen Anzug zu sehen, wie sie um die Rezeption herumwimmeln. Nono und Nona führten auch ihre zwei Söhne hierher: den Onkel und Lukas Vater. Lukas Vater war ein Jahr alt und wog zehn Kilo, und Nona hielt ihn im Arm, während der Onkel mit zweieinhalb Jahren fünfzehneinhalb wog und schon ging. Wie auch in Nonas Fall stammten die Proteine und Fette, die ihre kleinen Körper ausformten, nicht von unreinen Tieren wie Schweinen und Weichtieren. Der Onkel benötigte ein wenig Hilfe, als er die Treppe erklomm, aber mit gemeinsamen Kräften schafften Nono und er auch das. Hotels wurden allmählich wichtiger als Kathedralen.

In der Stadt Tsavo in Kenia hatten die Kolonialbehörden, als die Eisenbahnstrecke gebaut wurde, Arbeiter aus Indien herangeschafft. Die Arbeiten zogen sich in die Länge, es grassierten Typhus, Malaria und die Schlafkrankheit, überhaupt, die Bedingungen waren unerträglich, und viele Kulis starben. Ihre Beerdigung war schwer zu organisieren, und so bot die Eisenbahnverwaltung den Kulis, die ihre toten Kameraden begruben, einen Zusatzverdienst an. Für den zusätzlichen Hungerlohn rissen sich die Kulis um diese Arbeit. Aber bald wurden die ersten Angriffe von Löwen auf Menschen verzeichnet. Die Löwinnen lauerten nachts auf die Arbeiter, die aus den Zelten kamen, um ihr Wasser abzuschlagen, oder auf die unbewaffneten Wächter, die das Baumaterial bewachten. In der Regel wurden die Menschen gefressen, die Polizei fand nur zerstreute Knochen, Kleidungsreste und Haare. Es kamen so viele Arbeiter um, dass die Behörden einen weißen Jäger zu Hilfe rufen mussten, und zwar den erfahrensten, der schon mehr als fünfhundert Löwen zur Strecke gebracht hatte. Und genau dieser Jäger wurde zum Vorbild für John Hunter. Später stellte sich heraus, dass die Kulis ihre Toten nicht begraben, sondern das Geld von der Verwaltung genommen und die Toten ins Dickicht geworfen hatten. Die Löwen, die in der Regel auch Aas fressen, hatten sich so an das Menschenfleisch gewöhnt. Und Gewöhnung ist Gewöhnung, das weiß jeder Raucher.

Die Frau, die jeden Sommer ins *Astoria* gekommen war und jetzt im *Imperial* abgestiegen ist, hat das Profil einer Löwin. Auch den Gang einer Löwin, und die Geschmeidigkeit einer Löwin. Wenn sie ein Trinkgeld dalässt, tut sie auch das wie eine Löwin. Nona sieht diese Frau nun schon seit zehn Tagen; sie geht allein durch die Stadt oder mit Gelegenheitskavalieren, bebauchten Männern oder Jünglingen, fast noch Knaben, eingehakt, schicklich, aber mit Löwinnengang. Und die sehen sie verliebt an. Eine Löwin, eine von denen aus Tsavo.

Die Löwin sitzt mit einer Gesellschaft an einem Tisch nahe der Tanzfläche, und wenigstens zwei Männer in dieser fröhlichen Gesellschaft sind ihre Kavaliere. Sie tanzt abwechselnd, mal mit dem einen, mal mit dem anderen. Mit dem einen Slowfox, mit dem anderen English Waltz, dann mit dem ersten Wiener Walzer und mit dem zweiten wieder Slowfox, als am Tisch Rudolf erscheint, in blauem Sakko und weißer Hose, im Revers eine rote Nelke. Er küsst der Löwin die Hand, braungebrannt, imponierend, mit Zuckerwasser im Haar. Und führt sie auf die Tanzfläche. Er fasst sie fest um die Mitte, vielleicht ein wenig zu tief, und so schiebt die Löwin seine Hand hinauf, und sie tanzen Foxtrott, leicht, wogend, sie schweben über die Steinplatten der Terrasse, und Rudolf flüstert ihr etwas ins Ohr. Er bringt seine Lippen an ihr Ohr und sagt etwas zu ihr, aber sie zieht den Kopf gerade noch rechtzeitig zurück, bevor es unschicklich werden könnte. Der erste Schuss hat die große Katze gestreift, aber sie ist in die Büsche entwischt. Jetzt muss John Hunter nachsetzen, die Jägerehre erlaubt ihm nicht, von der verwundeten Löwin abzulassen. Vor allem deshalb, weil er nicht weiß, ob die Wunde ernst ist, er hat nicht gesehen, dass er sie nur gestreift hat. Und langsam, er lässt seinen Wakamba außerhalb des Dickichts zurück, in der Savanne, schleicht er durch das Dornengestrüpp. Das Gewehr ist schussbereit, und immer wieder prüft er, woher der Wind kommt. Er versucht sich der Löwin gegen den Wind zu nähern. Je später sie ihn wittert, desto größer ist seine Chance zu überleben. Sein Herz klopft in der Kehle, in die das Raubtier seine Zähne schlagen wird, wenn er unaufmerksam ist. Deshalb verharrt er alle Augenblicke und lauscht. Und wittert. Auch er wittert. Und dann, in einem Moment, sieht er die muskulöse gelbliche Flanke und drückt ab. Doch nichts. Die Löwin hat sich in Luft aufgelöst.

Am nächsten Tag sieht sie Rudolf, wie er mit der Löwin auf der Terrasse des *Grandhotels* sitzt. Sie scheint zum Abschuss bereit, lachend, fröhlich, den Blick auf seine Lippen geheftet, die etwas Interessantes sagen. Das indessen ist eine Täuschung. Schon am nächsten Tag, als sie aus der Stadt nach Banjol zurückkehrt, sieht Nona die Löwin, wie sie Arm in Arm mit einem schönen englischen Herrn spaziert, der ebenfalls jeden Sommer hier verbringt. Die Frauen, die flüstern, stellen fest, dass Rudolf endlich auf ein Raubtier gestoßen ist, das ihm ebenbürtig ist und das ihn den Kopf kosten wird. Die Dame ist mit ihm ausgegangen, aber auch mit anderen: Sie hat ihn dem bunten Schwarm ihrer Verehrer hinzugefügt. Schändlich. Gott sei Dank, dass ich mich nicht an Rudolf verheiratet habe, sagt Nona zu sich und setzt hinzu: Herrgott, hilf ihm!

21.

Eines Morgens des Jahres 1936 packte ein entsetzlicher Südwind, den sie in diesen Gegenden *schirocco* nennen, Nonas Koffer mit den Aufklebern der Schifffahrtskompanien und stellte ihn in ihrem alten Haus oberhalb des Hotels *Kontinental* vor die Tür. Nona spürte, dass ihr dieser Wind durch den Kopf blies, zur Nase hinein, durch beide Nasenlöcher, und sich dann verzweigte, um links und rechts zu den Ohren wieder herauszukommen. Aber sie wusste nicht, ob der Teil des Windes, der zum linken Nasenloch hereinkam, auch wirklich zum linken Ohr wieder austrat, oder ob aus diesem Ohr ein Teil des Windes austrat, der zum rechten Nasenloch hereingekommen und sich im Kopf gedreht und alles durcheinandergebracht hatte. Doch er war auch in den Adern und zwischen den Knochen, am meisten in den Knien und den Ellbogen. Am gefährlichsten aber war jener Teil des Jugos im Kopf, er tobte so sehr, dass Nonas Arme ihren alten afrikanischen Koffer ganz von allein vom Schrank herunterholten und die Sachen in ihn einzupacken begannen. Unterwäsche, große ausgewaschene Damenschlüpfer, seit langem aus der Mode, leichte Röcke für heißes Klima, einfache kurzärmelige Baumwollhemden, die leichte Kamelhaarjacke, die sie in Nairobi gekauft hatte, um sich vor der nächtlichen Kühle in der Savanne zu schützen. Es gab ihren Vater nicht mehr, der gefragt hätte:

– Wohin willst du, Ela?

Und so fragte sie das nur ihr Mann.

– Ich geh nach Makueni! – sagte sie.

Und dabei erinnerte sie sich, wie sehr sie seine Stimme in Afrika geliebt hatte und wie gern sie gewusst hätte, was er zu den Ochsen gesagt hatte. Hier sagte seine tiefe Stimme so weiche Sätze, dass sie in der Luft zerfielen und nur als Feinstaub oder Asche an ihre Ohren gelangten.

Am Anfang ihrer Ehe, wenn er im Hof Sardellen in Salz einlegte und sie im Fass beschwerte, war sie hinzugesprungen, um zu helfen, aber er hatte nur gesagt:

– Lass nur, Elica, du könntest dir die Haut an den Händen aufschürfen.

Nono war sehr aufmerksam, immer noch ging er ein wenig vorgebeugt, aber jetzt saß ihm statt des unsichtbaren Kindleins einer der Söhne auf den Schultern, während er den anderen an der Hand hinter sich herzog.

– Papa, ich will auch hinauf!

Er war nicht wie die Männer von der Insel, und das war vielleicht auch deshalb, weil er selbst nicht wusste, woher er war: von Pašman, an das er sich kaum erinnerte, aus Battle Creek, oder aus Afrika. Als die Jungen sich zum ersten Mal an Schweinebraten überessen hatten und sich übergeben mussten und sie darauf bestand, sie irgendwie zu bestrafen, um eine feste Hand zu zeigen, sagte er nur:

– Lass sie, es reicht, wenn ihnen schlecht ist!

In diesem Jahr hatte Nona auch zum ersten Mal einen Traum, der sich von Zeit zu Zeit wiederholen sollte, ohne festen Rhythmus, völlig unverhofft, ein oder zwei Mal im Jahr. Nona träumt, dass sie die Antilope ist, die John Hunter in der Savanne um Makueni geschossen hat. Aber sie ist keine Thomson-Gazelle mehr, sondern eine von den größeren, eine Oryx-Gazelle oder sogar ein Gnu. Auch in den Träumen vergehen die Jahre. Sie ist eine Antilope, aber sie schaut nicht, wie sonst Antilopen schauen, aus sich heraus, sondern sie sieht sich selbst als Antilope, als wäre sie Nona, die schaut, aber zugleich auch weiß, dass sie die Antilope ist. John Hunter hat einen Schnitt um ihre Fesseln gemacht und angefangen, sie zu häuten. Langsam und sanft, um sie nicht zu verletzen, und darunter schaut ihr blutiges Gewebe hervor. Interessant ist, dass dieses Schinden nicht schmerzhaft ist, sondern sogar angenehm. Mehr noch, immer angenehmer wird. Aber als er sie so gehäutet in der Savanne zurücklässt, nackter als die schlimmste Nacktheit, nackter als jene Frauen, die sich vor allen ausziehen, nackter als Wallis Simpson, die in diesem Sommer zusammen mit König Edward VIII. mit einer großen Jacht auf die Insel gekommen ist und sich völlig nackt, wie gerade geboren, auf der Westseite von Frkanj gesonnt hat, ist das zugegebenermaßen etwas unangenehmer, doch nicht so unangenehm, wie es Nona erwartet hätte.

Am 11. Dezember 1936 verzichtete der englische König Edward VIII. auf den Thron wegen seiner Liebe zu der Bürgerlichen und Geschiedenen Wallis Simpson, die den Nudismus auf ihre kleine Insel gebracht hatte. Im *Kontinental* gab es ein Radio, und die Frauen versammelten sich im Vestibül des geschlossenen Hotels und hörten Nachrichten. Und in den Nachrichten sprach eine angenehme Stimme von Radio Fiume davon, dass Edward abdiziert habe. Aber sosehr sich auch die Inselfrauen bei dem Gedanken an die nackte Wallis Simpson am Strand entrüstet hatten, diese große Liebesgeschichte, in der ein König wegen der Liebe auf den Thron verzichtet, trieb ihnen die Tränen in die Augen. Als das Wort „abdiziert" ständig wiederholt wurde, fragte eine der Frauen:

– Was bedeutet das?

– Dass er auf die Krone verzichtet hat wegen der Liebe!

Worauf fast alle in Tränen ausbrachen. In diesen Tagen wurde auf der Insel viel geweint, denn noch war die Erinnerung an die große Jacht lebendig, die den König einer der stärksten Mächte der Welt hergebracht hatte; ihre kleine Insel unter dem Velebit, in einer Meerenge voller Sturm, war für einen Augenblick zum Zentrum der Welt geworden. Noch waren sie sich nicht bewusst, dass sie das zu einem elitären Fremdenverkehrsziel machen würde, aber etwas von diesen Winden war schon in der Luft zu spüren. Nur Nona Ela hatte nicht geweint. Ihre Verwandte sah sie entsetzt an, weil sie über so viel Güte einer Majestät nicht weinte, und fragte sie:

– Was glaubst du, Ela, durfte er der Liebe wegen die Krone fahrenlassen?

– Nein – sagte Ela – so ein dummer Kerl.

Mit elf Jahren wog der Onkel bereits neununddreißig Kilo, während Lukas Vater etwas mehr als neun Jahre zählte und fünfundzwanzig Kilo wog. Dabei war keine einzige Zelle ihres Knochengewebes, ihrer Fette oder Muskelfasern mit dem dazugehörenden Bindegewebe mit biblisch unreinen Lebewesen genährt worden. In der vierten Klasse Volksschule wurde Nona vom Onkel gefragt:

– Mama, was sind das, Sabbatisten? Sind wir das?

Nona runzelte die Stirn, denn diese Frage hatte sie schon eine Zeit lang erwartet. Sie flüsterte sich selbst zu: Gott, gib mir die Kraft, nicht zu hassen, und sagte dann laut:

– Nein, Junge, das sind nicht wir. Wir nennen uns Adventisten, wir glauben an Jesus Christus und den Jüngsten Tag, der bald kommen wird, vielleicht noch zu unseren Lebzeiten, und die, die über uns spotten, sind wilde Bestien. Gesindel, Stinker, Schafkötel, Hundescheiße, Gott, gib mir die Kraft, nicht zu hassen, Esel, Affen, Nashorndreck, Elefanteneier, Hyänenkadaver …

Und als der Onkel in der Schule alles das auch die Jungen hieß, die ihn verspotteten, und dazu einen von ihnen mit der Faust auf die Nase traf, dass das Blut lief, bestellte die Lehrerin Nona zu einem Gespräch ein. Und Nona versprach der Lehrerin, dem Sohn ins Gewissen zu reden. Dann kehrte sie violett vor Wut nach Hause zurück und sagte zu ihrem Mann:

– Wirst du ihm endlich Verstand beibringen?

– Elica – sagte Nono ruhig, und an seinem Blick konnte man sehen, dass er die ganze Welt liebte, die Tiere und die Menschen und die Steine und die Winde – unser Lehrer sagt, dass wir keine Gewalt üben dürfen. Ich werde mit ihm reden, und dann werden wir für den kleinen Jungen beten, den er geschlagen hat.

Nona sah ihn verächtlich an, ein Häuflein Asche, dessen Sätze ebenso ein Häuflein Asche waren. Dann ging sie in die Küche, wo der Onkel am Tisch lernte. Ruhig setzte sie sich neben ihn, legte die linke Hand auf den Tisch, damit er ihr eine Stütze sei, während ihre Rechte am Körper herabhing.

– Junge, unser Glaube verbietet Gewalt! – sagte sie und feuerte eine so heftige Ohrfeige gegen ihn ab, dass sie im ganzen Haus widerhallte. Nona konnte sich nicht erinnern, dass ihr verstorbener Vater sie irgendwann einmal geschlagen hätte, und das hat auch ihre Mutter nicht getan. Deshalb brach sie in Tränen aus, und so weinend fuhr sie fort:

– Menschen unseres Glaubens schlagen sich nicht, tragen keine Waffen, gehen nicht zum Militär und nehmen kein Gewehr in die Hand, denn es ist unrein. Aber Ordnung muss sein.

Nono liebte die Menschen, die Tiere, die Pflanzen, die Gegenstände, die Steine und Winde bis zum Erbrechen. Er liebte sogar den Schirokko, und Nona packte den Koffer und stellte ihn vor die Eingangstür. In der Wildnis Afrikas hatte seine Liebe zu allem ein Gegengewicht in dem Grauen gehabt, das ringsum herrschte: Krankheit, Morden, Fressen. Die größeren Tiere fraßen die kleineren, Fleischfresser fraßen Pflanzenfresser, und der Mensch tötete beide, Fleischfresser und Pflanzenfresser. Pflanzenfresser wegen der Nahrung, und Fleischfresser wegen der Felle und Mähnen. Der Mensch indessen wurde von den allerkleinsten Tieren getötet, von unsichtbaren. Nona hatte jeden Dienstag und Donnerstag gesehen, wie der Mensch im Schlaf von diesen unsichtbaren Tierchen getötet wird. So war es in Afrika gewesen, aber hier war das Gleichgewicht verlorengegangen, seine Liebe zu allem war ekelhaft geworden. Und als der Südwind jenen Koffer gepackt hatte, packte sie ihn nie mehr ganz aus. Selbst wenn Nona nach einem überstandenen Anfall der Weggehkrankheit den Koffer auspackte und die Sachen herausnahm und ihn schloss und wieder in den Schrank stellte, schien noch etwas in ihm zurückgeblieben zu sein. Etwas klopfte, etwas erzeugte eine Schwere, die leere Koffer sonst nicht haben.

Rudolf sah sie in diesem Sommer mit einer Giraffe. Als er sie abschoss, fiel sie lange, bevor ihr Hals und ihr Kopf auf die Erde sanken. Länger als das Leben mancher Käfer.

22.

Im Herbst 1939 war der Onkel vierzehn Jahre alt und wog sechzig Kilo, und Lukas Vater war dreizehn Jahre alt und wog fast siebzig Kilo, als auf der Insel die Nachricht umlief, dass die Polizei versucht habe, den Playboy Rudolf zu verhaften. Die Frauen, die flüstern, erzählten, dass die Polizei schon um fünf Uhr am Morgen an die Tür seines Hauses in der Stadt geklopft, bis fünf Uhr fünfzehn aber niemand geantwortet habe. Die Gendarmen hätten die Tür daraufhin mit dem Gewehrkolben eingeschlagen und im Bett die bewusste Dame vorgefunden, die keine Staatsbürgerin Jugoslawiens war und die, das ist ganz sicher, mit Rudolfs illegaler Tätigkeit im Rahmen der Partei nichts zu tun hatte. Rudolf war aus dem Fenster im ersten Stock gesprungen und hatte sich in den Gassen der Altstadt verkrümelt. Und so begann auf der Insel die Verfolgung. Auf jeder Kreuzung standen Gendarmen, und von Sušak kam zweimal Verstärkung, noch am selben Morgen, aber auch am Nachmittag, zwanzig Mann unter Waffen. Zusammen mit den Gendarmeriepatrouillen durchkreuzten die Insel auch einheimische Denunzianten, die Rudolf gut kannten und überzeugt waren, dass der Flüchtling beim Sprung aus dem ersten Stock auch seinen Browning mitgenommen hatte. Er war also bewaffnet und gefährlich, und der Befehl lautete: „Sofort schießen!"

Tagelang suchten sie nach ihm an allen Orten, von denen sie annahmen, dass er sich dort verstecken könnte, aber Rudolf war nirgends zu finden. Schon vor langer Zeit hatte die Polizei nämlich Kenntnis bekommen, dass auf der Insel eine starke kommunistische Zelle aktiv sei, aber sie wusste nicht, dass sie von Rudolf geführt wurde. Das lag daran, dass er zwei Decknamen hatte: Rudolf und Stari, der „Alte". Dane Krstinić Stari. Unter diesem Namen ist er in den Dokumenten über das illegale Wirken der Kommunistischen Partei auf der Insel in der Zeit von 1929, als sie verboten wurde, bis zur Kapitulation Italiens 1943 verzeichnet.

An dem Tag indessen, als Rudolf durch das Fenster seines Schlafzimmers verschwunden war, es war später Abend, im Haus von Nona Ela waren schon alle schlafen gegangen, hörte man, wie jemand Steinchen gegen das Fenster warf. Nono ging hinaus, Nona hörte ihn mit jemand reden, und als er zurückkehrte, war er nicht allein. Bei ihm war Rudolf, mit einer Schnittverletzung am Stirnbein und einem zerrissenen Hemd mit Blutflecken. Er setzte sich an den Küchentisch, kam für einen Augenblick hoch, zog den Browning aus dem Gürtel, legte ihn auf die gebeizte Holzplatte und setzte sich wieder.

– Entschuldigt, ich wusste nicht, wohin!

Das waren die ersten Worte, die Nona nach ihrer nicht erfolgten Heirat von ihm hörte.

– In diesem Haus darf es keine Waffen geben – sagte Nona zu ihm. Dann blickten alle einige Augenblicke lang auf den Browning, bis Rudolf begriff, dass sie ihn nicht anzurühren wünschten. Er nahm die Pistole, ging vorsichtig hinaus in den dunklen Olivenhain und kehrte ohne sie zurück.

Rudolf blieb mehr als zehn Tage in Nonas Kellergelass versteckt, so lange, wie nötig war, bis ihn die Parteiorganisation mit einem kleinen Boot ans Festland bringen konnte. In Nonas Haus hatte ihn niemand gesucht, obwohl die Gendarmen, weil sie ihn einfach nicht finden konnten, begonnen hatten, auch die Häuser zu durchsuchen. Aber keiner der Denunzianten, die Rudolf kannten, wäre auf den Gedanken kommen, dass ein solcher Mensch, so stolz und eitel, sich im Haus jener Frau verstecken würde, die ihn vor dem Altar stehenlassen hatte und die er zwanzig Jahre lang nicht einmal gegrüßt hatte.

Seit dem 8. November 1917, als die *Aurora* ihre Kanonen auf das Winterpalais in Petrograd gerichtet hatte, sprachen die Leute von den Zehn Tagen, die die Welt erschütterten. Die zehn Tage, die Rudolf in Nonas Schuppen verbrachte, hatten entscheidenden Einfluss nur auf ihre Familie. Das Essen wurde ihm von den Jungen gebracht, Nona wollte mit ihm nichts zu tun haben, außer dass sie für ihn kochte. Eines Abends ohne Mondschein sah sie sie, oder besser gesagt, hörte sie sie im Garten unter einem Olivenbaum. Rudolf predigte, und die Jungen hörten zu. Sie hörte auch das Repetieren der Pistole. Ich danke dir, Gott, dass ich mich nicht an ihn verheiratet habe, sagte sie bei sich und setzte hinzu: Herrgott, hilf ihm!

Ungefähr einen Monat, nachdem Rudolf verschwunden war, als alles wieder zur Normalität zurückgekehrt schien, außer dass vielleicht wieder ein Krieg bevorstand, fragte der jüngere Sohn Nona:

– Mama, stimmt es, dass es keinen Gott gibt?

23.

Am Sonntag, dem 10. August 1942, sah Nona, zusammen mit einer Verwandten aus Banjol auf dem Weg in die Stadt, vor der Schule eine seltsame Szene. Etwa zwanzig Frauen, von denen einige jünger, andere älter waren, unter denen es aber auch ganz alte, bucklige Gestalten in Schwarz gab, standen dort an die Schulwand gelehnt. Sie trugen mit weißen Tüchern bedeckte Körbe, aus denen hier und da Feigen und Reneklloden herausschauten. Die Brote waren in weiße Servietten eingewickelt und dufteten. Seltsam war allerdings, dass die Frauen nicht miteinander sprachen. Sie standen dort ganz still, einige saßen auch auf der Erde, aber das übliche Gemurmel oder Lachen, das hier für Frauen in Gruppen charakteristisch ist, auch für kleinere als diese hier, war nicht zu hören. Sie fragte ihre Verwandte, worauf sie warteten, und die erklärte ihr, dass es Frauen von Inselbewohnern seien, die im Lager Kampor interniert seien. Sie brächten ihren Männern und Söhnen Pakete. In diesem Augenblick erschien auch ein italienischer Tenente, der eine Liste bei sich hatte. Er rief die Frauen nach dem Nachnamen auf, quälte sich mit der Aussprache, und wenn er ihren Nachnamen endlich deutlich genug ausgesprochen hatte, dass er verstanden wurde, meldeten sich die Frauen mit *Ci sono!* oder *Presente!* Er trug einen Hut mit einer großen Hahnenfeder, die ein wenig an den Hut von John Hunter erinnerte, den er trug, wenn er Nashörner tötete.

Als er alle Frauen aufgerufen hatte, brach die stille Kolonne mit dem jungen Hahn an der Spitze nach Kampor auf. Der kummervolle Gesichtsausdruck der Frauen entsetzte die Menschen, die ihnen nachblickten und denen der Hahn an der Spitze der Kolonne zulächelte, dass alles nicht so schlimm sei. Im Lager waren noch keine Baracken errichtet worden, und so lebten die Gefangenen in Zelten, jeweils fünf, sechs in einem. Auch das Essen war schlecht, und so drohte allen die Zunahme von Krankheiten. Erst viele Jahre später erfuhr man aus den Zeugnissen überlebender Lagerinsassen und weniger italienischer Wächter, dass in der Mehrzahl der Fälle die Italiener die Essenspakete den Gefangenen nicht ausgehändigt, sondern selbst verzehrt hatten. Aber an diesem Vormittag prägte sich Nona die Hahnenfeder, die im Wind flatterte, ins Gedächtnis ein.

In der Stadt hörte sie das Gespräch zweier Frauen.

– Sie haben Rudolf geschnappt – sagte die eine – der ist jetzt in Kampor.

– Nicht schade um ihn, bestimmt nicht – sagte die andere.

Obwohl Sommer war, Hitze, gab es in der Srednja ulica, auf der Riva, unter der Steineiche auf dem Platz der Freiheit keine Touristen, sondern nur italienische Patrouillen und wenige Stadtbewohner, die aus der Kathedrale kamen. Den ganzen Tag hallte es Nona im Kopf wider: „Sie haben Rudolf geschnappt" und „Nicht schade um ihn!"

Zu Hause sagte sie ihrem Mann nicht, was sie gehört hatte, nicht, weil sie einen Grund gehabt hätte, diese Information zu verheimlichen, sondern weil sie seinen wohltönenden Bass nicht ertragen hätte können, wie er sagte: „Burschen, Ela, lasst uns für die Seele von Bruder Rudolf beten!"

Vor dem Einschlafen, wenn alles zur Ruhe gekommen war und aus dem Olivenhain nur die Grillen zu hören waren, fehlten Nona die Mangaben und Jacko-Papageien. Bilder gingen ihr durch den Kopf, am häufigsten jenes, wie die Italiener Rudolf erschießen. Sie führen ihn aus dem Lager, er geht vorne, das Erschießungskommando hinter ihm. Aber sie erschießen ihn nicht wie üblich, wie sie ihn sonst erschossen hätten und wie überall auf der Erdkugel Menschen erschossen werden, sondern in Nonas Kopf erschießen sie ihn einer nach dem andern. Sie stellen Rudolf vor einen Baum, und ein Stutzer mit Hut und Hahnenfeder stellt sich vor Rudolf, der ein schmutziges weißes, am Ärmel zerrissenes Hemd anhat, die Brust entblößt, sein Haar ist zerzaust, es fällt ihm über die Augen, aber schön. Verächtlich lacht er über das auf ihn gerichtete Rohr und in dessen schwarze Öffnung, die nicht größer ist als ein Hemdenknopf. Und als der Italiener abdrückt, stürzt Rudolf für einen Augenblick zu Boden, erhebt sich aber wieder, sein Blut hat das Hemd auf der Brust gerötet, und Rudolf sieht den Italiener trotzig an. Und der Tod, der daneben steht, sagt zu dem Italiener:

– Du hast gefehlt, Bursche!

Und der Italiener altert schlagartig, graue Borsten sprießen ihm aus der Nase, das Haar fällt ihm aus, und seine Haut verwandelt sich in eine runzlige Stiefelsohle mit unzähligen Warzen. Der Italiener fällt tot um, und der Tod sagt:

– Die Kugel hat den linken Lungenflügel um einen halben Zentimeter verfehlt, die Aorta um einen ganzen Zentimeter und die Wirbelsäule um zehn Zentimeter. Auch die dritte Rippe hat sie nicht wesentlich verletzt. Wenn Gott wollte, könnte er aus ihr noch eine Frau machen.

– Noch eine wäre zu viel – sagen die Italiener, und Nona betet zu Gott, er möge ihr vergeben, dass sie so etwas denkt, aber sie hört nicht auf damit.

Als der zweite junge Mann mit Federhut abdrückt, zu Hause hat er zwei Verlobte, die voneinander nichts wissen, stürzt Rudolf wieder zu Boden. Jetzt liegt er einen Augenblick länger im Staub von Kampor, dann erhebt er sich wieder. Er hat eine böse Wunde im Gesicht, aber er ist aufgestanden, und der Tod sagt:

– Auch du hast gefehlt, Bursche! Und der Italiener altert schlagartig, graue Borsten sprießen ihm aus der Nase, das Haar fällt ihm aus, und seine Haut verwandelt sich in eine runzlige Stiefelsohle mit unzähligen Warzen. Der Italiener fällt tot um, und der Tod sagt:

– Die Kugel ist durch den oberen Gaumen und unterhalb des zentralen Nervensystems hindurchgegangen, hat um einen Millimeter die Halsschlagader verfehlt und um einen Zentimeter den zweiten und dritten Halswirbel, sie ist aus Rudolf wieder ausgetreten und hat den Feigenbaum hinter ihm getroffen. Arme Feige!

– Pfui! Um die Feige tut es Euch leid, um die Menschen nicht – sagen die Italiener zum Tod.

– Es ist Krieg, Leute. Außerdem ist für die Pflanzen ein anderer Tod zuständig – sagt der Tod – ich bin der Tod für die Menschen und die Tiere, die weinen, und ein anderer Tod ist der für die Pflanzen und die Tiere, die nicht weinen. Hat man euch das im Religionsunterricht nicht beigebracht?

Und so wird Rudolf zwölf Mal, so viele Soldaten zählt ein durchschnittliches italienisches Erschießungskommando, erschossen. Rudolf ist durchsiebt, aber lebendig.

Gott, gib, dass ich schlafe, dass ich keine Torheiten denke, Gott, gib, dass ich schlafe! Das betet Nona in der Vorhalle des Schlafes, und dann schläft sie tatsächlich ein.

24.

Im Herbst, als die Regenfälle einsetzten, stand das Zeltlager für die Lagerinsassen innerhalb des Stacheldrahts des Kampor-Lagers immer wieder unter Wasser. Nässe, Kälte, schwere Erkältungen und magere Kost förderten Krankheiten. Zu der Zeit trat im Lager massenhaft Tuberkulose auf, sodass die italienischen Besatzungsbehörden, um die Wächter und die Lagerverwaltung irgendwie zu schützen, beschlossen, die Kranken in Quarantäne zu isolieren. So wurden mehrere Hotels in Krankenhäuser umfunktioniert, darunter auch das *Kontinental* unterhalb von Nonas Haus. Mit großen Anzeigentafeln, die überall in der Stadt aufgestellt wurden, ersuchten die Behörden Frauen mit Erfahrung als Krankenschwester, sich freiwillig zu melden, um die Gefangenen in den Hotels zu betreuen. Nona meldete sich zur Arbeit im *Kontinental*. Schließlich hatte sie ihre krankenschwesterliche Erfahrung an einem viel schrecklicheren Ort erworben. In keinem Augenblick kam ihr der Gedanke, dass sie sich mit Tuberkulose anstecken könnte.

Die meisten Kranken waren Slowenen und Kroaten, auch Serben aus der Bergregion Gorski kotar. Eine große Gruppe von Erkrankten kam aus Čabar. Die Farben, die im Krankenhaus dominierten, waren weiß und rot: viel Weiß und in diesem Weiß wenig Rot, aber dieses Rot hatte auf die Augen die Wirkung von sehr dünnen Nadeln, die in die Pupillen eindringen. Das Radio, aus dem Nona und ihre Nachbarn zuvor die Nachrichten über Edward VIII. und Wallis Simpson gehört hatten, spielte jetzt italienische Marschmusik. Kein anderer Sender durfte gehört werden, denn die italienischen Soldaten mit den Hahnenfedern, die das Krankenhaus bewachten, hätten sofort interveniert. Im großen Speisesaal, wo man früher auch getanzt hatte, waren jetzt nur Husten und Jammern mit Mussolinis Lieblingsliedern im Hintergrund zu hören. Bewaffnete Wächter waren völlig überflüssig, denn die Mehrzahl der Gefangenen, die jetzt zu Kranken geworden waren, waren viel zu schwach, um zu fliehen. Da sie nicht im Raum flüchten konnten, flüchteten sie oft in der Zeit; vor allem die mit Lungenentzündung, die von hohem Fieber gequält wurden. Mit der Bibel in der Hand an ihrer Seite sitzend, hatte Nona oft Zutritt zu ihrer Kindheit. So lernte sie Vipava, Postojna und Čabar von vor zwanzig oder dreißig Jahren kennen, bekam eine Vorstellung davon, wie Skrad und Delnice ausgesehen hatten, während sie in Makueni Wakamba gepflegt hatte.

Zwischen Lager und Krankenhaus bestand in der Praxis eine ziemlich ausgeprägte Unlogik. Im Lager wurden die Menschen schlecht ernährt, sie waren nicht angemessen untergebracht, und man setzte in solchem Ausmaß auf Strenge, dass man denken konnte, die große Anzahl von Todesfällen läge geradezu im Interesse der Verwaltung, um das Menschenmaterial zu reduzieren, das unaufhörlich nachströmte. Auf der anderen Seite war ihnen im Krankenhaus relativ saubere Bettwäsche sicher, solche, die noch immer weiß war, oder zumindest weißgrau von der Asche, in der sie gewaschen wurde, es gab ausreichende Portionen Margarine und Brot, sogar Schweineschmalz, das Nona nicht anrührte, und sie bekamen auch gewisse Medikamente, die die italienische Krankenhausverwaltung bereitstellte. Im Lager war man ernsthaft bemüht gewesen, sie umzubringen, aber hier bemühten sich dieselben Leute noch gewissenhafter, sie zu heilen. Manche der gefangenen Kranken vergossen Tränen wegen dieser widersprüchlichen Bestrebungen.

Eine Änderung in der Krankenhaushygiene und im Weiß der Bettwäsche trat ein, als die italienische Verwaltung statt der Seife, mit der die Frauen bis dahin die Wäsche gewaschen hatten, Asche zu schicken begann. Abgepackt in großen Blechkanistern zu je zwanzig Kilo, mit jeweils einer Gebrauchsanweisung auf Deutsch, war die Asche ein bedeutend schlechteres Waschmittel als die Seife. Man schüttete sie in große Blechwannen mit heißem Wasser und machte eine Lauge, aber die schäumte nicht so lustig wie die Seife, und ihr fehlte auch der angenehme Duft, der Duft der Sauberkeit, weshalb es schien, dass sie wegen etwas traurig war und vor Traurigkeit nicht schäumen wollte.

Nona arbeitete etwa anderthalb Jahre im Krankenhaus, sie begegnete der weißen und der roten Farbe, wischte den Fiebernden den Schweiß von der Stirn, schrubbte das Mobiliar, hörte italienische Marschmusik und bemühte sich, dienstags und donnerstags in der Wäscherei mithilfe der Aschenlauge die rote Farbe von der weißen herunterzukriegen. Aber die rote Farbe war hartnäckig. Und wurde immer hartnäckiger. Über sie gab es sogar Lieder in italienischer Sprache, die man nicht singen durfte. Aber dann ertönte plötzlich von einem italienischen Sender das Lied: *Avanti o popolo, alla riscossa … Vogliamo fabbriche, vogliamo terra …* Aus der Stadt waren Rufe und Schüsse zu hören. Es war der 8. September 1943. Gruppen fröhlicher Menschen sangen in der Stadt, und die Nachrichten sprachen von der Kapitulation Italiens. Die Frauen, die flüstern, trugen die Nachricht weiter, dass das kommunistische Komitee der Lagerinsassen mit dem italienischen Inselkommandanten über die Übergabe der Waffen verhandle. Im Krankenhaus indessen änderte sich nichts, denn die Kranken waren auch weiterhin krank. So blieb Nona, und mit ihr alle Frauen, die als Krankenschwestern arbeiteten, auf ihrem Posten. Lediglich der italienische Arzt packte seine Sachen. Am 11. September wurde das Lager aufgelöst, und einige Tage danach formierte sich die erste Partisanenabteilung auf der Insel.

Eines Dienstags kontrollierte Nona gerade in einer Dampfwolke die Arbeit in der Wäscherei, als ihre Söhne hereingestürzt kamen. Beide trugen die Kappe mit dem roten Stern, olivgrüne Hemden ohne Kennzeichen und Kurzgewehre der italienischen Armee. Der Onkel war sechzehneinhalb und wog achtundsechzig Kilo, und Lukas Vater war fünfzehn und wog fünfundsiebzig Kilo.

– Gott beschütze euch – sagte Nona, aber sie lachten nur mitleidig, jeder küsste sie zweimal auf die Wange, und weg waren sie.

Zwei schwere Jahre sah Nona ihre Rücken im Traum.

25.

In Pittsburgh hatte Nona, damals nicht älter als fünf, eine schreckliche Szene gesehen: eine betrunkene Frau in einem zerrissenen Kleid und mit einem großen blauen Fleck unter dem Auge, wie sie einen Burschen von ungefähr sechzehn Jahren in ein Seitensträßchen des Armenviertels führt und den Rock hebt. Ihre Mutter hatte ihr den Blick verstellt, und ihr Vater hatte seinen Freund, einen Prediger der Kirche des Jüngsten Tages, gefragt:

– Heiliger Gott, wie werden sie zu solchen?

– Wegen der Liebe – hatte der Prediger gesagt und hinzugesetzt – zu einem verkommenen Menschen. Deshalb gilt es Gott zu lieben. Jede andere Liebe, wenn sie die Liebe zu Gott nicht mit einschließt, kann uns schon auf Erden in die Hölle führen.

– Gott, bewahre sie vor solcher Liebe – sagte Nona und betete für ihre Söhne, und dann kam noch: – Und Rudolf. – Den Krieg stellte sie sich zum einen Teil als Schießen und als Nashorngerippe mit nagenden Ameisen vor, zum anderen Teil als eine Ansammlung schlechter Frauen, die niemals im Leben die Bibel aufgeschlagen noch Gottes Wort gehört hatten, und diese schlechten Frauen fielen über ihre Söhne her. Ihre Gedanken kreisten nicht um die Frage, was sie essen mochten, nicht einmal, ob sie noch am Leben waren, sondern um unmoralische Frauen, die Hosen und ein Gewehr trugen und mit jedem schliefen.

Am 12. April 1945 neutralisierten die Zweite dalmatinische Brigade und die Kvarner-Einheit nach kurzen Kämpfen die deutschen Stützpunkte am Kap Kristofor, in Supetarska Draga und in der Stadt selbst. In der Kvarner-Einheit waren Nonas Söhne: Als sie in ihrer Tür standen, war der Onkel achtzehneinhalb und wog fünfzig Kilo, und Lukas Vater war von soliden fünfundsiebzig Kilo auf zweiundfünfzig herunter. Überhaupt sahen sie nicht wie eine siegreiche Armee aus. Sie stellten die Gewehre an die Küchenwand, nahe bei sich, streiften die Holzpantoffeln ab, und der Onkel sagte:

– Mama, gibt es irgendwas zu essen?

Von diesem Tag an bis zum September 1945, als beide auf das Partisanengymnasium in Zagreb kamen, wurde Gottes in Nonas Haus nicht mehr so häufig Erwähnung getan. Und wenn sie ihn einmal vor einem der beiden erwähnte, sagte der Onkel:

– Mama, ich bitte dich!

Lukas Vater war noch direkter:

– Du weißt, was ich darüber denke!

Am Samstag, wenn Nona und Nono zum Beten und Bibellesen zu ihren Verwandten gingen, die im Nachbarhaus lebten, wurden sie von den Söhnen ziemlich misstrauisch angesehen, die allerdings die Ernährungsregeln im Haus respektierten und nie Schweinefleisch oder Tintenfische oder Kraken mitbrachten. Die aßen sie regelmäßig außer Haus. Der Onkel nahm in kurzer Zeit fünf Kilo zu, und Lukas' Vater siebeneinhalb, zum ersten Mal nahmen sie auch von Tieren zu, die biblisch unrein waren, obwohl es zu jener Zeit des Mangels und des Hungers auch von diesen Tieren nicht im Überfluss gab.

Wenn Nona an ihr Leben dachte, trat ihr ein Bild vor Augen: zwei tote Fasane, in einem so großen Käfig an den Füßen aufgehängt, dass in ihm zwei menschliche Wesen Platz gehabt hätten. Sie hatte sich an einen Menschen ihres Glaubens verheiratet, in dessen Stimme sie sich verliebt hatte, noch bevor sie ihn gesehen hatte, an einen Menschen, der nur Güte um sich verbreitete, sie war vor Rudolf an das andere Ende der Welt geflüchtet, hatte ihr Leben Gott geweiht und Menschen geholfen, die an der Schlafkrankheit litten, hatte die Liebe gefühlt, die den Atheismus besiegen kann, war bereit gewesen, auch für ihn zu glauben, aber jetzt war der Atheismus zurückgekehrt: Der Mensch, den sie vor dem Altar verlassen hatte, war der geistige Vater ihrer Söhne geworden.

26.

Im Jahre 1949, nach Titos Rede zur Resolution des Informbüros, begannen Angehörige der Udba aus verschiedenen Gegenden Jugoslawiens auf die Insel zu kommen, und die Hafenbehörden erließen ein strenges Fahrverbot in einem Umkreis von drei Seemeilen vom Ufer der Inseln Goli otok und Sveti Grgur. Rudolf, der nach seiner triumphalen Rückkehr auf die Insel wichtige Funktionen in der Gemeinde übernommen hatte, war auf einmal verschwunden. Die Frauen, die flüstern, verbreiteten die Nachricht, er sei nach Italien geflüchtet, des Nachts, mit einem kleinen Ruderboot, damit man keinen Motor hörte. Später hieß es, dass er genau genommen nach England abgehauen sei, wo ihn die einzige Frau erwartete, an der ihm gelegen war: die Löwin aus dem *Imperial*. Geflüstert wurde auch, dass ihn die Kommunisten umgebracht hätten, denn die waren bekannt dafür, dass sie zuerst fremde Menschen umbrachten, dann die eigenen Leute und schließlich jeden, der gerade daherkam.

Eines Tages, unter der Steineiche auf dem Platz der Freiheit, hörte Nona, dass sie Rudolf in das neue Lager auf Goli gesperrt hätten, weil er in einer Gesellschaft erklärt habe, Tito habe sich einen Schnauzbart zugelegt. Und er hatte diesen Schnauzer detailliert beschrieben, als sehr dicht und schwarz, mit einzelnen grauen Härchen dazwischen und genau in Lippenhöhe gestutzt.

– Der muss aber auch jedes Lager ausprobieren – lautete der Kommentar des Mannes, der die Geschichte halblaut zum Besten gegeben hatte. Und als sie ihren älteren Sohn fragte, jetzt Maschinenbaustudent in Zagreb, ob man Rudolf ein Paket schicken könne, falls er hungrig sei und so, gab ihr der Sohn erregt zur Antwort:

– Mama, dass du mir das nie wieder fragst. Weder mich noch andere, ist dir das klar?

– Im Lager bei den Italienern konnten wir Pakete bringen …

– Mama, der Alte ist in keinem Lager, dass du mir das nie wieder sagst, die Partei hat ihn zur Umerziehung geschickt.

Ungefähr zur selben Zeit hörte sie in der Stadt, wie ein Mann im Anzug, mit schmaler Krawatte, wie sie modern waren, als sie zum ersten Mal zu heiraten versucht hatte, von „Schnee vom Vorjahr" sprach.

– Ach geh – sagte er – das ist Schnee vom Vorjahr. *Lanjski snijeg*.

Das Wort „Vorjahr" wurde auf der Insel nicht viel gebraucht. Geschweige denn das Wort *snijeg*. Vielleicht das Wort *snig*, aber selbst das Wort *snig* wurde seltener gebraucht, als richtiger Schnee auf der Insel fiel. Den Ausdruck „Schnee vom Vorjahr" hatten wahrscheinlich Leute aus der Lika und dem Gorski kotor mitgebracht, wenn sie als Internierte im Lager Kampor auf die Insel kamen, später auch als Personal auf Goli. Schnee vom letzten Jahr ist etwas, was längst geschmolzen ist, was es nicht einmal in Spuren mehr gibt, aber Nona Ela konnte einfach nicht aufhören, an Schnee zu denken, der älter ist als tausend Jahre. Was ist das für ein Schnee vom letzten Jahr, wenn dieser ganze Schnee tausend Jahre alt ist? Welcher ist in diesem tausendjährigen Schnee der vom letzten Jahr, und welcher vom vorletzten, oder vorvorletzten? Geht irgendetwas in der Vergangenheit verloren, oder bleibt alles und häuft sich auf? Zum Alten Jahr 1938, als er sich in Nonas Kellergelass versteckt hatte, hatte Rudolf ihr eine Botschaft auf einen Stein gekritzelt: „Liebe Ela, ein Glück, dass die Jahre schneller altern als wir!"

27

Anfang der Sechziger verkauften Nona und Nono das alte Haus oberhalb des *Kontinental* und bauten ein neues, eine Bucht weiter, näher am Strand und mit einem schönen Blick aufs Meer. Im Erdgeschoss wohnten sie beide, aber auch der Onkel und Lukas Vater, wenn sie mit ihren Frauen aus Zagreb kamen, und im ersten Stock gab es drei Zimmer zum Vermieten. 1959 wurde Boris geboren und 1960 Luka. Jetzt war das Haus im Sommer wieder voll, und Nona hatte die beiden Söhne, die erwachsen und vom Glauben abgefallen waren, durch zwei Enkel ersetzt bekommen, die sie sehr an ihre Söhne erinnerten. In einigen Zügen waren sie das genaue Abbild ihrer Väter, in anderen nicht, nur so viel, dass sie aussahen wie die Variation eines musikalischen Themas. Nono blieb gerade noch so lange am Leben, dass ihn die Enkel im Gedächtnis behalten, ihm auf die Schultern klettern und mit ihm auf ein Eis zum Campingplatz gehen konnten. Wenn sie ihm hinterhersah, wie er mit Luka auf den Schultern und Boris an der Hand Richtung Campingplatz ging, schien die Vergangenheit für sie nicht zu existieren, weil er immer zurückkehrte. Und so behielt sie ihn im Gedächtnis, als Weggehenden. Eigentlich hatte sie ihn immer so gesehen, entweder als Ankommenden oder als Weggehenden, nie als ständig Anwesenden. Sie hatte ein Leben mit jemandem gelebt, der nur Stimme war, und ihn als stets im Weggehen Begriffenen im Gedächtnis behalten: wie er aus dem Zimmer geht, wie er ihr etwas von der Kellertür zuruft und dann im Inneren verschwindet, wie er, den Plastikeimer mit den Ködern in der einen und den Korb mit dem Mittagessen in der anderen Hand, grüßt und zum kleinen Hafen geht, wo die *Dolin II* vor Anker liegt. Und was immer sie zu tun versuchte, immer hieß es:

– Lass nur, Elica, das mache ich, wenn ich zurückkomme!

Zu dieser Zeit blies der Jugo immer öfter durch Nonas Kopf, und sie wusste nicht, durch welches Nasenloch er hereinkam und durch welches Ohr er wieder ausfuhr, sodass ihr alles durcheinandergeriet. Deshalb packte sie mindestens einmal in der Saison den Koffer, stellte ihn vor die Eingangstür und legte das Ausgehkostüm an. Nono wiederum pflegte immer versöhnlich zu sagen:

– Komm, Elica, sei vernünftig!

Als Nono starb, blieb diese Zeremonie als Andenken an ihn, nur wechselten die Menschen, mit denen sie sich stritt. Zuerst war das Lukas Mutter, und als auch sie starb, stritt sie sich mit der Tante. In der Zwischenzeit hatte sie mehrere Brillenpaare gewechselt: die für die Ferne ebenso wie die zum Lesen. Die für die Ferne war noch immer die wichtigere, obwohl die zum Lesen in ihrem sechsundsiebzigsten Lebensjahr an Wichtigkeit gewann. Die für die Ferne glich so ziemlich ihrer ersten Brille aus Schildpatt, wegen der sie nicht und wegen der sie doch geheiratet hatte; auch diese war alt und in der Mitte, bei der Nase, mit einem Pflaster geklebt. Sie war weder schön noch elegant, aber mit ihr konnte sie von der Terrasse ausgezeichnet die Leute auf der Mole unterm Marjan und auch jene sehen, die auf dem Inselchen Sveti Juraj badeten. Sie konnte auch die große, aus Holz gebaute Zwölfmetergajeta mit der grünen Plane und der Aufschrift „Taxi" sehen, wie sie übers Meer fuhr, gesteuert von einem großen siebzigjährigen Alten in gestreiftem Matrosenhemd. Es gab keine weißen Anzüge mehr, keine Thomson-Gazellen, das hier waren jetzt Nashorn- und Flusspferdweibchen und Gnus und Warzenschweine. Und selbst Rudolf hatte ein wenig von einem Flusspferd. Seit seiner Rückkehr von Goli, wo er vier Jahre jeden Tag die Insel vor Augen hatte, auf der er geboren wurde und wo er den größeren und schöneren Teil seines Lebens verbracht hatte, hatte Rudolf wie verrückt zu fressen begonnen. Die Frauen, die flüstern, sagten, das komme daher, dass er auf Goli vier Jahre gehungert habe, und das habe er übelgenommen. Sie sagten auch, dass Rudolf allein ein ganzes gebratenes Huhn auffressen könne, zusammen mit den Knochen, sodass nichts übrig bleibt. Nona hörte auch Geschichten, dass er nach Mitternacht in den Küchen der Restaurants die Reste erbettle und das allein zu Hause herunterschlinge, in seinem Zimmerchen in der Stadt. Seit er jene „Armseligkeit" durchgebracht hatte, die ihm von der geizigen Mutter und dem unternehmenden Vater geblieben war, lebte er in einem gemieteten Kellergelass hinter dem Restaurant *Santa Maria*, das er sich als Wohnraum eingerichtet hatte. Aber wenn sie ihn auf der Riva sah und ihm zunickte, worauf er mit einem ebensolchen unmerklichen Kopfnicken zurückgrüßte, hatte er noch immer die

Haltung eines schönen Menschen, langsame und sichere Bewegungen, die zweifellos bedeutend schneller gewesen waren, als er auf Goli, unter der Androhung des Holzknüppels, Steine geklopft hatte. Aber als er befreit worden war, genoss er es, langsam gehen zu können, denn auf Goli hatten sie ständig geschrien:

– Schneller, schneller, ihr Bande!

Er jagte die Nilpferd- und Nashornweibchen und erlegte sie mit den präzisen Schüssen eines alten Jägers, und die großen Körper zuckten so lange im Staub, bis sie sich in skandalös daliegende Haufen Fleisch verwandelt hatten.

– Gott sei Dank, dass ich mich nicht an Rudolf verheiratet habe – sagte Nona, wenn sie von der Terrasse seine Gajeta und so manche korpulente Dame sah, die er vom Campingplatz in die Stadt fuhr.

So sagte sie, aber sie schaute trotzdem, bis sein Boot hinter der Mole am Marjan außer Sicht war.

28.

Ende August 1978, am vierundzwanzigsten, um elf Uhr vormittags, bekam Nona Besuch von einer Verwandten aus der Stadt. Sie waren gerade fertig mit dem Frühstück; Nona und Boris saßen am Tisch auf der Terrasse, unter Oleandern, deren Blüten schon versengt und verwelkt waren, aber sich noch immer auf den Zweigen hielten, während Luka in der Küche gerade das Geschirr abtrocknete. Sie wechselten Begrüßungsküsse, die Verwandte setzte sich zu Nona, und Boris bot sich an, Kaffee zu machen. Sie sprachen eine gute halbe Stunde lang miteinander, mit leiser Stimme, sich dabei immer wieder umblickend.

Danach stürzte Nona völlig geistesabwesend in die Küche; sie lief hinein und kam sofort wieder heraus, so als hätte sie sich an etwas erinnert, dann kehrte sie ins Wohnzimmer zurück und begann nach etwas zwischen den Büchern im Regal zu suchen, nahm aber nichts heraus, vielleicht, weil sie nichts gefunden hatte, vielleicht aber auch, weil sie sich in diesem Moment an etwas anderes erinnert hatte. Und sie wollten gerade die Sachen aufs Segelboot bringen.

– Wann kommt ihr zurück?

– Wie immer, Nona, nach fünf – sagte Boris.

– Ich werde nicht hier sein. Im Kühlschrank habt ihr Paprika, du machst Püree, lass Luka nicht wieder die ganze Küche schmutzig machen, später dreh die Flasche gut zu, dass wir nicht alle in die Luft fliegen …

– Ich weiß, Nona, wir sind keine Kinder.

Und sie ging langsam die Treppe hinauf in ihr Zimmer, und Boris und Luka sahen sich verwundert an.

– Wie meint sie das, sie wird nicht hier sein? – fragte Luka.

Sie sahen, dass etwas vor sich ging, aber von den Details hatten sie keine Ahnung.

An diesem Morgen zog Nona ihr Ausgehkostüm an, zwischen den Sachen im Koffer fand sie die Bibel, die sie die ganze Jugend hindurch und jene seltsamen Jahre in Afrika begleitet hatte, sie brachte ihr Haar in Ordnung, legte diskret Lippenstift auf, nahm ihre Lesebrille im schwarzen Etui und ging langsam Richtung Stadt. Der Lungomare war voller Einheimischer, und alle Augenblicke wurde sie von jemandem gegrüßt, aber sie war jetzt in einer anderen Zeit, in der die meisten von denen, die sie grüßten, noch nicht geboren waren.

Die Nachricht, dass sich das Leben des ihr nicht beschiedenen Mannes dem Ende näherte, war langsamer zu ihr gereist, als Nona jetzt Richtung Stadt ging, denn ihre Verwandte, eine Diabetikerin, hatte Probleme mit den Beinen. Jedenfalls war es angezeigt, über diese Nachricht gut nachzudenken. Als ihr vor mehreren Jahren zum ersten Mal der Gedanke gekommen war, dass Gott sich auch für eine solche Lösung entscheiden könnte, hatte sie zu beten begonnen, dass es dazu nie kommen möge. Das Gebet wurde von Angst geschürt, und je mehr sie betete, desto stärker wurde die Angst. Am Anfang, das muss man zugeben, war es noch keine richtige Angst, eher ein unbehagliches Gefühl, so als müsste man Verwandten gegenübertreten, mit denen man seit Jahren im Streit liegt, aber je gewisser eine solche Möglichkeit wurde, desto genauer konnte man das, was sie fühlte, als Angst bezeichnen. Sie hatte die Hoffnung, dass Gott Rudolf als Ersten zu sich nehmen werde und dass sie mit ihm, dem realen oder dem imaginierten, nicht ins Reine zu kommen brauchte. Mit der Liebe ist es so: Gewöhnlich verlieben wir uns, bevor uns bewusst wird, dass wir uns verliebt haben. So ist es auch mit der Angst. Nona begann zuerst Angst zu haben und sich dann bewusst zu werden, vor was sie Angst hatte. Und fürchten tat sie sich vor einem Eingeständnis. Nono war noch am Leben, als der imaginierte Rudolf in jener unbestimmten Periode, bevor sie in den Schlaf sank, davon zu ihr zu sprechen begonnen hatte, dass er sie sein ganzes Leben geliebt habe, dass er am Anfang, als sie ihn in dem Fotogeschäft verlassen hatte, wütend auf sie gewesen sei, dass er sie sich sogar tot vorgestellt habe, dass er sie habe zerquetschen wollen, so wütend sei er gewesen, aber dass er, als sie nach Afrika gegangen war, um ihr Leben besorgt gewesen sei. Und so wie am Anfang die Wut gewachsen sei, bis hin zu Mordgedanken, so sei dann die Angst gewachsen, dass das, was er sich vor gar nicht so vielen Monaten gewünscht hatte, auch tatsächlich eintrat. Er habe Löwen, Menschenfresser, Krankheiten gefürchtet und gehofft, so der imaginierte Rudolf, dass sie es dort begreifen und zurückkehren und das Unrecht korrigieren werde, das sie ihm zugefügt hat. Wenn sie wütend auf ihn war, und das geschah regelmäßig, wenn sie ihn in der Stadt mit einem Zebra oder einer Antilope sah, sagte sie zu ihm:

– Gott sei Dank, dass ich mich nicht an dich verheiratet habe.

Aber es gab auch Zeiten, wo sie nicht wütend war: Das waren eigentlich die schwereren Zeiten. Dann musste sie ihm auf die Frage, warum sie ihn verlassen hatte, geduldig erklären, dass sie es selbst nicht wisse, dass Gott sie so unterschiedlich geschaffen habe, dass sie mit ihm nicht hätte sein können, das aber zu spät eingesehen habe, erst als ihr die Muttergottes zugelächelt habe. Und man dürfe auch nicht all die Frauen außer Acht lassen, die ihn mit ihren Blicken aufgefressen hätten, was sie durch ihre Brille deutlich gesehen habe, und gesehen habe sie es deshalb, weil sie sich bis dahin nur an verborgenen Orten getroffen hätten, nur sie beide allein, jetzt aber plötzlich im Hochzeitsgewand vor der ganzen Stadt gestanden hätten. Schon damals hätte ihr klar sein müssen, wie die Sache mit Rudolf stand, es sei ihr aber nicht klar gewesen, Gott habe statt ihrer entschieden. Und sie wurde, obwohl sie am Anfang nicht wütend gewesen war, so wütend, dass sie zu ihm sagte:

– Du hättest mich das ganze Leben betrogen.

Der imaginierte Rudolf antwortete ihr:

– Und du hättest mir verziehen!

Sie hatte ihn, all die Jahre hindurch, alles Mögliche gefragt.

Woran hat er zwischen Zebra, Antilope, Löwin und Giraffe gedacht?

Warum können wir uns am Ende in etwas sicher sein, worin wir uns am Anfang nicht sicher waren?

Warum beginnen die meisten Männer, alle Frauen zu hassen, wenn eine sie verletzt?

Hat er ihnen nur deshalb so sanft die Haut abgezogen, weil er sie ihr nicht hatte abziehen können?

Wie groß ist das Gewicht all dieser Frauen, die er im Leben hatte, im Verhältnis zu ihren fünfzig Kilo?

Warum gefällt es Gott manchmal, uns nicht die Gabe der Erkenntnis zu schenken?

Ist er sich bewusst, dass er ihren Söhnen ein geistiger Vater geworden ist?

Zweifelt der Mensch am Atheismus, so wie sie manchmal an Gott zweifelt?

Aber die Meter auf dem Weg von Nonas Haus in der Bucht bis zu seinem Zimmerchen in der Stadt wurden langsam weniger. Es waren an die zweitausend, an Schritten gut viertausend. Auch die Schritte wurden immer weniger.

In jenem leeren Teil der Straße zwischen Polizeiwache und Hotel *Istra* warf ihr jemand zu:

– Wohin willst du so schnell, Ela?

Sie ging über die Riva, nicht durch die Srednja ulica, denn auf der Riva atmet es sich leichter. Als sie bis zum Fürstenpalais gekommen und von seinem Zimmerchen noch gut hundert Meter entfernt war, wurde ihr klar, dass sie mehr als Rudolfs Eingeständnis nur noch eines ängstigte: dass er nichts eingestehen werde. Mit den Jahren hatte sie sich vor dem Einschlafen schon so sehr an dieses Eingeständnis und die Angst, die es begleitete, gewöhnt, dass es ihr Leben jetzt in eine riesige Ebene ohne Bäume und Büsche verwandeln würde, ohne Antilopen, Nashörner und Löwen, nur Kilometer um Kilometer dürres, im heißen Wind raschelndes Gras. Aber vielleicht würde es tröstend sein, noch einmal seine Stimme zu hören.

Ganz atemlos, verschwitzt und mit verdorbener Frisur kam sie zu der alten Holztür, von der sich die abgesprungene grüne Farbe in Schuppen löste. Sein Zimmerchen hatte ein einziges Fenster, vor dem ein Gitter war, so als hätte er Goli überhaupt nie verlassen. Und sie klopfte, und als niemand antwortete, öffnete sie langsam die Tür.

In den Fällen, in denen ein wirklich dicker Mensch abmagert, sieht das aus wie ein kleines Kinderplanschbecken oder ein Strandball, wenn die Luft rausgeht. Alles an ihm hing herunter: die Wangen, die Lippen, die Tränensäcke unter den Augen, selbst die Ohren. Rudolf lag da, die Hände über der Brust gekreuzt, neben seinem Kopf brannte eine Kerze, und auf seinen Augenlidern lagen Fünfdinarmünzen.

Also, das machte sie wirklich wütend.

Du hast dich davongestohlen!, sagte sie im Stillen zu ihm, war sich dabei aber mehr als bewusst, dass sie sich als Erste davongestohlen hatte.

29.

Dass etwas nicht stimmte, bemerkten Boris und Luka, als sie 1979 Mitte Juni auf die Insel kamen. Nona erwartete sie mit warmem Brot, paniertem Kalbfleisch und Erbsen. Sie war gebeugt und ging schwerer, aber im ersten Moment schien alles in Ordnung zu sein. Gegen acht Uhr abends zogen sie sich um und machten sich zum Ausgehen fertig, Gavran hatte schon angerufen, und auch Škembo war auf der Insel. Die Möbel und Gegenstände begannen ihre klaren Konturen zu verlieren, auch die Zypressen und Feigen im Hof. Nona saß im Wohnzimmer, in diesem Halbdunkel, und vor ihr lag die offene Bibel und ihr altes, abgegriffenes Schreibheft, in das sie Zitate und Kommentare zu gelesenen Kapiteln eintrug. Sie las nicht, sondern sah irgendwo hinaus, in die Dämmerung. Boris und Luka kamen von der Terrasse und verdeckten das wenige Licht, das von Westen kam. Boris sagte:

– Nona, wir gehen ein bisschen aus.

Sie hob den Kopf, aber ihre Augen wirkten seltsam. Dann sagte sie:

– Ich fick euch euren Hurenbock von Vater, den fick ich euch!

Stille.

Aus dem nahe gelegenen Restaurant waren nur das Stimmengewirr und das Klirren von Besteck und Porzellan zu vernehmen, von Zeit zu Zeit trug eine leichte Bora Melodien von der Terrasse des Hotels *Kontinental* heran. Das ist vielleicht eine Polka, aber vielleicht auch nicht, es ist nicht so gut zu hören, die Melodie kommt für einen Moment und ist viel zu schnell wieder weg. Nono hat nie herumgehurt, ist nicht den Frauen nachgelaufen, obwohl er zu ihnen übertrieben liebenswürdig war, aber das war die Liebenswürdigkeit eines Verschnittenen. Und niemals im Leben war er mit Freunden in ein Wirtshaus gegangen, um sich zu betrinken.

– Ihr hurt herum wie er, glaubt ihr, ich weiß das nicht! – röchelte Nona.

Nie im Leben hatte sie ordinäre Wörter gebraucht, weder „ficken" noch „Hure", noch irgendein anderes vulgäres Wort, weil sie der Ansicht war, dass derartiges tun und sagen gleichermaßen Sünde ist, da man mit dem Sagen ständig wiederholt, was einmal getan wurde.

Luka und Boris sahen sie entsetzt an, sie brauchten eine Weile, um es zu begreifen.

– Sie denkt, dass wir ihre Söhne sind – flüsterte Boris und fuhr dann lauter fort: – Nona, das sind wir, Boris und Luka.

Sie erkannte sie nicht.

Onkel und Tante kamen schon am nächsten Tag auf die Insel, Lukas Vater hingegen sagte, er könne nicht von der Arbeit weg und werde kommen, wenn man ihn lasse. In der Zwischenzeit hatte sich Nona beruhigt, hatte Sohn und Schwiegertochter begrüßt, war zu ihrer Schwiegertochter sogar freundlicher als sonst, und schon daran konnte man sehen, dass etwas nicht stimmte. An die Episode mit dem Fluchen erinnerte sie sich nicht, und sie wurde sehr böse, als Boris zu ihr sagte, sie habe geflucht.

– Boris – sagte sie – ich fluche nicht.

Der Onkel brachte sie für eine neurologische Untersuchung ins Krankenhaus in Rijeka, und dort kam man zu dem Schluss, dass man sehr rasch mit einer Häufung solcher Episoden rechnen müsse; der Arzt sagte zum Onkel, dass sie jetzt überwiegend normal sei, es würden Episoden von Demenz auftreten, aber der Verlauf der Krankheit sei ein solcher, dass diese Episoden bald immer häufiger aufträten und die Perioden der Normalität immer kürzer würden, bis sie am Ende ganz, ganz selten würden. Aber dann werden, sagte der Arzt, sowohl für sie selbst als auch für Sie die Perioden, wenn sie normal ist, schlimmer sein als jene langen Perioden der Demenz. Plötzlich sagte sie zu dem Arzt:

– Fick deinen Vater, den Hurenbock!

– Sie denkt, Sie wären ich – sagte der Onkel.

– Das wird ständig passieren – schloss der Arzt. – Und ständig wird sie über die Vergangenheit sprechen, sie wird sich an alles aus der Vergangenheit erinnern, an Details und Menschen, an Kleinigkeiten, man sollte nicht glauben, an was nicht alles, aber sie wird nicht mehr in der Gegenwart leben können.

Schon Anfang des folgenden Monats musste die Tante Nonas Koffer packen, während sie in ihrem Reisekostüm, das auf dem linken Revers ein wenig feucht war, weil bei Nona manchmal die Spucke unkontrolliert herausrann, aber nicht sehr, aus dem Fenster sah, wie die Oleander knospten. Sie packten ihre notwendigsten Sachen ein, Nachthemden, das Necessaire, zwei warme Strickjacken und eine Stoffjacke für den Frühling, ihre Fotografien aus Afrika. Und die Bibel. Die Tante legte sie auf die warmen Sachen, obwohl sie wusste, dass sie sie nie mehr brauchen würde. Das tat sie, als würde sie sie ihr mit ins Grab geben. Der Onkel weinte, als er den Sunbeam startete, um sie in die psychiatrische Klinik nach Kampor zu fahren, wo einer seiner Freunde sie untergebracht hatte. In der Klinik saß sie nur auf dem Bett und starrte aus dem Fenster in die Felder von Kampor, und dort sah sie vielleicht den Stacheldraht, die Wachtürme und Zelte. Eine Flucht im Raum war nicht mehr möglich, aber die Flucht in der Zeit war geblieben. Zum Glück gab es sehr viel Vergangenheit, in die man fliehen konnte.

Die Trauer Belgiens

1.

Im Jahr 1981 hatten sich schon alle mit der Tatsache abgefunden, dass der größte Sohn unserer Völker nicht mehr war, und aufgehört, sich als Waisen zu fühlen. Aber dieses Jahr blieb wegen der Invasion Schwarzer Witwen in Erinnerung. Verzeichnet wurden ein Todesfall in der Umgebung von Zadar und eine Reihe sehr hässlicher Bisse von Istrien bis Dubrovnik. Sie waren dort aufgetreten, wo es sie sonst nie gegeben hatte, in der Nähe der Häuser, in den Steinmauern der Weinkeller, in Gärten, sogar in Garagen. Gleichzeitig mit dem ersten Auftreten meldeten sich auch Skeptiker, die behaupteten, dass das keine Witwen seien, weil die ihre Nester nie in der Nähe von Häusern bauen, sondern dass es sich um eine sehr ähnliche, aber ungiftige Spinne handle. Das waren dieselben, die auch behauptet hatten, auf der Insel gäbe es keine Giftschlangen, oder im Meer gäbe es keine Haifische. Das braucht einen nicht zu verwundern, es war das noch immer eine Zeit des allgemeinen Optimismus. Aber es gab auch jene, allerdings bedeutend weniger, die behaupteten, dass die Witwen damals mit einem Jahr Verspätung aufgetreten seien, um den toten Marschall zu betrauern. Die zweite große Invasion erfolgte 1988. In diesem Jahr erschienen sie angeblich zwei Jahre im Voraus, um ihre Trauer um den Staat auszudrücken, der im Verschwinden begriffen war, und um im Voraus all jene zu betrauern, die erst umkommen würden. Im darauffolgenden Jahr sollte im Kosovo, im Bergwerk Trepča, ein großer Bergarbeiter-Streik beginnen, und die Bürger Sloweniens und Kroatiens schickten sich bereits an, ihre Unabhängigkeit zu verkünden.

Zu Beginn der Saison 1981 sprach der Inhaber des Pubs *Le Journal*, der besten Bar auf der Insel, die in ihrem Interieur die ganze Sehnsucht unserer Menschen nach dem Reichtum des Westens bündelte, Boris ein Lokalverbot aus. Zu der Zeit hatte Boris mit seinen zweiundzwanzig Jahren beschlossen, nicht mehr mit Mädchen zu schlafen, weil das für ihn nur Zeitverlust bedeutete. Wenn du mit einem Mädchen schlafen willst, musst du ihr mindestens eine Zeit lang den Hof machen, du musst sie zu einem Spaziergang einladen und sie dann in den Park führen, du musst den richtigen Platz an einem der Steintische finden oder auf einer Bank mit Blick auf die Bucht der hl. Eufemija, und wenn alles erledigt ist, musst du sie nach Hause begleiten, und das ist vielleicht am anderen Ende der Stadt. So kann ein ganzer Abend vergehen, aber er ist seit jeher sparsam. Er spart sein Taschengeld, er spart die Schritte, er spart oft auch Worte oder Berührungen, aber die wertvollste Ersparnis ist für ihn die Zeitersparnis. Jeder Schritt und jede Minute, die er mit diesem Mädchen im Park verbringt, ist wie in den Wind gesät, und er kann diese Zeit vernünftiger verwenden: zum Beispiel anderen Mädchen den Hof machen. Er setzt sich auf einen der Barhocker vor der Mahagoniverkleidung und macht ihnen schöne Augen. Von dieser Stelle aus hat er einen guten Blick sowohl auf die Straße als auch auf das Innere des Pubs. Wenn eine von ihnen den Blick erwidert oder lächelt, geht er mit dem Glas in der Hand zu ihr hin und stößt mit ihrem Glas an, unabhängig davon, ob sie es in der Hand hält oder ob es vor ihr auf dem Tischchen steht.

Wenn sie eine oder zwei Stunden später, oder sogar früher, nach einer halben Stunde, bereit ist für den ersten Kuss, schlägt er ihr vor, gemeinsam einen Spaziergang zu machen. Sobald sie zustimmt, wartet er nur auf jenes kleine Zeichen: die Bestätigung, dass sie, wenn sie tatsächlich diesen Spaziergang machen, bestimmt mit ihm schlafen wird. Er braucht diese Bestätigung im freundschaftlichen Wettkampf mit sich selbst. In dem Moment, in dem sie zulässt, dass er sie unten berührt und sie nach Möglichkeit auch ein wenig erregt wird und ein oder zwei Tränchen rinnen lässt, weiß Boris, dass die Sache gelaufen ist. Sie verabreden sich zu einem Spaziergang, Atemluft liebkost seine und ihre Ohrmuschel, sie macht nur noch einen Sprung auf die Toilette, er hingegen sucht währenddessen das Weite. Luka und Škembo sehen von der Bar aus, wie das Mädchen durch das Lokal irrt, wie sie sich suchend umdreht, wie sie Bero hinter der Bar fragt, ob er den und den Burschen gesehen habe, kurzes krauses Haar, hübsch, mit einem blauen Pulli über der Schulter, und Bero hinter der Bar schüttelt jedes Mal den Kopf. Dann geht das Mädchen hinaus, in der Meinung, Boris warte auf der Straße auf sie, aber die Straße ist voller Menschen, die nicht Boris sind und die sie allein durch ihre Existenz enttäuschen.

Zu dieser Zeit ging Bero mit einer Deutschen, die mit einer guten Freundin, Marion, zu ihnen ans Meer gekommen war. Boris küsste und befummelte Marion ein Gutteil des Abends, knetete relativ diskret ihre Brüste unter dem T-Shirt, küsste sie hinters Ohr, presste sein Gemächt gegen ihr Knie. Am Ende schob er ihr die Hand ins Höschen, aber als sie auf die Toilette ging, um sich ein wenig herzurichten, und zurückkam, war er nicht mehr da. Völlig außer sich berichtete sie das ihrer Freundin, und die Freundin erzählte es Bero. Bero wollte es zuerst nicht glauben, bis er schließlich dieselbe Geschichte von mehreren Mädchen zu hören bekam. Alle beklagten sich über Boris, der die Sache anfange, aber nicht zu Ende bringe. Da geriet er außer sich und verbot ihm das Betreten des Pubs.

2.

Ins *Le Journal* kamen viele Mädchen, und in diesen Jahren war es der absolut beste Platz für einen Aufriss. Boris, Luka und Škembo streiften mehrere Abende durch die Stadt, vom *Imperial* zum *Grandhotel,* sie schafften es sogar bis an die Bar des *International,* aber nirgends gab es so hübsche und zugängliche Mädchen wie im *Le Journal.* Deshalb bat Boris Gavran um diplomatische Hilfe.

Am nächsten Abend kamen alle vier; Gavran voran und Boris, Škembo und Luka hinterher. Gavran spazierte hinein und ging gleich durch zur Bar, wo Bero gerade vier Martini in Gläser mit gezuckertem Rand einschenkte, während Boris, Luka und Škembo zurückblieben und erst einmal auf den hohen Hockern parkten, die draußen an der Wand aufgereiht waren. Bero kam angerannt, wütend.

– Ich habe dir gesagt, dass du nicht mehr reinkommst – baute er sich vor Boris auf.

– Aber, aber, langsam, langsam – sagte Gavran und legte ihm die Hand auf die Schulter.

– Bei meiner Mutter – knurrte er – du bist krank.

– Er ist nicht krank, nein – sagte Gavran – er hat nur ein bisschen gespielt. Er wird den Quatsch nicht mehr machen, und jetzt hör du auch auf.

Bero drehte sich zu Gavran um:

– Hör mal, für mich ist das krank, was er macht, entschuldige.

– Du wirst doch wohl nicht wegen einer *švabica* einem von uns das Leben schwermachen – blieb Gavran hartnäckig und ganz ruhig.

– Ich kann das einfach nicht verstehen – antwortete Bero.

– Komm schon, er tut es nicht wieder – sagte Gavran und drehte sich zu Boris um: – Wenn du hier was anbaggerst, musst du bis zum Ende gehen, hast du verstanden?

– Ja – sagte Boris zerknirscht.

– Ich weiß nicht … – kratzte sich Bero am Kopf.

Gavran sah ihn an, schielte und fuhr seinen letzten Trumpf auf.

– Willst du sehen, was wirklich krank ist?

Bero hob den Kopf und sah ihn misstrauisch an. Und Gavran sagte:

– Škembo, lass ihn mal sehen!

Und Škembo zieht ein Foto aus der Tasche und hält es dem Wirt des *Le Journal* hin. Der muss zuerst die Hände an der Hose abwischen und fasst dann das Foto vorsichtig an den Rändern.

Er schweigt und schaut. Sein Gesicht verändert sich, die Furchen an den Mundwinkeln werden tiefer, die Pupillen weiten sich, und schließlich sagt er:

– Bist du gelähmt. Echt krank.

Danach sitzen sie da draußen und laden die vorbeikommenden Mädchen ein, in das Pub zu kommen, sie machen kostenlos Reklame, und wenn einer von den Inselbewohnern kommt, ruft Bero von der Bar her Škembo zu:

– Los, zeig es ihm!

Dann zieht Škembo das Foto aus der Innentasche seines Sakkos und reicht es dem Betreffenden. Der sieht zuerst nur flüchtig hin, als sollte er hier verarscht werden, aber dann, wenn sich das, was durch die Augen eingegangen ist, mit dem Gehirn und das Gehirn mit dem besten Teil der Seele dieses Menschen verbunden hat, kann dieser nur noch durch die Zähne zischen:

– Jeboteeeeeeeeeeeeeeeeee!

Es gibt welche, die das Foto voll Abscheu zurückgeben, und solche, die versuchen, witzig zu sein, aber es geht ihnen nicht von der Hand, weil sich in der Kehle so ein Schleim gebildet hat.

3.

Er war ihr in der Autokolonne begegnet, die vom Fährhafen Mišnjak Richtung Stadt kroch. Sie saß auf dem Rücksitz eines Renaults mit belgischer Nummerntafel, die Stirn an die Scheibe gedrückt. Das Fenster war nicht ganz heruntergedreht, obwohl es so heiß war, wie es Anfang Juli auf der Insel nur sein kann. Auch war sie nicht so jung, der Mann und die Frau, die vorne saßen, sahen jünger aus. Sie erinnerte an Françoise Sagan auf dem Umschlag von *Bonjour tristesse*.

Das Buch stand auf dem Regal über dem Bett im Zimmer von Boris und Luka. Darauf sieht Françoise traurig aus, und traurig hatte auch die im Auto ausgesehen. Als er ihr durchs Fenster eine Oleanderblüte reichte, war sie etwas zusammengezuckt, als hätte er sie aus einem Traum geweckt, den sie offenen Auges träumte. Er war mindestens fünf Jahre jünger als sie. Außerdem hatte er dort, während sie saß, nicht sehen können, wie bucklig sie war. Das sah er erst jetzt, an der Bar des *Le Journal*. Sie hielt sich, als trüge sie einen Autobus voller Kinder auf dem Rücken. Und als hätten alle diese Kinder Leukämie. So bucklig sah sie aus.

Aber sie hatte auch etwas Verführerisches. Die schlanke Linie, der kurze Rock, der Beine ohne überflüssiges Fett oder Venen freigab, und die gleichgültigen Bewegungen, die zeigten, dass für sie die Welt ringsum nicht existierte, dass die Bar, die hohen Stühle, die Reihe der über der Bar kopfunter hängenden Flaschen, die Spiegel, das dunkle Mahagoni der Wände und selbst die Männer und Frauen neben ihr eine einzige Illusion waren, die bei einem raschen Erwachen erlöschen könnte. Mit einem Wort, sie gefiel ihm deshalb, weil sie irgendwie nicht da war.

Als er ein Glas Martini mit Zuckerrand von der Bar nahm und es vor sie hinstellte, sah es aus, als ob er direkt in ihren Traum hineinspaziert wäre. Auf der anderen Seite der Bar verfolgte ihn Bero mit strengem Blick. Marie zeigte ein hübsches Lächeln, wies das Getränk aber zurück. Das Gespräch stockte, denn sie konnte kein Englisch, und Boris sprach kein Französisch. Deshalb verständigten sie sich auf Deutsch. Sowohl für sie als auch für ihn war das die Sprache der Besatzer.

– Jetzt musst du mit der bis zum Schluss – sagte Bero zu ihm.

– Ich habe noch nie eine aus Belgien gevögelt – sagte Boris.

– Wo ist Belgien? – fragte ein Bursche aus Lopar, der ebenfalls an der Bar saß.

– Du Arsch – gab Bero seinen Senf dazu – das ist das Land zwischen Holland und England, wo Anne Frank gelebt hat.

– Die war aus Amsterdam – sagte Gavran.

Die, denen Europa direkt vor die Haustür kam, wussten nicht gerade viel von ihm.

4.

Sie sitzen auf dem Mäuerchen des *Grandhotels*, gegenüber der Apotheke, und sehen den Paaren zu. Heute Abend scheinen keine Frauen solo zu sein, und Boris scheint es, als lebten andere Männer sein Leben. Heute Abend scheinen sich alle Frauen mit jemandem gepaart zu haben, der nicht er ist, und das kommt einer Beleidigung gleich. Dort die beiden zum Beispiel, dünn, gleich groß, das Haar brünett, ihres etwas heller, die Augen blau, die Nasen regelmäßig und spitz, ähnlich gekleidet, sportlich. Sie halten sich nicht an den Händen, aber man spürt die Nähe. Ihre Bewegungen sind eingespielt, nichts sticht hervor, wohin sie sieht, sieht auch er, sie lächeln sich gegenseitig an und sind sich ähnlich wie Bruder und Schwester, zweieiige Zwillinge. Sie sind in sich selbst verliebt, in ihr getreues Ebenbild. Die Nähe verstärkt diese geschwisterliche Note noch, sogar so sehr, dass es abstoßend wirkt. „Ich würde alles ficken, selbst eine zersägte Frau, aber die eigene Schwester nicht", sagt Boris. Dann kommen andere. Er ein großer schöner Mann mit schwarzem Haar, sie klein, dick, gedrungen, mit großen Brüsten. Sie sind völlig verschieden. Sie haben sich in das verliebt, was sie nicht sind. Sie in die Schönheit, er in die Durchschnittlichkeit. Oder sie in das, was er an ihrem Aussehen nicht mag, und er in die eigene Großmütigkeit. Sie werden wahrscheinlich lange und glücklich leben und sich erst an der Schwelle zum Alter trennen. Wenn sie begreifen, dass das Leben einfach ist und dass sie noch mehr zugelegt hat und dass seine Schönheit eine noch größere Seltenheit geworden ist. Hinter ihnen kommt langsam, einen Fuß vor den anderen, ein anderes Paar geschritten. Großgewachsen beide, nordische Typen, blond, sie überragen alle und könnten allen auf den Kopf spucken. Basketballer und Basketballerin. Sie gehen langsam, umarmt und braungebrannt. Sie nehmen von niemandem Notiz, sie schauen nicht in die Auslagen, während die Bewohner Liliputs hektisch an ihnen vorüberhasten. Sie haben sich in ihre Besonderheit verliebt, in das, was hervorragt. Sie denken nicht an den Tod, der in diesen Gegenden allem den Kopf abrasiert, was hervorragt. Sie denken nicht an die Mentalität dieser Leute, die sich bemühen, durchschnittlich und unsichtbar zu sein, die sich anpassen aus lauter Angst um ihr Leben. Die beiden würden es nicht verstehen, wenn seine Nona zu ihm sagte: „Sei nicht der Erste und nicht der Letzte, halte dich in der Mitte, die, die vorne sind, und die, die hinten sind, gehen zuerst hinüber." Das Leben war für Nona eine Kolonne von Lagerhäftlingen, die nach der Arbeit auf den Feldern hinter den Stacheldraht von Kampor zurückkehren.

Dann bleibt vor ihnen ein junges Paar stehen. Sie sind nicht älter als sechzehn und nonstop am Speicheln, sie küsst ihn und er küsst sie, sie lassen nicht nach. Wegen der Umarmung leiden Gang und Bewegung. Sie müssen einander fühlen, sie haben sich in das verliebt, dass sie nichts über den anderen wissen, und auch nichts über die Menschen im Allgemeinen. Sie haben sich verliebt, wie wenn er sich in eine weißgestrichene Melone verliebt hätte und nicht wüsste, dass sich unter der Farbe die Melone versteckt. Ihre Liebe ist deshalb so sichtbar, weil sie nichtexistente Menschen lieben. Ein korpulenter Mann in mittleren Jahren mit längerem Haar und Bart lacht laut. Hinter ihm trippelt auf ihren Absätzen ein hübsches zerbrechliches Frauchen mit knabenhaft kurzem Blondhaar und süßen Schultern. Er sagt etwas Lustiges zu ihr, und sie liest es von seinen Lippen ab. Sie hat sich in das verliebt, was er hört, und er in das, was sie nicht hört. Sie in das, was er kann, und er in das, was sie nicht kann, sie in die Kraft, er in die Ohnmacht. Wenn morgens der Hahn kräht, wacht er auf und flucht sich die Seele aus dem Leib, während sie friedlich schläft. Auch dieser Schlaf ist ein halber Tod.

„Du Arsch, du lebst mein Leben", wirft ihm Boris im Stillen zu, aber gleichzeitig, durch die gedachten Worte in seinem Kopf hindurch, hört er auch richtige.

– Ist das nicht die von dir? – fragt Luka und deutet mit dem Kopf auf eine Erscheinung in kurzem Rock und hochhackigen Sandalen, die gerade in ihr Blickfeld hineinspaziert ist und die Scholl-Pantoletten im Schaufenster der Apotheke mustert.

Am Abend zuvor haben sie sich lange und schön im *Le Journal* unterhalten. Bero war zufrieden, weil Boris ständig da war, und dann waren ein jüngerer Mann und eine Frau sie abholen gekommen, die hatte er schon gesehen, als sie im Auto von der Fähre Richtung Stadt fuhren. Jetzt hüpft er doch von dem Mäuerchen, greift automatisch nach einer Oleanderblüte hinter seinem Kopf und geht auf Marie zu. Sie hat ihn genau in dieser Stimmung erwischt, die gewöhnlich einmal pro Saison kommt, wenn er sich einsam und von allen verlassen fühlt, wenn ihm scheint, dass alle um ihn herum leben, während er nur vegetiert. Und gerade als er mit der Blüte zu ihr kommt und sie ihn verwundert ansieht, kommen aus der Apotheke jener Mann und jene Frau. Und da lernen sie sich kennen. Das ist ihr Bruder, und die Frau ist seine Frau. Sie laden ihn auf ein Getränk ein. Nicht die Kleine, der Bruder und seine Frau laden ihn auf ein Getränk ein, und er nimmt an. Marie gefällt ihm nicht unbedingt, und doch kann man nicht sagen, dass sie ihm überhaupt nicht gefällt, irgendwas dazwischen. Im Profil gesehen ist sie etwas hässlicher, aber von vorne eher schöner als im Profil, etwas seltsam. Aber definitiv ziehen ihn ihre verlangsamten Bewegungen an und die Tatsache, dass die sie umgebende Welt für sie kaum existiert. So wie er.

5.

Sie gingen mit ihm ins Café *Sutjeska*, weil die Ausländer, so dachte er, ob sie nun trinken, ob sie nun essen, ob sie nun scheißen, das gern mit Meeresblick tun. Der Bruder und seine Frau sprachen gut Englisch, und so konnten sie ein Gespräch führen: über das Wetter, über die Winde auf der Adria, über Ćevapčići, darüber, dass sich der Sozialismus in Jugoslawien stark von dem Sozialismus russischer oder ungarischer Prägung unterscheidet, darüber, was er sonst macht (Boris studiert Maschinenbau, und sein Bruder hat eine kleine Reinigungsfirma), Marie nahm allerdings nicht an dem Gespräch teil. Das Seltsamste dabei war, dass es am Ende der Bruder war, der vorschlug, dass Boris und Marie sich am nächsten Abend treffen und etwas zusammen trinken sollten, während er ihr nicht einmal einen Blick im Profil geschenkt hatte.

Sie trafen sich vor dem Hotel *Istra,* dort ließ sich gut warten, weil man auf den Blumenkübeln sitzen und bei Bedarf den vorüberflanierenden Mädchen ein paar Blütenzweige zustecken konnte. Natürlich mit der nötigen Vorsicht, damit die es nicht sah, auf die man wartete. Auf sie indessen brauchte man nicht lange zu warten, höchstens eine oder zwei Minuten, sodass sich vermuten ließ, dass sie früher gekommen war und sich im Schatten der Tamariske am Anfang des Parks ein wenig verborgen gehalten hatte, bis er gekommen war. Sie machten einen Spaziergang auf der Riva, und Boris sprach zuerst darüber, was sie sahen, damit das Gespräch möglichst natürlich verlief, aber später würde er von dem sprechen, was man nicht sieht, aber was man noch betasten und sich vorstellen kann, um am Ende auch zu dem zu kommen, was man nicht sieht, was man nicht betasten und was man sich schwer vorstellen kann. Auf der Riva erklärte er ihr die Typen der Segelboote je nach Bespannung und Abfolge der Masten: Cutter, Jolle, Ketsch, und sprach auch über die Einteilung nach dem Rumpf, Einrumpfboote, Katamarane, Trimarane … Sie hörte ihm höflich zu, sie gingen langsam, und manchmal berührte er sie, wie zufällig, mit dem Arm, der am Körper herunterhing. Ein wenig unnatürlich, wenn man es von weitem beobachtete, aber wichtig ist, mit der einen Hand den Worten Unterstützung zu verleihen, zu gestikulieren, während die andere, die herabhängende, auf kleine Berührungen lauert und eine klitzekleine, aber schöne Spitze klöppelt. Marie war mager, aber sie hatte dort reichlich, wo es sein muss: unterm Kinn und am Hintern. Sie hörte ihm abwesend zu, höflich, aber abwesend. Und so wurde das, was ihm im ersten Moment gefallen hatte, ihre Gleichgültigkeit, plötzlich zum Problem. Er ging von den Segelbooten über zur Geschichte der Stadt: die ersten schriftlichen Erwähnungen in der Antike, es gibt auch Denkmäler aus der römischen Zeit im Hof von Sankt Justina, die byzantinische Herrschaft, dann die Jurisdiktion der kroatischen Könige, dann die venezianische Herrschaft … Aber es fehlte nicht viel, und sie hätte zu gähnen begonnen. Danach sprach er über Cocktails, Discomusik, über die Koniferen im Park, die so schön duften, über Nudismus, über die Freiheit des Körpers, er versuchte herauszufinden, welche Tänze sie mochte, welche Bücher sie las und welche Musik sie hörte, danach sprach er zu ihr auch von der Liebe, von der Leidenschaft, von Freundschaft und Hingabe. Am Ende war ihm klar, dass er nicht wusste, was eine Frau interessiert, die mindestens fünf Jahre älter ist als er.

Aber so im Gespräch begann er sie offener zu berühren, am Oberarm, wenn er sie im Gedränge vor sich gehen ließ, dafür ist Gedränge gut, eine Ausrede für schickliche Berührungen, an der Schulter oder, ein oder zwei Mal, im Hüftbereich. Allerdings war sie jedes Mal, wenn er sie berührte, schrecklich hart. Nicht einfach normal gespannt, sondern wie zementiert. Sie verwandelte sich für kurze Zeit in die Zementstatue Marie, fast konnte er aus ihr Reste der Armierung herauslugen sehen. Was war ihr zugestoßen? Sie kamen am *Sutjeska* vorbei, querten die Srednja ulica und gingen hinauf zur Pjaceta, wo es nicht so viele Leute gab. Die Pjaceta ist gut, denn der Blick auf Frkanj macht die Mädchen irgendwie lockerer, der dichte Wald und die grüne Bucht machen sie weicher, manchmal sogar verzückt, und die alten Paläste und die Kathedrale versetzen sie in Bewunderung. Unter der Steineiche, am Aussichtspunkt, wollte er ihr den Arm um die Schulter legen, aber sie stieß ihn grob zurück. Hysterisch, sodass ihn einige Leute ansahen, als wollte er sie vergewaltigen. Das rief Wut hervor, sie stieg von unten auf nach oben, aus dem Magen hinauf zur Lunge und in die Wangen. Sie geht mit ihm aus, sie machen Spaziergänge an romantischen Orten, und dann diese Hysterie. Am liebsten hätte er sie dort oben stehenlassen und wäre allein zurückzugegangen in die Stadt, um eine normale Frau zu finden. Er konnte einfach keine Verbindung herstellen zwischen der Lässigkeit vor dem *Grandhotel* und dieser Hysterie.

Sie kehrten schweigend nach unten zurück. Er wollte kein Wort mehr mit ihr reden, er hatte nur vor, sie vorm *Istra* abzuliefern, wo sie sich getroffen hatten, das dünkte ihm fair, und dass sie nicht allein durch die Stadt irrt. Und er ging schnell, während sie ihm nachtrippelte. Solange sie spazieren gegangen waren, hatten ihre Bahnen Mäandern geglichen, sanft, gerundet, jetzt hingegen, auf dem Rückweg, waren sie geradlinig und hatten scharfe Kurven. Aber das war immer so gewesen. Wenn sie mit einem Mädchen in den Park gingen, war das alles weich, rund, sie blieben stehen, um einem Schiff zuzusehen, dann zeigten sie ihr die Apotheke, die älteste auf dem Balkan (wenn man die Inselbewohner fragte, ob sie auf dem Balkan lebten, lehnten sie eine solche Möglichkeit voller Abscheu ab, waren aber immer bereit zu betonen, dass diese Apotheke die älteste auf dem Balkan sei, älter sogar als jene in Dubrovnik), gingen weiter zur Loggia, wo die Maler sitzen, kehrten zur Riva zurück, dann ging es wieder mäandernd hinauf und wieder hinunter unterhalb der Stadt zum dunklen Lungomare, wo sie auf einer Bank mit Blick auf die angestrahlten Glockentürme das tun werden, was nötig ist. Und wenn das erledigt ist, ist die Bahn gerade, um sie so rasch wie möglich zu Hause abzuliefern.

Sie sah, dass er wütend war, sagte aber nichts. Und alles wäre an diesem Abend vorbei gewesen, wären ihnen unten bei der Loggia nicht ihr Bruder und ihre Schwägerin entgegengekommen.

6.

Ausgezeichnet, dachte er, ich werde sie ihnen dalassen. Allerdings begriffen die beiden nicht sofort, dass er wütend war, und luden ihn zum Abendessen ein. Zuerst lehnte er ab, mit der Ausrede, nach Hause zu müssen, aber ihr Bruder war hartnäckig. Er sagte, sie hätten ein ausgezeichnetes Restaurant entdeckt, dessen Garten wie das Atrium eines Patrizierpalastes aussehe und dessen Inneres dem Flaggschiff des Kolumbus nachempfunden sei. Der Bruder fragte, ob er das Restaurant kenne, und Boris sagte, dass er es kennt, natürlich, und dass man dort ausgezeichnet speise. Er sah wütend zu Marie, aber sie bat ihn mit ihrem Blick einzuwilligen, so jedenfalls las er diesen Blick und lag damit nicht falsch. Sie sah ihn an wie ein Hund, der um einen Keks bettelt, ihr war sehr darum zu tun, dass er zum Abendessen zusagte, so als hätte sie vor ihren eigenen Leuten Angst. Mein Gott, dachte er, die hat wegen irgendwas Angst vor ihrem Bruder. Und dann ergriff er ihre Hand, und sie erwiderte den Druck. Eine Irre. Vor zehn Minuten hat sie ihm fast die Augen ausgekratzt, und jetzt hält sie krampfhaft seine Hand. Und so gingen die vier direkt von der Loggia zum *Santa Maria*.

Auch auf dem ganzen Weg zum Restaurant hielten sie sich an den Händen, die mit der Zeit ziemlich feucht wurden, wechselten aber kein Wort. Die ganze Zeit überlegte Boris, warum Marie wohl vor ihrem Bruder Angst hatte. Er versuchte einen Grund zu finden, aber ihm wollte keiner einfallen. Ihm kam sogar der Gedanke, dass sie vielleicht gar nicht Bruder und Schwester waren, dass hinter allem eine große Lüge steckte. Diese Angst war nicht normal, vor allem auch deshalb, weil der Bruder wie ein feiner Mensch wirkte, außerordentlich aufmerksam gegenüber allen, vor allem gegenüber seiner Schwester. Wenn sie sich an ihn wandte, gab er sofort Antwort, selbst wenn er sich mitten in einer Diskussion mit seiner Frau befand. In dieser kurzen Zeit, die sie von der Loggia bis zum Restaurant brauchten, strich ihr der Bruder zwei Mal über das Haar. Wie bei einem Hund, dachte er, und sie hielt noch immer fest seine Hand.

Sie bestellten *chateaubriand*, damals aß er es zum ersten Mal. Zuerst aßen sie den Salat, der Bruder sagte, dass sie es in Belgien so machen, und dann kam das Fleisch. Das ist nicht schlecht, dachte er, gutes Essen, Spitzenwein, exquisites Restaurant. Marie und die Frau des Bruders schwiegen oder sprachen miteinander auf Französisch, was ihm gegenüber nicht unbedingt fair war. Der Bruder forderte ihn ständig auf, noch vom Fleisch zu nehmen, noch vom Reis, vom Gemüse. Aber wenn er die Gabel in das dicke Rindsschnitzel stach, rann das Blut heraus. Seine und Lukas Mutter hatten immer darauf geachtet, dass das Fleisch, egal, ob es auf dem Grill oder im Ofen gebraten wurde, nie blutig war. Blutiges Fleisch wurde als die größte Niederlage der Köchin angesehen, und der Vater hatte immer gesagt, ihm komme bei blutigem Fleisch der Magen hoch und bei den Partisanen habe er für sein ganzes Leben genug rohes Pferdefleisch gegessen. Aber das hier war gut, leicht gesalzen, scharf und delikat; er hatte gehört, dass so die reichen Leute essen, und jetzt hatte er endlich auch erfahren, weshalb. Der Bruder ermunterte ihn, nur ja zuzulangen, wenn es ihm schmecke, und bestellte noch eine Portion. Dann fragte er ihn, ob ihm der Wein zusage, und als Boris das bejahte, bestellte er eine neue Flasche. Als sie später das Dessert wählten, bestellte der Bruder für ihn einen flambierten

Bratapfel mit Eis. Alles in allem war es seltsam, es sah aus, als wollte er ihn bestechen. Oder ihn aus irgendeinem Grund im Auge behalten.

Nach dem Abendessen gingen der Bruder und die Schwägerin voraus und ließen sie in Ruhe voneinander verabschieden. Marie küsste ihn auf die Wange, wohl um sich bei ihm zu bedanken, und er, der Idiot, anstatt sich umzudrehen und wegzugehen, verabredete sich mit ihr auch für den nächsten Tag. Vor dem *Istra*, um acht am Abend. Und sie gingen nach Hause, wo immer sie wohnen mochten, irgendwo auf Palit, und es war schon nahe Mitternacht. Auf dem Nachhauseweg verteilte er noch ein paar Blütenzweige, mit einer konnte er sich sogar verabreden, und so fiel der Abend gar nicht so schlecht aus. Die Kleine war erheblich jünger als Marie, der Altersunterschied zwischen ihnen betrug elf Jahre. Auch mit ihr verabredete er sich vorm *Istra,* aber um sieben, und sollte die Kleine kommen, würde er mit ihr gehen, wenn nicht, bliebe noch die Belgierin. Vielleicht fällt auch morgen ein Abendessen an.

7.

Am Anfang trafen sie mit den Mädchen Verabredungen für alle halbe Stunde, aber an derselben Stelle, vor dem *Istra,* damit sie nicht von einer Stelle zur anderen laufen mussten. Eine halbe Stunde schien eine genügend lange Pufferzone zu sein, und Boris war der Meinung, dass man diese Zeit nicht verlängern sollte, da man sonst Termine unnötig verlor. Es begann aber auch der Fall einzutreten, dass beide zur selben Zeit kamen: Die eine hatte sich über jeden schicklichen Zeitraum hinaus verspätet, und die andere kam etwas früher. Und was macht man nun mit diesen beiden? Wenn das passierte, lud Boris beide auf ein Getränk ein, und sie nahmen an, machten sich miteinander bekannt, wussten aber nicht, wer diese andere ist. Sie glaubten vermutlich, es handle sich um eine Freundin, die zufällig dazugestoßen war, und er unterhielt sie, brachte sie zum Lachen, machte ihnen den Hof und ging zum Schluss mit der weg, die ihm mehr gefiel. Aber es gab auch unangenehme Szenen, wie jene, als sich eine ältere Frau vorbeugte, als wollte sie ihn küssen, ihm aber dann hinter den

Kragen spuckte, dem jüngeren Mädchen, das bei ihnen saß, damenhaft zulächelte und in der Menge verschwand. Deshalb waren sie zu einer Stunde Differenz übergegangen, das war dann doch sicherer, zu einem normalen Termin fürs abendliche Ausgehen zwischen sieben und zehn kann man sich nur mit vier Mädchen verabreden, und nicht mit acht, und diese Stunde Abstand wurde als Standard eingehalten.

Als er am nächsten Abend mit Blumen auf dem Blumenkübel saß und Grashalme aus der Erde zupfte, war er nervöser als sonst. Er war sich nicht bewusst, was diese Nervosität ausgelöst hatte, er dachte sogar, das sei wegen der schönen Frauen, die solo waren, die er Richtung Stadt hatte gehen sehen und wegen denen er sich fast von seinem Betonsitz erhoben hätte, um ihnen nachzugehen. Als allerdings die Zeit verstrich und die Kleine nicht kam, stieg die Nervosität weiter an. Man musste zugeben, dass die Kleine gut war, die Brüste wirkten groß und fest, der Körper gebräunt, der Mund blasefroh, nur dass sie etwas zu jung war, wie Škembos Dagmar oder nur wenig älter. Jedenfalls hatte sie bei ihm die Nervosität geweckt. Für einen Moment sah er die Kleine in der Menge, wie sie aus der Richtung von der Polizeiwache kam, sein Herz begann stark zu klopfen, aber nicht auf gute Weise. Es klopfte, wie wenn man sich vor etwas fürchtet. Als sie näher kam, stellte sich heraus, dass es doch nicht die Kleine war, und da wurde ihm leichter. Das war so zu verstehen: Genau genommen fürchtete er, dass die Kleine kommt, und nicht, dass sie nicht kommt. Es wurde klar, dass er aus irgendeinem Grund doch lieber mit der Belgierin ausgehen möchte und nicht mit kleinen Mädchen, die alle gleich aussehen: blonde Dauerwelle oder dunkle Ponyfrisur. Und außerdem wusste er, dass Marie mit Sicherheit kommen würde.

8.

Es kamen alle drei. Wieder ins *Santa Maria,* und wieder zuerst Salat, dann *chateaubriand.* Dieses Mal war Marie allerdings sehr hergerichtet, mit Make-up, gewaschenem Haar und Lidschatten, die Augen sahen jetzt größer aus. Aber noch immer war sie bucklig, dieser Autobus wollte sich einfach nicht von der Stelle bewegen.

Während des Abendessens bemühte sie sich, liebenswürdig zu ihm zu sein, obwohl sie wie gewöhnlich etwas abwesend war. Boris war für sie eine Figur aus den Zeichentrickfilmen, die sie mit halbem Auge sieht, während sie bügelt. Aber sie lächelte, als der Bruder das Glas mit dem guten französischen Wein hob, den er nur für ihn bestellt hatte. Wenn er ihr Salz und Pfeffer oder das Olivenöl reichte, sagte sie freundlich „danke"; kurzum, sie sah aus wie eine Frau, die sich doch um etwas bemüht. Aber als sie nach dem Abendessen allein zu einem Spaziergang durch den alten Teil der Stadt und in den Park aufbrachen, verwandelte sich Marie wieder in die Betonfigur, aus der man die Worte herausziehen musste. Obwohl sie ihn jetzt an der Hand hielt, wollte sie sich nicht am Gespräch beteiligen, auf Fragen antwortete sie mit „ja" oder „nein", ging lustlos und gähnte von Zeit zu Zeit. Ihre rechte Hand ruhte in seiner, feucht und kalt wie eine tote Meeräsche, und die linke hielt sie vor den Mund, um das Gähnen zu verbergen. In diesem Moment dachte Boris: Vergebliche Liebesmüh, hier ist für mich wirklich nichts zu holen. Aber diese Worte, die als fertige grammatische Konstruktion in seinem Bewusstsein bereits darauf warteten, ausgesprochen zu werden, trieben ihn paradoxerweise dazu, bei Marie zu bleiben und zu versuchen, sie irgendwie zu dementieren. Bisher war er an den Widerstand junger und sehr junger Mädchen gewöhnt, und wenn ihm auch einmal eine reifere Frau unterkam, bot die keinerlei Widerstand. Das hier war völlig anders, und wenn der Widerstand dieser jungen Mädchen etwas Känguruhaftes hatte (sie verstanden wie Kängurus zu boxen und dann nachzugeben), dann war das hier ein Yeti, eine besondere Art von Lebewesen, bei der er sich nicht sicher war, dass es sie überhaupt gibt.

Sie gingen hinunter zum Lungomare unterhalb der Stadt, der tagsüber als städtischer Badestrand diente und abends als Spazierweg für Liebespaare. Auf der Bank, während sie schweigend das Meer betrachteten, fing er wieder mit den Berührungen an, aber sie blieb weiterhin steif. Sie sah gerade vor sich auf den Halbmond, der gelb war und das Meer in Silber tauchte. Auf dieser Bank gab er es vollends auf.

Schon hatte er beschlossen, in der nächsten Sekunde aufzustehen und sie hier auf der Promenade, hypnotisiert vom Mond, zurückzulassen, aber immer, wenn er sich entschloss, hatte dieser Entschluss genau die gegenteilige Wirkung. Er dachte: So, jetzt habe ich mich entschlossen, ich kann noch ein bisschen bleiben, um zu sehen, was passiert. Im Verlauf dieses langen Schweigens, das war wie der Große Hunger in Irland zwischen 1845 und 1849 oder wie der Schwere Hunger während der Belagerung Leningrads von 1941 bis 1944 oder gar wie die Hungersnot in der Ukraine in den dreißiger Jahren, hielt ihn die Neugier zurück. Gerade als er dachte, Marie wäre gestorben, weil sie keinen Laut von sich gab, drehte sie sich um und schob ihm völlig unerwartet, sogar sehr aggressiv, ihre Zunge in den Mund. Da war keine Vorbereitung, keine Ankündigung, nur diese züngelnde Zunge im Mund, und ihm fiel der Satz ein, den ihm Milena Polojac ins Stammbuch geschrieben hatte: „Wie sehr ich dich liebe, kann ich dir nicht sagen, denn mein Herz quiekt wie ein Ferkel im Sack." Die Festigkeit, die ihre Brüste visuell versprachen, konnte er jetzt auch taktil erproben, und sie fiel zufriedenstellend aus. Im Nu hatten seine Hände ihren ganzen Körper abgetastet, der ein wenig nachgiebiger geworden war, aber als er ihr seine Hand zwischen die Beine schob, hielt sie ihn auf.

– Nicht hier – sagte sie – wir gehen in mein Zimmer.

Sie führte ihn zu einem der Häuser auf Palit, in unmittelbarer Nähe des Nachtclubs *Black Jack*. Aus dem Club war zu hören, wie die Bässe wummerten, wie ein dumpfes Donnern, und an der Tür riss ein ziemlich großer Mensch die Karten ab. Als sie das Haus betraten, machte sie kein Licht, sondern nahm ihn an der Hand und führte ihn wie einen Blinden die Stufen hinauf. Auf dem Treppenabsatz stieß er gegen einen Stuhl und Marie zischte panisch:

– Pssssssst!

Das ließ in ihm wieder das Gefühl aufkommen, dass Marie Angst hatte vor ihrem Bruder. Er und seine Frau schliefen im Zimmer gleich nebenan. Sie machte die Nachttischlampe mit dem gelben Schirm an und stand eine Zeit lang da und sah in das übertrieben gelbe Licht. Dann warf sie eines ihrer T-Shirts über den Schirm, vorsichtig, damit die Glühbirne es nicht verbrannte, und erst dann begann sie ihn auszuziehen. Dabei küsste und streichelte sie ihn nicht, nichts dergleichen, sondern fuhr nur mit der Hand über seine Bauchmuskeln, die vom Rudern ziemlich hart geworden waren. Er küsste sie zuerst am Ohr, aber als er sie auf den Mund küssen wollte, drehte sie sich weg, was seltsam war, denn auf der Promenade unterhalb der Stadt hatte sie ihn ja gerade so geküsst. Die Dinge entwickelten sich so, wie er es wollte, aber die Art und Weise, in der sie sich entwickelten, war eine ziemlich seltsame, genau genommen die seltsamste bisher. In ihrem Verhalten wechselten Perioden abwesender Laszivität, die an die Laszivität eines hölzernen Roboters erinnerte, mit Zuständen völliger Erstarrung.

Und als er endlich in sie eingedrungen war, begann sie ihn von sich wegzuschieben, sie stemmte sich gegen seine Brust, als würde ihr dieses Eindringen sehr wehtun, wie bei einer Jungfrau. Aber das war sie definitiv nicht. Sie schob ihn weg, aber nicht stark genug, dass er tatsächlich herausgegangen wäre. Und die ganze Zeit, während er sie vögelte, sah er auf diese geschlossenen Augen, in dieses schmale romanische Gesicht, das mit etwas zu kämpfen schien, was nicht er war, mit etwas, was unsichtbar und unvergleichlich größer und stärker war als sie beide. Sie schlug ihm die Fingernägel in Brust und Schultern, aber, wie es schien, nicht vor Erregung, sondern aus einer Art Angst heraus.

Als alles endgültig vorüber war, strich sie ihm zärtlich über die Wange und sagte:

– *Merci!*

9.

Im *Le Journal* fragte ihn Bero halb im Scherz, halb ernst, ob er noch immer mit dieser Belgierin zusammen sei.

– Bin ich – sagte er – aber ich weiß selber nicht, weshalb.

– Sie zahlt ihm gute Abendessen – gab Luka seinen Senf dazu.

– Na siehst du – sagte Bero mit zufriedenem Lächeln – es ist gar nicht schwer.

Škembo kam mit der Meldung, dass auf Barbat ein Mann von einer Schwarzen Witwe gebissen worden sei und dass man ihm in der Ambulanz ein Serum gegeben habe, er sich aber noch immer vor

Krämpfen winde, sodass man ihn mit dem Polizeischnellboot nach Jablanac gebracht habe, wo ein Rettungswagen wartete, um ihn nach Rijeka ins Krankenhaus zu bringen. Er sagte auch, dass das die schrecklichsten Schmerzen seien, die man sich vorstellen könne, und dass schrecklicher nur jene seien, die mit Tollwut infizierte Menschen vor dem Tod erleiden. Spinnenphobie verbreitete sich auf der Insel. In den vergangenen Jahren, als es keine Invasion gab, hatten die Inselbewohner mehr Angst vor Schwarzen Witwen gehabt, obwohl damals keiner eine gesehen hatte, als jetzt, wo sie verhältnismäßig häufig gesehen wurden. Der Biss von Barbat jedoch bedeutete Schluss mit den Illusionen. Die Liebe im Freien hatte ein Ende.

– Du hast es gut, Mensch – sagte Gavran zu Boris – du fickst im Bett.

Später, während des Abendessens, fragte der Bruder ihn wie einen Abgeordneten, der von einer kleinen, aber gut organisierten Plattform gewählt worden war, feierlich, ob er am nächsten Tag mit ihnen einen Ausflug nach Lun machen wolle. Sie würden am Morgen von der Vela riva mit einem Ausflugsschiff starten, das sie am Abend zurückbrächte. Es werde Prschut, Wein, Baden und Unterhaltung geben. Am Ende sagte er noch:

– Marie würde es sehr gern sehen, wenn du mitkämst.

Und Marie und ihre Schwägerin sahen ihn aufmerksam an, während er zweifelte, die Augen verdrehte, als würde sich dahinter ein ernsthafter Denkprozess abspielen, und am Ende doch zusagte. Im Grunde war es ihm egal. Er dachte daran, wie viele Mädchen er versäumen würde, wenn er mit ihnen auf den Ausflug ging, andererseits war Baden bei Wein und Prschut – sollte sich der Abend, als er Marie vor der Apotheke getroffen hatte und plötzlich alle Frauen besetzt waren, wiederholen – in jedem Fall die bessere Lösung.

– Habt ihr schon eingezahlt? – fragte er.

Nein – sagte der Bruder – wir haben gewartet, um zu sehen, ob du mitkommst. Es gibt noch Karten …

– Ihr sollt nichts einzahlen – sagte Boris – wir fahren mit meinem Segelboot.

Die Frau des Bruders hieß Lilian, sie war nicht so hübsch wie Marie, aber dafür nicht bucklig. Sie behandelte die Schwägerin taktvoll, und manchmal strich sie ihr übers Haar, so als sei sie ihre jüngere Schwester. Die beiden hatten ebenfalls eine übertrieben liebenswürdige Beziehung zueinander. Alle Augenblicke konnte man „danke" oder „Liebes" oder sogar „meine Liebe" hören. Sie sahen aus wie Frauen, die nach einem schweren Streit wieder alles zu glätten versuchen.

In der Hauptsache aber redete der Bruder. Er schien mit seinem Geplauder, das sowohl geistreich als auch informativ war, ein für ihn unerträgliches Aufkommen von Schweigen verhindern zu wollen. Boris hatte mit Marie solche Schweigephasen freilich schon ausprobiert, und sie waren nicht besonders unangenehm. Die Sache war die, dass man Marie einfach leicht vergessen konnte. Sie atmete unhörbar, gab keine unnötigen Geräusche von sich, und er hatte an ihr auch einen seltsamen Prozess von Mimikry bemerkt. Wenn sie sich längere Zeit an einem Ort aufhielten, nahm sie unmerklich die Charakteristika dieses Ortes an. Sie wechselte natürlich nicht die Farbe, sie bekam keine schuppige Ähnlichkeit mit steinernen Trockenmauern oder Jahresringen, ähnlich einer Holzplatte, das nicht, aber in ihren Bewegungen, in der Körperhaltung, in dem, wie sie atmete, war etwas von Holz, Stein, von Grün oder ganz einfach von Erde. Zuerst wohl von Erde, mit ihr teilte ihr tief gebräunter Körper oft die Farbe.

10.

Am selben Abend im Bett gab es keine Angst vor Schwarzen Witwen, aber das, was bei Marie wie Angst aussah, kam wieder zum Ausdruck. Wieder schob sie ihn von sich weg, wieder war das Liebemachen ein konvulsivischer Kampf mit etwas, was er nicht sehen konnte, aber mit dem ganzen Körper fühlte. Später, als sie nebeneinander auf dem Rücken lagen, ohne sich zu berühren, sagte sie, dass das, womit sie während ihres Vögelns gekämpft habe, ihr toter Mann sei. Er sei vor anderthalb Jahren bei einem dummen Autounfall ums Leben gekommen. Gefahren sei ihr Bruder, und jemand sei an der Ampel von hinten auf sie aufgefahren. Nicht stark, aber ausreichend, dass es ihrem Mann das Genick gebrochen habe. Ihr Bruder sei nicht verletzt worden. Sie sagte auch, dass sie jetzt zum ersten Mal mit einem Mann zusammen sei, seit ihr Mann umgekommen war. Während der Ehe sei sie natürlich mit keinem anderen zusammen gewesen. Genau genommen sei sie nie mit einem anderen zusammen gewesen, ihr Mann sei ihr erster Freund gewesen. Sie zeigte ihm auch Bilder. Von ihm und den Kindern. Er war ein schöner Mann, großgewachsen, mit blondem Haar und hellem Schnurrbart. Aufgenommen war das Foto vor der Garage ihres Hauses.

– Ein schönes Haus – kommentierte Boris.

Auch in den nächsten Tagen, im Bett, schien es, als würde er sie mit einem Rasiermesser vögeln. Es wurde klar, dass sie ihn mit Sex dafür bezahlte, dass er ihr Gesellschaft leistete. Sie führte ihn zum Abendessen aus, allein, sie aßen Beefsteak und *chateaubriand,* tranken teure Weine, und dann ging er in ihr Zimmer. Mit der Zeit bemühte er sich, so rasch wie möglich fertig zu werden, damit danach noch genügend Zeit blieb, um durch die Stadt zu schlendern und neue Mädchen zu suchen. Er fand sich selbst so herrlich niederträchtig, wenn er von ihr wegging und doppelt so jungen Mädchen Blumen schenkte.

Und während sie im *Santa Maria, Mali gaj* oder *Grandhotel* Beefsteak speisten, während er das Messer ins blutige Fleisch stach, aus dem das Blut vermischt mit Öl und Wein rann, dachte er an ihren Mann. Er dachte daran, wie sie sich nach dem Abendessen hinlegen werden und wie sie ihn langsam in sich hineinlassen wird, so als würde sie starken Schmerz empfinden und als würde ihr jeden Abend von neuem die Unschuld erwachsen, die genau genommen aus dem Tod erwächst.

Aber eines Abends war er es satt, von sich als einer abscheulichen Person zu denken, und empfand für sie ein ungeheures Mitleid, das sich mithilfe zweier Flaschen vom besten Postup in etwas verwandelte, was Ähnlichkeit mit Liebe hatte. Er bemühte sich, zärtlich zu sein, bohrte den Kopf zwischen ihre Beine, und die pressten ihn an den Ohren, und ihre Fingernägel schlugen durchs Haar in die Kopfhaut. Dann stieg sie auf ihn und begann zu kreisen, sie lebte sich in die Geschichte ein, und er sah sie über sich, die junge Witwe, wie sie mit geschlossenen Augen in ihre Unterlippe biss und sich zu konzentrieren versuchte. Wer weiß, was sie sich vorstellt, dachte er, was für Welten sich dort im Kopf auftun? Vielleicht denkt sie, dass ihr Mann noch lebt und sie mit ihm Liebe macht, aber vielleicht denkt sie sogar, dass sie ihn jetzt betrügt; sie ist am Meer mit ihrem Bruder und seiner Frau, aber er konnte keinen Urlaub kriegen, etwas in der Firma, und so ist er jetzt zu Hause, passt auf die Kinder auf und streicht den Zaun. Sie hören sich abends per Telefon, aber nicht jeden Abend, denn in der Post herrscht Andrang, drei Telefone auf zehntausend Leute. Und er bemitleidet sich unter ihr, der so Überschäumenden, weil er nicht so erregt ist, er sieht alles um sich herum, das Bett, den Tisch, die Tapeten, alles. Der Autobus voller kranker Kinder verhindert, dass sie ihn allzu verrückt macht, und wieder bleibt er mit ihr zusammen aus Gründen, die auch ihm nicht ganz klar sind. Und jeden Abend rinnt das Blut ihres Mannes von neuem in seinen Teller, und danach liegt sie mit geschlossenen Augen unter ihm.

Und dann spürte er die Kontraktionen, ihr Arm verkrampfte in der Luft, eine sehr seltsame Bewegung, ein magerer Arm, der verkrampft in die Luft stach. Woran erinnerte ihn dieses Bild nur? An diesem Abend ging sie ein wenig weiter, sie war wie von Sinnen, eine Serie von Kontraktionen erschütterte sie, der Speichel sammelte sich in den Mundwinkeln. Aber als sie die Augen öffnete und ihn unter sich erblickte, weiteten sie sich, als käme sie aus einem schönen Traum, und sie begann krampfhaft zu weinen. Der Krampf begann aus dem Bauch, nie zuvor hatte er gesehen, dass jemand aus dem Bauch heraus weint. Er hatte von welchen gehört, die aus dem Bauch reden, aber Marie war die Erste, die er aus dem Bauch heraus weinen sah. Und dieses Weinen sah aus wie ein Orgasmus. Mit diesen Tränen wollte sie ihn sich aus den Augen spülen.

11.

Auch Boris ging langsam, mit diesen Schritten und dieser Körperhaltung zeigte er der Welt ringsum, wie unwichtig sie war. Da ihn das auch bei Marie anzog, war er offensichtlich einer von jenen, die in ihr eigenes Bild verliebt sind, was die egoistischste Art der Liebe ist. Mit der Zeit wurde auch klar, warum er so lange mit ihr zusammen war, warum er so oft ans Weggehen dachte und dennoch blieb. Das war deshalb, weil Marie in bestimmten Momenten zeigte, dass sie ihn brauchte, aber wenn er sich allzu sehr darauf verließ, holten ihn das helle Haar und der helle Schnurrbart und all die zahlreichen Situationen ein, die sie mit ihrem verstorbenen Mann erlebt hatte, die Boris nie sich vorzustellen suchte, sondern die er nur als das Rauschen eines sehr dunklen unterirdischen Wasserfalls vernahm.

In den Augen der Frauen, denen er auf der Straße begegnete, hatte er sich selbst gesucht, ebenso in ihren Bewegungen und Stimmen. Während er auf der Riva flanierte, sah er sich mit den Augen der anderen; wenn er die Terrasse des Hotels *Imperial* betrat, sah er sich ebenfalls selbst in den Augen der Frauen, die dort saßen: als Verführer, als brünetten Schönling, nach dem sich die Mädchen umdrehen. Aber mit Marie wurde er nur zu einem blassen Ersatz für einen Toten.

Die Beleidigung war umso schrecklicher, als man sie nicht dieser schönen traurigen Frau anlasten konnte, die ganz sicher auch ihn hätte lieben können, wenn sie einander ein Jahrzehnt früher begegnet wären. Aus dem Abend, an dem alle Frauen Partner hatten, die nicht Boris waren, waren zwei Wochen geworden, und daran war auch Marie schuld, ohne es selbst zu wissen. Als er damals auf dem Mäuerchen des *Grandhotels* saß und den Paaren zusah, wäre ihm diese Möglichkeit nie in den Sinn gekommen: dass er beim Sex einen Toten verkörpert, den er nie kennengelernt hat. Damals hatte ihm geschienen, dass die anderen sein Leben lebten, jetzt stellte sich heraus, dass er das Leben eines anderen lebte.

Als er ihr am folgenden Abend, nach ziemlich guten Scampi im *Zlatni zalaz*, sagte, er könne nicht mehr mit ihr, dass ihm scheine, dass er sich ein wenig auch in sie verliebt habe, das sei nicht geplant gewesen, sei aber nun passiert, allerdings sehe er, dass sie für etwas Ernsteres nicht bereit sei, dass sie noch immer ihren Mann liebe, was freilich natürlich und verständlich sei, da sah er sich selbst als Ersten in einer Reihe von Männern, die nach ihm ähnliche Worte sagen werden. Auf Französisch, Flämisch, Englisch, auf Französisch mit dem Akzent des Maghreb, auf Französisch aus Belgisch-Kongo, auf Englisch aus dem Libanon, sogar auf Swahili; Boris war die erste Station eines sehr langen Irrwegs.

12.

Am Tag des Aufstands, am 27. Juli 1981, war ihr Sommer erst zur Hälfte gediehen. Seit sie studieren, Luka Jugoslawistik, Boris Maschinenbau, bleiben sie bis Mitte September am Meer, so lange, bis die Regen und kälteren Tage den Herbst ankündigen. Dann waschen sie das Boot, lackieren die Ruder und Holzteile, konservieren den Motor, drehen das Wasser im Schacht ab, schließen die Fensterläden, legen einen Ziegelstein auf den Klodeckel im Erdgeschoss, damit die Ratten nicht ins Haus können, und schließen am Ende die Eingangstür ab. Nona ist nicht mehr, und das Haus wird bis zum nächsten Jahr leer stehen. Und wenn sie mit der Fähre nach Jablanac übersetzen und zur Magistrale hinauf starten, ist dieser Sommer schon bereit fürs Erinnern.

Bis dahin hat er Marie schon vergessen, mehr noch, er wird sie schon früher vergessen, vielleicht bis Mitte August, oder sogar noch früher. Sie wird schrittweise, aber stetig dahinschwinden, wie diese Sommermädchen nun einmal dahinschwinden. Zuerst schwinden die Brüste dahin, sie verlieren ihre Form in der Erinnerung, wie sie sie auch in der Wirklichkeit verlieren, dann schwinden die Schenkel und Pobacken, sie verschmelzen langsam mit anderen Schenkeln und Pobacken, es schwinden die Schultern und Arme, und als Letzte bleiben die Gesichter. Die schwinden nie aus der Erinnerung, wie auch manche konkreten Bilder nicht, die als Essenz des Sommers erhalten bleiben. Etwa Marie, die auf ihm reitet, sich in die Lippe beißt und aus dem Bauch weint. Das wird bleiben. Und das Übrige? Das Übrige ist vielleicht überflüssig.

Und jetzt? Jetzt fühlt er die Freiheit, als wäre der Autobus voller kranker Kinder endgültig von seinem Rücken fort. Gerade ist er aus dem Park zurückgekehrt mit einem der fünf Mädchen, mit denen er sich für diesen Abend verabredet hat. So gesehen hatte Boris gewöhnlich einen guten Schnitt, eine von fünf würde kommen. Andere mussten sich mit bis zu zehn Mädchen verabreden, damit eine kam. Manchmal kam allerdings nicht einmal eine. Das Gefühl der Freiheit, sich Maries entledigt zu haben, war großartig. Obwohl er das, was er wollte, nicht ganz bekommen hatte, hatte er sich auch mit einem korrekten Blasen auf der Terrasse neben der sogenannten Herzstation zufriedengegeben. Sie gingen an der Loggia vorbei zur Srednja ulica hinunter und kamen vorm Fürstenpalais heraus. Er hatte vor, sie vorm *International* abzusetzen, wo sie mit ihren Eltern abgestiegen war, als ihm schien, dass ihn jemand beim Namen gerufen hätte. Dabei war aber dieser Name so seltsam ausgesprochen, dass er auch wem anders zugehören konnte. Trotzdem drehte er sich um. An einem Tisch im Café *Sutjeska* saß der Bruder. Er suchte mit dem Blick nach dessen Frau und nach Marie, aber die waren nicht da. Im Übrigen stand auf dem Tisch vor ihm nur eine Flasche Karlovačko. Er verabschiedete sich von dem Mädchen, ziemlich förmlich, und setzte sich an den Tisch.

– Marie ist müde – sagte der Bruder, obwohl Boris gar nicht nach ihr gefragt hatte – und Lilian ist geblieben, um ihr Gesellschaft zu leisten.

Es gab nur wenige Gäste, es war schon zwölf vorbei, und sowohl der Bruder als auch er hatten mindestens mehrere scharfe Getränke, ein paar Bier und mindestens zwei Glas Wein intus. Im Laufe des Tages hatte es sich akkumuliert.

– Was trinkst du? – fragte der Bruder, aber Boris wollte nichts. Er wollte sich so schnell wie möglich absetzen, aber der Bruder war in keinem guten Zustand. Mehr noch, er sah sehr schlecht aus.

– Trink wenigstens eins – sagte der Bruder.

Und Boris blieb. Es war ihm unangenehm, einfach so aufzustehen und zu gehen.

Während der Bruder versuchte, den Kellner zu rufen, was nach zwölf im *Sutjeska* keineswegs leicht war, sah er, wie die Fahnen auf dem Fürstenpalais, wo der Sitz der Gemeindeverwaltung war, im Wind flatterten.

– Warum habt ihr drei Fahnen? – fragte der Bruder, als er sah, wohin er blickte.

– Eine jugoslawische, eine kroatische, und die rote ist die von der Partei.

Das Gespräch geriet, wie zu erwarten war, ins Stocken.

Im nächsten Moment hörten sie ein Lied. Es kam die Srednja ulica herunter, aus mehreren jungen Kehlen, und breitete sich in dem engen hallenden Hohlweg aus bis auf den Platz. Es wirkte wie ein melancholisches Liebeslied, das ein Jüngling seiner Geliebten singt, oder sie ihm. Aber als die Gruppe der singenden jungen Leute auf den Platz herauskam, sah man, dass sie ziemlich betrunken waren. Als sie am Fürstenpalais vorbeikamen, sprang einer von ihnen hoch, griff nach der jugoslawischen Fahne und begann sie gewaltsam herunterzuzerren. Die hölzerne Fahnenstange zerbrach, und das erzeugte ein Geräusch, als würde in der Ferne ein Revolver abgefeuert. Der junge Mann fasste die Fahne an dem Teil der Stange, der abgebrochen war, schwenkte sie ein paarmal herum und warf sie dann auf die ausgetretenen Steinplatten, worauf die Burschen brüllend auf ihr herumzutrampeln begannen. Im nächsten Augenblick waren sie schon in alle Winde zerstoben. Einige waren zur Srednja ulica zurückgekehrt, die anderen waren ans Ende der Riva gerannt.

Der Bruder hatte ihnen überrascht zugesehen.

– Was machen die da?

– Sie reißen die jugoslawischen Fahnen herunter. Heute ist der Tag des Aufstands in Kroatien.

– Warum reißen sie dann die Fahnen herunter?

– Weil sie Kroaten sind, sie glauben, dass Jugoslawien nicht ihr Staat ist.

– Sondern welcher?

– Kroatien. Und dieses Lied, *Vila Velebita*, ist als nationalistisch verboten.

– So ist es auch bei uns – sagte der Bruder. – Auch wir streiten uns ständig. Bei uns sind die Flamen die Nationalisten.

– Das habe ich nicht gewusst.

– Ja, wir streiten uns ständig.

– Du siehst mir nicht aus wie ein Mensch, der sich streitet.

– Ich streite mich nicht – sagte der Bruder. Dann schwieg er kurz und sah in sein Glas. – Mein Schwager war Flame. Der Mann von Marie. Du hast keine Ahnung, was da alles war …

13.

Der Bruder erzählte, sie seien in Halle aufgewachsen, unweit von Brüssel. Ihre Eltern hätten ein Haus in Halle gekauft, als ihre jüngste Schwester geboren wurde. Zu der Zeit, es waren die späten fünfziger und sechziger Jahre, begann in den westlichen Ländern eine Migration in der Gegenrichtung. Je mehr die Infrastruktur verbessert wurde, desto mehr zogen die Menschen aus den Städten aufs Land und in die kleinen Städtchen rings um die Metropole, denn dort war die Lebensqualität besser. Aber kaum hatten sie das Haus gekauft und waren eingezogen, der Bruder erinnert sich noch an diese Gespräche, begriffen sie, dass sie in feindliches Gebiet gekommen waren. Sie waren Wallonen und hatten ein Haus im flämischen Teil Belgiens gekauft. In Brüssel waren diese Unterschiede weniger zu spüren gewesen, aber hier wurden sie mit einer fantasiereichen Geschichte konfrontiert: Die Flamen von der Lokalverwaltung sagten, dass die Wallonen planmäßig Häuser in flämischen Landesteilen kaufen und sich mit der Absicht dort ansiedeln würden, die Gemeinden, in denen die Flamen seit Jahrhunderten die Mehrheit bilden, abzuspalten. Es war klar, dass amerikanische Filme größeren Einfluss auf die Migration der Stadtbevölkerung hatten als die wallonische nationalistische Politik, aber die lokalen Amtsträger schürten diese Paranoia.

Marie und Marc hatten sich in den Pfarrräumen bei der Basilika Sankt Martin kennengelernt. Marc spielte dort Pingpong mit den Jungen aus seiner Straße, und Marie kam wegen einer Freundin, ihrer besten, die ebenfalls Flämin war. Marie habe ihm – sie standen sich seit jeher nahe – eines Abends gestanden, dass sie einen Freund hat. Natürlich dachten am Anfang weder er noch Marie, dass das etwas Ernstes sei. Sie gingen Hand in Hand, spielten Pingpong und Badminton, sie gingen sogar in dieselbe Schule, aber in verschiedene Stockwerke. Im Erdgeschoss fand der Unterricht für flämische Kinder statt, im ersten Stock für wallonische, und obwohl es nur zwanzig Treppenstufen waren, die sie trennten, hieß sein wichtigstes Unterrichtsfach „Flämische Sprache" und ihres „Französische Sprache und Grammatik". Erst jetzt entdeckten sie, dass auch eine Liebesverbindung zwischen einem Flamen und einer Wallonin nicht gerade etwas Häufiges war. Sie ging in die dritte Klasse des Gymnasiums und er in die vierte, es war zugleich sein Abschlussjahr. Der Bruder ist überzeugt, dass diese flämisch-wallonische Situation entscheidenden Einfluss auf ihre Verbindung gehabt hat.

Denn wenn du ein Teenager bist, in der Revolte, in erster Linie gegen die Eltern, aber dann auch gegen die Welt, die die Erwachsenen geschaffen haben, verwandelt sich jedes Hindernis der Liebe in eine süße Speise aus Rosenblättern, von der sie sich nährt. Zuerst fragte ihr Vater, ob es wahr sei, dass Marie mit Marc Peeterson Hand in Hand gehe. Er fragte ihn, sagte der Bruder, und nicht Marie, um sicherzugehen und um sich auf irgendeine Weise auf das Gespräch mit seiner Tochter vorzubereiten. Eines Abends zogen sich die Eltern festlicher an als sonst, was seltsam war, denn es war ein gewöhnlicher Tag, kein Feiertag, und sie wollten auch nicht ausgehen. Sie setzten sich ins Wohnzimmer und riefen Marie. Er kam zufällig dazu, und als er hinausgehen wollte, sagte der Vater:

– Bleib, es ist gut, dass auch du es hörst!

Sie erklärten, dass sie keine verstockten Nationalisten seien und dass es ihnen im Prinzip egal sei, welcher Nationalität ihr zukünftiger Mann sein werde und dass sie ihn akzeptieren werden, wenn er nur gut zu ihr sein und sie lieben werde. Aber sie müsse wissen, in was für Umständen sie leben und dass es für sie nicht leicht werden würde, vor allem deshalb, weil sie sich in Flandern befinden, und die Flamen seien verbissene Nationalisten. Schon jetzt seien die übeln Nachreden und Verleumdungen ihrer flämischen Nachbarn zu ihnen gedrungen, wie sich die arme Wallonin Marie einen reichen Burschen geangelt habe, eine gute Partie, aus einer Familie, die sich seit mindestens drei Generationen mit Schweinezucht beschäftigt und eine Kette von Fleischerläden in der Umgebung von Halle besitzt. Der Bruder ist sich sicher, dass gerade im Verlauf dieses Gesprächs Marie zum ersten Mal der Gedanke gekommen sei zu heiraten, und zwar nicht wegen der Fleischerladenkette und der berühmten Schweine, sondern aus lauterem, unverfälschtem Protest. Ein ebensolches Gespräch wurde auch auf der anderen Seite, in Marcs Haus, geführt, auch seine Eltern sagten, sie seien keine Nationalisten, und es sei ihnen egal, welcher

Nationalität die Schwiegertochter sein werde, aber er müsse an die Zukunft und an das Familiengeschäft denken.

– Was glaubst du, mein Sohn – sagte die Mutter zu ihm – werden die Flamen in den Dörfern rings um Halle weiterhin Schweinefleisch und Schweinedärme en gros bei uns kaufen, wenn sie hören, dass deine Frau Wallonin ist und eure Kinder Halbfranzosen?

– Mein Sohn – sagte der Vater zu ihm – der Mensch muss sich der Situation anpassen, in der er lebt. Das machen, wie du vermutlich weißt, ihr habt es ja in der Schule gelernt, auch alle Tiere und überhaupt alle Lebewesen, das ist die Evolution. Das sind Gesetzmäßigkeiten, die viel größer und stärker sind als der Mensch und gegen die der Einzelne nicht ankämpfen kann.

Aber Marc war ein Einzelner, der beschlossen hatte zu kämpfen. So wuchs ein temporäres Abenteuer in eine große Liebe hinüber, und die Bürger der ehrenwerten Stadt Halle fügten ihr neue und wieder neue Hindernisse hinzu: Die Mädchen aus ihrer Klasse isolierten Marie, und mit Marc veranstalteten seine Kollegen vom Pingpong eine ernsthafte Lehrstunde in Sexualerziehung. Sie erklärten ihm, dass die Walloninnen gut zum Vögeln seien, dagegen habe keiner etwas, aber dass die Ehe eine ernste Sache sei und dass man sich zur Ehe einen Vogel aus dem eigenen Schwarm suchen müsse, denn das mit den Kindern, mit der Arbeit, mit den Krediten und allem Übrigen sei ohnehin so kompliziert, dass man dem nicht noch diese unnötigen Komplikationen hinzufügen müsse.

– Aber wir sind wenigstens vom selben Glauben – entgegnete Marc, worauf sie sich verwundert ansahen, denn es war unter den Flamen nicht schicklich hervorzuheben, dass auch die Wallonen vom selben Glauben sind und dass ihnen diese heilige katholische Kirche, in der sie jeden Sonntag beten, dass Gott sie vor dem französischen Geschmeiß bewahren möge, eine gemeinsame ist. Nicht zu bezweifeln ist freilich, dass es auch unter den Wallonen nicht schicklich ist hervorzuheben, dass dieses faschistische Geschmeiß der Flamen vom selben Glauben ist wie sie.

Jedenfalls waren sie auch nach drei Jahren noch immer zusammen, Marc arbeitete bereits als Auslieferer der Fleischprodukte für ganz Flandern, und als die Eltern Marie ein Studium in Brüssel anboten, schlug sie es aus, weil sie nicht fern von Marc sein wollte. Lieber machte sie mit ihm die Fahrten zusammen und half ihm bei der Arbeit. Eines Tages jedoch, völlig unerwartet, hatte Marc sie verlassen. Sie kam in Tränen aufgelöst nach Hause, und niemand wusste, was geschehen war. Er wiederum wollte lange nicht sagen, warum er sie verlassen hatte. Marie trauerte eine Zeit lang, dann nahm sie in Brüssel eine Stelle an als Friseuse. Nach einigen Monaten heiratete Marc, und nach weiteren sechs Monaten sah man auch, weshalb: Ihm ward ein Kind geboren. Ein Mädchen.

Aber die große Liebe, die vom allgegenwärtigen nationalen Hass angefacht worden war, sei nicht einfach so zu unterdrücken gewesen, sagte der Bruder. An einem Wochenende, etwa ein Jahr nach der Geburt von Marcs Kind, fuhr er mit Freunden nach Brüssel zum Spiel Anderlecht gegen Brügge. Sie kamen früher an, und er ging in den Friseursalon, in dem Marie arbeitete. Sie war nicht da. Die Kollegin sagte, sie sei mit ihrem Verlobten verreist. Er brauchte nicht lange, um herauszufinden, wer dieser mysteriöse Verlobte war. Den Eltern sagte er nichts, aber sie nahmen schrittweise ihre Verbindung wieder auf. Marie war jetzt nicht mehr nur eine verdammte Wallonin auf der Jagd nach einem gutsituierten Ehemann, sondern auch eine, die Ehen zerstört: eine wallonische Hure. Marc ließ sich scheiden, und seine Mutter sagte:

– Sohn, du hast uns ins Gesicht gespuckt.

Der Vater sagte, er könne den Familienbetrieb, die Nachfolge und die Schweinedärme vergessen, das Geschäft werde der jüngere Bruder übernehmen. Und so zogen sie, er mit den Alimenten und dem Bannfluch der Eltern und sie mit dem Titel einer wallonischen Hure und einer Ehebrecherin, nach Vilvoorde, wo sie zuerst ein Haus mieteten und es dann kauften. Vilvoorde ist ein flämisches Städtchen mit mehr als der Hälfte wallonischer Einwohnerschaft, und aus irgendeinem Grund war die Situation für Mischehen dort besser.

Jeden Tag kämpften sie darum, sich ihre Liebe zu bewahren, und als sie das alte Haus abrissen und an seiner Stelle ein neues errichteten, sagten sowohl Flamen wie Wallonen, sie hätten sich für den modernen Würfel mit Flachdach und großen Glaswänden nicht deshalb entschieden, weil sie moderne Häuser, gerade Linien und Sonne liebten, sondern weil sie von der Tradition wegwollten. Sie wollten dieser Tradition ins Gesicht spucken. „Für die Dame und den Herrn ist unsere Tradition nicht gut genug", sagten die einen wie die anderen, „für sie ist sie konservativ und rückständig, sie finden das Bauhaus gut und diesen Scharlatan Corbusier." Architekten, die bewusst an der Entnationalisierung Europas gearbeitet haben.

Sie haben zwei Kinder, und die sind zweisprachig, wie es in Mischehen eben ist: Er spricht mit ihnen Flämisch und sie Französisch. Allerdings haben sie, als die Kinder kleiner waren, für längere Zeit nur Französisch oder nur Flämisch gesprochen. Als sie ihr Vater, nachdem sie längere Zeit nur Flämisch gesprochen hatten, einmal fragte, warum sie nicht ein wenig das Französische übten, antwortete der Sohn, der der Ältere war, dass sie, wenn sie Flämisch sprechen, auf Französisch schweigen, und dass sie umgekehrt, wenn sie Französisch sprechen, auf Flämisch schweigen.

– Und in welcher Sprache schweigt es sich leichter? – hatte Marc sie gefragt.

– In Französisch – hatte er gesagt – denn das hat dieses dumme r.

Der Bruder sagte, dass sich nach der Geburt des zweiten Kindes, der kleinen Anne, deren Name in Flandern und Wallonien gleich häufig ist, ihre Liebe, um die sie so lange gekämpft hatten, stabilisiert hatte, die Nachbarn hatten sich an sie gewöhnt, und sie hatten in Vilvoorde auch bereits einen Kreis von Freunden gefunden, die mehr oder weniger ebenfalls in gemischten Ehen lebten. Hier gab es Fläminnen und Jamaikaner, Walloninnen und Russen, Franzosen aus dem Maghreb, und auch Chilenen und Polen. Aber die waren nur den Rassisten verhasst, während Ehen zwischen Flamen und Wallonen offenbar allen verhasst waren. Jedes zweite Wochenende kam auch Marcs Tochter aus erster Ehe zu ihnen, und Marie band sich ziemlich an sie. An einem solchen Wochenende, vor dem Sommer, vor zwei Jahren, sagte der Bruder, und seine Stimme zitterte, sei er mit Marc zu einer Fleischerei außerhalb des Ortes gefahren, die nicht Marcs Vater gehörte und wo besseres Fleisch verkauft wurde. Sie waren noch in der Stadt, an der letzten Ampel, es blinkte grün, der Bruder glaubte, er werde es schaffen, und beschleunigte, wurde aber von Gelb überrascht. Er blieb abrupt stehen, ohne in den Rückspiegel zu sehen. Marc war auf der Stelle tot, Genickbruch infolge Peitschenschlags, während dem Bruder nichts passiert war. Buchstäblich nichts, nicht einmal der Gurt hatte ihn gescheuert. Nach vielen Monaten hatte Marie ihn gefragt, wie es möglich sei, dass ihr Mann keine einzige Verletzung, keinen Bluterguss aufwies, nur diese ungesunde Farbe, die davon zeugte, dass er sich jetzt im Jenseits befand. Der Bruder hatte keine Erklärung dafür.

14.

Der Tod des geflüchteten Erben der kleinen Fleischerladenkette hallte in der ganzen Gegend wider. Manche, sagte der Bruder, gingen so weit, dass sie sehr, sehr geschmacklose Diffamierungen verbreiteten. Sie sagten, dass der Bruder ihn vermutlich umgebracht habe, dass er ihm das Genick gebrochen habe, vielleicht auch zufällig, im Gerangel, und dass er den Verkehrsunfall anschließend inszeniert habe. Denn wie kann jemand bei einem so kleinen Zusammenstoß umkommen? Das Auto, das sie von hinten gerammt hatte, war nicht schneller als vierzig gefahren. Natürlich war der Fahrer Flame, die Polizei war flämisch, und so war es ihnen bei Gericht, mithilfe des flämischen Anwalts, gelungen, das um noch ein paar Kilometer herunterzurechnen. Der Gerichtssachverständige plädierte zugunsten einer Geschwindigkeit von sechsunddreißig Kilometern, und diese sechsunddreißig verringerten sich in der Volksüberlieferung von Mund zu Mund noch auf zweiunddreißig, dann auf dreißig und am Ende auf weniger als fünfundzwanzig. Wer kommt schon bei solchen Unfällen um? Natürlich schenkte diesen Gerüchten niemand ernsthaft Glauben, aber sie taten es, um ihrer großen Trauer, einer Trauer, die verständlicherweise sie alle erfasst hatte, nicht nur Marie und die Kinder, auch jene kleine Portion Ekel hinzuzufügen, die ihnen vorschriftsmäßig das ganze menschliche Geschlecht verekeln soll. So ist das, sagte der Bruder, aber du weißt schon, weshalb ich dir das erzähle.

– Ich weiß – sagte Boris.

– Sie haben schrecklich darum gekämpft, zusammen sein zu können, und dann ...

Ein wenig hatte er das Bier unterschätzt, der Knödel blieb ihm in der Kehle stecken, und seine wallonischen Augen waren vielleicht feucht geworden, aber vielleicht auch nicht, jedenfalls hatte Boris das so gesehen.

– Bleib mit ihr zusammen bis zum Ende – flüsterte der Bruder. – In einer Woche fahren wir, das ist wohl nicht so lange.

Und Boris brachte die Sache anständig zu Ende. Es gab noch schöne Momente, es gab auch Sex, aber dass er der Ersatz für einen toten Menschen war, das meldete sich im entscheidenden Augenblick, und vor dem konnte man nicht flüchten, wie auch nicht vor jenem Autobus voller kranker Kinder auf ihrem Rücken. Der wurde jetzt auch sein Autobus. Am letzten Abend waren sie im *Kod Kordića*, aßen Hummer, gingen im Mondschein spazieren, sie lehnte ihren Kopf an seine Schulter, und dann vögelten sie, wie es sich gehört.

Er brachte sie gegen zwölf nach Hause zurück, gut gelaunt, dass es endlich vorbei war und dass er korrekt gehandelt hatte. Er genoss seinen Edelmut. Er hatte ihr seine Adresse gegeben, was er sonst nicht tat. Er zweifelte nicht daran, dass sie sich tatsächlich schreiben würden; zuerst würden die Briefe ausführlich und länger sein, aber jeder folgende würde immer kürzer sein, bis aus den Briefen Ansichtskarten mit ein paar warmen Worten würden. Im ersten Brief würde sie ihm schreiben: „Ich sehe das Lächeln auf dem Gesicht eines Franzosen marokkanischer Herkunft", im zweiten Brief, am Rande eines Satzes, würde etwas stehen wie: „Ein Amerikaner aus Jamaika spielt mit meinen Kindern im Sand." Danach, wahrscheinlich auf einer auf Teneriffa aufgegebenen Ansichtskarte, nach jenem „Viele Grüße aus Teneriffa", würde nur „Marie und Georgius" stehen. Und dann würde es keine Ansichtskarten mehr geben, und viel Leben würde ohne jede Nachricht von Marie vergehen. Erst nach mehreren Jahren, vielleicht fünf, möglicherweise auch sechs, oder sieben, wenn er sie schon völlig vergessen haben wird, wird ihr Brief kommen, in dem sie ihn davon in Kenntnis setzt, dass sie noch ein Kind hat und dass sie heiratet. Wieder einen Flamen.

15.

Aber dieses gute Gefühl hielt nicht lange an. In den folgenden Tagen, weder in der Stadt noch an den Stränden, nicht einmal in Suha Punta, fand er auch nur ein einziges Mädchen, das solo war. Sie alle hielt schon jemand an der Hand. Er war nur zweiundzwanzig Jahre alt, er war in seinem bisherigen Leben mit vielen Mädchen und Frauen zusammen gewesen, aber in diesen Tagen schien es, als wäre er mit keiner gewesen. Die Erinnerung an jene, mit denen er zusammen gewesen war, verblasste mit großer Geschwindigkeit, und vor ihm taten sich die Plätze, Straßen, die Riva und die Hotelterrassen auf, wo sie mit ihren Männern am Tisch saßen, stehen blieben, um ihr Haar in Ordnung zu bringen, oder wo ihre Kleidchen von den Rücksitzen der Motorroller flatterten. Das Gefühl der Freiheit, sich Maries entledigt zu haben, verwandelte sich allmählich in Angst vor Einsamkeit.

Die Demütigung dieser Einsamkeit brannte immer stärker. Bis er eines Abends, auf dem Heimweg, Alka sah, wie sie langsam vor ihm ging. Alka arbeitet als Kellnerin im *Alibaba*. Ein Mädchen, in das eine Zeit lang alle aus der Padova-Bucht verliebt waren, während sie sich allen gegenüber freundschaftlich verhielt. Man erzählte, dass Škembo mit ihr geschlafen habe, aber nur einmal. Müde trottete sie Richtung Banjol, sie hatte sich abgearbeitet, den ganzen Tag gestanden, Essen serviert, Tischdecken gewechselt, Bestecke aufgelegt, schmutzige Teller voll fremder Spucke abgeräumt. Aber auch wenn Alka müde geht, tut sie das wie eine Adelige, die vom Reiten oder vom Tennis zurückkehrt. Schön ist sie von hinten, wenn sie so geht, aber sie ist nicht nur schön, sondern auch klug, in der Servierschule war sie eine ausgezeichnete Schülerin. Gibt es vergeblichere Dinge? Sie ist schon verheiratet, sie hat auch ein kleines Kind.

Boris hat sie eingeholt und sagt:

– *Bok*, Alka, wie geht's?

– Müde – sagt sie, und das sieht man.

Und so gehen die beiden langsam vorüber am Pizzeria-Schiff *Kod Ice*. Sie nach zwölf Stunden Arbeit, und er nur ein paar Tage, nachdem er zum letzten Mal eine unglückliche Frau gevögelt und starke Erleichterung empfunden hat. Und ihnen entgegen kommen Spaziergänger, die wohnen in der Stadt und haben einen kleinen Marsch zu den Sandstränden der Padova-Bucht gemacht. Manche mit nassem Haar, mit Schlafsack und Gitarre. Gruppen junger Österreicher und Slowenen aus dem *Kontinental*, junge, wilde Bewohner des Campingplatzes. Alle gehen Richtung Stadt, denn gerade ist Publikumswechsel, Paare und Familien sind gegangen, jetzt kommen die Nachtvögel. Und plötzlich bemerkt er, wie stolz er neben Alka einhergeht. Manche von den Männern, die ihnen entgegenkommen, sehen zuerst sie an, dann ihn, voller Neid. Das tut gut. So hat er manchmal Männer mit schönen Frauen angesehen. Und es tut gut, dass sie denken, dass Alka sein Mädchen ist, dass sie noch ein wenig am Ufer spazieren gehen, vielleicht auch am Campingplatz baden und sich dann in ihr Zelt einschließen und sich lange, lange lieben werden. Er lächelt ihr zu, der jungen Mutter eines kleinen Kindes, und weiß, dass er sich elend fühlen müsste, fühlt sich aber nicht so. Ihm sind diese neidischen Blicke lieb. Unversehens bleibt Alka stehen, hält sich an seiner Schulter fest, streift mit der anderen Hand einen Schuh ab und schüttet ein Steinchen aus. Er hat sich ihr angeboten wie der Stamm eines stabilen Baumes oder eine Säule. Ein älteres Ehepaar sieht ihnen jetzt zu. Die Dame lächelt, sie denkt vielleicht, dass sie verliebt sind. Alka lehnt sich an ihn, eine schöne Geste ist das, keine Umarmung, kein Einspeicheln, sondern das Leben selbst. Mit dem Blick dieser Frau, voller Sympathie, würde er gern diesen Abend beenden. Aber nach Alkas Haus hat er bis zu seinem noch dreihundert Meter. Und die wird er allein gehen müssen.

Die Kinder aus dem Portemonnaie

1.

Der Verlag Pegasus in Krakau hatte zwei Bücher von Luka herausgebracht: 2006 waren *Die Kinder aus dem Portemonnaie* erschienen, ein Kurzroman, der die Lebensläufe erfundener Kinder von Prostituierten im Zagreb der Neunziger nachzeichnet. Die Mädchen, die in der ganzen Stadt in Massagesalons und illegalen Bordellen arbeiten, erzählen ihrer Kundschaft oft, sie würden diese Tätigkeit deshalb ausüben, um ihre Kinder erhalten zu können. Das stimuliert die Kundschaft positiv, und wenn sie ein Mädchen bezahlen, geben sie auch etwas für das Kind. Der Roman begleitet die Lebensgeschichten einer Reihe derart erfundener Knaben und Mädchen, nach denen sich der Erzähler erkundigt, und die Mädchen erzählen ihm Geschichten über sie. Manchmal stellt sich heraus, dass ein Kind, von dem er gedacht hat, es sei ein richtiges, in Wirklichkeit ein erfundenes ist, oder dass eines, von dem er überzeugt war, dass es ein erfundenes ist, plötzlich ein richtiges wird. 2010 hatte derselbe Verleger sein Buch *Corpus Christi* herausgebracht, einen gegenüber der katholischen Kirche ausgesprochen kritischen Roman, der gerade deshalb bei einer bestimmten polnischen Leserschicht ausgezeichnet ankam. Er war in der Ära der Faszination der Kroaten von Papst Woytiła und der allgemeinen religiösen Euphorie in Kroatien entstanden. Die Hauptfigur ist ein Avantgarde-Künstler, Schöpfer von Installationen und Performer, heute ein Clochard, der tagelang wie besessen Kirchen besucht, jeder Messe beiwohnt, die Kommunion empfängt und, wenn ihm der Priester die Hostie, „der Leib Christi", auf die Zunge legt, fromm erwidert: „Amen." Er beginnt in der Kirche Sv. Petar in der Vlaška, schon um sechs Uhr morgens, wenn nur ein paar alte Frauen bei der Messe sind, die aus schwarzem Papier zu sein scheinen, bedeutungslose Origami Gottes, setzt fort in der Kirche Maria Lourdes in der Zvonimirova und geht dann der Reihe nach, die Kathedrale, die Franziskanerkirche auf dem Kaptol, Sankt Xaver, die Kirche des hl. Mirko in Šestine, dann die des hl. Blasius in der Prilaz Gjure Deželića, die Christkönigskirche auf dem Mirogoj, aber ganz besonders mag er neuere Kirchen, zum Beispiel die der Heiligen Mutter der Freiheit in Jarun. Da er eine Woche lang nichts anderes als Hostien zu sich genommen und sich davor gründlich gereinigt hat, wie sich ein Mensch reinigt, wenn er den Glauben wechselt oder erneut in seinen Schoß zurückkehrt, ist jenes Häufchen, das er am 14. August 2001 scheißt, genau genommen sein *magnum opus* und wird im Herbst desselben Jahres in einem luftleeren Glasbehälter ausgestellt unter dem Titel: *Scheiße vom Leibe Christi*. Nebst einer langen Liste der Kirchen, wo er die Hostien eingenommen hat. Sie endet mit dem Satz: „Verehrtes Publikum, dass mich Gott nach dem hier nicht gestraft hat, ist der beste Beweis dafür, dass es ihn nicht gibt!"

„Oder dass er unendlich barmherzig ist", hatte darauf ein katholisch orientierter Kunstkritiker in einer Rezension angemerkt.

Der Verleger hatte sich eine Zeit lang geziert, sich aber dann doch zu einer Veröffentlichung des Buches entschlossen und Luka im Frühjahr zu einer kleinen Lesereise eingeladen: Krakau – Breslau – Posen – Warschau.

2.

Im Zug zwischen Krakau und Breslau erzählte ihm die Lektorin für Kroatistik an der Krakauer Universität eine interessante Geschichte. Sie war eine Frau, mit der man offensichtlich rasch Freundschaft schließen konnte, sie hatte ihn am Flughafen erwartet und schon in den ersten paar Minuten ihres Gesprächs erwähnt, wie sehr sie seine Bücher mochte und dass eigentlich sie die Verhandlungen mit dem Verleger geführt habe. Danach plätscherte das Gespräch leicht dahin, die Themen flossen logisch ineinander über, von allgemeinen zu persönlicheren, aber zugleich war er noch nie einer so verschlossenen Person begegnet. Verschlossen auf besondere Weise: Sie war imstande, intime Details ihres Lebens preiszugeben, die aber verwandelten sich rasch in eine allgemeine Geschichte, waren nichts Intimes mehr, sondern eine Illustration, keine Basis für eine Freundschaft, sondern eine Warnung oder eine Lehre. Am Grunde ihres Brunnens saß ein Monstrum in Form eines riesigen Flusskrebses.

Sehr bald, nachdem sie mit dem Gepäck, seiner kleinen Tasche und ihrem großen Samsonite, endlich in den richtigen Zug gestolpert waren, nachdem sie aus zwei falschen wieder hatten aussteigen müssen, und Ines gesagt hatte:

– Da hast du Polen – erwähnte er ihr gegenüber, dass einen Monat zuvor auch Lukas guter Freund, ein Dichter aus Split, ebenfalls als Gast der Universität, in Krakau geweilt habe. Und sagte seinen Namen. Ines wurde ernst, ihr Gesicht nahm die Farbe des grauen Tages an, und es bedurfte einiger Zeit, bis sie sagte:

– Ich wäre dir sehr dankbar, wenn du mir gegenüber diesen Namen nie wieder erwähntest!

Zum ersten Mal, seit sie sich kennengelernt hatten, vor zweiunddreißig Stunden auf dem Krakauer Flughafen, trat eine unangenehme Stille ein. Und diese Stille währte gute dreißig oder vierzig Kilometer, wenn man die Annahme zugrunde legt, dass der Zug mit einer Durchschnittsgeschwindigkeit von achtzig Stundenkilometern unterwegs war. Alles Mögliche hätte in dieser Stille Platz gehabt. An Lukas Gesicht konnte man irgendwie ablesen, dass er, seinen Freund kennend, dachte, Ines habe eine Affäre mit ihm gehabt. Das war allem Anschein nach der Grund, weshalb sie die Initiative ergriff, das Schweigen unterbrach und in der Absicht, es zu dementieren, sagte:

– Er hat sich bei dem Abendessen, das ich in der Wohnung des Dekans organisiert habe, schweinisch benommen.

Danach erklärte sie, dass die Polen sehr formal seien und den Humor, wie wir ihn kennen, nicht verstünden. Jedenfalls hatte sie dieses Abendessen zu Ehren eines Schriftstellers organisiert, den sie in der Jugend, an der Fakultät, gelesen und den sie bewundert hatte, als sie noch literarische Ambitionen besaß. Sie hatte den Dekan überredet, ein Abendessen in intimem Rahmen zu veranstalten, also in seiner Wohnung. Die Polen sind dem ansonsten nicht zugeneigt, aber ihr war es gelungen, ihn zu überzeugen, dass wir vom Balkan Unmittelbarkeit und Offenheit sehr schätzen. Sie hatte auf eigene Kosten allerhand zum Essen besorgt, und die Frau des Dekans hatte es übernommen, das Abendessen zuzubereiten. Sie machen oft Urlaub auf Hvar, und so wusste sie, wie man Lammfleisch mit Erbsen, Artischocken mit Bohnen und Pašticada zubereitet. Die Speisekarte dalmatinisch, aber ohne Fisch. Auch das hatten die Frauen sorgfältig geplant.

Und dann erschien der Schriftsteller in der Lobby des Hotels, im selben, in dem sie auch Luka untergebracht hatten, alkoholisiert. Eine wohlmeinende Person hätte sagen können: angeheitert, eine direktere: betrunken. Jedenfalls an dieser labilen Grenze. Aber eben auch: angeheitert. Vor allem angeheitert. Das Buch war gut angekommen, die Kritiken waren im Großen und Ganzen gut, und bald würde er dieses nördliche, so förmliche und steife Land wieder verlassen. Alles das habe man an seinem Gesicht ablesen können. Das Abendessen war wohlschmeckend, der Schriftsteller erwähnte auch seine Mutter, die eine solche Pašticada zubereitet habe, Friede ihrer Seele, und dass er Artischocken mit Bohnen schon lange nicht mehr gegessen habe und dass das ein Gericht sei, das in ihm die Liebe erwecke. Denn die Artischocke sei, man schaue her, vor allem eine Blume. Zuerst eine Blume, erst dann auch Nahrung. Wir lutschen zuerst die Blütenblätter der Blume, und dann machen wir uns an Stempel und Staubgefäße. Als er Stempel und Staubgefäße sagte, sah er die Frau des Dekans an. Sie wiederum, wie jede relativ vernachlässigte Frau, genoss die Komplimente. Plötzlich saß der Schriftsteller neben der Hausfrau auf dem privilegierten Platz, nahm ihre Hand und küsste sie mit einem langen Kuss, der eine derartige Stille am Tisch auslöste, dass man durch das geschlossene Fenster hören konnte, wie draußen die Straßenbahn wendete und der Tankwagen die Straßen sauber spritzte.

– Ich weiß nicht, ob Sie sich bewusst sind, wie schön Sie sind?

– In welcher Sprache hat er das gesagt? – interessierte sich Luka.

– Auf Deutsch.

Er machte ihr den ganzen Abend den Hof, es war unangenehm, es war skandalös, aber die Frau des Dekans und er sahen das nicht. Er sagte zu ihr, laut, vor allen, sie solle ihren Mann verlassen, er sei eine Mischung aus langweiligem Professor und Politiker, mehr Politiker als Professor, und mehr Professor als Mann, das könne man, gnädige Frau, sofort sehen, und er werde sie heiraten und auf seine Insel entführen, er habe ein Haus auf einer Insel, Brač oder Hvar, und dass die Morgen nach Lavendel duften werden und die Abende nach Rosmarin, dass das Mediterrane ihr wahres Wesen wecken werde, denn das Mediterrane könne das, und der Dekan sah von Zeit zu Zeit zu dem betrunkenen Schriftsteller und seiner nüchternen Frau hinüber. Die Frau wiederum sagte, sie könne über das Angebot und die Morgen mit Lavendelduft und die Nächte mit Rosmarinduft nachdenken, ihr Mann beschäftige sich ständig mit der Wissenschaft mit zwei seiner ehemaligen Studentinnen, die jetzt seine Assistentinnen seien, und der Dekan konnte nicht einmal sagen: „Meine Liebe, du hast getrunken", denn es war offensichtlich, dass sie nichts getrunken hatte. Deshalb legte er das Sakko ab und saß nun im Hemd und mit schönen Hosenträgern, mit teuren, das sah man sofort, aber eben Hosenträgern, und eine der Assistentinnen bekam gerade eine Message aufs Handy und verabschiedete sich rasch.

3.

Jedenfalls stellte sich jetzt die Frage, wie den betrunkenen Dichter und Verführer so diskret wie möglich vor die Tür setzen. Aber in diesem Moment, es war, erzählte Ines, fast drei Uhr am Morgen, kam die in Tränen aufgelöste zweiundzwanzigjährige Tochter des Dekans nach Hause. Eine Schönheit wie ihre Mutter, nur viel schlanker und mit hellerem Haar. Sie war so am Boden zerstört, dass sie sich vor den Gästen nicht zurückhalten konnte, was überhaupt nicht die polnische Art ist, sondern dort mitten im Zimmer heulte und mit trüben Augen in die entsetzten Gesichter von Unbekannten starrte. Die Gesichter, die schon von der Darbietung des Dichters entsetzt waren, waren jetzt zusätzlich entsetzt, als sie die weinende Tochter ihres Chefs sahen. Die entsetzten Gesichter fürchteten sich davor, als Zeugen der Schande des Dekans, ziemlich unangenehme Zeugen und in einigen Fällen auch gefährliche, so wie es auch die Zeugen der Ermordung Kirows gewesen waren, von der Fakultät verjagt zu werden oder ihren Vertrag nicht verlängert zu bekommen.

Am besten indessen reagierte der Dichter, man sah, dass er keine Angst vor Menschen hatte, auch nicht Angst vor Emotionen. Er sprang zu dem jungen Fräulein und fragte sie auf Deutsch, was passiert sei. Von allen Anwesenden, die Eltern eingeschlossen, sah lediglich er sie als menschliches Wesen an. Sie sagte, stotternd und ächzend, dass ihr Freund, der ohnehin ein Schwein sei, sie verlassen habe, aber dass sie gehofft habe, ihn zuerst verlassen zu können. Daraufhin setzte der Dichter die Tochter auf den Platz ihrer Mutter, nachdem diese aufgestanden war, um die Teller abzuräumen, und erklärte ihr, dass die Männer Schweine seien, das wisse er aus eigener Erfahrung, könne aber nichts dagegen tun, Gene seien Gene, und als die Mutter zurückkam und neben ihr stand, warb der Dichter bereits um sie, er sagte vor allen „heirate mich" und ließ sich nicht im Geringsten dadurch beirren, dass niemand lachte, sondern sagte weiter, dass er sie auf seine Insel entführen werde, dass sie morgens nach Lavendel und abends nach Rosmarin duften werde, dass alles um sie herum schwarz-weiß sein werde, einzig sie in Farbe, und das Mädchen, sagte Ines, habe gelächelt und unter Tränen gelacht, und das sei für den Dichter Ermunterung genug gewesen, die erstarrte Hand ihrer Mutter zu nehmen, eine Hand, die keine Besitzerin mehr hatte, und von dieser Hand mit erstaunlicher Leichtigkeit den Trauring herunterzuziehen und ihn der Tochter mit den Worten auf den Finger zu schieben: „Mit diesem Ring verlobe ich mich mit dir als meiner ewigen Liebe." In diesem labilen Augenblick, als man, hätte der Dichter nicht immer weitergelabert, schon die Vögel hätte hören können, wie sie in der Kastanienallee vor dem Haus singen, sprang das Weinen in erstaunlicher Symmetrie von der Tochter auf die Mutter über und verabschiedete sich auch die zweite Assistentin des Dekans eiligst.

Dann rief der Dekan die Polizei.

Als Ines geendet hatte, fuhren sie wieder mehrere Kilometer schweigend, und Luka sah, wie auf der einen wie auf der anderen Seite des Zuges Polen vorüberglitt, dieses „Land der flachen Felder", wobei diese Ebene die größte Schuld trifft an der unglücklichen polnischen Geschichte. Er hatte irgendwo, an einer Kreuzung, sie waren schon längst daran vorbeigefahren, ein Straßenschild gesehen, das eine Abzweigung nach Oświęce bezeichnete, nach Auschwitz, und dort, so unglaublich es war, dort waren Nebel und Rauch zu sehen gewesen.

Um das Schweigen zu brechen, das infolge der äußerst unangenehmen polnischen Geschichte drohte, fragte er Ines:

– Hattest du schon mal einen Liebhaber?

Sie durchbohrte ihn mit einem Blick, der geeignet war zu sagen, dass er nun doch die Grenze des Anstands überschritten habe, dass diese Frage nach nur dreiunddreißig Stunden Bekanntschaft zu stellen überhaupt keine polnische Art sei, und dass er damit tief in das Gebiet balkanischer Unverschämtheit einmarschiert sei.

– Nein! – sagte sie mit rauer Stimme.

Und dann schwiegen beide, vermutlich warteten sie darauf, dass sich der üble Geruch dieser Frage verzöge. Im Verlauf dieses Schweigens, dem dritten in Folge, dachte Luka über sein Talent nach, Dinge, die sich gut angelassen hatten, gegen die Wand zu fahren. Ines war nachdenklich und konzentrierte sich völlig auf das, was draußen vorüberglitt, nicht auf das, was sich gerade im Innern bewegte.

Und dann sagte sie:

– Eigentlich weiß ich es nicht.

Es bedurfte einiger Zeit, um diese Antwort zu verdauen. Wie ist es möglich, das nicht zu wissen? Sie ist seit fünfzehn Jahren verheiratet, in Rijeka hat sie einen Mann, einen Dichter, der ebenfalls an der Uni arbeitet, und sie arbeitet schon ein Jahr lang als Lektorin in Krakau, sie hat über die Prosa von Slobodan Novak dissertiert, hat ein Buch über kroatische Inselschriftsteller geschrieben und weiß nicht, ob sie einen Liebhaber gehabt hat oder nicht.

– Einen guten Freund – sagte sie, dann korrigierte sie sich und sagte: – Einen lieben.

4.

Als Diplomandin, sagte sie, habe sie ihren Professor geheiratet. Sie waren seit ihrem zweiten Studienjahr ein Liebespaar, und als sie das dritte absolviert hatte, zog er von zu Hause aus, verließ Frau und Sohn und mietete für sie beide auf dem Trsat eine Einzimmerwohnung. Zu der Zeit, als sie nicht gerade viele gemeinsame Bekannte hatten, kamen sie häufig mit seinen Freunden, einem sympathischen Ehepaar, in deren Haus in Ičići zusammen.

Diese alte österreichisch-ungarische Villa hatte einst einem Seifen- und Kosmetikfabrikanten gehört, in den Sechzigern hatte sie der

Vater des Freundes ihres Mannes gekauft, der als Kapitän auf einem Ausländer fuhr. In diesem Haus veranstalteten sie jeden Samstag eine Cocktailparty. Die Sache spielte Mitte der Achtziger, und die Leute, die, ein Glas Wein in der Hand, bei Canapés oder Prschut oder Käse von der Insel Pag zusammenstanden, konnten ohne Angst über alles reden. Da kamen Universitätsprofessoren, Ärzte, Schauspieler, Maler und Schriftstellerkollegen. Mit der Zeit freundete sie sich mit der Frau des Freundes ihres Mannes an; sie war offen und akzeptierte Ines, im Unterschied zu den anderen Freunden, die sich reserviert verhielten, vermutlich wegen der Ehemaligen, die nach der Scheidung mit allen in guten Beziehungen geblieben war. Aus dem Profil sah diese Frau aus wie die Silhouette einer Stadt oder wie die Unterschrift einer eitlen Person. Aber sie wirkte überhaupt nicht eitel, und wenn sie einem das Gesicht zukehrte, strahlte aus ihr ein gutes Licht. Sie erinnere sich, sagte sie, dass sie nach diesen ersten Begegnungen das Gefühl gehabt habe, sie könne aus der Hand dieser Frau Zyankali trinken und sich bei ihr noch freundlich bedanken. So habe sie auf die Menschen gewirkt. Zwischen ihr und der Welt war ein leerer Raum, der sich mit allem und jedem füllen konnte. Manchmal mit dem Interesse an Topfblumen und Zimmerpflanzen, manchmal auch mit dem Interesse an Büchern, an den Büchern ihres Mannes und seines besten Freundes, aber auch an denen seiner anderen Freunde, sie konnte stundenlang über Bücher reden und erwähnte oft, dass sie ihr Interesse einem Sommer verdanke, in dem sie *Bonjour tristesse*, *Hundert Jahre Einsamkeit*, Moravias *Langeweile*, den ganzen Proust, *Na rubu pameti*, *Zimsko ljetovanje*, *Schönheit und Trauer* von Jasunari Kavabata und noch eine Reihe von Romanen gelesen habe, die das Wort Trauer im Titel haben oder von allem sprechen, was man in sie hineinpacken kann.

Sie habe, sagte sie, diese Frau ambivalent erlebt. Sie war noch nie jemandem begegnet, der sich so sehr auf seinen Gesprächspartner einstellt, sodass man das Gefühl hat, er gehöre einem ganz. Bei ihren Begegnungen, beim Kaffee, war sie imstande zuzuhören, sich mit einem zu beschäftigen, sich in die Probleme einzubringen, aber bei den Empfängen, die sie samstags organisierte, war sie jemand anders. Lächelnd, immer elegant gekleidet, nie in Pantoffeln, aber doch in

Schuhen, die informell genug aussehen, um Pantoffel vorzuspiegeln, ohne Pantoffeln zu sein, wallte sie von Gast zu Gast, widmete jedem dreißig Sekunden, vielleicht eine Minute, aber nicht mehr. Sie blieb stehen, wechselte einige Worte, lächelte teilnahmsvoll oder mitfühlend und flatterte weiter. Ines bemerkte mit der Zeit – oft stand sie in der Ecke und studierte die Leute –, wie sie bei einigen haltmachte und eine Unterhaltung führte, anderen hingegen, alten Freundinnen, oft nur eine kurze Berührung schenkte. Sie legte ihnen die Hand auf die Schulter oder an die Wange und setzte ihren Weg fort in der delikaten Rolle der Hausfrau. Am Anfang kommunizierte sie mit Ines mit Worten, aber mit der Zeit hatte sie sich ein paar kurze Berührungen verdient, und dann immer längere, sogar einen Kuss auf die Wange. Das geschah etwa sechs Monate, nachdem sie sich kennengelernt hatten.

– War sie deine Geliebte? – fragte Luka.

– Aber nein, ich erzähle dir nur, wie es sich entwickelt hat.

5.

Nach zwei Stunden Fahrt, bei der der Zug ständig langsamer fuhr, manchmal auch dort stehen blieb, wo kein Bahnhof war, und dann wieder durch Bahnhöfe jagte, die nicht wichtig genug waren, um in ihnen zu halten, und von denen ihnen traurige, verwunderte oder wütende Augen nachblickten, sagte Luka:

– Gehen wir in den Speisewagen?

– Geh du – sagte sie – ich werde ein bisschen lesen.

Er erhob sich, streckte die eingeschlafenen Beine, nahm das Sakko vom Bügel und zog es an. Als er die Tür aufzog, um das Abteil zu verlassen, ermahnte ihn Ines über den Buchrand hinweg:

– Pass auf, wenn du zwischen den Waggons gehst!

Als wäre er ein Kind.

Das geschah eigentlich ständig. Dass sich Frauen ihm gegenüber benahmen, als wäre er ein Kind. Wenn man jetzt an jene längst vergangene Zeit zurückdenkt, auf der Insel, lassen sich mehrere Profile von Männern erkennen. Ein Mann fest wie ein Baum, verwurzelt, an ihn kann sich eine Frau anlehnen, kann voll Bewunderung zu ihm aufsehen, kann in seinem Schatten ruhen und kann sich, wenn es nötig werden sollte, an ihm auch aufhängen. Ein Mann als Hund ist der beste Freund einer Frau, die Frau geht mit ihm aus, sie reden miteinander, sie spielen, es ist unterhaltsam, aber der Mann als Hund versucht nichts, und schließlich fragt sich die Frau, warum er nichts versucht, und als sie sich das endlich fragt, begreift sie, dass er es schon längst versucht hat und dass er neben ihr im Bett schnarcht und dass das Leben schon vorüber ist. Dieser Übergang aus der Freundschaft in etwas anderes geschieht völlig unmerklich; der Mann als Hund ist eine Zeit lang höflich und distanziert und redet, sagen wir mal, von Schiffsrümpfen oder Dünger für Weinstöcke, aber schon im nächsten Moment schlüpft er in die Höschen der Frau wie ein Geist, den es einmal gibt und dann wieder nicht und den es mit den Jahren immer mehr nicht gibt, und je mehr es ihn nicht gibt, desto mehr west er in jenem leeren Raum zwischen Bewusstsein und Unterbewusstsein. Ein Mann als romantischer Grobian beleidigt die Frau zuerst, um sich dann entschuldigen zu können, und diese Entschuldigungen können die seltsamsten Formen annehmen; in guten Fällen sind das Reisen, in schlechten ein am Weg gepflücktes Stiefmütterchen, auf dessen Blütenblättern man noch die Tröpfchen der Spucke sieht von einem, der hier vor ihm vorbeigekommen ist. Die Männer unten auf der Insel haben sich diese Stereotypen übergestreift wie eine Haut zum Wechseln. Luka war der Mann als Kind. Schon sehr früh hatte er bemerkt, dass er sich mit Mädchen am besten verstand, wenn er sich in ein Kind verwandelte. Der Mann als Kind weckt eine Emotion, indem er hilflos ist, und diese Emotion ist ausnehmend stark, nur dass sie nicht lange anhält. Sie ist mehr ein Erguss, ein Wolkenbruch, eine krampfhafte Umarmung, manchmal gibt es auch Tränen, mit einem solchen Mann hat die Frau Sex unter Schmerzen, als würde sie ihn ständig aufs Neue gebären. Der Mann als Kind sieht immer alles vom Aspekt der schicksalhaften Liebe, denn einzig die Liebe zu seiner Mutter ist tatsächlich schicksalhaft. Der Mann als Kind kann mit einer Frau leicht und rasch, kann aber nicht lange. Nach einem Mann als Kind bleiben keine schönen Erinnerungen, sondern Schuldgefühle und Übelkeit, die sich später in abstoßende Gleichgültigkeit verwandeln.

Aus dem Speisewagen gesehen sah Polen irgendwie noch flacher aus, gepflügte Erde, klebrig, gleichmütig gegenüber allem, was auf ihr kreucht und fleucht.

6.

Als er ins Abteil zurückkehrte, fand er Ines schlafend vor, das aufgeschlagene Buch hielt sie auf der Brust. Es dauert längere Zeit, bis sie aufwachte, und in der Zwischenzeit waren Wälder und eine andersartige Architektur vorbeigezogen. Dann fragte er sie:
– Hattet ihr Sex zu viert?
– Nein.
Obwohl der Freund ihres Mannes das gewollt hatte, und auch ihr Mann hatte einmal davon gesprochen, dass sie es versuchen könnten.
Das Problem war, sagte sie, dass er das immer sagte, wenn er betrunken war. Wenn er nüchtern war, hätten sie nicht darüber gesprochen. Sie sei, behauptete sie, dazu bereit gewesen, habe aber gewartet, dass er das nüchtern sagt. In jenen Jahren hätten sie viel zu viert unternommen, aber zu Sex sei es nie gekommen. Die Frau, die mit der Zeit ihre engste Freundin geworden war, hatte mit Anspielungen und Berührungen diese Atmosphäre genährt, aber Ines hatte den Eindruck gewonnen, dass auch sie es nicht wollte. Als sie einmal allein ausgingen, sagte sie plötzlich:
– Ich habe alles Mögliche ausprobiert – dann lächelte Ines, wie eine Mutter nach einem heiklen Geständnis lächeln würde – aber mit Bruno habe ich nie …

7.

Nie hatten sie gemeinsam trainiert, Ines hatte ihr Fitnessstudio auf dem Trsat und ihre Freundin in Opatija. Mit der Zeit gewann jede von ihnen auch ihre Freundin für das Fitnessstudio, und diese Freundinnen wurden zu einem unerschöpflichen Reservoir für Klatsch und Tratsch, die sie in den Cafés austauschten. Ihre alte Freundschaft war eine riesige Bohrinsel im blauen Meer, eine metallene Insel und ein Gewicht, das sich nicht so einfach ausmessen ließ, und die Fitness-Freundinnen waren die Möwen, die sich von Zeit zu Zeit auf den Bohrtürmen niederlassen. Manchmal scheißen sie, manchmal nicht, aber sie fliegen rasch wieder fort. Auch diese monogame Freundschaft, die zu diesem Zeitpunkt mehr als zehn Jahre währte, nährte sich an diesen unverbindlichen polygamen Freundschaften: Barbie aus Krimeja, die eine Zeit lang zusammen mit Ines trainierte, sagte immer „Situation" statt „Situation", und eine Kollegin der Freundin, aus Pfizer, eine Brünette mit umfangreicherer Hinterpartie, hatte panische Angst vor Brustkrebs und benutzte keine Deodorants, was die Freundschaft mit ihr sehr komplizierte.

Als Kleine hatte Ines auf den Schreibheften in der Schule schöne Frauengesichter gezeichnet. Du kennst das, sagte sie, die Schreibhefte von Mädchen sind immer mit solchen Barbies vollgemalt. Würde Gott unsere Wünsche vollständig erhören, sagte sie, wäre die Welt verdammt langweilig. Die Menschen glichen einander wie gleichjährige Tannenbäume oder Ameisen oder Bienen. Jedenfalls traf diese Freundin, deren Namen sie so sorgsam vermied, unfehlbar ihre kindlichen Träume. Nur dass das Leben das Talent hat, seinen Schematismus zu verschleiern. Als Erstes also begriff sie über die Freundin, dass sie sie für Schlechtes benutzte, für Probleme und Krisen, bot aber selbstlos einen ebensolchen Dienst an, und bei so etwas besteht immer der Anschein von Gleichberechtigung. Aber dann wurde es Ines klar, sagte sie, dass ihre Freundin genau genommen eine Zeichnung war von der Rückseite ihres Schreibheftes aus der siebten Klasse. Eine Blondine, immer gepflegtes Haar, das in schweren Wellen fällt, volle Lippen, die die Mädchen in Herzform zeichnen, ausgeprägte Brüste und Pobacken, immer an der Grenze des Explodierens, aber kontrolliert wie der Atomkrieg, sie lebt in einer Villa unweit Opatijas, ist mit einem Universitätsprofessor mit gutem Stammbaum verheiratet, hat eine anspruchsvolle Tätigkeit, zwei gesunde Kinder und führt ein reichhaltiges Gesellschaftsleben. Die Zeichnung vom Schreibheft aus der siebten Klasse.

8.

Bruno hatte die mindestens eine Million teure Villa in die Ehe eingebracht. Das ermöglichte ihm, sich in aller Seelenruhe sein ganzes Leben hindurch komparativ mit dem kroatischen und dem polnischen Barock zu beschäftigen. Er schrieb mehrere Bücher über die Lyrik polnischer Barockdichter und zum polnischen und kroatischen Concettismo. Andererseits habe ihre Freundin, sagte Ines, nur sich selbst in die Ehe eingebracht und sich bemüht, das wettzumachen. Ihr Einkommen war im Prinzip, ohne die Tagegelder zu rechnen, doppelt so hoch wie seines, die Buchhonorare nicht gerechnet.

– Jemand in der Familie muss auch verdienen – sagte sie fröhlich, wenn in Gesellschaft dieses Thema zur Sprache kam.

Sie imponierte Ines auf eine Weise, die in ihr keine Spur Neid, nicht einmal den Gedanken an Neid aufkommen ließ, weil sich jede mit völlig anderen Dingen beschäftigte und beide völlig unterschiedliche Personen waren. Es kam vor, dass sie ihr in Rijeka auf dem Korso begegnete, gekleidet für die Arbeit, im blauen Kostüm oder in einer weiblicher wirkenden, aber dezenten beigefarbenen Kombination aus Hose und Tunika, wie sie mit Geschäftspartnern sprach, und konnte sich dabei ertappen, dass sie stolz war, dass das ihre Freundin war.

– Warum sprichst du andauernd von ihr? Hattest du etwas mit ihrem Mann? – fragte Luka.

Sie sah ihn an, abrupt zurückgeholt in Zeit und Raum, an das Fenster, vor dem sich ihre Alternativheimat vorbeibewegte, und vor den Menschen, um den sie sich im Auftrag ihres Fakultätschefs kümmerte, als wäre sie seine Mutter. Ein ekelhaftes Monster verbarg sich in dieser Geschichte, sie war nicht einmal ein Beispiel, nicht nur eine von vielen Geschichten, sondern eine krampfhafte Beichte.

– Das jetzt habe ich nur dir erzählt – sie erhob sich, um die Jacke überzuziehen, die auf der Gepäckablage lag, weil es in dem leeren Abteil allmählich kühl wurde – aber ich weiß eigentlich nicht, warum ich dir das erzähle. Entschuldige, wenn ich dich langweile.

Wie eine besorgte Mutter, die sich gerade ihrem kleinen pubertierenden Räuber taktisch anvertraut hat, um sein Vertrauen zu gewinnen und ihm im nächsten Augenblick das Versprechen herauszulocken, von nun an fleißig zu lernen.

– Ja, ihr Mann wurde mir sehr lieb, aber das ist eng mit ihr verbunden.

Beim Verlassen des Abteils stützte sie sich mit der Hand auf sein festes Knie und begab sich dann schaukelnd zum WC.

9.

Die abendliche Lesung in einem Breslauer Club verlief ausgezeichnet, das *underground*-Publikum war wohlgesonnen, und es gab keine zugespitzten Polemiken. Bärtige Intellektuelle, Studenten mit Dreadlocks, gründlich tätowierte Mädchen waren freundlich gesinnte Zuhörer. Aber an der Abteilung für Slawistik der Breslauer Universität war es wesentlich anders.

– Was hat Sie bewogen, ein so widerliches Buch zu schreiben – fragte eine Studentin, die ihm die ganze Zeit über milde zugelächelt hatte – ein Buch, das unsere religiösen Gefühle so vulgär verletzt.

Er antwortete ihr, dass es ihm leidtue, dass sie nicht begriffen habe, dass es die Hauptfigur im Buch ist, die die religiösen Gefühle verletzt, und nicht der Autor, und dass dieser Hauptfigur, dem Künstler und Performer, die Meinung der Beleidigten ehrlich gegenübergestellt wird. Die Absicht sei nicht gewesen, religiöse Gefühle zu verletzen, sondern ein polemisches Buch zu schreiben, das zeigt, wie die Kirche in Kroatien, und das könne man auf alle ehemaligen kommunistischen Länder übertragen, die sich an das Einparteiensystem erinnern, ideologisch die Rolle der Partei übernommen hat und sich anmaßt, alle Aspekte des Lebens zu bestimmen.

Die Studentin erwiderte, dass sie genug habe von der Minderheit, die in der Demokratie die Mehrheit beleidige, und dass sein Buch, trotz allem, was er angeführt habe, doch beleidigend sei. Und das nicht nur gegenüber Katholiken, sondern gegenüber allen, die an Jesus Christus glauben. Und dann sagte sie, dass ihn, hätte er das mit Mohammed gemacht, jetzt ein ganzer Polizeikordon schützen und er in einem geheim gehaltenen Kabinett in die Muschel pinkeln würde.

Er fragte sie, ob sie solche Methoden gutheiße und ob sie der Meinung sei, dass man allen, von denen man denke, sie hätten jemandes Gott beleidigt, eine Bombe in die Unterhose stecken solle.

Sie sagte, dass sie sich von den Zehn Geboten leiten lasse und dass das Gebot „Du sollst nicht töten!" unzweideutig sei, aber dass sie, wenn sie ihn so sehe, eine gewisse Trauer empfinde, dass für Christen dieses Gebot so völlig außer jedem Zweifel stehe.

Er wiederum, herausgefordert, sagte, dass daran etwas Wahres sei und dass sich die Polemik des Buches gerade gegen dieses militante Christentum richte, das sie repräsentiere, und dass es ihn, sollte er sie mit seinem Buch beleidigt haben, über die Maßen freue. Dann sagte er noch, dass er Gläubige, dabei denke er an Gläubige gleich welchen Glaubens, als feige ansehe, weil sie als reife Individuen sich nicht mit dem Tod abfinden können, mit dem endgültigen Vergehen, sondern dass sie an offenkundig erfundene andere Welten glauben, an die Fortsetzung des Lebens und ein ewiges Leben, oder an die Reinkarnation, ganz gleich, aber dass jeder Religion eine Feigheit zugrunde liege; die Unfähigkeit des Menschen, sich der eigenen Verantwortung und dem endgültigen Vergehen zu stellen.

Sie sagte, dass das Fundament der Religion nicht die Feigheit sei, sondern der Glaube, und dass er das nie verstehen werde, und dass ihm dabei auch keine noch so schönen Sätze helfen werden, keine effektvollen Dialoge, selbst die wenigen überzeugenden Bilder nicht, denn er werde immer Dreck schreiben.

Und dann erhob sie sich würdevoll und verließ den Hörsaal. Eine unangenehme Stille breitete sich aus, die die Lektorin Ines etwas weniger unangenehm zu machen versuchte, indem sie sagte:

– Gibt es noch Fragen?

Das Resultat war, dass sich die Mehrzahl der Studenten erhob und den Raum mit dem Ausdruck des Abscheus im Gesicht verließ. Während eine kleinere Anzahl ihn bat, noch einen Abschnitt vorzulesen.

10.

Der Name, den Ines hartnäckig vermied, kam im Speisewagen des Expresszuges Breslau – Posen während des Frühstücks zutage. Es sah so aus, als sei sie des Vermeidens müde geworden, oder, auch das war möglich, sie hatte es vergessen, und der Name schlüpfte durch die angelehnte Tür wie eine läufige Hündin und konnte nicht mehr zurückgeholt werden. Ein Name, eine ausgestoßene Verwünschung, eine ausgespielte Karte oder eine hingekritzelte Unterschrift unter einem zweifelhaften Diskretionsvertrag auf der einen Seite, auf der anderen ein nebelhaftes Erkennen, eine Bestätigung von Geahntem. Ines erwähnte, dass es zum ersten größeren Riss in Jelenas Haus in Ičići eines Samstags im April vor fünf Jahren gekommen sei. Es war gegen Monatsanfang, um den Jahrestag der Bombardierung Belgrads herum. Sie erinnert sich daran, weil sie beide in der Küche, während sie kleine Sandwiches machten und hauchdünne Scheiben Käse schnitten, die kleinen Roma-Kinder nachmachten, die Maultrommel spielen und im alten Autobus singen: *Za Beograd, za Beograd, jaše Švaba crnog konja … joj! Joj!* Jelena hatte den Film auf DVD, und sie ließen ihn laufen, während sie ein wenig am feinen Bourbon nippten, während Bruno mit den Kindern den ganzen Tag draußen unterwegs war, damit sie ihnen in der Küche nicht zwischen den Beinen herumliefen. Das Abendessen war offenbar wichtig, denn sie hatte ihre Freundin bisher noch nie so nervös gesehen, diese gesellschaftlichen Dinge liefen bei ihr gewöhnlich reibungslos.

Das schwedische Buffet war eine halbe Stunde vorher bereit, bevor die ersten Gäste erwartet wurden. Lachs-Canapés mit halbiertem Ei und Kaviar, Sandwiches, bei denen statt des Brotes geräucherter Tofu die Grundlage bildete, mit selbstgemachter Thunfischpastete und sauren Gurken, mit Liptauer gefüllte Schinkenröllchen, kalte Gänseleber in Schmalz, Entenpastete, Rinderzungensalat mit Avocado, Lammfleisch mit Erbsen in einem feuerfesten Tiegel, darunter zwei kleine brennende Kerzen, wie auf dem Grab von Zwillingen … Dabei hatte man große Sorgfalt den Farben gewidmet, die hellgrüne Avocado war auf das dunklere Grün der Gurken auf der Pastete abgestimmt, während der orangefarbene Lachs mit der rohen Karotte korrespondierte, mit der die Käseplatten dekoriert waren. Als die ersten Gäste eintrudelten, wurden sie von Jelena so herzlich empfangen, dass es den Anschein hatte, als seien ihr jene, die als Letzte gekommen waren, die liebsten, allerdings währte ihre Verliebtheit, dieses herzliche In-die-Augen-Schauen, dieses Wangenküssen, manchmal auch auf den Mund, dieses Schulterklopfen und Gurren, nur wenige Minuten, so lange, wie eben auch das Begrüßungsritual dauerte. Nur bis zum nächsten Läuten. Dann verließ sie mit einem bedauernden „entschuldigt" ihre jüngsten Favoriten und widmete sich den neuen, die im Vestibül gerade das Papier vom Blumenstrauß entfernten oder ihre leichten Frühlingsmäntel ablegten.

Ines avancierte unter die intimsten Freundinnen und durfte das Tablett mit den gefüllten Schnapsgläsern herumtragen, das ebenfalls sorgfältig nach Farben arrangiert war. Auf der einen Seite grünlicher istrischer Kräuterschnaps, dann kamen klarer Sliwowitz und Williamsbirne, hierauf folgte gelber Honigschnaps und alles endete mit braunem Karuben- und Wallnusslikör. Die Gäste kamen und küssten die Hausfrau, Ines nickte man nur zu, und wer sie nicht kannte, und die waren zahlreich, war zu ihr liebenswürdig wie zu einer bezahlten Catering-Angestellten. Eine Zeit lang war sie nicht zu diesen Samstag-Cocktails gekommen und sie wunderte sich, wie viele neue Gesichter es gab. Als Ines schließlich das Tablett mit den Schnäpsen absetzte und sich selbst einen nahm, damit er ihr Freund und Begleiter sei in diesem Dschungel gesellschaftlicher Beziehungen, führte ihr Jelena die neuen Gäste zu und stellte denen Ines mit den Worten vor:

– Meine beste Freundin!

Allein das Begrüßungsritual, bei der Ankunft, dauerte fast eine Stunde, und Ines nannte es nach dem Einzugslied des Chors in der griechischen Tragödie „Parodos", während das Ritual des Bekanntmachens zwischen Ines und den neuen Gästen sowie den neuen Gästen und den alten und untereinander fast noch eine weitere Stunde dieses wichtigen Abendessens einnahm. In Ines' Klassifizierung hieß das „swing". Als auch das vorüber war, kam der zentrale Teil des Cocktails, den Ines scherzhaft die „Schmetterlingsphase" nannte. Dabei umflatterte die Gastgeberin die Grüppchen und Einzelnen in einer unvorhersagbaren Zickzacklinie, überall innehaltend, tätschelnd oder küssend, je nach Status und Verdienst. Die „Schmetterlingsphase" hatte mehrere Unterphasen, die man „erster Kreis", „zweiter Kreis", „dritter Kreis" und bei Bedarf auch „vierter Kreis" nennen konnte, obwohl es sich im streng geometrischen Sinne nicht um Kreise handelte, sondern mehr um ein unregelmäßiges Netz, dessen Knotenpunkte die Gäste waren und dessen Bindematerial die langsamen Umlaufbahnen der fröhlichen Gastgeberin. Am Ende kam natürlich immer der „Exodos", das Auszugslied des Chors, das war ein herzliches taktiles Abschiednehmen, das fast so viel Zeit in Anspruch nahm wie der „Parodos". Sie habe das alles, sagt Ines, aus ihrem Eck heraus beobachtet, wohin sie sich zurückgezogen hatte, als sie keine Pflichten mehr wahrzunehmen hatte. Bald habe sich ihr in diesem Eck, aus dem man den ganzen Salon und das Esszimmer mit dem schwedischen Buffet, dem bunten Mittelpunkt des Geschehens, aber auch das Meer und die Marina und die schwankenden Masten der Jachten überblickte, Bruno zugesellt. Gewöhnlich habe er ihr einen Drink gebracht, als dummen Vorwand für sein Kommen, ihr habe, sagt sie, diese Verschämtheit gefallen, sie war rührend inmitten all dessen: ein selbstverleugnender König, der aus der Zimmerecke heraus dem Triumph seiner Königin zusieht.

Für diesen Abend indessen war der „swing" entscheidend. Bruno kam wie üblich und gab ihr ein Glas mit Plavac von Tomić in die Hand, und sie amüsierten sich damit, die Gäste zu kommentieren.

– Siehst du den Bären da! – sagte Bruno.

– Der Bürgermeister – sagte Ines eine Grimasse schneidend.

– Oh, verdammt, ich habe ihn nicht erkannt.

– Und wer ist der Keiler dort?

– Der Dekan der Medizinischen.

– Mashallah – sagte Bruno – aber den kenne ich, o Gott, ich bin schon glücklich, wenn ich in meinem Haus einen Menschen erkenne, ich kenne ihn von der Uni.

In der anderen Ecke des Zimmers, als selbstverleugnendes Gegengewicht auf dem anderen Arm der Waage, sprach ein jüngerer Dichter dem Wein zu, in enger Hose und mit einem Bart, der eher zu al-Qaida gehören mochte als auf die Cocktailparty einer Geschäftsfrau. Von hipstermäßiger Erscheinung weit vor den Hipstern, ein Dichter, dem Gott das Talent des Wörterjonglierens in der Einsamkeit geschenkt, aber die Fähigkeit vorenthalten hatte, es in Gesellschaft zu nutzen.

– Der Igel! – kommentierte Ines.

– *Mit dreihundert Speeren …* – summte Bruno.

Sie erkannten an diesem Abend die elegante Hindin, eine Aktrice in heimischen Serien, und ihren Gatten, diesen mächtigen Schaufler, der sich mit seinem Geweih in Brunos Murano-Leuchtern zu verhaken drohte, die Maulwürfin, die um das schwedische Buffet herumschlich, blind für alles außer Essbarem, die Sekretärin des Ministers für Gesundheitswesen, das Yorkshire-Schwein, dem die Erbsen im französischen Salat aus dem Maul sprangen und über den Persianer von Brunos Mutter rollten, den kontroversen Theaterregisseur, die langbeinige Störchin, eine Schauspielerin und Sängerin, die schon zu einem Symbol geworden war.

– Wenn das Iglo Igello ist, wo ist dann Lissi Listig, die Füchsin? – sagte Ines.

– Da ist Lissi – flüsterte Bruno.

Jelena kam in ihrer charakteristischen Zickzacklinie, mehr ein Segelboot als eine Frau, zu ihnen geflattert und sagte:

– Was gurrt ihr denn da, meine Täubchen?

An diesem Abend, sagt Ines, habe sich in diesem Spiel der erste Riss gezeigt: Es sei klar geworden, dass jeder der Geladenen an diesem Abend ein *jemand* war. Ihr Mann war ein alter Freund, aber auch ein bekannter Dichter mit ernstzunehmender Reputation im engen Kreis der Kenner polnischer und kroatischer Dichtung, alle waren hier, auf ihre Weise, bekannte Persönlichkeiten. Manche von ihnen waren auch Szene-Figuren, aber im Gehen und Reden gaben sie auch unbewusst ihre Macht zu erkennen. Da waren Schauspieler, Regisseure, Betreiber von Privatkliniken, Sportler, ehemalige Sportler, über die man in der Öffentlichkeit noch immer sprach, Politiker und kommende Dichter. Wann war Jelena in all das hineingerutscht? Und wieso hatte Ines das nicht gesehen? Und dann hatte sie auch die zweite Erkenntnis geschockt, im Fahrwasser jener ersten: Jelena war eine Sammlerin, und Ines hatte an diesem Abend noch lange an ihrem Raritäten-Bestiarium zu studieren, nachdem sich Bruno aus Mitleid seinem Dichterkollegen zugesellt hatte, damit der wenigstens auch einen Menschen zum Reden hatte.

11.

In den nächsten Monaten habe Ines, sagt sie, sich eingeredet, dass sich an jenem Samstag im Haus in Ičići nichts verändert habe. Sie hörten sich einmal wöchentlich, gingen kurz auf einen Kaffee in die *Filodramatica*, und die eine wie die andere kamen dazu von der Arbeit, Jelena gestand Ines, dass ihr Dean Probleme mit dem Lesen habe und dass sie bei ihm Dyslexie vermute, Ines gestand Jelena, dass sie fast überhaupt nicht mehr mit ihrem Mann schlafe und dass sie deshalb vielleicht besorgt sein sollte, dass aber weder ihr Mann noch sie selbst sich Sorgen machten, und Jelena sagte, dass gerade das besorgniserregend sei. Obwohl, wenn man es recht besieht, sie auch nicht oft Verkehr hätten, Ehe und Kinder seien eben der Tod für Sex. Aber der Riss manifestierte sich auf seltsame Weise. Zu dieser Zeit, sagt sie, habe sie auf dem Korso eine Frau gesehen, sie sei hinter ihr gegangen, die Frau sei in Schuhen mit ziemlich hohem, aber nicht zu hohem Absatz fest ausgeschritten, in einem schönen beigefarbenen Kostüm, das ihre Figur betonte, die nicht dick war, nicht füllig, sondern reif und prall. So eine Frau, und plötzlich habe sie spontan eine Antipathie ihr gegenüber gefühlt, einen Stich schlechter Laune, sie habe daran gedacht, nahe an sie heranzutreten und ihr mit einem Filzstift auf den prallen Stoff über den Pobacken zu kritzeln oder ihr einen ausgekauten Kaugummi in die Haare zu schmieren. Ein andermal habe sie geträumt, dass Jelena gestorben sei und dass man sie auf Lošinj in einer Bäckerei begraben habe, die Ines und ihr Mann nur ein einziges Mal eines fernen Sommers betreten hätten, und niemand habe erwartet, dass ihr diese Bäckerei so lange in Erinnerung bleiben würde. Im Traum verspürte sie eine solche Erleichterung nach Jelenas Tod, dass sie am nächsten Morgen in Tränen ausbrach und ihr Mann sie fragte, was mit ihr sei. Er wartete allerdings nicht die Antwort ab, weil er es eilig hatte, zu seinen Prüfungen zu kommen.

Vor dem Winter, Ende November oder im Dezember, kam sie unangemeldet zu ihr an die Uni, das war 2005. Sie war sichtlich müde, mit verschmiertem Lippenstift, den sie dann auf der Professorentoilette abwischte, fragte sie, ob sie sich eine Zigarette anzünden dürfe.

– Rauchst du etwa wieder? – sagte Ines.

– Nein. Das ist nur, wenn ich nervös bin.

Ines habe bemerkt, sagt sie, dass ihre Hand zitterte, als sie die Asche abstreifte, und dass sie auf dem Handrücken braune Flecken hatte, an die sie sich von früher nicht erinnerte. Wieder sprach sie von Dean und seiner Dyslexie und von Hana, bei der in der Schule alles gut gehe außer im Fach Leibeserziehung, aber es war offensichtlich, dass alles das nicht wegen Dean und Hana war. Ines drehte sie auf ihrem Bürostuhl zu sich herum, setzte sich ihr gegenüber und sagte:

– Jelena, was ist mit dir? Sieh mich an!

Jelena sah sie an, so würde vermutlich eine alte Straßendirne einen Kriminalpolizisten ansehen, und sagte, dass nichts Besonderes sei, dass sie gerade eine schlechte Periode habe, die sicherlich vorübergehen werde, und dass alles das mit den immer schlechteren Geschäftsbedingungen zusammenhänge. „Wie Pilze nach dem Regen", sagte sie zwischen zwei Zügen, „schießen diese pharmazeutischen Firmen aus dem Boden, jede Garage ist eine Vertretung und du kannst nichts mehr verkaufen. Sie drücken die Preise, machen ein verfluchtes *dumping*, und dann gehen sie zugrunde und reißen uns alle mit, die wir uns noch irgendwie auf dem Markt halten. Das Geschäftsleben ist ein zu großer Stress", sagte sie, „solange der Krieg dauerte und unmittelbar danach glaubte man, dass sich alles in Ruhe zum Besseren wenden werde, aber alles ist in drei Teufels Namen den Bach runtergegangen."

Einen Monat später dann, unmittelbar vor Weihnachten, begegneten sie einander auf dem Korso. Jelena war gut drauf, freilich ein wenig angeschickert und von einer künstlichen Fröhlichkeit, in einem langen Nerzmantel und in einer Gesellschaft, die Ines nicht kannte. Sie küssten sich, und Ines ging weiter, weil sie noch so viel zu besorgen hatte.

In diesem Winter sahen sie sich überhaupt nicht mehr und hörten sich auch nur selten. Natürlich gratulierten sie einander pflichtgemäß zu Weihnachten und zum Neuen Jahr, Ines rief zu Deans Geburtstag an, aber sie sahen sich nicht. Erst im Frühjahr, vielleicht war es Ende März, jedenfalls gab es eine Wärmewelle, draußen herrschten zwanzig Grad, alles stand in Blüte. Und sie beschloss, von der Bushaltestelle in Krimeja zu Fuß durch den Park auf dem Trsat nach Hause zu gehen. Die Wärme tat ihr gut, die erste stärkere Sonne nach dem Winter, und es blühten nicht nur die Forsythien und Stiefmütterchen, sondern auch Tulpen, Löwenzahn und Gänseblümchen. Endlich hatte sie ihre Dissertation über das Werk Slobodan Novaks im Konzept fertig, wobei der zentrale Text, mit dem sie sich beschäftigt hatte, nicht *Mirisi, zlato i tamjan* war, sondern *Izvanbrodski dnevnik* und die Form des lockeren Romans. Und so ging sie, ganz in Gedanken, fast an einer Frau vorüber, die im oberen Teil des Parks auf einer Bank saß, nahe dem Klostergarten. Im letzten Moment drehte sie den Kopf und bemerkte Jelena, die allein dasaß, ohne Lippenstift und mit roten Augen, sie hatte die Schuhe ausgezogen und ruhte ihre Füße in den braunen Nylons auf den Hochhackigen aus.

– Mein Gott – sagte sie – warum hast du nichts gesagt?

– Ich sehe dir zu, du wärst an mir vorübergegangen wie an einem Türkenfriedhof.

Aber Ines hatte den Eindruck, dass sie nichts hatte sagen wollen.

12.

Auf dem Hauptplatz in Breslau, den Blick auf die Aneinanderreihung farbenfroher Fassaden gerichtet, die in sich ihre deutsche Architektur bewahrt haben und bezeugen, dass im Krieg alles zerstört, dann aber sorgfältig wiederaufgebaut wurde, kondensierte Ines in Wort, Gestik und Mimik mancherlei Mütterliches. Jede Information war zugleich auch eine Belehrung.

– Siehst du das kleine Türmchen, dort links, es war zerstört, das ganze Haus war genau genommen weg, Volltreffer, eine „alliierte Wildsau", und danach haben sie es genauso wiederaufgebaut, ich habe Fotos gesehen.

Hinter ihren Worten hockte dieses Höre und lerne, du siehst, wie arbeitsam die Polen sind, das sind slawische Deutsche, genauso wie die Tschechen, von ihnen kann man alles Mögliche lernen. Daran konnte Luka erkennen, dass Ines, außer dass sie Fremdenführerin und Mutter war, und jeder Fremdenführer ist ein wenig auch Mutter, mehr Polin war, als er hatte erwarten können, obwohl in ihr genau genommen überhaupt kein polnisches Blut floss.

Später, als sie auf der Straße, mit Blick auf die Kathedrale, Kaffee tranken, sagte sie:

– Weißt du, das damals habe ich niemandem erzählt, bei dir löst sich mir die Zunge, ich weiß selbst nicht, es ist angenehm, mit dir zusammenzusitzen und zu plaudern. Was ist deine Frau für ein Sternzeichen?

Auch hier verbarg sich eine Lehre, dieses „Wie du siehst, habe ich keine Angst, es dir zu sagen, denn ich weiß, dass du nicht sofort auf mich losgehen wirst, du bist ein anständiger Kerl, und deine Frau habe ich nur erwähnt, damit wir das definitiv klären".

Luka hatte wirklich nicht die Absicht, sofort auf sie loszugehen, obwohl er nichts gegen ein kleines Draufgehen hatte, aber die Erwähnung seiner Frau als verbaler Keuschheitsgürtel war an jenem sonnigen Aprilmorgen von geradezu geschmackloser Überflüssigkeit. Da genügte schon Jelena.

– Weißt du, ich war mal mit Jelena zusammen – sagte er.

Sie machte große Augen, sie krauste die Stirn, und die Augenbrauen stellten sich schräg wie bei den bösen Zauberern in den Bilderbüchern, und so musterte sie ihn argwöhnisch, bis ihr ein Streifen Licht, der Reflex eines sich öffnenden Fensters, über das Gesicht huschte. Plötzliche Erkenntnis? Geheimes Zeichen oder Zufall?

– Mein Gott! Warum hast du bis jetzt nichts gesagt?

– Ich war mir nicht sicher, ob du von ihr sprichst. Außerdem, hätte ich es dir gesagt, hättest du mir vielleicht nichts mehr erzählt.

Sie überlegte und sagte mit einem leichten Schlucken:

– Du hast recht, vielleicht nicht. Und wann war das?

– Auf Rab, achtundsiebzig oder neunundsiebzig, ich weiß es nicht mehr. In einem dieser Jahre.

Die Welt war auf die Dimensionen der Kirsche zusammengeschrumpft, die sich das Mädchen auf der Eisreklame im Schaufenster des Selbstbedienungsladens ans Ohr gehängt hatte.

Das mit Jelena sei eine besondere Erfahrung gewesen, sagte er, denn sie hatte ihn gelehrt, dass eine Liebe nicht sieben Jahre währen müsse, oder drei, oder wie viel immer behauptet wird, dass sie daure, sondern dass es auch sechzehn Stunden sein können, manchmal acht, oder weniger. Eine richtige pubertäre Verliebtheit, die nur sechzehn Stunden vorhält, stell dir vor, und außerdem hatte er mit Jelena definitiv seine Diagnose des Mannes als Kind bestätigt bekommen, obwohl er genau genommen noch ein Junge war, er war noch nicht achtzehn gewesen. Er hatte erlaubt, dass sie ihn küsst, wie ihn eine Mutter küssen würde: auf die Augenlider. An der Oberfläche schien alles einfach zu sein, es hatte den Schmelz einer Teenager-Sommerliebe. Sie waren zusammen in einer Clique, sie kannten sich von klein auf, und eines Abends, als sie auf der Mole unterm Marjan Geburtstag feierten, war sie gekommen und hatte sich neben ihn gesetzt. Später hatten sie sich geküsst und waren im kleinen Wäldchen geendet. Man hätte sie für die Plattenhülle einer Schnulzenkompilation fotografieren können. Unter dem Schmelz waren die Dinge komplizierter: Sie hatte, sagte Luka, einen Freund, dieser Freund war sein Freund, aus irgendeinem Grund stritten sie sich vor dem Sommer und fingen im Herbst wieder an, miteinander zu gehen, sie war während dieser Zeit mit vielen Jungen zusammen und hatte ihm erzählt, sie habe sie alle geliebt, aber diese Liebe dauere bei ihr, im Unterschied zu anderen Mädchen, nur sechzehn Stunden, manchmal auch weniger, und dass es vorkommen könne, dass sie, obwohl verliebt, eine Platte auf dem Grammofon spiele, und wenn die Platte zu Ende sei, sie nicht mehr verliebt sei und nicht wisse, was mit ihr los gewesen sei; sie habe auch gesagt, dass bei ihr die Liebe keine Richtung sei, sondern eine Ansammlung einzelner Punkte, und dass alle diese Punkte unterschiedliche Gesichter hätten. Jeder dieser Punkte sei eine Welt für sich, und es sei ungerecht zu sagen, dass das keine Liebe sei, denn sie sei schrecklich intensiv, je kürzer, desto intensiver, sie selbst zerfalle geradezu vor Liebe, ihre Schleimhäute bluteten, so stark schlage ihr Herz, aber auch dann sei sie sich bewusst, dass sie sich in wenigen Stunden fragen werde, wie das alles möglich gewesen sei.

13.

– Wann hast du *Die Kinder aus dem Portemonnaie* geschrieben, hast du tatsächlich mit all diesen Mädchen geschlafen?

Das Rattern des Zuges und das Geschrei der Kinder auf dem Gang bildeten die Klangkulisse zu dieser Frage, die nach dem kurzen Schlaf, in den beide nach der großen Wendung im „Fall Jelena" gefallen waren, noch immer etwas Klebriges hatte. Ein Schlaf, der bei ihr nach der schockierenden Überraschung eingetreten war, und bei ihm nach dem die Spannung lösenden Eingeständnis.

– Natürlich nicht.

– Wie bist du dann darauf gekommen? Ich meine, wo hast du das her?

– Aus Frankfurt. Ich habe für die Idee fünfzig Euro bezahlt.

– Red keinen Stuss!

– Echt, das ist keine Verarsche.

– Was, da gibt es einen Stand für Ideen?

Er musste ihr sagen, dass er die Idee von einer kubanischen Mulattin bekommen hatte, in der Kaiserstraße, im sogenannten „Roten Haus", das aber überhaupt nicht rot, sondern graubraun sei, rot seien nur die zu einer nackten Frau geformten Neonröhren über dem Eingang. Er sagte, das Licht in ihrem Zimmer sei schwach und rot gewesen, und die Augen hätten sich nur mit Mühe an die Dunkelheit gewöhnt, als sie ihm sagte, es koste fünfzig Euro. Er machte die Geldbörse auf, aber die Farben gerieten durcheinander, alles war mit einem Mal in diesem rötlichen Ton, sodass er ihr hundert statt fünfzig gab. Aber als sie den grünen Hunderter statt des bräunlichen Fünfzigers sah, habe sie das Licht aufgedreht und gesagt, er habe zu viel gegeben. Eine ehrliche Hure. Mehr noch, eine unvorstellbar ehrliche Hure. Dabei sei ihr Portemonnaie offen gewesen, und drinnen die Bilder zweier Kinder, eines Jungen und eines Mädchens. Er habe sie gefragt, sagte er, ob das ihre Kinder seien, sie habe die Frage bejaht und ihm sogar die kleinen Fotos gezeigt. Süße kleine krausköpfige Mulatten. Danach habe er ihr gesagt, sie solle die hundert Euro trotzdem nehmen, fünfzig für sie und fünfzig für die Kinder. So habe er, sagte er, die Idee bezahlt.

– Was werden wir in Warschau lesen? – fragte sie.

– Das weißt du. Was für ein Publikum?

– Studenten, wir werden wieder an der Uni sein … Und da habe ich gedacht, es wäre vielleicht besser, wir lesen einen Abschnitt aus dem ersten Buch.

– Wir promoten *Corpus Christi*, lesen aber aus dem ersten Buch?

Sie zuckte mit den Achseln, schnaubte durch die Nase, sie war sich nicht mehr sicher, obwohl sie wie eine Löwin gekämpft hatte, dass das Buch erscheinen konnte.

– Am Abend können wir aus *Corpus Christi* lesen, aber an der Uni arbeiten wir bitte das erste Buch ab. Und überhaupt promoten wir nicht das Buch, sondern dich. Es wird besser gehen, glaub mir.

Die polnische Landschaft, die jetzt rasch vorbeizog, stand für einen Augenblick wieder zwischen ihnen, aber schon bald schob Ines sie wie eine lästige Fliege mit einer Frage beiseite, die sie schon eine ganze Zeit lang im Munde gewälzt hatte.

– Wann hast du Jelena zum letzten Mal gesehen?

– 1979.

– Und? Wie war sie da?

– Reifer als wir alle. So habe ich sie zumindest in Erinnerung.

– Ich habe sie so wie damals im Park in Erinnerung, mit roten Augen, die Füße auf den Schuhen.

– Das machte sie ständig. Wenn wir Burschen aus der Stadt kamen, sahen wir sie häufig, wie sie auf einer Bank saß und die nackten Füße auf die Schuhe gestellt hatte.

Ines sagte, dass sie sie immer, wenn sie sich ihrer erinnere, wenn sie an sie denke, mit diesen bloßen Füßen im Park auf dem Trsat sehe, und nichts von dem, was danach passiert sei, könne dieses Bild verdunkeln. Und es sei alles Mögliche passiert. Das sei indessen der zweite Riss gewesen. Einen Monat danach, ohne dass sie sich überhaupt gehört hätten, sei die Polizei zu ihr an die Uni gekommen. Wohlerzogene junge Männer in Zivil, jünger als sie, Inspektoren. Zuerst habe sie sie für Studenten gehalten, an die sie sich nicht erinnerte. Damals habe sie zum ersten Mal ein kroatisches Polizeiabzeichen in natura gesehen. Sie sagten, sie kämen wegen Jelena, und Ines glaubte zuerst, dass ihr etwas zugestoßen sei. Was sie in diesem

Moment verwunderte, war, dass sie überhaupt nicht besorgt war, dass sie Gleichgültigkeit empfand. Sie sagten ihr indessen, dass es Jelena gut gehe, dass sich keine Tragödie ereignet habe, und auch, dass sie spezielle Teams für Tragödien hätten und dass diese Teams in Uniform kämen, sodass sie, wenn sie Polizisten in Uniform ins Haus kommen sehe, einen großen Schreck bekommen könne, aber wenn sie Inspektoren sehe, einen kleineren. Sie befragten sie zu Jelena. Zu ihren Gewohnheiten, dazu, ob sie ihre Freundinnen kenne, wie oft sie reise, wo sie arbeite, welche Fakultät sie absolviert habe. Ines sei reserviert gewesen und habe in einem Augenblick gesagt:

– Ja, können Sie das denn nicht von ihr selbst erfahren?

– Unsere Absicht ist es nicht, es von ihr zu erfahren, sondern zu sehen, ob Sie es wissen.

Eine seltsame Antwort, habe sie gedacht, aber nichts gesagt. Sie hätten noch ein paar allgemeine Fragen gestellt, sich bei ihr bedankt, und bevor sie gegangen seien, habe ein Polizist gesagt, dass ihn die Literatur seit jeher interessiert habe und dass es ihm leidtue, nicht sie studiert zu haben, sondern Kriminalistik. Dann hätten sie ihr die Rücken zugekehrt, keine großen, keine gestählten, sondern normale Rücken normaler junger Männer, die sich, sobald sie hinausgingen, im Gedränge der Studenten so erfolgreich verlieren würden, dass sie sie nie wiedererkennen würde. Dann sei ihr eingefallen, dass die Polizisten Situationsgesichter haben, Masken für jeden, den sie verhören, und wenn sie fertig sind, fallen diese Gesichtszüge ineinander, vermischen sich, für einen Augenblick entsteht eine unpersönliche Masse, ein ockerfarbener Pudding, aus dem sich dann ein neues Gesicht mit ganz anderer Stimme und ganz anderer Intonation formt.

Als sie Jelena anrief, habe die ihr gesagt, dass es sich um eine Unterschlagung bei Pfizer handle, sie wisse davon und sie entschuldige sich, dass man sie belästigt habe. Einer der Direktoren habe eine große Summe Geldes veruntreut, und dann sei alles ins Rollen gekommen, auch diese Untersuchung und ein möglicher Gerichtsprozess und alles, und dann sagte sie noch, sie solle entschuldigen, dass sie ihretwegen Probleme gehabt habe.

14.

– Definitiv – sagte Ines. – Die *Kinder* eignen sich besser für die Lesung an der Uni als *Corpus Christi*. Zu dem Zweck wählte sie folgende Abschnitte vom Anfang des Romans aus:

SVEN

In der Anzeige stand „zweiunddreißig", die Stimme am Telefon war wie die einer Frau von sechzig, und das Gesicht, als du schließlich an der Tür im sechsten Stock des Hochhauses in der Heinzelova läutest, wie bei einem Mädchen, das noch keine achtzehn ist. Du brauchst eine gewisse Zeit, um zu begreifen, dass Stimme und Gesicht doch ein und derselben Person zugehören. Eine brüchige enttäuschte Stimme, deren Tonlage von Tausenden gerauchter Zigaretten und Litern scharfen Alkohols tief geworden ist, eine Stimme, zu der die Melodien einer Edith Piaf oder Marianne Faithfull passen würden, und das Gesicht eines jungen Mädchens mit straffer, künstlich gebräunter Haut, mit spitzem Näschen, in dem ein Zirkon glitzert, und Zähnen, die um eine Prothese flehen. Etwas später, als ihr am alten Küchentisch sitzt und Whisky mit Cola trinkt, sagt sie, sie sei dreißig, sie mache alles, möge es aber nicht grob, wenn du es grob magst, geh zu deiner Mami, sie habe ihr Gesicht nicht auf der Straße aufgelesen, aber dass es für dich schön sein könne, wenn du nett und höflich bist und wenn du nicht riechst, denn wenn du riechst, geh sofort zu deiner Mami, dann kannst du dir das abschminken, mit einer Frau zu schlafen, sagt sie, sie sei verheiratet gewesen, ist es aber nicht mehr, sie habe einen fünfjährigen Sohn, aber sein Vater zahle keine Alimente und sie müsse so zurechtkommen und bei all dem denke sie, dass sie eine gute Mutter sei, ihr Sohn heiße Sven, und alles das hier tue sie seinetwegen, sie zeigt dir auch ein Bild im Handy, ein blondhaariger Knabe auf einem Plastik-Dreirad, hier war er vier, und noch bevor sie deinen Schwanz in den Mund nimmt, sagt sie:

– Mamas Herzchen!

Später erkundigst du dich nach Sven. Ob sie ein gutes Verhältnis zu ihm habe, wie denn nicht, sagt sie, sie hat ihn früh abgestillt, er hat blondes Haar, nach dem Vater, sein Vater war brutal schön, aber ein Lump und Taugenichts, in Vrbik geht er in den Kindergarten. Beim Weggehen gibst du ihr hundert Kuna mehr, für Sven. Eine unglaubliche Naivität jener, die sich freikaufen wollen, wie auch jener, die glauben möchten.

In den kommenden Wochen muss sie viel von Sven erzählen, denn du kommst an geraden Tagen zu ihr, so als würdest du zu einem Arzt gehen. In welchen Kindergarten geht er, in Trnje, sagt sie, und als du fragst, geht er nicht in Vrbik, sagt sie, du bist ein Blödmann, denn Vrbik ist ein Teil von Trnje, und wo wohnst du, fragst du sie, aber sie sagt, diese Information gebe sie ihren Kunden nicht, aber dir werde sie es trotzdem sagen, weil du gut zu Sven bist, sie wohnt in Vukomerec, in der Aleja javora, ja, „Ahornallee", das ist ein schöner Name für eine Straße, sagst du, ja, sagt sie, und als du fragst, warum Sven in Vrbik in den Kindergarten geht, wo sie doch in Dubrava wohnt, sagt sie Blödmann, weil ich jahrelang in Vrbik gearbeitet habe, aber dann hat die Chefin den zweiten Salon in der Heinzelova eröffnet, und sie wollte Sven nicht in einen anderen Kindergarten ummelden, dort hat er Freunde, und die Tanten sind nett, und außerdem, er kommt bald in die Schule. Schließlich gibst du einem jüngeren Freund Geld, damit er zu ihr geht und etwas aus ihr herausbringt, und diesem Freund sagt sie, sie sei zweiundzwanzig, und als er sie fragt, ob sie ein Kind habe, sagt sie, bist du verrückt, ein Kind fehlte mir gerade noch, gewöhnlich gehe ich mit Kunden nicht aus, aber mit dir tue ich es, ein Kind, du bist wohl nicht ganz dicht, Bussi ...

ERIN

Ihren Namen hat sie nach Erin Brockovich, nachdem ihre Mutter den Film gesehen hatte. Sie hat sie sich als tapfer und klug vorgestellt, als eine, die sich den Bösewichtern in den Weg stellt. „Sich den Bösewichtern in den Weg stellen", so hat ihre Mutter zu dir gesagt, rothaarig, mit nervösen Bewegungen, und der Rauch ihrer Zigarette steigt nicht langsam nach oben, sondern zitternd und wirbelnd, sie arbeitet in einem Salon in Kruge, mit Blick aufs Kloster. Als sie das sagt, zieht sie die Nase hoch, alles Mögliche fährt in dieses Näslein ein und bei Gott auch wieder aus, immer hält sie ein Taschentuch bereit. Erin geht in den Kindergarten in der Voćarska, in die Gruppe der Älteren, bei Tante Jasna, die lieb ist, aber manchmal etwas hysterisch. Tante Jasna denkt sich für sie verschiedene erzieherische Spiele auf dem Rasen wie auch im Sand aus, aber am häufigsten auf dem Parkett, und so bleiben die Kinder relativ sauber, aber erzogen. Manchmal, wenn ihr im Bett liegt und sie dir erzählt, hast du den Eindruck, dass Erin tatsächlich existiert. Du ertappst dich dabei, wie du sie anfeuerst, Sei!, sagst du, lebe!, und sei es auch in einer Welt, in der deine Mutter hurt, existiere!, und wenn du gehst, gibst du etwas für Pantoffeln, für Tennisschuhe, für den süßen rosa Rucksack, den Erin im Nama am Hauptplatz gesehen hat, und zum Schluss steckst du auch der Kleinen noch einen Schein als Strumpfgeld zu. Ein Beweis mehr, wie einträglich diese nicht existierenden Kinder sind.

Bei anderer Gelegenheit erkundigst du dich wieder nach Erin, ob sie schwimmen gelernt hat, ob sie sich schon die Schuhbänder allein zubinden kann oder ob das bei ihr Tante Jasna macht, ob sie schon die Buchstaben kennt, denn bald kommt sie ja in die Schule, ob sie das r aussprechen kann? Dich interessiert die Kleine ja sehr, sagt die Mama, von der Zigarette in der zittrigen Hand fällt die Asche, und er kann nicht zu ihr sagen: Du hast keine Ahnung, wie sehr ich wünschte, dass diese Kleine tatsächlich existiert. Und so studiert dich die Mama mit der Zigarette im Mund und durch den Rauch argwöhnisch schielend, ihr seid nackt im Bett nach der Massage, und dann verwandelt sich der Argwohn auf ihrem Gesicht in Erkennen, sie sieht dich voller Hass an, voller Abscheu, aber dann funkelt wieder etwas Listiges von der Peripherie der Augen her, von hinten, in dem rothaarigen Schädel kämpft sich dieses Listige durch bis zu den Stimmbändern, die Kleine interessiert dich, und wartet die Antwort nicht ab, wenn du fünfhundert Kuna gibst, erzähl ich dir, was die Kleine alles bei dir macht, wie sie mit ihren Händchen diese Eierchen knetet, und greift mit ihrer roten, vom Seifenpulver aufgesprungenen Hand nach unten, und du schiebst angewidert die Hand weg, drehst dich aus dem Bett und ziehst dich an, da hast du was falsch verstanden, sagst du und lässt ein letztes Trinkgeld für die Kleine zurück. Erin ist kaum fünf Jahre alt und wird schon von ihrer Mutter prostituiert. Vielleicht ist es besser für sie, dass sie nicht existiert.

CICO

Manchmal haben sie Leukämie. Cico hat Leukämie, aber eine ungefährliche Art, sodass ihm das Haar schon wieder nachgewachsen ist. Die Behandlung ist teuer, die Medikamente aus Amerika kosten, und deshalb *arbeitet sie so. Sie hat einen Rundbrief durchs Internet geschickt, damit die Leute spenden, aber es scheint, dass sie ihr am liebsten in den Mund spenden. Cico hat sich von der ersten Chemotherapie im Krankenhaus erholt.*

– In welchem Krankenhaus?

– In dem auf dem Berg.

– Zajčeva, Rebro, Sv. Duh? Alle sind auf dem Berg.

Ich weiß nicht, in welchem, wie es heißt, aber die Ärzte sind in Ordnung. Einer wollte sie sofort ficken, er sagte, er werde sich um den Kleinen kümmern und werde sie in seinem Zimmer ficken und hat sie gefickt, überall hat er sie vollgeschleimt, aber später hat sie die Medikamente doch selber bezahlen müssen, denn die stehen angeblich nicht auf der Liste, und dann hat sie ihn gefragt, gut, aber warum hast du mich dann gefickt, und er hat gesagt, dass er sie gefickt hat, damit der Kleine im Krankenhaus eine bessere Behandlung kriegt …

15.

Nicht lange nach dem Besuch der Polizei, als für sie die Studenten immer öfter wie Polizisten aussahen, die ihr Gesicht der Philosophischen Fakultät angepasst hatten, rief Bruno an. Seine Seelenruhe hatte sich in Gestammel und unfertige Sätze verwandelt, und der Zynismus war ihm auf besorgniserregende Weise abhandengekommen.

– Hör mal, Ines, können wir uns oben auf dem Trsat treffen, auf dem Burgberg?

– Gern. Wann?

– Jetzt gleich – dann stotterte er: – Wenn du kannst?

– Was ist? Was ist passiert? – hob sie die Stimme.

– Lieber nicht am Telefon. Wenn du kannst …?

– Ich kann. Was machst du auf dem Trsat?

– Ich gehe spazieren.

Er war nie gern spazieren gegangen, wenn sie gemeinsam Ausflüge unternommen hatten, waren sie drei spazieren gegangen, während er an einem vereinbarten Ort auf sie wartete, zumeist in einem Gasthaus. Auf sie wartete und las. Jelena sagte immer, dass er nicht spazieren gehen mag, dass er überhaupt keine Bewegung mag, weil er dann nicht lesen kann.

Sobald sie angekommen war und sich auf den Stuhl aus geflochtenen Metalldrähten gesetzt hatte, dessen Rückenlehne an weiße metallische Spitze erinnerte, jedenfalls an etwas Spitzenartiges, Vertracktes, eine Art Rankenwerk, das vergangene Jahrhunderte heraufbeschwor, fragte sie ihn:

– Was ist passiert?

– Nichts Dramatisches – sagte er, aber die dunklen Augenringe und die Tränensäcke bezeugten das Gegenteil. Dann überlegte er, biss auf seinen gebogenen Zeigefinger, gab ihn wieder frei, sammelte sich, fuhr sich mit der Hand durchs Haar und sagte:

– Dean hat lauter Fünfer, ich war heute in der Schule.

Dann schaute er ein wenig, ob diese Fünfer auch sie betroffen machten, und als er sah, dass sie sie betroffen machten, dass sie sie auf der Haut brannten, als hätten sich auf ihren bloßen Unterarmen die Zacken kleiner Angelhaken verfangen, fuhr er fort:

– In der Grundschule und ungenügend, Ines, ich höre zum ersten Mal davon.

– Das ist wegen seiner Dyslexie, ihr müsst die ärztlichen Befunde zum schulpädagogischen Dienst bringen, er braucht ein maßgeschneidertes Programm.

– Hat sie dir von seiner Dyslexie erzählt?

– Ja, sagte sie – so nebenbei, aber sie hat es mir gesagt.

– Und hat sie dir gesagt, dass sie die Papiere mitgenommen und mit der Psychologin und der Pädagogin in der Schule gesprochen hat?

– Davon weiß ich nichts …

– Mir hat sie es so gesagt. Dass sie alles für das maßgeschneiderte Programm abgegeben hat.

– Und wo ist das Problem? Das schafft der Kleine schon.

Er sah sie an, wohl auch ein wenig wütend, als wäre auch sie darin verwickelt.

– Sie hat nichts abgegeben. Sie war seit Anfang des Jahres nicht in der Schule, kannst du dir das vorstellen?

– Ich kapier nicht. Was hat sie dir gesagt? Dass sie da war?

– Ja.

Sie habe sich dabei ertappt, sagte sie, wie sie eine Entschuldigung für Jelena suchte. Es war ihr unangenehm ihretwegen.

– Sie hat Probleme im Job – sagte sie, aber wenig überzeugend, mit einer Stimme, die schwankte und die Bedeutung der Worte nicht bestätigte – vor ein paar Tagen war die Polizei bei mir.

– Was für Polizei?

– Sie haben sich nach Jelena erkundigt. Ob ich ihre Freunde kenne, wo sie arbeitet und so, es war total seltsam, höfliche Burschen, die aber lauter seltsame Fragen stellten.

Die Überraschung, sagte sie, habe seine Augen weit werden lassen, sie habe nicht geglaubt, dass es so etwas wirklich gebe, dass sich die Pupillen weiten, aber so sei es gewesen. Und man muss sagen, dass es wirklich schöne Augen waren, blau, aber dunkel, wie die Farbe von Polizeiwagen, so blau, ob sie nun verwundert, ob sie gelassen blickten, oder ob er sie rollte. Blaue Murmeln für kleine Mädchen.

– Du weißt davon?

– Nein.

Hinter den Augen lief jetzt ein Prozess intensiven Kombinierens ab, die Gehirnströme reisten in die unterschiedlichsten Richtungen, es funkte und blinkte.

– Und wie hat sie es dir erklärt?

– Dass es bei Pfizer eine Unterschlagung gegeben habe, dass eine Untersuchung laufe und dass sie sehr in die Breite gingen.

– Warum hat sie mir nichts davon gesagt? – zitterte jetzt seine Stimme wie nie zuvor. Aber sie hatte ihn bisher weder wütend noch traurig gesehen, er war eine Marmorsäule, schön, aber ein tragendes Element. Und bei Säulen zittert die Stimme nicht.

– Das ist eine ernste Sache, Ines, die Kinder hat sie nie vernachlässigt.

– Denkst du, dass sie jemanden hat?

– Ich weiß nicht – sagte er, aber dann biss er sich auf die Lippe und versuchte zu verhindern, dass ihm die Tränen in die Augen traten, was aber nicht vollständig gelang, sodass sie ein wenig feucht wurden.

Dann kam ihr der Gedanke, dass er ihr mit seinem Weinen eine Ehre erwies, genau das habe sie gedacht, sagte sie, er habe sie durch sein Weinen ehren wollen. Er habe ihr sein Vertrauen geschenkt. Diesen Augenblick verbinde sie mit schneebedeckten Gipfeln, mit den Alpen, dem Mont Blanc, solche Berge, sie weiß nicht, weshalb, aber Schnee und Gipfel weckten in ihr Vertrauen. Und sie habe, sagte sie, eine starke, kräftige, dumme und unsinnige Zärtlichkeit verspürt und seine Hand genommen und er habe den Druck erwidert. Zwanzig Jahre lang haben sie nur zum Spaß verhandelt, ob sie Sex miteinander haben wollen, und jetzt halten sie sich an den Händen wie kleine Kinder.

– Wenn sie jemanden hat – sagte er – weiß ich nicht, was ich tun werde.

16.

Sie trafen sich erneut auf dem Trsat, und das war vielleicht ein Fehler. Vor zwanzig Jahren, als sie und ihr jetziger Mann allmählich aus ihrem Liebeskäfig herausgetreten waren, hatten sich die ersten Spaziergänge auf dem Trsat abgespielt. Es habe so ausgesehen, sagt sie, als würden sie am Anfang nur mal den Kopf herausstrecken, aber dann sei der Kreis immer größer und größer geworden. Jeden Tag hätten sie einen weiteren Kreis hinzugezeichnet, eine imaginäre Zielscheibe auf der bergigen Topografie der Stadt, eine Zielscheibe, auf der jeder folgende Kreis weniger wert war, immer weniger Punkte eintrug, während das Zentrum jene Stelle war, wenn sie in Krimeja die Tür der gemieteten Wohnung öffneten, in die sich ihr Mann zurückgezogen hatte, nachdem er Frau und Sohn verlassen hatte. Sie hatten einander nicht berührt, sie waren mit gesenkten Armen nebeneinander hergegangen, und die Luft zwischen ihnen hatte vibriert. Aber sie wollte ihn umarmen, einmal an einem heimlichen Ort tat sie das auch, das war eine Manifestation der Freiheit, eine Explosion der Freiheit, aber als sie sah, dass er sich irgendwie steif verhielt, bestand sie nicht mehr darauf. So wurde ihre Beziehung zementiert: Nie hielt er sie in der Öffentlichkeit an der Hand, nie gab es eine Zärtlichkeit in einem Restaurant oder Café, er streichelte sie nur mit Worten, die für den, der sie nicht hörte, gewöhnliche gelächelte Liebenswürdigkeiten sein konnten, vielleicht auch ein Ausdruck des Mitgefühls. Worte waren seit jeher seine stärkere Seite gewesen.

Bruno wiederum war begierig nach Berührung. Mit ihm war auch sonst die Kommunikation taktil, sie küssten sich auf die Wange, umarmten sich, der Händedruck war warm und kräftig, und jetzt lag seine Hand immer mal wieder auf ihrer Schulter, sie habe das Gefühl gehabt, sagt sie, dass seine Hand über sie hinwanderte, schicklich, freundschaftlich, aber eben hinwanderte. Bruno war an ihrer Seite ein Krake, mit Armen, die fest zugriffen. Aber jetzt, als sie sich vor der Kirche auf dem Trsat trafen und Schritt für Schritt unter wiederholtem Stehenbleiben Richtung Friedhof gingen, wurde sie sich der Paradoxie bewusst: Ihr Mann hatte versucht, die Liebe zurückzugewinnen, indem er mit ihr zu den Anfängen zurückkehrte, aber dann war mitten in diese Neuanfänge Bruno eingebrochen. Vielleicht hatte sie sich jetzt gerade aufgrund der Emotion, die die Erinnerung an diese ersten Augenblicke weckte, in den anderen Mann verliebt.

Sie setzten sich ins *Pampas*, an einen Tisch im dunkleren Teil der Terrasse. Sofort nahm er ihre Hand, ließ sie los, als die Kellnerin mit den Pizzakarten kam, und nahm sie wieder, als sie gegangen war. Sie hatten sich so gesetzt, dass sie die ganze Terrasse überblicken konnten. Es war kein Bekannter zu sehen.

– Was ist los, Bruno? Warum hast du mich angerufen?

– Ich wollte dich sehen.

– Warum?

Er schwieg und starrte auf einen Punkt auf der Terrasse. Er schien sich ganz auf die Hand zu konzentrieren, mit der er sie hielt. Und zu versuchen, in sie überzuströmen. Lieber, überströmender Bruno.

– Um mir das zu sagen? – sagte sie.

– Ja.

– Das bedeutet, du wolltest mich sehen, um mir zu sagen, dass du mich sehen möchtest?

Er sah sie an, ließ aber ihre Hand nicht los, die vielleicht auch ein wenig feucht geworden war.

– Mach dich nicht lustig über mich! – sagte er.

Als die Pizza kam, fingen sie nicht gleich an zu essen, denn dazu hätte er ihre Hand loslassen müssen. Sie musste zu ihm sagen:

– Unsere Pizza wird kalt.

Und sie fingen an zu essen. Aus irgendeinem Grund hatten sie unterschiedliche Messer. Ihres war scharf, seines stumpf. Sie sah ihm zu, wie er sich damit mühte, den dicken Rand abzuschneiden, und so übernahm sie das für ihn.

– Hast du gewusst, dass sie zwei Handys hat?

– Bitte?

– Jelena. Hast du gewusst, dass sie zwei Handys hat?

Sie habe, sagt sie, sagen wollen: „Mein Gott, woher soll ich das wissen!" Aber sie sagte nur:

– Nein.

– Hat sie aber.

– Wie weißt du das?

Wieder Schweigen und Kauen.

– Hana hat es mir gesagt. Sie hat sie mit diesem anderen Handy telefonieren gesehen und gefragt, warum ihre Mutter zwei Handys hat, das arme Kind, und dann habe ich es in ihrer Tasche gefunden.

– Vermutlich ist es das geschäftliche.

– Es gibt Mitteilungen von jemandem, der Farmacol heißt.

– Das ist der Name einer Firma.

Wie eine nasse Robbe, dachte sie, als er anfing sich zu schütteln.

– Eine Firma schreibt nicht: „Du sahst hübsch aus in dem Pub, ich weiß nicht, wie es heißt … wann sehen wir uns wieder?"

Am liebsten hätte sie zu ihm gesagt, „Bruno, das geht vorbei, lieber Bruno, hier, nimm die Rassel!" Offensichtlich handelte es sich im Falle Brunos um den Mann als Kind.

– Der Typ, ich weiß nicht, wie er heißt, schreibt von einem Pub, ich weiß nicht, wie es heißt, in einer Stadt, ich weiß nicht, wie sie heißt, und schreibt an meine Frau.

Sein Zynismus kehrt zurück, dachte sie.

Als er die Pizza zahlte, sah sie, dass er im Portemonnaie Bilder der Kinder hatte. Das war ihr früher nie aufgefallen. Deans Bild war ein paar Jahre alt, von einem Ausflug nach Cres, sie waren gemeinsam in Beli gewesen und hatten sich vor der Kirche fotografiert. Hanas Bild war ganz neu, man sah, dass er es erst jetzt ins Portemonnaie gesteckt hatte.

– Ich weiß, was ich verkehrt gemacht habe – sagte er – ich war zu gut.

– Bruno – sagte sie – du sprichst von ihr, aber du hältst meine Hand.

– Entschuldige! – sagte er.

17.

Luka erwachte als Erster und sah, dass sich ihre Beine ineinander verschränkt hatten: Sein linkes Bein lag zwischen ihren, und ihr linkes zwischen seinen. Der elastische Stoff ihrer Jeans berührte das grobe Khaki-Beige seiner Safari-Hose. Noch ein paar Augenblicke lang spürte er das warme Bein, bevor ein unentschlossenes Schnalzen und Recken auch ihr Erwachen ankündigte. Sie waren ineinander verflochten, als lebten sie schon jahrelang zusammen und würden die Berührung des anderen Körpers auch als Berührung des eigenen empfinden, was gut ist fürs Leben, aber schlecht für den Sex, denn es reduziert ihn auf eine Form der Masturbation.

– Ich habe nicht mit Bruno geschlafen, falls dich das interessiert, wenn du mich fragen solltest – sagte sie und sah ihn mit noch schlaftrüben Augen an. Und es war nicht klar, ob die Reste dieses Schlafs in diesem Satz kondensiert waren, oder ob sie auf etwas aus dem Wachzustand reagiert hatte.

– Ich habe nicht gefragt.

Sie sah ihn mit einer hochgezogenen und einer gesenkten Augenbraue an, so als wäre an einem Bahnübergang die eine Schranke hochgedreht und sagt: „Durchgehen!", und die andere, die gesenkte, sagt: „Stehen bleiben!"

– Doch, das hast du, Herzchen, mit den Äuglein!

Und dann:

– Und selbst wenn, dann wäre es deshalb gewesen, weil er es wollte, ich habe ihn so sehr geliebt, dass ich am Zerfallen war, aber dieses Bedürfnis habe ich nicht gehabt. Ich weiß nicht, ob du das verstehst?

– So als würdest du ihm die Brust geben.

– Wie bitte?

– So hättest du mit ihm geschlafen. Als würdest du ihm die Brust geben.

– Sei nicht frech.

Dann interessierte sie sich wieder ganz schrecklich für etwas draußen vor dem Fenster, vielleicht eine zerfallene Lagerhalle mit Graffiti oder das hohe Unkraut neben der Strecke oder die Abraumhalden, die aufragten wie kegelförmige Grabhügel.

– Um genau zu sein, wir haben es versucht.

Sie kaute die Worte wie eine trockene Feige: süß, duftend, fest.

Drei Tage nach der Pizza auf dem Trsat, als sie sich getrennt und vereinbart hatten, sich nicht mehr zu treffen, da das in diesem ohnehin komplizierten Augenblick zu kompliziert war, jetzt, wo die Dinge verdammt unklar und, könnte man sagen, gefährlich waren, hatte Bruno angerufen und sie mit dem Auto vor ihrem Fitnessstudio abgeholt.

– Wohin fahren wir?

– Nach Dramalj.

Sie fuhren zum Wochenendhaus seines Freundes, der schon seit Jahren in Houston lebte. Das Haus sah aus, als hätte jemand auf einen kleineren Betonwürfel, der eine Garage und einen Keller enthält, einen größeren Betonwürfel gestellt, in dem sich eine Zweizimmerwohnung befindet. Baufällig, mit Möbeln aus den Fünfzigern, die wieder modern waren, mit einer uralten Bambusgarnitur, die offensichtlich jahrelang nicht auf die Terrasse hinausgestellt worden war, denn sie war ganz von Spinnweben überzogen, mit einem alten Obodin-Kühlschrank, in dem es Tiegel mit Muscheln, Käse und Champagner gab. Nichts weniger und nichts mehr als Champagner. Die zwei Stielgläser für den Champagner hatte er offenbar von zu Hause mitgebracht, denn in der alten Küche waren auch die Gläser alt.

Sie standen so im Wohnzimmer, noch immer in ihren Jacken und mit großem Unbehagen.

– Lass doch mal Licht herein – sagte sie, damit er sich endlich bewegte. Er ging zur Glaswand, zog den Vorhang zurück, öffnete die Tür und begann die Rollläden aufzuziehen. Es dauerte eine Zeit lang, bis die klemmenden Gurte nachgaben, aber dann kam die Sonne ins Zimmer und mit ihr eine prachtvolle Aussicht: eine Häuserzeile und

Palmen an der Uferpromenade, das Meer, der Rücken von Krk wie ein riesiger Wal, der Hafen von Šilo, und etwas weiter das bläulich schimmernde Vrbnik. Aber sie wusste auch, wie die Aussicht von der anderen Seite beschaffen war. Einmal waren sie und Jelena nach Vrbnik gefahren, um Žlahtina zu besorgen. Sie waren spazieren gegangen und hatten über etwas gelacht, was die eine, dann die andere oder vielleicht die eine und die andere gesagt hatten, die Straßen der alten Stadt waren schief und krumm, auf der Karte sahen sie aus wie die Zweige einer Eiche oder einer Weißbuche, man sah nur Mauern, Fenster, verwitterte Holztüren, Essensgerüche vermischten sich auf der Straße ebenso wie Gespräche oder Streitereien, oder das Scheppern von Geschirr, und man kann nicht ausmachen, aus welchem Haus das kommt, aus einem schmalen ärmlichen oder aus einem ehemaligen Patrizierpalais mit venezianischem Löwenrelief am Türstock, alles vermischt sich auf der Straße, und die Existenzen prallen einem entgegen. Sie ziehen einen auf die Seite und sagen: Sieh mein Leben, dann kommt die andere und sagt: Sieh meines, und wieder eine dritte, sieh meines … Und so wandert man durch die mediterrane Stadt. Und dann bricht vor einem plötzlich der Marktplatz auf, und auf einmal explodiert die eingeengte Sicht und ein uraltes Wohlgefühl durchdringt den Spaziergänger. Der Sardellengeruch, die Flüche, die Gespräche über eine Erbschaft, das fremde Lachen, alles das blieb hinter ihnen zurück. Auch sie lachten nicht mehr. Plötzlich kann man unglaublich weit sehen: die ganze Riviera von Crikvenica mit dem bläulichen Hintergrund der Berge im Gorski kotor, und zur Linken die Učka mit Rijeka und Opatija. Unter den Häusern in Dramalj, die aus dieser Ferne eine weißliche Ansammlung vor graugrünem Hintergrund sind, ist auch dieses, von dessen Existenz sie damals nichts gewusst hat. Diese Terrasse, diese Wände, von denen aus man Vrbnik sieht. Der Mensch liebt Panoramabilder, denn durch sie erfährt er allerhand Nützliches. Weite Ausblicke lösen deshalb einen uralten Mechanismus des Behagens aus, weil wir plötzlich wissen, was dort in der Ferne auf uns wartet. Oder denken, dass wir es wissen. Dort gibt es weder Bären noch Wolfsrudel, weder behaarte Krieger eines Nachbarstamms noch römische Legionen, keine Kreuzfahrerschilde oder türkische Damaszenerklingen, es gibt auch keinen Schlepper, der einen überfahren könnte. Das Genießen einer schönen Aussicht ist verkappte Angst, nackter Überlebenskampf. Der Mensch ist mit Werkzeugen ausgestattet, um zu sehen, was ihm eventuell in der Tiefe des Raumes droht, weiß aber nicht, was ihn in der nächsten Sekunde erwartet. Oder in der nächsten Stunde, oder am nächsten Tag.

Aber drinnen hatte Bruno schon den Champagner geöffnet und goss ihn in die Gläser. Es tropfte auf das Tischchen und das Parkett darunter, und feuchte Flecken waren zu sehen. Sie hätten angestoßen, sagte sie, und sie habe ihn geküsst, aber nicht auf den Mund, sondern ans Ohr, freundschaftlich, und um die Sache zu erleichtern, habe sie begonnen, ihre Bluse aufzuknöpfen. Er wiederum habe eine Bewegung gemacht, als wollte er das Glas abstellen, habe sich dann aber erinnert, dass er es noch nicht geleert hatte, und es ausgeschlürft und auf den Tisch gestellt. Auch er habe sie geküsst, aber sie habe den Kopf zur Seite gedreht, und der Kuss sei im Haar gelandet.

Aber es sei nicht gegangen.

Sein, aber auch ihr Körper hätten sich widersetzt. Sie hätten auf dem Sofa im Wohnzimmer gelegen und nach Krk hinübergesehen. Sie hätten einander berührt und gestreichelt, aber weiter sei es nicht gegangen.

– Bist du okay?

– Nein.

– Beim nächsten Mal geht es besser.

– Wird es nicht.

Sie sei aufgestanden und habe ihn angesehen.

– Das hier hast du gewollt, nicht wahr?

– Nein.

Sie habe eine Zeit lang geschwiegen, etwas, sagte sie, habe sich aufgestaut.

– Weshalb sind wir dann hier?

Jetzt habe er sie angesehen, als sähe er sie zum ersten Mal.

– Ich dachte, du wolltest es.

Es dauerte eine Zeit lang, bis es bei ihr zu fließen begann. Natürlich an der falschen Stelle. Das Wasser kam ihr aus den Augen, es tropfte nicht, es rann. Und er tupfte sie mit dem Zipfel des Betttuchs ab, das nach Weichspüler roch und das er vermutlich ebenfalls aus

Ičići mitgebracht hatte. Solange sie den Verzicht auf Sex, nicht aber auf körperliche Berührung als ihr exklusives Recht begriffen hatte, war alles in Ordnung gewesen. Aber als auch er eingestand, kein Bedürfnis danach zu haben, als sie schließlich begriff, dass das auch sein Recht sein konnte, war sie schrecklich verletzt. Das, was sie selbst nicht gewollt hatte, brannte jetzt, verwandelt in seinen Nicht-Wunsch, plötzlich schrecklich.

So war das, was keine Liebe ist und keine war, in eine zweite Phase eingetreten: in die Phase des Verletztseins. In der Phase des Verletztseins schmerzte plötzlich alles. Der Gedanke an den Ehemann, der Gedanke an Jelena, die eine schwierige Periode durchmachte, dieser Verrat, der Gedanke an Bruno und an sich selbst. Tröstlich war lediglich Jelenas Illoyalität gewesen. Sie würde schon sehen, was sie davon hat. Hätte sie ihr beizeiten gesagt, dass sie jemanden hat, wäre es ihr exklusives Geheimnis geblieben, Bruno hätte sich nicht auf diese Weise eingemischt, und auch ihre letztlich unerfüllte Liebesaffäre wäre nicht möglich gewesen.

18.

Die Freundschaft zwischen ihrem Mann und Bruno beruhte auf sportlichem Wettstreit. Beide waren in der Jugend Radsportler gewesen, sie hatten eine Zeit lang sogar im selben Club trainiert, BK Kostrena. Später, als sie mit dem aktiven Sport aufgehört hatten, trainierten sie manchmal noch zusammen, indem sie lange Touren über die Učka machten oder nach Gornje Jelenje hinauffuhren. Dann grillten Jelena und Ines allein mit den Kindern, und Jelena sagte:

Lass sie nur machen. Dann machen sie zu Hause keinen Unsinn und sehen noch gut dabei aus.

Wenn sie vom Training zurückkamen, fragten die Kinder immer, wer gewonnen habe, darauf hoffend, dass es ihr Papa sei, und einer von ihnen antwortete dann, dass niemand gewonnen habe, dass sie kein Rennen gefahren seien, sondern nur trainiert und sich beim Training in der Führung abgewechselt hätten, denn diese Position sei die schwerste, da der erste Fahrer die Luft durchstößt und die anderen in seinem Windschatten fahren. Doch die Kinder liefen trotzdem zu ihrer Mutter und riefen:

– Papa hat gewonnen! Papa hat gewonnen!

Seit das mit Bruno gewesen war, fickte ihr Mann sie, als würde er Rennen fahren. Zuerst langsam, kraftsparend, in gleichmäßigem, aber schönem Rhythmus, als hätte er die Spitze übernommen und durchstoße für die anderen die Luft, aber sie wusste, dass er in jedem Augenblick zum Sprint antreten konnte, und so bereitete auch sie sich auf diesen Augenblick vor. In der letzten Zeit sei das häufiger passiert als sonst: Genau genommen war auch das ein Teil des Programms der Rückkehr zu den Anfängen. Nie hatte die Option bestanden, sie zu verlassen, nie hatte er den sportlichen Wettstreit aufgegeben. Und so wurden ihre Körperkontakte besser als in den vergangenen Jahren, und das Resümee ihrer ehebrecherischen Beziehung, im Telegrammstil, lautete: Sex mit dem Eigenen besser, mit dem Liebhaber null.

Das Telefon läutete an einem dieser Morgen auf merkwürdige Weise. Es kam schon vor, dass sie am Läuten des Telefons erkannte, was für eine Nachricht aus dem Hörer kommen würde. Es läutete, als käme eine Todesmeldung. Auf jeden Fall etwas Wichtiges. Er meldete sich, und sie hörte nur seine belegte Stimme:

– Ja, ich verstehe, ja.

Sie war noch im Halbschlaf, aber an seiner Stimme erkannte sie, dass er sie jetzt wecken würde, obwohl sie eigentlich schon wach war, aber so tat, als würde sie schlafen. Sie bot ihm ihr Wecken großmütig wie auf dem Tablett dar, er konnte es mit einem Kuss tun, so wie er es getan hatte, als sie noch im Liebeskäfig lebten, aber er rüttelte sie nur an der Schulter.

– Sie haben Jelena verhaftet! – sagte er.

Details erschienen in der Zeitung, noch Tage später. Ines indessen schmerzte nicht, dass sie ihre Freundin verhaftet hatten, sondern dass Bruno es ihrem Mann eher gesagt hatte als ihr. Ihre Verbindung schien vielleicht doch so viel Vertrauen verdient zu haben, dass er es zuerst ihr sagt, dass er eine Meldung schickt, dass er ihr sein Leid klagt. Und nicht, dass er es zuerst ihrem Mann sagt.

– Ich habe nicht gewusst, wer sich melden wird, habe ich es gewusst?

Aber auch das konnte ihn nicht vor der Frau entschuldigen, die plötzlich nur noch Schmerz empfand.

In *Novi list* vom Samstag erschien ein großer Artikel unter der Überschrift „Hunderte Bürger von prominenter Pharmazeutin betrogen", und *Story* brachte auf mehreren mit Fotos reich illustrierten Seiten und unter dem Titel „Unerhörter Skandal im Jetset von Rijeka" eine detailreiche Geschichte darüber, wie eine angesehene Geschäftsfrau mit engen Kontakten zur politischen und wirtschaftlichen Elite wohlhabende Bürger, ihnen verschiedene Gefälligkeiten wie Bankkredite oder Anstellungen versprechend, in Gestalt von Vorschüssen um große Summen Geldes erleichtert habe. In dem Artikel stand, dass die Zahl der Betrogenen immer größer würde. *Gloria* wiederum brachte ein Foto von Jelenas Peugeot und von den Kindern, mit schwarzen Streifen über den Augen. Am Ende des ebenso ausführlichen Artikels stand auch, dass die angesehene Pharmafirma Pfizer jede Verbindung zu Jelena dementiere. Im Dementi hieß es: „Der Pfizer-Konzern erklärt über seinen Bevollmächtigten, Rechtsanwalt Sven Butković, und im Wunsch, die Öffentlichkeit so umfassend wie möglich zu informieren, dass Jelena Gavran Bonetti weder im erwähnten Konzern noch in einer mit ihm verbundenen Firma jemals tätig gewesen ist und dass sie mit dem erwähnten Firmenkomplex weder als externe Mitarbeiterin noch als Geschäftspartnerin in irgendeiner Geschäftsbeziehung gestanden hat. Hochachtungsvoll, Abteilung für Öffentlichkeitsarbeit der Fa. Pfizer, gez. Andrea Kočić-Balaban."

Bruno traf sie erst mehrere Tage später, weil er am Handy nicht erreichbar war. Die Stunden in diesen Tagen verliefen gedrängt und beschleunigt oder fließend und dehnbar wie auf Bildern von Dalí. Öfter waren sie, sagt sie, dehnbar, in ihnen fanden ganze erfundene Leben Platz. Zuerst ihres und Brunos, aber dann auch Jelenas, mitunter auch das ihres Mannes. Sie wartete zuerst auf der Terrasse der *Pizzeria Pampas*, aber dann kam eine Nachricht von ihm, sie solle in die *Café-Bar Pik* kommen, die nicht direkt an der Hauptstraße liegt. Und hier, auf der Terrasse, unter einem sehr diskreten Sonnenschirm, der einen grünlichen Schatten auf sein Gesicht warf, wartete Bruno auf sie, in sich zusammengekrümmt, ebenfalls diskret, fast unsichtbar. So unsichtbar, dass sie dachte: Sie hat diese Schweinerei gemacht, und wir verstecken uns.

– Hast du gewusst, dass sie nie einen Uni-Abschluss gemacht hat? Das sagte er, noch bevor sie sich gesetzt hatte.

– Ja – sagte sie.

– Nicht die Vergleichende, sondern die Wirtschaftswissenschaftliche?

Sie setzte sich, sie dachte, dass sie „guten Tag" sagen, vielleicht einen Kaffee bestellen, ein paar Augenblicke nur still dasitzen sollte, um erst dann etwas zu sagen. Aber sie sagte:

– Das ist entweder ein Irrtum oder Tratsch, du siehst ja, dass sie alles Mögliche schreiben. Es gilt nur diese erste Periode durchzustehen, danach …

– Ines, das ist kein Tratsch, das ist nicht aus der Zeitung. Das hat dieser Anwalt alles herausgefunden.

– Was hat er herausgefunden?

Er drehte sich einmal nach links und rechts, beugte sich zu ihr vor und sprach jetzt leiser.

– Sie hat mit Vergleichender und Kunstgeschichte angefangen, hat dann aber auf Wirtschaft umgesattelt … aber nicht abgeschlossen. Nicht einmal das zweite Jahr. Aber mir hat sie Geschichten von der Uni erzählt.

– Vielleicht von diesen zwei Jahren?

Er sah sie zynisch an, mit Zynismus antwortete er auf den Tröstungsversuch.

– Sie hat mir auch ganze Storys von der Abschlussreise nach Vis erzählt. Dass sie eine Weinkellerei und eine Konservenfabrik besucht hätten, kannst du dir das vorstellen? Und sie hat nirgends gearbeitet.

– Wie …?

– Weder bei Bayer noch bei Pfizer, nirgends. Fünfzehn Jahre lang ist sie jeden Tag zur Arbeit gegangen, sie ist nach Italien gefahren, in die Schweiz, was weiß ich, nach Berlin und Warschau, hat aber nirgends gearbeitet.

– O Gott! – sagte Ines. Das war das Einzige, was sie sagen konnte, eine riesige Flutwelle hatte ihr bisheriges Leben unter sich begraben. Wie der periodische See in Österreich, wo im Frühjahr ein ganzes Tal zusammen mit Fitnessparcours und Kinderspielplatz vom Schmelzwasser überflutet wird. Würde man in diesem See tauchen, könnte man in den ersten Tagen an seinem Grund sehr schön die Bänke, Schaukeln, Rutschen, Trainingsgeräte und sogar aufgeblühte Gänseblümchen sehen. Diesen See gibt es nur zwei Monate im Jahr, Anfang Juni ist er gewöhnlich nicht mehr da, das Wasser zieht sich zurück, und Kinder und Spaziergänger bekommen ihre Pfade und Wege zurück. Das dachte sie, dorthin hatte sie ihr Mann in den ersten Jahren einmal mitgenommen, um ihr eine versunkene Welt zu zeigen, die nicht traurig war, sondern unglaublich fröhlich. Ganz türkisfarben und klar. Aber dieses Wasser, dachte sie, wird sich nicht so schnell zurückziehen.

– Das quält mich am meisten – sagte er. – Was hat sie jeden Tag in diesen fünfzehn Jahren gemacht?

19.

Vom Fenster des Assistentenwohnheims in Posen, einem sozrealistischen Bau mit zwölf Stockwerken, sieht man auf eine große Kreuzung, eine monumentale Baustelle und die Kuppeln der Altstadt. Auf der vierspurigen Avenue, die am Hotel vorbeiführt, kann man sehen, wie die Autokolonnen auf die Kreuzung zuschleichen, deren Ampeln außer Betrieb sind und die jetzt wie ein riesiger Wirbel wirkt, der dröhnt, hupt und heult. Die Autos sind neu, Renault, BMW, Peugeot, Mercedes, gute Marken, modernes Design, europäische Kennzeichen. Polen sieht jetzt aus wie damals Deutschland, als es zu ihnen ans Meer kam. Luxus, Hast, das große Europa, das mitten im eigenen Traum erwacht ist. Unglück und Armut, die sich über diese Ebene gebreitet hatten, sind jetzt Geschichte. Und die Studenten, die ihn am Nachmittag auf der Slawistik hören, sind überzeugt, in einer glücklicheren Welt zu leben, und dieser glücklicheren Welt hat auch Papst Wojtyła auf die Welt verholfen. Der Katholizismus, der sich in Polen als Schutzwall gegen die russische Orthodoxie und das deutsche Luthertum gehalten hat, ist dem kroatischen Katholizismus sehr ähnlich, der dazu diente, vor den serbischen Orthodoxen zu schützen.

Nicht vor der Religion, sondern vor dem Volk. Der polnische Katholizismus ist in erster Linie ein nationaler, und so auch der kroatische.

Ines kam, als er schon gepackt hatte und mit dem Blick durchs Fenster vor der schrecklichen Hässlichkeit des Zimmers floh.

– Ich habe uns Stolichnaya besorgt, ich wollte zuerst einen polnischen Wodka nehmen, aber dieser ist besser, Ehre wem Ehre gebührt.

– Genau wie bei uns, die meisten unserer nationalen Spezialitäten teilen wir mit unseren größten Feinden.

– Mein Gott, so ist das überall in Europa. Glaubst du, dass es zwischen Deutschland und Frankreich nicht genauso ist.

Sie nahm die Wodkaflasche und ein Päckchen Erdnüsse heraus.

– Zuerst einen Aperitif, dann gehen wir essen. Hast du Eis?

Später, als sie saßen, er auf dem Bett, sie am Arbeitstisch, sah sie sich im Zimmer um.

– Du Ferkel, warum hast du die T-Shirts so hingeschmissen?

Sie stand auf, nahm ein T-Shirt nach dem anderen, faltete sie sorgfältig zusammen und legte sie auf das Regal im Schrank. Er sah ihr beim Zusammenlegen zu, sie war ganz in ihre Tätigkeit versunken, nahm einen kleinen Schluck und fuhr mit dem Zusammenlegen fort.

– Und du sagst, du hast allein gelebt.

– Ja.

– Wie lange?

– Fünf Jahre.

– Hätte ich nur einmal gesehen, wie es bei dir zu Haus ausgesehen hat.

– Als meine Frau zu mir gezogen ist, hat sie einen kleineren Lastwagen voll Mist weggeworfen. Im Arbeitszimmer hatte ich auf dem Tisch, unter den Papieren, ein vier Jahre altes Mandelbrot, und auf dem Balkon standen Töpfe und Pfannen, die genauso lange nicht abgewaschen waren, da war Schimmel in allen Farben.

– Du bist ein kleiner Junge – sagte sie, obwohl er gut zehn Jahre älter war als sie. Sie legte ihm die Hand an die Wange und ließ sie dort. Ein paar Sekunden zu lange, als dass es eine Geste reiner Freundschaft hätte sein können. Andererseits, wenn er sie jetzt gepackt und ihren Hals geküsst hätte, wäre das ziemlich ungehörig gewesen.

Zum Mittagessen bestellte er Žurek und sie Borschtsch, eine weitere feindliche polnische Spezialität.

– Als du mit Jelena zusammen warst, war das gut?

– Ich weiß nicht.

– Wie, du weißt nicht? Du wirst dich doch wohl noch erinnern?

– Natürlich. Aber ich weiß nicht, ob es gut war. Ich habe lange geglaubt, dass es gut war, aber dann habe ich begriffen, wie kindisch es war. Ich meine, von meiner Seite. Du fickst jemanden nur, um es sagen zu können, um es dir selbst zu sagen, natürlich auch den Freunden, aber ich weiß nicht, ob es gut war. Ich weiß, dass da etwas gewesen ist, aber an die Sache selbst erinnere ich mich nicht mehr.

Sie schwieg, sie bewegte den Wein im Mund.

– Wenn ich mit dir geschlafen hätte, würdest du dich daran erinnern? Wüsstest du, wie es für dich war?

– Natürlich – sagte er – in der letzten Zeit passiert mir das nicht gerade häufig, daran würde ich mich bestimmt erinnern.

– Gut. Denn ich hätte dir mein ganzes Leben geschenkt.

20.

Jahrelang sei sie an dem Gebäude des Untersuchungsgefängnisses beim Gouverneurspalais vorbeigegangen, sei aber nie drinnen gewesen. Im Innern sehe das Gefängnis aus wie eine sehr alte Schule. Wände, die einmal weiß gewesen waren, sogar alte Schulbänke mit abgestoßenen Rändern, Stühle aus Sperrholzplatten mit Metallgerüst. Im Besucherraum mussten sie sich erst längere Zeit von weitem ansehen, denn die diensthabende Polizistin überprüfte noch ihre Personalausweise. Jelena hatte sich schon an den Tisch gesetzt und musterte sie von dort. Sie lächelte, als würde sie jene trösten, die eigentlich gekommen waren, um sie zu trösten. Trösten und klären.

Als sie endlich saßen, habe Jelena zuerst Brunos Hand ergriffen, sie aber rasch losgelassen, dann Ines' Hand, und auch sie rasch wieder losgelassen. Im Unterschied zum Gesicht, das ruhig wirkte, war der Druck krampfhaft, der Druck war etwas wie ein Schrei zwischen den Berührungen.

– Ich bin *big playern* auf die Zehen getreten – flüsterte sie und sah dabei verstohlen zu der Gefängniswärterin hin, die sich mit der zweiten Wärterin unterhielt. Die, die Jelena hereingeführt hatte, war hübsch und jung und hatte nichts Strenges an sich. – Wir dürfen nicht über den Fall sprechen, nur mit den Anwälten.

– Wie geht es dir, kannst du schlafen? – fragte Bruno besorgt.

– Ja. Sicher würden mir Pillen helfen, aber ich schlafe trotzdem ein. Wir sind zu viert im Zimmer.

Jelena sagte „Zimmer“, und Ines sagte im Stillen „Zelle“. Seit jeher hatte sie dieses Bedürfnis gehabt, alles abzumildern.

Jetzt sahen die beiden Wärterinnen auf das Handy der Jüngeren und lachten über irgendwas, sie drehten sich etwas zur Seite und lachten. Jelena beugte sich zu ihnen vor.

– Ich bin wirklich in gefährliche Machenschaften hineingeraten – wiederholte sie – sie haben mir irgendwelche Betrügereien untergeschoben. Ich kenne die Leute überhaupt nicht, die mich belasten. Es scheint so, dass ich einen großen Betrug in der Firma aufgedeckt habe, und dann sind sie über mich hinweggetrampelt.

– In welcher Firma? – fragte Ines.

Für einen Moment sah Jelena sie verwundert an, zuerst sie, dann ihren Mann. In diesem Moment stieß Bruno unter dem Tisch Ines mit dem Fuß an.

– In meiner doch – sagte Jelena. – Hört mal, die Sache ist riesengroß, sie betrifft auch den ungarischen und österreichischen Markt.

Ines hätte ihr in diesem Augenblick am liebsten gesagt, dass sie aufhören solle, Scheiße zu reden, dass fünfzehn Jahre Lügen reichten, dass weder ihr Mann noch ihre Kinder sie mehr kannten, aber sie weiter an ihrem Netz flicht. Bruno indessen sagte:

– Das kommt schon in Ordnung, gib nur acht auf dich.

In diesem Augenblick hätte sie ihm am liebsten die Augen ausgekratzt. Auch sie stieß ihn unterm Tisch mit dem Fuß an, und das nicht zu schwach. Und dieser Stoß ans Schienbein bedeutete: Sag es ihr endlich! Du musst es ihr sagen!

Aber Bruno sagte nichts dergleichen. Sie plauderten über das Essen im Gefängnis, Jelena sagte, es sei nicht schlecht, aber dass sie den Wunsch nach Fleischbällchen in Kapernsoße habe, über den Anwalt, sie sagte, sie sei vorsichtig mit den Anwälten, dass ihr dieser jetzt gut zu sein scheine, aber dass sie vorsichtig sein müssten, denn die Leute, mit denen sie es sich verdorben habe, seien wirklich mächtig, über das Verhältnis der Wärterinnen zu den Häftlingen, mehr oder weniger seien sie gut und anständig, es gebe keine Gewalt.

Und die ganze Stunde, solange sie bei ihr waren, wartete Ines darauf, dass Bruno es ihr sagt. Dass er es ihr für sie alle sagt, für ihre Kinder, für all die Menschen, mit denen sie auf ihren Gesellschaften Küsse getauscht hat, für die verstorbenen Eltern, denen sie ebenso Lügen erzählt hat, für die Freunde und Bekannten. Aber Bruno konnte das nicht. Sie stieß ihn unter dem Tisch noch mehrere Male mit dem Fuß an, aber er konnte es nicht. Sie trennten sich vor dem Palais. All das schmerzte sie so sehr, dass sie beschloss, sich nie mehr bei ihm zu melden.

21.

Wieder wartete sie geduldig, sie gab sich Mühe, nicht anzurufen, wartete aber nicht lange, vielleicht anderthalb Wochen. Aber wenn sie vorhat, die Verbindung zu lösen, dann ist es nicht fair, sich überhaupt nicht zu melden, vor allem ist es in einem solchen Moment nicht fair, wenn Bruno zwischen dem Haus, wo er völlig verloren ist, der Fakultät, wo ihn auch langjährige Kollegen scheel ansehen, und dem Gefängnis lebt, wo er sich auch weiterhin anhört, dass man Jelena alles untergeschoben habe. Sie muss es ihm einfach sagen. Und deshalb rief sie ihn an. Als sie sich erneut trafen, bemerkte sie, dass Bruno die rechte Hand verbarg und alles mit der linken tat, obwohl er kein Linkshänder war.

– Bruno, was ist mit deiner Hand?

– Nichts.

– Etwas ist da, du benimmst dich merkwürdig.

Und wegen dieser Hand konnte sie nicht das Gespräch über den Grund beginnen, aus dem sie sich getroffen hatten: sein Unvermögen, Jelena alles ins Gesicht zu schleudern. Ihr zu sagen, wie sehr sie ihn und die Kinder verletzt hatte. Natürlich auch alle anderen, aber in erster Linie ihn und die Kinder. Stattdessen sprachen sie über die Verteidigungsstrategie, die, behauptet der Anwalt, am effektivsten wäre, wenn Jelena alles zugäbe und sich verpflichtete, den Schaden wiedergutzumachen. Vom Verkauf des Hauses könnten sie das Geld wohl aufbringen, sie würden in eine Wohnung ziehen. So viele Menschen leben in Wohnungen, und überhaupt sei die Erhaltung der Villa seit langem zu teuer für sie.

Mitten in diesem Gespräch über den Verkauf des Hauses sah sie es endlich, als er unaufmerksam mit der rechten Hand ein Taschentuch herauszog, um die Reste des Milchschaums vom Zeigefinger der linken abzuwischen. Sein Zeigefinger an der rechten Hand endete in einer Verlängerung, die sie bis dahin nicht an Bruno gesehen hatte. Ein großer gelber Fingernagel ragte in den Raum. Durch genaues Hinsehen gelang es ihr, lange gelbe Fingernägel auch an den anderen Fingern dieser Hand zu entdecken. Sie waren relativ sauber, aber die gelbe Farbe ließ sich nicht abwaschen.

– Bruno, was hast du da für Nägel?

Er zuckte mit den Schultern.

– Lass mal sehen!

– Komm mir jetzt bitte nicht auch noch mit den Fingernägeln – sagte er.

Sie nahm seine Hand in ihre und breitete sie darauf aus wie einen großen Fächer.

– Schäm dich, was für Nägel du hast! Zeig die andere.

An der linken Hand waren sie schön geschnitten. Sie sah ihn fragend an.

– An der rechten kann ich sie mir nicht selbst schneiden – sagte er. Er sah sie an wie ein Hund, der sich langsam in etwas Fließendes verwandelt. Ein fließender Malteser, ein fließender Setter, ein fließender Cocker Spaniel.

– Wie hast du sie bisher geschnitten?

– Sie hat sie mir immer an der rechten geschnitten, ich steche mich immer, mit der linken bin ich ungeschickt.

Und sie habe, sagt sie, eine unendliche Zärtlichkeit für ihn verspürt. Sie waren in einem Café, in einem öffentlichen Raum, aber trotzdem näherte sie sich seinem zerzausten Kopf und begann ihn zu küssen. Eine solche Zärtlichkeit hatte sie für ihn bisher nie empfunden, aber um die Wahrheit zu gestehen, es waren sechzig Prozent Zärtlichkeit für das Kind, aber auch gute vierzig für den Mann. Und eigentlich war sie doch gekommen, um ihn zu verlassen.

Nachdem seine langen gelben Nägel ihnen die Liebe gerettet hatten, ging sie mit ihm in den Park auf dem Trsat, nahm ihr Manikürebesteck heraus und schnitt ihm sorgfältig und mit viel Liebe die Nägel der rechten Hand. Und er zog sie daraufhin mit der rechten zu sich mit festem männlichem Druck und zeigte ihr seine stabilen vierzig Prozent. Und so, in seiner Umarmung, habe sie begriffen, sagt sie, wie viel Zärtlichkeit jede seiner Unfähigkeiten in ihr erweckte, außer jener, der eigenen Frau alle ihre Widerwärtigkeiten ins Gesicht zu schleudern.

22.

Mehrere Male, wenn sie sich kurz auf einen Kaffee trafen oder sich auf dem Korso zufällig begegneten, fragte Ines Bruno:

– Was habt ihr heute gegessen?

Brunos Antwort lautete immer, dass es damit keine Probleme gebe, dass sie „was gegessen" hätten, was das betreffe, seien sie nicht anspruchsvoll, sie mögen Pizza genauso wie Spaghetti und haben Wichtigeres zu tun, als sich den Bauch vollzuschlagen, und sie besuchen auch regelmäßig ihre Mutter. Anfangs sei er sich ein wenig unsicher gewesen, ob er die Kinder ins Gefängnis mitnehmen solle, aber als er sie einmal mitgenommen hatte, war es klar, dass es so für sie und für ihn leichter war, und vor allem auch für Jelena, die, wie er erklärte, lange gezögert habe, ihm vorzuschlagen, sie mitzubringen. Das erzählte er ihr im Park vor der verlassenen Kaserne auf dem Trsat, als sie auf einem kleinen Mäuerchen saßen. Sie hatte ein Bein über seine geworfen, und er hielt sie um die Hüfte gefasst. Er wisse natürlich noch nicht, was mit Jelena im juristischen Sinne sein werde, aber sie müsse wissen, dass er mit ihr als Ehefrau fertig sei, und dass er sich nicht mehr vorstellen könne, mit ihr zusammen zu sein, dass dies schlimmer sei als der allerschlimmste Betrug und dass er sich fühle, als hätte sie ihn gcmordct, aber nicht vollständig, sondern nur halb, als sei er ein lebender Leichnam, der sieht und hört, der geht, der mit den Kindern spricht, ja, das habe sie ihm angetan. Nein, er könne nicht mit ihr, auch wenn er vollständig ins Leben zurückfinden sollte.

Eines Samstags, Jelena war schon einen Monat in Untersuchungshaft, und die Zeugenbefragungen wurden fortgesetzt, weil sich alle Augenblicke neue und wieder neue Betrugsopfer meldeten, kam Ines unangemeldet in ihr Haus. Sie fand nicht abgewaschenes Geschirr vor, das schon unangenehm roch, einen Haufen schmutziger Wäsche, der so hoch war wie ein Kind, das jetzt in die erste Klasse der Grundschule kommt, und der Durchzug wirbelte rundliche Staubklumpen durch die Wohnung, verwehten *Tumbleweeds* in den Städten des Wilden Westens gleichend.

– Ihr hättet das Geschirr wenigstens in den Geschirrspüler räumen können – sagte sie.

Dann räumte sie es ein, wusch mehrere Maschinen Wäsche, spannte Dean ein, dass er sie rausholte und auf dem Balkon auf die Leine und zwei ausgeklappte Wäscheständer hängte, während sie Hana verpflichtete, mit dem Staubsauger über die Zimmerböden zu fahren.

Dann machte sie gefüllte Paprika und Püree, und als sie sich gegen fünf Uhr nachmittags gemeinsam zu Tisch setzten, rief Hana:

– Hurra, gefüllte Paprika!

Und Dean fasste zweimal nach. Es wunderte sie, dass die Kinder Jelena überhaupt nicht erwähnten. Niemand von ihnen sagte, „so hat Mama sie gemacht" oder „Mama macht sie besser", sie umgingen sie einfach. Jelena war von ihren Zungen geglitten wie ein Eiweiß oder eine Auster, jedenfalls etwas Glitschiges und Unfassbares. Am Schluss, als Dean sich vom Tisch erhob und das große Speisezimmer mit dem Eichentisch für zwölf Personen und dem Murano-Kronleuchter in Form einer fleischfressenden Pflanze verlassen wollte, sagte Ines zu ihm:

– Bitte, nimm deinen Teller und stell ihn ins Abwaschbecken und räum das Brot weg!

Dean machte ein angewidertes Gesicht, kam zurück und nahm widerwillig seinen Teller mit der einen und das Holzbrett mit dem Brot mit der anderen Hand.

– Dean – sagte sie zu ihm – Mama ist nicht da, jetzt müsst ihr Ordnung halten.

Wütend pfefferte er den Teller ins Spülbecken, dass das Besteck schepperte, und auch das Brot knallte er ziemlich laut auf den Tisch.

– Du bist nicht meine Mutter, du wirst mir in meinem Haus nicht befehlen.

– Dean, sei nicht frech. Komm zurück und entschuldige dich bei Tante Ines – rief sein Vater.

Zuerst blieb er stehen, noch immer den Rücken zugekehrt, als überlegte er, ob er zurückkehren solle oder nicht, doch dann drehte er kaltblütig um und kehrte zum Tisch zurück. Wütend sah er seinem Vater ins Gesicht.

– Hol lieber Mama aus dem Gefängnis … als dass du hier herumschreist.

Bruno war konsterniert, offensichtlich hatte er eine derartige Frechheit nicht erwartet.

– Wir arbeiten daran, mein Junge, wir arbeiten alle daran …

– Ja – grinste er verächtlich – sie hat es mir gesagt, wie ihr arbeitet.

Und verschwand im Inneren des Hauses.

Später, als sie auf der Terrasse Kaffee tranken und als die Vorhänge in der Wanne weichten, sagte sie, dass Dean vermutlich so auch wäre, wenn die Sache mit Jelena nicht wäre, dass ihm die Pubertät zusetze, aber dass der Umstand, dass seine Mutter im Gefängnis sei, seine Aggression nur steigere. Ihr scheine auch, dass Jelena sie manipuliere, dass sie ihnen alles Mögliche erzähle. Am meisten glauben Kinder, und das ist normal, ihrer Mutter. Vor allem in einer solchen Situation.

– Soll ich sie etwa nicht mitnehmen ins Gefängnis? – sagte Bruno. – Soll ich ihnen verbieten, mit ihrer Mutter zu sprechen?

Er erhöhte sogar die Stimme, was sonst nicht seine Art war.

– Natürlich nicht. Aber ihr alles ins Gesicht sagen, alles, was dir der Anwalt gesagt hat, Punkt für Punkt, dass sie sich nicht herauswinden kann, zeig ihr, dass mit dem Lügen Schluss ist. Hast du mich gehört?

23.

Mitte der darauffolgenden Woche, sagt sie, sei sie selbst ins Gefängnis gegangen. Sie habe überlegt, ob sie gehen solle oder nicht, habe eine Theorie aufgestellt, habe Argumente pro und contra einander gegenübergestellt, habe Nietzsche, Baudrillard und Houellebecq, überwiegend Franzosen, zitiert, sie wisse jetzt nicht, weshalb Franzosen, aber so sei es gewesen, vielleicht deshalb, weil die ganze Sache, die ganze Geschichte mit Jelena, Bruno, den Kindern und ihr selbst sie an einen Film der französischen Nouvelle Vague erinnert habe. Hat Chabrol in ihrem Leben Regie geführt, ohne selbst davon zu wissen, oder war das die Arbeit eines unbekannteren, aber unvergleichlich maliziöseren Regisseurs? Allerding war Jelena, als sie sich trafen, überzeugend gewesen, überzeugender, als sie es für möglich gehalten hatte. Als sie einander gegenübersaßen, war Ines nervös, ihre Bewegungen waren gebrochen und verkrampft, so wie eine Eiche wächst und im Raum die Bahnen der Sonnenstrahlen nachzeichnet, während Jelena ruhig war wie Mrs. Robinson in *Die Reifeprüfung*, sie lächelte und schloss kurz die Augen und sagte, noch bevor Ines überhaupt dazu kam, sie zu begrüßen:

– Es geht mir gut – und dann: – Das steht dir, wo hast du die Bluse gekauft?

Es war eine alte Bluse und Jelena kannte sie. Dann sagte sie schnell:
– Wie geht es dir?

Ines sagte, dass es ihr gut gehe, und Jelena fuhr fort zu fragen. Damit gab sie zu erkennen, dass sie da draußen niemanden mit ihren Gefängnisproblemen belasten wollte. Sie fragte Ines interessiert nach ihrem Mann, nach der Arbeit an der Uni, ob sie ein neues Buch schreibe und worüber, und Ines antwortete mit einem gewissen Unbehagen, weil ihr die Fragen, sagt sie, etwas detektivisch vorgekommen seien. Gedacht als logisches Interesse der eingesperrten Freundin am Leben der anderen Freundin, aber ausgesprochen eine nach der anderen, in einer Schnelle, die nicht erlaubte, die Antwort höflich anzuhören, machten sie erkennbar, dass Jelena nur die Fragen wichtig waren, aber nicht das, was Ines antwortete. Sie sagte sogar:
– Mein Gott, was bin ich anstrengend, aber jetzt musst du mich erdulden, wo ich im Knast bin. Als ich draußen war, hatten wir ja

keine Zeit, uns ernsthaft zu unterhalten, da müssen sie mich erst einsperren, damit wir in Ruhe miteinander schwatzen können.

Und dann setzte sie bedeutungsvoll hinzu:

– Wie geht es zu Hause?

Ines begann zu erklären, dass sie und ihr Mann sich immer weiter voneinander entfernten, dass es keine Intimität mehr gebe und dass sie das früher einmal sehr erschreckt oder traurig gemacht hätte, aber dass sie jetzt nur Gleichgültigkeit empfinde. Aber Jelena fragte weiter:

– Und Sex? Habt ihr Sex?

Und Ines musste sagen, dass sie welchen hätten, aber dass das nichts zu bedeuten habe.

– Wie – fragte Jelena – nichts zu bedeuten? Ich muss dir sagen, dass er mir hier fehlt …

Als sie abbrach, sah sie die Freundin mit dem Lächeln jemandes an, der regelmäßig meditiert und die ganze Welt liebt.

– Als ich dich fragte, „wie geht es zu Hause“, dachte ich, bei *mir* zu Hause, und nicht bei *dir*.

Ihre Bewegungen, sagt sie, seien noch nervöser geworden, sie habe Jelena angesehen, aber die habe nur gelächelt. Eine verfluchte Buddha-Statue mit Brüsten.

– Ich habe aufgeräumt, soweit es ging, und habe ihnen von dem Faschierten, das du im Tiefkühlfach hattest, gefüllte Paprika für drei Tage gemacht. Ich tröste deine Kinder.

– Gutes Mädchen – sagte Jelena – und Bruno? Ihn tröstest du auch?

Ihr Gesichtsausdruck war noch immer sanft, aber ihre Worte irrten in unbekannte Räume ab; die Gesetze der Physik waren hier andere, Gras wuchs aus den Mauern, senkrecht, die Farbe des Himmels wechselte rasch, und der Boden war nicht fest. Da war ein Katzenkopf mit großen Schnurrhaaren, eine Art Glockenturm, jedenfalls ein Raum, der in der Seele alles Mögliche auslöst.

– Gut – sagte Ines. – Ja, ich tröste Bruno, ihn mehr als die Kinder, aber weißt du, was mich hierbei interessiert?

– Was, Herzchen?

– Wieso stehe ich jetzt als Schlampe da, die ihn tröstet, und nicht du, die du ihn in die Scheiße geritten hast. Ihn und die Kinder. Sie wissen nicht, wem sie glauben sollen, den Zeitungen oder dem, was ihr Vater ihnen erzählt. Warum sagst du nicht einfach, warum du uns allen etwas vorgelogen hast, Jelena, fünfzehn Jahre lang? Wie kommt das?

– Was fällt dir ein? – zischte Jelena. – Wie willst du wissen, dass ich lüge, und nicht die Zeitungen oder die, die mich verfolgen, ich habe dir erklärt, wie das geht, du bist keine dumme Gans, dass du das nicht begreifen kannst.

– Brunos Anwalt hat alles herausgefunden, glaubst du etwa, das ist schwer herauszukriegen? Du hast weder bei Bayer noch bei Pfizer gearbeitet, es ist ein wahres Wunder, dass das so lange nicht herausgekommen ist, du hast keinen Studienabschluss, nicht einmal dein Vater weiß, dass du keinen Abschluss gemacht hast, Bruno hat ihn angerufen, was glaubst du, weshalb er nicht kommen will, um auf deine Kinder aufzupassen.

– Ihr habt meinen Vater angerufen …

– Ja, Jelena, Bruno hat ihn angerufen.

Sie habe Ines wütend angestarrt, sagt sie, sie hätte ihr die Augen ausgekratzt, wären ringsum nicht die Wärterinnen gewesen, sie habe sie so nie gesehen, der Blick eines wilden Tieres, ihre Augen seien fast aus den Höhlen gesprungen, wie bei starken Problemen mit der Schilddrüse, oder noch schlimmer, die Augen an Federn, Puppen in Horrorfilmen, Hexenaugen, Vampiraugen …

– Du Schlampe – flüsterte Jelena, damit die Wärterin es nicht hörte – du verhurte Schlampe, du hast mir meinen Mann und meinen Sohn genommen, das bist du, eine verhurte Heuchlerin, hau ab, und komm mir nie wieder unter die Augen – und stand auf, die Wärterin kam und führte sie ins Innere des Gefängnisses.

– Danach hast du sie nicht mehr gesehen?

– Nur einmal. Nach dem Gefängnis ist sie auf die Insel zurückgekehrt, ihr Vater war in der Zwischenzeit gestorben, sie hat sich bekehrt und ist eine große Gläubige geworden.

24.

Warschau hatte Luka schwarz-weiß in Erinnerung, aus Kriegszeitschriften. Als der Zug in die Vorstädte einfuhr, wunderte ihn, dass die Häuser ganz waren. Und dass sie Farbe hatten. Obwohl, bei längerem Hinsehen, diese Farbe infolge eines seltsamen psychologischen Mechanismus zu verblassen begann. Bis sie bis zu verblüffenden Ausmaßen ausgebleicht war, was durch den wolkenverhangenen Himmel und das fluide Licht, das allem seine Grautöne beimischte, noch verstärkt wurde. Vor allem als sie mit dem Taxi vom Hauptbahnhof durch die Vorstädte voller würfelartiger Wohnkomplexe von grauer oder schmutzig grünlicher Farbe fuhren, Bauten, die mit denen in Novi Zagreb oder an der Peripherie von Leipzig oder Prag oder Kattowitz durchaus vergleichbar waren.

Ihr Hotel war ein heruntergekommenes Hochhaus mit grünlicher Fassade, die stellenweise von der Sonne völlig verschossen war, mit typischen Bauhausfenstern und einem einfachen Schriftzug auf dem Betonvordach: Hotel. An solchen Hotels lässt sich sehr schön der Status der Literatur im modernen Europa ablesen. Vor allem in seinem Ostteil. Die Verlagshäuser buchen gewöhnlich Drei-Sterne-Hotels, die genau genommen nicht einmal zwei haben. Die Budgets für Präsentationen von Büchern, die nicht amerikanische oder englische Bestseller sind, sind sowohl im Osten wie im Westen bescheiden. Und dieser Finanzrahmen ist für die Mehrzahl solcher Schriftsteller reserviert, deren Popularität man mit, sagen wir, mittel bis mäßig groß bewerten kann. Jene, deren Popularität gering ist, und die misst sich an der Zahl der verkauften Exemplare, werden überhaupt nicht übersetzt, dafür werden jene, die ausgesprochen populär sind, Nobelpreisträger und Literaturstars, in Vier-Sterne-Hotels untergebracht, luxuriös, aber nicht übertrieben luxuriös, denn bei Intellektuellen wird von einer bestimmten Bescheidenheit ausgegangen. Lukas Honorarklasse waren solche Hotels mit Aluminiumtüren als Eingang, wie bei Supermärkten, Türen, die oft klemmen, wenn der ihren und seinen Koffer tragende Schriftsteller seine Gastgeberin vorausgehen lässt in die Hotellobby voll abgestandener Luft und einer kratzigen Atmosphäre, von deren Banalität sich einem die Kehle zusammenschnürt.

– Selbst wenn sie uns in Hotels einquartieren, sorgen sie für Themen zum Schreiben – kommentierte er die Atmosphäre im Vestibül.

Als er seine Tasche ins Zimmer gebracht hatte und seinen Blick schweifen ließ, sah er, dass es sich nicht unbedingt von jenem in Posen unterschied. Im nächsten Moment klopfte sie bereits an seine Tür.

– Ich bin gekommen, um dir beim Auspacken zu helfen – sagte sie beim Hereinkommen – damit du nicht wieder alles durcheinanderwirfst.

Sie stellte seine Tasche aufs Bett, er hatte sie ursprünglich auf den Boden gestellt, zog den Verschluss auf und nahm zuerst die sauberen T-Shirts heraus. Sie öffnete den Schrank, wischte die Fächer mit einem feuchten Tuch ab und stapelte die T-Shirts auf der einen Seite des Einlegefachs. Dann nahm sie die Unterwäsche und legte sie auf die andere Seite des Fachs. Er saß währenddessen am Arbeitstisch und sah ihr zu. Ironisch lächelnd? Nein. Mitfühlend? Nein. Distanziert. Am liebsten hätte er das Zimmer verlassen, während sie sich nützlich machte. Dann öffnete sie das Fach mit der schmutzigen Wäsche, packte sie in einen Beutel, den sie mitgebracht hatte, und legte ihn in die Tasche zurück. Dann kamen die Hemden dran; sie nahm sie heraus und hängte sie auf Bügel.

Dieses Mal hatte er etwas Trinkbares besorgt. Aus dem Seitentäschchen zog er eine Flasche Ballantine's hervor, die sind praktisch zu transportieren, weil sie flach sind, und sagte:

– Ich gehe runter und besorge Cola.

Sie war jetzt mit den Hosen beschäftigt.

Im Vestibül hatte er einen Getränkeautomaten gesehen, und das dünkte ihm jetzt eine gute Idee, um das Zimmer zu verlassen.

Als er zurückkam, hingen seine Sachen zum Glück bereits im Schrank, und auf dem kleinen Arbeitstisch, auf dem runde Abdrücke von Gläsern, verschlungene Olympia-Embleme, zu sehen waren, die die Politur angegriffen hatten, standen schon zwei Gläser bereit. Im Fernsehen lief eine Sendung über Bob Marley, und das Zimmer war erfüllt von leichtem Reggae. Das, was dann geschah, hatte er nicht von sich erwartet. Als sie den Whisky in die Gläser goss, beugte sie sich ein wenig vor, ihr T-Shirt rutschte hinauf und gab ihren nackten Rücken frei. Schöne, gespannte, sonnengebräunte Haut. Er umarmte sie von hinten, und das überraschte ihn mehr als sie, die sich ihm zu entziehen versuchte. So sah diese Bewegung am Anfang aus, aber schon nach einem oder zwei Augenblicken war es klar, dass sie sich nur hatte umdrehen wollen. Sie küsste ihn auf die Wange und umarmte ihn fest. Er versuchte krampfhaft, ihren Mund zu finden, und sie küsste ihn, ohne Zunge, mit einem kurzen freundschaftlichen Kuss. Seine Hände wanderten über sie hin, von der Hüfte zu den Brüsten, von den Brüsten zum Hintern, und wieder zur Hüfte, auf den Rücken, krampfhaft und gierig. Es sah so aus, als ertaste er, ob dieser Körper in seiner Umarmung real war.

– Mein Gott, du zitterst ja am ganzen Körper – sagte sie zu ihm.

Sie führte ihn zum Bett, setzte sich dazu und knöpfte ihm das Hemd auf. Er knöpfte ihres auf, ungeduldig, wie er auch alles andere tat, und es war zu sehen, dass es ihm leidtat, auch nur für einen Augenblick die Hände von ihr nehmen zu müssen. Als sie wieder auf ihren Brüsten lagen, die sich aus den Körbchen des BHs befreit hatten, waren sie heimgekehrt. Fingerkuppen, Zeigefinger, Daumen, Handteller, alles war daheim. Und die Brüste? Mäßig groß, nett, ohne Haare auf den Brustwarzen. Sie zog ihm die Hose herunter, er zitterte noch immer, und nahm sein Glied in den Mund. Er fuhr mit der Hand unter ihr Kleid, ins Höschen hinein, aber sie schob ihn mit festem Griff zurück.

– Das nicht! – sie musste ihn für einen Augenblick auslassen.

Er bestand nicht darauf.

Von dem Moment an, als sie ihn in den Mund genommen hatte, bis zu dem, als er sich ihr ins Gesicht ergoss, war nicht eine Minute vergangen. Sie wischte sich den Mund ab, küsste ihn und ging ins Bad, und diese Szene war im selben Maße traurig wie jene, die ihm mit der Frau im *Pigalle* passiert war.

Später, als sie zu Abend aßen und sich für die Lesung am nächsten Tag an der Uni besprachen, fragte sie ihn, ob er mit seiner Frau intim sei. Genau mit diesen Worten, „ob er intim sei", und das ließ ihn ein wenig auflachen.

– Ja – sagte er – wir sind intim. Ich wasche sie, oben herum kann sie sich allein anziehen, aber manche Dinge, eine Hose etwa oder den Trainingsanzug, kann sie nur schwer allein anziehen, deshalb helfe ich ihr. Sie badet gern in der Wanne, und dann trage ich sie in die Wanne, wir füllen sie mit Wasser, geben Badesalz hinzu und dann reden wir. Am meisten haben wir immer das Baden geliebt, dann waren wir am intimsten, alle wichtigen Dinge haben wir uns in der Wanne gesagt. Die Wanne in der alten Wohnung war uns am Anfang zu klein, aber jetzt reicht sie für zwei. Wir zünden Duftkerzen an und sind intim.

– Und Sex?

– Gibt es nicht.

– Wie lange schon?

Er überlegte. Er lächelte, aber nicht nach außen, irgendwie nach innen, in sich selbst gekehrt, und sagte:

– Lange.

Dann schwieg er.

– Sie wollte, dass ich mir jemanden suche. Das habe ich nicht getan. Dann sagte sie, ich solle in ein öffentliches Haus gehen. Was soll's, ich habe es nicht getan. Als wir in Paris waren, sagte sie, wir sollten gemeinsam gehen. Ich habe sie zurechtgemacht fürs *Pigalle*. Es war warm, sie trug ein T-Shirt mit tiefem Dekolleté, schwarz, einen Push-up-BH, ihre Brüste sahen gut aus, ich hatte ihr einen kurzen schwarzen Rock angezogen, knielang, ihre Beine sehen noch immer gut aus. Ich hatte ihr auch die Zehennägel lackiert. Wir parkten dort auf dem Platz, ich habe einen Aufkleber. Aber Scheiße, wir konnten kein öffentliches Haus finden, das keine Treppen gehabt hätte. Die Franzosen, wenn sie ficken gehen, lieben anscheinend Treppen, das ist für sie ein Fetisch. Entweder führen sie hinauf oder hinunter, aber immer sind es Treppen. In die meisten Clubs musst du hinuntersteigen, denn sie befinden sich unterm Straßenniveau, und manche sind nun mal im ersten Stock, oberhalb von Sexshops. Nur unter großen Schwierigkeiten fanden wir einen mit einem Lift, der groß genug war, dass wir mit dem Rolli hineinkamen. Aber als wir im ersten Stock rauskamen, stand vor der großen Flügeltür ein riesiger Schwarzer mit rasiertem Kopf, im grauen Anzug, mit einem Knopf im Ohr, wie ein Regierungsagent. Er machte große Augen, als er uns sah: ein Mann von gut fünfzig Jahren, in kurzer Hose, schiebt einen Rollstuhl mit einer Frau im Mini, in Stöckeln, mit lackierten Nägeln, deren Brüste kurz vorm Rausfallen sind.

– Sicher dachte er, er hätte von irgendwas zu viel erwischt – sagte Ines.

– Definitiv, denn er glotzte nur, sagte kein Wort, grüßte nicht einmal, seine Vorschriften sahen so etwas nicht vor. Sie besagten: „Keine Betrunkenen reinlassen, keine Minderjährigen, keine, die wie Terroristen aussehen", aber ein Paar, vier Beine, zwei Räder, zwei Brüste und ein steifer Schwanz waren zu viel für ihn. Aber als sie ihn sah, diesen Blick, als sie aus seinen Augen herauslas, wie seltsam wir aussahen, sagte sie zu mir: „Geh du." „Und du?", fragte ich, und sie sagte, dass sie nicht könne, dass sie mich bitte, hineinzugehen und dass sie unten im Café auf mich warten werde. „Geh nur", sagte sie, aber ich wollte nicht ohne sie, und ich wollte mich wegen des Schwarzen nicht streiten.

– Und? Bist du hineingegangen?

– Ja. Und sie fuhr allein hinunter mit dem Lift. Ich suchte mir eine aus, sie sagte, sie sei Marokkanerin, und ich erinnerte mich an unseren Besuch in Fez und Rabat. Danach ging ich zu einer anderen Tür hinaus, nicht durch die, durch die ich hineingegangen war. Das war ein spontaner Entschluss, ich hatte mir den Weg zeigen lassen, aber es war mir lieb, dass ich nicht noch einmal an dem Schwarzen vorbeimusste. Ich ging in das Café, in dem meine Frau saß, ich sah sie sofort, wegen der Räder. Gäbe es die nicht, dachte ich, würde ich länger brauchen, um sie zu finden. Sie saß allein, sie sah mich nicht, ich näherte mich von der Seite, sie trank Coca-Cola, ihr Trinkhalm war rosa, und sie sah den Huren und ihren Kunden nach, wie sie vorübergingen. Ich entsinne mich keines traurigeren Anblicks.

25.

Sie waren auf der Terrasse ihres Hauses in Ičići. Wieder war es Samstag, die Samstage, sagt sie, kommen immer schneller, so als ob die Woche zuerst vier, dann drei und am Ende vielleicht nur zwei Tage hat, Donnerstag und Freitag. Dieses Mal hatte sie Paniertes mit Erbsen und Püree gemacht. Die Schule war zu Ende, und die Kinder waren baden.

– Es wäre gut, dass sie die Wahrheit erfahren – sagte sie zu ihm. Sie sagte auch, dass Jelena sie mit ihrer Behauptung vertrieben habe, sie habe ihr den Mann und den Sohn genommen. – Ich denke, dass sie Dean auch gegen dich kehrt.

– Sie finden die Wahrheit doch in allen Zeitungen.

– Du weißt, dass das nicht die Wahrheit ist, sondern Tratsch. Dass die Tatsachen teilweise stimmen, bedeutet nicht, dass es die Wahrheit ist, verstehst du. Du musst ihnen deutlich sagen, was sie getan hat.

Hat sie das gesagt, weil sie sich über Jelena geärgert, weil sie sie vielleicht auch zu hassen begonnen hat, nachdem die sie aus dem Gefängnis geworfen hatte wie aus dem eigenen Haus? Vielleicht. Hat sie die Kinder benutzt, um ihre Wut noch zu steigern? Oder hat sie nur Bruno in einer heroischen Pose sehen wollen, als Mann und Vater, als Wahrheit und Gerechtigkeit? Das weiß sie bis heute nicht. Nun, er sammelte gerade in diesem Augenblick seine Kräfte, seine Wahrheitsliebe und Würde hatten sich zurückgemeldet, er muss sie aus seiner Kindheit und den frühen Tagen der Pubertät ausgegraben haben. Er lag ruhig auf der Terrasse, und seine Persönlichkeit ordnete sich neu. Plötzlich hatten sich hier vielleicht auch die alten Comic-Helden gemeldet, Flash Gordon und Corto Maltese. Vor allen Dingen Corto, der romantische Träumer und Reisende. Corto hätte seinen Kindern zweifellos die Wahrheit gesagt. Taktisch, aber gesagt. Die Wahrheit hätte er auch seiner Frau gesagt, er hätte sie ihr ins Gesicht geschmettert, als wäre er Humphrey Bogart, der Corto spielt.

An diesem Nachmittag packte sie seine Sachen, gegen Abend flog er zu einem der polnischen Romantik gewidmeten Kongress nach Warschau. Als sie seine Sachen in den Koffer legte, als sie seine teuren Poloshirts und die von weiß Gott wessen Geld gekauften GANT-Hemden zusammenlegte, bemerkte sie, dass er wieder seine rechte Hand verbarg.

– Bruno, wir müssen Nägel schneiden – sagte sie zu ihm.

Und während sie ihm an diesem Nachmittag auf der Terrasse die Nägel der rechten Hand schnitt, sie in ihrem Schoß haltend, war sie sich nicht bewusst, dass sie das zum letzten Mal tat.

Später, als die Kinder vom Strand zurückkamen – Bruno hatte darauf bestanden, dass sie gemeinsam weggingen und gemeinsam zurückkehrten –, streckte sich Dean neben seinem Vater auf der Liege auf der Terrasse aus. Einem frisch rasierten Vater mit geschnittenen Fingernägeln, gewaschenem Haar, einem Vater, der sich endlich anschickte, ein wahrer Vater zu werden. Sie war in der Nähe, sie zupfte das Gras aus einem Blumentopf auf dem Geländer. Deshalb hatte er gerade diesen Augenblick gewählt, ihm ging es darum, dass sie es hörte. Als Dean erwiderte, dass sich alle gegen seine Mutter verschworen hätten, dass sie sie deshalb verfolgten, weil sie die Unterschlagung in der eigenen Firma aufgedeckt hätte, erklärte er ihm ruhig, dass sein Anwaltsbüro die Sache untersucht habe, bevor es den Fall übernommen habe, und dass seine Mutter die Leute mehr als fünfzehn Jahre hindurch betrogen habe, dass sie nie eine Universität abgeschlossen habe und dass sie auch sie, sogar ihre eigenen Eltern angelogen habe. Er sagte auch, dass er nicht wisse, weshalb sie das getan habe, und sie wolle es nicht sagen. Dean nahm das ruhig hin, stand auf, ohne sie auch nur anzusehen, und ging zum Kühlschrank, um sich einen Saft zu nehmen. Und Bruno blieb mit geschlossenen Augen auf der Liege zurück, wie ein Mensch, der eine schwere Arbeit hinter sich gebracht hat. Allem Anschein nach überzeugt, diese Ruhe endlich verdient zu haben. Am Abend brachte sie ihn mit seinem Peugeot, den gewöhnlich Jelena fuhr, zum Flugplatz auf Krk.

Als sie zurückgekehrt war, rief sie ihren Mann an und sagte ihm, dass sie in Jelenas Haus übernachten werde, dass sie auf die Kinder aufpassen, ihnen das Abendessen zubereiten und mit Hana im Wohnzimmer Domino spielen werde. Für kurze Zeit gesellte sich auch Dean zu ihnen. Er fragte nicht nach seiner Mutter, noch kommentierte er irgendetwas, er begann sich sogar normal zu benehmen. Er sagte Tante Ines dies und Tante Ines das, so wie damals, als er noch klein war. Später nahm er den *Liebhaber* von Marguerite Duras und ging auf sein Zimmer, um zu lesen. Ihr sei aufgefallen, sagt sie, dass das ein verhältnismäßig seltsames Buch für einen Pubertierenden war. Rasch gingen auch Hana und sie schlafen, sie war vom ganzen Tag wie zerschlagen.

Am Morgen gegen acht wurde sie von Hana geweckt, die ihr sagte, dass Dean nicht in seinem Zimmer sei, dass sie aber mit einem seiner Freunde zum Segeln verabredet seien. Und dann fragte sie sie noch, warum sie den Motor des Peugeot in der Garage hätte laufen lassen. Als der Rettungswagen und die Polizei angerast kamen, beantworteten sie die Fragen und verkrochen sich in Brunos Arbeitszimmer. Sie sahen nicht, wie der Körper weggebracht wurde.

Zur Beerdigung wurde Jelena aus dem Untersuchungsgefängnis gebracht. Sie standen alle drei neben dem Sarg, aber Bruno und Hana standen näher zueinander, und Jelena ein paar Schritte entfernt. Als sie ihr ihr Beileid aussprach, war sie völlig kühl. Physisch kalt, ihre Hand war unangenehm eisig, trocken, aber eisig. Das war das letzte Mal, dass sie sie gesehen hat.

26.

Auf dem Flughafen in Warschau, der den Namen des Mannes trägt, dessen Herz in einer Pariser Vorstadt aus seinem Körper geschnitten, nach Warschau zurückgebracht und in einen Innenpfeiler der Heiligkreuzkirche eingemauert wurde, hielt sie die ganze Zeit seine Hand, während sie im Starbucks auf seinen Flug warteten. Es stellt sich die Frage, wie es im Jahre 1849 transportiert wurde, denn es ist anzunehmen, dass vor Dezember 1967, als Dr. Barnard die erste Transplantation durchführte, keine Vorschriften über die Reise eines Herzens ohne seinen Besitzer existierten. Später reisten menschliche Herzen immer öfter durch Europa und die Welt, getrennt von ihrem ursprünglichen Körper. Das Chopin'sche war sicherlich nicht das erste, aber allem Anschein nach das bekannteste. Wurde es in einem Gefäß mit Eis transportiert? In was war es eingewickelt? Es gab keine künstlichen Materialien. Vermutlich in Gaze. Wie sah das Gefäß aus, in dem es transportiert wurde? Kannte man damals schon Thermosflaschen? Viele Umstände für einen pathetischen symbolischen Akt. Aber er machte Chopin, einen Menschen mit französischem Vor- und Nachnamen, der fast die Hälfte seines Lebens in Paris zugebracht hatte, zu einem Polen aller Polen.

Die mütterliche Natur kam bei Ines auch in diesen letzten Momenten zum Ausdruck. Alle Augenblicke zog sie die Taschenflasche Glenmorangie heraus und goss sich und ihm einen Schuss in den

Kaffee, um gemeinsam seine panische Angst vor dem Fliegen nieder-
zukämpfen. Dies war schon ihr dritter *american coffee*, aus dem sie
einen schottischen machten. Und das sehr schottisch, stark schottisch,
zum Schluss sogar enorm schottisch. Dann holte sie ihr Nokia heraus
und begann Selfies zu knipsen. Sie grimassierten in das winzige Ob-
jektiv, und ihm gingen Jelena, ihr Sohn, Chopins Herz und Polen
durch den Kopf.

– Und jetzt ein normales – sagte sie, worauf sie ernst wurden und
sie erst dann klickte. Dann drehte sie den Bildschirm des Handys
herum, und wirklich: Sie wirkten sehr ernst. Ihre Köpfe lehnten aneinander, aber sie lachten nicht.

Als sich das Flugzeug über Warschau erhob, das dieses Mal Farbe
hatte, dachte er, dass er dieses Mal mit etwas nach Zagreb zurück-
fahre, was er nicht definieren könne, und wenn ihn jemand fragte,
ob er auf diesem kurzen Ausflug eine Geliebte gehabt habe, würde er
zuerst mit „nein" antworten, dann mit „vielleicht" und am Ende mit
„eigentlich ja". Aber noch immer würde er nicht wissen, was das genau genommen war.

Er flog über München, und als sie landeten, auf einem Flughafen
ohne Namen, als er zum Gate nach Zagreb hastete, bemerkte er, dass
alle auf die Fernsehschirme starrten, die man auf Schritt und Tritt
vorfand. In den Geschäften, den Wartezonen, in den Bars. Um diese
Schirme hatten sich die Menschen versammelt und schauten in völliger Stille. Dann blieb er für einen Augenblick stehen, denn er sah das
Wrack eines Flugzeugs. Er dachte, er sähe das Wrack seines Flugzeugs,
und dass alle Nachrichten das übertrügen und dass er ein Geist wäre,
der das alles sieht und sich nicht erinnert, wann und in welchem Se-
kundenbruchteil sich die Flugzeugexplosion ereignet hat. Und jetzt ist
er nach München gekommen, so als würde er nach Zagreb weiterflie-
gen, aber für ihn gibt es keinen Flug, kein Zagreb, kein Gate mehr,
wo er sich wohlfühlt, weil die Menschen seine Sprache sprechen und
Zeitungen aus seinem Land lesen. Es gibt sie nicht, diese kleine Heimat, die Vorhalle jener großen, denn er ist jetzt in einem anderen
Land, in dem Gras aus den Mauern wächst, wo das Meer auf dem
Kopf steht, wo es so einen Katzenkopf gibt und einen Kirchturm. Daran denkt der Mensch, wenn er Angst hat vor Flugzeugen.

Aber ein Flugzeug war tatsächlich abgestürzt.

Erst in der Nähe des Gates nach Zagreb blieb er stehen, um sich die Nachrichten anzusehen. Abwechselnd wurden Reportagen von CNN, von russischen und polnischen Agenturen gebracht. Wie sich herausstellte, war, während er sich in der Luft befand, eine Maschine mit dem polnischen Staatspräsidenten Lech Kaczyński an Bord in der Nähe von Smolensk abgestürzt und dabei waren Mitglieder der polnischen Regierung und hochrangige Offiziere umgekommen. Sie waren auf dem Weg zur Gedenkfeier im Wald von Katyn gewesen. Einige Reporter verglichen das direkt mit dem Massaker im Wald von Katyn und bezeichneten es als eine weitere große Tragödie für Polen. Der Zwillingsbruder von Präsident Kaczyński, der zu diesem Zeitpunkt Vorsitzender ihrer konservativen Partei war, hatte sich nicht in der Maschine befunden. Sofort griff Luka zum Handy und sandte Ines eine Mitteilung, er war noch immer ziemlich alkoholisiert:

„Liebe Ines, du brauchst nicht zu trauern, ihr habt ja noch den anderen Zwilling." Es sollte ein Scherz sein, er wollte sie trösten, ihr melden, dass er glücklich in München gelandet sei. Aber er musste auch daran denken, dass der Ton der Mitteilung dem der Literatur entsprach, die er schrieb. Idiot. Sie antwortete weder auf diese Mitteilung noch auf jede andere. Weder auf seine Mail noch auf Mitteilungen über Facebook, sie schickte ihm auch nicht die Bilder vom Flughafen, weder die, auf denen er Grimassen schneidet, noch die ernsten. Etwas war für immer vorbei, abgestürzt zusammen mit der Maschine, dort im Wald von Katyn.

Die Falle

1.

Die Welt ist eine Falle. Eine Milliarde Mal größer als wir. Aber eine Falle. Dabei ist es normal, dass ein Bestandteil der meisten Fallen ein Köder ist, dem man nur schwer widerstehen kann. Einen solchen Köder gibt es im unmittelbaren Zentrum von Graz, unterhalb des Schlossbergs. Das ist ein Viertel, in dem eine seltsame Kombination aus kleinen einstöckigen Stadthäusern aus dem 17. und 18. Jahrhundert und modernen würfelförmigen Gebäuden aus der zweiten Hälfte des 20. anzutreffen ist. Hier befinden sich auch eine Polizei- und eine Feuerwache und ein einziges Hochhaus, aber das Zentrum des Lebens ist der sehr alte Markt, der oberhalb des kleinen Murhafens entstanden ist, wo die Leute aus den umliegenden Orten ihre Erzeugnisse mit Kähnen angelandet haben. Gleichzeitig ist das auch ein Touristenviertel mit türkischen Dönerstuben und Nachtlokalen, die zum allmählichen Niedergang verurteilt sind. Tagsüber sieht es aus wie jedes andere Viertel in Graz, aber nachts bekommt man den Eindruck, dass die Straßen von Menschen bevölkert werden, die andere Menschen als Beute wahrnehmen. Manche, mit schäbigem Lächeln, sind jeden Augenblick bereit, ihr Netz auszuwerfen, unabhängig davon, ob sie nur wollen, dass man ihnen ein Bier kauft, oder ob sie versuchen, einem ein frisches junges Mädchen aufzudrängen, es ist gerade achtzehn geworden und macht absolut alles.

Einer dieser Nachtclubs ist die Bar *Aphrodite*, die sich inmitten der allgemeinen Verfallsepidemie dieser Clubs noch irgendwie hält, in ihr kann man noch sehr junge und hübsche Mädchen finden. Gefuhrt wird sie von einer gewissen Juliana Laszlo, einer Ungarin aus dem rumänischen Banat, zusammen mit ihrem Freund, einem Bodybuilder, der irgendwann einmal den linken Arm eingebüßt hat. Und wenn es irgendwo das Stereotyp eines Zuhälters gibt, dann ist es dieser einarmige Hüne, dessen Größe in direktem Verhältnis zum Respekt steht, den er um sich verbreitet.

Diese Geschichte von der Falle erzählte Škembo in einem Atemzug, als er einmal mit Luka im Restaurant *Dva goluba* am Kvaternik-

Platz in Zagreb zusammensaß, mit der Absicht, sich zweihundert Euro zu leihen, da man ihm die Übersetzung eines Essaybandes, die er zwei Monate zuvor abgeliefert hatte, noch nicht bezahlt hatte. Škembo fuhr verhältnismäßig oft nach Graz, nur so, aus keinem besonderen Grund, um ein wenig Kultur zu „atmen", um im Stadtcafé eine Tasse Kaffee zu trinken und ein Stück Sachertorte zu essen, eine Torte, für die er ein Faible nicht wegen ihres Geschmacks, sondern wegen ihres Namens hatte. Vor langer, langer Zeit, als seine Mutter noch lebte und relativ jung war, pflegte sie zu sagen:

– Damir, am Samstag fahren wir nach Graz, und dann gehen wir Sachertorte essen.

Es bedurfte einiger Zeit, um dieses Wort mit der Torte zu verbinden, die sie im Stadtcafé aßen und die ihm nicht besonders zusagte. Das Wort Sachertorte war lange Zeit nur das Versprechen von etwas Feinem, aber nicht dieses Feine selbst. Der Besuch von Graz war für ihn, als er Kind war, ein mit vielen Attraktionen vollgepacktes Naschwerk und trug den Namen einer Torte. Aber das durfte man vor dem Stiefvater nicht sagen, denn der hätte ihnen Verschwendung vorgeworfen.

Später, als er bereits wusste, dass es sich nur um eine Schokoladentorte mit Marillenmarmelade handelte, hatte er sie auf eine Art schon liebgewonnen. Die Affinität zu Sachertorten bewahrte er sich auch später, als es seine Mutter nicht mehr gab und seine Schwester schon längst mit dem Stiefvater in einer deutschen Stadt an der Nordsee lebte. In die Stadt seiner Kindheit fuhr er meistens ohne viel Geld, nur um zu sehen und zu „atmen", was gewöhnlich gratis war.

– Ihr habt keine Ahnung, wie man auch ohne Geld eine gute Zeit haben kann – waren seine Worte.

Aber seine Liebe zu Graz entsprang einem Umstand, der dennoch eng mit Geld verbunden war: den Vorweihnachtseinkäufen. Škembo war in eine alte Zagreber Familie mit mehreren Generationen akademisch gebildeter männlicher Mitglieder hineingeboren worden, von denen sein Urgroßvater Bronislav die kleine, aber ausnehmend erfolgreiche Fabrik zur Kristallerzeugung gegründet hatte. In Graz oder in Wien zu studieren war für die Familie normal, und selbst Škembo, obwohl zwanzig Jahre nach dem Krieg geboren, als es keine Fabrik und keinen Reichtum mehr gab, war zweisprachig erzogen worden. In seiner Familie wurden Wörter wie „Mutti", „Papa" oder „Onkel" ganz natürlich verwendet, ohne jene Provinz-Faszination für die kaiserliche Sprache. Nach dem Krieg behielt seine Mutter das als Form des Widerstands gegen die Obrigkeit bei, die ihnen die Fabrik weggenommen, aber Škembos Großvater als Direktor eingesetzt hatte, weil er das Geschäft kannte und den Partisanen geholfen hatte. Zwischen Škembo und Graz bestand eine enge, sozusagen pränatale Bindung. Und als er auf die Welt kam, fiel er in das Netz dieser Verbindungen wie in eine Falle, aus der man schwer wieder herauskommt.

Was Škembo allerdings zusammen mit dieser Bindung geerbt hatte, war eine ausgeprägte Abneigung gegen Arbeit. Sosehr ihn auch der Snobismus seiner Mutter stören mochte, konnte er doch dessen Implikationen nicht entkommen. Für Geld zu arbeiten war vulgär und erniedrigend. In seiner Welt gab es nur Berufung, Arbeit als Liebe, Eros, etwas, dem man sich völlig hingibt und damit seine eigene Identität schafft. Deshalb fand sich Škembo, als es weder Großmutter noch Großvater, noch seine Mutter mehr gab und der Stiefvater mit der Tochter nach Deutschland gegangen war, als auch die familiären Immobilien verschwunden waren und es nichts mehr zu verkaufen gab, um dann einige Jahre lang „von oben" leben zu können, in einer kleinen Wohnung in der Vlaška wieder, in chronischer Ermangelung des Geldes. Das Studium der Germanistik und Geschichte konnte er nicht für eine Anstellung verwenden, denn das hätte ihm die ererbte Würde ernstlich beschädigt, sondern nur als Berufung. Deshalb wählte er die Bücher sorgsam aus, die er zu übersetzen gedachte, und darin war er ziemlich gesucht. Ein technisches oder auch nur populäres Buch zu übersetzen kam für ihn nicht in Betracht. Mehr als alles liebte er die deutsche Literaturtheorie und kleine Werke großer Autoren: Kafkas Briefe, Brochs Fußnoten, Bernhards Kurzprosa.

Die Ausflüge nach Graz in der Adventszeit bewirkten jenes Hochgefühl, wenn wir uns so sehr auf die Geschenke freuen, dass die Vorfreude vom Feuerwehrauto oder dem maßstabgetreuen Modell einer Caravelle auch auf die bunten Lichter in den Geschäften überspringt, auf die geschmückten Straßen, auf die Schaufenster voller Watte, die Schnee darstellt, auf den Zimtduft aus dem Glühwein und auf alles, was man sieht, aber auch das, was man nicht sieht und sich in der geheimnisvollen Finsternis auf dem Schlossberg oder in den Parks verbirgt, die aussehen wie trauliche dunkle Inseln inmitten allen Glänzens und Glitzerns der Stadt.

Oft kam er mit dem Nachtbus, der vom Zagreber Busbahnhof um Mitternacht abfährt. Vor dem Morgen kam er dann in die noch schlafende Stadt, ging durch die leeren Straßen, atmete die Frische ein, genoss die Stille, die als Erste die Müllwagen zu stören begannen. Immer gut gekleidet, in würdevoller Haltung, was auf gewisse Weise den Umstand kompensierte, dass er kein Geld in der Tasche hatte, spazierte er in die Luxushotels zum Frühstück. Er ging selbstsicher hinein, grüßte den Mann am Empfang und setzte seinen Weg fort in den Frühstückssaal. Am liebsten hatte er hartgekochte Eier mit Lachs und Kaviar. Die Wörter „Lachs" und „Kaviar" steigerten in ihm den Appetit, so wie ihm die Wörter „Paco Rabanne" und „Omega" das Gefühl verschafften, in einer Welt zu leben, die auf ihn zugeschnitten war, wo sich aber im letzten Augenblick einer der boshaften Götter mit dem Stern an der Stirn eingemischt und sie ihm weggenommen hatte.

2.

Anfang des Jahres 2012 war er wieder in Graz, und in der Tasche hatte er, gegen alle Gewohnheit, auch genügend Geld. Das Honorar für mehrere Bücher, die er für den kroatischen Auftritt auf der Buchmesse in Leipzig übersetzt hatte, war eingelangt, und außerdem war endlich ein Gerichtsstreit zu Ende gegangen, der zwanzig Jahre gedauert hatte und den er um die Rückgabe von Aktien der verstaatlichten Firma Spectrum geführt hatte, die zu diesem Zeitpunkt schon vierzig Jahre lang unter anderem Namen tätig und zu einem Großunternehmen geworden war. Der Wert der Aktien war miserabel im Verhältnis zum Wert der Firma, aber für ihn war das in diesem Moment sehr viel Geld. Und so hatte er plötzlich die goldene *American Express* und eine ebensolche *Mastercard* in der Tasche und auch genügend Bargeld. Die Hotels, um die er früher herumgeschlichen war, waren für ihn plötzlich auch auf legale Weise zugänglich. Trotzdem stieg er in einem bescheideneren Hotel am Lendplatz ab. Der Plan für den folgenden Tag war, ein Gespräch mit zwei ernsthaften Verlagshäusern zu absolvieren, und danach shoppen zu gehen und die Stadt zu genießen.

Erwähnt werden muss, dass er zu dieser Zeit schon seit mehreren Jahren geschieden war. Seine Frau hatte ihn in dem Augenblick verlassen, als sie aus der größeren Wohnung in der Novakova umziehen mussten in eine kleinere, in der Vlaška. Sie war bedeutend jünger als er und hatte ihre Pubertät, die Jahre der Persönlichkeitsbildung, nicht wie er in Jugoslawien verbracht.

– Geld hat für mich nie an erster Stelle gestanden, du weißt das, aber mein Gott, du bist einfach lebensunfähig.

Auch damals waren ihr wahrscheinlich Bilder jener Wintermorgen durch den Kopf gegangen, als draußen noch bläuliche Dunkelheit herrschte, sie aber aufgestanden war, um rechtzeitig zur Arbeit zu kommen, während er in die Steppdecke eingemummelt wie eine Raupe friedlich schlief. Wurm und Raupe, das war er für sie in diesen letzten Jahren gewesen. Einmal hatte sie ihm das auch gesagt:

– Du bist ein Wurm!

Und die größte Beleidigung dabei war, dass sie das nicht als Beleidigung gesagt hatte.

Der Tag verlief gut, er speiste in einer schönen Gaststätte unterm Schlossberg, am linken Murufer, und begab sich dann langsam zu Fuß zu seinem Hotel. Aber er war sich nicht bewusst, dass der Lendplatz und dieser warme Spätfrühlingsabend eine Falle waren, in die er ruhig hineintappen würde, gelassen, zufrieden, fast glücklich.

In einer ruhigen Straße, die um elf Uhr abends fast verödet war, blinkte ein Schriftzug. „Aphrodite". In einem kleinen Schaukasten an der Wand neben dem Eingang hingen Fotos von Mädchen, von der Sonne ausgebleicht, aber noch immer gut genug, um erkennen zu lassen, was drinnen verkauft wurde. Okay, er sagt, ihn hätten die Fotos und die Neugierde angezogen, lange sei es schon her gewesen, dass er an solchen Orten gewesen sei.

Und langsam, sagt er, sei er eingetreten.

3.

Gesagt werden muss auch, dass sich Škembo zu einer ziemlich seltsamen Kombination aus Antiquiertem und Modernem entwickelt hatte. Seine aristokratische Verachtung der Arbeit speiste sich aus zwei in allem gegensätzlichen Quellen: aus bourgeoiser Selbstgefälligkeit, die ihren Ursprung im verlustig gegangenen Familienreichtum hatte, und einer sozialistischen Verachtung des Geldes, in der in den sechziger Jahren alle erzogen worden waren. Interessanterweise pflegten die bourgeoise und die kommunistische Ideologie ein und dieselbe Verachtung. Es stimmt zwar, dass die bourgeoise Ideologie das Kapital, das Unternehmertum, den Erwerb im Allgemeinen schätzt, aber wer in eine Familie hineingeboren wurde, die bereits einen bestimmten materiellen Status erreicht hatte, verachtete das Geld. Die Bürger verachteten das Geld deshalb, weil sie es hatten, und die Kommunisten verachteten es, weil es nur gerecht war, dass sie es nicht hatten. Die Generationen der fünfziger und sechziger Jahre stellten bei der Berufswahl keine Überlegungen an, ob sie eine Anstellung finden würden, sondern ob sie Interesse für eine bestimmte Fakultät hatten oder nicht. Für moderne Verhältnisse war das der veraltete Teil seines Charakters.

Auf der anderen Seite brachten vielleicht gerade das Bewusstsein dieser Antiquiertheit und das Gefühl, die Welt, in der er lebte, nicht zu kennen, das Bedürfnis mit sich, die Trends zu verfolgen. Obwohl selbst schon in den frühen Fünfzigern, war das Repertoire der Trends, die er verfolgte, als wäre er zwanzig. Auf diesen Teil seines Charakters war er ebenso stolz wie auf den unzeitgemäßen. Sein Ego ermöglichte ihm in wohltuender Weise, auf alles stolz zu sein, was er als sein Eigen empfand. Schon ein gutes Jahrzehnt war er ethischer Vegetarier, der aber doch Fisch isst, weil der Mensch dem Körper eine ausreichende Menge qualitativ hochwertiger Proteine sichern muss. Wenn man ihm in Gesellschaft vorhielt, damit nicht gerade konsequent zu sein, sagte er:

– Rechnet ihr nicht all jene Hähnchen und Kälbchen, die ich vor mir gerettet habe?

Vegetarismus war für ihn die Kunst des Realen, und oft verglich er ihn mit der Rettung von Juden unter den Nazis.

– Derjenige, der einen einzigen Menschen gerettet hat, verdient den Titel Gerechter. Aber was ist mit dem, der eine ganze Farm Kälber gerettet hat?

Außerdem hatte er kurz zuvor auch seine Bedürftigkeit auf die Trends abgestimmt. Demonstrativ hatte er dem Verlangen nach Paco Rabanne, Omega und Boss-Anzügen entsagt und sich Erzeugern zugewandt, die nicht mit Markenprodukten hervortraten und dabei moderner waren als die modernen. Regelmäßig nahm er teil an Paraden für die Gleichberechtigung der Geschlechter, für die Gleichberechtigung von Homosexuellen, für die Gleichberechtigung von Invaliden und für den Tierschutz. Religiöse Toleranz lag ihm ebenso am Herzen wie das Leben der Broiler.

In den letzten zehn Jahren seines Lebens war er nicht mehr zu Prostituierten gegangen, weil das nicht mehr „in" war. In der Zeit seines Erwachsenwerdens, als Miller, De Sade und Apollinaire auch bei uns in Übersetzungen verfügbar waren und sich die sexuelle Revolution von der Pornografie nährte, die auf dem Boden der Reisetaschen aus Graz oder Triest ins Land geschmuggelt wurde, war das Aufsuchen von Prostituierten ein Akt der Freiheit gewesen. Die Ideologie des Konsumierens von unverbindlichem Sex hatte sich am besten in ihrer Jugend auf der Insel manifestiert. Heute war das allerdings nicht mehr modern, weil sich die Konstellationen geändert hatten. Dabei gab es nicht weniger Prostituierte, so wie es auch nicht weniger Kunden gab, aber geändert hatte sich der öffentliche Diskurs über die Prostitution. Vom Akt der Freiheit für die eine wie für die andere Seite war sie langsam zu einem Akt der Gewalt geworden. Dazu hatte freilich auch der massenhafte Handel mit Frauen aus Osteuropa beigetragen. Die katholische Kirche mit ihrer Idee der Amoralität der Prostitution sah sich plötzlich auf derselben Seite wie die zahlreichen Frauenorganisationen. Und so wurde ihm mit einem Mal auch der Sex mit Prostituierten verhasst. Dazu habe, sagt er, auch ein Bild erheblich beigetragen. Während eines Urlaubs auf den kanarischen Inseln, zu der Zeit war er noch verheiratet, war ihm in einem ziemlich anrüchigen Viertel Teneriffas, während sie abends Pizza aßen, eine attraktive große Frau in einem sehr kurzen Rock aufgefallen, die an ihnen vorüberging. Sie hatte sehr große Brüste, die aus dem winzigen BH fast herausfielen, und den karikierend verführerischen Gang einer Prostituierten. Er bekam einen Steifen. Doch dann drehte sich die Frau zu ihnen um, und plötzlich sah er ihr Gesicht, das bis dahin von dichtem blondem Haar verdeckt gewesen war. Über das ganze Gesicht, von der rechten Augenbraue fast bis zum unteren Rand des linken Ohres verlief ein hässlicher roter Schnitt, offensichtlich mit einer Klinge oder einem Rasiermesser gezogen. Dieses Bild dieser verunstalteten Frau erzeugte bestimmte Wirkungen auch für die Zukunft.

An diesem Abend aber, sagt er, sei er doch langsam hineingegangen.

4.

Im schummrigen Halbdunkel sah er zuerst den Hünen mit dem einen Arm, wie er am Tresen saß. Und dann verwandelten sich die Schatten langsam in Mädchen. Eines von ihnen tanzte an der Stange, während die übrigen fünf oder sechs in einem der Séparées saßen. Es waren nicht viele Kunden da, nur ein oder zwei Männer, die in ihren Séparées mit Mädchen zusammensaßen. Er setzte sich in ein leeres Séparée, über dem sich ein Bildschirm befand. Dort nahm ein sehr junges Mädchen mehrere ziemlich große Schwänze auf einmal in sich auf: einen vorne, einen hinten, einen in den Mund, während der vierte ihr nur leicht gegen die Stirn tippte, weil die übrigen Öffnungen zu klein waren. Die Dame vom Tresen kam zu ihm und fragte in schlechtem Deutsch, was er trinken wolle. Er bestellte ein Puntigamer. Denn wenn du in Graz Bier trinkst, verlangt die Stadt von dir einfach Puntigamer.

Es dauerte ziemlich lange, bis das erste Mädchen zu ihm kam. Schlank, groß, mit schwarzem Tanga und einem Push-up, der die ansonsten kleinen Brüste hervorheben sollte. Sie war Rumänin und sagte, sie heiße Christina. Ihm fiel ein, dass er mit etlichen Christinas geschlafen hatte, und einige von ihnen waren ebenso jung gewesen.

– Kaufen Sie mir ein Getränk? – sagte sie in ziemlich schlechtem Deutsch.

– Wie alt bist du?

– Neunzehn – sagte sie. Das bedeutete gewöhnlich weniger, aber er willigte doch ein und winkte der Dame am Tresen, die offensichtlich auch die Madame war.

– Einen Piccolo für die Kleine – sagte er. Dann fiel ihm ein, dass er nicht „Kleine" hätte sagen sollen, denn das machte die ganze Sache noch hässlicher. Das war so, als würde sie zu ihm „Opa" sagen.

Ihr Deutsch war schlechter, als es anfangs den Anschein hatte. Sie sagte, sie habe in Rumänien die Schwesternschule besucht, aber dort gebe es keine Arbeit, und jetzt arbeite sie schon drei Monate hier. Sie verdiene gut und unterstütze ihr Familie.

– Fährst du auch nach Hause?

– Bisher noch nicht, aber Ende des Monats.

Dann kriegte sie auf dem Handy eine Nachricht, und dort sah er das Bild eines Kindes. Eines kleinen Jungen, etwa fünf Jahre alt.

– Das ist dein Sohn?

– Um Gottes willen, nein – sagte sie – ich bin zu jung für ein Kind. Das ist der Kleine von meiner Schwester, mein Neffe.

– Du liebst ihn?

– Ich vergöttere ihn. Und du, hast du Kinder?

Sie fragte das zwar, war aber offensichtlich nicht an der Antwort interessiert, denn sie warf einer Kollegin, die am Séparée vorüberging, ein paar rumänische Brocken zu. Sie legte ihre Hand auf seinen Schenkel und lehnte sich mit ihrem mageren Körper an ihn. Diese Berührung war angenehm, sie erinnerte an jene Berührungen zwischen Mann und Frau, die das endgültige „ja" vorwegnehmen, an Berührungen, die die Einleitung zum Kuss sind, der folgt, der erste und wichtigste Vorbote der Zärtlichkeit.

Auch er legte seine Hand auf ihren Schenkel. So geht das.

– Du hast weiche Haut – sagte er zu der Kleinen.

– Danke – erwiderte sie.

Sie lächelte, als wäre sie verliebt in ihn, das herzliche Lächeln eines jungen Mädchens, das jemanden sieht, der ihm gefällt. Sein Gedanke sei gewesen, sagt er, dass sie gut trainiert würden. Dann fuhr sie mit der Hand etwas weiter hinauf, und als sie die Schwellung in seiner Hose ertastete, sagte sie:

316

– Ohoho! Sollen wir aufs Zimmer gehen?

– Gut – sagte er, aber er wusste noch immer nicht, dass er dabei war, in eine Falle zu tappen.

Mit dem Trinkhalm, der sich noch in der Papierhülle befand, rührte sie den Champagner im Glas um.

– Das verhindert das Aufblähen – sagte sie, als sie seinen Blick sah, und zeigte mit der Hand einen großen Bauch, eine Geste, mit der man eine Schwangerschaft andeutet.

Als sie aus dem Séparée aufstand und zum Tresen ging, war sie nicht mehr lieb lächelnd, sondern professionell. Sie brachte seine hundert Euro zu der Frau am Tresen. Und die Frau am Tresen reichte dieses Geld an die Riesengestalt ohne linken Arm weiter. Die erste Phase, das Ködern, war offenbar erfolgreich zu Ende gebracht, und die halbe Stunde Herumwälzen mit diesem jungen Mädchen auf dem Zimmer war bezahlt. Sie habe locker und gelöst gewirkt, sagt er. Gut drauf. Vielleicht auch ein wenig zu gut drauf.

5.

Seit Jahren hatte er keinen so jungen Körper mehr unter den Händen gehabt. Ein knackiger kleiner Hintern, die Brüste fester als eine junge Kartoffel, ein Fötzlein, das ihn in allen Sprachen aufforderte: „Leck mich! Leck mich!" Und ein Mund, der auf Deutsch wohlerzogen fragte:

– Wie möchtest du es, mein Herr?

Korrekt arbeitete sie die Stellungen ab, und aufmerksam verfolgte sie den Ausdruck seines Gesichts und seiner Augen, und wenn sie in ihnen einen Anflug von Langeweile sah, fragte sie dienstfertig:

– *Change?*

Deutsch sprach sie schlecht, aber die Produktnamen der Sexindustrie, die ziemlich rasch wechselten, kannte sie gut:

Massage
Busenerotik
Dildospiele
Handmassage

Französisch bei mir
Französisch bei dir
Muschispielen

Ihm gefiel es, dass das Mädchen so offen und frei war und, als alles vorbei war, etwas in ihr Handy tippte und über die eintreffende Mitteilung lachte und dann, als sie sah, dass er ihr zusah, sagte:

– Entschuldigen Sie!

Nach einer kurzen, aber sehr intensiven und vielfältigen Aktion warteten sie, bis seine halbe Stunde abgelaufen wäre und sie hinuntergehen würden in die Bar. Jetzt legte sie ihren Kopf an seine Brust. Als wäre sie seine Geliebte. War es möglich, dass sie ihn so durchschaut hatte, war es möglich, dass sie erkannt hatte, wie sehr ihm die Zärtlichkeit fehlte. Sah man das so sehr? Oder benahm sie sich so zu allen, *modus operandi*?

Als sich der Timer des Handys meldete, sagte sie, dass die Zeit um sei, und stand auf. Er stand ebenfalls auf, holte sein Portemonnaie aus dem Sakko, das an einem Haken an der Außenseite der Badezimmertür hing, nahm einen Fünfzigeuroschein heraus und hielt ihn ihr hin.

Sie sah ihn überrascht an.

– Warum? – fragte sie.

– So – sagte er – weil du gut warst.

Sie überlegte einen Augenblick und sah ihn argwöhnisch an.

– Du hast für mich am Tresen bezahlt.

– Ich weiß, aber das hier ist nur für dich.

– Von dem bekomme ich die Hälfte.

Er küsste sie auf die Stirn. Sie wirkte ziemlich angespannt.

– Nun komm schon, bitte, nimm!

Nach kurzem Überlegen sagte sie:

– Ich kann nicht.

Und fing an, sich anzuziehen.

Unten bestellten sie noch ein Getränk, der Hüne hinterm Tresen knetete einem der Mädchen die Pobacken. Er konnte ihr Opa sein, und Škembo empfand Ekel, bis er sich bewusst wurde, dass er vor kaum zehn Minuten selbst ein solcher Opa gewesen war. Dann teilte er den Ekel in zwei gleich große Hälften und klebte sich eine davon ins Gesicht. Während er den Ekel zerteilte, unterhielt sich Christina am Tresen mit Madame. Einen Augenblick später sah er, wie Madame mit dem Zeigefinger gegen ihren Kopf tippte, sogar ein wenig die Stimme erhöhte und die zwei Mädchen, die im Séparée gleich neben dem Tresen saßen, fröhlich lachten.

Nach dieser kurzen Unterredung kam das Mädchen wieder zurück und platzierte sich so vor seine linke Schulter, dass er sie umarmen musste. Sie legte die Hand auf seinen Schlitz, und sehr rasch, sagt er, habe sich erneut das traurige Bedürfnis gemeldet, aufs Zimmer zu gehen. Dieses Mal gab es weniger Sex und mehr Reden. Nach Ablauf der halben Stunde bot er ihr wieder fünfzig Euro an, und dieses Mal nahm sie sie glatt. Und in diesem Augenblick begriff er, dass er ihr die Unschuld genommen und dass ihr Weg von der Naiven zur Hure nicht mehr als fünfzehn Minuten gedauert hatte.

Als sie das dritte Mal im Zimmer landeten, erzählte sie, dass sie in der zweiten Klasse der Mittelschule einmal in Griechenland Orangen pflücken gewesen und dass das für sie eine sehr schwere Arbeit gewesen sei, bei der sie aber ein paar Worte Griechisch gelernt habe. Dieses Deutsch liege ihr einfach nicht. Er sagte, dass Deutsch eine sehr schöne Sprache sei, aber nicht auf den ersten Blick, dass man erst ein wenig hineinkommen müsse. Beim vierten Mal hatten sie überhaupt keinen Sex mehr, sondern redeten nur noch miteinander. Sie war lieb zu ihm, küsste ihn auf den Mund, versuchte ihn noch einmal hochzukriegen, beide hätten sich bemüht, sagt er, aber vergeblich. Seine dreiundfünfzig Jahre hätten sich bemerkbar gemacht.

Das Zimmer war klein, es wurde fast zur Gänze von dem großen Bett eingenommen, an dessen linker Seite sich ein großer Spiegel befand. Auf der rechten Seite war eine Tür, die ins Badezimmer führte, und an der Tür ein Kleiderhaken, an den sie ihre Sachen gehängt hatten. Sie ihre schwarze Spitzentunika, er sein Sakko und die Hose.

Er verbrachte die ganze Nacht in dieser Bar, und irgendwann gegen vier, es tagte bereits, trat er hinaus auf die frische bläuliche Gasse. Die kühle Luft sei, sagt er, wie winzig kleine angenehme Nadeln gewesen. Das sei ihm im Gedächtnis geblieben, eine Luft wie Nadeln und eine Frische, die von der Mur her kam. Zum Schluss habe sie ihn wie einen Geliebten geküsst, den sie in den neuen Tag entlässt. Er habe sich gut gefühlt, es habe nichts Krampfhaftes gegeben, keine

Gewissensbisse, ein so junges Mädchen ausgenutzt zu haben, aber wenn er an sie dachte, durfte er nicht an sein Alter denken, sondern nur an sich selbst vor dreißig oder vierzig Jahren. Dumm, kindisch, aber so sei es an diesem Morgen gewesen.

6.

Das gute Gefühl hielt auch im Hotel an, während des Frühstücks und nach dem Frühstück.

Erst als er wieder in Zagreb war, am zweiten oder dritten Tag, als er das Sakko anhatte, das er an jenem Abend getragen hatte, und den Duft seines Parfüms wahrnahm und vielleicht auch Infiltrate des Parfüms, das sie getragen hatte, und als er in der Bäckerei Brot kaufte, bemerkte er, als er sein Portemonnaie aus der Innentasche des Sakkos zog, im Innern ein Stück Papier. Seine Taschen waren immer voller Papiere, Notizen, Rechnungen oder auch nur Listen von Wörtern, die ihm überall einfielen, wenn er über seine Übersetzungen nachdachte.

Dies indessen war keine Notiz von ihm. Herausgerissen aus einem Schreibblock, kariert, A4-Format und in der Mitte gefaltet. Die Handschrift war nicht seine, und die Sprache, in der sie geschrieben war, war ihm unverständlich. Seine Kenntnisse des Englischen, Deutschen und Französischen halfen hier nicht. Das Französische vielleicht ein wenig, denn manche Wörter schienen französischen zu gleichen, waren aber nicht französisch. Er stand dort mit diesem Briefchen in der Hand, und die Dame an der Kasse wartete, dass er sein Brot bezahlte.

– Haben Sie etwas vergessen? – fragte sie.

Es sah offenbar aus wie eine Einkaufsliste.

Das Entsetzen, sagt er, sei ihn nicht plötzlich überkommen. Es war ein Prozess. Zuerst galt es jenes gute Gefühl zu überwinden und den kribbeligen Morgen, ihr Lachen und die Küsse auf den Mund. Diesen verdrehten Morgen. Der Brief brachte ihn in die Wirklichkeit zurück. Und dann erinnerte er sich, wie ihr manchmal das Gesicht aus der lächelnden Grimasse in eine Art Krampf entglitten war. Und wenn sie bemerkte, dass er diese Verkrampfung sah, während sie rauchte oder etwas in ihrem Täschchen suchte, zeigte sie sofort ein schuldbewusstes Lächeln. So als hätte er sie beim Stehlen ertappt. Außer für Sex zahlt man freilich auch für die Illusion. So werden sie trainiert. Die Illusion, dass alles in Ordnung ist, dass das hier in Ordnung ist. Das neunzehnjährige Mädchen und der dreiundfünfzigjährige Mann. Er sagt, der Gewissensbiss sei wie der Biss eines Welpen gewesen, leicht, unbewusst, aber mit scharfen Schneidezähnchen. Und er schließt nicht aus, dass der Gleichklang des Wortes „Biss" das Bild bewirkt habe, das sich in ihm formierte. Aber der Welpe wuchs rasch. Und verwandelte sich in einen ausgewachsenen Pitbull.

Hat sie ihm den Brief in die Tasche gesteckt, während er unter der Dusche stand? Oder als er sich, nach allem, seine Schnürsenkel band. Jedenfalls hatte sie es sehr geschickt getan, und das besagt etwas. Aber warum hat sie es so getan, wenn sie nicht in Schwierigkeiten war? Warum hat sie ihm das, was sie ihm zugesteckt hat, nicht zugeflüstert, warum hat sie ihm kein Zeichen gegeben. Offenbar wollte sie, dass er sich, wenn er es liest, nicht mehr in der Bar befindet. Allem Anschein nach befürchtete sie, dass man ihm etwas ansehen könnte, dass er einen Skandal machen könnte, und das war zu gefährlich für sie. Und überhaupt, warum hat sie es auf Rumänisch geschrieben? Weil sie keine andere Sprache gut genug kann? Oder vielleicht überhaupt nicht schreiben kann? Sie hat gesagt, sie habe die Mittelschule abgeschlossen.

Der Brief enthielt anderthalb Seiten ziemlich dicht geschriebenen Text, aber mit ziemlich ungeschickten Buchstaben. Die Handschrift war schulmäßig, nicht ausgeschrieben, und von dem gesamten Text konnte er nur wenige Wörter entziffern. Dann erinnerte er sich, oder war das schon ein falsches Erinnern, da ist er sich nicht sicher, im Zimmer, während er unter der Dusche stand, auch eine Männerstimme gehört zu haben. Ziemlich laut, und soweit er mitkriegte, auch feindselig. Aber der einzige Mann, den er in der Bar gesehen hatte, war außer den Kunden jener einarmige Hüne gewesen. Der hatte ihr zwei, drei Wörter zugeworfen und die Tür wieder geschlossen. Wieso hatte er sich daran nicht früher erinnert? Wie hatte er zugelassen, dass jener Morgen so schön aussah, dass sie so schön aussah und so, vielleicht klingt es übertrieben, unberührt.

7.

Das Entsetzen, sagt er, habe zuerst die Form von Schlaflosigkeit angenommen. Frühes Wachwerden, noch vor dem Hellwerden, abgerissene Kreisbahnen durch die Wohnung, aus der Küche ins Badezimmer und umgekehrt, erneut ins Bett, wieder zurück in die Küche. Die Bilder, sagt er, seien später gekommen und ziemlich unverbunden gewesen. Zuerst war da eine Fahrt im Kombi über Ungarn, der Kombi hält an einer Tankstelle, und die Mädchen rennen hinein zum Pinkeln, nichts ahnend, dann ein isolierter Ort, in Ungarn oder Österreich, oder sogar in der Slowakei, ein Ort außerhalb dieser Welt, die Mädchen verprügelt und vergewaltigt, und auf dem Anwesen bewaffnete Wachen und Pitbulls, die um das Haus kreisen. Oder alles hatte, vielleicht, eine mildere Form. Jung genug, um überredet zu werden, arbeiten sie zuerst in einem Massagesalon, sie denken, dass sie wirklich massieren werden, dann erledigen zudringliche Kunden die Arbeit. Die Mädchen gehen Schritt für Schritt. Zuerst massieren sie tatsächlich, und dann hören sie in den Pausen, dass andere Mädchen an gewissen extra Dienstleistungen gut verdienen. Das ist ihre Schulung. Vermutlich ziemlich kurz, bevor sie in das tatsächliche Geschäft einsteigen.

Als sie auch das vierte Mal zusammen auf dem Zimmer gewesen waren und er noch ein Getränk mit ihr hatte nehmen wollen, hatte sie gesagt, sie könne nicht, und er solle sich ein anderes Mädchen nehmen. Merkwürdig. Sie ist gekommen, um zu verdienen, und sie haben sich sogar ein wenig angefreundet, so sah es jedenfalls am Anfang aus, und jetzt bietet sie ihm ein anderes Mädchen an. Sie sagt, sie hätten eine Regel, der Chef habe das so bestimmt, dass keine mehr als drei Mal mit ein und demselben Kunden oben bleibt, und sie waren schon das vierte Mal oben. Und manche Mädchen warten unbeschäftigt die ganze Nacht. Das kann der Chef nicht zulassen. Der Wille des Kunden ist heilig, aber es müssen bestimmte Regeln gelten, und die Kolleginnen sind besonders empfindlich, was das Geld angeht. Das ist es also, die Regeln. Wenn es nicht auch dieses andere ist …

Sie machen es den Mädchen unmöglich, mit einem Menschen zu intim zu werden, Vertrauen zu fassen, denn Vertrauen ist gefährlich. Aus der fatalen Kombination von Vertrauen und Verliebtheit eines älteren Menschen entspringen Aktion, Heroismus, Anzeigen, Polizei und Geschäftsschädigung. Das muss vermieden werden. Und deshalb ist sie nicht auch das fünfte Mal mit ihm aufs Zimmer gegangen. Außerdem sei, als sie die schmale und steile Treppe zu den Zimmern im Dachgeschoss der Bar hinaufgingen, ihr Gesicht fröhlich gewesen, ihr Lächeln offen und harmlos, aber wie ihm jetzt scheint, ist ihr Gang müde gewesen. In diesem Gang war die ganze Geschichte Osteuropas. Die Türkenkriege und die schreckliche Ausbeutung der unteren Stände, die Revolution, Ceaușescu und die Rote Armee. Einheitslohn, Spione und Spitzel, allgemeine Angst vor den Nächsten, Denunzierungen, Fabrikarbeit, Zerstörung der Dörfer, fünfstöckige Wohnblocks inmitten von nichts, Bauern, die in Etagenwohnungen leben. Und zum Schluss Transition und endgültige Enttäuschung. Wieso hatte er das nicht früher gesehen? Er hatte zugelassen, dass man ihn in einem Augenblick der Schwäche in eine schreckliche Falle zog.

Mit Entsetzen legte er den Brief zurück, sich bewusst, dass er ihn nicht würde übersetzen können. Und auch wenn er ihn übersetzte, dass er hinreichend zweideutig sein würde, um ernsthafte Zweifel auszulösen. Er wusste, wie kompliziert Sprache ist, er wusste, dass jene verborgenen Bedeutungen von Kleinigkeiten abhängen, von der Wortfolge, von der Verteilung der Beistriche, von Bedeutungsnuancen der Wörter. Nuancen, die auch eine nur halb schreibkundige Person gut kennt und intuitiv verwendet. Er musste also jemanden finden, der die Sprache wirklich konnte, damit der ihm den Brief übersetzte. Und so beschloss er, eine Kollegin von der Uni anzurufen, die Französisch studiert hatte und auch gut Rumänisch sprach und eine Zeit lang in Bukarest gelebt hatte. Sie übersetzte Lyrik, sie würde auch das hier können.

8.

Er verabredete sich mit ihr in der Kantine der Philosophischen Fakultät. Aber als er sie sah, die jugendlich, in grelle Farben gekleidete ältere Dame in dem langen legeren Kleid und dem um die Hüfte geschlungenen grauen Schal, war er sich sicher, dass die Idee nicht gut war. Wer weiß, was in dem Brief steht, wer weiß im Übrigen, ob ihn das nicht auch inkriminiert? Falls auch nur ein Teil der Bilder, die ihn nachts verfolgen, Realität ist, dann klagt ihn das, was er getan hat, ernstlich an. Vielleicht hat ihm die Kleine in aller Kürze beschrieben, wie die Eltern sie verkauft und zur Prostitution gezwungen haben, nachdem der Vater sie seit ihrem dreizehnten Lebensjahr vergewaltigt hat. Solche Geschichten seien, sagt er, häufiger, als wir dächten. Aber auch wenn ihn nichts inkriminieren sollte, ist der Brief sicherlich eine schwere moralische Anklage gegen ihn. Sie setzten sich, bestellten einen Kaffee, fragten einander nach der Gesundheit, tauschten ihre Beschwerden aus, er sagte etwas über Schmerzen in den Händen, sie erwähnte Schmerzen im Kreuz und Probleme mit der Schilddrüse, und dann sagte sie:

– Wo hast du das, was ich dir übersetzen soll?

Und er schaute nach links und rechts, ob nicht vielleicht gerade ein indiskreter Kollege käme, und begann:

– Hör mal …

Aber er sagte den Satz nicht zu Ende, weil eine Assistentin von der Germanistik vorbeiging, höflich lächelte und im Vorbeigehen fragte, ob alles in Ordnung sei, und sie antworteten ihrer Kehrseite, dass es das sei.

– Weshalb bist du so geheimnisvoll? – fragte die Kollegin.

Und er grub in den Taschen, zuerst in der links oben am Sakko, dann in der rechts unten, er tastete mit den Fingern über die Außenseite des Sakkos, um am Ende auch beide Gesäßtaschen an der Hose zu überprüfen. Er habe, sagt er, diese kleine Vorstellung ausgeführt, er glaube, sogar ziemlich überzeugend, und am Ende gesagt, dass er den Brief wahrscheinlich zu Hause vergessen habe.

Nein, das war definitiv keine gute Idee gewesen. Und wenn er nicht zugäbe, wie er an diesen Brief gekommen war, würde die Kollegin, sie war auch nicht auf den Kopf gefallen, den Schluss selber ziehen. Deshalb ging er unverrichteter Dinge nach Hause mit der Idee, jemanden zu suchen, der ihn nicht so gut kannte, einen Profi, der nicht aus ihren Kreisen stammte, einen technischen Übersetzer oder Gerichtsdolmetscher. Also machte er sich auf die Suche nach einem technischen Übersetzer. Boris empfahl ihm schließlich einen Kollegen, einen Maschinenbauer, der eine Zeit lang rumänische Fabriken mit Prozessortechnik ausgestattet hatte. Der Sitz der Firma war mehrere Jahre hindurch Constanța gewesen. Er bekam seine Nummer, um direkt mit ihm Verbindung aufzunehmen, was er aber nicht tat. Wieder machte Škembo im letzten Moment einen Rückzieher.

– Warum hast du dieses Mal einen Rückzieher gemacht? – fragte Luka.

– Und was, wenn sie nicht mehr am Leben ist? – sagte Škembo mit leiser Stimme.

Die Bilder kamen auch in Form von Träumen. Etwa so: Er und die Kleine baden in einem Plastikbecken mit sehr trübem Wasser, und sie gesteht ihm ihre Liebe. Sie halten sich an den Händen im Wasser, das immer trüber wird, und dann sagt sie:

– Schau mal!

Sie hält sich die Nase zu wie ein kleines Mädchen, taucht unter und kommt nie mehr hoch. Und er, verzweifelt, an den Beckenrand gelehnt, sieht auf die trübe Wasserfläche.

Oder er stellt sich vor, wie viele solcher Nachrichten sie schon verschiedenen Männern geschrieben hat, zu denen sie Vertrauen gefasst hat. Und wie sie jeden Tag hofft, dass jemand etwas unternimmt, dass er die österreichische Polizei oder die Frauenverbände alarmiert, dass etwas geschieht. Aber es geschieht nichts. Und jeder Kunde, jeder Mann, immer mehr und mehr, ist eine immer größere Enttäuschung. Wenn sie sie sieht, wie sie hereinkommen und sich ins Séparée setzen, denkt sie: „Ist das so ein Schwein, das nichts unternimmt?"

Er alarmierte auch einen Frauenverband. Er rief eine Bekannte an, eine Aktivistin, und sagte, er habe einem öffentlichen Haus einen Besuch abgestattet, er habe mit einem Mädchen schlafen wollen, in einem Land, in dem die Prostitution legal und geregelt sei, ihm habe aber die Behandlung der Mädchen nicht gefallen und er glaube, dass diese Bar, die vielleicht von der rumänischen Mafia geführt werde, etwas mit Mädchenhandel zu tun habe.

– Jede solche Bar hat etwas mit Mädchenhandel zu tun – sagte seine Bekannte. – Ich wundere mich über dich, ich wundere mich allerdings sehr über dich, dass du da überhaupt hingegangen bist.

Und den Brief zeigte er wieder nicht.

9.

Klar, sagt er, ihm sei auch der Gedanke gekommen, dass es etwas Unwichtiges sein könnte, ein Brief an eine Freundin oder den Neffen, den sie irrtümlich in die Tasche seines Sakkos gesteckt habe, das, soweit er sich erinnere, neben ihrem Bademantel gehangen habe. Aber diese Hypothese verwarf er bald, denn das Frottee dieses Bademantels und das feine Baumwoll-Viskose-Gemisch seines Sakkos hätte sie auch im Dunkeln unter der Hand hervorragend unterschieden. Außerdem sei es nicht völlig dunkel gewesen, er selbst habe auf ausreichend Licht bestanden. Und selbst wenn sie ihn aus Versehen in sein Sakko gesteckt hätte, hätte er ihn in der Außentasche gefunden und nicht in der Innentasche. Wie immer er die Sache auch drehte und wendete, sagt er, die Tatsachen sprächen von Absicht.

Auch die Idee, es könne sich um einen richtigen Liebesbrief handeln, war verlockend, wenn auch leider nicht logisch. Jedenfalls, als sie zusammen waren, von dem Augenblick an, wo sie sich in sein Séparée gesetzt, bis zu dem Augenblick, wo sie ihn an der Tür ihres Zimmers verabschiedet und so schön geküsst hatte, war absolut keine Zeit gewesen, so viel Text zu schreiben. Er war fast die ganze Zeit mit ihr zusammen gewesen, außer in jenen kurzen Momenten, wo sie auf der Toilette war, oder wo sie zum Tresen ging, um der korpulenten Madame Juliana seine hundert Euro auszuhändigen. Dieser Brief muss schon fertig gewesen sein, als sie beide sich kennenlernten, und ruhig in ihrer Tasche gewartet haben, oder in der Tasche ihres Bademantels, der auf dem Ärmel einen aufgenähten Garfield hatte. Aber auch wenn es ein Liebesbrief gewesen wäre, war er jedenfalls nicht personalisiert, er hatte nur die eine Funktion: den Kunden zum Wiederkommen zu bewegen.

Andererseits ist es nicht leicht in einer Welt, die stets ein anderes Gesicht zeigt. Satan hat heute mehr als sieben Verkleidungen: Er trägt den Anzug eines Geschäftsmannes, eines Vagabunden, eines Aktivisten der Grünen, der geschäftsführenden Direktorin eines pharmazeutischen Unternehmens, eines Lehrers, einer Abtreibungsgegnerin, eines Nationalisten, eines Linken, eines Plagiators, einer jungen Alkoholikerin, eines falschen Adligen, eines Rockers, eines

Kanonikus, einer Gynäkologin, einer minderjährigen rumänischen Hure …

Auch wenn der Brief ein Hilferuf ist, stinkt die ganze Sache doch zum Himmel. Solche Gedanken kommen gewöhnlich nachts, vor dem Schlafen, wenn man zumeist schwebt, küsst und siegt. Wir nehmen an, wir nehmen es nur an, dass es gelingt, den Brief zu übersetzen, und dass dort wirklich steht, dass das Mädchen Hilfe braucht. Was kann ein normales menschliches Wesen tun? Die Institutionen alarmieren, die Frauenverbände, die kroatische und österreichische Polizei und Europol. Und was würde dann geschehen? Er müsste vor Gericht in Graz als Zeuge aussagen. Und dann würde man ihn am Morgen von der Rezeption des Hotels aus anrufen und der Empfangschef würde mit liebenswürdiger Stimme „Guten Morgen" sagen und dass ein Herr nach ihm frage und in der Lobby warte. Der Herr trage einen dunklen Anzug und eine Krawatte, gerade so viel, dass er ihn erkennt, „einen angenehmen Tag und auf Wiedersehen".

Der liebenswürdige Herr in der Lobby, ein Österreicher, mit einem jungen, drahtigen Körper, der tägliches Training und gesunde Lebensführung verrät, würde sich als Anwalt soundso vorstellen, Name unwichtig, zu diesem unwichtigen Namen würde er auch eine unwichtige Visitenkarte überreichen, und auf die Frage, wen er vertrete, würde er sagen:

– Sie, mein Herr!

– Wie das? Ich habe Sie nicht engagiert.

– Ich weiß, wie Ihnen das vorkommt, aber glauben Sie mir, Sie brauchen Hilfe.

– Weshalb? Ich habe die Polizei gerufen, ich habe Europol informiert …

– Ich weiß, ich weiß, aber das Mädchen war minderjährig.

– O Gott – würde Škembo sagen.

– Ich weiß, unangenehm …

– Wie alt?

– Keine vierzehn.

Škembo würde das Gesicht in den Händen vergraben und einige Augenblicke so verharren; ein Bild der Trauer, als hätte man ihm gerade den Tod seiner Mutter mitgeteilt.

– Wäre sie ganze Vierzehn gewesen, wäre es leichter – würde der Anwalt sagen. – Bis vor wenigen Jahren hatte Österreich eine gesetzliche Bestimmung, dass ein Mädchen mit vierzehn Jahren frei in geschlechtliche Beziehungen eintreten kann …

Dann würde er ihm mitfühlend auf die Schulter klopfen.

– Leider hat man diese Bestimmung vor einigen Jahren auf sechzehn hinaufgesetzt, entsprechend den Gesetzen der Union. Mit dem vormaligen Gesetz und der alten Gerichtspraxis wären mildernde Umstände in Betracht gekommen. So kommt, zu Ihren Ungunsten, nicht einmal das in Erwägung.

– Aber ich habe den ganzen Prozess doch erst in Gang gesetzt.

– Dafür wird das Gericht auf jeden Fall mildernde Umstände berücksichtigen, aber nur dafür. Es muss Sie verurteilen.

– Weshalb?

– Wissen Sie, die Öffentlichkeit, die Frauenverbände, die Kirche, der Fall wird große Publizität erlangen, sowohl hier als auch in Ihrem Land.

– Wie viel? – würde er fragen.

Dann würde der Anwalt sein Handy herausholen, eines der neueren Galaxy-Modelle von Samsung, und etwas im Internet suchen. Und wenn er es, sehr bald, gefunden hätte, würde er ungläubig den Kopf schütteln.

– Aber das sind ja drakonische Strafen. Da bin ich selbst überrascht, mein Herr.

– Wie viel? – würde er einen Angstschrei ausstoßen.

– Zwischen drei und fünf – würde der Anwalt sagen. – Aber das ist nicht das Schlimmste. Sie sind sich darüber im Klaren, dass die Strafe nicht bedingt sein kann. Etwas werden Sie auf jeden Fall absitzen müssen.

Škembo würde schweigen, und man würde sehen, wie er fieberhaft überlegt. Und diese Stille würde andauern, aber der Anwalt würde sie unterbrechen:

– Sollten Sie nach Zagreb zu fahren versuchen, wird man Sie an der slowenischen Grenze vermutlich nicht anhalten, aber Sie wissen … dass Kroatien schon vor dem Beitritt zur EU ein Auslieferungsabkommen mit Österreich hatte, erinnern Sie sich nur an Sanader.

Völlig am Boden zerstört, würde Škembo im Sessel zusammensinken, und der Anwalt würde ihn mitfühlend ansehen. Dann würde er eine heitere Miene aufsetzen und fröhlich sagen:

– Aber noch ist nicht alles verloren.

– Wie das? Man wird mich einsperren, mich verurteilen, ich werde in der Zeitung stehen … schlimmer als Berlusconi.

Dann würde der Anwalt nach rechts und links spähen und sich vertraulich zu ihm vorbeugen.

– Christina, das ist natürlich nicht ihr richtiger Name, hat Papiere, aus denen hervorgeht, dass sie volljährig ist. Es sind Originaldokumente, rumänische, also aus der Europäischen Union, und deshalb wird man sie bei Gericht nicht überprüfen.

– Gott sei Dank – würde Škembo sagen.

– Außer wenn sie vor Gericht zugibt, dass sie minderjährig ist.

Auf Škembos Gesicht würde sich wieder eine dunkle Wolke legen.

– Wo ist sie jetzt?

– Jetzt kümmert sich das Frauenhaus in Graz um sie – hier würde der Anwalt eine kleine Pause machen. – Ich weiß, es klingt nicht gut, weil die Aktivistinnen immer zum Dramatisieren neigen. Und selbst wenn Christina nicht vor Gericht aussagt, könnte sie sich einer von denen im Frauenhaus anvertrauen. Und die werden es auf jeden Fall auch vor Gericht sagen.

Škembo würde ohne Hoffnung in sich zusammensinken, der große Hotelsessel würde ihn völlig verschlucken. Aber der Anwalt würde sich wieder vertraulich zu ihm vorbeugen und sagen:

– Aber haben Sie keine Angst, mein Herr, auch für den Fall habe ich eine Idee. Ich vertrete nämlich eine Firma, das ist zufälligerweise eine pharmazeutische Firma, die Ihnen bekannt ist, ich werde ihren Namen hier nicht erwähnen, denn das darf ich nicht, aber sie ist schon seit Jahren eine große Förderin der österreichischen Frauenhäuser.

– O Gott – würde sich Škembo im Sessel aufrichten – können Sie Kontakt aufnehmen mit …

Der Anwalt würde herzlich lachen.

– Genau genommen habe ich schon mit Frau Anja Gruber gesprochen, sie ist die Leiterin des Grazer Frauenhauses. Wissen Sie, was sie mir gesagt hat?

Škembo würde den Kopf schütteln.

– Sie hat mir gesagt, dass es nicht in ihrem Interesse sei, einen Menschen ins Gefängnis zu bringen, vor allem nicht jemanden, der mitgeholfen hat, dass wieder ein unglückliches Mädchen aus dem Sumpf der Prostitution gerettet wird. Aber dann hat sie mir auch gesagt, dass ihre Arbeit außerordentlich schwer und gefährlich ist. Solche Häuser und Organisationen werden in Europa anscheinend immer dringender gebraucht, aber seit Ausbruch der Krise sind die Zuwendungen der einheimischen Firmen stark zurückgegangen. Der Staat gibt noch weniger, und eine kleinere Spende würde sie sicherlich bei Laune halten.

Škembo würde angespannt zuhören und dann sagen:

– Wie viel?

– Fünftausend Euro – würde der Anwalt sagen.

10.

Mit der Zeit, dachte er, werde jener Pitbull, der sich in seinem Gewissen breitgemacht hatte, wohl aufhören zu beißen. Aber dem war nicht so. Im Gegenteil, aus dem Gefühl dieser animalischen Gewissensbisse und den damit stets einhergehenden Bildern, Variationen eines musikalischen Themas gleich, das von einem fröhlichen *allegro vivo* allmählich in ein elegisches *desolato* oder ein dämonisches *ponderoso* übergeht, meldete sich noch etwas. Abends, wenn er sich müde ins Bett gelegt hatte, erschien, selbst nach ein paar gut übersetzten Seiten, was sonst immer ein Grund zur Zufriedenheit gewesen war, Christinas Gesicht, ihre kindliche Nase und ihr Mund, der ihn damals so lieb geküsst hatte, und das war der Anfang eines Albtraums. Vor allem, wenn er sich daran erinnerte, dass dieser Mund und diese Nase und diese Augen verkauft wurden, dass sie nackt vor Männern in Anzügen und Lederjacken stand, die um sie feilschten, die ihre Pobacken kneteten, die ihre äußeren Schamlippen spreizten, um den Käufern das rosige Innere zu zeigen, und ihre Ware anpriesen. Aber dieser Albtraum brachte seit kurzem auch einige neue Momente. Zum Beispiel eine Erektion.

Die Bilder, die tagsüber und in nüchternem Zustand Entsetzen auslösten, begannen abends, bei ein wenig Alkohol, auch zu erregen. Nackte Mädchen, verweint, mit Einstichen an den Armen, einige mit Blutergüssen im Gesicht, drängen sich in einer Lagerhalle. Um sie herum stehen bewaffnete Männer, die sie bewachen, und andere, die sie kaufen. Es bedurfte einen oder zwei Monate lang solcher Bilder, die auftauchten und einfach nicht verschwinden wollten, bis er zum ersten Mal auf diese Bilder masturbierte. Er ergoss sich über das Bett wie noch nie zuvor. Und dann wichste er noch und noch, bis sein Schwanz wundgescheuert war. Er sei, sagt er, dreiundfünfzig Jahre alt, und nie sei ihm der Gedanke gekommen, dass er so etwas in sich tragen könnte.

Pornografie aus dem Internet, unter den Schlüsselwörtern *slave, bondage* oder *master*, wo man gefesselte Frauen sehen konnte, auch solche, die kopfüber an Seilen hängen, oder solche, auf deren Brustwarzen Klammern stecken, und solche, deren innere Schamlippen mit Gewichten beschwert sind, erregte ihn nicht. Die erfüllte ihn sogar mit Abscheu. Ihn erregte jene Sklaverei, die auf den ersten Blick nicht erkennbar war, jenes liebreizende, fröhliche Lächeln, das sich plötzlich in einen Gesichtskrampf verwandelte, oder ein blauer Fleck am Körper und der vergebliche Versuch, ihn mit Puder zu verbergen.

Bald schon stellte er sich abends die kleine Rumänin vor, wie sie hingebungsvoll lächelt und seine Befehle zum Wechsel der Stellungen befolgt, dann aber unerwartet in Tränen ausbricht. In dem Moment kommt das einarmige Scheusal, und sie, so nackt, steht still vor ihm, vor Angst erstarrt, und er versetzt ihr mit der einzigen Hand eine Ohrfeige, nicht zu stark, aber stark genug, um erzieherisch zu wirken. Und zu ihm, der noch immer mit steifem Schwanz daliegt, sagt sie:

– Entschuldige, Herr!

Und dann fährt er fort, sie, die Verweinte, zu konsumieren, und die ganze Geschichte Osteuropas umzüngelt ihm sanft die Eier.

11.

Alles das, sagt er, sei ziemlich merkwürdig gewesen. So habe er zum Beispiel *Human Trafficking*, einen Film über dieses Thema, nicht zu Ende sehen können, und er habe auch Bücher und Zeitungsartikel gemieden, die davon handelten. Vor ihnen habe ihn ein unvorstellbares Grauen gepackt. Aber dafür habe er immer öfter Massagesalons und sogenannte Laufhäuser in Wien, Graz, München oder Pécs aufgesucht.

– So hast du also das Geld aus den Aktien verbraten? – sagte Luka.

Škembo sah ihn an, den alten Freund, der mit Geld mehr Glück hatte als er.

– Scheiße, Geld ist wie Spinnenfäden, wenn du dich darauf einlässt, musst du es vernichten, um davonzukommen. Wäre es etwas wert, würde man es nicht mit Nullen angeben. Tausend, zehntausend, eine Million, alles beschissene Nullen.

– Und wie lange ging das so?

Es sei, sagt er, zwei oder drei Jahre so gegangen, vielleicht auch weniger. Er sei nicht oft gereist, wenn er allerdings auf ein Festival oder zu Übersetzungsverhandlungen fuhr, habe er sich abends immer in dem bewussten Viertel eingefunden. Nicht immer bewusst. Er habe sich zum Beispiel vorgestellt, wie schön sie es als Halbwüchsige auf der Insel gehabt hätten, er habe sich an die Freunde erinnert, an verschiedene Mädchen, deren Gesichter sich gegen den Ansturm neuer Gesichter aus späteren Lebensphasen als kleine aufblitzende Glühlampen in der Erinnerung gehalten hätten, und dann habe er sich beispielsweise plötzlich in der Kaiserstraße in Frankfurt befunden. Um ihn herum Leuchtschriften in Rot und Rosa, und in den Türen zu den Zimmern sagen die Mädchen: *Komm, Schatzi, komm!*

Mit der Zeit, sagt er, habe er gesehen, dass die Gespräche mit den Prostituierten am Anfang schrecklich an jene langgezogenen Gespräche erinnerten, die sie mit den Mädchen auf der Insel geführt hätten, wenn sie sich gerade kennengelernt hatten. Zwei junge Wesen mit hormonellem Offensivdrang – Östrogen, Progesteron, Androstendion, Dihydrotestosteron, Dehydroepiandrosteron – suchen mit dem

Gespräch jene notwendige Zeit zu verkürzen, die verstreichen muss, bevor man zugreift.

When do you came?

How long will you stay?

From which town do you came?

Do you like chocolate?

Which band you like more, Sex Pistols or Bee Gees?

Der Trieb habe diese Gespräche von allem Anfang an unwichtig gemacht, eine schreckliche Macht, nur wenig schwächer als die Gravitation, habe die einen zu den anderen gedrängt, auf eigene Rechnung, blind, erbarmungslos, und sie hätten dieser Situation nur ihre kleinen Freuden zu entlocken versucht.

Zum Glück gebe es die kleinen Freuden auch heute, überall in Europa. In Hamburg, sagt er, sei er einer Ungarin mit schrägen Augen begegnet, sie sei nicht älter als zwanzig gewesen, und er habe sich in ihre Muschi verliebt. Es war eine wunderschöne kleine EU-Muschi, die auf den ersten Blick aussah, als wäre sie gar nicht da. Als wäre sie mit Kunststoff überzogen, kein einziges Härchen drauf, und der Spalt kaum zu sehen. Er war kleiner als die Thermopylen, wenn man sie auf einer Karte im Maßstab 1:100 sucht. Ein wenig habe er sie geleckt, aber er habe erst einen hochgekriegt, als sie angefangen hätten, miteinander zu reden. Sie habe ihn gefragt, was er so tue, und er habe gesagt, er übersetze Bücher, aus dem Deutschen und manchmal auch aus dem Englischen. Dann habe sie ihn gefragt, ob er Liebesromane übersetze. Er habe ein wenig nachdenken müssen und dann gesagt, dass er auch Liebesromane und Romane überhaupt übersetze, aber nur, wenn sie gut seien. Daraus habe sie geschlossen, dass er in der Liebe erfahren sei, und ihn gefragt, ob sie ihm eine Frage stellen dürfe, und er habe gesagt, sie dürfe. Also: Sie hat einen Freund, sie liebt ihn und lebt mit ihm zusammen. Das, was sie quäle, sei die Frage, ob der Freund sie liebt. Er fragte sie, ob ihr Freund wisse, welche Tätigkeit sie ausübt, und sie sagte, er wisse es. Und dass sie sich gerade deshalb frage, ob er sie lieben kann. Sie sagte, dass er ihr versprochen habe, sie brauche das hier nur ein Jahr lang zu tun, bis sie ein wenig auf eigenen Füßen stünden, hier in Hamburg, sie seien aus Orosháze, zweihundert Kilometer von Budapest entfernt. Er habe sie gefragt, ob diese Tätigkeit seine Idee gewesen sei, und sie habe gesagt, ja, aber sie sei einverstanden gewesen. Wenn sie mit Kunden vögelt, schließt sie die Augen und denkt an ihren Freund. In den ersten Tagen habe sie ein wenig geweint, aber jetzt weint sie nicht mehr. Und da habe er einen hochgekriegt. Denn es gibt keine Sklaverei, die der Liebe gleichkommt.

Mit der dunkelhäutigen Weißrussin, die er in Pécs traf und die wie eine Araberin aussah, war es anders. Immer, sagt er, sei es anders. Sie wirkte selbstbewusst, mit sicheren Bewegungen, vielleicht auch etwas arrogant. Die Wildheit sprang ihr aus den Augen, aber er wartete, dass sich dieses kleine Zeichen zeigte, dieser Riss in der Finsternis, der ihn auch in diese Bar unmittelbar im Stadtzentrum gezogen hatte, unterhalb der Kathedrale. Sie ritt ihn ziemlich lange, sie, deren Vorfahren vermutlich zigeunerische Pferdediebe zwischen Weißrussland, Nordungarn und dem rumänischen Banat gewesen waren, sie küsste sogar seine Brustwarzen und drängte ihm ihre relativ großen Brüste in den Mund, aber er konnte einfach nicht kommen. Der ohnehin ziemlich lange Sex drohte quälend lange zu werden, und ein Ende war noch in weiter Ferne, als er unversehens eine heftige Bewegung machte. Er erinnert sich, sagt er, dass er immer diese heftigen Bewegungen gemacht habe, er habe die Schlüssel oder das Portemonnaie immer mit dem Zucken eines Revolverhelden herausgezogen. Er hatte die Hand ausgestreckt, um ihr das Haar aus den Augen zu streichen, und sie war zusammengezuckt und hatte instinktiv die Hände vors Gesicht gehalten wie jemand, der oft geschlagen worden ist. Sie habe die Augen völlig mit den Händen bedeckt und sei so geblieben. Ein Bild schweren Jammers. Und erst als er gesehen habe, in welchem Maße diese junge Romni Liebe und Schutz brauchte, Tonnen und Abertonnen von Liebe, erst da sei er gekommen.

Während sie ihn ritten, sagt er, träume er gewöhnlich davon, sie unter irgendeinem Vorwand aus dem Bordell herauszuholen und in sein Hotel zu bringen, wohin er schon die Aktivistinnen der Frauenverbände bestellt hat, die die Kleine dort mit Polizistinnen und Dokumenten für den Grenzübertritt erwarten. Während sie auf ihm hocken und sich auf sein Geschlechtsteil spießen, sucht er Dankbarkeit in ihren Augen und sieht, wie sie frei über irgendwelche Wiesen laufen. Er hat sich tatsächlich, sagt er, die Nummern von NGOs in Österreich, Deutschland, Ungarn und Italien beschafft. Aber wenn er fertig gemacht hat, ruft er dort nie an.

– Und warum nicht? – fragt Luka.

– Mir kommt das hinterher immer wie falscher Alarm vor.

12.

– Und was war am Ende mit diesem Papier? – sagte Luka. – Hast du es übersetzen können?

– Nein – sagte Škembo – es ist irgendwo abhandengekommen.

Und dann fügte er hinzu:

– Scheiße ist das mit dem Unterbewusstsein.

Und er sagte noch, auch wenn er es hätte übersetzen können, hätte ihm wahrscheinlich geschienen, dass da immer etwas anderes steht. Vielleicht war es wirklich nichts von Bedeutung, und vielleicht war es nur ein Köder, damit er zu ihr zurückkehrt, zusammen mit seinen Euros. Er selbst hat im Leben zu viele Briefe geschrieben, als dass er einfach so auf einen ähnlichen Trick hereinfiele. Im Übrigen muss ein Liebesbrief auch unverständlich sein, denn dann hat der Mensch einen Grund, ihn mehrmals zu lesen. Er muss diese emotionale Energie haben, die Worte müssen sich in Bilder verwandeln, aber jedes Mal in etwas andere Bilder, sie müssen an bewölkten Tagen optimistisch klingen und an sonnigen ironisch, und wenn wir ihn zur Gänze lesen, wenn uns der letzte Punkt in die Pupillen fliegt, müssen wir Trauer empfinden, dass er aus ist, und das Bedürfnis verspüren, ihn noch einmal zu lesen. Am Ende sagte er:

– An was erinnert dich das? Dem haben wir, mein Freund, unser Leben geweiht. Du und ich. So habe ich den ganzen Mammon aus den Aktien durchgebracht. Fast vierzigtausend Euro, kannst du dir das vorstellen? Weg, verschwunden, ich habe mich der Spinnenfäden entledigt. Deshalb, wenn du kannst, es würde mir sehr helfen, nur bis zum Zehnten, dann müsste bei mir ein Honorar eingehen. Im Übrigen ist diese Geschichte doch wohl zweihundert Euro wert.

Der Verstorbene wird kopfabwärts geliebt

1.

Der Altweibersommer, der die Saison um volle zwanzig Tage verlängert hatte, ging langsam in individuelle Erinnerungen über, und in jeder sah er anders aus. Boris, der gerade von einer Dienstreise nach Barcelona zurückgekehrt war, erinnerte sich an ihn als an eine Folge unglaublich warmer Vormittage auf der Rambla oder in La Barceloneta, wo er sich mit seinen Partnern getroffen hatte. Für Luka waren das Komplikationen beim Streichen des Bootes und beim Versperren des Hauses. In der Nase hatte er noch immer den Geruch des Holzlacks und der Purolpaste, mit der Mast und Rahe gestrichen werden mussten. Škembo wiederum ging mit der Erinnerung schwanger, dass er jeden Abend die Kaschmirweste in die Stadt mitgenommen hatte, sie aber nie hatte anziehen müssen, und dass der September in der Srednja ulica und in den Cafés auf der Riva so wie im August oder Juli gewesen war: voller Bewegung, nackter Gliedmaßen und heller Farben. Jelena mühte sich mit dem Laub. Die Bäume, die die Häuserzeile längs dem gemeinsamen Hofplatz schon seit Jahren überragten, kümmerten sich nicht um den Altweibersommer, und ihre Blätter begann zu gilben und zu fallen. Zu dieser Zeit standen schon alle Häuser leer, denn in den letzten Jahren dienten sie nur als Wochenendhäuser: Die Älteren waren weggestorben, und die Jüngeren lebten in Rijeka oder Zagreb. Der ganze große Hof war jeden Morgen voller Laub von den Ahorn-, Pappel- und Lindenbäumen. Jelena stopfte es in schwarze Abfallsäcke, die die Müllfahrer aber nicht mitnehmen wollten, und jetzt schickte sie ihnen ihre Mutterflüche hinterher, weil sie überzeugt war, dass sie unter einer Decke mit jenen steckten, die ihr Leben zerstört hatten. Das Ende der Saison und der Altweibersommer brachten dieses Jahr nichts Gutes. Wie auch viele Jahre vorher nicht. Und bei Gavran war das Saisonende wegen der Morphinpflaster im Gedächtnis haften geblieben. Zum Glück nur kurz.

Die Nachricht erreichte Luka gegen elf Uhr vormittags in der Warteschlange im Fährhafen Mišnjak. Vor ihm standen zwei Autos mit heimischem Kennzeichen und ein Kombi vom Konsum. Sobald das Telefonat beendet war, wendete er den Wagen und fuhr zurück. Im Haus suchte er nach etwas Schwarzem, aber in seinem Schrank fand er nichts, nur Sportsachen, gelbe Segeljacken, Pullover und T-Shirts, die wie ein Kalender waren: Jedes Stück stand für jemand aus den vergangenen Sommern. Erst im elterlichen Schlafzimmer grub er ein schwarzes Sakko aus und die Krawatte seines verstorbenen Vaters, die er zu Nonas Beerdigung getragen hatte. Er legte alles auf das große Ehebett, in dem anfangs Nona und Nonić geschlafen hatten, danach auch seine Eltern die wenigen Jahre, die sie auf die Insel kamen. Später hatten hier jahrelang Onkel und Tante geschlafen. Dann ging er in sein Zimmer, streckte sich auf dem Bett aus und wartete.

Irgendwann weckten ihn Schritte auf der Treppe. Boris erschien an der Tür im schwarzen Anzug und mit dem obligaten schwarzen Täschchen, in dem er das Nötigste für den Fall bei sich trug, dass im Flughafen sein Gepäck in Verlust geraten sollte.

– Wann bist du gekommen? – fragte Luka sich die Augen reibend.

– Ich komme direkt von Pleso – warf er die Tasche auf sein Bett. Dieses Zimmer hatten sie sommers mehr als zwanzig Jahre lang geteilt.

Er stand über dem so Ausgestreckten und sagte etwas ungeduldig:

– Komm, gehen wir!

2.

Wenn wir schon dabei sind: Es gibt einen fairen und einen unfairen Krebs. Ein fairer Krebs ist der Lungen-, Kehlkopf- oder Speiseröhrenkrebs des Rauchers, der Leberkrebs beim Alkoholiker oder der Gebärmutterkrebs bei promiskuitiven Frauen. Aber derselbe Krebs zum Beispiel bei Frauen promiskuitiver Männer ist nicht fair, so wie Leberkrebs bei jenen, die nicht getrunken, oder Lungenkrebs bei denen, die nicht geraucht haben. Der Leberkrebs, der Gavran in ausgesprochen kurzer Zeit dahingerafft hatte, war einer der fairen Krebse. Ausgelöst hatte ihn eine nicht ausgeheilte Hepatitis C.

Im Hof vor Gavrans Haus war ein Tisch aufgestellt und mit einem alten karierten Tischtuch bedeckt. Männer mit schwarzen Krawatten und weißen Hemden mit aufgekrempelten Ärmeln saßen um ihn herum und nippten am Schnaps. Škembo war schon dort, als Boris und Luka eintrafen. Sie gaben sich die Hand und umarmten sich.

– Ich habe dich gestern angerufen – sagte er zu Luka – hast du es nicht gehört?

– Ich habe das Boot gestrichen.

– Wann bist du angekommen? – fragte er Boris, und der sagte:

– Vor einer halben Stunde.

– Zwanzig Tage hat er im Krankenhaus gelegen – sagte Škembo – es hat ihn schnell …

Jelena brachte noch zwei Flaschen Schnaps heraus: einen Kräuterschnaps und etwas, was die Farbe von Nussschnaps hatte. Sie trug ein elegantes, aber altes Kleid, das ihr stellenweise ein wenig zu eng war, und abgetragene Hochhackige. Als sie aus dem Haus trat, verstummte das Stimmengewirr am Tisch für einen Moment und die Leute sahen sie überrascht an. Das Kleid war grellrot.

Luka ging zu ihr, küsste sie auf die Wange und sprach ihr sein Beileid aus, und sie sagte:

– Gut – und drehte sich rasch weg, um zu sehen, ob auf dem Tisch noch etwas fehlte. Boris und Luka sahen sich bedeutungsvoll an, und in diesem Blick war plötzlich ihre ganze Geschichte. Im Übrigen, wohin sie sich auch umdrehten, überall lauerte die Geschichte: In diesem Hof hatten sie als Kinder Verstecken gespielt, hier hatten sie auf Gavran gewartet, bis er sich für den abendlichen Ausgang hergerichtet hatte, hierher hatten sie, wenn er allein zu Hause war, auch die Mädchen mitgenommen. Jelena lebte, seit sie aus Rijeka zurückgekehrt war, in ihrem Haus gleich neben seinem. Als es ihm schlecht zu gehen begann, kaufte sie für ihn im Laden ein, betrat aber nie das Haus, sondern klingelte, und wenn sich Gavran, schrecklich abgemagert, an der Tür zeigte, drückte sie ihm den Beutel in die Hand und ging wieder. Manchmal, sagen die Nachbarn, fegte sie auch vor seiner Tür, aber sonst kommunizierten sie kaum miteinander.

Kenjo schleppte sich irgendwo aus der Tiefe des Hofs heran. Seine Krawatte hing schief, der schwarze Anzug hatte Flecken auf dem Revers. Er setzte sich neben Boris und legte den Arm um ihn.

– Und nun ist unser Gavran von uns gegangen – sagte er traurig, aber man sah, dass er größtenteils sich selbst bedauerte. Und das auch von den anderen erwartete. Gott hatte Kenjo im Leben eine ganz besondere Gabe verliehen, sonst hatte er kein Glück. Als relativ junger Bursche machte er zwei Mädchen von der Insel Kinder, aber als er sich nicht entscheiden konnte, welche er heiraten solle, ließen ihn beide sitzen. Mit diesen Kindern hat er keinerlei Kontakt, und würde er sich ihnen nähern, würden sie vermutlich die Polizei rufen. Geheiratet hat er verhältnismäßig spät, nach langem, fruchtbarem Überlegen, aber nur deshalb, um nicht unbeweibt zu bleiben, und aus dieser Ehe hat er eine Tochter, die aber nicht mehr mit ihm spricht. Seine Frau ist sehr früh verstorben, an einem Karzinom des Gebärmutterhalses, dem einzigen weiblichen Karzinom, an dem ein Mann direkt die Schuld tragen kann. Die Universität hat er nicht abgeschlossen, weil er sich auf alle Prüfungen immer allzu detailliert vorbereitete, und später fand er auf der Insel Arbeit als Feuerwehrmann. Amerikanische Serien über Feuerwehrmänner gaben ihm als Einzige das Gefühl, sein Leben nicht verpfuscht zu haben. Er entwickelte auch die Idee, auf der Insel ein Museum für das Feuerwehrwesen einzurichten, aber auf der Gemeinde lachte man ihn aus. Die neue hölzerne Pasara, die er sich auf der Werft in Barbat hatte bauen lassen, war bald gesunken, infolge eines unglücklichen Zufalls. In sein Haus sind hartnäckige Ameisen eingedrungen, und er kann die Appartements nicht mehr vermieten, und das einzige Bauland, das ihm von den Eltern geblieben ist, wurde durch den neuen Flächenwidmungsplan zur Grünen Zone. Aber dafür ist er kein einziges Mal in seinen fünfzig Jahren, selbst nicht als er ganz klein war und mit Windeln am Hintern herumlief, aber auch später nicht während des Gymnasiums und des erfolglosen Studiums in Zagreb und Rijeka, niemals, also wirklich niemals, in Scheiße getreten. Das, was allen Menschen ungefähr bis zum zehnten Lebensjahr und danach noch unbestimmte Male im Leben widerfährt, war ihm erspart geblieben. Und jetzt hatte er das Gefühl, dass Gott noch nie so wenig gegeben und so viel genommen hat.

3.

Jelena und ein wunderschönes junges Mädchen in schwarzem Kleidchen und dunklen Frühlingsstiefeln brachten Prschut, Käse, Oliven und Wein aus dem Haus.

– Das ist Sandra, die Kleine von Alka – sagte Kenjo zu Boris, als er sah, wohin der schaute.

– Bist du gelähmt, wie die Kinder groß werden – und streckte dann diskret den Daumen in die Luft.

– Ist ja auch klar, nach wem sie kommt – sagte Kenjo und setzte nach kurzer Pause hinzu:

– Alka hat alles für die Beerdigung organisiert, sie hat auch den Sarg und das Kreuz besorgt – und als er Jelenas etwas zu großen Hintern im roten Kleid sich entfernen sah, beugte er sich zu Boris vor und sagte mit leiser Stimme:

– Lena konnte es nicht, du siehst ja, was mit ihr ist.

Dudo, dessen Begrüßung mit Sandra etwas zu lang ausfiel, setzte sich neben Boris und Luka an den Tisch und warf ihr zu:

– Herzchen, bring mir mal eine Cola!

Und Sandra lächelte schön, wie einstmals Alka gelächelt hatte, bereit, allen zu helfen, bereit, alle und jeden zufriedenzustellen, ob Menschen, Vögel, Eidechsen oder Steine. Gene und Erziehung hatten ein Musterexemplar der Güte hervorgebracht. Dann aßen sie ein wenig in der Stille, und diese Stille verlangte, das Gespräch über den Verstorbenen wiederaufzunehmen.

– Er war ein ganzer Kerl, er hat sich was getraut – sagte Dudo.

– Stimmt – schloss sich Boris an.

– Erinnerst du dich, Boris, was er mit dieser Band von Behämmerten im Hotel *Beograd* abgezogen hat?

– Die wissen das nicht – sagte Kenjo – wie sollen sie auch, wenn sie nicht mehr kommen. Zwei, drei Tage in der Saison und nicht mehr, was soll's. Wann haben wir zum letzten Mal in dem Häuschen zusammen ein Bier getrunken.

– Fuck, letztes Jahr – sagte Luka.

– Habt ihr tatsächlich nicht gehört, was für einen Scheiß er da losgetreten hat? Einen internationalen Zwischenfall.

– Schon seit zehn Jahren war ich nicht länger als eine Woche am Stück hier – sagte Boris. – Ich weiß nichts, selbst Sandra hätte ich auf der Straße nicht erkannt.

– Das war zirka zweinullsieben oder zweinullacht, ich weiß nicht genau – sagte Dudo.

– Zweinullsieben – bestätigte Kenjo – da hat meine Hana geheiratet.

– Da fingen die aus Belgrad und Niš allmählich wieder an zu kommen, als ob nichts gewesen wäre, da war nichts, Mann, wer redet denn von verfeindet – und vorm *Istra* das Denkmal für einen Haufen Toter. Aber Sanader hat gesagt, dass wir uns versöhnen müssen, Normalisierung und scheiß drauf, der Fremdenverkehr fragt nicht danach … Und die erste Gruppe kam ins Hotel *Beograd*, das hieß damals schon *Riva*. Wir an den Rezeptionen hatten strenge Anweisungen gekriegt, benehmt euch liebenswürdig, kultiviert, keine Anspielungen und Verarschungen, reine Professionalität.

– Eure Nachbarin da, die Professorin, die mit den Debilen herumhängt – sagte Kenjo – die hatte so ein Integrationsprogramm angeleiert, angeblich haben die aus Europa das Geld gegeben. Jedenfalls haben sie hier auf der Insel eine Band von Retardierten zusammengestellt. Musikalisch, talentiert, aber eben behämmert. Drei hat sie aus Zagreb mitgebracht, und wir stellten zwei Einheimische.

– Ich sehe, dass ihr noch immer Ustascha seid – sagte Luka – und Nazis.

– Du Arsch, was redest du für einen Scheiß, ich bin kein Nazi, wenn ich glaube, dass es nicht gut ist für den Fremdenverkehr, wenn auf der Terrasse Mongoloide spielen.

– Sorry – sagte Luka.

– Aber Ustascha bin ich. Jedenfalls ist jemandem eingefallen, dass die im Hotel *Beograd* spielen könnten, für die Serben, du verstehst, und die Kleine von Montano aus dem Fremdenverkehrsbüro hat das organisiert. Für die armen Kerle war es das erste Engagement. Ganz aufgeregt haben sie Tag und Nacht mit eurer Nachbarin geübt. Und am ersten Abend, die Hotelterrasse voll, geht der *frontman* ans Mikrofon und stellt die Band vor, hörst du, sie machen sich einen Jux draus. Er zeigt auf den Ersten links, er sagt: Milan, leicht mental,

Keyboard, dann zeigt er auf den Zweiten, Denis, leicht mental und ADHD, Bassgitarre, Siniša, gemäßigt mental, Down-Syndrom, Schlagzeug, Riba, gemäßigt mental, Gitarre, und ich, ADHD, MR, *vocals*.

Und auf der Terrasse Schweigen. Die, die die Debilen organisiert haben, waren auch auf der Terrasse und denken sich, da haben wir die Serben schön verarscht, aber dann bricht in diese Stille hinein donnernder Applaus los, so etwas habe ich noch nicht gehört, Ovationen, hörst du, die Serben voll begeistert. Und die Debilen spielen ein Stück, wieder klatschen die Leute, sie spielen das zweite Stück, wieder Ovationen, sie rufen: „Bravo!" Und jetzt sieht Gavran, er war auf der Nova Riva gewesen, um den Katamaran abzuwarten, wie die Serben den Debilen applaudieren. Und Gavran geht hin und gibt einem von unseren Debilen zweihundert Kuna und bestellt ein Lied. Als die den ersten Vers singen:

Jasenovac i Gradiška Stara, to je kuća Maksovih mesara, auf der Terrasse Totenstille, keiner spricht mit keinem, die Leute sehen sich an, manche starren auf den Boden.

Als sie den zweiten Vers singen:

Kroz Imotski kamioni žure, nose crnce Francetića Jure, ist alles auf der Terrasse starr vor Entsetzen, die Leute sehen sich auch nicht mehr an, sondern verbergen den Blick.

Als sie den dritten Vers singen:

U Čapljini klaonica bila, puno Srba Neretva nosila, bricht eine Frau auf der Terrasse in Tränen aus, und die Leute sehen sich erschrocken um, zur Riva, zum Park, sie suchen, wohin sie flüchten können, die erschrockenen Blicke fliehen hin über die erstarrten Kellner, den erstarrten *chef de salle,* die erstarrten Vorübergehenden … Es fehlt nur noch das Dornröschen.

Und als sie den vierten singen:

Oj, Neretvo, teci niza stranu, nosi Srbe plavome Jadranu, springt der erste Gast auf, spuckt auf den Boden und verlässt die Terrasse, und nach ihm erheben sich die Leute massenhaft und gehen, und außer der Musik hört man die Stühle scharren, und die Kleine von Montano aus dem Fremdenverkehrsbüro greift sich das Mikrofon und ruft:

„Leute! Das ist nicht, was ihr denkt! Leute, kommt zurück …"

Und fängt an zu heulen, und Gavran, die Hände in den Taschen, geht ruhig weg. Den Frauen lief er nicht mehr nach, da war er schon krank, aber das war echt nach seinem Geschmack.

4.

Eine alte Frau in Schwarz mit ausladenden Hüften, deren Beine aussahen wie der letzte Buchstabe des griechischen Alphabets, stieg die Stufen von der Promenade am Meer zum Hof hinauf, und das sah aus, als hätte ein Plüschteddy für einen Moment die Gabe des Gehens bekommen. Sie blieb am oberen Treppenende stehen, vor dem gedeckten Tisch, und wusste offenbar nicht, wem sie ihr Beileid aussprechen sollte. Ihr Blick wanderte über die Männer hin, die saßen, und die Frauen, die die Sachen aus der Küche brachten oder Stühle aus anderen Häusern holten oder das Laub wegfegten, das der nachmittägliche Maestral heruntergeweht hatte, aber ihr Blick blieb auf keinem haften, der ihr Beileid verdient hätte. Aber als Jelena herauskam, winkte sie sie heran, und Jelena kam und trug noch immer den Korb mit dem Brot. Die Alte küsste sie auf die Wange und sprach ihr ihr Beileid aus, und Jelena sagte:

– Das geht schon in Ordnung, er ist nicht gestorben.

Und ging zu ihrer Arbeit zurück und ließ die Alte völlig verunsichert zurück.

Boris, Luka und Dudo hörten, was sie sagte, und Boris zog fragend die Schultern hoch, aber Dudo drehte nur den Finger an seinem Kopf, als würde er ein Loch hineinbohren.

– Das ist ernst – kommentierte Luka.

– Siehst du doch.

Kenjo, der mit einem Glas in der Hand von einem Trauergast zum nächsten wanderte, erschien wieder am Tisch.

– Wo ist denn unser Škembo?

– In der Küche, er hilft den Frauen – sagte Boris und fügte hinzu:
– Du kennst ihn ja.

– Jetzt höre ich gerade von einem Verwandten, dass in Senj in diesem Winter Šime Šinter gestorben ist, erinnert ihr euch an ihn?

– Wie denn nicht – fügte Dudo hinzu – er hatte diesen Hund, der Pascha hieß.

– Der hieß nicht Pascha, sondern Rex, und Pascha war sein Spitzname. Er war der einzige Hund auf der Insel mit einem Spitznamen.

– Red keinen Scheiß, Kenjo – sagte Boris – er hieß Pascha.

– Aber nein doch, sicher nicht. Am Anfang wusste überhaupt keiner, dass er außer Rex auch Pascha hieß. Oder nur wenige, und die es wussten, sagten es nicht weiter.

– Eine deutsche Dogge – sagte Boris.

– Keine deutsche – korrigierte ihn Kenjo – sondern eine englische.

– Ich denke, es war ein Wolfshund – meldete sich Luka.

– Du Schwachkopf, wie kannst du eine Dogge mit einem Wolfshund verwechseln. Eine englische Dogge, das war Pascha. Šime Šinter hat gesagt, dass er in Deutschland trainiert wurde, aber niemand hat auf ihn gehört. Von Gavran weiß ich, dass Šime ihn auch an Frauen ausgeliehen hat, wenn sie einen besonderen Kick wollten.

– Jetzt redest du echt Scheiß – sagte Boris.

– Bei meiner Mutter, mich soll auf der Stelle der Schlag treffen, wenn ich lüge. Gavran hat mir alles erzählt.

– Jetzt kannst du mal so richtig aufgeigen, wo er nicht mehr da ist …

– Ja, und wenn er da wäre, würde er euch dasselbe sagen. Šime hatte dieses *glassboat,* wo man nachts durch den Boden das Meer sehen kann. Und dieses Schiff lag tagsüber an der Nova Riva vor Anker. Und da hat er es gesehen, eines Nachmittags, er war zu Šime unterwegs, um sich eine Boje zu holen. Er hört, dass da drinnen jemand ist, und die Tür zu. Und dann hat er sie ein bisschen aufgemacht und reingeschaut, und dort, auf dem gläsernen Boden, liegt eine Frau mit gespreizten Beinen und über ihr Pascha. Er trägt einen Maulkorb und drückt der Frau seinen Schwanz rein. Und was das Schlimmste ist, Gavran erkennt die Frau, er ist mit ihr am Abend vorher im Zimmer gewesen, im *International*. Danach hat er sie nicht mehr gefickt, es ekelte ihn. Deshalb haben sie den Hund Pascha genannt.

– Jetzt dreht sich Gavran im Grab um – sagte Luka.

– Noch ist er nicht im Grab – erklärte Dudo – wir müssen ihn erst begraben.

– Wo ist er? – fragte Luka.

– Oben, in der Aufbahrungshalle – sagte Dudo – sie haben den Sarg aus dem Krankenhaus in Rijeka geschickt.

5.

Noch ein paar Trinksprüche, ausgelöst von den schönen Erinnerungen, ließen alle Flaschen auf dem Tisch leer werden, und die Frauen mussten sich anstrengen, sie aus der großen bauchigen Zwanzigliterflasche, die in Gavrans Küche auf der Kredenz stand, wieder aufzufüllen. Aus der Bauchflasche hing ein Plastikschlauch, und Škembo saugte aus ihm ein bisschen Wein an und ließ ihn dann fast bis zum Boden hinunter, und die Frauen stellten die leeren Flaschen drunter. Der freie Fall tat ein Übriges. Er genoss es, wie ein einfaches physikalisches Gesetz über den Druckausgleich eine solche Freude in dem herrlichen jungen Wesen auslösen konnte, das, hätte es das Glück gewollt, auch seine Tochter hätte sein können. Sandra brachte ständig neue leere Flaschen vom Tisch und stellte sie unter den durchsichtigen dünnen Schlauch, aus dem die dunkelrote Flüssigkeit rann wie eine Transfusion. „Blut von meinem Blut, Fleisch von meinem Fleisch …", hätte er sagen können.

Am Tisch wurde die Stimmung jetzt noch gelöster, aber alle beachteten noch immer das Protokoll: Das Gespräch war auf die Vergangenheit ausgerichtet. Nach jedem Schweigen, das immer spontan eintrat, von Zeit zu Zeit, aber nie unangenehm war, setzte es gewöhnlich wieder mit den Worten ein: „Erinnert ihr euch …"

– Erinnert ihr euch an Lukas *Jugošvabica*, Anja? – sagte Boris.

– War das die, die mitten im Sommer mit der Motorradjacke herumgelaufen ist?

– Genau die – sagte er. – Und wisst ihr auch, dass Luka sie für eine Flasche Karlovačko von Gavran gekauft hat?

– Red keinen Scheiß! – sagte Dudo.

– Doch. Echt. Komm, erzähl du!

– Ach, ich habe sie nicht gekauft, er übertreibt – sagte Luka – es hat nur so ausgesehen.

– Was hat wie ausgesehen?

– Wir waren zum Scheißen da, im *Imperial*. Du weißt, dass wir manchmal nach dem Mittag ins *Imperial* scheißen gegangen sind.

– Was, von hier? – fragte Dudo.

– Auch bei der größten Sonne – erklärte Boris. – Zwei Kilometer Laufen.

– Ihr seid ja nicht ganz dicht.

– Wir sind scheißen gegangen, das war irgendwann im Juli, heiß zum Verrücktwerden, und als wir oben ankommen, gegen drei Uhr nachmittags, war alles leer. Keine da, nicht einmal an der Rezeption, nur die alte Bobanica am Tresen. Und wir gehen schön scheißen, die Toiletten sauber, alles duftet, und wollen uns auf die Terrasse setzen, in den Schatten, und ein Bier trinken. Und dort, an einem etwas versteckten Tisch, sitzt Gavran mit einer ziemlich großen Blondine, sie tätowiert, mit einem Piercing in der Nase. Das war damals noch nicht so modern. Sie waren am Streiten. Ich sagte zu ihm:

„Was streitest du mit ihr, besser du verkaufst sie mir.“

„Willst du?“, sagte er. „Kauf mir ein Bier!“

Ich gehe aus Jux zum Tresen, kaufe ein Karlovačko und bring es ihm. Er nimmt das Bier, macht uns miteinander bekannt und sagt:

„Setz dich zu ihr!“

Dann steht er auf und geht.

Ich setze mich hin, und wir fangen an zu reden. Sie sagt, Gavran ist ein Idiot, und sie will nichts mehr mit ihm zu tun haben. Ich sage dasselbe, und dass er sie für ein Bier verkauft hat.

„Da siehst du ja, was ich dir sage.“

Am Anfang hat mich gewundert, dass die Deutsche so gut Kroatisch spricht, aber sie war eine von uns, ihre Alten waren Gastarbeiter. Sie sagte, sie heiße Anja, und sie war um einen Kopf größer als ich. Wir haben eine Zeit lang geredet und noch ein Bier bestellt. Sie sagte, dass sie eigentlich nicht mehr dürfte, weil sie schon vier getrunken hat, aber bei ihr lief es besser als bei mir. Dann sagte sie, wir sollten einen Schnaps dazu nehmen, denn so machen sie es da oben. Wir bestellten Schnaps, obwohl ich das überhaupt nicht mag, aber ich stellte mir vor, dass ich ihren Hintern kaue. Sie sagte, wir sollten spazieren gehen, denn diese Terrasse sei blöd. Und ich sagte, ich würde die Terrasse auch blöd finden, obwohl wir zwei Stunden durch die Sonne marschiert sind, um uns hier auszuscheißen.

Im Park auf der Bank haben wir angefangen uns zu küssen, und sie ist auf mich drauf. Sie saß auf mir, so massig wie sie war, und schob mir ihre Titten in den Mund. Zuerst durchs Hemd, und dann auch nackt. Als wir uns ausgezogen hatten, rammte sie ihn sich hinein und ritt mich …

– Und jetzt pass auf – grinste Boris.

– Plötzlich knallt sie mir eine Ohrfeige herunter, dass es mir den ganzen Kopf verdreht, Ehrenwort, sie schmiert mir eine mit der vollen Vorhand. Noch immer sitzt sie auf meinem Schwanz und schlägt mich mit aller Kraft. Da war mir klar, warum ich sie so billig gekriegt hatte.

Und die Burschen lachten, aufrichtig, von Herzen. Auch Gavran hätte gelacht, wäre er nicht tot gewesen.

– Sie konnte nicht kommen, wenn man sie nicht schlägt – fuhr Luka fort. – Und da hat sie als Erste angefangen, eine Schlägerei zu provozieren. Sie war mit irgendwelchen Motorradfreaks gegangen, die sie verdroschen haben, seit sie zu vögeln begonnen hat. Mit siebzehn war ihre Möse so groß wie eine Melone … Ich war mit ihr volle zwei Wochen zusammen, und sie hat mich geschlagen wie einen Ochsen, während wir vögelten. Und ich sie – wollte Luka gerade erklären, als im Hof plötzlich verdächtige Stille herrschte. Als er sich umdrehte, sah er, dass hinter seinem Rücken der Pfarrer erschienen war. Dudo lächelte fröhlich und stand mit überschwänglicher Herzlichkeit auf, um ihm die Hand zu geben.

– Hochwürden – sagte er – danke, dass Sie gekommen sind!

6.

Als sich die hagere Gestalt in dem schwarzen Anzug und mit dem weißen Kollar um den Hals an den Tisch setzte, verstummte das Stimmengewirr und machte einem kollektiven Lächeln und einem gemurmelten „gelobt sei Jesus Christus" Platz, und Don Baldo antwortete gemessen: „In Ewigkeit! Amen." Mit seinem Erscheinen führte er das ganze zügellose präfunerale Ritual zurück in die Formen einer Beisetzung. Aber kaum hatte sich die geweihte Person gesetzt, stand Luka voll Abscheu vom Tisch auf und begab sich in die Küche. Er konnte es nicht ertragen, dass ihm dieser Gottesmann fromm ins Gesicht lächelt, ihn im Stillen aber verwünscht und das Höllenfeuer auf ihn herniederruft wegen des Romans, der in der Öffentlichkeit eine hysterische Hetzjagd ausgelöst und mit dem er praktisch das gesamte Bischofskapitel gegen sich aufgebracht hatte. *Glas koncila* hatte *Corpus Christi* für satanistisch, antikatholisch und antikroatisch erklärt, und da war nichts zu machen.

Im Flur stieß er auf Jelena, die einen Teller und ein Essbesteck für den Priester in der Hand hatte.

– Dich suche ich – sagte sie – kann ich dich um etwas bitten?

– Natürlich.

Es wunderte ihn, dass sie trotz allem noch immer anziehend war.

Mit ihrer freien Hand öffnete sie die Tür zum Wohnzimmer, dessen Fenster auf den Hof hinaussah und in dem sich jetzt niemand befand. Das alte Oriolik-Regal, wie auch sie eines in der Wohnung gehabt hatten, und die Couch mit den Sesseln waren von einem feinen Staubfilm bedeckt. Sie setzte sich auf die Couch und zeigte auf den Sessel, den Teller für Don Baldo hatte sie auf dem Tisch abgestellt.

– Du hast ein Auto – sagte sie. – Ist es hier?

– Vor unserem Haus, ich kann es holen.

– Gehen wir ihn suchen!

Stille.

– Wen, Lena?

– Gavran.

Er sah sie schockiert an. Sie war dieselbe, zwar etwas älter, aber dieselbe, Nase und Ohren sahen genauso aus wie damals, als sie Kinder waren, und Heranwachsende und, zum Schluss, erwachsene Menschen. Sie drückte sich auf dieselbe Weise aus, aber das, was aus ihr herauskam, war unwirklich. So als würde ein Hund plötzlich sprechen.

– Lena, Gavran ist gestorben, jetzt werden wir ihn begraben.

Sie lächelte ihn mitleidig an.

– Wir werden den Herrn begraben, den sie ins Krankenhaus transportiert haben, und das geht in Ordnung, soll es so sein, ich werde keinen Skandal machen, aber es muss dir klar sein, dass dieser Herr nicht Gavran ist. Sie haben sie vertauscht.

Mein Gott, wie leicht ist es, aus dem Lot zu geraten, dachte er.

– Wie weißt du, dass das nicht er ist?

– Deshalb, weil ich ihn höre.

– Wo hörst du ihn?

– Um das Haus herum.

Er stand auf, setzte sich an den Rand der Couch und legte ihr freundschaftlich den Arm um die Schulter. Er fühlte die raue Spitze ihres roten Kleides, sie war wie die Haut des verbrannten Jungen, dessen Gesicht er einmal berührt hatte.

– Lena, du wirst dich damit abfinden müssen, dass er gestorben ist. Ich weiß, dass es schwer für dich ist, aber er ist gestorben, und jetzt werden wir ihn begraben.

Sie schob seinen Arm mit einer heftigen Bewegung zurück:

– Lass mich!

Er hob beide Arme:

– Okay, Lena, ich fass dich nicht an.

– Aber warum höre ich ihn dann?

– Ich weiß es nicht.

– Gestern war er in der dritten Padova, ich habe ihn gehört.

– Und hast du ihn gesehen?

– Häufiger höre ich ihn. Er versteckt sich vor mir.

– Und was meinst du, warum er sich versteckt?

– Ich weiß nicht – sagte sie und schwieg, sie versuchte sich zu erinnern.

– Und wie lange hörst du ihn schon?

– Seit Monaten. Seit sie sie vertauscht haben … Es sind mehrere. Manchmal zeigen sie sich, ich kann sie riechen, einer ist ein bisschen kleiner, der andere dicker, einer hat dünneres Haar. Ich tue ihnen Essen in die Hundenäpfe, und am Morgen kommen sie essen.

– Wie weißt du das?

– Sie haben es mir gesagt.

– Jelena, das sind Halluzinationen, niemand kommt essen. Du musst begreifen, dass er gestorben ist. Es gibt ihn nicht mehr.

– Sie haben mir gesagt, dass er kommt.

– Wer hat dir das gesagt, Jelena?

– Die Vögel! – Durch das angelehnte Fenster hörte man das Stimmengewirr von der Terrasse und den beruhigenden Ton der priesterlichen Worte vom ewigen Leben, von der Erlösung und von Christi Opfer. Aber Don Baldo hatte keine Ahnung, dass nur drei Meter entfernt, im Ambiente eines gewöhnlichen Wohnzimmers, Luka mit dem heiligen Franziskus persönlich sprach.

7.

Alka erschien mit einer weißen Pappschachtel im Hof, und Škembo, der an der Tür mit Sandra Süßholz raspelte, gab sich einen Ruck und nahm sie Alka aus der Hand.

– Brauchst du nicht, ist nicht schwer – sagte sie, überließ sie ihm aber trotzdem. Sie wollte seine Freundlichkeit nicht enttäuschen.

– Was ist denn drin? – fragte Boris.

– Blütenblätter. Die werfen wir in die Luft, statt Erde. Es ist schöner. – Und dann drehte sie sich zu dem Gottesmann um, der kein Auge von ihr gewendet hatte: – Haben wir uns, Hochwürden, über das letzte Lied abgesprochen?

– Es wird *Il Silenzio* gespielt, nicht wahr?

– Ja, während wir gehen, aber ich meine am Grab selbst. Etwas Vokales wäre gut.

– Er mochte *Je t'aime* – sagte Škembo.

– Fick dich, das wirst du doch wohl nicht an seinem Grab singen – protestierte Boris – entschuldigen Sie, Don Baldo.

– Sollen wir Lena fragen? – sagte Alka.

– Wo ist sie?

Die Leute begannen sich umzusehen, jemand rief zur Küche hinüber und fragte, ob sie da sei, aber eine weibliche Stimme antwortete aus der Küche, dass sie nicht da sei.

– Vielleicht ist sie oben im Haus? – sagte Sandra.

– Ich habe ihr ein schwarzes Kleid gebracht.

– Das wird sie nicht anziehen – kommentierte eine der Frauen, die den Tisch abräumten. – Ich habe ihr auch eines angeboten.

Alka begann Anzeichen von Nervosität zu zeigen. Ihre Bewegungen wurden eckiger, und sie sah oft auf die Uhr, eine kleine Damenuhr Marke Dox, die sich wie eine kleine Schlange um das noch immer schlanke Handgelenk wand. Sie trat zu Luka:

– Sie hat mich gebeten, dass wir ihn suchen gehen – flüsterte er.

– Oje, schon wieder – stieß Alka aus und zuckte mit den Achseln, aber dann wandte sie sich den Frauen und ihrer Tochter zu: – Kommt, macht das fertig, wir müssen bald los.

– Was machen wir jetzt mit dem Lied? – fragte Don Baldo.

– Denken Sie sich etwas aus und sagen Sie es ihnen oben auf dem Friedhof.

Boris fand sich irgendwie in Alkas Nähe wieder.

– Brauchst du Hilfe?

Zuerst lehnte sie ab, aber dann blieb sie stehen und sagte:

– Komm mit. Vielleicht ist sie ja nötig.

Sie gingen den Steinpfad hinunter, der durch die Macchia zu dem kleinen Wäldchen hinter dem Hof führt, oder wenigstens zu dem, was einmal ein Wäldchen oder Olivenhain war und sich jetzt in eine ziemlich große Ansiedlung missgestalteter Häuser verwandelt hatte, bei denen über der Tür ein blaues Täfelchen prangte mit der Aufschrift: „Apartment".

– Gehen die Touristen etwa über dieses Holperpflaster?

– Nein, hinten herum kommt man mit dem Auto, dies ist der Weg zum Strand.

Sie stolperte in ihren schwarzen Stöckeln auf den geschredderten Steinen und griff plötzlich nach seinem Arm.

– Wohin gehen wir?

– Da hinauf, ist nicht mehr weit.

Sie waren zweifellos eine seltsame Erscheinung in dieser Macchia: er im eleganten schwarzen Anzug, mit schwarzer Krawatte auf fliederfarbenem Hemd, sie im schwarzen Sommerkleid und Stöckeln, auf die sich schon feiner weißer Staub gelegt hatte.

– Wie kommt es, dass du nie geheiratet hast? – fragte sie unvermittelt, noch immer bei ihm untergehakt.

– Ich hatte keine Zeit.

– Komm, red keinen Unsinn, ich frage dich ernsthaft.

– Das ist fast die Wahrheit. Wie lange haben wir uns nicht gesehen?

– Ich habe dich letztes Jahr beim Eishäuschen am Marjan gesehen.

– Ich meine, wie lange haben wir nicht ernsthaft miteinander gesprochen?

– Dreißig Jahre.

– Da siehst du, ich arbeite fünfundzwanzig Jahre und mehr wie ein Pferd. Ich habe diese Firma noch während des Krieges aufgebaut … und so, ständig schwere Zeiten, man zerreißt sich, um etwas zu verdienen, und dann geht auch das für die Steuer drauf. Ich war einmal mit einer Frau zusammen …

– Wie lange?

– Fünfzehn Jahre.

– Und wieso habt ihr nicht geheiratet?

– Sie war verheiratet.

– Und ist sie zu ihrem Mann zurück?

– Sie ist gestorben.

Sie lachte säuerlich auf.

– Das bin ich. Immer mit dem Finger direkt in die Scheiße.

– Und du? Bist du noch immer im *Alibaba*?

– Nein. Schon lange nicht mehr. Mein Mann und ich haben ein Hotel.

– Uh, echt? Welches?

– Du hast es wahrscheinlich nicht gesehen. In der Stadt, wenn du von der Pjaceta zur Vela Crikva gehst. In einer Seitenstraße; wir haben mehrere alte Häuser hergerichtet.

– Ich sehe, du hast dich gut verheiratet.

– Habe ich nicht, nein, wir haben geschuftet wie die Ackergäule. Ich hätte dich einfangen sollen.

– Das wäre aber kein großer Fang gewesen.

– Lass, du hältst dich gut, hast Geld, bist kein Homo …

Er blieb stehen und drehte sich zu ihr um.

– Ist dein Mann etwa schwul?

– Nein – sagte sie – aber so als ob.

Sie waren zu einem Wäldchen aus Zypressen und Feigen gelangt, auf eine Anhöhe, von der die ganze Padova-Bucht zu sehen war.

– Da ist sie! – sagte Alka. Vor sich sahen sie eine Reihe Plastikschüsseln, in denen noch Reste von Nahrung zu erkennen waren. Eine war voller Pršut, Käse und gebratenem Fleisch. Oberhalb davon stand Jelena, wie auf Totenwache, und sah hinüber zum dichteren Teil des Wäldchens und den großen Lorbeer- und Rosmarinbüschen.

– Lena! – rief Alka. Sie stöckelte zu ihr und umarmte sie.

– Was machst du hier? – sagte Boris.

– Ich habe ihm das gebracht – sagte sie und zeigte auf das Essen im Schälchen.

– Komm – sagte Alka – ich habe ein Kleid für dich rausgelegt.

Aber sie drehte sich zu Boris um:

– Glaub mir, er ist nicht gestorben.

Boris stand nur da, bereit für eine Reaktion, aber er hatte keine Ahnung, welche. Wenn etwas mitzubringen, etwas mitzunehmen oder jemand zu verprügeln gewesen wäre, hätte er es gewusst. Aber so konnte er nur dastehen.

– Ich weiß nicht, warum er sich vor mir versteckt. Vielleicht geht er in Tiere ein?

Alka zog sie mit sich in die Richtung, aus der sie gekommen waren, und Jelena leistete keinen Widerstand. Und so schwankten die drei, wie ein Embryo des Trauerzugs, der erst stattfinden sollte, über die geschredderten Steine langsam zum Hof zurück.

8.

Während sich Jelena in Gavrans Wohnzimmer umzog, machten sich die Trauernden schon bereit, in die Autos zu steigen, die hinter dem Haus standen. Alka koordinierte das Einsteigen; sie passte auf, dass keine alte Nachbarin, keine Verwandte und kein Opa ohne Mitfahrgelegenheit blieb. Boris ging schnell sein Auto holen, und so fanden am Ende auch Alka, Jelena und Luka einen Platz. Jelena trug jetzt ein schwarzes Kleid.

– Das steht dir wirklich gut – sagte Alka zu Jelena, als sie einstieg.

Eine kurze Zeit fuhren sie schweigend, die körperliche Nähe nach so vielen Jahren war ungewohnt. Dann begann Alka wieder:

– Lena, du bist jetzt seine nächste Verwandte.

– Ich weiß nicht …

– Mit Kero war er jahrelang zerstritten, der wird nicht kommen. Ich meine, dass du neben dem Sarg stehen solltest.

Jelena schwieg, als ob sie das nicht beträfe.

– Hast du mich gehört?

– Wie kann ich das, wenn das nicht er ist?

Wieder herrschte Schweigen, aus dem man die Worte herausziehen musste.

Dann sagte Luka:

– Jelena, stell dir vor, dass das wirklich er ist!

Wieder Schweigen.

– Bist du jetzt auch übergeschnappt? – sagte Boris.

– Aber das ist nicht er – sagte Jelena. Es war unwirklich. So unwirklich, dass es niemanden gewundert hätte, wenn das Auto abgehoben hätte und anstatt zum Friedhof nach Cres und Lošinj gerast wäre, aufs offene Meer hinaus, möglichst weit weg von dieser Insel.

Luka hob ein wenig seine Stimme. Er war streng und ernst.

– Du sollst dir ja nur vorstellen, dass er das *ist!*

Er schwieg kurz, damit es ihr ins Hirn drang.

– Kannst du dir das vorstellen?

Jelena schwieg.

– Gut, und jetzt, wenn das wirklich er ist, würdest du dann neben dem Sarg stehen?

Jelena zögerte, eine festgebaute Welt war plötzlich ins Schwanken geraten.

– Ich weiß nicht – sagte sie unsicher und sah durchs Fenster, wie sich die Autos bewegten, die Häuser, die Menschen und Tiere, die sich in ihrem Bewusstsein augenblicklich in die Würfel eines schrecklich absurden Bauwerks verwandelten, deren Logik völlig individuell war.

– Wenn nötig – sagte Alka – werde ich neben dir stehen. Es ist keine richtige Beerdigung, wenn keiner neben dem Sarg steht.

9.

In der Aufbahrungshalle, die sich am Rand eines der schönsten mediterranen Parks befindet, im Schatten alter Kiefern und Zypressen, von denen die einen regenschirmartig den Raum überwölben und großzügig Schatten spenden, und die anderen, in sich eingedreht, selbstsüchtig in den Himmel wachsen, standen Alka und Jelena am Kopfende des Sargs, der schon aufgebahrt war. Auf ihm lag Alkas Gesteck aus roten Rosen und weißen Lilien, aber auf dem Ständer daneben waren nur drei Kränze zu sehen. Die Menschen, die im Hof gewesen waren, bei jenem vorgezogenen Leichenschmaus, hatten sich im Park vor dem Eingang in die Aufbahrungshalle verteilt. Manche saßen auf Bänken, mit aufgeknöpftem Hemd, andere standen fromm und ruhig in einem unregelmäßigen Halbkreis, der an einen Halbmond erinnerte, wenn man ihn durch tränenfeuchte Augen sieht. Boris und Luka, die Alka und Jelena hergefahren hatten, gingen gerade auf die Tür zu, um den mageren Halbkreis noch ein wenig aufzufüllen, als Boris plötzlich kehrtmachte und zu Alka zurückging. Er zog sie ein wenig zur Seite und flüsterte ihr ins Ohr:

– Hör mal, vielleicht ist es nicht klug, dass sie am Sarg steht.

– Weshalb?

– Sie könnte allen sagen, dass er nicht gestorben ist.

– Das hat sie auch dort gesagt, das kannst du ihr nicht verbieten.

– Ich weiß ja, aber es kommen noch mehr Leute, da ist es nicht gerade passend, bei einer Beerdigung …

– Keine Sorge – sagte Alka – ich werde auf sie achtgeben.

Ein Mensch ist gestorben, der im Leben so vielen Frauen etwas bedeutet hat, und jetzt stehen an seinem Sarg nur zwei. Auch im Publikum sind es nicht gerade viele, nur alte Weiblein, die zu allen Toten der Welt Schwarz tragen und die sich schon als junge Frauen entrüstet haben, wenn Gavran jeden Abend ein anderes Mädchen zum Campingplatz führte, wo er den ganzen Sommer ein Zelt gemietet hatte. Einige von ihnen ruhten sich auf der Bank unter dem Feigenbaum aus, nachdem sie den ganzen Tag am Empfang gearbeitet oder die Toiletten und Duschen im Campingplatz saubergemacht hatten und dann gern der Nona von Boris und Luka zuhörten, die in

Gavrans Mädchen lauter Tiere wiedererkannte: Giraffe, Stachel-
schwein, Reh, Reiher, Fuchs, Huhn, Eidechse, Panther, Schaf, Kobra,
Krähe, irische Setterhündin, Ente, Napfschnecke …

Der Halbmond vor der Aufbahrungshalle begann sich aufzufüllen,
aus Richtung Altstadt, aber auch von oben, vom Platz des hl. Kristofor,
begannen die Menschen herbeizuströmen. In Orten, die Mangel an
Menschen leiden, bedeuten Beisetzungen viel, und so kam ein Gutteil
der Stadt langsam herbei, um sich von Gavran zu verabschieden, einer
der letzten „Möwen“. Als dann die Glocke im großen Campanile vor
der Kathedrale sechs Uhr schlug, war der Platz vor der Aufbahrungshalle schon von Menschen gefüllt. An Farben dominierten Schwarz und
Weiß, wobei es mindestens dreißig Prozent mehr Schwarz gab als Weiß,
weil auch das Weiß in gewisser Weise schwarz war, wie auf Partezetteln.

Dann begannen die Menschen langsam näherzukommen, um ihr
Beileid auszusprechen. Aus der Ferne sah alles regulär aus, aber wenn
man herantrat und ein paar dieser Worte hörte, die jene miteinander
wechselten, die ihr Beileid aussprachen, und jene, die es entgegen-
nahmen, sah man, dass dies hier doch eine ganz andersgeartete Beisetzung war. Eine alte Frau in würdevoller Haltung, eine Dame aus
der Stadt, deren Italienisch noch immer einen kleinen venezianischen
Einschlag hatte, reichte Jelena vornehm die Hand und sagte:

– *Le mie condoglianze.* Sie sind die Gattin?

– Nein – sagte Jelena und fügte hinzu: – Aber das ist auch nicht
er, im Sarg.

– Still, Lena – flüsterte Alka und drückte ihre Hand als gute
Schwester.

Aber die Alte reagierte überhaupt nicht, sie dachte vermutlich,
falsch gehört zu haben.

– Bist du seine Frau? – fragte sie und drückte Alka ihr Beileid aus.

– Nein.

Auf der Insel, wo sich alle kennen, war sie so sehr mit sich selbst
beschäftigt, dass sie niemanden kannte.

– Sei stark, mein Kind – sagte sie zu der fünfzigjährigen Frau vor
sich, küsste sie, bekreuzigte sich noch einmal und ging ruhig hinaus
aus der Aufbahrungshalle, bereit, sich selbst noch mehr zu lieben
wegen der Güte, die sie ringsum verströmte.

– Aber die holt er nicht! – wurde die würdevolle Greisin aus der Stadt von einer der buckligen Greisinnen aus dem ehemaligen Fischerdorf kommentiert, das jetzt mit der Stadt verschmolzen war, wenn auch nur physisch.

– Wer holt wen nicht? – fragte ein anderes Weiblein flüsternd.

– Der Krebs. Die holt er nicht, die sich wichtigmachen.

– Und wie ist dann er gestorben?

– Ihn hat Gott gestraft.

Ein Alter von neunzig Jahren, der eine blaue Baskenmütze trug und der von seiner fünfzigjährigen Tochter geführt wurde, taub wie eine Kanone, fragte seine Tochter laut:

– Wer ist die neben dem Sarg? Eine Hure?

– Keine Hure, nein – antwortete die Tochter ebenso laut und wurde rot. – Das ist Lena, von Gavrans Seite.

– Eine Verwandte? – sagte der Alte.

– Ja, eine Verwandte, ja – rollte die Frau die Augen – und was für eine Verwandte.

Als zum Kondolieren schon fast die ganze Stadt vorbeiparadiert war und sich Don Baldo schon auf die Zeremonie vorbereitete, betrat eine relativ junge Frau, sie mochte nicht mehr als vierzig Jahre zählen, die Aufbahrungshalle. Schlank, im schwarzen Kleidchen bis zu den Knien, trat sie ruhig ein und bekreuzigte sich nicht vor dem Sarg, sondern zeichnete mit zwei Fingern ein Kreuz in die Luft und sah dann lange auf das Gesteck, als würde sie im Stillen die Rosen und Lilien zählen. Um, wenn sie ausgezählt hat, wieder von neuem zu beginnen, weil die Zahlen einfach nicht zusammenpassen wollen. Zuerst hat sie fünfzehn Rosen und dreizehn Lilien gezählt, beim zweiten Mal sind es vierzehn Rosen und vierzehn Lilien, bis sich beim dritten Mal herausstellt, dass es genau sechzehn Rosen und dreizehn Lilien sind. Jedenfalls sah sie nicht traurig aus, vielleicht ein wenig abwesend. Sie lächelte Alka und Jelena zu, sprach ihnen ihr Beileid aus und begann dann Alka etwas zuzuflüstern, von der sie vermutlich annahm, dass sie weniger leidtragend war als Jelena. Denn so ist das Protokoll: Wer nach seinem Status der Traurigere ist, der steht näher beim Kopf. Der Verstorbene wird kopfabwärts geliebt.

Alka zuckte mit den Achseln, ließ den Blick durch die Aufbahrungshalle schweifen und zeigte überhaupt ein deutliches Unbehagen. Sie sah noch einmal die Frau an, die ruhig vor ihr stand und keine Anstalten machte, sich zu rühren. Deshalb machte sie ein, zwei Schritte Richtung Tür und winkte Dudo mit der Hand näher. Der wiederum zog ebenso die Schultern hoch, kam dann aber doch vorsichtig näher, so als ginge er über einen frisch geputzten Fußboden und bemühte sich, ihn so wenig wie möglich zu verschmutzen. Eine rücksichtsvolle Geste, wie sie die traurige Situation erforderte. Jetzt flüsterten sie zu dritt. Die junge Frau sagte etwas zu Dudo, und dann zuckte auch er mit den Achseln, überlegte einen Augenblick und machte dann Kenjo ein Zeichen, zu ihnen zu kommen.

10.

Wenn jemand in dieser schönen Frau, die jetzt mit flinken Gesten Kenjo dasselbe erklärte, was sie schon Alka und Dudo erklärt hatte, wenn also jemand in ihr ein Tier oder etwas Tierisches hätte sehen wollen, würde er sagen, sie sei die Feder eines Pfaus. Zart, aber würdevoll, schön und dekadent wie eine welke Pfauenfeder in alten Salons.

– Ich bitte Sie – sagte sie leise – das ist sicher möglich. Das wird immer gemacht …

Angezogen von der immer heftigeren Diskussion, machte Jelena, die sich neben dem Sarg ziemlich langweilte, weil jetzt niemand mehr kondolierte, die zwei, drei Schritte hin zu der seltsamen Gruppe.

– Die Dame möchte, dass wir den Sarg öffnen, damit sie ihn ein letztes Mal sehen kann – erklärte ihr Alka.

Jelena betrachtete sie argwöhnisch.

– Sie ist aus Rijeka gekommen.

Dudo, der inzwischen den geschnitzten Sargdeckel untersucht hatte, sagte:

– Kann man, es sind Schrauben, aber wir brauchen keinen Schraubenzieher …

– Ich würde es ihr nicht erlauben – sagte Jelena zu Alka gekehrt und den Ankömmling noch immer argwöhnisch im Blick.

– Komm, Lena, wir öffnen den Sarg, damit die Signora ihn sieht.

– Deshalb, weil sie ihn mit den Augen anspucken will.

– Wie bitte? – sagte die schöne Dame, und gleich darauf: – Jessas! Alka machte ihr ein Zeichen, sie solle sich beruhigen.

– Lena, jetzt werden wir ihn öffnen, nur am Kopfende, und dann wird sich die Signora von ihm verabschieden.

– Gut, macht, was ihr wollt – sagte Lena, kehrte zu ihrem Platz neben dem Sarg zurück und warf dann der Frau zu: – Aber das ist nicht der, den Sie meinen ...

– Komm, beruhige dich! – knurrte Dudo.

– Sie spuckt die Menschen mit den Augen an – zischte ihm Jelena zu – und auch diesen Herrn wird sie anspucken.

Die Leute, die vor der Tür der Aufbahrungshalle standen, konnten jetzt sehen, wie Dudo und Kenjo vorsichtig zum Sarg traten und wie Dudo langsam das Gesteck aus Rosen und Lilien herunternahm und wie sich einer vorsichtig ans Kopfende stellte und der andere ans Fußende und wie jeder von ihnen die Schrauben zu lösen begann, die den Sargdeckel hielten. Plötzlich herrschte in der Halle eine solche Stille, dass man die Schrauben im billigen Holz quietschen hörte, und dann, nach einiger Zeit, wie sich der Deckel bewegte. Zahlreiches Hüsteln und Schnäuzen ließ die erstarrte Menge erzittern, und dann trat Dudo vom Kopfende zurück, wobei er angestrengt zur anderen Seite blickte, als fürchtete er sich vor dem Gesicht des toten Freundes. Und als könnte dieses Gesicht plötzlich seinem ähnlich werden oder ihm unerwartet zuzwinkern. Aber sobald er zurückgetreten war, machte er der schönen Frau mit der Hand ein Zeichen, dass sie ans Kopfende treten solle.

Als sie am Kopfende stand und auf Gavrans Kopf hinuntersah, der für alle anderen unsichtbar war, konnte man in ihren Augen weder Liebe lesen noch Würde, sondern eher etwas wie Ekel. Überraschung, Abscheu, Zweifel, Schock. Und plötzlich war es allen auf der Beerdigung, nicht nur Jelena, sondern auch jenen draußen und jenen drinnen, als würde die unbekannte Frau ihn mit den Augen anspucken. Und das dauerte eine ganze Weile.

– Ist Ihnen vielleicht nicht gut? – fragte Dudo aus ziemlicher Entfernung.

Aber die Frau reagierte nicht, sie starrte noch immer mit seltsamem Abscheu in das tote Gesicht. Dann winkte sie ihn mit der Hand herbei, und als er bei ihr war, auch weiterhin den Blick auf das tote Gesicht vermeidend, flüsterte sie ihm etwas zu. Jetzt war er gezwungen hinzusehen. Nachdem er dieses kleine Drama, das sich am Kopfende abspielte, mit angesehen hatte, kam auch Kenjo näher, und jetzt standen sie dort und sahen in das tote Gesicht. Die schöne Frau trat einen Schritt zurück.

– Sie sagt, dass das nicht er ist – sagte Dudo.

– Du willst mich verarschen – sagte Kenjo und sah erst jetzt genauer hin.

– Aber ja, er ist es …

– Dudo … Mir scheint, dass er es nicht ist – sagte Kenjo, nachdem er ziemlich lange hingesehen hatte.

– Du machst Witze, das muss er sein.

– Schau mal genau, dann siehst du, dass er es nicht ist.

– Der Tod verändert den Menschen – sagte Dudo.

– Ja, aber nicht so – schloss Kenjo. – Alka, komm mal her!

Und sie trat langsam, um Würde bemüht, zur Sargöffnung. Die Leute vor der Aufbahrungshalle konnten sehen, wie sie lange dort stand und hineinblickte, und wie ihr Gesicht von einfacher Trauer zu einer komplizierteren wechselte, von der Liebe für alle Menschen zu der Liebe für einen Menschen, den es offenbar auch in irdischen Überresten nicht mehr gab.

– Das ist nicht gut! – flüsterte ein altes Weiblein, eine entfernte Verwandte von Gavran.

11.

Jetzt konnte das Publikum auf der Beerdigung sehen, wie Alka, Dudo, Kenjo und die unbekannte Frau am Kopfende des Sargs standen und flüsternd über etwas diskutierten, während Jelena den einzigen Stuhl gefunden, ihn ans Sargende gerückt, sich hingesetzt und in aller Ruhe die Beine übereinandergeschlagen hatte.

– Noch hat sie gute Beine – sagte Luka.

– Jaja – kommentierte Škembo – aber ihr fehlt der Kopf.

Rasch wurde die Diskussion intensiver, man hörte auch die Stimmen, nicht nur das Flüstern, aber noch immer konnte man nicht verstehen, was sie sagten. Alka löste sich mit einem Mal von ihnen, ging auf die andere Seite der Aufbahrungshalle und telefonierte. Sie ging erregt auf und ab und sprach mit jemandem am Handy, als würde sie mit ihren Schritten die Länge des Sargs vermessen, und er war lang, sehr lang … Als sie geendet hatte, kehrte sie zu ihnen zurück und wechselte mit ihnen ein paar Worte. Sie sagten etwas zu ihr, sie schüttelte den Kopf, als wollte sie etwas nicht, schien dann aber doch zuzustimmen, denn sie steckte das Handy in die Tasche, richtete ihr Haar und ging zur Tür der Aufbahrungshalle. Sie blieb am Türpfosten stehen wie eine Karyatide, eine moralische Vertikale und beste MILF auf der Insel.

– Leute – rief sie mit fester Stimme – dies ist ein Missverständnis.

Unter den Begräbnisteilnehmern rauschte Stimmengewirr auf, man sah sich gegenseitig an, kommentierte im Stillen, und sie musste fortfahren:

– Wir warten, dass aus Rijeka ein Auto mit dem Leichnam des Verstorbenen kommt.

Fassungslosigkeit breitete sich aus.

– Ist das denn nicht Gavran? – fragte eine Männerstimme aus dem Publikum.

– Leider nicht – antwortete Alka – es ist zu einem Fehler gekommen.

– Das bedeutet, im Sarg ist ein anderer?

– Eine andere – korrigierte ihn Alka – eine alte Dame.

Statt der berühmtesten männlichen Möwe dieser Insel, die sich mit ihrem Ruhm sogar mit Rudolfo selbst messen konnte, lag im Sarg eine kleine und ziemlich blasse Pensionärin.

Hier mischte sich Dudo ein.

– Von Rijeka ist es eine Stunde, anderthalb, und dann noch die Fähre … Er kommt in zwei Stunden. Ihr habt ihn jetzt auf seinem letzten Weg begleitet, geht nach Hause, wir werden warten, bis sie ihn begraben.

Alle sahen ihn an, und niemand ließ den Wunsch erkennen zu gehen. So als fänden sie es auf der Beerdigung schön. Nach ziemlich langem unangenehmem Blickwechsel, Achselzucken und Flüstern mit den Umstehenden sagte jetzt wieder die Männerstimme, sie wünschten nicht heimzugehen, sondern Gavran würdig zu bestatten. Und demgemäß zu warten. Ihre Liebe zu den Zeremonien drückten sie durch Geduld aus.

Der Halbmond vom Anfang der Beerdigung, der sich gefüllt und gefestigt hatte, begann jetzt zu zerbröseln. Die Leute nahmen wieder jene wenigen Bänke vor der Aufbahrungshalle in Besitz und trugen aus dem Park auch neue heran. Manche aus den Grüppchen zündeten sich eine Zigarette an, andere zogen das Sakko aus, denn es war noch warm, und mehrere alte Frauen, die saßen, zogen die Schuhe aus. Alka ging, Jelena untergehakt, die paar Stufen hinunter und gesellte sich zu den übrigen Trauernden, und das taten auch Dudo und Kenjo, nachdem sie den Sarg wieder zugeschraubt hatten. Die unbekannte alte Frau, die sicherlich an anderer Stelle schon erwartet wurde, blieb in der Aufbahrungshalle allein zurück. Die Sänger des Männerchors und der für *Il Silenzio* verantwortliche Herr mit der Trompete machten es sich auf den Steinen bequem.

Es gab auch welche, die beschlossen, auf einen Kaffee in die Stadt hinunterzugehen. Das waren Leute, die gut zu Fuß waren, meistens jüngere, und sie verpflichteten die älteren, die vor der Aufbahrungshalle grüppchenweise zusammenstanden, sie zu benachrichtigen, wenn Gavran aus Rijeka eintreffen und die Zeremonie fortgesetzt würde. Aber diese Zeit zwischen dem ersten Teil der Beisetzung und einem möglichen zweiten, diese Halbzeit war ein unerwartetes Geschenk. Plötzlich galten nicht mehr die strengen Beerdigungsgesetze, man konnte sich frei bewegen, plaudern, sogar lachen. Die Situation war hinreichend ungewöhnlich, um die festen Bräuche schmelzen zu lassen, die guten Sitten und den Takt zurückzudrängen und diesen Leuten etwas von jener kindlichen Freiheit wiederzugeben, die sie schon vor langem verloren hatten. Sie riefen einander etwas zu, die Grüppchen unterhielten sich untereinander, es kam zu einem kreuzweisen Ausfragen und Kommentieren, kurzum, es war eine Freiheit zu spüren, die ein kleines bisschen auch ein Tod ist.

Irgendwann fragte jemand, offenbar ein Scherzbold, laut, wer denn garantiere, dass der Verstorbene, wenn sie ihn denn bringen, der richtige ist. Wenn er ihnen einmal in Rijeka abhandengekommen ist, kann das auch ein zweites Mal passieren, denn wir leben in einem komischen Land, in dem nicht einmal die Leichen sicher sind. Ein anderer antwortete ihm, dass er achtundsiebzig Jahre alt sei und zum ersten Mal in seinem Leben einer Beerdigung beiwohne, bei der man den Verstorbenen verwechselt habe, und bei jeder Beerdigung, auf der er war, habe man den Sarg geöffnet, um sich von der Identität der toten Person zu überzeugen.

– Das wird nicht passieren, die werden sich nicht zweimal irren – sagte die Frau, die ihre runden Omega-Beine auf der Bank rasten ließ, neben dem alten tauben Herrn, einem entfernten Verwandten, mit dem sie schon ein halbes Jahrhundert im Streit lag – aber es gibt ein Problem, wenn sie Gavran, Friede sei seiner Seele, schon irgendwo begraben haben. Dann müssen sie ihn jetzt ausgraben …

– Müssen sie nicht – mischte sich Alka ein. – Im Krankenhaus haben sie gesagt, dass er noch dort ist und dass sie sofort losfahren.

– Denen glaube ich überhaupt nichts – sagte die Omega-Dame – ich denke, dass sie ihn schon irgendwo begraben haben, und dich, Herzchen, haben sie am Telefon nur abgewimmelt.

– Lass die Alte – sagte Boris. – Komm zu uns.

Boris, Luka, Dudo und Kenjo standen mit Jelena zusammen und bildeten einen eigenen Kreis, als sich auch Alka zu ihnen gesellte. Bald erschien auch Škembo mit einem Plastikbeutel und begann, mehrere Dosen Bier auszupacken.

– Ihr werdet doch wohl nicht – sagte Alka.

– Nein, tun wir nicht – antwortete Škembo und machte sich ein Bier auf, das ein sssssssssssss! hören ließ.

Bald machten auch alle anderen aus dem kleinen Kreis ihre Dose auf, nur Alka behielt ihre Würde, die im Kampf mit den Umständen letztlich aber doch unterlegen war.

Die Sonne näherte sich unten hinter Frkanj und dem ehemaligen italienischen Lager bereits dem Untergehen. Der Park färbte sich rot, Aufbahrungshalle und Gräber waren ein Aquarium aus Blut, und die Pensionäre und alten Weiblein, die Menschen mittlerer Jahre und die wenigen jungen Leute, die herumlungerten, öffneten den Mund wie Goldfische, bedachten sich gegenseitig mit Zurufen, Flüchen und

Tratschereien, und irgendein großes und mächtiges Wesen betrachtete sie von der Seite und sagte: „Wir sehen uns bald, meine Hühnchen!" Die Hühnchen indessen hörten die Stimme nicht, denn sie hörten lieber sich selber. Eine junge Frau antwortete rasch einer älteren:

– Die Männer verstehen nicht, dass „nein" auch „nein" bedeutet. Und Boris, der mit einem Ohr zugehört hat, sagt:

– Erinnert ihr euch an das Interview, das Gavran in der *Erotika* hatte, welches Jahr war das noch, achtundachtzig oder neunundachtzig …

– Neunundachtzig – kam ihm Luka zu Hilfe.

– Erinnert ihr euch an den Titel? „Die Möse einer alten Frau".

– Musst du jetzt unbedingt davon anfangen? – widersetzte sich Alka.

– Und ihm wäre es vielleicht auch nicht recht – sagte Luka.

– Ich erinnere mich nur daran – sagte Dudo – dass er ein Interview gegeben hat.

– Ja. In einer der letzten Nummern der *Erotika*. Die Frau fragte ihn: „Herr Gavran, Sie sind eine Möwe, ein *gabbiano*?" Als wollte sie ihn provozieren, und er sagte darauf, dass er ebenso ein weißer wie ein schwarzer Vogel sei, Yin und Yang, Nacht und Tag, wie jeder von uns, jedes menschliche Wesen auf der Welt. Erinnert ihr euch wirklich nicht?

– Ich höre zum ersten Mal, dass das überhaupt jemals erschienen ist – sagte Škembo. – Warum hat mir das niemand gesagt?

– Hör mal, der Krieg ging gerade los, da war anderes zu tun. Die Frau fragte ihn, ob er sich jemals verliebt habe, und er sagte, ja, er habe sich sehr verliebt, Gott habe ihm die Liebe seit der Kindheit gegeben, aber er habe sie nicht zu bewahren gewusst.

– Ein bisschen leiser – flüsterte Alka und deutete mit dem Kopf auf Jelena, die sich gerade für irgendwelche Vögel in der ausladenden Kiefernkrone über ihnen interessierte. Aber Boris ließ sich nicht beirren, das war eine ausgezeichnete Geschichte für die Halbzeit einer verlängerten Beerdigung.

– Und dann erzählte sie ihm etwas von Vergewaltigung und dass die Männer nicht verstünden, dass „nein" auch „nein" bedeutet. Da fuhr er aus der Haut, ihr erinnert euch, wie er aus der Haut fahren konnte, und sagte zu ihr, das sei eine schwere Lüge, dass die Mösen von alten Frauen ausgeleiert seien, schlaff, er sagte, dass es unglaublich enge gibt, dass es welche gibt, in denen sich das Hymen neu gebildet hat, trocken wie die Sahara, und es gibt auch solche, sagte er, die fliehen.

– Mösen, die fliehen? – fragte Kenjo.

– Sie fliehen den Schwanz wie die Bilche, völlig unabhängig von ihrer Besitzerin. Die Besitzerin will, sie hat sogar das Abendessen gezahlt, aber die Möse flieht, sobald sie den roten Kopf des Schwanzes erblickt. Alte Frauen verstopfen sie sich sogar, das weiß sogar ich, ich habe es selbst gesehen, das ist so was wie Silikonkitt oder flüssiges Plastik, ein Hymen für Greisinnen. Diese Mösentierchen waren mir immer die seltsamsten. Du reißt dir eine Alte auf, küsst sie hinters Ohr, und wenn du reinwillst, weicht sie irgendwie zur Seite, als würde die Möse selbst weghüpfen, hopp, sich ein wenig verlagern. Siehst du, da wundert sich selbst die Besitzerin.

– Du bist und bleibst widerlich – sagt Alka und sieht ihn mitleidig an.

– Deshalb liebst du mich ja auch – sagt Boris.

– Dann küsst du sie wieder, triffst Vorbereitungen, fängst an, aber die Möse, hopp, springt weg. Sie will nicht. Du suchst nach einer Erklärung, aber auch die Frau weiß keine. Das siehst du in ihren Augen. Die Möse hat den Gehorsam aufgekündigt, nicht einmal die Besitzerin weiß, was sie mit ihr anfangen soll. Fünfundsechzig Jahre lebt sie mit ihr, alles Mögliche haben sie zusammen erlebt, und jetzt gehorcht sie nicht. Die Möse lebt ihr eigenes Leben. Ihre eigene Schmach und Schande. Schon lange nur Finger oder Plastik gewöhnt, weiß sie nicht, was sie mit einem Schwanz anfangen soll. Und deshalb, das ist die Pointe, sagt die Möse einer alten Frau manchmal „nein", auch wenn die Frau „ja" sagt. Und jetzt finde sich einer zurecht, heißt das „nein" jetzt „nein", oder bedeutet es „ja".

Die Sonne war vollständig untergegangen, und die Dämmerung tauchte die weißen Hemden in ein Blau, und die dunklen Anzüge, die dunklen Kleider und die dunklen Menschen waren immer schwächer zu sehen. Es wurde auch kühler, die gespreizten Arme und Beine wurden wieder zusammengelegt, die Sakkos zugeknöpft und die schwarzen Schals um Kopf und Schultern gehüllt. Kenjo sagte mit gekünstelter Fröhlichkeit:

– Erinnert ihr euch, wie Luka die Alte mit dem Schwimmreifen durchs Wasser nach Školjić geschleppt hat?

– Eh, das war eine Szene – sagte Dudo – ich hab mich vor Lachen angepinkelt.

Luka sagte darauf, dass er irgendwo gelesen habe, dass die, die nur von der Vergangenheit erzählen, schon tot sind, aber nicht wissen, dass sie tot sind, wie auch richtige Tote nicht wissen, dass sie tot sind, denn sie besitzen kein Bewusstsein ihres eigenen Todes. Und seine immer leiser werdende Rede verschmolz mit dem Rauschen der Zypressen und Kiefern, die vom einsetzenden Burin bewegt wurden. Die Möwen über dem Hafen stießen schrille Schreie aus, die Eichelhäher lärmten in den Baumkronen, ein Specht klopfte den Takt, Hunde riefen einander über die Bucht hinweg, und bald fingen in den Bergen auch die Goldschakale an zu heulen.

Und so senkte sich in Erwartung des richtigen Leichnams langsam die Nacht hernieder.

Anmerkungen

Seite 16, *picigin:* Ballspiel im seichten Uferwasser, vor allem in Split und auf den dalmatinischen Inseln.

Seite 24, *švabica:* wörtlich „Schwäbin", in Jugoslawien (oft abschätzig) für „die Deutsche".

Seite 26, *Udo bez udova:* Udo ohne Glieder.

Seite 52, *peškafondo:* zum Kalmar-Fang verwendeter Köder.

Seite 53, *Dudo:* abgeleitet von *duda* (kroat. Regionalismus), „weibliche Brust".

Seite 53, *Kenjo:* abgeleitet von *kenjalo* (kroat. Slang), „langweilige, anstrengende Person".

Seite 57, *Ledo:* bekannte Eismarke in Kroatien.

Seite 60, *shiptar:* abfällig für „Albaner". Dem Namen nach stammt Adnan Buturić vom Kosovo.

Seite 68, *Tag des Aufstands der Völker Kroatiens:* Während des Bestehens Jugoslawiens wurde als offizieller „Tag des Aufstands der Völker Kroatiens" der 27. Juli begangen, der Tag des Aufstands der serbischen Einwohnerschaft der Ortschaft Srb (Region Lika) gegen das kroatische NDH-Regime (1941).

Seite 69, *U pizdu materinu:* erleichternder kroatischer Kraftausdruck: „in die Mutterfotze".

Seite 74, *Dobar dan, tugo:* Françoise Sagan, *Bonjour tristesse* (1954); dt.: *Bonjour Tristesse* (1955).

Seite 74, *Skijaš skitnica:* Romain Gary, *The Ski Bum* (engl., 1965); franz.: *Adieu, Gary Cooper* (1969); dt.: *Engel ohne Himmel* (1966).

Seite 74, *Momo, zašto plačeš:* Émile Ajar (Pseudonym für Romain Gary), *The Life Bevore Us* (1975); franz.: *La vie devant soi* (1975); dt.: *Du hast das Leben noch vor dir* (1978).

Seite 74, *Sto godina samoće:* Gabriel García Márquez, *Cien años de soledad* (1967); dt.: *Hundert Jahre Einsamkeit* (1970).

Seite 79, *Latinsko jedro:* „Lateinersegel".

Seite 94, *Škembo:* abgeleitet von *škembe* (tur.), „Pansen", „Wanst", oder *škembići*, „Kaldaunen", „Kuttelfleck"; eigentlich heißt er Damir.

Seite 96, *Volio bih biti kamenčić u tvojoj cipeli. Da znaš da sam tu:* „Ich wäre gern ein Steinchen in deinem Schuh. Damit du weißt, dass ich da bin."

Seite 119, *Gof: Seriola dumerili.*

Seite 119, *Panula:* Auch *panela, pendula,* aus ital. *pannello,* Angelgerät aus längerer Leine und bleibeschwertem Haken.

Seite 119, *Parangal:* ital. *palangaro,* aus griech. *polyágkistron* („mit vielen Haken versehen"), Angelgerät, bestehend aus einer Grundleine (100 bis 1000 m) und zahlreichen Nebenleinen (0,5 bis 5 m) mit Haken.

Seite 119, *Fratar: Diplodus vulgaris,* „Zweibindenbrasse".

Seite 126, *Salpe: Box salpa.*

Seite 192, *Udba:* Geheimpolizei im Tito-Jugoslawien, 1990 aufgelöst.

Seite 193, *snijeg … snig:* Spiel mit den Varianten der kroatischen Sprache. Das Ikavisch-Kroatische der Insel kennt zwar das Wort *snig* für Schnee, hat aber aufgrund der klimatischen Gegebenheiten kaum Gelegenheit, es zu verwenden.

Seite 207, *Jeboteeeeeeeeeeeeeeeee!:* etwas zwischen „Fick dich!" und „Ich scheiß mich an!".

Seite 208, *die Sprache der Besatzer:* Gemeint ist der Zweite Weltkrieg.

Seite 226, *Am Tag des Aufstands:* Tag des Aufstands der Völker Kroatiens; siehe Anm. zu Seite 68.

Seite 227, *Karlovačko:* Karlovačko pivo (Bier aus Karlovac).

Seite 228, *Vila Velebita:* Das Absingen der *Fee vom Velebit*, eines kroatisch-patriotischen Liedes aus der zweiten Hälfte des 19. Jahrhunderts, war im sozialistischen Jugoslawien bei Strafe verboten.

Seite 236, *Bok:* kroatischer (Zagreber) Gruß, möglicherweise Lehnbildung zu dt. „einen Bückling (= Diener) machen".

Seite 242, *Pašticada:* traditionelles dalmatinisches Fleischgericht.

Seite 247, *Na rubu pameti:* Roman von Miroslav Krleža (1938), dt.: *Ohne mich. Eine einsame Revolution* (1962).

Seite 247, *Zimsko ljetovanje:* Roman von Vladan Desnica (1950), dt.: *Winterliche Sommerfrische* (1950).

Seite 255, *Za Beograd, za Beograd, jaše Švaba crnog konja … joj! Joj!:* „Nach Belgrad, nach Belgrad reitet der Deutsche das schwarze Pferd … joj! Joj!" Lied aus dem serbischen Kultfilm *Ko to tamo peva* (*Wer singt denn da*, 1980), dessen Handlung am 5. April 1941 spielt, dem Tag, an dem Nazi-Deutschland Jugoslawien überfiel und Belgrad bombardierte.

Seite 257, *Plavac von Tomić:* Rotwein vom Weingut Bastijana auf der Insel Hvar.

Seite 257, *Siehst du den Bären da!:* Die im Folgenden gezogenen Tiervergleiche (Bär, Keiler, Igel, Füchsin) beziehen sich zum Teil auf das 1949 entstandene Versepos *Ježeva kućica* des serbischen Schriftstellers Branko Ćopić (1915–1984). Eine deutsche Fassung von *Das Haus des Igels* ist in Vorbereitung.

Seite 257, *Mashallah:* in der arabisch-islamischen Welt verbreiteter Ausruf der Bewunderung.

Seite 261, *ihre Dissertation über das Werk Slobodan Novaks:* Slobodan Novak (1924–2016), kroatischer Schriftsteller. 1968 erschien sein Roman *Mirisi, zlato i tamjan* (*Gold, Weihrauch und Myrrhe*), 1976 seine Roman-Trilogie *Izvanbrodski dnevnik – tri putovanja* (*Außenbord-Tagebuch – drei Reisen*).

Seite 278, *Žlahtina:* Weißwein von der Insel Krk.

Seite 286, *Žurek:* polnische Sauerteigsuppe.

Seite 323, *Transition:* Sammelbegriff für viele negative Erscheinungen in der Übergangsphase der Oststaaten aus dem Sozialismus in den Kapitalismus.

Seite 339, *Pleso:* Flughafen Zagreb.

Seite 344, *ADHD:* Hyperaktivitätsstörung.

Seite 344, *MR:* gemäßigt retardiert.

Seite 344, *Jasenovac i Gradiška Stara, to je kuća Maksovih mesara:* aus einem Kampflied der kroatischen Ustascha: „Jasenovac und Stara Gradiška, das ist das Haus von Maksens Schlächtern" (Vjekoslav „Maks" Luburić war Kommandant des KZ Jasenovac); *Kroz Imotski kamioni žure, nose crnce Francetića Jure:* „Durch Imotski fahren die Lastwagen, sie bringen die Schwarzhemden von Jure Francetić" (Jure Francetić war General der faschistischen Ustascha und erster Kommandant der „Schwarzen Legion"); *U Čapljini klaonica bila, puno Srba Neretva nosila:* „In Čapljina stand ein Schlachthaus, viele Serben hat es die Neretva hinuntergetragen" (Čapljina: mehrheitlich von Kroaten bevölkerter Ort an der Neretva in Bosnien und Herzegowina); *Oj, Neretvo, teci niza stranu, nosi Srbe plavome Jadranu:* „Oj, Neretva, fließ durch das Land, trag die Serben zur blauen Adria".

Seite 347, *Jugošvabica:* „Gastarbeiterkind", gebildet aus *jugo* (für Jugoslawien) und *švabica* (Schwäbin, Deutsche).

Seite 350, *Das alte Oriolik-Regal:* Oriolik, Möbelfabrik im slawonischen Oriovac.

Seite 363, *MILF: Mom I'd Like to Fuck.*

Inhalt

Die Wiederentdeckung der Einsamkeit – auf einer gottverlassenen Leuchtturminsel im Mittelmeer.

Auf einer winzigen Insel im Mittelmeer, deren Felsen steil abfallen und wo Schiffe nur bei ruhiger See anlegen können, ragt ein einsamer Leuchtturm empor. Wie ein Zyklop sucht er mit seinem Auge den nächtlichen Horizont ab, ein unentbehrlicher Orientierungspunkt für Generationen von Seefahrern. Drei lange Wochen bringt Rumiz, der ruhelose Wanderer, dort zu. Diese bewegungslose Reise wird zum Abenteuer des Geistes.

„Eine mysteriöse Insel im Mittelmeer, wo die Luft verzaubert ist. Dieser Leuchtturm, mitten im Mittelmeer, dem flüssigen Herzen Europas.“
Il Piccolo

„Er erzählt vom Wahrnehmen, erschüttert und beinah demütig – als existenziellem Erlebnis.“ Neue Zürcher Zeitung

WIEN · BOZEN

Gebunden: ISBN 978-3-85256-716-7
E-Book: ISBN 978-3-99037-066-7

WWW.FOLIOVERLAG.COM